新日本古典文学大系 83

草双紙集

木村八重子
宇田敏彦
小池正胤
校注

岩波書店刊行

目次

黄表紙

合巻

解説

凡例

一　本巻に収録した各作品の底本は、それぞれの冒頭の解題に記した。

二　底本の表紙の写真版を中扉に、序文・口絵等を含む全頁の写真版を本文中の該当箇所に掲げた。

三　本文作成にあたっては底本の形を復元できるよう努めたが、通読の便を考慮して、翻刻は次のような方針で行った。

1　改行・句読点、等

（イ）　適宜改行して段落を設け、句読点を施した。

（ロ）　会話や心中思惟に相当する部分を「　」でくくった。

（ハ）　底本の会話や歌詞に付されたフシ記号〽は「に改め、末尾は」でくくった。

2　振り仮名・宛て漢字、等

底本の本文はほとんど仮名書きであるが、左の方針に従って漢字仮名混じり文に改めた。

（a）　仮名に漢字を宛てた場合は、底本の仮名を振り仮名として示した。

（b）　底本がまれに振り仮名付きの漢字を使用している場合は、その振り仮名を〈　〉でくくった。

（c）　底本の漢字に校注者が付した振り仮名は（　）でくくった。

3　字体

（イ）漢字は現在通行の字体とし、常用漢字表にある文字は新字体を用いた。
底本に通行の字体と一致しないいわゆる異体字が使われている場合には、原則として正字に改めた。

（ロ）反復記号は底本のままとした。ただし、品詞の異なる場合と、宛て漢字をした際の送り仮名については、平仮名になおし、反復記号は振り仮名の位置に示した。

（例）思はば（ゞ）　言ひし（いゝ）

4　漢字の字遣い

底本の字遣いが現在の字遣いと違っていても、当時の慣用と認められることなどから、変更を加えなかったものもある。

（例）心ざし(志)　の給ふ(宣ふ)

5　仮名遣い・清濁

（イ）底本の仮名遣いはそのまま表記した。ただし、校注者による振り仮名は歴史的仮名遣いに従った。

（ロ）語の清濁は、校注者の見解で、これを区別した。

6　誤字・衍字・脱字、等

（イ）明らかな誤字・衍字・脱字等は、意によって改めた。

（ロ）補入した脱字は（　）でくくった。

7　その他

合巻においては詞書の量が多く、各場面すべてにわたり、読み継ぎの記号が前後左右に飛び、前場面の説明を行いながら人物の会話だけは当場面を入れるなど、絵と文の構成が複雑なため、詞書の配列などを読みやすく変えた場合もある。

四　脚注は、原則として見開き二頁の範囲内に収まるよう簡潔を旨とした。

1　本文と脚注の照合のため、本文の見開きごとに通し番号を付した。

2　参照すべき箇所については↓で示した。

3　赤本・黒本・青本、合巻については、絵の注釈はその絵の置かれた見開き頁の下段左端に収めた。黄表紙は、『草双紙年代記』については赤本等と同じく、その他の諸編は適宜脚注で説明した。

五　巻末に解説を掲げた。

日下開山（ひのしたかいさん）　名人（めいじん）ぞろへ　藤田

ほうかの根元

木村八重子　校注

底本　天理図書館蔵本
形態　赤小本一冊
題簽　表紙左肩に貼付。「日下／開山」を角書に「名人そろへ」と題し、左に「ほうかの根元」と添書。題名下に仕切を設け、墨色隅喰枠中に右から「藤田」と版元名を記す。
本文商標　なし
丁付　一―五（版心の下方より約五分の二の位置。六丁表に相当する後（ろし）表紙見返しまで本文）
柱題　なし
画工名　なし
刊記　なし
印記　一丁表の右下端に朱文長方印「永田文庫」

原本が存在する赤小本は『むぢなの敵討』と本書の二点しか知られていない。題名を見ると、「日下開山」は武芸者や力士で天下無双の意、「名人ぞろへ」は名人を連ねたものの意で、添書の「ほうか」を連ねたものと読みとれる。「ほうか」は放下で、中世から近世にかけて行われた歌舞・手品・曲芸などの雑芸、またそれを演ずる僧形の旅芸人をいう。この外題からは各種の曲芸等が描かれていることが想像され、本文との齟齬については以前から言及されて来ている。こうした問題を含みながら、本文は見開き五場面で完結と見られ、内容は飛び抜けて面白い。おおらかな異国趣味でどの場面を見ても知的好奇心と空想に富み、十分に大人の鑑賞に堪える。南蛮貿易を思わせる珍奇な薬物や香料のことがあり、巻頭の題名を削除しなければならない理由だったと考えられる。人物の描法はやや細身で、顔面は豊頰で面長、鼻と口が近く頤はやや長い。画家については菱川師宣とする説もあるが確証がない。成立年次も不明だが、最後の場面にミイラ取りがあり、わが国ではミイラが舶来の万能服用薬として寛文延宝（一六六一―八一）の頃に大流行した事実を反映していると見ることは出来るであろう。相当な版の磨滅がみられるので、長年にわたって好まれ、摺出されたとみられるが、初版の成立が仮にその頃とすると、昭和五十四年に松阪市射和町で発見された上方版小本との関係について検討する必要がある。大正八年稀書複製会によって複製が刊行されたが、それも入手し難い現在では、本巻に影印紹介する意義は大きいことと思われる。

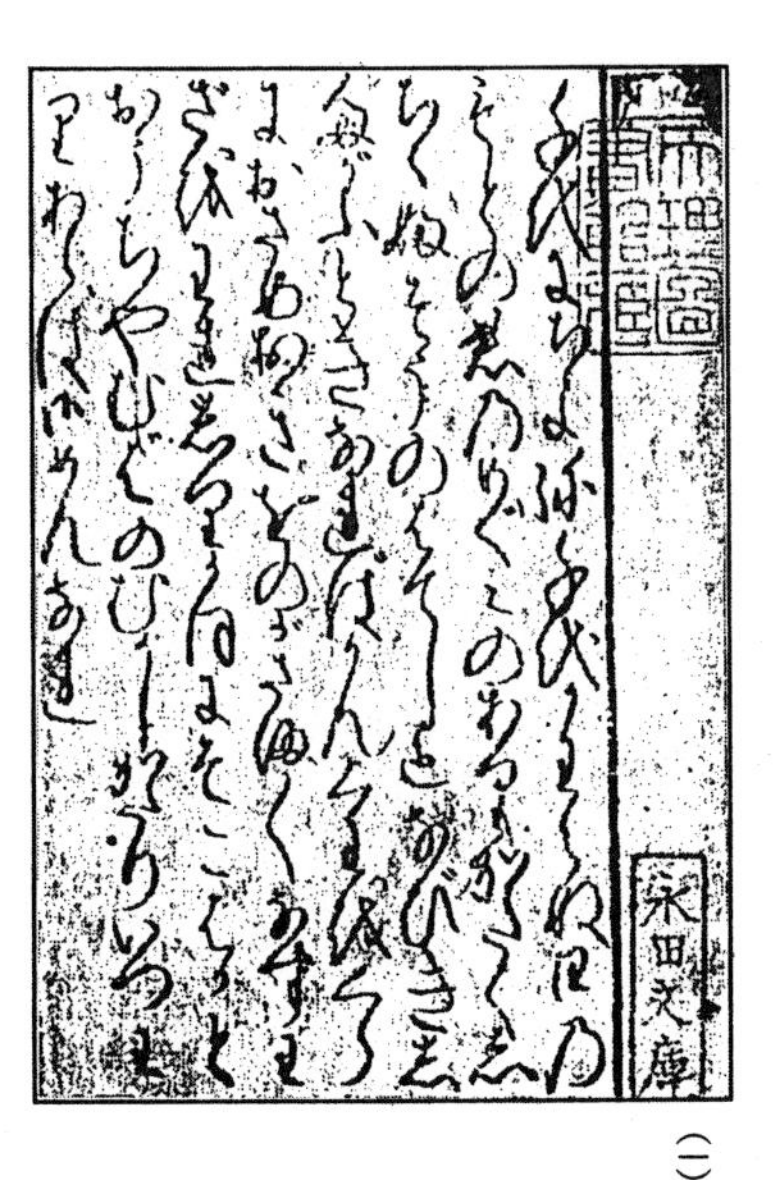

(一)

(一) 千代に千代弥千代かわらぬ日の本の、君の恵みのありがたく、しちく扶桑の果てし迄、なびき従ふ時なれば、干戈を倉に納め置き、己がさま〲なす業を、われ知り顔にそこはかと、爺や婆の昔語り、いつわりあらば御免なれ。

一 千代に千代を重ね。非常に長い年月を強調した表現。
二 弥はいよいよ、重ねての意。幾千代、八千代に同じ。
三 日本の美称。日昇るもとの国の意。
四 天子の恩恵。
五 茨竹(しちく)か。小家に生える茅や竹。
六 古代中国で、太陽の出る東海の中にあるとされた神木。転じて日本の異称。
七 すべての人が服従している。
八 干は盾(たて)、戈は矛(ほこ)で武器の意。武器を倉に納め置き、は戦乱のない泰平のさまをいう。
九 めいめい自由に営む生業。
一〇 知っている顔をして。知ったかぶって。
一一 何というわけもなく。とりとめもなく。
一二 祖父や祖母の。爺婆の。

絵(一) 右端に別枠があり、ここに内題が刻されていたと推定される。題簽の題名とは別の「異国…」といった題などがあり、はばかって削除してからの印行と考えられる。ここは一般書の序文に当たる。有難い泰平の世、それぞれの生業を知った風にとりとめもなく申しますが、他愛ない爺婆の昔語り、違っていたら御免なさい、といった主旨。

(三)

(三)▲韃靼の北に当たりたる国にては、日本人の殊の外おそるゝ。とりわけ義経と云事をおそる。ならびの国をせめ来るとき、義経の人形を見すれば、ころび倒れて逃げる。人形を見る事をきらいて、顔に暖簾のごとくに下げてゆき、刀にてせめ寄る。もし風の吹きて、暖簾のごとく成もの吹き上げて人形を見るとひとしく、あわてふためき逃げるよし、聞き伝へし。

一 タタール。モンゴル草原を支配する大部族の名。後には彼らを屈伏させたジンギス汗の勢力総体の名称。
二 「を」に同じ。撥音の直後に続く格助詞「を」の形。
三 源義経(一一五九―八九)。平安末期から鎌倉初期の武将。義朝の第九子で母は常盤。幼名牛若丸また遮那王。兄頼朝に追われ衣川で自刃した悲運の武将として民衆の同情を得、伝説では逃れて蝦夷に渡り、更に大陸に渡ってジンギス汗となったとされる。
四 隣国を(韃靼の北の国が)。
五 ポルトガル語 Unicorne。海棲の一角獣。華夷通商考・四・インデヤの土産の項に「独角獣(ウンカウル)此国深山ノ河水ニ毒虫多シ諸ノ獣敢テ先ニ飲事ナシウンカウル来テ其角ヲ以テ河水ヲ攪マセテ飲テ後諸獣皆飲之トソ」とある。解熱剤一角(いっこ)の原料とされた。
六 「を捕獲するには」の意。
七 「低く止め」か。
八 生きたままの意であろう。

(三)

(三) ▲[五]うにかうるは、[六]海岸に鉄にて網をこしらへ、物陰にかくれいて網のなかに魚をつるしおく。うにかうる水の底にて見て、かの魚をとらんと鉄の網のなかに入るを網口をひく[七]ゝとめ、[八]生きたるとき角を鑿にて打ち欠く。又かの餌につるしたる魚を角にて撫でてみるに、たちまち生きかへるなり。それゆへ死するものも、此くすりにて生きかへるか。

絵(二) 左の、ころび倒れて逃げる二人が韃靼の北の国の武士。鎧の袖や草摺、刀を左腰に差す形などは日本の武装と異なるところがないが、曲線の縁縫のある内着や直刀、頭髪などに異国風を表現しようとしたことが窺える。右の一人が攻められた隣国人。こちらの方が唐人風に描かれている。これらの描法は、古浄瑠璃「阿弥陀の本地」の挿絵、戦闘場面の人物あたりに類似を求めることができる。両手で遣っている人形が義経。甲冑姿ではなく、広袖に冠をつけた御大将の姿で、これなどにも古浄瑠璃「安宅高館」など、義経を主人公とした人形浄瑠璃の投影が感じられる。

絵(三) 右側に描かれているのが「うにかうる」。水牛のような頭、蟻食のような口、水禽のような足に描かれ、山海経などの空想上の獣図を参考にしたか。後の一角纂考(木村孔恭著、寛政七年刊)には偶蹄で姿は馬に似、前頭に一本長い角のある獣の図が紹介されている。

捕獲者は唐風とも異なる異国風俗めかした服装で描かれている。衝立には鑿と玄翁が差してあり、三つの小穴は監視用らしい。二つの穴から出した紐を握っているのは、機を見てこれを切り、捕獲網を向うへ倒して捕える方式らしいが、何か空想めいておかし味がある。

(四)

(四) ▲伽羅[一]は恒河[二]のすそにて取るよし聞きつたへし。河[三]の流れ九億八万里ながれて、幅のひろさ八万里有なり。此河の岸より四拾丁斗井堰を結いいだして、かの伽羅の流れ[四]きたるを取る。取りて其まゝをほどよき[五]壺に入て土の底に八九年もおきて、よきほどに朽ちたるを取りいだして見れば、油浮くほど流れて上ゝの伽羅となるよし。

一 諸説あるが、梵語 kālāguru の略語という。黒沈香木で沈香中の最高級品。
二 ガンジス河。
三 長さ九億八万里、幅八万里となり架空の数字。この数字は何によったか未攷。
四 華夷通商考・三・交趾の土産の項に「奇楠(キャラ) 深山ニテ枯木自然ニ朽(クチ)テ洪水ニ流レテ谷水ノ辺ニ有ヲ山民拾ヒ取ル者ヲ上好トス。其余ハ生木ヲ伐テ土中ニ埋ンテ数年ヲ経テ取テ朽腐(フラ)ノ所ヲ去テ心ヲ用ユ」とある。
五 底本は「成」か。
六 傘の起源は古代の蓋(きぬがさ)とされているが、和漢三才図会の傘(からかさ)の項には「堺納屋助左衛門、〈文禄三年〉

(五)

(五) ▲竜頭国(りうとうこく) 此国(この)の人かしら竜のごとし。日月の光(ひかり)さすといへども、つねに雨ふる。道をゆくときは、傘(かさ)をさしてありく。六此国(この)より日本へ七唐傘(からかさ)と八云(いふ)事わたる也。

自二呂宋一還来献二土産傘蠟燭一という記述がある。 七 用例は宇津保物語に見え、唐笠とも書く。 八「いうもの」に同じ。

絵(四) 人物は男女とも唐人風に描かれる。殊に右図の女性は、領巾(ひれ)を掛け唐扇を持つ姿で、例えば古浄瑠璃「感陽宮」六段目の挿絵における秦の始皇帝の後宮の服装に似る。

絵(五) この話の原拠は未詳。本作には珍奇な薬物や香料など南蛮貿易に係わる品々が扱われているので、或いは竜動とも表記したロンドンについての伝聞か。

竜頭の人物三人を描く。岩屋は住居のつもりか。唐風の服装と足許の雲は竜にちなむ。

一 ポルトガル語mirra。もとエジプトなどで死体につめた防腐剤。没薬。転じて遺体が乾燥して生前の姿に近い形で固まったもの。また輟耕録に記される、蜜に漬かって薬物となった蜜人。わが国では、オランダ人によってもたらされ、寛文延宝(一六六一―八一)の頃大流行した薬品。実体は植物の樹脂だが人の死体から製したものと信じられ、談林俳諧などに盛んに詠みこまれた。 二 渡来する国。生産国。 三 天竺(古代インド)の中央に当たる地域。 四 仏教で言う八

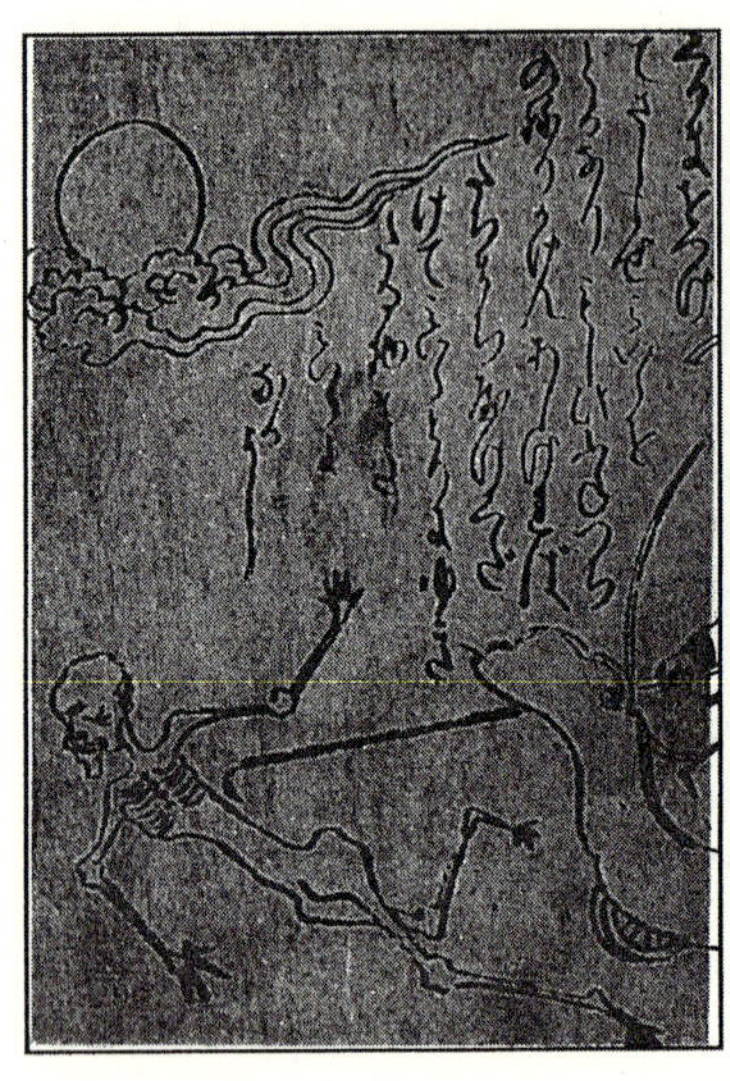

（六）

（六）▲木乃伊[一]のわたる国[二]、中[三]天竺より南にあたる。陽の盛ん成事大焦熱地獄[四]とも言ひつべし。土[五]にて舟をこしらへ、水晶の石に水を入、屋根にこしらへ、舟に車をつけてさし寄せ[六]、木乃伊を取るなり。もし此舟、土[七]の練り加減あしければ、たちまち焼けくだけて、木乃伊取り[八]に行きたる物、また木乃伊になるよし。

大地獄の一。熱鉄や釜で身を焼かれるなど猛火、炎熱の苦しみを受ける。五 ミイラ取りの乗物については、単に車（天竺徳兵衛渡天物語）、松木丸太船に六尺ばかりの帆をかけて砂原を走る（渡辺幸庵対話）などがあり、土車が出てくる文献は今のところ本作以降成立のものにしか見出せない。また水晶に水を入れた屋根については他に未見。六 乗物をミイラの方へ近寄せて。七 本作より相当後の文献であるが、閑窓瑣談（佐々木貞高著、天保十二年刊）の「俚俗の異説」の条に「其辺を往来する人は、土にて製造たる車に乗て過る事なり。万一誤て地に落れば、忽に焦れて木乃伊となる。亦其木乃伊を取らんとて、土の車に乗て行者あり。其者も乗たる車が破れるか崩れて地に落れば、同じく木乃伊になるといふ」とある。八「ミイラ取りがミイラとなる」という諺の由来譚としている。

絵（六） 俗説を視覚化したものであろうが、どこかとぼけているところが痛快。粉本の存在はつきとめていない。土の車に透明な水晶の水入り屋根、竿で砂の海を漕ぎ、鉤のついた棒でミイラを引き寄せている。このミイラの描法は、松阪市射和町の地蔵胎内にあった「どうけゑつくし」の餓鬼とどこか似ている感じもある。
　閑窓瑣談のミイラの話はこの赤小本あたりが出どころかもしれない。

たゞとる山のほとゝぎす

木村八重子　校注

底本　東洋文庫岩崎文庫蔵本
形態　赤本一冊
題簽　約一六・二×七・〇チセンの短冊形題簽。上端から五分の一強を仕切って上部に、擬人化された鼠二匹と頭巾を被った人物の絵がある。鼠の一匹は人物の方に顔を向け両手をあげ、もう一匹はその下方に上半身だけ描かれ向かって左の方に顔を向け、「大」の字が両肩に付いた着物を着ている。人物は大黒頭巾を被り肩衣を着け、胸元に扇を広げて、台の上に座っているらしい。敷いているものが俵であれば大黒天と見たいが、万徳長者とも受けとれる。手前の鼠が台に付けた綱を引いているようである。「御代はめでたの」という目出度い文句が書いてある。
本文商標　なし
柱題　只山
丁付　一―五(以下欠)
画工名　なし

現存する丁数の範囲で考察すると、当作品は、万徳長者という長寿で有福な人物を主人公にし、前後に目出度い場面を据え、中の三または四場面はいずれも鳥を取る昔話で構成している。とりわけ興味深いのは、そのうちの二つまでがミュンヒハウゼン男爵の法螺話と同類であることであろう。全体におおらかな空想話絵本となっており、七福神の酒宴の席に落下するところが、祝儀物であったと思われる赤本の性格をよく表している。画師は記名がなく不明だが、人物の頭頂を平らに描く特徴があり、近藤清春や羽川珍重等の画系と考えられる。成立年代も証拠とすべきものがなく不明であるが、底本の表紙には「昔元禄…」の、見返しには文化頃の旧蔵者が墨書した「元禄七甲戌年正月之新板之由」があり、にわかには信じられないが検討材料の一つではあろう。五丁裏までで以下が失われている点も問題として残っている。本作品は昭和四十七年日本古典文学刊行会によって優れた複製が刊行され、鈴木重三氏の丁寧な解題がある。

(一) ▲昔〱のことなるに、隠れ里のほとりに万徳長者といふ人有。七珍万宝くらからず、男子五人持ち給ひ、それ〲に嫁を取、孫、曾孫、玄孫息災に

(一)

(男女)「さても大分金が生つた」

(万徳)「投げるぞよ」

(男児)「爺様、こゝゑも」

一 昔話の語り出しの言葉。「昔々」に同じ。 二 俗世間の人の目に触れないところにあるという理想境。
三 あたり。 四 多くの徳を積んだ有福な人の意味の呼び名。万徳は法螺話で名高いドイツの男爵ミュンヒハウゼンの英語読みマンチョウゼンに通うとの説もある。
五 仏語で七珍と万宝。あらゆる宝。
六 不足がない。満ち足りている。
七 赤本「五百八十七曲」にも七人の男子を持ちそれぞれに嫁がいて子孫が栄えている五百八十歳の長者のめでたい話があり、男子を幾人も持つことが理想の子宝であったらしい。
八 健康で事故もなく。絵(二)の「て」に続き「息災にて」。
九 それにしてもまあ。さてさて。

絵(一) 画面の上方に仕切り線を設け、上段に文章、下段に絵を配置する形式。登場人物の会話は絵の中に書きこまれている。
　上段の文章は、主人公万徳長者の紹介で紙面一杯になり、画面に相当する文章は次の場面にずれこんでいる。
　金銀のなる木に登り、それを取って投げ、孫・曾孫・玄孫に拾わせて喜びとする万徳長者の日常の様子。
　描かれた金銀のなる木としては、徳川家康と細川三斎合作の軸がある由だが未見。江戸末期には「正直」など「き」のつく徳目を幹や枝にした金

(三)

(三)て、栄華に[一]栄へおはします。又、第一の宝に、金銀の生[二]る木を持ち、常に孫どもを集め、木の上に上り、金銀を取、孫共に拾わせて慰みとし給ひけり。

▲有時、長者、孫共をつれ、鷺の大分いる沼へ行、長き糸に泥鰌を付て投げ込みければ、鷺共が泥鰌を食いては放り[三]出し、其泥鰌を、又、余の[四]鷺が食いては放り、一度に五十も六十も取、孫共に取らせけり。

(孫ども)「これは凧のやうだ」

のなる木の絵の類が存在する。本図では幹が曲がり、桃の葉に似た葉があり、金銀以外の不定形な実も生って古風である。

ほぼ枡形の画面一杯に長者を中心に一族中の六人を描く。月代(さかやき)のある成人男子や芥子頭と坊主頭の幼児も交えて年齢差を見せる。人物の形はパターンを用いているようだが、取合せで変化のある画面になっている。坊主頭の子は熊手で掻き寄せている。

生っている金、取って拾わせている金は楕円形に茣蓙目があり、大判または小判。下端近くの小さい方形のものは一分金または二朱金。

一 欠けるところもなく富貴に。
二 金銀が生るという想像上の木。比喩的に収入を生じ続ける人や物を言い、倡家の娘が臨終に銭樹子が倒れると母に言った明皇雑録の記事あたりがこうした表現の古い例らしい。なお中国北京の習俗には年末に松柏の枝に古銭などを吊るした揺銭樹があり、江戸後期の作者がこの語を用いた例がある。
三 排泄し。
四 別の鷺。
五 しゃもじ。
六 のせて。
七 手を墨で塗り。手に墨を塗り。
八 ちがうちがう。

(三)

(三)▲ある雪降りのことなるに、孫共に小鳥捕ゑくれんとて、窓口を少し開け、杓子に飯を入て置き、又、手を墨にて塗り、飯を入れて待ちければ、雀どもが杓子と思ひ、食いに来れば捕ゑ、又来ればつかまゑ、少しのうちに五六十捕ゑ、孫、曾孫どもにくれければ、子ども喜びて、てんでに持ちて遊びけり。

(両手をあげた児)「それはおれがのじや」

(糸をもつ児)「いんや〳〵」

(下方の男児)「どつこいさ」

絵(二) 沼の岸が中央上部で左図へ続いているので、左右は一画面として描かれている。しかし沼の波が俯瞰風に描かれ、異図と受取ってもよいようで、鷺を取って与える時間差、または行為の繰返しなど時空の幅が込められているように見える。

　この話は昔話の類話の一つで、一つの餌で鳥を数珠つなぎに捕える点が眼目。餌は豆が多い。『ミュンヒハウゼン男爵の海陸の旅と出征と愉快な冒険』ではベーコンが餌で鳥は鴨であり、すぐ本書絵(四)左の場面となる。

　子どもらに与える場面は昔話類話になく、本作の創意であろう。

絵(三) 濡縁に黒塗の杓子が二本あり、一本には飯が盛ってあって小鳥がついばんでいる。藁屋根の下の粗い格子の内側に万徳長者が両手を墨で塗って差し出し、左手に小鳥が止まっている。

　庭には子どもが六人いる。小鳥に糸をつけて飛ばしている坊主頭、両手を拡げた子、地面の小鳥を追いかける子、上を向いている子、笠を冠って手を伸ばす子、右上は少女であろう、胸に尾の長い鳥を抱いている。手を拡げた子の形は絵(二)の左の子とほぼ同型。

　手を黒く塗って小鳥を取る話も昔話の類型の一。絵画表現した例は他に見ていない。

(四)

(四) ▲又、鴨の大分ある川ゑ行き、まづ、瓢を川へ流しければ、鴨ども寄りてつゝきけり。又、あとより瓢をかぶり行きければ、鴨共瓢と思ひ、つゝく所を取りては腰に挟み、又来れば挟み、二三十取り、陸へ上がれば、鴨共一度に羽ばたきをして立ちけるほどに、長者を宙に引つさらひ、虚空をさしてぞ上がりける。

(万徳)「これは〳〵」

(孫ども)「あれ〳〵爺様をどこゑかつれて行くは」

一 相当たくさんいる。 二 瓢簞。 三 福を招くと信じられる七人の神の総称。一般には、恵比須(蛭子・夷なども)、大黒天、弁財天、毘沙門天、布袋和尚、福禄寿、寿老人を言い、インド・中国・日本を発祥とする神々が混在する。また七人には多少出入のある異なった組合せもある。民間信仰や年中行事と結びついて広く親しまれた。 四 どうと。 五 やい。怒って呼びかける感動詞。 六 立派な方々。 七 どうだどうだ。

絵(四) 右左二場面と見る方が自然であろう。右図は、水中の長者が半球状に切った大きな瓢簞を冠り、瓢簞と思ってついばみに来た鴨を素手で取っているところ。波は俯瞰風に描かれ水面が広々と見える。右に対岸の一部があり、左手前の葦が近景めいて見える。瓢簞の下にかくれて鴨をとる話も昔話の類話の一。

左図は、取っては腰に挟んだ鴨が二、三十羽になり、長者が岸に上がると一斉に羽ばたいて、長者を空中に攫って大空に上がったところ。

『ミュンヒハウゼン男爵の海陸の旅と出征と愉快な冒険』では、数珠繋ぎにした(絵(三)と同じ)鴨が大空さして飛ぶ。その挿絵は尖塔や森を下方に小さく描き、男爵が吊り下げられながら上衣の裾で楫をとっている形で、合理的ではある。当図の長者は鴨を腰に挟んで本人が羽ばたい

（五）

（五）▲こゝに又、七福神[三]たち隠れ里に集まり給ひ、御酒宴なかばの所へ、長者はとうど[四]落ちければ、福神たち驚き騒ぎ給ふ。中に強きは毘沙門天、少しも騒がせ給わず、長者が手を取、「[五]おのれ、いかなる者なれば、歴〱[六]の酒なかばの興を醒す。曲者、いかに〱[七]」と問ひ給へば、ありし次第を申ける。

（弁才天）「おゝ、こわや」

ているような姿だが、驚いて見上げる五人の子どもと入道雲のような雲を描いて空を飛んでいる状を表現している。「これは〱」の言葉は左端の成人男子とも受けとれる。

絵（五） 七福神の酒宴の場面。福神が遊宴して富貴となるめでたい話に御伽草子「梅津長者物語」があり、影響が考えられる。右図下端中ほどに万徳長者が落ちたところ。神々は特徴ある服装や紋を付けて描き分けられている。長者の右で驚いて持物の槌を落とし両手を上げているのは、大黒頭巾を被り宝珠の紋をつけた大黒天。その上方には鯛と釣竿を下に置き両手を上げた三つ柏紋をつけた恵比須。その左は長い鬚と長い頭巾で中国の仙人風な寿老人。普通この神が持つ杖や経巻、伴う鹿は描かれず、盃を手にしている。その左は福相な肥満体に墨染衣を着け、倒れた福禄寿に驚く布袋和尚。その左は美しい女神の弁財天。通常持つ琵琶がなく、頭に鳥居と宝珠（白蛇か）の飾を挿し、絵（六）にも同じ姿で描かれている。この女神につかまっている童子と後の一人は弁財天十六（または十五）童子のうちの二人であろう。唐子は布袋とともに描かれることが多いが、ここでは弁財天の侍童とみられる。童子の下方の女神は吉祥天と思われる。七福神としては寿老人を抜きこの女神を加えている例もある。その右は頭が長く重いので転倒

（六）

（六）▲さるほどに、福神(ふくじん)たち長者(ちやうじや)を召(め)され、「汝(なんじ)、無益(むやく)の殺生(せつしやう)を好(この)むといゑども、誠(まこと)の殺生(せつしやう)にあらず。孫(まご)どもを慰(なぐさ)めんための殺生(せつしやう)なれば、科(とが)一を許(ゆる)し

（万徳）「重(かさ)ねては、殺生(せつしやう)二をやめ

（以下欠）

した姿に描かれた福禄寿。この神と寿老人は異名同神である。中央の甲冑姿は四天王の一である多聞天と異名同神で北方を守護する神の毘沙門天、怒りの相を表し戟を持って闖入者である万徳長者を捕えている。

「お、、こわや」は弁才天につかまっている童子の言葉とも受け取れる。

一 以下は文章が続くはずだが、次丁が失われたため不明。 二 以下も言葉が続くはずだが、欠丁のため不明。

絵（六） 絵（五）に登場した福神のうち、吉祥天と童子を除いた七福神が勢揃いして万徳長者を説諭のうえ許し、宝物を賜る場面。宝物には俵、大判、槌、隠れ笠、隠れ蓑、丁子、延命袋の七品が描かれている。

右下の大黒天が小柄に描かれているが、梅津長者物語に「色黒くせいひきく」と説明されている。

画面左上方に大きな二重雲形の仕切があり、俵と万徳長者の肩の一部が描かれている。左画面が失われたことは確実であるが、あるべき第六丁が、後(うしろ)表紙見返しとなって終ったか、第六丁裏まで物語が続くか又は目録等の記事があったか、或いは下冊があって十丁ものであったかの三つの場合が考えられるが、今のところ推定できる資料がない。

「重ねては、殺生をやめ」は恵比須の言葉とも受けとれる。

ほりさらい

木村八重子　校注

底本　東京大学大学院人文社会系研究科国文学研究室蔵本

形態　黒本(改装)一冊

題簽　欠

本文商標　なし

柱題　ほりさらい(上)、ほり(下)

丁付　〔一〕―十ほハリ

画工名　西村重長筆(絵(六)、絵(一三))

この作品は、原題簽が失われたため原題は不明であるが、柱題に「ほりさらい」また「ほり」とあるので、これを仮題として採った。現体裁は黒本であるが、成立時代を勘案すると、原体裁は赤本と思われ、他に伝本のあることを聞かない。著録については、本書の原本そのものが『東京大学所蔵 草双紙目録』初編(平成五年、青裳堂書店刊)第68項に記録されている。そこにも書かれているように、本作は土木工事を草双紙に仕立てた珍しいもので、同じ西村重長が一年間の農作業を描いた『四季豊年蔵』とともに考察すべき作品であろう。二作の取材には何か啓蒙的な意図が感じ取れるが、本文中の会話に多用される駄洒落などを見ると必ずしも子ども向けとも思えない。西村重長は浮世絵師で、作画期は享保十年(一七二五)頃から宝暦頃までと見られている。

「ほりさらい」はどこの濠でもよいわけだが、作品の初めに「御ほりさらい」とあるので江戸城の濠浚渫であろう。この工事は記録を見ると元和(一六一五―二四)の昔から何回も行われ、重長の作画期を考慮すると大規模なものでは享保十八年(一七三三)の浚渫が当てはまりそうである。仮にこの折とすると一月二十五日から十一月までの長期工事で、飢饉で米価が高騰し江府の小民が困窮したため、十五歳以上の者を皆出させ、日々の雇銭で生活の助けにさせようとした救済事業であった。これによって下賤の者は日々の雇銭を得て限りなく喜んだという(『東京市史稿』救済篇第一)。この折と限定しなくとも画家の眼が捉えた御濠浚いが具体的にわかる点で、この作品は非常に興味深いものである。除水法、除泥法、運搬法、出来高の認定法、換金法、はたまたそれを当て込んでの小商人の出店の様子がよくわかる。人足たちが疲労や空腹を訴えながら機知を忘れていないのは、救済事業に接する作者のユーモア精神であろう。

（一）

（上）

（一）御濠浚い水除けの体。

（笠の男）「水知らずのお人も、以後は互じゃ」

（桶を受取る男）「心の丈を汲みて知るじゃ」

（枡にあける男）「水は豊年の器物の」

（下で汲む男）「汲めども尽きず飲めども酔はぬ安酒じゃ」

一 江戸城の濠の浚渫。
二 水を除去する作業。
三 見ず知らずに「水」を掛けた語。
四 お互いさま。同じ作業仲間。
五 心に思うすべてのことを斟酌して知る。「汲みて」は水の縁語。また謡曲「木賊」の詞章「心の底までも汲みて知る」を踏まえるか。
六 諺「水は方円の器に従う」と「雪は豊年の貢物」を混ぜた洒落。円形の桶から方形の枡に水をあけながら言っている軽口。
七 謡曲「猩々」の詞章「汲めども尽きず飲めども変らぬ」を捩った洒落。
八 「きず」は底本破損。意によって判読。

絵（一）　会話は水に縁のある語でまとめている。
　濠浚渫工事は、濠に大締切をし、所々に小締切をして、担当箇所の排水から着手する。図は石垣の近くに杭を打って水枡と足場の板を据え、板は濠中へ斜めにし、桶で掻い出した水をリレー式に水枡に注ぐ最も小規模な手作業を描く。水枡から樋で水を外部に導く。
　人足は膝までの着衣で、濠に入った者は尻を端折り袖をたくし上げて背で結んでいる。

(三)

(三) 竜骨車水揚げの体。

(右端の男)「廻れや〳〵、お盃なら飲みかけよふに、水はひい」

(黒脚絆の男二人)「くる〳〵廻るも銭次第、精出せ〳〵」

(左端の男)「腹が数寄屋河岸、どうやら目か□て、くる〳〵くるまい水じやぞ」

(左図右の男)「いかさまそうだぞ、煙草にしよ」

一 竜骨に似た形の水揚器械。水流のない所で、牛力または人力で紋盤を回転させ水を揚げる装置。中国の明時代の技術書『天工開物』に図入りで説明があり、我が国には中世に伝来した。 二 謡曲「邯鄲」の詞章「廻れや盃の流れは」を踏まえた言葉か。 三 飲みはじめようものを。 四 未詳。冷たいの意か。 五 腹が空いたに「数寄屋河岸」を掛けた通言。数寄屋河岸は、現東京都中央区銀座五丁目の一角。数寄屋橋御門外にあった外濠の対岸地域。 六 「めか」の下空白、「まふ」とあるべきところ。目がくるくると廻るに「振舞水」を地口として続けた語。謡曲「舎利」の詞章「くる〳〵〳〵と渦巻い廻るを」などを踏まえるか。 七 本当にそうだ。 八 一服しよう。休憩しよう。「煙草にしょう」と発音した常套語らしく、後の文化七年(一八一〇)刊滑稽本に「春宵一服 煙草二抄」がある。

九 売り声。冷水冷水。 一〇 飲めば燗酒もこうだろうか(燗酒のようですよ)と、か。「かんしゆ」を「燗酒」と解してみた。謡曲「邯鄲」の詞章「飲めば甘露もかくやらんと」の振り。 一一 底本「かくやとんと」とある。 一二 十二文か。 一三 高いに「高砂」を掛けた語。 一四 未詳。 一五 身代を持ち上げる(家産を築く)と土持ち(土運び)を掛けた言葉。 一六 測量用の一間の長

(三)

(三)（鍬を振上げる男）「骨折るに、土を掘るに、あゝくたびれた」

（掘る男二人）「銭金は掘り次第だぞ、精出せ〳〵」

（水売り）「冷[九]やか〳〵、飲[一〇]めば燗酒[一一]もかくやらんと」

（休憩する笠の男）「それで十二[一二]文や、あまりたか[一三]さごだな」

（休憩する左の男）「かず[一四]〳〵にせう」

（畚を担ぐ男）「これから身代[一五]、土持ち上げるぞ。お退きなさい〳〵」

（役人）「どれ、間竿[一六]で差してみよふ」

さの竹竿。仕様について一ッ橋から神田橋までは「御堀浚様は、御堀端三分二は水尾通三分一は幅多いたし、干汐に水尾通り深三尺、両幅石垣際に而、深壱尺ニいたし」（東京市史稿・皇城篇第二）といった注文がつくので検査する必要があり、間竿を用いて計る。

絵(二)　会話は竜骨車に因んで「廻る」を多用する。

竜骨車で汲み上げた水を排水溝で濠外に流している、絵(一)より規模の大きな排水工事。ただし、竜骨車の機能を十分理解した図になっていない。絵(八)も同じ。

絵(三)　水除け終了後濠底の土や葭の根を除去する作業の場面。右図の三人は鋤や鍬で土を掘り、竹籠や畚(もっこ)に入れた揚土は左図の人足が天秤棒で担いで所定の場所へ運ぶ。

覆板に座って休憩する二人に、腹掛けをして両肌ぬいだ少年の冷水売りが水を入れた手桶と茶碗を持って売りに来たところ。休憩する右の男は揚土運びの人足。

役人は裁付(たっつけ)に脚半をはき、羽織を着ている。享保十八年(一七三三)の濠浚渫の記録によるとこれは中等の役人に定められた服装と見られ、間竿を手にして掘鑿現場に降りて行くところ。背後の榜示杭(ぼうじぐい)には区域や分担した大名の名が表示されているのであろう。杭の頭の四角錐は

（四）

（四）（手前の綱を引く男たち）「引けやてん〲に銭の綱」（向うの綱を引く男たち）「綱もなく、くたびれたよ」（右端の男）「そりや〱静かに〱」（釣瓶の水をあける男）「煙草にしよ、皆の衆や」

版の状態が悪いためか左上の線が切れている。

一 「引けや手ん手に善の綱」の捩りか。謡曲「道成寺」の詞章「引けや手ん手に千手の陀羅尼」に因む句だが「善の綱」までの句の出典は未詳。善の綱は仏教で善所へ導かれることを願って仏像の手などに掛けて引く綱。ここでは収入を得る手段としての釣瓶の綱をさす。

二 「つがもなく」を綱に掛けた洒落。とんでもなく。

三 →二〇頁注八。

四 やめろやめろ。桶に掛けた語。

五 「けつまづくと」に前の語を受けて桶をつけ、調子を整えた語か。

六 報酬を得られないぞ（すべて水泡に帰するぞ）の意か。

七 何処かを撲つと（身体のある箇所を撲つと）。

八 ちょっとだけ搔い掘りしても一石（約〇・一八立方メートル）の水というわけにはいかないだろう。一石橋に掛けて水の量を言った洒落。「搔乾す」は捕魚や換水などの目的で水を搔い出すこと。

九 東京都中央区の日本橋川に現存する橋の名。日本橋の西に位置し、橋の南に呉服の後藤、北に金座の後藤

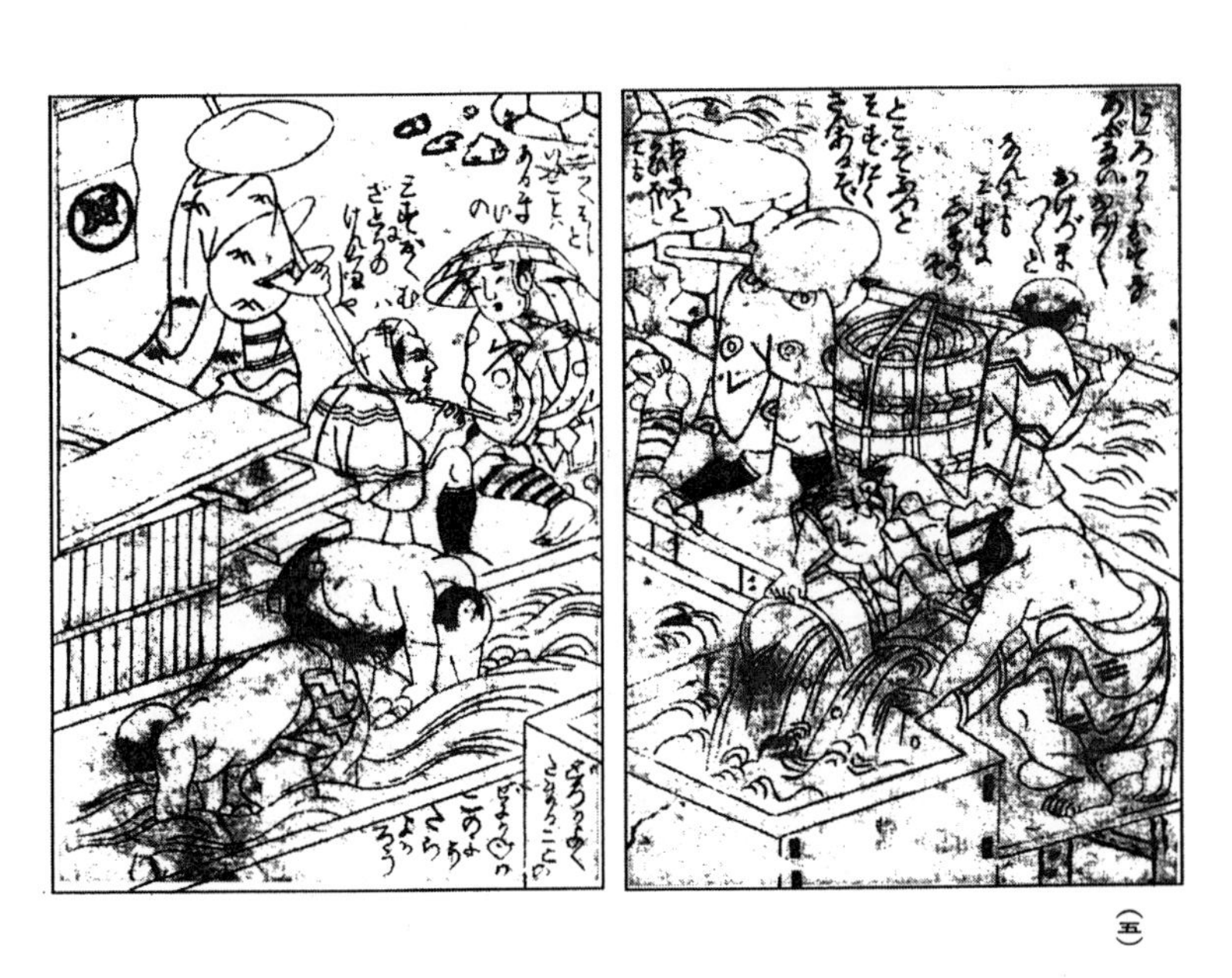

(五)

(五)（桶を担う先の男）「後から押すな、危い、おけ〳〵。おけつまづくと何にも見ずにしまうぞ」

（桶を担う後の男）「どこぞぶつと、水たくさんあるぞ」

（休憩する笠の男）「ちよつと掻乾しても、一石橋といふことはあるまいの」

（休憩する黒脚絆の男）「水お汲むには、座頭の喧嘩じや」

（排水溝の右の男）「泥がよく溜まることの」

（排水溝の左の男）「銭金がこのようだらよかろう」

があるので、五斗と五斗で一石と命名したとする由来説がある。享保十八年の城濠浚渫では、一石橋から江戸橋までを分担したのは米沢城主上杉宗憲。

一〇 未詳。見えない相手に力を尽くす譬えか。

一一 「に」「は」は離れた位置（「に」は「す」の左下、「は」は「む」の左）にある。

絵(四) 橋畔を担当した人々の水除作業。滑車を用い釣瓶で水を汲み揚げる状。

右端の男は勢い余って高く揚がり過ぎた釣瓶に手を上げて制しているところ。ただし、「引けや手ん手に」の語と図様から、この釣瓶は道成寺の鐘に見立てて描いたと解される。

石垣下の二条の線は底本の汚損。

絵(五) 会話の軽口に一石橋が出てくるが、左上の旗の紋所は丸に違い鷹の羽で、享保十八年の濠浚渫とすると課された諸大名のいずれにも該当しない。

大きな桶の水を差し担いする二人、水枡に桶の水をあける二人、排水溝の泥を除く二人、腰をおろして一服する二人を描く。

工事用の境の矢来や覆板が積まれている。

向うを歩く人物は間竿を持つ役人。竿の前に二つある放物線状のものは刀の柄を保護する柄袋。

(六)

(六) 土運び足休み。

(西瓜を食う男)「瓜[一]な事でも、どうでもかわい」

(西瓜売り)「瓜[二]はいやかへ、上らんかへ。やすがへ[三]の」

(田楽の客)「味噌[四]を付けてはお[五]ゑぬことだが、食うには勝手じや」

(田楽売り)「これ、味噌べったりと付けました」

西村重長筆[六]

一 「無理」の地口か。「無理な事でもどうでも可愛い」と解されるが語の出典未詳。

二 文句取りと思われるが未詳。

三 未詳。「安いがの」の意か。

四 しくじる。

五 手におえない。どうしようもない。

六 本作の画工名。浮世絵師。宝暦六年(一七五六)六十余歳没といわれ、作画は享保十年(一七二五)頃から宝暦頃まで。絵本類の他、一枚絵もある。

七 どっさりと。

八 慳貪蕎麦切り。大平椀に盛り切りで売る蕎麦。盛りが悪いという言葉に対して言った比喩。

九 わいわい天王の紙牌。猿田彦の面を冠り黒紋付の羽織袴に両刀を差し、「わいわい天王騒ぐがお好き」などと唱え、門に立って銭乞いをするわいわい天王の撒く牛頭天王の札。

一〇 物乞いが貰うような僅かな額。

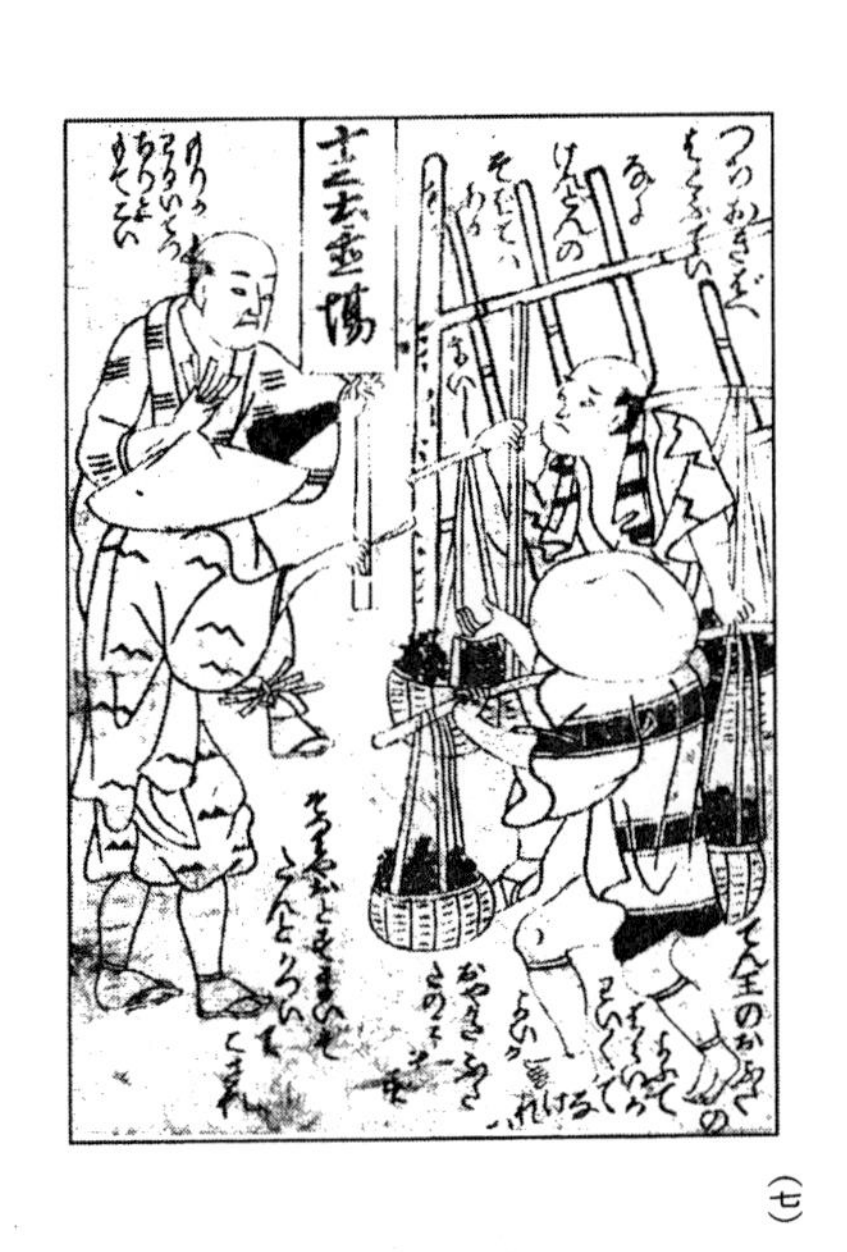

（七）

（下）

（七）土置場へ運ぶ体。

（役人一）「盛が悪い、でつちりと持てこい」

（向う側の土運び）「何、慳貪の蕎麦ではあるまいし」

（手前の土運び）「天王の御札のよふで、払いがわい〳〵でなければよいが。親方、札頼みます」

（役人二）「そりや落とすまいぞ、たんと担いでござれ」

（立札）「十三土置場」

二 運搬を証明する引替券。
三 たくさん。

絵(六) 労働の合間の間食の楽しみを描く。濠浚いの現場近くに、このような西瓜の切売りや味噌田楽の小商いが出たことを示す興味深い画証。西瓜売りは日除けの笠を冠った少年。

味噌田楽は長方形の火器に炭火を起こして焼き、香ばしい匂いが漂ったであろう。手桶には客に供する水が入っているらしい。

絵(七) 浚渫した濠底の泥を置く所定の場所まで、泥を運んで来る場面。立札に「十三土置場」とあるので多数箇所設定したことがわかる。享保十八年の濠浚渫に関して「浚上候土之義ハ、…火除場明地之内、差図之場所ニ而水しほり致、深川之方江不ㇾ残捨可ㇾ申」などの記事が見える（東京市史稿・皇城篇第二）。

竹矢来の向うが土置場で、その入口に役人が控え、天秤棒で畚に盛った泥を運んで来た人足に、回数または畚数を証明する札を渡している。これによって賃金が計算されるので「落とすまいぞ」と注意しているわけである。

役人は裁付に脚半をはき羽織を着た所定の服装。二人とも片手に細長い札の束を持っている。

向うの役人の袖に見える黒いものは柄袋。

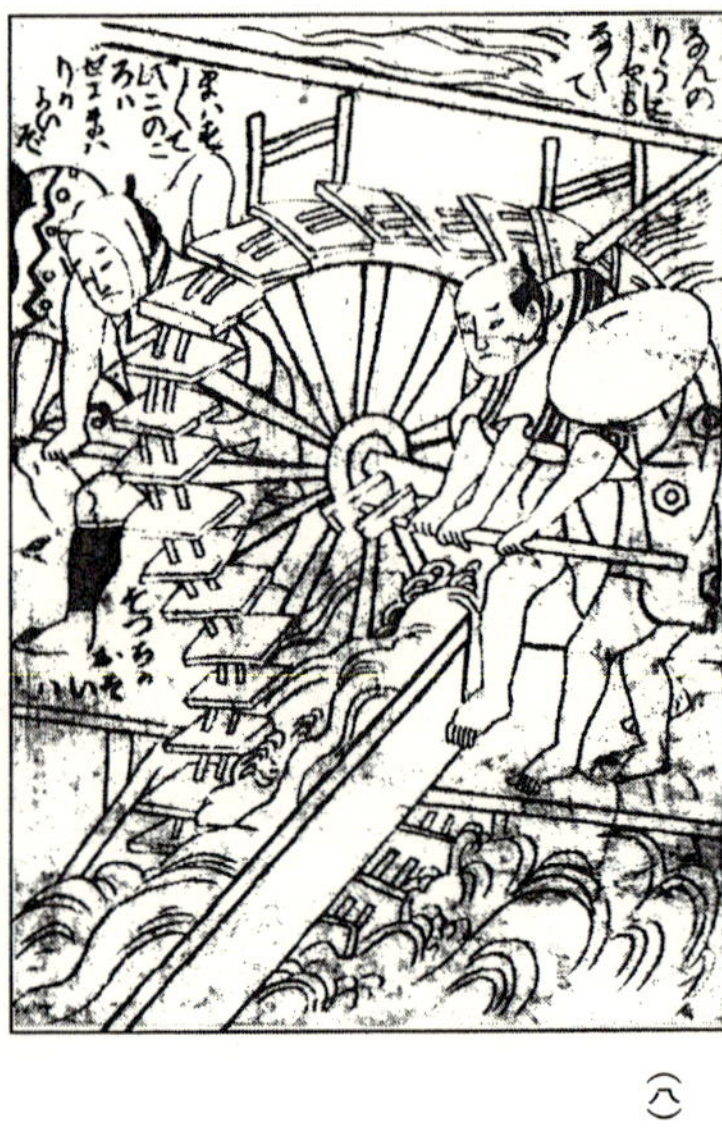

（八）

（八）（右端の男たち）「何[一]の竜骨車、じやもなくて」

（竜骨車を廻す左の男）「廻す〱で此[二]この頃は、銭まはりがよいぞ」

（頬被りの男）「そつち[三]が遅いは」

（車を引く男）「そりや〱車〱、頼みます〱。我らは鼠と同じこと、引[四]かねば食われぬよ」

（車を押す右の男）「土[五]の車の我らまで、銭儲けたよ」

（車を押す左の男）「洒落たことを言うな」

（立札）「十五」

一 何が竜骨車か蛇もなくて。「何の…さもなくて」という言い方の地口。

二 「これとこの頃は」か。また「此」「この」どちらかが衍字か。

三 両側で手廻ししているので相手側に注意を促している言葉。

四 鼠が食物を引いて来なければ食べ物がないのと同様、我々も車を引かなければ食べて（生活して）ゆかれない。

五 土車を受け持つその土のように価値のない我々まで。

(九)

(九)（右後尾の男）「土を運ぶは燕ばかりかと思つたが、今度我らも土を運び、六身代の七燕を作る」
（右上の男）「任せろ、きつう滑るぞ」

（右中の男）「お身が滑ると、我らも同じことよ」

（覆板を登る男）「八でつちらと重いぞ」

（空笊の男）「九土が和唐内で一〇空笊く、はい〳〵」

（鍬を使う男）「鍬を使わねば食一一われぬぞ」

六「こ」の字を「は」の右側に補ってある。
七 家計の帳尻を合わせる。土を運んで巣を作る燕の縁語で言った言葉。
八 ずっしり。
九 土が「無い」に和唐「内」を掛けた駄洒落。
一〇 畚が空であることを和唐内の唐(から)に掛けた駄洒落。
一一「鍬」と「食わ」の洒落。

絵(八) 竜骨車で濠の水を汲み上げている四人と、大八車で泥を運んでいる三人。

竹矢来の前の立札に「十五」とあり、第十五番の土置場をあらわす。

大八車の土を入れた箱は、四周の板をはずすことの出来る容器。


絵(九) 濠底の泥を掘って運ぶ人足たちが無駄口を言いながら作業しているさま。

濠底から岸へ斜めに踏板が懸けられ、石垣や水の満ちている遠い濠も見える。

左端に掲げた旗には釘抜の紋所が描かれる。享保十八年の濠浚渫とすると課された諸大名のいずれにも該当せず、単にそれらしい旗印と解される。

（一〇）

（一〇）（おぢご）「茶でも飲め」

（天秤を担う男）「茶飲め[一]遠目笠[二]の内から呼ばわるは、おぢつこか[三]」

（輪違模様の男）「休んで帰ろふ」

（縞模様の男）「それもよかろう」

（輪違模様の男）「十六文づゝか、奢ろふか」

（縞模様の男）「二八[四]の花の姿もよかろう」

（茶店の女）「お茶あげやせう」

（茶を受取る男）「こなん[五]のお茶でなければ飲めぬはへ」

（縞の脚絆の男）「腹[六]が数寄屋河岸から四五度もつた」

一 諺「夜目遠目笠の内」に「茶飲め」を掛けた駄洒落。

二 前注の諺の「笠の内」に笠を冠っている人物に言い掛けた語。茶を飲めと笠の内から呼ぶのは、の意。

三 おぢご。伯（叔）父御、おじさん。

四 十六文を受けて二八と言い、十六歳の花のように美しい姿の形容語に続けた語。

五 こなさん。あなた。

六 →二〇頁注五。その数寄屋河岸から四、五度土を運んだ意を調子よく言った語。数寄屋橋御門から日比谷門にかけては、享保十八年の濠浚いでは上杉宗憲が担当。

七 「くたびれた」に「が」を挿入して主語述語のように言う洒落言葉。

八 ほっとしました。

（二）

（左端の男）「あゝ、くたがびれ[七]た」

（二）（畚を担いだ後の男）「今日はよう／＼仕舞つて、土を掘つて息[八]おいたしました。わつちらに早く[九]頼みやす」

（柱の向うの男）「こゝへも早く頼みます。家へ行きとうござります」

（右下の男）「腰に付けたる札の数、今日の骨折り、これ果つ[一〇]まい。前代未聞話の種、五百[一一]文とぞ見[一二]へにける」

（渦模様の男）「これ／＼札十二枚分お頼みます」

（請合元締）「静かに／＼、何枚

九　支払いを。
一〇　使い果たす。
一一　銭五百文。享保元年の場合、江戸の日傭取賃は一人一日銀二・四〇匁（『近世後期における主要物価の動態』〔一九八九年刊〕による）とあり、換算すると相当高額になる。
一二　稼ぎがよく、上機嫌で謡の文句のように言う。

絵（一〇）　仮設の水茶屋の様子。棒を交差させて莚の日覆を支えただけ。畚がすべて空なので土置場に土を運んだ後の小休であろう。床几や茣蓙に腰を下ろし思い思いの姿でくつろいでいる。

江戸の水茶屋では後年二八の美女を置いて評判を取るが、ここでは眉を剃った中年の女が茶を汲んでいる。

絵（一一）　出来高を札の枚数によって確認し、支払いをする事務所。「払之帳」「人足之日記」という帳簿が吊るされている。一人はそろばんを膝に置いて札の枚数で計算し、手前の二人は括った緡（さし）とすぐ渡せる緡を傍らに引換えをする。左上は元締めの監督者。

人足が手にしている札は紙のように見える。「きふた」の語があり、「木札」と解せば特殊な作業で賃金の高い札か。

中央の渦模様の人物が背負っている畚は縄製で、他は竹籠のように見える。絵（三）以下も同じ。

(三)

分じや。きふた[一]があるか、見せろ〳〵」

請合元締、払い渡す。

(賃金を渡す男)「三十二文づゝ[二]四百持て行かしやい」

(帳面)「払之帳」

「人足之日記」

(三) 見分[三]の体。

(請合一)「御見分の[四]願います。先達て[五]のおきつけ[六]の相違無く、浚い念の入[七]申付ましてございます」

(役人)「申つけた通り相無い[八]か」

(下役人)「随分と仕落ちのなきように仕つたか」

一「木札」か。

二 札一枚につき三十二文の意であろう。札十二枚で三八四文となり、緡(さし)四本(四百文)を支払うのであろう。

三 立合検査。

四「の」は「を」に同じ。

五 事前の。

六 未詳。「かきつけの」または「おいゝつけの」の誤記か。

七 浚渫の仕様は十分説明して。「の」は「を」に同じ。

八「相違ないか」の脱字であろう。

絵(三) 浚渫が完了し濠底が見えている状態での現場検査。享保十八年の濠浚いの場合では、神田橋から常盤橋南の方について「御堀浚様、御堀幅三分一は水尾、三分二ハ両幅多いたし、千汐ニ水尾通深四尺、両幅多石垣際ニ而深壱尺ニいたし、水尾通りへ取合、法を付、浚可ㇾ申」などと仕様が定められている(東京市史稿・皇城篇第二)。濠の各部分につき仕様の通りであれば合格し、堰を開いて水を満たすのであろう。

野袴に黒羽織を着し笠を冠った武士は公儀へ名前を届けてある地位の高い役人で、従者を伴っている。

間竿を横たえて蹲居する右の二人は浚渫工事請負の代表であろう。

（請合二）「あい〳〵。間竿（けんざほ）にて差（さ）してお目（め）に掛（か）けませう」

西村重長筆

熊若物語（くまわかものがたり）

木村八重子　校注

底本　東京大学総合図書館霞亭文庫蔵本
形態　黒本上中下三冊
題簽　巻次の下の商標削去。絵の部分の意匠は上部の鳳凰と下部の桐で額縁風にした枠内に内容の絵。この意匠は鱗形屋のもの。絵は、上巻は簾の前の上畳に着座した後醍醐天皇と御前に座す十二単(じゅうにひとえ)姿の上臈(絵(三)の場面)、中巻は和歌を認めた短冊を傍に座す為明卿を侍烏帽子に長袴の立姿で責める則貞(絵(一〇)の場面)、下巻は舟を祈り戻そうと数珠を揉んで悪風を起こす山伏と阿新丸(絵(一七)の場面)。
「熊若」の名は、『太平記』巻二に「阿新」とあり、この用字が一般的。ほかに「隈若」「阿稚」の用字例もある。日野国(邦)光(一三二九―六三)の幼名。
本文商標　削去
柱題　くまわか
丁付　壱―十五
画工名　なし

後醍醐天皇による鎌倉幕府討伐計画が発覚した正中の変で、謀議に深く係わった日野資朝は、捕らえられ佐渡に流された。十三歳の少年であった資朝の子の阿新丸は、父を慕って佐渡に下ったが、対面も許さず父を処刑した本間佐渡守に報復しようと、本間三郎を討って立退き、山伏の庇護によって追手を逃れた。謡曲「檀風」などにも作られて名高いこの阿新の物語が、『太平記』巻二を出典とすることはよく知られている。各箇所の注に示したように文言(流布本系の岩波書店刊日本古典文学大系本によった)もそのまま取っていることが判るが、却って草双紙らしい変更も摑みやすい。題名の用字を「熊若物語」としたのもその一例であろう。絵画化に当たっては、先行の絵入刊本を参考にしたことが指摘でき、おそらく種本は後者であったろう。本作を選んだ理由は、太平記取材の多い黒本青本の一例としてでもあるが、赤本『塩売文太物語』巻末の「新板本目録」所載十二点のうち、当の赤本のほかは、今のところ完全な遺存品は本作のみであり、その「新板本目録」の末に「寛延二年巳正月」という年記(刊年もしくは摺年を示す)が入っているためでもある。赤本黒本の移行または平行しての販売など、草双紙の出版を考察する上でも興味深い作品と思われる。

＊前頁扉の図版は題簽部分のみを掲出。

（上）

（一） 人王九十五代[一]の帝を後醍醐天皇と申。元亨元年の頃[二]、日照り旱魃□□[三]て大飢饉あり、銭[四]三百をもつて粟一斗を買う。帝、飢人を不憫に思し召し、朝餉[五]の供御をやめられ、施行[六]に引かれけり。その上、二条の町に仮屋を建てて、米穀価[七]心安く売らせられしかば、人民九年[八]の蓄へ有がごとし。

（二） （男）「こゝへも計りをよく頼みます」

（女）「やれ〳〵帝様の御慈悲、ありがたい事かな」

一 太平記・巻一の冒頭に「爰ニ本朝人皇ノ始、神武天皇ヨリ九十五代ノ帝、後醍醐天皇ノ御宇ニ当テ」とある。後醍醐帝は、現在では第九十六代の天皇とする。後宇多帝の第二皇子。在位、文保二年（一三一八）—延元四年（一三三九）。

二 太平記・巻一（以下いずれも巻一）、元亨の大旱魃による飢饉のおり天皇が窮民を救われた記事「銭三百ヲ以テ、粟一斗ヲ買」「朝餉ノ供御ヲ止ラレテ、飢人窮民ノ施行ニ引レケル…」「二条町ニ仮屋ヲ建ラレ」「人皆九年ノ畜有ガ如シ」をそのまま用いる。

三 底本磨損のため判読できず。

四 白氏文集三・捕蝗の「粟斗銭三百」をそのまま用いて、高騰の状を表現したもの。

五 天皇の儀式ばらない食事。

六 仏語で、物を施し与えること。

七 太平記によれば、検非違使の別当に命じて富裕の人が蓄えている米穀を点検させ、二条町の仮屋で一定の価額で売らせ高騰を防いだ。

八 礼記・王制の「国に九年の蓄え無きを不足と曰う」による表現。豊かになった。

絵（一） 仮屋で米穀を販売する場面。米穀を入れた長櫃を前に下役人二人が枡ではかり頒つ様子。布袋や桶を持って買いにくる窮民。寛文頃刊、絵入本太平記の挿絵に酷似する。

(三)

(三) 文保二年の頃、西園寺実兼の御娘后に備はり、弘徽殿に入せ給へ共、君恩葉よりも薄くをわせしかば、秋の夜長きに恨み沈ませ給ふぞいたわしき。

そのころ安野中将公廉の御娘三位の局、中宮に有しが、天皇一度御覧ぜられ、他に異なる御覚へ、三千の寵愛一身にありて、たちまち准后の宣旨下りしかば、人みな皇后の思ひをなせり。これより帝、朝政もし給はず。何事によらず、准后の御口入といへば、忠なきに褒美せられ、理も非に落ちけるは、情なふこそ見へにける。

一 太平記に「文保二年…」とあり、藤原禧子立后の件。 二 関東申次を世襲する公卿。後西園寺入道相国。正応四―五年太政大臣。一二四九―一三二二。 三 太平記の文による。白氏文集十六・昭君怨の「君恩薄如紙」を用いた。 四 太平記「其比安野中将公廉ノ女ニ、三位殿ノ局ト申ケル女房、中宮ノ御方ニ候レケルヲ、君一度御覧ゼラレテ、他ニ異ナル御覚アリ」。 五 藤原公仲の子。 六 三位殿の局。安野公廉女、藤原廉子。後村上天皇の母。正平十四年(一三五九)没。 七 中宮禧子に仕えていたの意。 八 太平記の文による。白楽天の長恨歌の一節「三千寵愛在二一身一」を用いた。 九 太皇太后、皇太后、皇后の三后に准じて年官年爵を賜る特別待遇の地位。准三后。 一〇 太平記では准后の宣旨の前に「是ヨリ君王朝政ヲシ給ハズ」とある。 一一 太平記「御前ノ評定、雑訴ノ御沙汰マデモ、准后ノ御口入トダニ云テゲレバ、上卿モ忠ナキニ賞ヲ与、奉行モ理有ヲ非トセリ。…浅増カリシ事共也」。 一二 太平記では「御口入(ごとう じゅ)」とする。御とりなし。 一三 太平記「武臣相模守平高時ト云者アリ。此時上乖二君之徳一、下失二臣之礼一」。 一四 北条高時。鎌倉幕府十四代執権。一族と共に自刃。一三〇三―一三三三。 一五 太平記「代々ノ聖主、…東夷ヲ亡サバヤト、常ニ叡慮ヲ回サレシカドモ」。 一六 大納言藤原俊光の子。後醍醐天皇に用いられ討幕計画に活

(三)

(三) その頃鎌倉の武臣は相模入道高時とて、大悪無道の振舞、天子をもないがしろにしてければ、天皇かねては入道を滅ぼさんとおぼす。日野中納言資朝、右少弁俊基、四条の中納言隆資、尹の中納言師賢、此四人に仰て、密かに入道を調伏被成けり。中にも資朝はさま〲工夫を回らし、さりぬべき兵を召さんと、密談の上、伯耆十郎頼定、多治見四郎国長、勅に応じけり。

資朝、天皇の令旨を見する。

(資朝)「その時節は、忠勤の励み召されい」

(頼定)「高時を滅ぼさん事、

躍、佐渡に配流の上処刑された。一二九〇―一三三二。 一七 藤原(日野)俊基。種範の子。代々儒家。資朝と共に謀り鎌倉葛原岡で処刑された。?―一三三二。 一八 隆実の子。検非違使別当。後醍醐天皇の死後後村上天皇を補佐し、足利義詮との戦に敗死。?―一三五二。 一九 花山院師賢。北条高時の京攻めの際に後醍醐天皇と延暦寺に籠った。事破れて下総に配流、三十二歳で病没(一三三二)。 二〇 太平記には「只日野中納言資朝、蔵人右少弁俊基、四条中納言隆資、尹大納言師賢、平宰相成輔計ニ、潜ニ仰合ラレテ」と五人が挙げられる。 二一 太平記では「関東調伏ノ為ニ、事ヲ中宮ノ御産ニ寄テ、加様ニ秘法ヲ修セラレケルト也」とあり、御安産の祈禱として行なった。 二二「被」は底本「は」とある。 二三 太平記「土岐伯耆十郎頼貞、多治見四郎次郎国長ト云者アリ。…資朝卿様々ノ縁ヲ尋テ、昵ビ近カレ」。 二四 太平記「頼貞」とする。 二五 令旨を見て両名が勅に応じた叙述は太平記にないが、土岐頼員が舅に白状する言葉に出てくる。

絵(二) 御簾の前の後醍醐天皇と三位殿の局、几帳の手前に三人の女官。天皇は通常御簾内に居られ御顔は描かない。当図は御簾の前に頭を描き位置に矛盾がある。説明的に描いた結果か。

絵(三) 小柴垣や半蔀(はじとみ)のある公

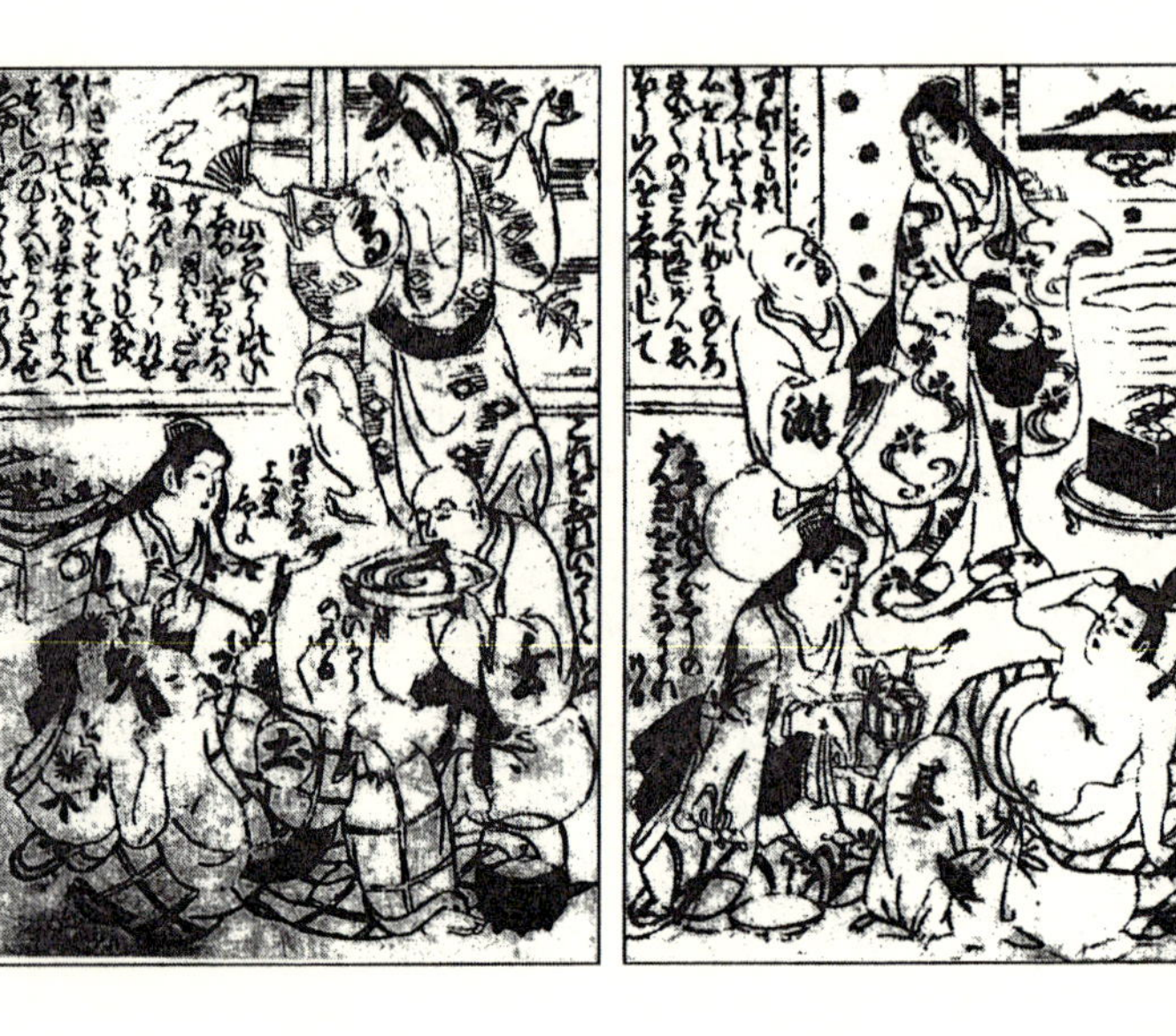

(四)

踵[一]を回らすべからず。そつと[二]も御気遣いあられますな」

(四) 資朝[三]猶も人〻を語らい、心を引みんため、その頃[四]才学の聞こへ有し玄恵法印[五]を招じて、昌黎文集[六]の談義[七]を行われける。此会交[八]の体、耳目を驚かせり。男は肌を脱ぎ、髻をはらい、法師は衣袈裟を脱いで裾を端折り、十七八なる女を廿余人、褊の単[九]ばかり着せ、酌を取らせけり。これを無礼講[一〇]といふ。

(俊基)「もはや酒に行き着き[一一]山のほとゝぎす」

(玄恵)「いから飲める〳〵」

(女)「御肴上ましよ」

家の邸宅で、頼むべき武士を語らい、天皇の令旨を展げ、忠勤を勧める資(日野資朝)、尹(中納言師賢)と記名のない公卿。素襖姿の武士は「則」の字をつけ、着衣の模様も絵(六)の常葉駿河守則貞と同じ。この人物は六波羅(武家)方。作者の指定の誤りか。顔面の汚れは底本の落書き。

一 踵を回らすほどもかかりません。瞬く間です。 二 ちっとも。 三 太平記「資朝卿…猶モ能々其心ヲ窺見ン為ニ」。 四 太平記「其比才覚無双ノ聞ヘアリケル玄恵法印ト云文者ヲ請ジテ、昌黎文集ノ談義ヲゾ行セケル」。 五 程朱の学を奉じた学僧で後醍醐天皇の侍読。尊氏の建武式目に関与し、庭訓往来の著者に擬せられる。?―一三五〇。 六 中国唐の韓退之(昌黎(七六八―八二四))の詩文集。 七 講義。 八 太平記「其交会遊宴ノ体、見聞耳目ヲ驚セリ。献盃ノ次第、上下ヲ云ハズ、男ハ烏帽子ヲ脱デ髻ヲ放チ、法師ハ衣ヲ不レ着シテ白衣ニナリ、年十七八ナル女ノ、盼形優ニ、膚殊ニ清ラカナルヲ二十余人、褊ノ単ヘ計ヲ着セテ、酌ヲ取セケレバ」。 九 生絹。夏の衣料で涼しげに透ける織物。 一〇 身分の上下による礼儀に拘束されない酒宴。太平記「無礼講ト云事ヲゾ始ラレケル」。 一一 泥酔した。「…山のほとゝぎす」は江戸中期の通言。 一二 太平記「謀反人ノ与党、土岐左近蔵人頼員ハ、六波羅ノ

(五)

(五) 謀反[一二]の与党、土岐十郎蔵人は、六波羅の斎藤太郎左衛門が娘を妻に持ちしが、合戦出来なば千に一つも討死せづといふことなしとて、かねて名残や惜しかりけん、ある夜の寝物語に此わけしかぐ〜と語りければ、女房賢き者[一三]にて、夫を返り忠になさばやと、つと[一四]起きて父が許へ行。

(土岐)「夫婦の縁もいま少しじや」

蔵人が女房、急ぎその夜、父太郎左衛門が許へ行、件の話具に言ひ聞かす。父斎藤[一五]大きに驚き、急ぎ蔵人を呼び、「他人

奉行斎藤太郎左衛門尉利行ガ女ト嫁シテ、…合戦出来リナバ、千ニ一モ討死セズト云事有マジト思ケル間、兼テ余波(なご)ヤ惜カリケン、或夜ノ寝覚ノ物語ニ」。 一三 太平記「彼女性心ノ賢キ者也ケレバ、…左近蔵人ヲ回忠ノ者ニ成シ、…急ギ父ガ許ニ行、忍ヤカニ此事ヲ有ノ儘ニゾ語リケル」。 一四 太平記「夙(と)ニヲキテ」。 一五 太平記「斎藤大ニ驚キ、聴テ左近蔵人ヲ呼寄セ、「…若他人ノ口ヨリ漏ナバ、我等ニ至マデ皆誅セラルベキニテ候ヘバ、利行急御辺ノ告知セタル由ヲ、六波羅殿ニ申テ」」。

絵(四) 太平記・巻一「無礼講事付玄恵文談事」に基づく場面。文には資朝と玄恵法印の名のみであるが、画面人物を太平記の登場人物に当てると、右下方で上半身裸の「基」字の公卿は蔵人右少弁俊基、女に戯れる「游」字の法体は伊達三位房游雅、大盃の酒を呑む「玄」字の法体は聖護院庁の法眼玄基、女の膝を枕にした「土」字の侍は土岐伯耆十郎頼貞であろう。「尊」字の人物は太平記にない。四条中納言隆資の表示の誤りか。

絵(五) 雲形の仕切りによって場面が二つに分かれる。右は屏風を立てた夫婦の寝間。一つの大夜具を被き、両人括り枕に肘を突いて語り合う。左は父の許を訪れてつぶさに語る妻。武士らしく大小の刀を枕許に置く。髪を結い上げない姿が急状を示す。

（六）

の口より漏れなば、御身も我も誅せらるべし。御辺の告げ知らせたる分[一]にて、六波羅へ訴へん」と言ふ。

[二]是ほどの一大事を女に語るほどの者也ければ、大きに仰天し、「ともかくも計らい給へ」と言ふ。

（六）[三]斎藤、急ぎ六波羅へ参、天皇御謀反の事、初め終り残りなく語りければ、[四]常葉駿河守則貞、聞きもあへず鎌倉へ訴う。

（斎藤）「天子御謀反の張本人は、日野中納言資朝、[五]二条の中将にてこそ候へ」

一 ことにして。

二 太平記「是程ノ一大事ヲ、女性ニ知ラスル程ノ心ニテ、ナジカハ仰天セザルベキ、「…只兎モ角モ、身ノ咎ヲ助ル様ニ御計候へ」トゾ申ケル」。

三 太平記「斎藤急ギ六波羅へ参テ、事ノ子細ヲ委ク告ゲ申ケレバ、則時ヲカヘズ鎌倉へ早馬ヲ立テ」。

四 常葉範貞。北条時政の六世の孫で、元亨元年（一三二一）から元徳二年（一三三〇）六波羅の北庁の探題。正慶二年（一三三三）北条高時自刃に殉じた。「範」を「則」とした理由未詳。

五 二条中将藤原為明。南北朝時代の歌人で新拾遺和歌集の撰者の一人。絵（一〇）の話で有名。一二九五―一三六四。

六 以下の件、太平記によると、六波羅から土岐十郎頼貞・多治見四郎二郎国長の討手の大将を承った小串三郎左衛門尉範行と山本九郎時綱が、六条河原に集めた三千余騎を二手に分け、土岐の宿所へは中間二人を供に山本がただ一騎赴き、就寝中の土岐を広庭に誘き出して生け捕ろうとしたが、察知した土岐は寝所に戻って切腹した。小串は多治見の宿所を攻め自害させた。 七 太平記に小串（こぐし）三郎左衛門尉範行（のりゆき）とある。 八 太平記に山本九郎時綱とある。清和帝十四世の孫、山本時信の子。 九 六波羅の宛字。

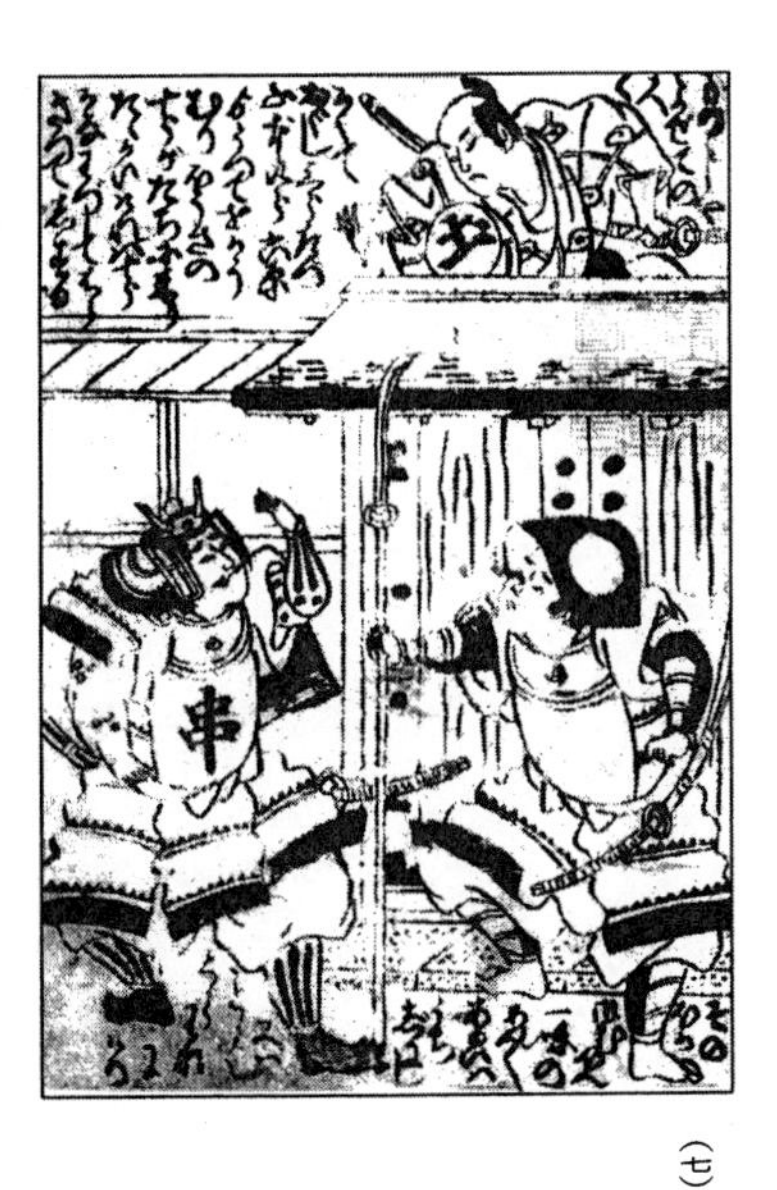

(七)

（中）

（七）かくて小串三郎左衛門、山本九郎、六原より討手を被り、伯耆の十郎が館に来り戦いければ、十郎かなわづして、腹切つて死する。そのほか御謀反一味の面〳〵、或は討死にし、又は悉く捕われにけり。

（土岐）「もの〳〵しや、寄せ手の人〳〵」

（八）御謀反一味の輩、悉く滅び、中にも資朝、為明は張本と聞こへければ、六原より長崎四郎左衛門、南条次郎左衛門来つて、資朝卿を引立、鎌倉へ下り

一〇 →三七頁注二四。
一一 以下の件は、太平記「東使長崎四郎左衛門泰光、南条次郎左衛門宗直二人上洛シテ、五月十日資朝・俊基両人ヲ召取奉ル」「同二十七日、東使両人、資朝・俊基ヲ具足シ奉テ、鎌倉へ下着ス。…只尋常ノ放召人ノ如ニテ」「資朝卿ハ死罪一等ヲ宥メラレテ、佐渡国ヘゾ流サレケル」に相当する場面。 一二 →注五。太平記に忠実であれば俊基とあるべきところ。絵(一〇)の場面に繋げるための変更か。
一三 太平記には泰光とするが、長崎高貞の誤りか。
一四 南条宗直。

絵(六) 褥に座す常葉則貞と密告する裃姿の斎藤太郎左衛門利行。太平記「夜未レ明ニ」に対応し急の注進を聴く様子を示すか。

　左側に場面転換を示す二重雲形。冊が別れる箇所だが、画工が絵(六)(七)を一図として描いたとみられる。

絵(七) 土岐頼貞の宿所を単身で攻める場面。太平記では宿直の者は寝入り、土岐は奥の間まで侵入した討手に気づいて起きあがる。画面では、素足ながら宿直の者は門前で討手に対し、土岐は門の上からこれを認めて刀の鯉口を寛げ、荒事風に右手を開いて声を掛けている。

　討手の大将が山本でなく小串になっているのはおおらかな誤りか。

けり。初めの程は、放し[一]囚人のやうなりしが、

（八）やうなりしが、死罪[二]一決に極まり、佐渡が嶋へ流し、本間山城[三]入道預り申。

（資朝）「こは何とする。さら／＼身に覚へないが」

（長崎）「ふて／＼しい人だ。気[四]の尽きな」

（南条）「いざを立ちやれ」

（阿新）「これは／＼、父上を何とする事じや」

（侍女）「さては予ての御企て、顕れしものならん」

（乳母）「にが／＼[五]しい殿様の御有様」

（九）御謀反逐一[六]に鎌倉へ露顕

一 牢獄に禁固しない特別扱いの囚人。 二 太平記では「死罪一等ヲ宥メラレテ」とあり、死罪が許され一段低い刑罰として、の意となるが、ここでは、（長崎高資の）処刑論に皆が賛同して。 三 佐渡守護。名は有綱か。 四 気が尽きる事だ、か。 五 厭わしい。不愉快な。 六 太平記では「資朝俊基関東下向事付御告文事」の条。「君ノ御謀叛次第ニ隠レ無リケレバ」から、俊基の逮捕、鎌倉での押籠、御告文執筆の件を抜かし、斎藤利行の御告文読み上げの件を扱う。 七 もと神に奉る誓いの文書。ここでは天皇が高時に賜った誓いの文。 八 平安時代以来の官制の一、秋田城の責任者。出羽介の兼務以降の呼称で武家の名誉職。当時の在任者は安達高景。なお太平記では秋田城介は告文を請け取っただけで、高時に披見しないように諫めたのは二階堂出羽入道道蘊。 九 斎藤太郎左衛門利行。 一〇 太平記では目まいがして鼻血が出、途中で退出、喉下に悪瘡が出来七日のうちに血を吐いて死んだ、とある。いずれにしても事実ではない。「忽ち」と変更した理由は丁数の制約から一場面にまとめ、画でわからせる必要からであろう。 一一 太平記に「万里小路大納言宣房卿ヲ勅使トシテ、此告文ヲ関東へ下サル」とあるのを会話に用いたもの。宣房は藤原資通の子。 一二 この件は太平記・巻二の「僧徒六

(九)

せしかば、天皇[七]御告文を入道へ下さる時、秋田城介[八]申けるは、「昔より天子より直に御告文下る事、その例なし。そのまゝ返し給へ」と言ふ。相模入道「何か苦しからん」とて、則、斎藤[九]に読ませける。「叡心偽らざる所、天の照覧に任ず」と有所を読みし時、忽ち[一〇]血を吐いて死にけるこそ不思議なる。

相模入道「勅使は万里小路宣房卿[一一]よな。いざ〳〵御告文拝見せん」

(10) 二条の中将為明[一二]六波羅へ捕はれ給ひ、白状せずんば鉄[一三]の梯子を渡り給へと責めけ

波羅召捕事付為明詠歌事」による。
一三 太平記・巻二(以下いずれも巻二)では「青竹ヲ破リテ敷双ベ」とある。

絵(八) 日野資朝が召し捕られる場面。太平記に「曽テ其用意モ無リケレバ、妻子東西ニ逃迷ヒテ、身ヲ隠サントスルニ処ナク、財宝ハ大路ニ引散サレテ、馬蹄ノ塵ト成ニケリ」。長崎の、野袴に皮足袋、向う鉢巻姿は歌舞伎の捕手の扮装に似る。南条の着物には菖蒲革の模様があり下級武士風な表現。

稚児姿に「阿」字の少年が主人公熊若丸。普通「阿新(くまわか)」と表記するのによった表示。太平記では巻二、十三歳の阿新殿が佐渡に下る場面に初出。右上の垂髪の女性が資朝の御台所、阿新丸の母君であろう。

絵(九) 繧繝縁(うんげん)の上畳に狩衣姿で座す相模入道北条高時、傍らに常葉駿河守則定(絵(六)に既出、この人物は太平記にも本作の文にもこの場面には登場しない)。猫足の台に載せ蓋を取った黒塗りの文箱。御告文を途中まで読んで血を吐く斎藤利行。絵(五)(六)と同じ模様の裃の肩衣をはね上げたところ。後ろに裃姿の秋田城介、頭髪は歌舞伎で捌き役をあらわす総髪生締(なまじめ)の形。意見が容れられず不祥事がおこったが沈着な態度。背後の人物は対照的な驚駭ぶりを示すための脇役風。

（一〇）

れば、中将、硯引寄せ、

　おもいきや我しき嶋のみち
　ならでうきよの事をとわる
　べしとは

と詠み給ひしかば、さすがの則貞此歌の心を感じ、罪を許し申せしも、ひとへに和歌の徳ならずや。

（炭を継ぐ男）「地獄の絵図を負かします。さあ〳〵渡り給へ、御公家殿」

（扇ぐ男）「此炭は熊野の本かへだい。熾るとすさまじい。此火で蒲焼を食うてきすこけが望みだ」

（鉄棒を持つ男）「いとしや、熱

一 太平記では白状のためかと硯と料紙を為明に奉ったとある。 二 和歌の不思議な力。古今和歌集の仮名序に「力をも入れずして、天地を動かし、目に見えぬ鬼神をも哀れと思はせ、…」とある。 三 太平記の「四重五逆ノ罪人ノ、焦熱大焦熱ノ炎ニ身ヲ焦シ、牛頭馬頭ノ呵責ニ逢ランモ、角社（かくこそ）有ラメト」を平易に簡潔に言いかえた言葉。地獄絵図は絵解等で江戸時代の庶民に親しいもの。 四 太平記「雑色左右ニ立双デ、両方ノ手ヲ引張テ、其上ヲ歩セ奉ント」。 五 熊野炭。紀伊国熊野産の堅くて火力の強い上等の炭。備長炭。現在も鰻を焼くのに用いる最上の木炭。 六 未詳。「本…」か。正真の熊野炭の意か。 七 「きす」は好（すき）の転倒語で酒の隠語。「こけ」は未詳。 八 太平記では巻二の「長崎新左衛門尉意見事付阿新殿事」の条に、以下絵（一八）までの阿新の物語がまとまっている。長崎高資と二階堂道蘊の論争で後醍醐天皇と大塔宮を遠島に流し、俊基・資朝を誅するという長崎の意見が通り、噂を聞いた阿新丸が父の最期を見届け、自分も冥途の伴をしようと佐渡へ旅立つ。 九 太平記には母が頻りに止めたが「ヨシヤ伴ヒ行人ナクバ、何ナル淵瀬ニモ身ヲ投テ死ナン」と阿新がいうので、母も仕方なく只一人の中間（ちゅうげん）を添えたとある。 一〇 越前国（現福井

（二）

からう」

（一一）資朝の御子阿新はその年十三才也しが、父近くに誅せられ給ふと聞いて悲しみに隙なく、母上に暇を乞ひ、日数十三日と申には越前敦賀の浜に着き、これより佐渡へ便船し給ふ。

（供）「舟人便船申そう。を〻い〳〵」

阿新佐渡に着いて本間が門の辺さまよい、御僧を頼みしか〴〵の事語り給ふ。沙門不憫にや思いけん、此事通じける。

（阿新）「わたくしは、はる〴〵京より参りました。どうぞ父上に会はせて下さりませ」

県）の要港。一一 都合よく出る船に乗る。太平記には「商人船ニ乗テ」とある。一二 太平記に「境節（をりふし）僧ノ有ケルガ立出テ」。一三 太平記「心有ケル人也ケレバ、急ギ此由ヲ本間ニ語ルニ」。

絵（一〇） 烈火の上を渡らせる拷問の仕度をする雑色たち。右の一人は炭俵から熊野炭をあけながら地獄絵を負かすと言っている。腕から背に掛けたゆるい紐は、炭俵を担うためのものか。着物の虎の斑模様は鬼の褌に通い、左の一人が持つ鉄棒と共に地獄の状景を連想させる。

鉄梯子の下の炭は熾っているのといないのと白黒に描き分けてある。

縁側には二条中将為明卿が唐草模様の狩衣に冠を着けた姿で座し、すでに一首の和歌を書き終え、硯蓋に載せて則貞に見せるところ。常葉則貞は素襖の両袖を広げ、足ぶみし、威嚇する様子か。

絵（一一） 二重雲形枠で仕切った二場面。右図は便船を求める阿新と供人。服装について太平記に「ハキモ習ヌ草鞋ニ、菅ノ小笠ヲ傾テ」とある。

舟は伝馬船か。海路には小さい。

左図は本間の門の辺で僧に会ったところ。太平記「本間ガ館ニ致テ中門ノ前ニゾ立タリケル」とあり、建物の部分などが描かれるべき場面。画面の制約で省略したか。館を暗示するのは松の木か。

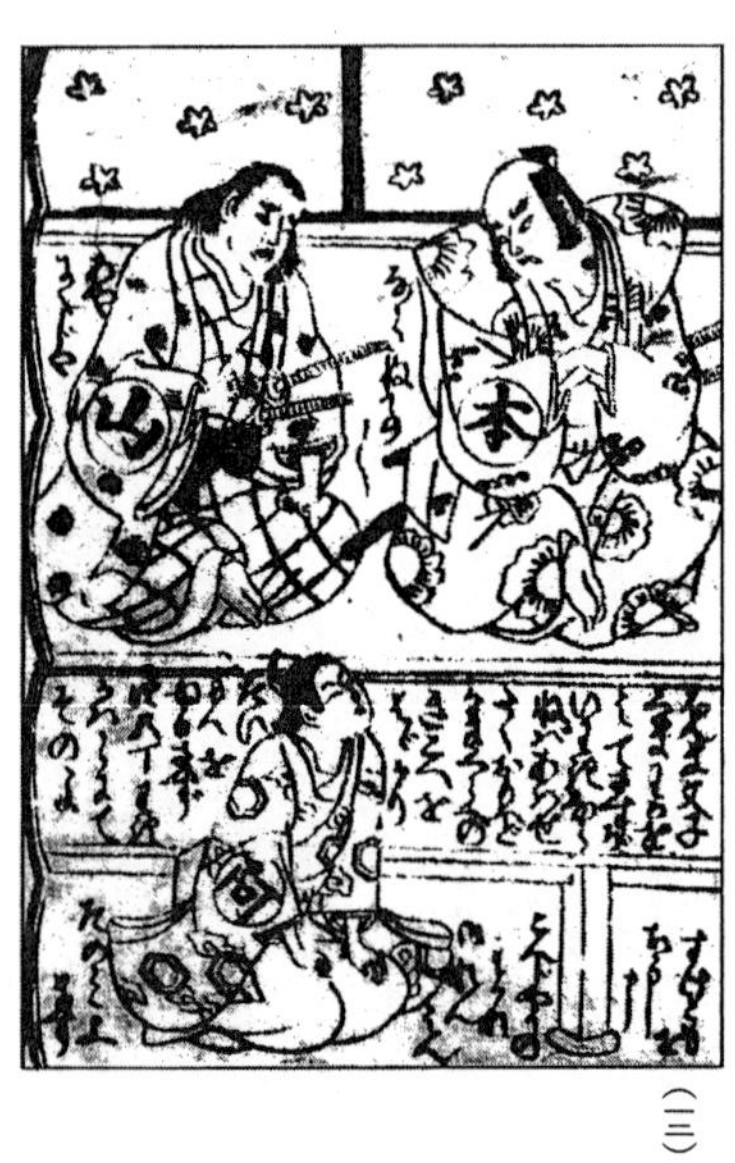

（一二）

（僧）「やれ〳〵いたわしや」

（一二）本間父子阿新を見て、さすが岩木ならねば会はせたく思へど、鎌倉への聞こへを憚り、対面を許さず。四五丁わき、河原にてその夜資朝を誅し申。

（阿新）「今生の別れ、御憐憫頼み上ます」

（本間）「ならぬ事〳〵」

（本間山城）「生憎じや」

（下）

（一三）阿新の尋ねて来り給ふよしを、資朝仄かに聞き給ひ、会いたく思はれしかど、ついに会わづして親子の涙せきあへず。

一 岩や木でなく人の心があるので。この語は太平記では僧の言葉を聞いてすぐ阿新を丁重に扱った場面にある。

二 この距離は太平記では父の置かれた場所から阿新の居所まで。資朝を誅したのは「十町許アル河原」。

三 太平記では「五月廿九日ノ暮」とあり、阿新到着のその夜ではないようである。本作でも実際に誅される場面は絵(一四)にある。「河原にて…誅し申」の文は父の牢があることを書くべき部分の誤記と思われる。

（三）

（牢番）「こなたの子がはる〴〵尋ねてわせ[四]ました。さぞひと目会いたうござろうの」

（資朝）「なか〳〵[五]の事。懐しの我が子やのう。さて顔を見まほしや」

（四）その夜戌[六]の刻ばかりに、資朝を輿に乗せ申、十町ばかりわきの川原へ連れ行、輿舁き据へければ、少しも臆したる気色なく、敷皮の上に坐し、硯引寄せ、辞世の詩[七]に曰く、

五蘊仮成レ形
[八]四大今帰レ空
将レ首当二白刃一
截断一陣風

四 来られた。太平記には「父ノ卿ハ是ヲ聞テ」とあり牢番は登場しない。
五 勿論です。
六 午後八時頃。太平記では「五月廿九日ノ暮程ニ」湯浴みさせ、「夜ニ入レバ輿サシ寄テ乗セ奉リ」とある。
七 太平記には「頌(じゅ)」とあり、仏の徳を讃える言葉。
八 詩の二、三行の第一字は底本の汚れ。

絵(二)　本間入道父子が阿新丸を引見する場面。太平記では持仏堂へ導き入れ、旅装を解かせ洗足させており、このような場面にならない。歌舞伎式の表現か。「山」は山城入道、「本」は本間を示す。
　この画面も、下絵は絵(三)と同一紙面に描いて二重雲形で仕切ったのであろう。絵(二)と(三)の間に中巻の後表紙(うしろびょうし)と下巻の表紙が入る。造本の偶然か構成を考慮してか、二枚の表紙を隔てることで、阿新と父資朝が今世に生きていて対面出来ない哀れさが効果を上げている。
絵(三)　資朝卿が牢にこめられている場面。屏越しに俯瞰式に描く。太平記には「竹ノ一村茂リタル処ニ、堀ホリ廻シ屏塗テ、行通フ人モ稀也」とある。

（一四）

[一]五蘊仮に形を成し、[二]四大今空に帰す。首をもつて白刃に当つ。截断一陣風。

と、心静かに認め、[三]唱名十遍ばかり唱へ給へば、[四]本間三郎後へ回ると見へしが、御首は前に落ちにける。いたわしかりし最期なり。

（資朝）「[五]太刀取り、大儀にてこそ候へ」

阿新かくと聞くより駆け来り、[六]亡骸を煙となし、下人に申付、遺骨を高野山に納め給ふぞ殊勝なる。

（一五）[七]かくて阿新、心地悪しきと偽り、昼は打ち臥し、夜な

一 仏語で、色(しき)・受・想・行(ぎょう)・識の五つ。人間の肉体と精神をその五つの集まり(蘊)とする。
二 仏語で、地・水・火・風をいい、すべての物質を作る四つの元素。転じて人間の肉体。
三 仏語。「南無」に続けて帰依する仏の名を十回唱えること。太平記には「年号月日ノ下ニ名字ヲ書付テ、筆ヲ閣キ給ヘバ、切手後ヘ回ルトゾ見ヘシ」とあり、唱名はない。
四 本間山城入道の一族の者。資朝の処刑執行人。
五 首切り役、御苦労である。
六 遺骸を焼いて。太平記では「僧来テ、葬礼如レ形取営ミ、空キ骨ヲ拾テ阿新ニ奉リケレバ」とある。
七 太平記「角テ四五日経ケル程ニ、阿新昼ハ病由ニテ終日ニ臥シ、夜ハ忍ヤカニヌケ出テ、本間ガ寝処ナンド細々ニ伺テ、…」。
八 太平記「或夜雨風烈シク吹テ」以下。好機と狙うが、山城入道は常の寝処に居ず、灯の見える次の間にも子息さえ居ず、首切役の本間三郎であった。是も親の仇と思うが、明るいのでためらっていると。
九 太平記では本間三郎を討ってから竹原の中へかくれる。
一〇 太平記に「若ヤト一マド落テ見バヤト思返シテ」とある。
一一 太平記では熟睡するところを枕を蹴って起こし、一の太刀で臍の上を畳まで突き通し、返す太刀で喉笛

（一五）

〵出て本間父子を狙い給ふぞ不敵なる。ある夜雨のいとう降りける夜、竹藪に忍び狙いしが、灯火有て閨に入事難かりしが、夏の夜にて虻蚊など飛び来り火を消す。天の与へと嬉しく、やす〳〵忍び入、本間が刀にて三郎をたゞ一刀に刺し殺し、大竹の藪を伝い、逃るゝだけはと落ち給ふ事、危うし〳〵。

（本間三郎）「油断した、ゑゝ無念な」

（阿新）「父の仇、思い知つたか。情知らづ。よふ御首討つたなあ」

（阿新）「うれしや、此濠を越

を切ったのでアッという声しか上げていない。

三　本間の発話とともに、当時の読者は心中の言葉と受け取ったか。

絵（一四）　資朝卿が斬られる場面。輿から降り敷皮の上に座して辞世の詩句を書き付けている。立涌模様の短い袂の着物と無地の袴、髪は絵（一三）の場面と同じ。前に綰物（わげもの）の首桶、後ろには太刀取りの本間三郎が太刀を抜きかけて構える。左方の三人の奴は輿を舁く役か、長刀、鎗を立てて控える。

水面は広々として遠くに白帆が見え、川原より浜辺のようであり、戌の刻だが昼のような画面。事柄の説明を主眼とする。

絵（一五）　屋根の先と柱と布団の端が左の画面に出ているので、この場面は異時同図と見られる。

本作に説明文はないが、太平記に「堀ヲ飛越ントシケルガ、口二丈深サ一丈ニ余リタル堀ナレバ、越ユベキ様モ無リケリ。サラバ是ヲ橋ニシテ渡ンヨト思テ、堀ノ上ニ末ナビキタル呉竹ノ梢ヘサラ〳〵ト登タレバ、竹ノ末堀ノ向ヘナビキ伏テ、ヤス〳〵ト堀ヲバ越テゲリ」とある場面で、阿新丸が竹の梢を使って大きな堀を越えた話は有名。画典通考・巻之八（享保十二年刊）に「阿新児」の挿絵として橘守国がこの場面を描いている。

(一六)

へるぞ」

(一六) 本間討たれければ、血[一]塗れの小さき足跡あり。さては阿新の仕業なりとて、家来ども大勢、跡を慕うて追つ駆くる。ほ[二]どなく夜明けければ、昼は叢に身を隠し、夜に入湊の方へ落ちらる。孝行の心を天も感応ま[三]しく〳〵けん。年老ひたる山伏阿新を見て様子を聞き、いたわしく思ひ、背に負ひ、越後の方まで送りまいらせんとて伴ふ。

(追手右)「足の早い倅の」

(追手左)「太い餓鬼めだ」

(山伏)「御稚児は何方より何方へ御渡り候ぞや」

一 太平記ではこの前に「番衆ドモ驚騒デ、火ヲ燃シテ是ヲ見ルニ」とある。

二 太平記ではこの前に絵(一五)左の竹の梢を使って逃げる件が入る。

三 底本破損、意によって補う。

四 呼びかけの語。もしもし。

五 行脚(あんぎゃ)の僧。旅の御坊様。

六 仏語。在家のまま出家と同じように修行している男子。修験道の祖、役小角(えんのおづの)を役(えん)の優婆塞というように、山伏は優婆塞であり、ここでは「私が」に同じ。

七 いっそ。

八 ちょうどその時。以下、版が磨滅して文字が見えない部分が多い。太平記には「折節湊ノ内ニ舟一艘モ無

（一七）

（阿新）「いかに客僧様、我は親の仇を討ち、後より追手の掛る者。影を隠して給ひ候へ」

（山伏）「しからば此優婆塞が命助けまいらせん。なかく、伴い申さん。山上にはあれく、追手の声喧し」

（一七）折節湊に舟一艘無く、いかゞはせんと求むる所に、遥かの沖に乗り浮かめたる大舟、順風になりぬとよろこび、こへ□帆にあ□□山伏その舟便船せん、こなたへくと招きけれど、出舟の習い聞き入れもせず□□□はや□。山伏居丈高になり、乗

リケリ。如何セント求ル処ニ、遥ノ澳（おき）ニ乗ウカベタル大船、順風ニ成ヌト見テ檣ヲ立篷（とま）ヲマク。山臥手ヲ上テ、「其船是ヘ寄テタビ給ヘ、便船申サン」ト呼リケレ共、曾テ耳ニモ聞入ズ、舟人声ヲ帆ニ上テ湊ノ外ニ漕出ス。山臥大ニ腹ヲ立テ柿ノ衣ノ露ヲ結デ肩ニカケ、澳行舟ニ立向テ、イラタカ誦珠ヲサラくト押揉テ、「…（祈りの言葉略）」ト、跳上々々肝胆ヲ砕テゾ祈リケル」とある。

九 出航しようとする時の常として。

一〇 いきりたって。

絵（一六） 左に阿新丸と彼を助けようとする山伏。兜巾を冠り、六尺棒を衝く。

右上の追手二人は両刀差し、左の二人は捕手の武器である刺股と突棒を持っている。この四人は前景の二人と同様大きく描かれているが、樹木の並ぶ峰が三つあり、相当に距離のあることを示している。黒本青本によく見かける手法。

絵（一七） 沖に出た船を漕ぎ戻させようと、山伏が祈って悪風を起こした場面。謡曲「檀風」の題材となり、阿新丸の画題としてもこの場を取ることが多い。

左上に悪風が渦を巻き、白帆は前方から風を受けて船は艫（とも）の方向に進み、波も激しく、船上の人々が倒れ転び助けを求めている。

（一八）

り行く舟を祈り戻さんと、丹精を凝らし祈りければ、不思議や沖の方より悪風吹き、舟を覆さんとする。舟人ら手を合はせ助け給へと震い／＼漕ぎ戻す。かくて山伏、阿新共に打乗り、越後の国に着きにけるも、偏に諸[一]天善神[二]明王[三]御加護ぞありがたき。

（一八）かくて都へ山伏は、阿新を伴い、「我はこれ八幡大菩薩[四]也。汝が孝心を感じ急難を救いし」と、天上[五]し給ふ。

（阿新）「あらありがたの神力や／＼」

一　仏語。欲界の六欲天、色界の十七天、無色界の四天を総合した呼称。
二　仏語。正法を護持する神。
三　仏語。衆生を救えという大日如来の教令によって調伏する諸尊で、怒りの相を表す。また不動明王のみをさす。
四　広神天皇を主座とし、神功皇后、比売神または仲哀天皇の三神を祭神とする弓矢の八幡神に、仏教の立場から、その本地を菩薩として奉った神仏習合による呼称。
五　天にのぼる。天界に上る。

絵（一八）　山伏が忽然として八幡大菩薩と現れ、尊形を仰いで手を合わせる阿新丸。この場面は全く太平記にない。草双紙らしい終り方。

　八幡大菩薩は瑞雲に乗り、身から後光がさしている。白髪を額で結んだ形は演劇において神を表現する面や扮装に似る。着衣は瑞雲を織り出した狩衣に白の大口であろう。

　鳥居、井垣、御手洗（みたらし）のみを描き、八幡宮の神域を表現する。

竜の都

亀甲の由来

木村八重子　校注

底本　ロンドン大学蔵本

形態　黒本二冊

題簽　竜の都 亀甲の由来　下

上巻分を欠く。「竜の都」は「亀甲の由来」の右肩に小書きする。題名の下に、右に「通塩町」、左に「奥村」の文字を配して版元奥村の商標を示す瓢箪形、その中に巻次の「下」の字、題名の上部には刊年を示す「戌」字。絵の部分の意匠は白抜きの波と笹を背景に大きな蓑亀の背面を描いてこれを画枠とし、絵は海月を月に見立てた猿猴捉月の姿に梅花を添える(絵(一〇)左の場面、ただし梅はなく柳)。

本文商標　なし

柱題　さる

丁付　壱・二―十

画工名　なし

本作は『日本小説書目年表』や漆山天童の『黒本目録』に記録がなく、従って『国書総目録』にも収録されず、従来存在が知られていなかった。『ロンドン大学東洋アフリカ校所蔵日本古典籍善本解題並に目録』(林望著編、昭和六十一年刊東横学園女子短期大学「東横国文学」第十八号所載)によって存在が知られ、アーネスト・サトウの旧蔵であったことも明らかになった。思うにわが国の研究者が著録する以前に海外へ流出し、日本では存在の知られていないこの種の草双紙は、学問の国際化が進むにつれてまだ発見される希望が残っていることであろう。

内容は本文で明らかな通り、猿の生肝あるいは海月骨なしとして知られる昔話の一つで、仏教経典『百喩経』からさまざまに変容して語り伝えられたものである。本作で興味深いのは、冒頭が浦島太郎の話で語り出される点で、鶴の出現もまたこれに因むものであろう。また海月が処罰されたところで終らず、唐海月になって人に懇望され身の上話をして歓待されるのも独特である。猿の生肝物の一変態として比較研究に供したいと思う。

画工名は記されていないが、鼻と口が接近したやや丸顔の面貌は鳥居派とは異なる特徴があり、版元が奥村であることと合わせて、奥村派の作品と考えられる。また、題名上部に十二支を表す「戌」の字があり、確証はないが一応宝暦四甲戌年(一七五四)刊行と推定しておく。

＊前頁扉の図版は下巻の題簽部分のみを掲出。

(上)

(一) 雄略天王二十二年秋七月、丹後の浦にて浦島釣お垂る。一つの亀を得たり。かの亀女となりて浦嶋を伴い、竜宮界に連れ行きけり。切戸の文殊。竜宮より渡る宝物、鱏の鰐口、蛸の香炉有。天の橋立の明神。成相の観音。

(浦島)「これは亀が釣れたぞ」

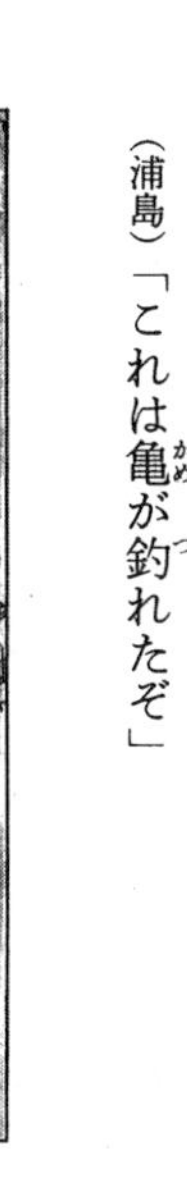

(三) それよりも浦島は、亀に

(二) うち連れ竜宮に到り、さま〴〵ともてなされ、帰る折節、一つの箱お竜王より下されける。

玉手箱

帰る折節、乙姫気色あしくまします。

竜王、姫の事なればさま〴〵と療治なされしが、浦嶋に療治

一 第二十一代大泊瀬幼武(おおはつせわかたける)天皇。中国の記録にある倭の武王。五世紀後半に関東から九州まで勢力を及ぼしたと推定されている。 二 日本書紀・巻十四の雄略天皇の条に「廿二年秋七月。丹波国余社郡管川人水江浦嶋子乗舟而釣。遂得大亀。便化為女。於是浦嶋子感以為婦。相逐入海。到蓬莱山歴観仙衆」とあり、諸書に引かれて著名。 三 丹後国(京都府北部)の浦辺。 四 水江浦嶋子または浦島太郎。ここでは単に浦島とする。 五 注二に「便化為女」とあり、本朝怪談故事(正徳六年刊)・巻第一「第十五網野愛レ亀」にも「彼亀化シテ婦人トナリテ」とある。 六 天橋立南端の砂嘴の切れた箇所を九世戸(くせと)または切戸(きれと)という。この地(京都府宮津市文殊)の智恩寺をいう。 七 切戸の文殊の寺宝か未詳。竜宮伝来とし、偏平で紐状の尾のある鱏と球形多足の蛸を、鰐口(参詣者が打鳴らす社閣の堂前に吊るした扁円中空の金属具)と香炉に見立てた作者

絵(一) 小舟で亀を釣り上げる浦島。御伽草子「浦嶋太郎」の挿絵では向きが逆で笠を冠った立姿であるが趣が似通う。亀にはどちらも耳があり、本作では蓑亀に描き霊亀の状を示す。背景は天橋立の名所風景。切戸の文殊堂から成相寺までを一望に納めるのが定石で、砂嘴の内側からの眺望は国花万葉記(元禄十年刊)に同じ。

(三)

の由御相談あれば、浦島申上けるは「乙姫様の御病気、気鬱[一]労咳と見うけ候へば、ちんそゑん[二]が生薑湯に猿の生肝を御入しかるべう[三]存ずる」と申あぐる。

(甲鳥賊)「何といづれも、猿の生肝は取り難いものだろう」

(巻貝)「さるとは[四]難しい薬じや。猿といふ物見た事もなし」

(鯛)「これは[五]猿の生肝に困つた」

(鯱)「この使は亀が、才覚の有者なればよかろう」

(蛸)「若い人だが医学もある

の機知か。八 京都府宮津市橋立。天橋立の南端から四分の一ほど北に位置する、磯清水神社をいう。九 京都府宮津市成相寺。天橋立北岸の高所に位置する。成合寺とも。修行僧が猪の股肉を食して餓死を逃れた時、仏身の股部が切り取られており、祈って元に復した、故に成合と称した、という観音の霊験譚が今昔物語集第十六にある。一〇 それから。一一 気分が悪く。乙姫の病気については仏教説話では懐妊とする。一二 八大竜王。仏教で法華経説法の場に列席したという八種の竜王のうち娑伽羅竜王が、海や雨を司るとされるところから、竜宮の主とする。

一 気持のふさぐ病と肺結核。二 中国の医家陳そゑん(未詳)の処方による。「ちんそゑん」は陳念祖の誤りか。三 然るべく。よろしいと。四「然りとは」に猿を掛けた語。五 本文は「これ」とあり、後人が右に「ハ」を墨で補記している。六 ガンジス河の魚類。仏教で恒河は聖なる河。それに象徴される魚貝類の全てをさす成語。七 猿見山または猿御山、猿深山か。八「こうら(これは)また」に甲羅を掛けた洒落。

絵(三) 浦島は竜宮でもてなされるが、竜王から玉手箱を頂き、乙姫の病気に猿の生肝を勧めるところまで

（三）

そうだ。竜宮に留めたいものだ」

（竜王）「客人お帰り、恒河[六]の鱗、早〲申つけい」

（巻貝）「かしこまりました」

（三）竜王より鯱に仰付られ、猿の生肝お取りにつか(は)すべしと詮議まち〲なる時に、一つの亀進み出、「それがし猿を謀り連れ参らん」と申あぐる。

（鯱）「しからば早〲猿み山[七]へ急ぎめされ」

（蛸）「亀殿、今度の役は大切の御用じゃ」

（亀）「委細かしこまりました。亀は甲羅[八]また大事のことじ

で話の枕にとどまり、物語は猿の生肝の話に変わる。竜宮という異界なので、浦島以外は唐風の衣裳。衿の周りには俗によだれかけと呼ぶ歌舞伎衣裳の「ぴんとこ」を着けている。

左方で竜の冠を付けているのが竜王。唐扇を持ち、瑞雲文様装飾の椅子に掛け、波頭文様の帳が左右に開かれている。居所のしつらいは御伽草子「二十四孝」などの唐風居室、竜王の形は能楽の出立ちに似る。

その右は鯱。厳つい顔をし、絵(三)右以降にも登場する。右へ甲烏賊か、鰹か。竜王の手前は鯛。右へ巻貝(名未攷)、鯛。

竜宮の魚類を、唐風衣裳等で頭上に各々の魚貝を着ける描き方は彦火々出見尊絵巻や大織冠物の古浄瑠璃本挿絵、一枚絵等に先行例がある。

絵(三)　右図の室外に見える岩または土坡の線によって右左が二場面に分けられている。

右は、竜王の命令で猿の生肝取りに派遣する者を詮議する鯱、名告り出る亀、念を押す蛸。この亀と浦島に釣られた亀の異同は不明。蛸と亀の対話に先行赤本「猿のいきぎも」同場面の趣が見えるが、亀の甲に亀甲文を描かず物語の伏線として忠実。

左は、亀の誘いに乗って出発する猿と、樹上で羨む二匹の猿。亀の甲はここでも亀甲文様になっていない。

この場面以下、猿のみは擬人化されずに登場する。

(四)

や」
亀、猿の住むみ山[一]に上り、亀、猿に向かい言ふやう、「いづれも身の軽き事自由になさるゝ、我らが甲に登り、竜宮界ゑ御出あるまじきか」と言ひければ、「いかにも」と、答へ[二]ける。亀、心のうちに謀りしと喜こび、波を押し分け、猿を甲に乗せ急ぎける。

(樹上の猿一)「魚[三]の食い飽きだろう」

(同二)「おら行きたい事だ。首尾が良くば迎いによこし給へ」

(亀)「じつわり[四]とした。あま

一 →五七頁注七。

二 底本「ことへ」と読めるが意によって「こたへ」と解す。

三 あきるほど魚が食べられるだろう。

四 じわりと重くなった。

り動き給ふな」

(四) 猿を門の前に下ろし、竜王に申上る。その暇に門番の海月猿[五]に向かひ、「さて〳〵その方は何とて来るぞ。今日の暮に生肝を取られん事の不憫さよ」と申ける。猿驚き、逃げ帰らんと思へども、海中なれば叶はず。さらば知恵お出し謀らんとぞ思案[六]の回らしける。

(額)「竜宮」

(猿)「[七]いかい御大儀。[八]こな様の[九]頭の物は[一〇]紙合羽の破れたを被つて雨の用心か」

門番海月「可哀や、様子を知らず嬉しそうに失せ[一一]た」

(五)

五「に」は小さく「ニ」とあり、後人が墨で補記したもの。
六「思案を」に同じ。撥音の直後の格助詞「を」は「の」に変化する。
七 大そう御苦労。
八 あなた様。
九 頭につけている物。
一〇 桐油を塗り撥水性を持たせた紙で仕立てた合羽の、破れたもの。絵(四)右の海月の頭を形容した滑稽な質問。
一一 来おった。「来た」を卑しめた語。

絵(四) 竜宮の門と回廊の内または外を見開きの場面に描く。楼門の周辺や火灯窓(かとうまど)の上部を波頭で囲い、海中らしい効果を見せ、異なる線遠近法を用いて別場面らしくもある曖昧さが面白い画面にしている。

噂をしている魚類は、海老と鯛、および河豚か。赤本「猿のいきぎも」では海老と鯛が生肝を取る相談をする。

絵(五) 絵(三)と同様、竜王の御前の場を視点を変えて描き、左方の空間に斜の雨が降っている。

鯖が縄尻を取り、蟹が刀物を持って擬勢する。

高手小手に縛られた猿の前には肝を入れる首桶様の容器が用意されている。

亀と巻貝は竜王の傍に控え、鯱だけが猿が戻ってくることを疑っている。

(六)

(海老)「海老[一]もこの年まで、猿を初めて見たぞ」

(鯛)「猿利口[二]の奴だが、騙されて失せおつた。さるそうて[三]ん疝気[四]の薬にも良いそうな」

(河豚)「いまに生肝[五]を潰し、さるとは[六]不憫なことの。さるにても[七]利口そうな奴の」

(五)猿は竜王の御前にて、すでに生肝取られんとする。俄に雨の降り来れば、肝消し[八]たる体にて、「さても〳〵、この雨に生肝干して置きけるが濡れべし」と嘆く。竜王聞こし召され、「早〳〵その生肝取りて参れ」と仰ければ、猿、「畏り候」と又亀に打ち乗り[九]、陸にこそは帰りける。

(猿)「大事の生肝を干して、この雨に濡れよう。悲しやなあ」

(蟹)「肝腎の生肝無くては役に立たぬ。早く取つて来い」

(鯖)「先づ許してやるぞ。生肝を取つて来ひ。さば[一〇]ほんとするな」

(亀)「また俺が連れて行かずばなるまい」

一 海老は腰が曲がっているので長寿の象徴であり、白髪に描かれている。
二 猿は利口な奴だが、に小ざかしい意味の猿利口を掛けた言葉。利口または利根の濁音例は未見。濁点は誤記か。
三 未詳。「然る」に猿を掛けた「然る相伝」か。
四 睾丸や陰嚢の疾病による腰痛や下腹部の激痛。仮病にも用いられた。
五 生肝を取られることと、驚いて肝を潰すことを掛けた語。
六 「然りとは」に猿を掛けた語。
七 「然るにても」に猿を掛けた語。
八 非常に驚いた様子で。肝の縁語を用いたおかしさは注五に同じ。
九 底本「ハり」と読めるが意によって「乗り」と解す。
一〇 未詳。「さば」は「然れば」を鯖と洒落た語か。

(鯱)「そいつは心もとなひ、帰ればよいが」

(六) さて陸に上がり、亀を捕へ縛り、猿ども大勢にて亀の甲を打ち壊さんとしける。何処ともなく鶴舞いさかん[一一]、猿ども追っ散らし、縄お食い切り[一二]、海中へ助けける。亀喜こび、万年のを[一三]千年鶴に分けくれける。それより、鶴は千年[一四]亀は万年、この時まりも[一五]始まりける。

(猿一)「よふも俺を騙しおつた。命の親は海月殿、汝は命の仇敵」

(猿二)「この石で甲羅は微塵にしてやろう」

(猿三)「尾をば引つ切つてやろうか」

(七)

(下)

(七) それよりも[一六]亀は猿どもに甲羅叩かれ、命から〴〵にやう〳〵助かり、竜宮へ帰ること成り難く、浮木の流れ来るに甲羅を当てて痛みを凌ぎ、竜宮界ゑ

一一「舞いさか(下)り」の誤記か。
一二「なわくい」の左に「お」を補った字配りのまま版が彫られている。
一三 万年の命を。
一四 鶴は千年亀は万年の齢を保つとする中国の伝説から、長寿でめでたいことを言う成語。
一五「よりも」の誤記か。
一六 それより。その後。

絵(六) 亀を捕え、首を締め、石で打ち、尾を引きちぎる三匹の猿。上方には亀を助ける鶴が翼をひろげて舞い降りてくる。

　舞鶴のこの描法は和漢三才図会、御伽草子「浦嶋太郎」にも類似があり、ほぼ様式化したもの。

　鶴はいずくともなく舞い降りるが、御伽草子「浦嶋太郎」などでは玉手箱を開けて老いた浦島は鶴になり、亀と夫婦の明神となった、とする。

　画面の左端に岩の襞のような線があるので、下絵の段階で絵(七)の場面と一図で描いたと想像される。上冊を閉じて下冊を開く行為によって、亀が漂流した時間の長さを具合よく表現し得ている。


絵(七) 竜宮界の渚に漂着した亀。割られた甲羅には亀甲文様のひびが入り、背を当てて来た大きな朽木形の浮木が描かれている。

　蛸は出発の時忠告を与えたのに、亀が失敗したのでののしっている。

（八）

ぞ帰りける。これを浮木の亀[一]と
いふこと言ひ伝ふ。
（鮑）「亀がかへる[二]〳〵。何だ
か逆さになつてくるぞ」
（蛸）「浮木の亀やうどん[三]の奴
じやによつての事じや」
（八）さて亀は命助かり、よう
〳〵竜宮へ帰り、右の次第を
申上る。「か様に甲羅を砕かれ
しも、海月が猿に生肝を取ると
いふ事を告げ知らせし故、か様
な目にあい候」と、悲しみなが
ら申ける。
（亀）「猿ども大勢にて甲羅を
叩きまして、きつう息切れが
して痛みます。かように物[四]を

一「盲亀の浮木」とも。百年に一度海上に頭を出す盲目の亀が浮木に遭い、その浮木の孔に頭を入れるという仏教説話から、得がたい機会にめぐりあうこと。
二 帰る意とひっくり返る意を掛けた語か。
三 優曇華と魯鈍または愚鈍を掛けた語。優曇華は仏教でいう三千年に一度花咲く想像上の花で、極めて稀なことの譬え。「浮木の亀や優曇華の」（近松門左衛門作浄瑠璃「世継曾我」）のように続けて用いる場合も多く、その捩り。
四 物が言える。生きている。
五 白ぎすを女性に見立てた名。
六 栄螺の内臓（わた）に苦味があるのを男性の名としたもの。
七 めちゃめちゃに。台無しに。
八 するところだった。

（九）

申も鶴のおかげ、命を延べます」

乙姫「さぞ〳〵難儀しやつたろう」

きすのお白「やれ〳〵亀殿、思わぬ目に合わんしたの」

栄螺苦平「万年の齢を微塵にしようとした。先づ打ち身は、このむめういんお酒で飲んだが奇妙」

おさより「まづ〳〵飲まつしやい」

海老の髭平「こうらまたあんたる事、微塵に鱏れが入つた」

（九）鯱、竜王よりの御指図にて、海月が口故猿を取逃がしし

九 無名円を訛ったものか。無名異とも。佐渡金山で出る酸化鉄を原料とし、酒で用いる外傷や打ち身の薬。
一〇 奇態によく効く。後世の例だが、薬の売声に「藤八五文、奇妙」がある。
一一 さよりを女性に見立てた名。
一二 海老を少年に見立てた名。底本に「びけ平」とあるが「ひげ平」の誤記と解する。
一三 「これはまた何たる事」に甲羅を掛けた語。
一四 海月のおしゃべりが原因で。
一五 取逃がせし。

絵（八） 竜宮に帰り事の次第を報告する亀。浮木の上に這い、前図より甲羅の亀裂がはっきり描かれる。

張床、唐草文様の框、柱の瑞雲文様などに異国風が表現され、腰壁の刳形に青海波を描き、砌（みぎり）に寄せる波頭とともに竜宮らしさを出す。

無名円（異）は酒で服用する打身薬。正覚坊（青海亀）が大酒家の比喩に用いられるための洒落か。栄螺が手にしている紙包が無名円なので、散薬または顆粒薬であろう。さよりが酒の入った器を渡す。

絵（九） 竜王の指図で海月の筋骨を抜く魚貝類。近江鮒も居るので海の生物に限らない。

栄螺は口の堅さ、蟹は鋏、海鼠は「ぬらつく」、赤鱏は尾に刺があり人を螫す、など、各々の属性を表現する。

故、命を助け、筋骨[一]を抜き、流[二]す。

(一〇)

栄螺苦之進「さて〳〵口故骨抜[三]きの鮨同然[四]」

[五]鮒の近江之丞「憎い奴の、猿と一味じゃ」

[六]蟹の穴之「己れ鋏で筋を切って抜こふ」

[七]海鼠海鼠腸「我らがよふにぬらつくには科がない」

赤鱏次郎「先づ我らが針で血を取らふ」

(海月)「命はごめん〳〵。あやまりました〳〵」

(一〇) さて海月をば、竜宮の仕[八]置のため筋骨を抜き、深き所へ

一 筋と骨を抜いたようになるまで半殺しにする意の形容語を踏まえ、言葉通り筋と骨を抜いて。

二 島流しなどの刑罰を踏まえ、ここでは海中に流し追放する。

三 発酵させた魚の更に骨を抜いたもの(全く再起不能の状態を言ったか)。

四 同然または当然か。

五 近江名産の鮒鮨による命名。栄螺の言葉の鮨からの連想で登場させたか。

六 蟹の習性による命名。「あなの」の下に「進」「丞」「助」などが付くべきところ。

七 海鼠の腸の塩辛で、最も珍味とされる海鼠腸を表した命名。

八 処罰。お仕置。

九 ぶち込み。

一〇 流れにまかせて。「波に随い、潮を逐うて、水上に浮いている」(本朝食鑑・海月の項)性状による語。

一一 一通りの。「並」に「波」を掛けた語。

一二 行ってしまえ。

一三 猿猴。手長猿。

一四 身の程知らずの望みを果たそうとして失敗することを言う譬え。「猿猴が月」「猿猴が月をとる」「猿猴捉月」等とも言い、画題にも用いられる。

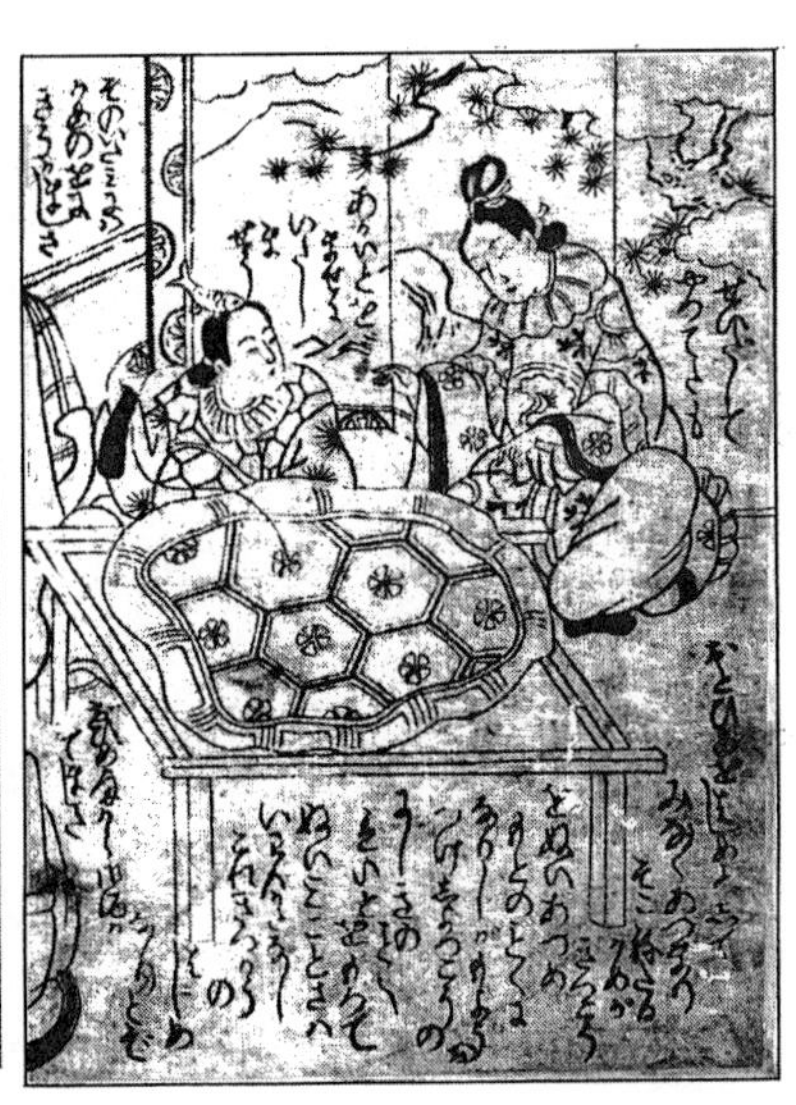

(一一)

むち込み流しける。

(鯛)「汝め、口故じや、憎い奴の」

(鰹)「唐ゑなりと何処へなりと流れ渡りに失せをれ。なみ大抵な奴ではない」

かくて海月は波に漂ひ、陸に上がり日に暖まりたく思へども、筋骨を抜かれ、せん方なく流れ次第に行く。

猿、竜宮にて海月が告げしより、命の親なりと、猿猴猿に言ひ付け、陸に休むる。是を猿猴の月を捉ると言ひ伝ふ。

猿猴猿、海月を陸へ上げて息

絵(一〇)　時間空間とも隔てた二場面を見聞き図に描く。

右図は、筋骨を抜いた海月を崖の上から海に投げ込む鯛と鰹か。海月は大きな頭と細い両手片足で無力に描かれる。

鯛についている黒い斜線は底本のいたずら書き。

左図は、くらげに海月の字を宛てる「貌似月在海中。故以名之」(和名抄)の字義通り、海月を海の月に見立て、海月に恩を感じて救い上げる猿を「猿猴捉月」の画題で捉えた機知に富んだ画面。

絵(一一)　海中の回廊で隔てられた奥向きの部屋とみられ、立派な屏風を立てまわした乙姫の室か。

亀の甲羅を縫い集める作業を指図する乙姫と、従事する侍女の小魚。甲羅を台に載せ、亀甲の中心部に小花模様を刺繍している。甲羅は蜀江の錦に似る。

蛤は乙姫から賜る酒を亀に勧める。猫足の台に載せた酒盃、取手のある酒瓶とも異国風。

おこぜはその魚を思わせる整わない顔の侍女。甲羅を脱いだ亀に着物を着せようとしている。

蛸の鍼医は裸の亀の首筋に鍼を立て肩凝りの治療をしている。蛸入道という語から僧形の医師を連想するためか、蛸は赤本「猿のいきぎも」でも医師。

おさする。上る。[一]

（海月）「嬉しや、海月[二]も骨に逢ふた心持じやぞ」

（二）乙姫を始として皆〳〵集まり、損ねたる亀が亀甲を縫い集め、元の如くになりしが、模様お付け、蜀江[三]の錦の如く色糸を以て縫い、見事さは言わん方なし。これ亀甲[四]の始めなりとぞ。

（三）

（乙姫）「精出してやつてたも」

（小魚）「赤糸を籬[五]に致しませう」

（蛤）「お姫様から御酒が出ました。亀殿は仕合せの」

（蛸）「きつう、打身のせいで肩も張りました」

（亀）「そこが痛みます」

おこぜ「その痛みには、亀の尾[六]に灸がましさ。風邪を引けば難儀だ。先づこれ着せよう」

一 どこに続く語か不明。海月を上る、か。

二 あるはずのないものに逢うことの譬えから、あり得ない幸運に逢った心地。海月本人が言うおかしみ。

三 蜀紅型の錦。八角形の上下左右に小正方形を配した型を一単位として、その中央に花文や竜文をあしらい、それを連続させた織出し文様。

四 亀の甲羅の形状から、六角形を上下左右に連続させた模様、またはその一単位。

五 間狭とも。ここでは亀甲形の縁縫い。

六 亀の尾は尾骶骨をいい、灸のつぼ。不妊に効能があるという。諺「亀の尾の灸穴に灸(すゑ)居(すわ)る心地」。ここでは、亀の「亀の尾」に灸というおかしみ。

（亀）「ありがたいことかな。それを着ましたら鼈甲[七]どももかまたさ□どもをの□もくさんして裸に致しませう」

（三）かくて海月は、猿猴がかげ[八]にて日に暖まり、また水に入（いり）、流れ[九]次第に唐へ渡り、唐海月[一〇]となり、人に懇望せらるゝ。

（海月）「いづれも、我が身の上おを聞きなされませ。我らも出世[一一]をまつまゑに住みとうございます」

ぎんげよ[一二]□「さて〳〵、さま〴〵（な）目に合わしやつた」

金海鼠[一三]、唐海月に酒をすゝめ、海月が身の上の話お聞き、さま〴〵と馳走をする。

きんぎよう[一四]

七 磨損も多く意味が解せない。
八 おかげで。
九 流れに任せて。
一〇 海月の一種。黄白色で淡味、嚼むと音がすると本朝食鑑にあり、食用としての呼称か。肥前海月ともいう。
一一 「出世を待つ」に松前を掛けた語。出世を待って松前に住み松前海月になりたい。
一二 未詳。銀魚か。
一三 海鼠の一種。長楕円形で二〇センチに達する。三陸から千島沿岸に棲息し、奥州金華山周辺産が金を含み名品とされる。
一四 未詳。金魚か。注一二に同じか。

絵（三） 唐へ渡り唐海月となった海月が金海鼠等に酒肴で歓待され、身の上話をするところ。
海月はギヤマンらしい杯を手にし身振りを交えて話し、きんぎようは煙管様のものを手にして枕に凭れ、他の三人はそれぞれの姿勢で話に聞き入る。
異国風の杯台が中央に、酒瓶が右下方に描かれている。

漢楊宮（かんようきゅう）

木村八重子 校注

底本　東京都立中央図書館加賀文庫蔵本
形態　青本上中下三冊
題簽　巻次の下に丸に「山」字の商標、絵の部分の意匠は上下に青海波と波頭を配す。絵は、上巻は橋上に向かって沓をさし出す竜に乗った張良(絵(四)右の場面)、中巻は台上の小蛇様のあさと唐扇を掲げて立つ花せい夫人(絵(二)の場面)、下巻は矛を擁して擬勢する樊噲(一致する場面はない)。
本文商標　なし
柱題　かんやう宮　かん陽きう
丁付　壱—十五大尾
画工名　なし

この作品は咸陽宮ものの一つと言うことができる。話の中心は、秦始皇帝に恨を持つ燕の太子丹が、荊軻と秦舞陽という二人の刺客を遣わして始皇帝殺害を図るが失敗に終る顚末である。『史記』刺客列伝第二十六を淵源とし、日本では『平家物語』、謡曲「咸陽宮」、咸陽宮絵巻類、『通俗列国志後編』などに取入れられ知られたものであったらしい。全体としては、古浄瑠璃「感陽宮」によっていることは、張良黄石公の件や針を食べる虫など、付加されている他の挿話から疑いないが、古浄瑠璃の絵尽しそのものではない。燕丹が首を切られる件、項羽が鼎を持上げる件、沛公が白蛇を切る件、章邯と項羽の激戦、沛公の項羽への合流、樊噲が趙高らを殺す件、二世太子を生け捕る件など、むしろ通俗軍談に立ち戻ったり、変更や追加した件が入混じり、絵組その他にも独自の工夫を加えた跡が窺える。『史記』の一挿話が受容され、他の話柄をも取込んで変容されてゆく流れが草双紙にまで至っている一例として興味深い作品ということができる。

＊前頁扉の図版は題簽部分のみを掲出。

(一)

(上)

(一) 秦の始皇帝、ある夜不吉の御夢を見給ふ。赤き衣裳の童子、青き衣裳の童子と日輪を取らんと争ひけるが、ついに赤き童子日輪を奪ひ立のく。赤きは高祖、青きは項羽也。帝、御夢さめてほう〳〵尋ね給ふ。

(二) 始皇帝御狩の時俄に雨降りければ、松の下へ立寄り、雨をしのぎ給ひしに、此松枝を垂れ葉を重ね、雨一滴も漏らさざりければ、松に大夫といふ爵を贈り給ふ。

(臣下)「しばらくこゝでお見

一 中国古代の王朝秦の第三代の王。 二 中国古代の五行説による五色(青黄赤白黒)の一。尭の後裔である漢の高祖劉邦は火徳で赤色。史記・高祖本紀第八に、蛇に化した白帝子(秦)を赤帝子(漢)が斬る話がある。 三 同右。楚(項羽)に青を当てる記述は史記に見当たらない。通俗漢楚軍談(元禄八年刊)・巻之一に始皇帝が日輪(王位)を奪い合う青衣紅衣の小児を夢見て不吉の思いをする場面があり、青衣の小児は東方より、紅衣の小児は南方より走り来たとあるのを、そのまま用いたのであろう。赤は四神の方位で南、青は東に当たる。 四 太陽。王の象徴。 五 史記・高祖本紀第八に「東南有天子気、於是因東游以厭之」とあり、始皇帝が劉邦(沛公)の天子の気を鎮める目的で各地を遊幸し秦の頌徳碑を建てたことが見える。 六 通俗漢楚軍談では「巡狩」とし天下を巡行して民状を視察する意に用いている。謡曲「老松」、古浄瑠璃「感陽宮」では狩。 七 史記本文に「風雨暴至、休於樹下、因封其樹為五大夫」とあり松と特定して

絵(一) この場面は古浄瑠璃「感陽宮」にはない。通俗漢楚軍談・巻之一に拠ったものとみられる。吹出しの部分は夢を示し、童子にも「高」(高祖)「項」(項羽)の文字がある。項羽の着衣の模様は月を象ったものと受取れる。

(二)

合せなされませい」

秦の章邯、獣狩りして虎を突きとめる。

(章邯)「己が皮を剝いで障泥にするはやい。いや、どつこい、してやつたぞ。こいつは恐ろしい奴だ。鐺をかぢり毀すは」

(狩の武将)「ほういく、かへせく」
(三) 始皇帝、燕丹に色ゝ難題を言ひかけ給ふ。
燕丹王、秦の国へ虜になり給ふ。孔雀を捧げよとの勅命なりければ、空を招き給ひしかば、孔雀来つて燕丹が団扇に止ま

いない。和刻本史記の注に「光縉曰、按秦始皇封松為五大夫」とあり、早くから「松」に固定されたようである。八 謡曲「老松」に「此松俄に大木となり、枝を垂れ葉をならべ、木の間透間を塞ぎて、其雨を漏らさざりしかば、帝大夫といふ爵を贈り給ひ」。古浄瑠璃「感陽宮」にもほぼ同様。

一 秦の猛将。二世皇帝の時反秦連合軍と奮戦、のち趙高の不信を被って項羽の門に下り、紀元前二〇五年劉邦に滅ぼされた。二 馬具の一種。衣服の汚れを防ぐため下鞍に下げる皮革製の大型泥よけ。三 燕は渤海の西に位置する戦国七雄の一国、丹は燕の最後の太子。紀元前二二八年秦の人質となったが冷遇を怒って逃げ帰り、翌年刺客の荊軻を遣わして始皇帝殺害を謀るが失敗。翌年秦に攻撃され燕王喜が太子の首を献じたが許されず、燕は同二二二年滅亡。四 古浄瑠璃「感陽宮」に孔雀の難題と悪象攻めがある。五 鳳凰、迦陵頻伽とともに浄土を飛び囀る鳥。御伽草子「梵天国」にも天皇が迦陵頻伽と孔雀を召す難題がある。六 古浄瑠璃「感陽宮」に「ていぜんにしんろうを立、ゑんだんをめしこめ」。七「宣(のた)ふ」に同じ。八 史記・刺客列伝の末に「太史公曰。世言荊軻其称二太子丹之命一。天雨レ粟。馬生レ角也。太過」とあり、「烏頭馬角」という成語を生む。「馬角の変」。

る。

（三）

（臣下）「こりや面妖。不思議だ〳〵」

始皇帝、燕丹を獄屋に押し込め、の給ひけるは、「烏の頭白くなり馬に角生へたらば命助ん」と有ければ、不思議や烏の頭白く成り、馬に角生へたるを差し上る。それより燕丹を許し給ふ。

（烏）「かあ〳〵」

章邯勅使に立ち、燕丹を助くる。

（章邯）「こなたは命強いお人じや」

絵(二)　古浄瑠璃「感陽宮」の冒頭部分によって狩猟の場面とした絵組。松下の始皇帝は画題として著名。

　臣下は君臣用の烏紗折上巾の類を冠る。

　章邯は感陽宮のこの場には出ず、馬上から虎を突くこの形は画典通考・巻之十「蒙古酒宴」の借用。

絵(三)　二重雲形で仕切る二場面。

　唐扇に孔雀を止めてさし出す燕丹。頭上に雲気が漂う。

　始皇帝の冠は小長方形の板から宝飾を垂らした冕(べん)。

　左図は牢檻の中で鎖につながれ縛られている燕丹。牢破りの景清の形等に類似する。

　左側の袴に「せ」とある人物は章邯(せうかん)。

　右下方の籠に頭の白い烏、一角の生えた馬。古浄瑠璃の詞章「つの有馬、そくちに来り、ていせんにひさをおる」。

一 戦国七雄の一国韓の名門の出。韓滅亡後、漢の名参謀となり、仇国秦を壊滅させた。紀元前一八七年没。字の子房でも知られる。 二 張良は韓の人。謡曲「張良」、古浄瑠璃「感陽宮」にも出身国名なし。草双紙作者の誤りか。 三 張良が始皇帝暗殺に失敗して逃亡した江蘇省北部の地名。 四 史記・留侯世家には「圯上(ジイ)

（四）

（四）張良字は子房、斉の国の人なり。ある時下邳の土橋にして黄石公に出あふ。かの老人、左りの沓を川へおとして、張良に「取つて履かせよ」と言ふ。張良、老たるを尊み、沓を取て履かせんとせし所に、廿尋斗の大蛇あらはれ、妨げしを、剣を抜いて切はらひ、ついに沓をぞ取にける。

黄石公、張良が心ざしを感じて、一巻の書を与ふ。これ所謂三略の巻なり。

（五）燕丹王を討ち取らんと、司馬欣、董翳追ひかけ来りしが、川端にて行き方を失ふ。

）」、通俗漢楚軍談には「圯橋（つちはし）」。五 下邳圯上で張良に太公望の兵法書を授け、済北の穀城山下の黄石と名告った不思議な老人。後年張良は同所で黄石を見出し祀った。六 図版汚れ箇所、底本により「ふ」。七 史記では「履」とのみ。幸若舞・謡曲「張良」、古浄瑠璃「感陽宮」では「左」。上手から馬に乗って現れる場合、絵（四）の図の配置となり、「左」が演出上効果的か。八 図版汚れ箇所、底本により「はか」。九 約三十六メートル。謡曲「張良」、古浄瑠璃「感陽宮」には長さの形容はなく、幸若舞「張良」に「五丈（約十五メートル）ばかり」。一〇 太公望撰で黄石公が張良に与えたと伝えられる三巻の兵法の書。

一一 秦の猛将。のち上司の章邯に降伏を勧めて共に項羽の軍門に降り、塞王に封ぜられたが、劉邦に敗れ、紀元前二〇三年自刎。一二 司馬欣と並称された秦の猛将。のち項羽に降り翟王に封ぜられたが、紀元前二〇五年漢将韓信に敗れ漢に降った。一三 流布本平家物語・巻第五では「楚国の橋」、源平盛衰記・第十七では「せんか河」の「楚橋」。一四 両国広小路。隅田川に架かる両国橋の東西の橋詰。小屋掛けの見世物、芝居、軽業、食物屋などで賑わう屈指の盛り場。一五 南無三宝。しまった。一六 衛の人。読書撃剣を好む沈着な人物。紀元前二二七年始皇帝刺殺に失敗し殺害される。史記によれば、

(五) 燕丹、川端迄追つめられ、すでに危うき所に、不思議や大いなる亀来つて、燕丹を背中に乗せ、向かふの岸へぞ渡しける。

(副将)「大きな亀な、両国[一四]へ出して見せ物にしたい」

(司馬欣)「南無三[一五]、つん逃がした」

燕の国の城郭

(六) 燕丹王、秦の始皇を滅ぼさんとて、荊軻[一六]、秦舞陽[一七]を語らひ、相談し給ふ。こゝに樊於期[一八]は、始皇帝に深き恨み有者なりけるが、「始皇、我を尋ねて殺さんとす。我が首を持つて近寄つて帝を殺し給へ」と言ふて、

田光の勧めで燕丹が始皇帝刺殺を依頼、荊軻は樊於期の首と燕の地図を携え、不本意ながら秦舞陽を伴う。

一七 燕の勇士。燕丹の信任を得て荊軻と同行するが咸陽宮の階で震える。

一八 秦の将軍。罪を得て燕に亡命。首に賞金がかかり、始皇帝に近づく手段として荊軻に請われ、自刎して首を提供した。

絵(四) この場面は史記にあり、通俗漢楚軍談、幸若舞・謡曲「張良」「鞍馬天狗」、古浄瑠璃「感陽宮」三段目その他に採られ、「黄石公張良」の故事として著名。

同構図の一枚絵数点が知られ、鈴木春信に若衆と美人に略(ヤツ)した錦絵もある。

この大蛇は観世音の示現であり竜と同一。当図の黄石公は有髯長頭の仙風に表現され、中国古代思想で長寿を司る星、南極老人(福禄寿また寿老人)との類似がみられる。

絵(五) 古浄瑠璃「感陽宮」では帰国を許した始皇帝は趙高の意見で帰途の「せんかの橋」が外れるようにし、燕丹が河中に落ちるが亀が一匹浮かび出て燕丹を甲にのせ対岸に渡す。その挿絵も当図と同様耳のある蓑亀で、霊亀の表現であろう。流布本平家物語、源平盛衰記では、無数の亀が甲を並べて歩ませる。

旗の篆体文字は「綾子」か。兵学の「尉繚子」などが連想されるが未詳。

（六）自ら首を掻き落とし、荊軻、秦舞陽に渡す。

荊軻肝をつぶす。「これは〳〵」

秦舞陽首を受け取。「これで始皇あざむいて殺さん」

（中）

（七）かくて荊軻、秦舞陽両人は、樊於期が首に名劔[一]二振持来り、始皇帝の御味方に来りたりと偽る。

（秦舞陽）「早く御門を開き給へ〳〵」

（門番の兵）「何じや、きこらい[二]〳〵。びんかんたさつ。ぶを

一 史記では天下の利器、徐夫人の匕首一振を地図の匣に隠す。古浄瑠璃「感陽宮」にも「ゑんのさしづをはこに入、其中に、一尺八寸のせんひつのけんを入」とある。
二 中国語めかした科白。近松門左衛門、国性爺合戦・第三に「帰去来(きこらい)〳〵。びんくわんたさつ。ぶおん〳〵」。
三 運の尽き。
四 捕えられ動けなくなる。史記では荊軻が王の袖を左手で捉え右手に匕首を持って王を刺したとある。古浄瑠璃「感陽宮」では「けいか、とびかゝつて、ゑたりをふといだきつく、しんぶやうけんをもち、心もとへさしあて」。
五 古浄瑠璃「感陽宮」には「しばしのいとまをゑさせよ、三千人のきさきの中に、くわやうぶにんとて、ことのめいじん有、さいこのなごりに、今一て、しらべさせんと仰ける」。
六 古浄瑠璃「感陽宮」には「二人も心たゆ〳〵と也、みゝをそばたてきゝいたり」。
七 古浄瑠璃「感陽宮」には「くわやうぶにん」とあり、平家物語の「花陽夫人」に同じ。源平盛衰記と同じ「楊仁后」とする系統の絵巻作品もある。花せい夫人とした作品は見あたらず、草双紙作者の引用の誤りか。

絵（六） 自刎し、左手で首をさし出す樊於期。古浄瑠璃「感陽宮」に「て

(七)

ん〳〵。用があらばそれから〳〵」

(八) 荊軻、秦舞陽難なく帝を虜になし、刺し殺さんとする。

(秦舞陽)「今が百年目[三]だ、お覚悟〳〵」

始皇帝、手籠[四]になり給ふ時、両人に向かひ、「朕寵愛[五]の后有。常に琴を聞く。今生の暇乞ひに少しの暇を得させよ」との給ふ。

両人聞届け、暫く許す。

両人、琴の音に聞き惚れ、眠[六]りを催す。

(荊軻)「夕べの夜話が過て、大ぶん眠たい」

花[七]せい夫人、琴を調べ給ふ。

つからくひかき切、ひだりにつかみ、けいかゞてにわたし」とあり、荊軻に首を渡す場面の挿絵がある。本図は、草双紙化に当たって丁数に制約があり、燕丹、秦舞陽をも一図にまとめたか。樊於期は樊豫期とも書かれ、感陽宮では「はんゑき」とあるので「益」の字を当てたのであろう。

絵(七) 樊於期の首桶を持った荊軻と短刀入の塗箱を持った秦舞陽が咸陽宮を訪れた場面。門に向かって来意を告げるところだが、読者の方を向く描法や首桶・塗箱は歌舞伎風。

門は屋根が反転曲線をなす向唐門。鋲を打った一枚扉、黒白の瓦、矛や旗で異国めかす。門番の帽子は蒙古風のもの。

史記では秦の寵臣蒙嘉に略し、始皇帝が咸陽宮で引見する。古浄瑠璃「感陽宮」ではしんか大臣が取次ごうとするが大事の首と燕国の地図なので直(じき)にと願い宮殿に入る。

一 古浄瑠璃「感陽宮」には「七尺のびやうぶたかしとはいひながら、おどらはなとかこへさらん、らりやうのたもとつよく共、ひかはなとかきれさらん」、通俗列国志後編・巻之十八には「羅綺単衣可二裂而絶一、八尺屛風可二超而越一、鹿盧之剣可二負而抜一」とある。咸陽宮の七尺の屛風は、謡曲「紅葉狩」にも用いられて著名。

二 薄絹と綾織。また上等の衣服。

三 秦の宦官。始皇帝の死後、謀って

（八）

(花せい夫人)「七尺[一]の屏風も踊らばなどか越へざらん、羅綾[二]の袂も引かばなどか切れざらん」

臣下趙高[三]「手籠にしてゐるから、しやうがない」

(九) 始皇帝、琴[四]の歌を悟り給ひ、両人が捕へたる御衣の袂を引ちぎり、屏風を跳び越へ逃げ給ふ。

両人仕損じたりと歯噛みをなし、荊軻持たる剣を投げつけ奉りければ、銅[五]の柱に、一揺り揺つてぞ立たりける。その暇に、帝恙無ふして助かり給ふ。

(荊軻、秦舞陽)「ゑゝいまく

胡亥を二世とし、丞相となって権勢を揮い、胡亥を謀殺して子嬰を秦王としたが、紀元前二〇七年、子嬰によって三族ともに誅された。 四 夫人が琴唄に擬して伝えた脱出法を理解され。 五 史記には「荊軻廃乃引其匕首以擿秦王不中中銅柱」とある。 六 史記、平家物語、源平盛衰記、謡曲「咸陽宮」、咸陽宮絵巻には樊於期の首の歯噛みは見えない。古浄瑠璃「感陽宮」には歯噛み(口惜しさの歯ぎしり)をするのは荊軻と秦舞陽で、一念の悪鬼となる意志を示し後段の伏線とする。なお通俗列国志後編では樊於期が自刎する前に「日夜、歯を切り心を腐すところなり」とある。 七 始皇帝の言葉としては不適切だが、会話部分は当時の読者の言葉とするのが草双紙の行き方。くだけた身近なおもしろさを表出。 八 そうだそうだ。 九 思い切り荒れる場面だ。 一〇 とんでもない。 一一 史記には「被八創」、また通俗列国志後編・巻之十八には「八箇所の創を被れり」とある。 一二 さあ手並を見せてやろうと言うやいなや。謡曲・浄瑠璃・歌舞伎の勇力を表現する場面の常套句。

絵(八) 始皇帝が愛姫の弾琴で窮地を逃れるこの場面は史記・刺客列伝本文にはなく、史記評林の割注に「正義曰、燕丹子云、左手揕其胸、秦王曰、今日之事従子計耳、乞聴瑟

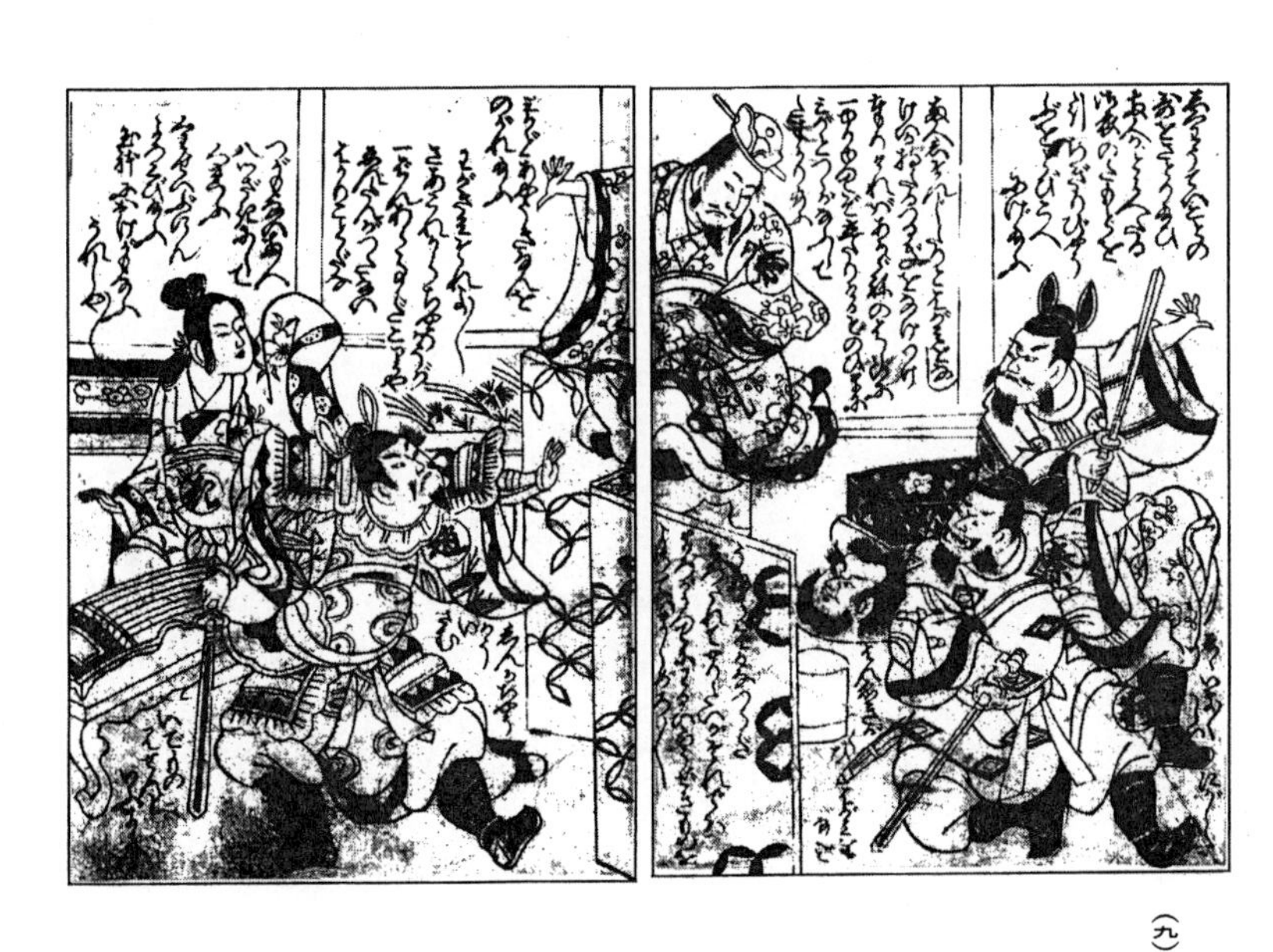

(九)

しい、逃がした」

樊於期が首、歯噛みをなす。

(始皇帝)「汝らは馬鹿な面だ。殺されてやりたいが、それでは麿が勝手に悪い。狼藉者をよつて戒めろ〳〵」

帝危き難を逃がれ給ふ。

(趙高)「わが君、それよ〳〵。さあこれから趙高が一番荒事だ。こりや燕丹が拙い謀だな、つがもない。両人八つ裂きにしてくれふ」

臣下趙高勇む。「いでもの見せんといふまゝに」

花せい夫人喜び給ふ。

(花せい夫人)「玉躰にお怪我も

而処、召姫人鼓琴、琴声曰、羅穀単衣可裂而絶、八尺屏風、可超而越、鹿盧之剣可負而抜、王於是奪袖超屏風走之」と見え、平家物語・巻第五、源平盛衰記・第十七、通俗列国志後編・巻之十八、謡曲「咸陽宮」、咸陽宮絵巻などに緊迫した場面として描く。

始皇帝の背後に雲形と縦線が見え、七尺の屏風が描かれている。

荊軻と秦舞陽は宮殿に入る前に剣を取り上げられるので、絵(八)(九)で剣を持っているのは草双紙作者の誤りか、危機感を強めるための変更か。荊軻の膝の前の黒い剣ではなく、右手に握っているらしい白い部分が、短刀の柄であろう。

荊軻は眼を伏せ、秦舞陽は眼を閉じている。

絵(九) 七尺の屏風を飛び越えている始皇帝。足下に少し雲形模様が見え前場面の屏風を七宝繋風の模様の裏側から描く。この模様が、右図は黒、左図は白になっているのは、七丁裏と八丁表では版木が異なるための指定ミスであろう。花せい夫人の弾琴は絵(八)と(九)で位置関係が違うのは、事件の進行と人物を中心に描くための便法か。

荊軻は左手に皇帝のちぎれた袖を持つ。左袖の「秦」の字は、後ろの秦舞陽につけるべき誤り。

樊於期の首は前場面と異なり、口を開き眼を怒らせる。

(一〇)

なふ、うれしや〳〵」

(一〇) 秦[一]の章邯、燕丹が首を取る。

(章邯)「燕丹、思ひ知つたか」

燕丹、戦ひに負けて、ついに首を掻かれる。

(燕丹)「ゑゝ無念や。運尽きぬれば是非もない。あゝ苦しい〳〵」

こゝに樊噲[二]は、燕丹敗軍と聞くと等しく、大童[三]になつて駆けつけ、御法[四]が原にて秦の兵をみな殺しにする。

(樊噲)「燕丹が葬ひ戦だ、覚悟せい」

(秦兵一)「さあ、例[五]の気違ひ

一 史記によれば燕丹を追ったのは秦将李信。丹を切って秦を宥めようとしたのは燕王喜。古浄瑠璃「感陽宮」では、漢の高祖が燕丹の孝心を愛で共に秦を滅ぼし、本国へ帰って栄華に栄える。 二 漢の高祖劉邦の功臣。鴻門の会で劉邦が剣舞で謀殺されようとした時、盾を持って軍門に入り、項羽に対面して脱出を助けた大力大酒の豪傑ぶりが有名。のち舞陽侯となる。紀元前一八九年没。古浄瑠璃「感陽宮」では燕丹の甥とする。 三 髪振り乱して一心に。 四 古浄瑠璃「感陽宮」二段目は、燕丹・樊噲が燕に帰るのを追駆けた秦軍が樊噲の猛戦で退却する場面で、「みのりがはら」がある。 五 あの有名な。鴻門の会の豪勇ぶりをさす。 六 古浄瑠璃「感陽宮」六段目に「さもうつくしき、むし一つ」。 七 古浄瑠璃「感陽宮」六段目「きさき立、はりをくはせ給ふに、いくら共なくくいける程に」。 八 古浄瑠璃「感陽宮」六段目「かの虫こへを上、われは是、けいか、しんぶやう、はんゑきかしうしん」。 九 未詳。虫の名は古浄瑠璃「感陽宮」にはない。禍の意の「殃(ワウ)」からの命名か。 一〇 買いに行かせなさい。

絵(一〇) 土坡形の曲線による仕切りは、映像表現のめくり技法に似、同時進行的。
樊噲は髪を逆立て、向鉢巻をし、

（二）

めが出て来た。逃げろ〳〵」
（秦兵二）「あいた〳〵。きつい事をするやつだ」
（秦兵三）「さあ、逃げろ〳〵」
（二）その頃美しき[六]虫出けり。官女たち慰みにいろ〳〵物を食わせけれども食せず。たゞ針[七]をのみ食ひければ、われも〳〵と食わせける。
[八]荊軻、秦舞陽が一念、あさ[九]といふ虫になる。
花せい夫人
（官女一）「これは不思議な虫でござんすのふ」
（官女二）「もふ針も食はせ尽くした。調へ[一〇]にやらしやん

鉄棒を振りおろして敵の首を胴体にめりこませる容貌魁偉の勇士に描かれる。樊噲の描写は史記・項羽本紀の鴻門の会の箇所に「頭髪上指。目眦尽裂」、古浄瑠璃「感陽宮」五段目に「やいばのことくにはへたるひげを、さかさまになてあけ、あさ日のことく成まなこをみいたし、はつたとにらんで立たるは、身のけもよだつ斗也」とあり符合するが、鉄棒を使うこの形には金平ものや弁慶の趣が見られ、広袖姿で描かれている点からも歌舞伎の荒事風。

絵（二）　白蛇様に描かれた「あさ」という虫に針を食べさせる官女たちと、敷物に座し脇息に依ってそれを見る花せい夫人。後宮の一室のしつらえで、右方に唐扇を掲げた侍女、夫人の頭上には亀甲模様の御簾。正面の衝立には鯉の滝登り図。

この話柄（絵（二）、絵（四））は咸陽宮ものでは古浄瑠璃「感陽宮」六段目にのみ見える。原話は譬喩経にあり、宝物集に採られている。豊楽王が「禍」というものを買わせると、それは針を食物にして生きる鉄猪で、もてあました王が焼殺そうとすると真赤に焼けた猪が駆け廻り豊楽の王国が灰燼に帰したという話。古浄瑠璃の作者が、劇的な効果を狙って挿入したものと思われる。類話はのちの椿説弓張月・続篇巻之六、釈迦八相倭文庫・第二十二編などにも取入れられている。

（三）

せ」
（官女三）「どふやら蛇のやうで気味が悪い」
（官女四）「[一]蓼食ふ虫も好き〴〵とこそ言ふに、針食ふ虫とは[二]珍しいことでござんす」
（三）[三]楚国の[四]項羽は力あくまで強く、[五]秦の始皇を滅ぼさんと、[六]五千斤の鼎を上て、其勢ひを見する。
（両人）「扨も見事〳〵」
于英、桓楚両人、項羽が勇を見て味方にならんと乞ふ。

一 人の好みはさまざまである。この箇所、底本は「だてくふむしもすぎ〳〵」。
二 この箇所、底本は「めづらいし」。
三 戦国七雄の一国。南方から興って一時期華中を勢力圏としたが、紀元前二二三年秦に滅ぼされた。
四 紀元前二三二年—二〇二年。名は籍、字は羽。祖先は代々楚将で、封地の項を姓とした。会稽に挙兵し、咸陽を焼払って覇王となり、漢王劉邦と天下を争って、四面楚歌のうちに虞美人と悲歌慷慨し、烏江で自刎。
五 項羽が挙兵したのは始皇帝没後だが、史記・項羽本紀第七に始皇帝を観て「彼に取って代りたいものだ」と言ったとある。
六 史記・項羽本紀第七に「籍は身の丈八尺余、力はよく鼎を挙げることができ」とある。鼎は元来は炊事用の容器であるが、犠牲（いけにえ）を煮るのに用いて祭器となった。多くは三脚の青銅器。この場面は古浄瑠璃「感陽宮」にはない。主として通俗漢楚軍談・巻之一の「項羽会稽城興兵」の条に依る。すなわち、叔父項梁と謀って殷通を殺して会稽の太守の地位を奪い、塗山の麓の山林で盗賊を業とする于英、桓楚に討秦を説く。力を試すべく禹王廟前の石の大鼎を押倒し起すことを求められ、高さ七尺周囲五尺重さ五千斤の鼎を三度押し倒して起し、宙に持上げて廟を三遍走り廻り、もとの所に置いて顔色も変

(三)

(下)

(三) 爰に漢の高祖[七]は白蛇[八]を切て義兵を挙げ、秦の始皇を滅ぼさんと企て給ふに、樊噲一番に御味方に参る。

(樊噲)「某がおぢ樊於期も、始皇がために命を落とせり。かねて恨み深し。随分粉骨を尽くし、働きませふ」

(高祖)「何とぞ謀を逞しくして、始皇を滅ぼして給はらば、祝着に存るであらふ。頼み入〳〵」

えなかった、とある。

七 絵(一)の始皇帝の夢についに日輪を奪った童子。紀元前二四七年—一九五年。前漢初代の帝。劉氏、名は邦。始皇帝の没後沛に挙兵し沛公と称し、楚王項羽との戦いの後、紀元前二〇二年天下を統一。諸侯の封地を次第に劉一族に固めて、前・後漢四百年の基礎を築いた。

八 史記・高祖本紀第八に、大蛇を切って数里行き泥酔していると、遅れた一行が「わたしの子の白帝を赤帝の子が斬った」と哭いている老嫗に会ったという話が出ている。五行説から白帝は秦、赤帝は漢をあらわす。

絵(二) 鼎を上げる大力の人物としては伍子胥があり、両手で鼎を挙げた公孫后を退けて、左手で鼎を挙げ右手で筆を取る姿に描かれ、この場面の項羽はこれに似る。右手を突き出して指を開いた形は荒事風だが、伍子胥の形を参考にし右手があいたためか。通俗漢楚軍談では石の鼎とあるが、当図は青銅製に見える。

絵(三) 床几に腰掛け軍扇を上げて指揮をとる高祖と、その前に慎んで蹲居する樊噲。

旗に「漢高」の文字。軍扇で「祖」が隠れたか。

高祖の兜の頭頂は綸巾(りん)の形。

史記には高祖は竹の皮の冠をかむり続けたとある。

(一四)

(一四) 荊軻、秦舞陽、樊於期が一念、あさといふ虫となり、針を食し、鉄身となり、大きくな(る)に従ひ、恐[一]ろしき形なりければ、焼き殺さんとするに、火の中より飛び出(いで)、ついに始皇帝[二]を巻き殺す。

(臣下一)「やれこわや〳〵」

(臣下二)「やれ扇げ〳〵」

三人の一念ついに始皇を殺し、仇をとる。

(始皇帝)「こりやせつない。助けてくれぬか」

趙高下知する。

(臣下三)「なんぼ扇いでも、[三]しやあ〳〵、まぢ〳〵」

一 古浄瑠璃「感陽宮」六段目に「したいにせいちやうする程に、山の(こ)とくに也にける」とあり、挿絵には、竜の頭に蜘蛛の巣状の首をした怪物が火焔の尾を曳いて飛んでいるさまが描かれている。
二 史記によれば、始皇帝は巡遊中に病没。古浄瑠璃「感陽宮」六段目では「しくわうていもおどろき、あほうでんにいらんとすれば、かの虫おつつめ、しくわうていをやきころす」。
三 平気でけろっとしているさま。
四 史記・項羽本紀の項羽述懐に「身づから七十余戦し」。通俗漢楚軍談・巻之二「項羽すでに寄きたり…章邯迎へて五十余合戦ひ…王離…項羽と二十余合ぞ戦うたる」。
五 章邯は奮戦したが項羽軍に敗れ、趙高の奸謀によって、二世皇帝から死を賜り、一族も獄に囚われ、説く者があって項羽の軍門に下った。
六 秦が完全に滅亡するのは、趙高が二世皇帝を自刃せしめ、嬰を秦王とし、その嬰が趙高と三族を誅して沛公(後の漢高祖)に降伏したが、あとから関中に入った項羽が嬰以下秦の諸公子と一族を殺し、咸陽を屠って宮室を焼き尽くした時。
七 七四頁注一一・一二。章邯の部下。
八 どっちみち。 九 ちょっと待たれよ、言うことがある。章邯、司馬欣、董翳の三将がのちに項羽に下り封ぜられて王となる件を踏まえるか。

(一五)

(一五) 秦の章邯、項羽と七十余[四]度戦ひ、適はずして項羽の味方[五]となる。楚の項羽は章邯と思ひ[六]のまゝに戦ひ、ついに秦の国を攻め滅ぼす。司馬欣[七]、董翳逃げる。

(章邯)「適はぬ〳〵、どふで[八]秦の滅亡だ」

(項羽)「暫[九]くお控へなされ、物申さん」

于英、桓楚、勢ひに乗つて追つ駆くる。

(項羽臣一)「返へせ〳〵、敵にうしろを見するか」

(項羽臣二)「ちと先づお休みなされませい」

絵(一四) 荊軻・秦舞陽・樊於期の一念が鉄身の大虫となり、焼かれて火焔の如くなって駆け廻り、始皇帝を締め殺す場面。

この場面は絵(一二)に続き、古浄瑠璃「感陽宮」に「しよせんたゝ、やきころさんと内だんし、ひろにはに、からこのすみをおこしたて、かの虫をおい入、八方より、あをきたてゝそあぶりける」とある。

画面上端に「荊」「秦」「樊」字の玉が雲に乗り、三人の執心を示す。

右図右側に使いかけの炭俵があり、大虫の下には炭や薪が燃え、三人が扇ぎ立てている。焼かれる大虫と、御殿の内をかけ巡って始皇帝を締め殺す場面を一図にまとめ、効果を上げている。

大虫「あさ」には耳はあるが角はない。古浄瑠璃「感陽宮」にも「虫」とあるのに忠実に竜の姿にしなかったか。

団扇の文字は右から「夫団ハ動則出清風」「不動見明月」「明月清風是同性」。謡曲「放下僧」に「それ団扇と申すは、動く時には清風をなし、静かなる時は明月を見す、明月清風只同性(動静)の内にあれば…」とある。

絵(一五) 章邯軍と項羽軍の合戦場面。章邯には司馬欣と董翳、項羽には于英と桓楚を従わせ、二軍の形勢を各人物の姿勢で簡潔に表現する。

項羽の馬は首・胸・前足に小円や弧が描かれ、葦毛であることを示す。項羽が愛乗した駿馬騅は葦毛。

(一六)

(一六)項羽凱陣[一]して、暫く士卒を休むる所へ、漢の高祖、五千[二]余騎を引卒して味方にならんと来り給ふ。項羽勝誇つて喜こぶ。

　于英、桓楚

(高祖)「珍しや項羽先生、某も心を合はせ[三]兄弟の因みをなし、共に秦の国を滅ぼさんとぞんじ、出馬いたいてござる。御心底の程はいかゞにござるな。数ならねども張良、樊噲の二臣を召し具して参つてござる」

(張良)「申までは(まうす)ござりませぬが、[四]寛仁大度でなければ参りませぬ」

一 秦軍との戦いに勝ち章邯らの降将を味方につけて凱陣。
二 通俗漢楚軍談・巻之二に「大将五十余人その勢十万」とある。
三 通俗漢楚軍談・巻之二の末に「兄弟の約をなし項羽を兄とし沛公を弟とし酒宴を設て諸軍を労ひ東西に分て進発す」とある。
四 史記・高祖本紀第八に懐王の諸老将が項羽は慓悍惨忍、沛公は寛大な長者なので沛公を遣って関中を平定させるのがよいと評したことを取り入れている。
五 やめたらよろしい。
六 図版汚れ箇所、底本により「国をぶち」。
七 「あるべき」の音便。関東武者の訛である「べい〳〵」言葉を使って剛直で粗野な樊噲像を表現している。
八 史記では秦王嬰が趙高を斎宮で刺殺。古浄瑠璃「感陽宮」では張良が趙高を欺いて兜を脱がせ首を打つ。
九 未詳。秦の臣。
一〇 半言でも言ってみろ。「しや」は侮蔑を表す接頭語で「しやつ面(ら)」など「しやつ何々」と続ける。
一一 力業をする時の掛声。歌舞伎の荒事における掛声を摸す。
一二 史記に、趙高の誘いに乗らず、張良の計を用いて秦将を懐柔し、擬

（一七）

樊噲「項羽がいやだと言ふならおいたがよふござる。秦の国をぶち潰すとて何ほどの事かあるべい。張良そふじやござらぬか」

（一七）樊噲、秦の趙高を締め殺し、たいゑんめいが首を引抜く。

（樊噲）「さあ、どいつらでも、しやつとも言つてみろ。ゑいや、うんとな」

秦の兵降参。

（秦の兵）「あやまり入ましてござりまする」

秦の国こと〴〵く落城する。

張良が謀を以て秦の国滅びける。これひとへに黄石公より

兵と人心掌握によって秦軍を潰滅させた、とある。

絵（一六）　秦に大勝した項羽のもとに味方になろうとやって来た沛公。「高」の字を付し、文章でも「漢の高祖」となっているが、まだ漢代になっていない。

　史記では楚の懐王が項羽を趙の援軍として北方へ、沛公を西から函谷関へ出陣を命じる場面に相当し、この後で項羽と章邯の激戦となる。ただし通俗漢楚軍談には項羽が章邯戦後に懐王に見参して兵を休め、懐王が沛公と項羽を二手に分けて函谷関に入らせる。

　陣幕越しに武具が見えるので幕外。項羽は床几に腰掛けて迎える姿。

　項羽と沛公の間に盾が二基描かれている。雷獣様の顔面をつけたこの形の盾は、鴻門の会において門破りをする樊噲が抱える図像によく見かけるもの。

絵（一七）　張良の智謀と樊噲の勇力で秦を滅ぼす場面。樊噲の形は金平や歌舞伎の荒事風に描かれている。

　背景には炎上する咸陽宮。城壁の二つの狭間（さま）も異国めかして曲線を用いている。

　右図で縞模様の兵は樊噲に首を締められており、両眼が樊噲の腹の辺りまで飛出している。歌舞伎の荒事で、仕掛の小道具によって相手の眼玉が飛出す形に似る。

(一八)

軍術の一巻を相伝せし故也。

かん祖[一]、秦の兵を切ちらす。

(高祖)「片端から撫で切りだぞ」

(一八) 漢の高祖、秦[二]の国を平定して悦び給ふ。樊噲、二世太子[三]を生捕り、高祖へ御目にかくる。

秦の始皇の太子二世、生捕らるゝ。

(太子二世)「ゑゝ口惜しや」

先[四]づ今日はこれまで。

一「かうそ」(高祖)の誤りであろう。図では左端に「か」の字のある綸巾様の兜をかむった高祖が敵を踏まえ、右手に剣を振り上げ左手に首を持っている。

二 史記・高祖本紀第八に秦王嬰が自ら首に紐をかけて降り、沛公は法を簡略にし人民を安堵させたとある。

三 始皇帝の没後、李斯と趙高の陰謀によって即位した胡亥。のちに趙高によって自害させられた。沛公に降ったのは三世に相当する嬰。古浄瑠璃「感陽宮」で二世太子としているのをそのまま用いている。

四 歌舞伎劇で時代物の幕切れに言う口上。多くは敵対する者同士が結着をつけずに後日を期して別れる。ここでも古浄瑠璃の行き方とは別に二世太子を殺さずに終わっている。

絵(一八) 床几に腰掛けた沛公が、樊噲が生捕った二世太子を引見する場面。太子は稚児髷の幼い姿で描かれ、額には位星(くらいぼし)がついている。高手小手に縛られ、樊噲が縄尻をつかんでいる。

古浄瑠璃「感陽宮」では張良が趙高の首を打ち、樊噲が二世太子を追いつめ長刀で殺害。高祖は燕丹親子に多くの兵をつけて燕国へ返し、栄華に栄えたのは孝行の徳によると結ぶ。

高祖の持つ弓は弓幹(ゆが)に曲線が多く、日本風でなく描く。

助読（じょどく）　子子子子子子（ねこのこのこねこ）

木村八重子　校注

底本　東京大学総合図書館蔵本

形態　黒本上下二冊

題簽　巻次の下に丸に三つ鱗の商標。鱗形屋の二枚題簽の様式。字題簽は薄紅地、絵題簽は白地。絵は、上巻は筆を持って逃げる小僧と箒を振上げて追う和尚(絵(三)の場面)、下巻は鶴と鯉魚に羽扇を右手に踊る形の唐衣裳の人物(該当場面なし、明国で絵画修行する雪舟または絵(一〇)右の明人か)。なお絵題簽の上巻左下隅、下巻右下隅に、造本工程で他本と紛れないための符号とみられる「子子子上(下)」の小字を入れる。

本文商標　丸に三つ鱗(絵(一)(七)の枠上)

柱題　せつしう

丁付　一―十

画工名　本文中になし。奥付の目録に「鳥居清倍／鳥居清満」と併記あり。

雪舟の幼年期から叡聞に達して名誉を得るまでの一代記的な作品で、画人を主人公とした点が珍しい。雪舟の伝説としては、柱に縛られて滴らせた涙で、足指で描いた鼠が生きているようであった話が有名である。その鼠に因んで「子」六文字を題名としたと思われるが、奇抜でユーモラスで思わず手にとりたくなる題名となっている。おそらく鳥居清満の画と見られるが、題名からの期待を裏切らず、のびのびとした面白い作品になっている。絵どの場面も雪舟の伝説かといえばそうではなくて、絵(五)あたりから「宗祇の鬚」の話へ転じて仮用し、熊と猪の争い、狩野探幽の名人譚、などを適切な場面に附会し、最後に小野篁の「子子子子子子子子子子子子」と読んだという痛快な伝説を取り用いてしめくくり、首尾を整えている。調子のよい題名が先にあって想を練ったかと想像される作品。なお巻末に宝暦八年(一七五八)とみられる「寅正月新板目録」があり、十四部の題名が掲げてあり、出版史の上からも価値の高いものとなっている。

(一)

（上）

(一) 百三代後花園の院の御時、備中の国赤浜に小田のほとりといふ侍有。子共三人持ち、末の子を丸と申けり。此子二三才の頃より手遊びにも鼠を好みける。

父母、鼠を拵へ、愛す。

(母)「此子は鼠がきつい好きさ」

一 現在では一〇二代。日本王代一覧・七に一〇三代。在位は正長元年(一四二八)―寛正五年(一四六四)。 二 後花園天皇(一四一九―七〇)。雪舟誕生は先代の称光天皇の時代。後花園天皇が法皇になるのは応仁元年(一四六七)九月なので一致せず、おおまかに後花園天皇の御代の意。 三 現在の岡山県西部。 四 窪屋郡赤浜村。現岡山県総社市赤浜。雪舟生誕の地として名高い。 五 雪舟の俗姓は本朝画史はじめ諸書に「小田」と伝えるが、父の名は伝わらない。備中国小田郡には古代に豪族小田氏があり、小田姓はその流れと考えられている。小田辺と曖昧な表現を名の如く作ったか。 六 麿から変化し男子の幼名の末につけて用いる愛称語。雪舟の幼名は伝わらない。特定せず何丸の意味で用いたか。 七 鼠の玩具を作り。伝説が著名なため、幼児期にも鼠を好んだと取りなす。 八 ひどく。

絵(一) 幼児を愛する家庭の情景。幼児の足許に玩具の太鼓と撥、二引両の紋と波を描いた幡がある。類似の幡は大和耕作絵抄の端午の図にもある。

父親は月代(さかやき)のない髪。武士階級の村の教育者といった風体。

右側の女性は、眉を剃った打掛姿。愛児に鼠の玩具を与える母親。

枠上中央にある丸に三つ鱗は、この本の出版元鱗形屋の商標。

(三)

(三) 父ほとり思ふは、丸は末[一]の子也出家にせばや、とて、九[二]才の年井[三]の山宝福寺[四]の弟子となし、等楊[五]法師と申。しかるに、此等楊手習学問[六]は学ばずして、天性絵を描く事を好み、手習草紙[七]に人形[八]の首を描き、又は唐紙戸障子にいろ〳〵の絵を描く。

師の御坊怒つて折檻し給ふ。

(師)「余の子共は手習するに、汝一人さもなくして絵ばかり描く事、憎いとち坊主[九]。その上此頃は襖壁などに絵かく事やめおらぬか〳〵」

一 末の子だ僧侶にしよう。次男以下特に末子は家督を継ぐ資格がなく、出家させることが多かった。ただし雪舟が末子であったか不明。当時の読者が納得しやすい理由づけ。
二 本朝画史・三には「及二十二三歳一、其父携レ之、投二州井山宝福寺一」とある。九歳とした根拠は不明。
三 現総社市井尻野の地名。湛井の上にある山の意ともいう。また宝福寺の山号。
四 総社市井尻野に現存する臨済宗の名刹。雪舟が得度した寺として高名。涙で鼠を描いた話が伝わる。
五 雪舟の諱。雪舟を号するのは四十歳代以降のことで、それ以前は等楊または雲谷等楊といった。自署は「等揚」、雅印は「等楊」。
六 手習と学問。習字と、漢学や仏典の学習。
七 習字用の練習帳。用紙を重ねて上辺を綴じた形。同じ紙面に何回も書き、余白がなくなるまで練習するのが真面目な用法。
八 人物の顔。
九 けしからん坊主。「とち」は愚かさをののしって言う接頭語。
一〇 訓戒した。
一一 主語が不明だが、本朝画史(→絵(三)解説)を参照すると御坊。
一二 底本は「百」にも見えるが、この箇所は、本朝画史(→絵(三)解説)に「終日」とあるので「一日」と解される(墨色も字形も不自然なので入木し

(三)

(三) 等楊十才の頃、とにかくに描く事をやめぬ故、師の御坊堂の柱に縛りつけ戒む。[一〇]然れ共哀れみて、日暮に及び縄を解かんとて行給ふに、等楊が膝の下より数十疋の鼠、驚き騒ぎ走りまわる。

[一一]急に此(この)鼠を追ふ。御坊怪しみて見給ふに、等楊縛られて一[一二]日の落つる涙の滴り[一三]を足の親指につけて縁板に鼠を描く。その勢ひ恰も生ける鼠のごとし。師の御坊その妙を感じて、これより描く事を戒めず。

(僧)「これは奇妙じゃ。そつ[一四]はござらぬ」

て訂正したか)。[一三] したたり。しずく。近世初期までは「しただり」。[一四] 手ぬかりがない。上手なものだ。

絵(二) 寺における手習の場面。江戸時代、庶民教育の場である寺子屋の光景。

手習机は右下の粗末な一脚にまで筆返し(両端に筆が転げ落ちないようにつけてある止木)のある造り。

襖の絵の武士と鬼は等楊の落書を表現したもの。

宝福寺の師僧名は不明。袖の「福」字は宝福寺の「福」であろう。

なお、この場面には顔などに読者のいたずら書きも加わっている。

絵(三) 雪舟の最も著名な伝説を絵画表現した場面。

俯瞰式構図。針葉樹の梢と回廊で寺の様子を見せ、縛られた雪舟と窺う師僧、ささやきあう二僧。七匹の黒鼠に躍動感がある。

本朝画史・三に「一朝師僧大怒、縛二雪舟於堂柱一。日漸及レ暮、師僧又憐レ之。自到二堂上一、将レ解二縛索一。于レ時、雪舟膝下鼠驚走。師僧亦驚騒、恐レ傷二雪舟一急逐レ之。然鼠不二動揺一。師僧怪見レ之、雪舟終日愁苦之所レ致涙痕滴レ堂。雪舟自以二脚大拇指一、点二涙画一鼠於堂板一。其勢恰似二活鼠奔走之体一。於レ是師僧服二其妙一、自レ是後不レ戒レ画」とある。相似た表現があり、本作は本朝画史を参考にしたと思われる。

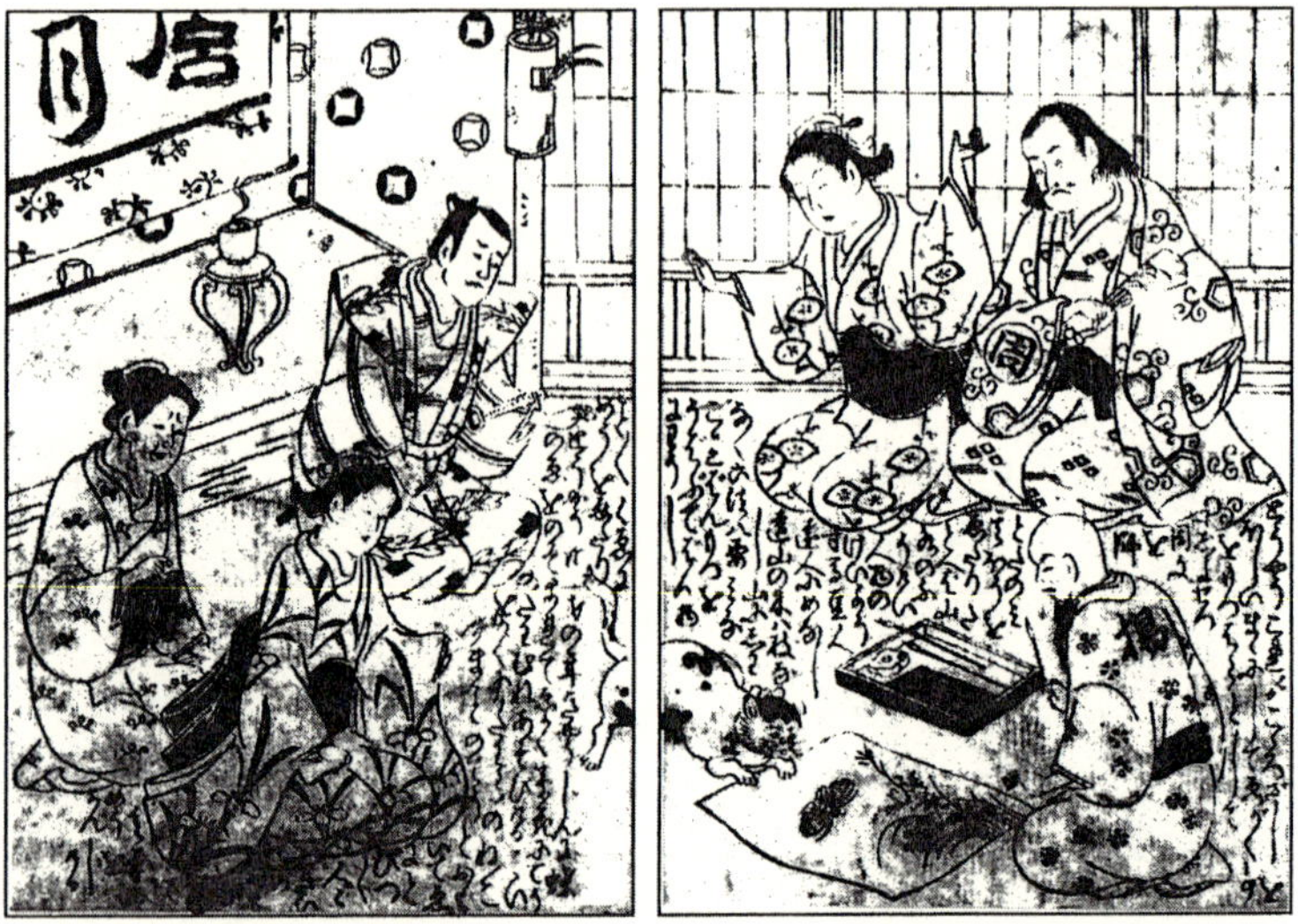

(四)

(四) 等楊これより志を縦にして、描く事を専らとして如拙[一]、周文[二]を師と頼み、其法を得たり。例へば山水の風景、人物の形容、寸馬豆人[三]遠人に目なし、遠山の木は枝なし。山に皺なく六法[四]八要[五]みなこゝに万物を奪ふ[六]て万物に応じ、こと〴〵く絵に妙を得たり。

等楊廿一才[七]の年、郷人[八]に蝶の絵を望まれて描く。草花に蝶の戯れ遊びける体を描くに、傍らの猫、真の蝶と思いて絵に飛びつく。人ゝ奇異の思ひなして其筆の妙を感じける。

(五) 等楊、絵の誉高く、又詩[九]

一 室町時代の画僧。京都相国寺を中心に応永年間(一三九四―一四二八)に活躍した水墨画の先駆者。国宝「瓢鮎図」、重要文化財「王羲之書扇図」が知られている。「大巧は拙なるが如し」の語により、大巧如拙ともいう。
二 室町時代の画僧。如拙の弟子とみられ、応永三十年に朝鮮への幕府使節となり、また相国寺の都監役を務めた将軍家の御用絵師。「水色巒光図」「竹斎読書図」の二点が真作と認められている。雪舟の師。
三 東洋画における遠景の人馬の形容。この箇所は五代後梁の画家荊浩の画山水賦に「凡画二山水一、意在二筆先一、丈山尺樹、寸馬豆人、遠人無レ目、遠樹無レ枝、遠山無レ皴、隠隠似レ眉…」とあり、土佐光起の本朝画法大伝の山水総論にほとんど同文の読みくだしがあり有名な言葉。
四 東洋画の制作および批評において尊ぶ六種の法則、気韻生動、骨法用筆、応物象形、随類賦彩、経営位置、伝移模写。中国南斉の画家謝赫が古画品録でまとめ近代まで継承された。
五 未詳。六要なら気・韻・思・景・筆・墨。筆意八法(向背・遅渋・清浄・浮沈・意達・気脈・気掣・気節)や筆意八忌(遅重・滞渋・凋疎・拘束・菱角・浮滑・不要・不匀)等か。
六 底本は濁点を付す。
七 雪舟二十一歳の行状は伝わらない。
八 同郷の人。里人。
九 漢詩、和歌、連歌、俳諧。(この

（五）

歌連俳にも心を寄せ、殊更香を楽しみ、顎の鬚を延ばし、鬚に香を留めて[一〇]喜こぶ。

それより旅修行して、いよ〳〵絵の事を極めんと諸国行脚[一一]して、丹波[一二]の国桑田郡にて、栗[一三]の鈴生りしけるを見て、木に登りて取る。

然る所に、熊、子を連れ来り、沢辺の大石を持ち上げ、其石の下にある豆蟹[一四]、子熊に取らせける時、木の上より、等楊過つて毬栗を四つ五つとり落とす。熊これに驚き、大石をとり落とす。子熊圧し[一五]にうたれ忽ち死にける。親熊、限りなく嘆き、傍らに

辺から、宗祇の伝説を摂取）
一〇 焚きこめて。一一 禅僧等が諸国を巡ってする修行。雪舟も宗祇も各地を行脚したと伝えられる。
一二 現京都府北桑田郡および亀岡市を合した地域。
一三 丹波栗は延喜式の諸国貢進物に見え、早くから名産であった。
一四 谷間の石穴に棲息する小形の蟹。
一五 押し潰されて。

絵（四） 招かれて草花と蝶の絵を描く等楊。
　赤浜の裕福な郷士の家と解される。床の間に掛軸を掛け、香を焚く。これを背に主人、老母、娘であろう。右側には総髪姿の師周文、その左の女性は妻女か。師と共に招かれるのは不自然で、「如拙、周文を師と頼み…妙を得たり」という前段の話を取りこんで一図としたか。
　等楊はすでに鬚を蓄えた僧形に描かれ、以後の場面の伏線としている。描いた蝶に猫が飛びつく話の出典は未詳。障子に描いた鶏を実の鶏が蹴った話（古今著聞集・十一）等の類話がある。

絵（五） 右から左へと異時同図法で描かれている。右上端の行脚画僧等楊は山を巡って栗の木に登り、栗を取って地上を眺める。親熊は大石を抱えてその石のあった穴の豆蟹を子熊に取らせる。栗が落ちたので驚いた親熊が大石を落とし、その下敷に

(六)

猪の臥していたりけるが、彼が業とや思ひけん、熊、猛りかゝる。

(六) 猪も猛獣なりければ、互に挑み食い合いける。猪、ついに前足一本打ち折られ、数箇所手を負ふ。熊も所〳〵手を負い、一月の輪を二かけ上げて二疋の獣死にける。等楊これを見て恐れしが、かゝる恐ろしき獣の争ひを見る事も、偏に画工に心を寄する故と頷き、それより三別して四生き物を描きて妙を顕す。

なって子熊が圧死…と事の成行きを辿ることができる。

この場面から次の場面にかけての熊と猪の死闘は醍醐随筆・上(寛文十年刊)にあり、人物は栗取の丹波の土民となっている。同じ話は後の曲亭馬琴の椿説弓張月・拾遺二第五十回にも用いられている。

一 月の輪 熊ののどにある半月形の白斑。本朝食鑑に「窺二月輪一而刺レ之則斃」とあり、熊の急所とされる。 二「かけられて」の誤りか。醍醐随筆には「熊も前後かず〳〵かけられて」とある。 三 とりわけ。 四 雪舟が長じている対象は本朝画史・三に、山水、人物、花鳥の順で、牛馬をも善くし竜虎はこれに次ぐ、とある。この説話を摂合するための作意。

五 現奈良市東木辻町・鳴川町付近。寛永六年(一六二九)に創建された傾城町で色道大鑑や好色一代男に記されて著名。近くには中将姫にゆかりの寺がある。作者は鬢に香を炷きしめる場面を描く必要から、丹波から諸国を行脚する途次としてこの地を選んだのであろう。 六 この程度の。 七 不相応に。 八 最高級の沈香。諸説あるが、梵語 kalaguru に相当する略語で黒沈香木と漢訳。ベトナム

子子子子子子

(七)

(下)

(七) それより等楊、奈良の方へ立ち越へ[五]木辻の町に泊まり、香を炷きて鬚に留めける。宿の亭主、[六]さばかりの旅僧、[七]いかゞしく[八]伽羅を炷き、鬚を秘蔵し給ふにやと不思議がる。「我はこれ、等楊といふ僧なり。絵の道を好きて旅修行するなり」と言ふ。

産沈丁香料の常緑高木に菌が寄生し樹脂が分泌沈着し熟成したもの。古来金と等価とされ、珍重された。


絵(六) 前の場面に続いて等楊は栗の木の上で猛獣の死闘を見ている。熊と猪は闘う姿でなく死闘のあと。

醍醐随筆に「いみしき物見かなと見居たるに、互に入ちがい半時ばかりたゝかふ。猪は前足一つうちをられ、後の跨間より横腹胸のあたりまで、さん〴〵にひきさかれて死ぬ。熊も前後かず〳〵かけられて腸出て死けり」とあって月の輪のことは書かれていない。絵では猪の横腹と胸から血が迸り、前足が一本もがれている。熊は肩の辺と月の輪の下から血が迸っている。


絵(七) 奈良の木辻町に投宿した等楊が鬚に伽羅を焚きしめている場面。二女性も略点前などで香を楽しんでいるところらしい。右の女性が香盆の上の聞香炉に香木またはそれを載せる銀葉を置こうとしているところ。

この話は宗祇の伝説として著名。画典通考・六の「宗祇法師」の条に鬚に香を焚きしめている座像の絵があり「常に香を焼き其香を鬚にとめて愛す、人是を問へば、我髭を愛するにあらず香気の常に髭にあるを愛するのみ也、とこたへける」とある。

屏風の絵は山水画。

枠上中央にある丸に三つ鱗は、この本の出版元鱗形屋の商標。

(八)

(八) 亭主の曰く、「幸い、我此程、白張の屏風を認めたり。此屏風に何ぞ絵を描きて給べ」といふ。「心得たり」と、墨を磨らせ、馬の沓に墨をつけて屏風へ打ちつければ、主、殊の外腹立て怒る。「打ちつけし墨は蟹の絵也」といふ。「何のこれが蟹ならん。元の白張にして返し給へ」と、さんぐ〵罵りければ、「然らば」とて、筆を以て目鼻脚鋏をつければ、ぐわさく〵と歩く。其後、等楊又筆を点じければ元の屏風へ移る。

(九) 其後、東海道にさしかゝり、山海駅路に心を澄まし、発

一 白紙を貼り何も書いてない屏風。
二 調えた。こしらえさせて置いた。
三 馬の足に履かせる藁沓。馬の鞋。馬は古来「むま」と発音した。
四 蟹の鼻というのはおかしいが、ここでは顔の意であろう。
五 書き加えると解したが、「筆を転じければ」か。
六 古来中央から東国への主要路。また伊賀・伊勢から安房・上総・下総・常陸に至る太平洋に面する十五国。宗祇諸国物語成立当時は大津から品川江戸に至る五街道の筆頭。
七 山や海の風景や宿駅・街道の情景。
八 心を傾け。
九 現千葉県のうち房総半島の中央部。宗祇諸国物語・三「盗賊歌和」に「上総の国」とあるのによったもの。
一〇 等楊の着衣や持物を剥ぎ取り。
一一 宗祇諸国物語には「法師に似あはぬ鬚顔、悉根をぬきてわたせ、箒に結てつかはんに嘸つよかん物をといふ。…早くぬき渡せ箒にせん」。
一二 宗祇諸国物語では「祇は天性ひげを愛し、一生剃ず香をとむるに、ひげにとゞまりてかほり不絶とて、扨なん鬚を愛しぬ」とある。
一三 宗祇諸国物語には「我が為に箒斗はゆるせかしちりのうき世を捨てはつる迄」とあり、小異がある。

絵(八) 同一の居室中に、屏風に対座する等楊の二つの場面を描きこむ。

(九)

句狂歌などして通、上総[九]の国にて日暮れて山道にかゝりしが、山賊二人出て等楊[一〇]を剝ぎ取り、「汝[一一]は鬚の長き坊主かな。殊に鬚の良き香りこそすれ。切つてよこせ、箒にするなり」と言ふ。「我[一二]は此鬚を惜しみ、歌詠み連歌して楽。此鬚は許し給へ」といふ。盗人聞いて、然らば何ぞ鬚について狂歌せよと望む時、

　[一三]わがためのほうきのひげはゆるせかしかりのうきよをすてはつるまで

と詠みければ、盗人感じ、「さて〱殊勝にこそ候へ」とて、剝ぎ取りし衣類を返し、夜道を

右から左へと時間が経過し、左図には葦と流れが描かれている。

　右下の男は絵(七)と同じ模様の羽織を着た宿の亭主で、左肩を聳やかした怒りの表情。

　優れた画家の作品から動物が抜け出して行動する話は古今著聞集の金岡の馬をはじめ、虎や鯉が知られ、歌舞伎の趣向にも摂取される。

　馬の沓で蟹を描く話は掃聚雑談・一「狩野探幽茶入の事并名画」に見え、伊達政宗屋敷における探幽の逸話として名高い。掃聚雑談の成立時期は未詳ながら、同じ話を摂合したのであろう。なお探幽の話では蟹は動き出していない。

絵(九)　宗祇諸国物語・三「盗賊歌和」の宗祇をそのまま雪舟の話に附会したもの。この物語では賊は一人で、狂歌は求められずに詠じている。

　山岡頭巾に格子縞の着衣のこの扮装は黒本青本によく登場する山賊の姿。腕に抱えているのは等楊の衣類や持物。等楊の着衣には絵(三)左から絵(一〇)左までずっと同じ小花模様が描かれている。等楊の膝元にあるのは矢立。連れの賊は蒲皮模様の着物を着ているので足軽や奴など身分の軽い武士の崩れた者のつもりか、小脇に既に追剝ぎで得た衣類と紙入らしいものを抱えている。

　土坡形で仕切った左上隅は、山賊が奪い取った衣類を等楊に返して送ってゆく場面。

(一〇)

二三里送りしとなり。

(一〇) 等楊が絵の誉、諸国にかくれなく、我も〳〵と望みける。此上、唐に渡り、唐筆の法、画伝を極めんと唐国へ渡り、三年の月日を過ぎてさうたいせうが闘牛の絵、黄筌がひがんの伝を覚へて、又日本へ帰る折から、

唐人我も〳〵と絵を頼む。

等楊が乗りたる舟へ夥しく白紙を投げ込み〳〵しける。そのさま、舟に雪の降り積みし如くなり。これよりして雪舟と申。

雪舟は雪の舟と読めり。

一 中国全土をさす古称。雪舟時代の王朝名は明。唐土、漢土に同じ。
二 本朝画史によれば、寛正年中(一四六〇―六六)から明成化五年(文明元年)仲夏までとあり、少なくとも満四年以上となる。梅花無尽蔵には「鵝ニ南船ニ扣ニ大明国ニ者三霜」とある。近年の研究によれば応仁元年(一四六七)に入明し、明成化五年(一四六九)夏に帰国した。三年はこの事実と一致する。
三 未詳。唐の戴崇(すう)の誤りか。
四 未詳。戴崇なら北宋末の宣和画譜に闘牛図がある。
五 蜀の花鳥画家で徐熙と双璧をなした黄氏一族の長。成都出身。鉤勒塡彩画法によったらしく、六法すべて備わると評された。
六 「飛雁の伝」であろう。
七 「ほうがんだい」とも。平安中期以降の官職名。院または女院の庁に置かれ、雑務や文書を司る五位または六位の蔵人。
八 「詩編」の意か。
九 「子」の字を十二。画面の長紙および御座の下に書かれている。

絵(一〇) この場面は雪舟の名の由来譚となっている。本作品より後世(文政九年(一八二六))の成立ながら佐藤成裕の中陵漫録「雪舟名誉」の条に「帰郷せんとて舟に載りて出る時に、人皆、紙を持来て画を望む。舟中の紙白して雪の如し。此時、始て雪舟の名を得たり」とある。本作品により、この伝説が少なくとも宝暦より

(二)

(二) かくて雪舟、唐より帰朝して判官代へ参りしが、此事叡聞に達し、御好み有絵ども品ゝ描いて奉けるとき、汝、絵の外に狂歌詩べんにも通達しける由聞こし召し及ばれ、すなわち、子文字十二字を下され、是を読めとぞ賜りける。雪舟しばらく黙念して、かくぞ読みける。

子子子子子子子子子子子子

と十二いろ読みける時、御感なゝめならずとなり。此時より雪舟が誉高し。

以前から存したことがわかる。

舟の形は舳先が丸く、舷側に棚板二段を釘付けし、苫屋根の主屋形がある。人物との比では川舟のようだが、屋形の側面に菱垣を用いて海船めかしたものか。

遠方に帆船が小さく描かれている。

絵(二) この場面は平安時代初期の漢詩人、歌人小野篁(八〇二―八五三)の伝説を仮用している。すなわち宇治拾遺物語「小野篁広才事」に「(帝)かた仮名のねもじを十二書かせて、給て、「よめ」とおほせられければ、「ねこの子のこねこ、しゝの子のこじゝ」とよみたりければ、御門ほゝゑませ給て、ことなくてやみにけり」とあり、篁の才知ぶりを記す。なお「子」六字は運歩色葉集、背紐(うしろひも)にあり、謎や判じ物の言語遊戯であったことがわかる。

御簾を少し掲げて正面に御座所、広廂と簀子縁には三人の公卿、庭上で雪舟に介添する二人の武士(蔵人)、火灯窓から女官たちが覗いている。黒本青本の常であるが、御殿の場は戯場訓蒙図彙・四(享和三年刊)の「天王建」の説明「紫宸殿の外は見る事なし至て端近也、椽側の少し奥は御座所也、月卿雲客せまき縁側に押合へし合て座る也」と一致し、歌舞伎的な表現。

雪舟の着衣の模様は、ここで瑞雲模様に変わり、袖の文字も「舟」に改まっている。

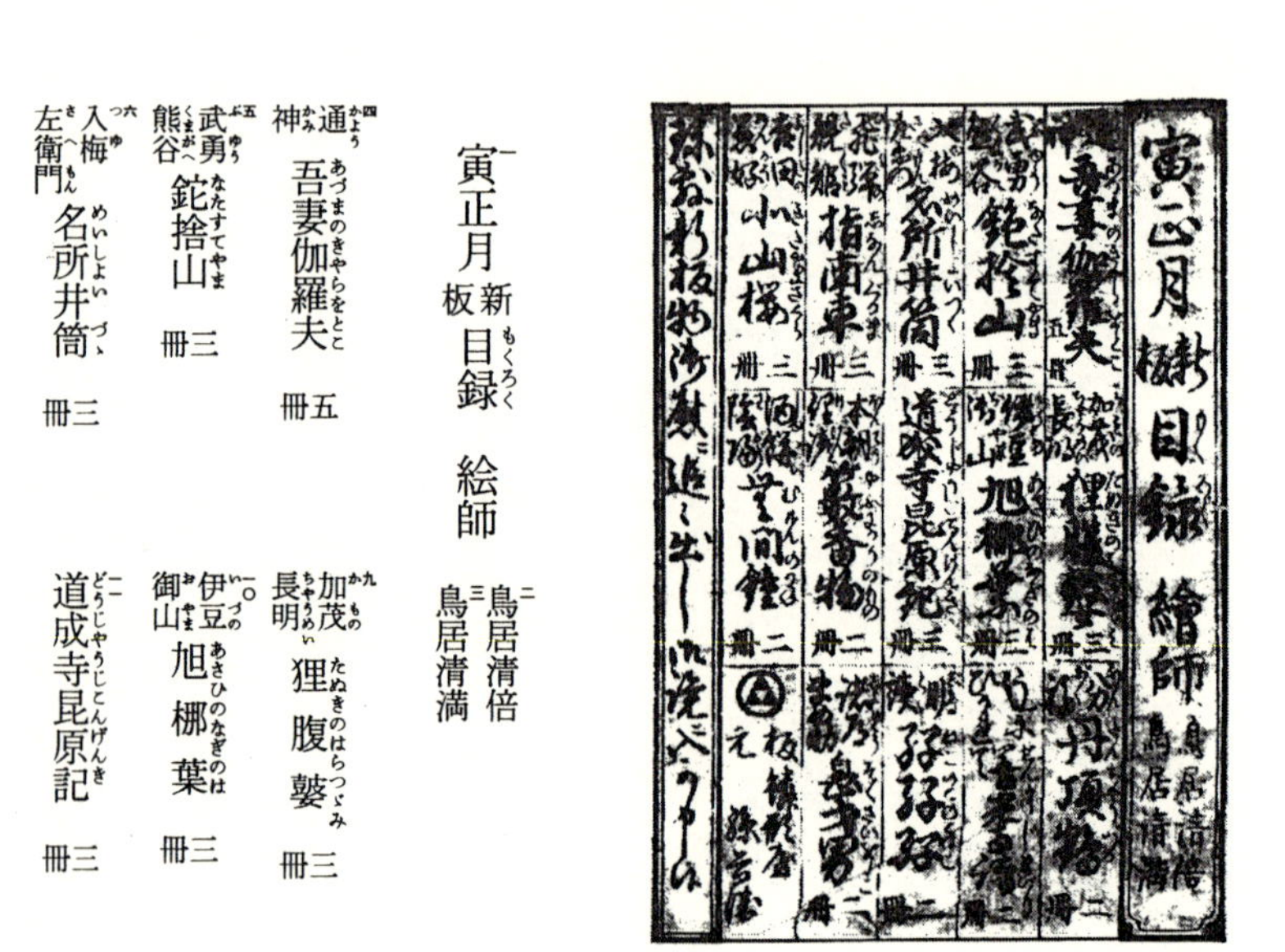

一 寅正月 新板目録(もくろく) 絵師 二 鳥居清倍
三 鳥居清満

四 通神(かようかみ) 吾妻伽羅夫(あづまのきやらをとこ) 五冊

五 武勇熊谷(ぶゆうくまがへ) 鉈捨山(なたすてやま) 三冊

六 入梅左衛門(つゆきへもん) 名所井筒(めいしよいづゝ) 三冊

九 加茂長明(かもちやうめい) 狸腹鼓(たぬきのはらつゞみ) 三冊

一〇 伊豆御山(いづおやま) 旭梛葉(あさひのなぎのは) 三冊

一一 道成寺昆原記(どうじやうじこんげんき) 三冊

一四 分福(ぶんぶく) 丹頂鶴(たんちやうづる) 二冊

一五 うしにひかれて 善光寺詣(ぜんかうじまいり) 二冊

助読(じよどく) 孖孖孖(ねこのこのこねこ) 二冊

一 本作「孖孖孖」を含む巻末新刊広告。この寅年は宝暦八年(一七五八)と解される。 二 鳥居派の浮世絵師、二世。生没年未詳。作画期は享保十年(一七二五)頃から宝暦十年頃まで。丹絵、紅絵、漆絵、紅摺絵で役者や美人の一枚絵も制作したが、黒本青本の画工として活躍。 三 鳥居派の浮世絵師。二世清倍の次男という。作画期は宝暦から天明。紅摺絵や錦絵で役者や美人の一枚絵を制作したほか黒本青本から黄表紙時代にかけて画工として活躍。天明五年(一七八五)没、五十一歳。 四 足利尊氏が国阿上人に贈った伽羅の下駄を発端に、仁木父子の謀反、助六風の達引(たてひき)、高尾懺悔を取り入れた作。 五 この題名では所在不明だが、版心に「なたすて」とある東北大学狩野文庫本が該当すると推定される。内容は、小敦盛の筋に人面疔のあるよし安の邪恋、園生前と牛の入替、蛸薬師の由来と霊験などを絡め、蓮生坊が法然上人の制止で鉈を捨てた所が鉈捨山となったという由来譚で終る。 六 津の国の百姓入梅(つゆ)左衛門の四人の子と、横佩豊成卿の後妻、妾、中将姫、白玉等をからめ、水争い、白玉の投身から梅雨期に水の湧く井戸の由来などを綴った作品。 七 この題名では所在不明だが、版心に「たくみ」とある早稲田大学および岩瀬文庫の所蔵本が該当すると推定される。内容は、大工道に志す工(たくみ)が、竹田番匠と

七 飛弾規矩 指南車　三冊

八 吉田兼好 北山桜　三冊

一二 本朝俚諺 藪香物　二冊

一三 酒餅陰陽 無間鐘　二冊

一六 諸道まめ助 息才男　二冊

板元 一七 鱗形屋孫兵衛

珍敷新板物御慰に追〻出し御覧に入可申候

子子子子子子

の鳥居論に勝って、細工の鶴に乗って唐に逃れ、三井の円珍の手引で魯班から唐尺の伝授を受け、帝に指南車の細工を献上し、母と妻の仇を討ち、大工道具で自分の姿を作るまで。八 後宇多院に学才を愛された兼好の出家、師直艶書の代筆、小弁との恋と離別、大蔵の邪恋と不動明王の成敗などを和歌を交えて綴り、徒然草講釈を聞きに行く人々で終る作品。九 歌道管絃に長じた加茂長明が寄人となり讒言により追放され出家する顚末に、邪恋と仇討と遺子の筋を絡め、方丈記執筆、頼朝下賜の青山の琵琶弾奏から古狸の怪へと展開させた作品。一〇 古典籍新収八十品(玉英堂稀覯本書目一七九号)所載。未見。頼朝を主人公とした伊豆日記もので、利根の局と丹後の局が双六を打つ時、雲介の奸計で利根の局の髪が逆立つのを政子が秩父重忠に見定めさせる場面などがある。一一 演劇の道成寺ものでなく山州名蹟志の記述を参照し、庄司娘いささめが蛇体となる因縁、安珍が勧進して釣鐘を再鋳した件を加えた作。一二 この題名では所在不明だが、版心に「かうのもの」とある東北大学狩野文庫本が該当すると推定される。内容は、持統天皇に由来する香の物の祭事、猿丸太夫の「奥山に」の歌の枉解、お亀谷の地名の由来などを諺の「藪に剛の者」にこじつけた作品。一三 この題名では所在不明だが、版心に

「むけん」とある大東急記念文庫本が該当すると推定される。内容は酒餅合戦で、餅の道具が集まって酒の道具を滅ぼす計略をする。遊女鏡台屋の鏡山が無間の鐘を撞く、という擬人物。一四 茂林寺の納所坊主守鶴は手跡に妙を得て「福」の字を授けて福を分つ。うたた寝に古狸の正体を現して寺を辞するに当り「終亦始」の書を残し、合戦や説法の幻を見せる。境内の沼に毎年鶴が子を産み本尊に礼をするという内容。一五 所在不明。未見。一六 この題名では所在不明だが、版心に「まめ」とある東北大学狩野文庫本が該当すると推定される。内容は戸ぢ兵衛が三河の業平観音に通夜して玉を頂き、豆男になって奈良京都で楽しみ、凧に乗って安南国に落ち、石橋を渡り、蘆葉達磨の舟にのり、小人国、手長足長国、南京を経、天竺徳兵衛の袖に入って帰国するという画題性に富んだ作。

一七 万治年間(一六五八—六一)に開業した版元。元禄二年(一六八九)刊江戸図鑑綱目の地本屋の項に記名のある鱗形屋三左衛門の子孫。丸に三つ鱗を商標とし、江戸大伝馬町三丁目にあって赤本黒本青本を盛んに刊行した。初期黄表紙の主要作品も手がけて先導的役割を果たしたが、天明年間(一七八一—八九)に廃絶した。

楠(くすのき)末(ばつ)葉(よう)軍(ぐん)談(だん)

木村八重子　校注

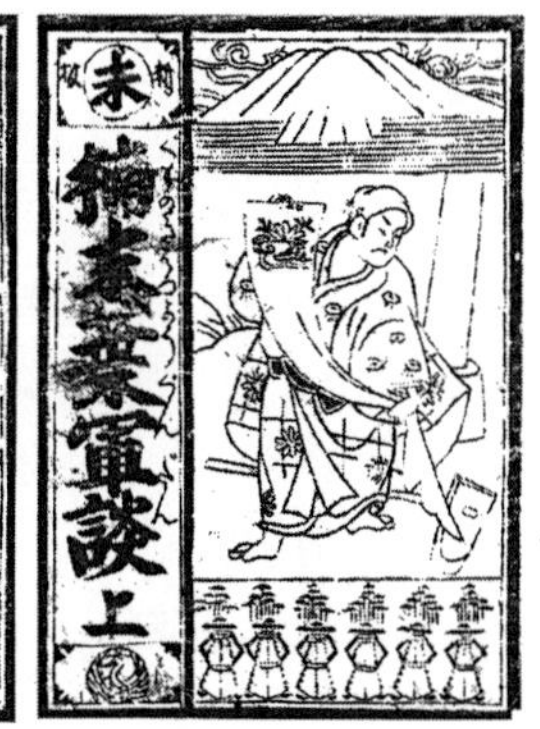

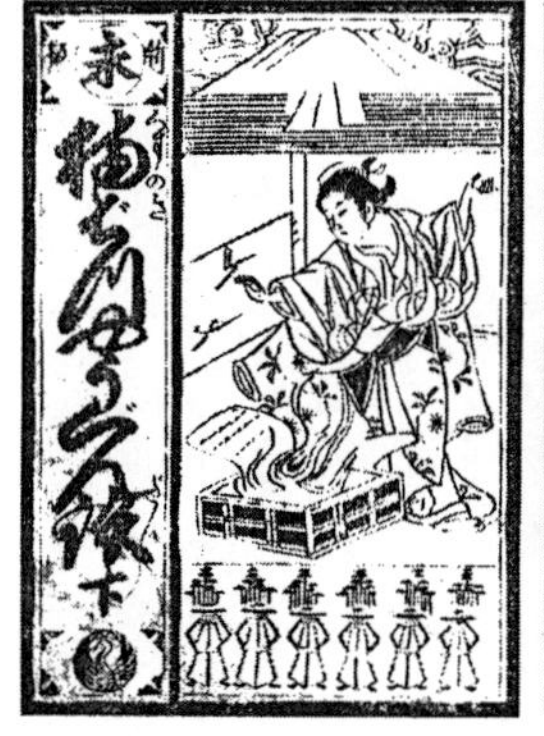

底本　東北大学附属図書館狩野文庫蔵本

形態　黒本上中下三冊

題簽　題名の上に右左に「新／板」（上、下）「志ん／はん」（中）の小字を添え丸に「未」、巻次の下に鶴の丸の商標があり、宝暦十三年（一七六三）刊鶴屋版。絵の部分の意匠は上方に富士山頂、下方に松原で富士を仰ぐ六人の朝鮮使節の後姿。絵は、上巻は鳥居の傍に鍬を置き菊水の旗を展げる正介（絵(三)左の場面）、中巻は蜘蛛の巣を見込んで腕を組み天下を望む心を起こした懸橋忠和（絵(七)の場面）、下巻は連判状を角火鉢で燃し両手をひろげて立つ忠和妻お千（形は異なるが絵(一六)右の場面）。題簽は上中下とも東洋文庫岩崎文庫本による。

本文商標　削去

柱題　楠ばつよう（上）、くすのきばつ葉（中）、くすの記末葉（下）

丁付　壱・二―十五大尾

画工名　なし

作者名　作者和祥（絵(一八)）

慶安事件を題材とした黒本。この事件を作品とした最初は、享保十四年（一七二九）大坂竹本座上演の操浄瑠璃「尼御台由井浜出」で鎌倉時代とし、宝暦九年（一七五九）同座の「太平記菊水之巻」では南北朝のこととし、以後の作品に大きな影響を与えている。また、実録の『慶安太平記』で物語化されて人口に膾炙し、種々の作品に取入れられ慶安太平記物として一系統をなしている。黒本青本では、鳥居清重画の『三鱗（みつうろこ）末明染（あけぼのぞめ）』もあるが、「和祥作」が明記されている例として本作を選んだ。題名に「楠末葉」とあるのは、正雪自身が軍略家としての楠正成を慕い、また楠流軍学師範である師の楠不伝を謀殺して師家を相続したと伝えることによる。本作は、他の黒本青本の残存状況を抜きん出て国内だけで七部も存在が知られている。慶安太平記物が好まれた故というより、版木が残っていて後の時代に摺出されたためと考えられる。というのも、東洋文庫岩崎文庫本が摺の状態がやや良いほかはいずれも磨損が甚だしいためである。しかし岩崎文庫本には殆ど毎丁模様などの丁寧な塗墨があり、図版は別趣のものになってしまうため、狩野文庫本を使用させて頂いた。図版を拡大しても読み難い箇所もあるが、翻字は岩崎文庫本によったことをお断りしておく。

＊前頁扉の図版は題簽部分のみを掲出。

（上）

（一）足利八代将軍義政公の御時、河内国赤坂より三里隔ちて五井といふ里に、駿河屋正介といへる紺屋有。小紋模様の白あがり雪のごとく染め上げし故、駿河屋と名付たりとぞ。

正介が女房お由井、手間取どもを相手に張物する。

（女房）「今日はたんとの張物で、皆の衆太義でござんす」

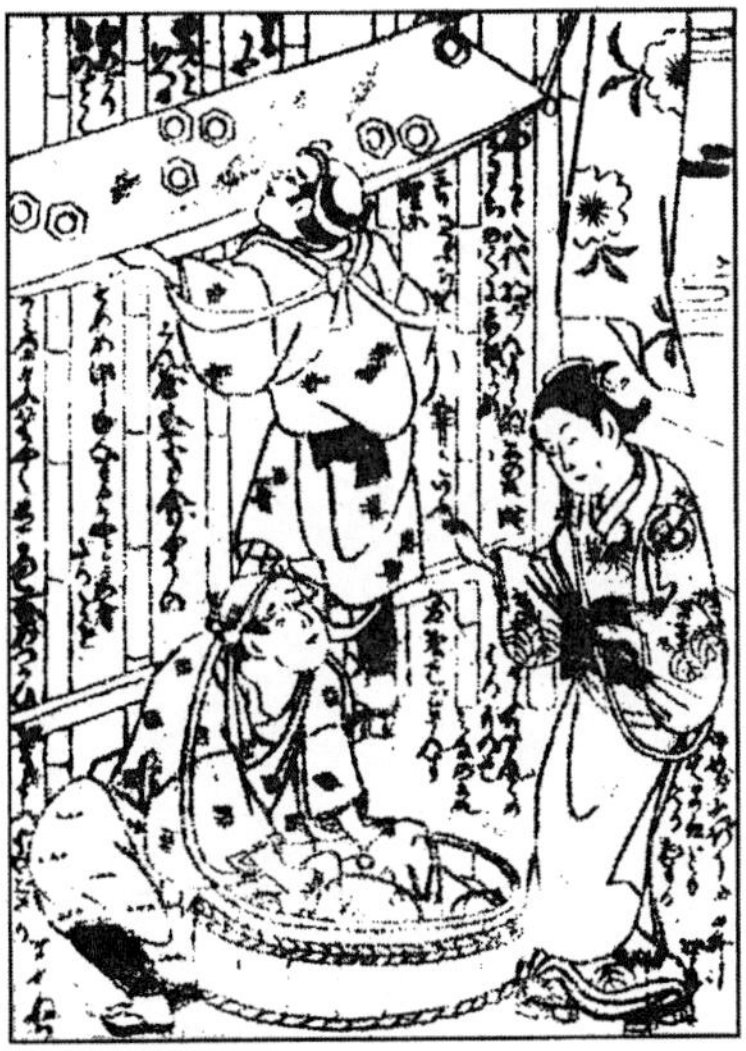

（二）

（手間取）「内儀様、今日は早く仕舞つて百扱ひを打たふじやござりませぬか」

（三）あるじ正介転寝の夢の内に、其昔湊川にて此世を去りたる楠判官正成、枕の許に来りて、「我は汝が先祖なり」と語りしと見たりけり。「汝こそ此楠が七代の子孫なり。疑

一 室町幕府八代目の将軍、足利義政（一四三六―九〇）。将軍在位は文安六年（一四四九）―文明五年（一四七三）。その治政期に応仁の乱が起こった。 二 大阪府南河内郡千早赤阪村。楠正成が挙兵した地として名高い。 三 東海道の御油。「赤坂の五井」とも称したので河内国赤坂から巧みに転じ、由比（井とも。本作では井を用いる）正雪の出身地とされる由井との連想に結びつけて里名とした。 四 由井正雪の出生地として駿河国由井または同国駿府宮ヶ崎等の説があり、駿河国を踏まえた屋号と正雪に通う町人風な名。 五 紺染屋、のちに一般の染物屋。由井正雪の生家の家業を踏まえる。 六 形紙を用いて霰・小花など細かい模様を布地一面に染め出したもの。 七 黒地や紺地に白く模様を染め抜くもの。 八 白く染め抜いた小紋模様がすっきりと白く残っているのを褒める譬え。 九 富士の白雪の連想であろう。 一〇 由井正雪を利

絵（一） 紺屋の仕事場で、洗う者、籡張（しんし）をする者と彼らに慰労の言葉をかけているお由井。

　間隔を取って竹を立て並べてあるのは通風の必要な仕事場の外界との間仕切りであろう。雨天でも仕事が出来、直射日光を避けるために屋根のある空間とみられる。

　右上方には花柄と流水柄の布地が干してある。

(三)

はしくば此里(このさと)の鎮守浅間(ちんじゆせんげん)の宮(みや)[一]の松が根を掘(ほ)つて見べし。我世にありし時、埋(うづ)め置(お)きたる菊水(きくすい)[二]の白旗(はた)あり」と、あり〳〵と伝(つた)へ失(う)せにけり。

(由井)「こちの人[三]、もふ日が暮(く)れるわいな。起(お)きさんせぬか。あてこともないや[四]」

正介、夢(ゆめ)の知(し)らせ不思議(ふしぎ)に思ひ、浅間(せんげん)の宮に来(きた)り松が根(ね)を掘(ほ)りければ、知(し)らせに違(たが)わず菊水の旗(はた)出(いで)にけり。それより楠正成末葉(ばつよう)[五]と知(し)り、一生を埋(むも)れ木[六]に果(は)つる身ならずと女房に書置(かきおき)を残(のこ)し、都(みやこ)の方(かた)へ赴(おもむ)きけり。

(正介)「これは不思議(ふしぎ)じや」

かせた女名。一一 賃金を取って働く雇われ人たち。一二 布地を洗ったり染めたり糊付けをしたりした後に、板または籡(しん)を用い布の形を整え乾燥させる作業。一三 御苦労様です。一四 おかみさん。江戸時代、町人の妻に対する呼称。一五 めくりカルタをする。百点を最高点と取りきめた打ち方か。一六 建武三年(一三三六)、楠正成・正季が現神戸市兵庫区湊川町において、九州から大軍を率いて攻め上った足利直義に七百余騎で応戦し自刃した。一七 南北朝時代の武将。後醍醐天皇方の主戦力となり、奇策を駆使し軍略家ぶりを発揮した。兵衛尉のち左衛門尉に任じ、四等官の第三位に相当するので判官という。一二九四―一三三六。一八「七世の父母」「七世の孫」は成語。

一 静岡市賤機山南麓の浅間神社。二 菊花と流水をあらわす楠氏の家紋菊水を描く白旗。旗は上端を竿につけ長く垂らす形。三 あなた。妻が夫に言う対象語。四 途方もない。五 子孫は枝葉に譬えられる。末裔。後裔。楠の末葉と縁語的に用いる。六 世間から忘れられた不遇の身で人生を終る。七 京都の五条。八 室町

絵(三) 二重雲形で仕切り、二つの場面を示す。
煙草盆と煙管を傍らにうたた寝し、夢に楠正成から七代の子孫であるこ

(三)

(三)爰に、都五条の辺に、吉岡憲法とて、兵法の指南する浪人有。いさゝか用ありて、夜に入、朱雀の野辺を通りければ、此あたりに徘徊する盗賊ども、無体に酒手の無心を言ふ故、胸に覚への吉岡憲法、水も溜らず切り倒しけり。

(賊一)「あゝ切られた」

(賊二)「何と、よい薬はないか。痛いぞ〳〵。ても、ひどいおやぢめだ」

(賊三)「あゝ、あやまつた〳〵」

その時、何者とも知らぬ若き侍一人、水を持ち来り、憲法

とを告げられる駿河屋正介。夢中の楠正成は揉烏帽子に籠手を見せた大鎧姿で采配を持って床几に掛ける。

妻のお由井は藍瓶に白布を浸そうとしているところ。藍は一定以上の温度がないと発色しないため、室内の床に藍汁を入れた瓶を固定して埋め込み、寒冷期の保温を図った。傍にあるのは瓶の蓋。

浅間神社の松の根元を掘って、夢の告げの通り菊水の旗を得た正介。狭い画面に鳥居と鍬と地面の凹凸を描いて場所と状況を示す。

正介はどてらの両袖を脱いで力仕事を表すが、袖が広袖に変わっている。一町人でなく楠正成の末葉を強調する、歌舞伎風な表現か。

絵(三) 朱雀野で三人の盗賊を切り倒した吉岡憲法と、その刀の血糊を拭う駿河屋正介。ある人物に近づきになりたい時、とっさに刀の血糊を拭いに出るのは一つの型。

右下の盗賊は山岡頭巾に丸絎の帯をしめ典型的な盗賊扮装。黄表紙「稗史億説年代記」にこの期の特徴として描かれている。松の枝に吊った提灯も不自然であり、盗賊を踏まえた白髪混じり総髪の吉岡の身振り、手桶を用意し片膝ついて吉岡の刀を拭う正介、いずれも芝居がかった表現で、背景の稲叢、柳、松も書割り風。

右図に版の磨滅によるかすれがある。

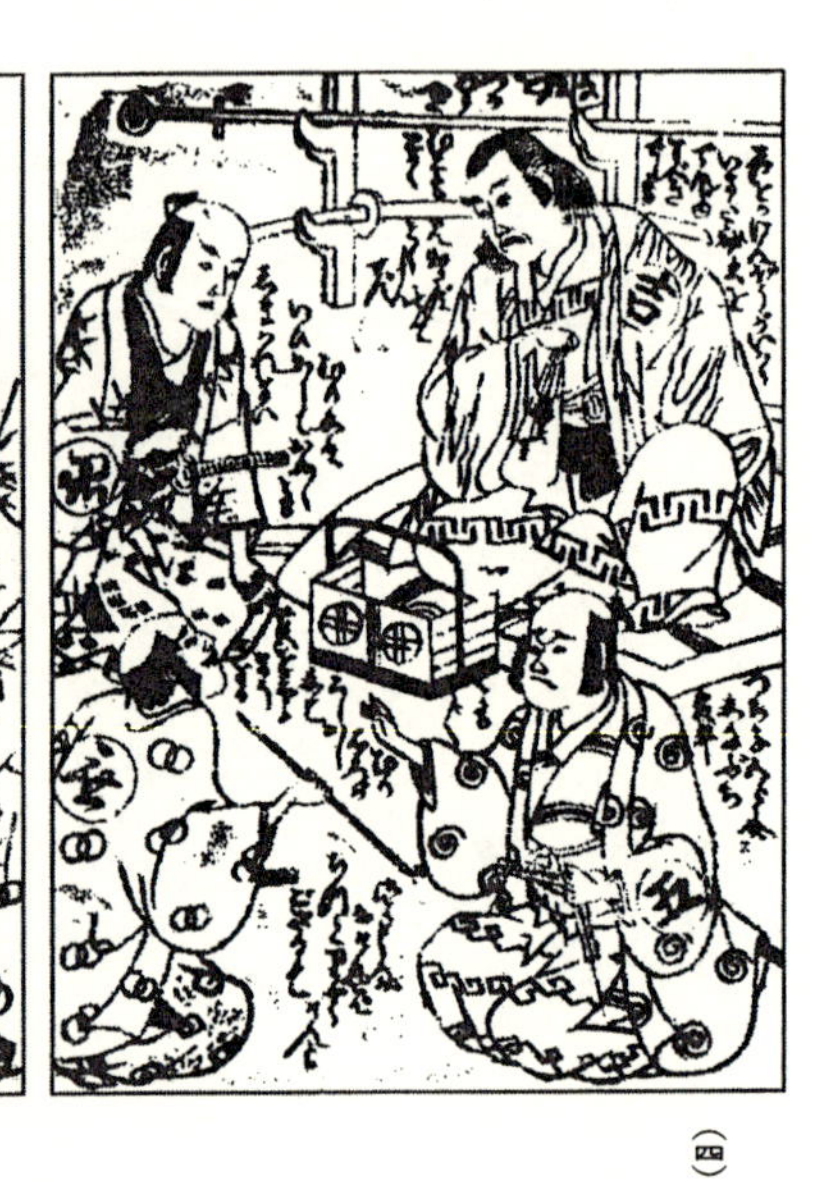

(四)

が刀の生血[一]を拭くぞ心得難し。

(正介)「拙者、其所許様[二]のやうなる主人を求めに歩く者でござりまする。暫く[三]お控へなされませい」

(吉岡)「しからば、様子聞ずに家来に抱へてやらふ」

(四) 門弟頭名和無理右衛門[四]、憲法が娘おせつを無体に所望し、その上師匠の奥儀[五]孔明八陣[六]の秘書[七]を譲り給へと理不尽に願ふ。土子五郎介[八]、品淵官平[九]とも〴〵、無理右衛門が腰押し[一〇]して、二色[一一]を所望する。

吉岡憲法が曰く、「未だ秘書を伝授すべき弟子もなし、娘を

末から江戸初期の剣術の一流派吉岡流の宗家の名。京都今出川に道場を持ち多くの弟子を擁し、代々足利将軍の剣術師範を務めた。また江戸初期の直綱・直重兄弟が考案した黒茶色に小紋を染め出す吉岡染(憲法染)があり、染色家としても著名。 九 兵学また武芸の教授。 一〇 仕えるべき主人を持たない武士。 一一 京都市下京区の西南部一帯。もと葛野郡朱雀野村の辺で、寛永十七年(一六四〇)以降は島原遊廓の地として有名。 一二 無理に。 一三 酒を呑む代金を要求する。 一四 「腕に覚えの」と同義。 一五 刀剣であざやかに切る様子の形容。

一 血糊。
二 あなた様。
三 お待ちください。
四 名跡を譲ることは無理の意の擬名。
五 (兵法の)最も深遠な事柄。極意。
六 中国三国時代の蜀の軍略家諸葛孔明が唱えたという八種類の陣形。洞当、中黄、竜騰、鳥飛、虎翼、折衝、連衡、握機。
七 兵法の秘伝を書いた書物。
八 実在の剣士土子土呂助(どろのすけ)に似せた命名。
九 典拠未詳。仮に字を宛てる。
一〇 力添え(悪い方に用いる)。
一一 娘との結婚と秘書の伝授と。

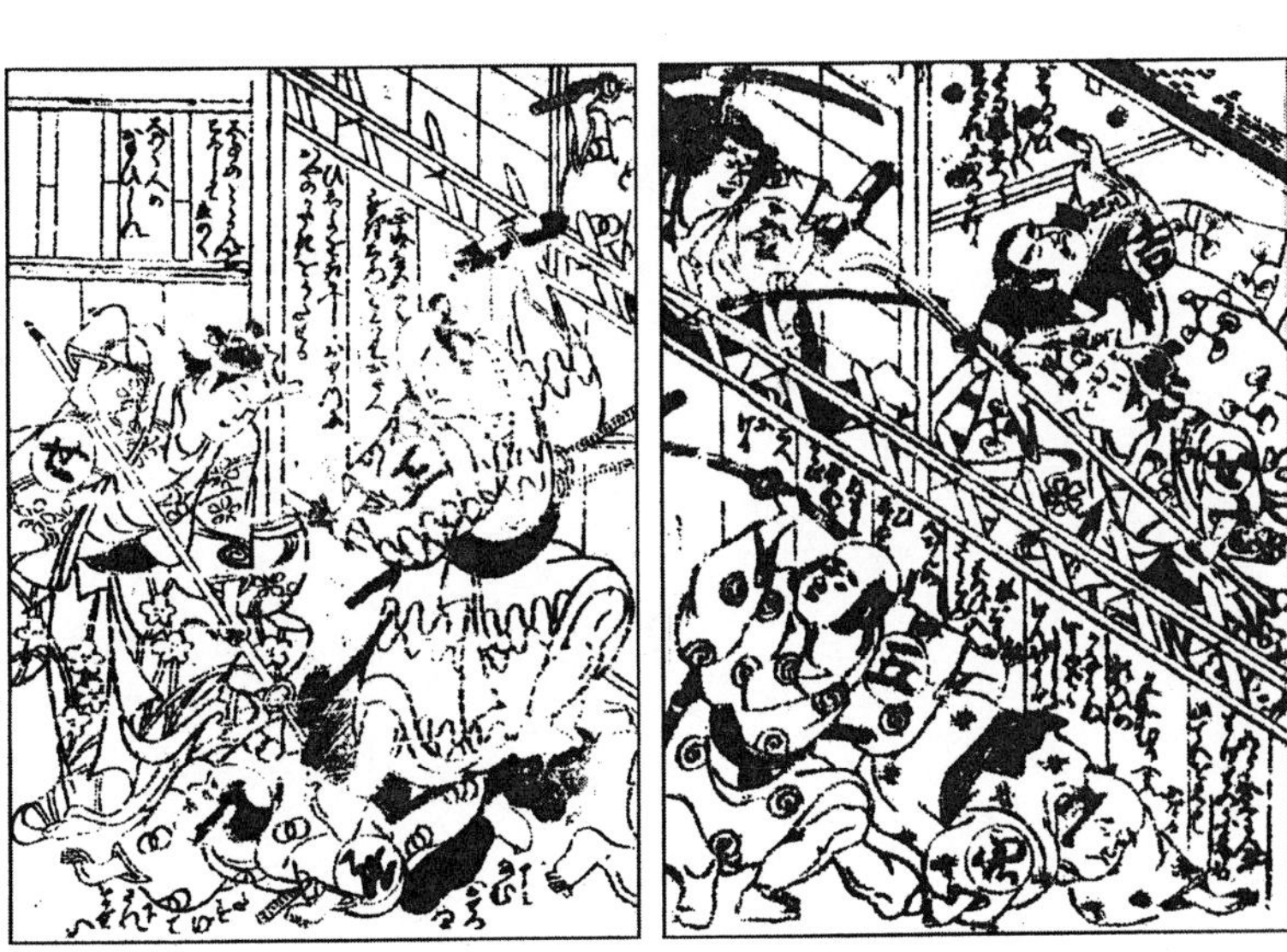

(五)

遣はすべき婿も見出さず」とて、とかく得心せず。

(品淵)「無理衛門言ひ出しておめ〳〵とも終はれまい」

(無理)「御得心がなければ、ちつと料簡[一二]もござるて」

憲法が娘おせつ正介に惚れる。

(おせつ)「これ正介殿、どふも口では言ひ難いによつて、細〳〵と此文に書て有。今生後生[一三]の情に抱かれて寝々して下されいのふ」

(正介)「大事のお娘子に開き[一四]を入れたら、旦那が大抵[一五]ではあるまいぞへ」

(五) 名和無理右衛門願ひの叶

一二 思案。こちらにもちょっと考えがある。(脅し文句)

一三 この世と来世との。折り入っての。

一四 未詳。処女を奪う意か。

一五 一通りではない。普通の怒りようではない。

絵(四) 右方に、師匠吉岡に娘と秘書を所望する「無」の字(無理右衛門)とその味方「五」「品」の二人、左方には正介を見初めて恋文を渡そうとする師匠の娘おせつを描く。

師匠の背後の刀掛には武術の稽古用のたんぽ槍と木刀が掛けてある。

たんぽ槍の先の黒い部分は版の磨滅による汚れ。

絵(五) 忍び返しのある塀で斜めに仕切り、吉岡家で起こった惨劇を異時同図法で描いた場面。

右上には吉岡の寝込みを襲い、秘書の巻物を奪って逃げる錏頭巾の無理右衛門と、向う鉢巻を締め長刀をおっ取って追いかけるおせつを描く。

左下には逃げる無理右衛門を塀外で取り押さえ、秘書を取り返し、おせつに親の仇を討たせる正介と、様子を見て逃げ出す助太刀の二人を描く。正介の形は絵(三)の吉岡とよく似、描法には型を用いていることがわかる。

左図は版の磨滅によるかすれが多い。

（六）

はぬ遺趣[一]晴らしに、憲法が寝込[二]みへ忍び入、刺し殺し、八陣の秘書を盗み、塀を跳び越へ逃げる。

五郎介、官平、助勢に来りしが、此体を見て逃げる。

おせつかひぐ〵しく長刀[三]追[四]取暗まぎれに追駆ける。

正介、難なく無理右衛門を取ておさへ、秘書を取返し、おせつに親の仇を討たせる。

（おせつ）「大事の父さんを、殺して立退く大悪人め、思ひ知れ」

（無理）「申し、南無おせつ様、助けて下されませい」

（六）かくて正介、逃げ行し五郎介、官平を捕へ来たり、命を助け我が家来とし、都を立退かんとする時、おせつもともに行かんと慕ひ嘆くゆへ、「我は故郷に残せし妻あり。これまでは仮の情なり」とつれなく突放す。

おせつ自害「親に別れ、お前に別れ、わたしや生てはゐられぬわいな」

一 恨みを晴らすための仕返し。
二 睡眠中。
三 長柄に反りのある刃をつけた敵を薙ぎ払う武器。江戸時代には主として女性用。
四 「追」は「押し」の変化語「おっ」の宛字。急に勢いよく、の意を表す俗語。
五 惜しい。もったいない。
六 生娘（きむすめ）。
七 死んだ。釈迦の死をいう御涅槃に由来するかという。
八 痛わしい可哀そうだ。
九 五段物の浄瑠璃で三段目の切（終りの場面）。親子夫婦などの死別れ生別れを描く愁嘆場で、全体のクライマックス。
一〇 義太夫節の太夫、豊竹枡太夫。宝暦元年（一七五一）江戸に下り、主に豊竹肥前掾座に出演し、宝暦十一年暮には豊竹丹後少掾（二世）を相続した。本書のこの箇所によって三の切の語り手として優れていたこと、また本作が宝暦十二年暮以前の成立であることがわかる。
一一 江戸時代の芸文では江戸に擬され、享受者にも常識であった。
一二 信濃国を本拠とする清和源氏の一流。
一三 丸橋忠弥を利かせた名。ただし彼は長曾我部盛親の遺子ともいわれ、出羽（山形）の出身とされる。
一四 鎌倉の片瀬か。丸橋忠弥の居所は江戸御茶の水の幕府仲間（ちゅうげん）頭

（五郎介）「[五]あつたら生物(なまもの)[六]がごね[七]た。いとしやかはいや[八]」

（官平）「爰(ここ)が二の切[九]、枡(ます)太夫[一〇]が泣(な)かせる場(ば)だ」

正介図(はか)らずして八陣(ぢん)の秘書を手に入れ、それより五井の正察(さつ)と名を改(あらた)め、又鎌倉(かまくら)[一一]へ赴(おもむ)く。

（中）

（七）爰(ここ)に信濃(しなの)[一二]源氏の末葉(ばつよう)にて懸橋(かけ)[一三]忠和といへる浪人(らうにん)、片瀬(かたせ)[一四]の里(さと)に侘(わび)しく住居(すまゐ)けるが、ある時わが屋の軒端(ば)に蜘蛛(くも)の巣(す)を食(く)ひたるを見て、天下[一五]を望(のぞ)む兆(きざ)[一六]し出(いで)たり。

（七）

（忠和）「我(わ)が身より繰(く)り出(いだ)す糸をもつて、我(わ)が城郭(じやうくわく)を構(かま)へる虫(むし)けらの知恵(ちへ)。何(なん)ぞや人間(げん)の身として、思ひ立(たつ)事の叶(かな)はざらんや」

下人八介「旦那(だんな)は蜘蛛(くも)の見入(いつ)[一七]」

の邸内にあったという。

一五 日本全国の支配権を自分のものにしようと野望を抱く。

一六 こころざし。

一七 魅入った。魔性のものが憑いた。江戸後期には歌舞伎の顔見世狂言で前太平記の世界を採用することが多く、この世を魔界にしようとして反逆者に与(くみ)し、武将源頼光を悩ませるがついには成敗される土蜘蛛の精がしばしば登場し、江戸の人々に親しまれていた。

絵(六) 懐剣で喉笛を突き自害するおせつと腕を組んでつれなく見ている正介、驚き哀れんでいる五郎介と官平を描く。

背景に塀を斜めに描き、余韻を残す。

絵(七) 蜘蛛の巣を見て謀反の志を起こす懸橋忠和と心配する女房お千、驚く下人八介。

蜘蛛の巣を見て叛心を起こす話は、中国春秋時代の晋の文公(重耳)の挿話が知られる。

八介の着物には括り猿、お千には波に千鳥、忠和には片輪車の模様が散らしてある。片輪車は水に流れる源氏車で、「信濃源氏」とある本文によったか。

なお、事件発覚は、碁の上の口論から忠弥に面部を傷つけられた奥村の密告に起因するとの説もあり、実録の慶安太平記では重要な場面。

（八）

たそうな」

女房お千「おゝ辛気。[一] こちの[二]人、気は違ひはせぬか」

（八） 土子五郎介、正察が方より[三]川内の国へ飛脚に来る。

（五郎介）「五井の里駿河屋といふ紺屋は是でござる（か）」

（手間取）「駿河屋はこれでござるが、どこからのお使ひ」

（五郎介）「只今はお名も五井の正察様と申まして、鎌倉にお入なされまする。すなはち[四]拙者と同道なされ、お下りな[五]されませ」

正察女房お由井、使の文を見てよろこぶ。

一 気が揉める。
二 あなた。妻が夫に言う対象語。
三 河内の国に同じ。
四 すぐに。
五 都を中心として地方へ行くこと。ここでは河内から鎌倉へ行くこと。

(九)

(右上男)「やれ久しぶりでおたよりを聞いた」

(左下男)「そんなら紺屋の内をたゝみ屋にするのか」[六]

(九) 五井の正察は鎌倉にて剣術の指南に事寄せ、器量ある人を集め、一大事を明かし味方となし、天下を握らんと工む。

お由井、夫の内へ来り、喜ぶ。

(正察)「五郎介、大儀」

(五郎介)「奥様、ちとお休みなされませ」

(官平)「拙者は品淵官平と申御家来。奥様お見知り下されませい」

[七]山名半兵衛といふ者、正察と

六 店を畳んで廃業する意に畳屋を掛けた言葉。

七 金井半兵衛を宛てた名。

絵(八) 絵(一)と同じ河内国の駿河屋へ、正察の手紙を持った飛脚役の五郎介が到着し、出奔以来の消息を知って喜ぶお由井と家人たち。

右上の布は正しい形ではないが、かえって籡張(しんしばり)らしく見える。

絵(九) 二重雲形で仕切り二場面とする。

右図は、鎌倉で剣術指南をし同志を集めている正察のところへ、五郎介に伴われて到着した妻お由井。

正察は軍学者らしく総髪姿に変り、絵(四)右の吉岡憲法と同様な構図で描かれている。

五郎介と品淵の着物の模様は絵(六)と逆になっている。主要人物以外はあまり重視していないことがわかる。

品淵は奥様に初対面の挨拶をしているところだが、こちらを向いて描かれている。歌舞伎の演出法と同じ工夫と考えられる。

左図は、碁に事寄せて互いの手のうち心のうちを明かし合って正察と忠和が同志となる場面。碁を打つことを「手談」という。

（一〇）

忠和を初[一]めて引合はせ、近づきにする。

五井の正察、懸橋忠和、碁に[二]よそへて互の心を明かしあひ、一味徒党する。

（正察）「いかなる大石[三]でも一[四]目の工夫にて皆殺しにせん事、我が方寸[五]にあり」

（忠和）「切[六]つて押さへて撥ね掛けるは、忠和が手の内に覚へありだ」

（山名）「御両人の手の内、心の中、面白い〳〵」

（一〇）細[七]川修理之介、鶴[八]が岡にて通りがけに忠和が面体を見て、たゞならぬ奴、と面を見覚へ、

一　実録の慶安太平記では丸橋忠弥の紹介で正雪に入門したともいう。
二　託して。
三　碁で、生死が不明のまま多数の石が連続している場面。譬え「大石死せず」があり、簡単に死なない。
四　碁で、ある機会に一つの碁石をどこへ置くかの工夫。
五　胸中。
六　切る（相手の石を切断する）、押さえる（相手の進出をせき止める）、撥ねる（斜めに相手の石に接して進路を止める）は、いずれも碁の手であり、武術でもある。近松門左衛門の国性爺合戦・九仙山の場に「切つておさへてはねかけて、軍は花の乱れ碁や」。
七　浄瑠璃や歌舞伎で世界を東山（室町時代）に取った時、細川修理太夫勝元が捌き役としてよく登場する。それに似せた名。実録の慶安太平記では松平伊豆守に当たる。
八　鎌倉鶴岡八幡宮。
九　先触れ、先導役の掛け声。
一〇　脇へ寄らぬか。
一一　ここでは忠和を本名の忠弥に誤る。
一二　手におえない奴。強情な奴。
一三　柏峠（天城山より箱根山へ連なる山脈の一部）を念頭に置いた地名か。実録の慶安太平記では道灌山に集結する。
一四　戦の時規範にすべき前例。単な

(一一)

家来どもの怒りを制して通りけり。

(家来一)「ほう、はあ。細川修理之介様だ。笠を取れ。やい」

(家来二)「殿のお通りに笠も脱がぬ不敵者、そこ片つかぬか」

懸橋忠弥「主を持たぬ浪人者なれば、殿とあがめる人、日本国に覚へがない。片寄るまいが何とする」

(奴)「おへない奴めだ」

(一一)正察、忠和、夜更て柏が峠へ徒党を集め、戦の故実を語る。

る無法の衆ではないことを表現している。

絵(一〇) 鎌倉鶴岡八幡宮の社頭で懸橋忠和が細川に面体を見知られる場面。実録の慶安太平記では弁慶堀辺で駕籠に乗った松平伊豆守が忠弥を見かけ旗本天野を介して反逆の相を実見するが、その時を期して放し置く。

白馬に乗った裃姿の細川は髪形も歌舞伎の捌き役に用いる生締(なまじめ)の形。社参の帰途とみられる。口取りの奴二人の羽織には菖蒲革の模様が描かれている。

絵(一一) 正察、忠和の召集に応じて柏が峠に集まった人々。

正察は大きな花唐草模様の野袴に広袖を着て、左手に菊水の旗、右手に采配を持つ。忠和も雲形模様の野袴に広袖を着て一味の連判状を展げる。実録の慶安太平記では両名のこの夜の扮装の錦や金糸を用いたものものしい美麗さが描写してある。

この場面の忠和は総髪に描かれているが、底本では、こめかみから横に白い筋が見え頭頂は五分月代のようである。二人の経歴の違いについて画工が描き分けているとすれば大変に細かい。忠弥は六尺豊かな偉丈夫であったといい、ここの忠和も正察よりいかつい顔に描かれている。

版の磨滅のため、山腹や正察の足もとに、まだら墨がついている。

(三)

(忠和)「今晩着到[一]の面々、都合[二]三百五十七人、一味連判[三]相済んでござる。いづれも近ふ寄られよ」

正察が曰く「めい／＼に名を重んじ、続いて命を全うあれ。事成就[四]の後は、おの／＼国主[五]城主[六]の沙汰[七]、軍功[八]に任すべし」

両人が軍慮[九]の程、着到の人／＼感じ入る。

(人々)「どれもよい器量でないか」

(人々)「厳しいものだ」

(三) 懸橋、鎗屋[一〇]藤九郎といふ者に軍用金五百両[一一]借りる。

(藤九郎)「さる検校[一二]の金子なれば、利は高直[一三]にござりますれども、早速調へて上ます。大抵の事では貸しませぬ」

下人八助[一四]「お茶上がりませ」

一 召集に応じて馳せ集まった。
二 実録の慶安太平記では五千八百十八人とする。
三 同志として署名を連ねること。
四 幕府転覆の目的達成。
五 一国以上を支配する国持大名。
六 居住を持つ国主以外の大名。
七 当て行う指図。
八 手柄次第である。
九 戦略の綿密さ。
一〇 浄瑠璃「太平記菊水之巻」では具足屋藤兵衛。実録の慶安太平記では弓師藤四郎。忠弥は鎗の名手であったので鎗屋としたか。
一一 実録の慶安太平記では二千両所望し千五百両借りている。
一二 最高位である検校の官位を持つ、ある盲人から借りた座頭金(ざとうがね)。座頭金は幕府が盲人保護の立場から高利貸の営業を認め、利を収める特権を与えたもの。利子が高く、期限は短く取立ても厳しい。
一三 利子は高い。
一四 絵(七)の下人八介に同じ。

女房おせん「藤九郎殿[どの]、懇[一五][ねんご]ろだけに、きついお世話[せわ]でござんす」
(忠和)「過分[一六][くわぶん]〳〵」

(下)

(三) 扇[一七][あふぎ]が谷決断所[一八][やつけつだん]の門前[ぜん]。
(役人一)「夜更[ふけ]て御門[もん]を叩[たゝ]くは何事の願ひだ、やい」

(藤九郎)「鎗[や]屋藤九郎、忠和が謀反[むほん]の事詳[くわ]しく知[し]りて、夜[一九]すがら注進[二〇][ちうしん]に来[きた]る。すなはち訴状[そでう]も認[したゝ]めて参りました」

(役人二)「御注進[ちうしん]とあれば一大事。申上[まうし]る間[あいだ]暫[しばら]く待[まち]ませい」

(三)

(四) 鎌倉決断所[かまくらけつだん]、両奉行[二一]。
細[ほそ]川修理[しゆり]之[の]介、仁木[二二]弾[だん]正左衛門、注進[ちうしん]の趣[おもむき]うけ給はる。

(仁木)「訴状[そでう]の趣[おもむき]聞[きゝ]とゞけた。さて〳〵身を知[し]らぬ謀反[むほん]

一五 懇意な人だけあって。
一六 御苦労御苦労。
一七 現鎌倉市。(実は江戸)
一八 雑訴決断所。建武中興政府の訴訟機関。(実は江戸の町奉行所)
一九 夜もすがら。夜通し。
二〇 事変を記して急いで上に報告すること。
二一 実は江戸の南北両町奉行。
二二 浄瑠璃や歌舞伎で世界を東山(室町時代)に取った場合、よく登場する敵役の役名。

絵(二) 鎗屋藤九郎が調達して来た五百両を借り受ける忠和。

　八助の着物は絵(七)と同じく括り猿散らしの模様。藤九郎は蜘蛛の巣模様。

　忠和の前に金包みが五つある。

　当図も相当に版が磨滅し、まだらな汚れがついている。


絵(三) 夜中に決断所の門を叩いた藤九郎と、用件をただす宿直の役人二人。鋲を打った厳重な扉、敷石、檜皮葺きの屋根の一部が見える。右側の窓は様子を見る覗き窓。

　右の役人は山形に「キ」の紋をつけ仁木の家来らしく、左の役人には紋はないが対する細川の家来。一方は刀に反りを打たせ、他方は訴人の意を汲もうとする柔和な形に描き分ける。

　当図の汚れも版の磨滅による。

（一四）

人めら、一ゝ搦め捕らん。それまで、訴人藤九郎めも牢舎だぞ」

（役人二）「町人めやい、頭が高い。砂利の中へ額を埋めろ」

鎗屋藤九郎、忠和が家にて、正察方より忠和が方へ来りし密談の状を拾ひ、その様子を知り、すぐにその状を御前へさし上る。

細川修理之介「此一通は正察忠和密談の書状。かりそめならぬ科人。汝、町人ながらよくぞ御注進申たり。褒美は追つての沙汰、必ず他言致すべからず」

一 入牢。

二 重大な。
三 来ればよいのに。
四 町名主。江戸の各町にあって町年寄の支配のもとに町政一般を担当した。
五 家屋の持主。
六 嘆願。
七 大層。
八 天空の異様な気。中国古来の天文家兵法家が天候、人事の吉凶、戦の勝敗を占う手段とし、我が国にも伝来した。
九 考察し判断して。
一〇 易の陰陽説で相対する現象を分ける観方。
一一 事件の発覚は七月。事実と異なる。

絵（一四） 決断所の御白洲。仁木細川両奉行が屏風を背に雪洞（ぼんぼり）を中に

(一五)

(役人二)「此眠いのに、明日でもうせおらいで」

(一五) 鎗屋藤九郎牢舎と聞へければ、女房を始め名主家主委細を知らざれば、大に騒ぎ、俄に訴訟に出る。

(名主)「大勢の者に難儀をかける男だ」

(女房)「皆様へいかい御苦労をかけまする」

(家主)「確かに気が違つたのでござらふ」

正察雲気を考へて、一大事漏れたることを知る。

(正察)「清むは陽也、濁れるは陰也。時しも春の陽気盛ん

着座し、それぞれの紋のある高張提灯が掲げてある。藤九郎が白洲に座って訴え、捕縄を持った下役人が左右に控える。

仁木は訴状を読み、藤九郎に入牢を申しつけ、細川は密書を拾って注進したことを褒め、剛柔の対比を顔面にも描き分ける。

細川の裃は絵(一〇)に同じく、忠和の面体を見知って見逃した場面に繋がる。

版が非常に磨滅して、右図では線も消えかかっている。

絵(一五) 二重雲形で二場面に仕切る。右図は拘禁された藤九郎を案じて、決断所へ嘆願に行く名主、藤九郎女房、家主の三人。立派な塀はすでに役所に近づいたところらしい。名主は町内の万般について差配する立場から、家主は連帯責任の立場から、女房を促して公務の落度にならぬよう行動するわけである。

左図は腕組みして雲気を考える正察と、軍用金を運んで来た使いの者を忠和の密書通り騙し討ちにするお由井。お由井の足もとに密書がある。

使者は括り猿散らしの着物に「八」の字があり、絵(七)、絵(三)に登場した八介で、忠和の叛心、藤九郎から借入の事情を知っている。

実録の慶安太平記では軍用金を配分して送るのは正察で、忠弥は江戸を担当した自分の不足分の金策をしている。

（一六）

なるに、陰気現れて陽気に取りつく。丸く一有様は天下を濁せる我が大望、何方より漏れ聞こへ、我を取り囲む知らせなるや。はていぶかしき二雲行きよなア」

忠和が方より軍用金を持たせ三こしたる使ひ、一大事を知りたる故、すぐに付捨て四よと、忠和が密状に申きたる。

お由井使の者を騙し討ちにする。

（一六）討手の大将には細川修理之介、明る夜、子の刻五、忠和夫婦が寝込へ押し寄せければ、忠和は寝間着のまゝ踊り出で、先

一 雲気が丸い様子は自分を取り囲む知らせか。

二 はてさて不審な雲のたたずまいだなあ。歌舞伎の詞章風。

三 持たせてよこした。

四 突き捨てよ。その場で討って捨てよ。

五 午前零時頃。

六 運の尽き。

七 主君（将軍）の命令。

八 網代は川の瀬を多くの杭で仕切って魚を取り込める装置。宇治川の氷魚の網代が著名。ここに入った魚のように逃げられないことの譬え。

絵（一六） 細川が忠和を召し捕る場面。「川」の字の提灯持ちほか五人の捕手は、入る、十手を振り上げて迫る、倒される、踏まれるという形に描き分け、一連の動きをも見せている。捕手たちが手にしているのは鉤のない棒状の捕具で、十手ではなく鼻捻の形。

忠和の家は片瀬と設定したためか、藁で葺いた土塀や小竹を見せ鄙めか

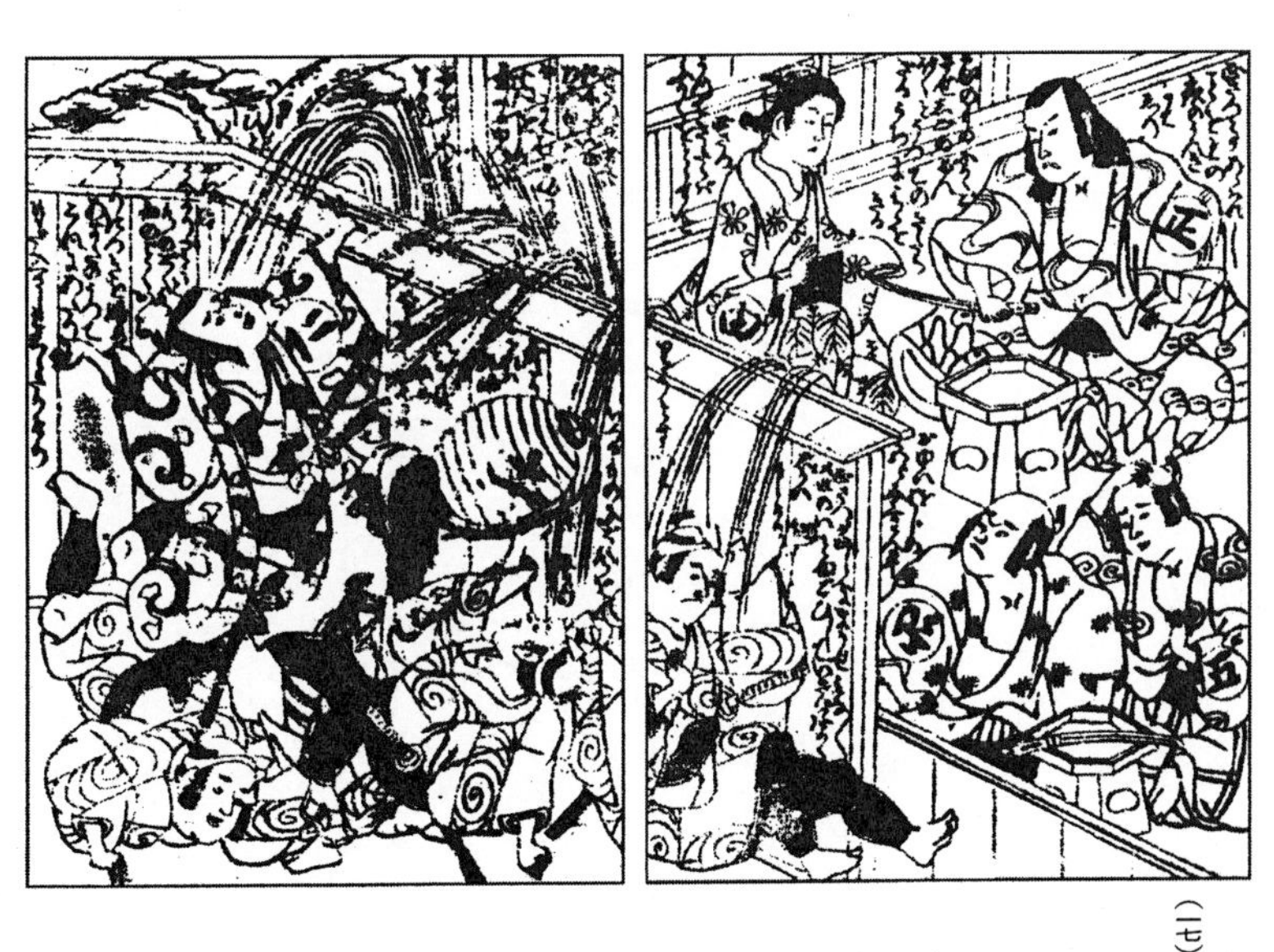

(一七)

手の者共数十人、投げ付踏み付、細川に向かひ、「たとへ何百人にても、切抜けるは安けれど、事顕るれば百年目[六]、汝が縄に掛からん」と、さも潔く腕を廻して、縄をぞかゝりける。

内には忠和が女房お千、此体を見るより、謀反徒党の連判状を、有合ふ火鉢の煙とな(し)て、その身も共に表に出で、忠和もろともにつこと笑ひ、同じ縄目に掛かりしは、さすが忠和が妻なりけり。

(細川)「細川修理之介上意[七]を受けて向かふたれば、もはや網代[八]の魚、覚悟の縄目あつぱ

している。実録の慶安太平記では本郷御弓町。

女房お千は角火桶で連判状を焼き捨て沈着冷静に振舞ったことが実録の慶安太平記にも見えるが、これも松平伊豆守が謀計で世間に流させた噂であると付け加えている。

絵(一七) 正察最期の場面。板塀で斜に仕切り右上には切腹しようとする正察と妻お由井、手下の者たちを描く。左下には「キ」印の高張提灯を持って押し寄せた仁木と捕手の者たちが、打ち破ろうとしたとたんに噴出した竜吐水の毒水に当たっているところ。この二場面には時間差がある。

浄瑠璃「太平記菊水之巻」にも実録の慶安太平記にも竜吐水の仕掛は出ていない。太平記・巻七「千剣破城軍事」に見える、油を滝のように流した水弾(みずはじき)からの着想と思われる。

自邸で切腹する設定は浄瑠璃「太平記菊水之巻」に見え、実録の慶安太平記では駿河国府中の旅宿梅屋勘兵衛方で、事前に鴨居敷居を鎹で打ち付け、柱には細引を蜘蛛の巣のように張り詰めて、容易に入れないようにしてあったとある。

絵(一六)の忠和召捕りの奉行は細川で生捕りに成功し、当場面の正察召捕りの奉行は仁木で、切腹され、自らも毒水を浴びて悶死というように対照的に描いている。

この左図にも相当に版木の痛みがある。

れ〳〵」

（一七）正察、事顕れしことをその夜の雲気にて知り、家の者に覚悟させ、死後の面目[一]、と、討手の来らざるうちに腹を切る。

お由井を始め五郎介、官平、正察が教にまかせ、みな〳〵此世の暇乞ひして、潔く自害しけり。

（一八）

正察、討手来らば不覚を取らせん[二]と、竜吐水[三]と言へる物に、毒水を仕掛け置たり。これは孔明八陣の秘書[四]五ケ条の計事也。

正察が方へは、仁木弾正左衛門百騎計にて向かひけるが、小門を締め置たる故、打破らんとすると等しく、屋根の上より竜吐水の毒水、雨のごとく落ちかゝり、仁木を始め数多の討手、これに当たり、悶へ苦しみ死したりけり。

（一八）細川修理之介、此度謀反人どもを召捕りし御褒美として、天下の官領職[五]を仰付られたり。

一　死んだ後の名誉。

二　裏をかいて失敗させよう。

三　消防に用いる手押しポンプを言うが、ここでは門に衝撃を与えると外側に向かって数箇所から噴水する装置。

四　未詳。

五　管領職。室町幕府の職制で、将軍を補佐し政務全体を管理する要職。室町中期以降は斯波・細川・畠山の三家から任命された。

鎗屋藤九郎、訴人の褒美として、数多の白銀、[六]幷に桐が谷[七]にて十五丁[八]の屋敷を拝領[九]する。

（役人）「御褒美の金、受取りませい」

（藤九郎）「ありがたや〳〵」

作者 和祥[一〇]

六 銀貨。
七 鎌倉市材木座。
八 十五町。一町は三千坪、九九〇〇平方メートル。
九 自分が永く使用するものとして頂戴する。
一〇 生没年、伝ともに未詳。黒本青本作者。作品に記名している一人で、式亭三馬の「稗史億説年代記」(享和二年刊)に「さうしの終に作者の名を出す事は此和祥に始」とあって有名。記名作品は現在五点知られ、宝暦末(一七六四)から明和(一七六四―七二)頃の刊行とみられる。

絵(一八) 管領に任ぜられた細川と、褒美の白銀を頂戴する鎗屋藤九郎。

猿影岸変化退治（さるかげのきしへんげたいじ）

木村八重子　校注

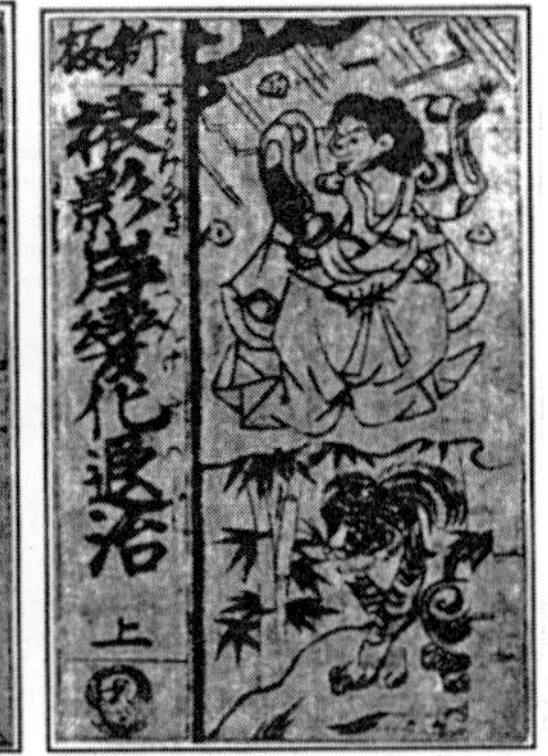

底本　大東急記念文庫蔵本

形態　上巻黒本・中巻青本・下巻表紙欠、三冊

題簽　「猿掛」または「猿懸」とすべきところ「猿影」とある。原題を避けた用字か誤りか不明。巻次の下に鶴の丸の商標、絵の意匠は長方枠の下方に竹間の虎を描き頭上を雲形で仕切って内容の絵。絵は、上巻は雷雨の中に立って擬勢する広袖長裃姿の変化（形は異なるが絵（六）の場面）、中巻は土坡の傍で身構える野袴姿の武士（特定できないが絵（七）、絵（一〇）あたり）、下巻は雷雨の中で擬勢する向鉢巻の武士（形は異なるが絵（一七）右の篠崎六郎か）（東洋文庫岩崎文庫蔵『青本絵外題集』による）。

本文商標　鶴の丸（絵（一）、絵（七）、絵（一三））

柱題　さる懸岸上（中・下）

丁付　一―十五

画工名　富川房信画（絵（六）、絵（一二）、絵（一八））

　本作は唐代小説『白猿伝』の系譜に属し、直接的には近路行者（都賀庭鐘）著の読本『古今奇談繁野話』（明和三年正月刊。本大系80に翻刻あり）の第三巻⑤「白菊の方猿掛の岸に怪骨を射る話」を黒本化したもの。原作の取捨や変更を検討すると、単純化、視覚化を工夫しつつも、かなり文章を借用していることがわかる。『白猿伝』の日本における受容については、『怪談全書』の欧陽紇、『伽婢子』の隠里、『繁野話』の前述話、小枝繁著の読本『寒灯夜話小栗外伝』、趣向摂取としては二世南杣笑楚満人著の読本『阿古義物語』後編、曲亭馬琴著の読本『椿説弓張月』が後藤丹治氏によって指摘され、酒呑童子ものもこの系譜とする論も見かける。後期の草双紙では山東京伝作の合巻『妹背山長柄文台』（文化九年刊）、梅舎春鳥作の合巻『繁々夜話語園菊』（天保十年刊）、緑亭川柳作の合巻『祥瑞白菊物語』（嘉永四、五年刊）等が『繁野話』からの抄録ないしは影響を受けた作であることが鈴木重三氏によって指摘されている。このような、話柄（または画題）の受容史の中に置いてみると、黒本としてはやや特異な本作も紹介する意義はあろう。主人公を備中猿掛の人とし、猿猴屋敷の異名ある木曾の狒々谷を事件の場に設定するなど猿に因む選定に原作者の機知が窺える。

＊前頁扉の図版は題簽部分のみを掲出。

（上）

（一）頃は清和天皇[一]の時、備中[二]の国三須守廉[三]、権門の吹挙によつて信濃掾[四]になりて東国に赴かんとその用意ありける。

内室白菊の方[五]「自らも殿様と御一緒に東へ赴かん」と宣ふ。

（守廉）「いゝにも[六]〳〵、そなたも伴ふて行くのじや、喜ばれよ」

家臣渡左衛門[七]「いよ〳〵明後日御出立遊ばされまするか」

（一）

一 第五十六代の天皇。在位は天安二年（八五八）―貞観十八年（八七六）。中国では唐の咸通年間に当たり、繁野話（しげしげやわ）・第三巻「白菊の方猿掛の岸に怪骨を射る話」の時代設定をそのまま取る。

二 現岡山県の西部。

三 備中国窪屋郡三須（現総社市）の人守廉。繁野話では窪屋大領の弟。廉を守るの意をこめた命名とみられる。

四 律令官制の四等官の第三番目に当たり、信濃国司の守・介に次ぐ職名。信濃は現長野県。

五 繁野話では「国なる妻女を催し登せ」とあり、白菊の意志は記されない。白菊の方の命名も清純さを示すものであろう。

六 いいともいいとも。会話部分は砕けた言いまわしとする黒本作者の作法。

七 繁野話には家臣の固有名はない。黒本作者の創意と解される。もう一人の家臣篠崎と合わせると新田義貞の四天王の投影が感じられる。

絵（一） 画面は、熨斗鮑をのせた三宝を中央に、出世して東国の旅に発つ祝盃を上げている守廉と妻の白菊、家臣渡左衛門、侍女。背景の襖には蘇鉄が描かれ、武家の住居らしい様子を表している。

枠上の鶴の丸は版元鶴屋の商標。

(三)

(三) 此山中烟瘴[一]深く、妖怪ありて、往来多からず、甚だ激しき難所なる道なり。

昔は美濃[二]と信濃と通路不便成。文武[三]の時岐蘇の山道を開かれ、岩を砕き桟を渡(し)けるとかや。いづくの程にや狒々谷[四]といふ所有て、隠れ神といふ岩窟、此洞に変化[五]住みて人を取り食らひけり。

(右の男)「こわや〳〵」

(中の男)「そりや摑まれたは、逃げろ〳〵」

(左の男)「あゝ恐ろしや〳〵」

一 蒸れと山川の悪気。

二 現岐阜県南部。

三 文武天皇の時代。完成は元明天皇の時代。大宝二年(七〇二)を指す。続日本紀に「(大宝二年)始開二美濃国岐蘇山道一」「(和銅六年)美濃信濃二国之堺、径道険隘、往還艱難、仍通二吉蘇路一」とある。

四 霧谷、猿猴屋敷のこと。

五 繁野話では飛雲という名。

六 神通力(仏教用語で言う自由自在な超人力)を得て。

七 万物の基である陰陽二種の気を採り補う術。

八 血ぐるみ。血ごと全部。

九 料理法の一種で、細かく切った材料を酢味噌であえたもの。

一〇 料理法の一種で、塩を加えた酒に材料を浸したもの。

絵(三) 変化に襲われた旅人たち。脚絆に草鞋履き、脇差一本差しのこの姿は町人階級であろう。逃げてゆく三人の形は黒本青本の常套の三様のパターン。渦巻く妖雲から出ている毛だらけの腕と、捕われた格子縞の着物の人物が次の場面に続く。渓流に架かっている橋は、橋脚を

（三）

（三）狒々谷の洞に変化住みて人間を悩ます。その形、猿の類にて神通[六]を得て人を誑かし、陰[七]陽採補の術を得て長生の道を煉り、近国諸山の妖怪皆手下につけ、洞の内にありて居ながら百里四方の事を悟り知ること神の如し。

（左下の猿）「よいお肴を摑んでまいりました。いかゞ料理いたしませうな」

（変化）「でかした〳〵。そいつ血[八]ぐるめ饅和[九]にしろ」

鹿の酒浸[一〇]　女の干物

用いず、框（かまち）を何枚も重ねて架けられた刎木（はねぎ）式の構造の猿橋。

絵（三）　左下の猿に似た手下の妖怪が、前場面で捕らえた旅人を直ちに変化に届けたところ。木の葉を纏っている姿は山に住む者を表し、山姥などに描かれる。

白い長袴に広袖の美服を着した変化は、洞窟で脇息に依り、俎上の鹿の足を肴に大盃を持つ。この場面は酒呑童子を下敷にして描かれたと見られる。洞窟の上方に妖雲が渦巻く。

手下は獲物を届け、心に叶った調理をして供そうとする。「女の干物」の語にはおかしみもあり絵に描いて残酷味を増す。繁野話には具体的な残酷場面はない。

繁野話にはこの場面、以下のように記す。

「むかしは美濃と信濃と通路不便なりしを、文武の時岐蘇山道を開かれ、岩を砕き桟（かけ）を通し…此山中烟瘴（あんしやう）深く、妖怪出没し、往来多からず、人気猶開けず甚悪所なり。…いづこの程にや狒ゝ谷（ひひだに）といふ所あり。…隠れ神の岩窟といふ。…此洞に一つの怪物あり。…其本身は猢猻の精なり。神代よりこゝにすみて神通広大変化きわまりなし。…陰陽採補の術を得て長生の道を煉り、近国諸山の妖怪山精、皆これが部下にしたがへ、…洞の中に居ながら百里四方の動静を聞知ること、掌上咫尺の如し」。

（四）

（四）狒々谷の変化、守廉が妻白菊の方美人なれば、奪い取り酒の相手になさんと謀りける。

かくて守廉は東の方へ旅立ち、内室白菊の方を伴ない給ひ、力量の家来引具し、日数を経て飛驒と信濃の境なる岐蘇の深坂にかゝりしに、難所の山道に疲れしに、日も暮れければ宿を求めんと休い給ふ。

（守廉）「右も左(も)山路なれば、宿るべき家あ(ら)ば、案内してくれられよ、老人」

変化術を以て白日を暮れ方となし、その身は老翁と化けて人ゝを謀る。

一 力量のある。
二 現岐阜県北部。
三 木曾御坂。馬籠峠。現長野県木曾郡山口村神坂に属する。歌枕。
四 美味い美味い。甘露は天から降るという不老不死の薬で、美味を表現する語。
五 すまぬすまぬ。自分と同等または目下に対して用いる感謝の言葉。

絵(四) 老翁に宿を求める守廉と乗物から降り立った白菊の方。乗物舁き手のうしろに従者たちが続いていると解される画面。家臣の渡は絵(一)で登場したが左方の「六」(六郎)はまだ説明されていない。
白日を暮れ方となした術を老翁の背後から頭上に立ち昇る妖雲で表現している。
守廉と白菊の方の着衣の花模様や亀甲模様、渡の着物の菱形模様と羽

(五)

(老翁)「さいわい、私お宿を仕りませう」

(五) 狒々谷が洞の変化翁と化けて、人〳〵を思ひのまゝに謀りもてなす。

(守廉)「かゝる山中にこの様なる酒もあるものか。甘露四〳〵。老人の心遣い、過分五〳〵」

篠崎六郎　渡左衛門

抑〳〵この変化は、霧を降らし雲を起こし、自由自在に飛行す。何によらず欲しき物を盗み取ること心に任せずといふ事なし。美酒にあらざれば飲まず、美服にあらざれば着ず、誠に希

織の縞模様、六郎の片輪車と渦巻に斜縞は全編ほぼ変更なく描かれ、人物をわかり易くしている。

絵(五)　繁野話の「旅館」にあたるが、藁葺の軒、破れた壁の老翁の山家風。旅の荷や笠の背後に屏風、窓外に筧が見える。

繁野話には酒は明記がないが、囲炉裏に燗鍋を掛ける。老翁の袖無しは山住みに適わしい皮衣か。

繁野話はこの場面、以下のように記す。

「三須守廉…国なる妻女を催し登せ、さるべき家人等を召具して東国の路に赴き、日数歴(へ)て飛弾と信濃の界なる岐蘇の深坂(みさか)にかゝりぬ。…出る時は一片の雲となりて飛行す。…朝夕霧をふらして山深き所を人に見せず。欲しき物を摂り偸(ぬすむ)事心に任せざるなく、…美酒に非ざれば飲ず、美服に非ざれば着ず。

…

…飛雲これを察するに、輿の内嬌(かわ)き婦人あり。容貌(かたち)閑雅(きよらか)に、あてなる顔花のごとく玉に似たり。…いざや摂来り酒宴の興を添んと、…路上に一つの旅館を化現せしめ、…山神承(うけたまはり)て結構をなし、俄に白日を暗夜となす。守廉山路に倦つかれて日もくれぬと此所に来り宿る。…飛雲宿の老翁と化して心よくもてなし、…「…我帯来(をびき)る所の老党若党は一人当千の家の子なり」…」。

(六)

代の曲者なり。

(老翁)「山家の酒、お歴〳〵様のお口には合いますまい」

(六) 守廉をはじめ、皆〳〵酒[一]に酔ひ寝みしかば、かの老翁たちまち変化となり、白菊の方をかい摑み、わが住む洞の内へぞ飛び行きける。

(白菊の方)「のふ悲しや、わが夫、のふ」

[二] 富川房信画

一 繁野話「さそふがごとくに眠きざし、しばしと思へど寝にけり」。

二 本作の画作者名。生没年未詳。浮世絵師。地本問屋山本九左衛門の主で、彼の代に廃業し絵師になったとする説があるが、確証はない。鳥居風の描法で、宝暦から安永期(一七五四-八二)に自画作を含めて黒本青本を多作している。なお作者画工名を巻末に枠入りで記す習慣は合巻時代まで引き継がれている。

三 底本は「もろかど」と誤る。

四 しまった。南無三。

五 底本「めんぼう」。

六 現世で一番の艱難。一生の不覚。一世は仏教で言う三世(過去現在未来)のうちの現在の世。

七 しくじった。南無三宝しなしたりと続けて用いることが多い。

絵(六) 稲光りと激しい風雨の中を、白菊の方を脇に抱え、軒端から妖雲に乗って飛び去る変化を大きく描く。変化は猿類の正体を現し、白い長袴に広袖の美服を着し、絵(三)の場面と同じ姿。

繁野話には稲光りや風雨の中白菊の方が連れ去られる描写はない。御伽草子「酒呑童子」の童子出現の場面

（七）

（中）

（七）さても守廉[三]は、しきりに吹きくる風の音に目を醒まし、傍へを見れば妻白菊の方見へ給わず。こは不思議とあたりを見めぐらせば、家にはあらで、立木叢に臥したりけり。

（守廉）「南無[四]三宝、さては妖怪に誑されしよなア」

篠崎六郎「ゑゝ無念〳〵」

渡左衛門「本国の一門に何の面目[五]ありて再会せん。一世[六]の浮沈、[七]しなしたり〳〵」

に「なまぐさき風吹きて、雷電稲妻しきりにして」とある。また白菊の方を脇に抱え、軒端から妖雲に乗って飛び去る状は、渡辺綱に切られた腕を奪い返して破風を破って飛び去る茨木童子との類似がある。

絵（七）　守廉、二人の従者とも両肌ぬぎで、左上方の妖雲に切り掛け、身構える。

繁野話では杳として行方知れずの妻を探し求めるのに対し、草双紙では妖雲と雷雨を描いて判り易い画面にしている。

枠上の鶴の丸は版元鶴屋の商標。

繁野話にはこの場面、以下のように記す。

「しきりの風の音に目を覚し、傍を見れば早く女房を見ず。清圊（かわや）にや出けんと戸ざしのあたり見めぐらせば、いつしか家と覚しき物はなく、戸ざしと見へしは立木の隈、使女家人等も皆草の上にまろび伏たり。こはあさましと急によびおこせば、家の子らもはじめて心づき、前後を見れども一つの民家もなく、月光明らかにてらし、遠寺の鐘声を聞ばいまだ初更なり。守かど夢の心地して、「いかなる妖怪のたぶらかして、旅宿を仮に現じて女房を奪ひ行しや。山精（こだま）などいふもの丶所為にや」と、忙（あき）れ迷へども今いかんせん。……「…恩愛の道は勿論、女房を妖怪にとられ、本国の一門に何の面目ありて再会すべき」…」。

(八)

(八) 狒々が谷の変化、身の丈一丈ばかり、綾の衣服に纏われ、帳台を揺ぎ出で、白菊の方を閨の供にせんと口説きける。

(変化)「白き耳根に黒き髪のこぼれかゝり、涙に洗いたる化粧、西施が泣ける装、てんとたまらぬ。それ／＼女房ども、白菊が機嫌をなをして得心させ(よ)」

かくて白菊の方は変化に囚われ、洞の内に来り給ひ、夫の守廉を慕ひ、嘆き悲しみ給ふ。

なまめける女房たち、白菊の方を奥の間へ伴ひ、さま／＼諫むる。

一 繁野話に「身のたけ一丈ばかり」、御伽草子「酒呑童子」の童子の描写にも「その長一丈余りにして」。(以下も繁野話の文に酷似)
二 中国春秋時代の越国の美人。敵国呉王に献じられ、溺愛の隙に越は呉を滅ぼしたと伝えられる。胸を病んで顰める顔が名高く、「顰(ひそ)みに倣う」の成句を生んだ。芭蕉の句「象潟(きさかた)や雨に西施がねぶの花」は著名。
三 まったく。
四 御殿のような造りの。
五 山林の木を切る職業の人や山中に生活する身分の卑しい人。
六 深山に住むという男の怪物。
七 こちらがさえぎらなければ物をこわしたりせずおとなしい。
八 その時々の気象。

絵(八) 「申(さる)」字の変化が脇息にもたれ、大盃を前にし、女房たちに白菊の方をなだめ得心させようとしている場面。全体に酒呑童子の洞窟の趣。変化の背後の乳(ち)と稜(かど)のある鉄棒も、酒呑童子の形容に類似する。

繁野話ではこのあとに、白菊の方が変化の術で夫守廉との再会を夢見、哄笑によって醒める場面があり、再会の挿絵もあって、絵(一四)とともに後期作品に影響を与えているが、本作品にはその条は削除されている。

絵(九) 雲中に出現した御殿と、一つ目の化物山男に呼び止められて逃げまどう三人の男。

(九)

(九)その頃、霞の洞より雲を吹き出し、棟高き殿造りせる形を現す事おり〳〵有。これ変化の業なり。常に霧深く、東西南北分きがたく、樵山賤も分け入事なし。

(山男)「おぢいたちはもふ帰るのか。一緒に行かふ」

(山賤右)「そりや出たは」

樵山賤、妖怪に恐れ逃げ帰る。山男といふ化物、目一つあり。力強く知恵なしとかや。障らざれば物を損なはず。時気によつて現れ、時気によつて消ゆるとかや。

(山男)「これ〳〵」

繁野話では、守廉が妻を尋ねて飛驒信濃の幽谷を探る途中、賤の男と木きる叔父から聞いた怪しい話二つ。一は山男のこと、二は霞の洞の御殿のこと。本図は二つの話を一場面にまとめた画面構成。物語の筋からは重要な場面ではないが、樵夫姿の一つ目を大きく扱い、作品に変化を持たせている。

鋲を打った堅固な門は酒呑童子の洞窟を思わせ、一つ目の着衣の大格子も酒呑童子の着す童子格子の連想か。

繁野話は以下のように記す。

「白菊の方は変化に摂(とら)れ洞のうちにいたりても、しばしは現とも思はざりしに人ごゝちつきて、扨は鬼の洞にとりよせられけるよと思へば胸つぶれて、涙湧て流る。…身のたけ一丈ばかり、門の仁王のごときが、綾の衣服にまとはれ帳台をゆるぎ出て、白菊の傍にむつれ近づき、…手をとりて細やかにかたらへば、…白き耳根に黒き髪のこぼれかゝり、泣低(なきたれ)し顔の化粧の泪に洗はれたるさま、悩める西施、泣る虞氏、…女房等におゝせて誘(すゝ)めなつけしめんとす。…

女房の中…、白菊のかたをいたわりなだめ、さま〴〵にすかしこしらへ、…和らかにすゝむれど、…」。

「木客(やまおとこ)といふ魂消(たまげ)る物こそあんなれ。朽木積(つ)る葉に精(しひ)入り、目一つにしてうごめきゆ

(一〇)

(一〇) さても守廉主従三人、白菊の方を尋ねんと、岐蘇の谷峰、飛騨信濃の山中、霧を払い霞を分け、妖怪住まんと思ふ程の所探し求めける。

こゝに一つの怪しき化物あり。大きなる巌に座せるその形、丈は七八尺もあるべし。色赤く、猿に似て人の如し。人〳〵を見て笑ふ声鳥の如く、その力万鈞を挙ぐる。猿千年にして狒々[一]といふ獣となる、これなり。

守廉矢を番い、よつ引いてへうど射る。その矢手応へして、かの獣矢を負い[二]ながら大石を投げつけ、谷峰を飛び越へ逃げ

く。力つよく知恵なし。道に障らざれば物を害はず。時気によって現れ、時気によって滅す。…」。…木きる叔父がかたりしは、「昔より此山にかすみの洞といふものありて、春の比晴天に常にはあらぬ高峰を現じ、其懐(ふところ)に棟高き殿構(とのづくり)せる洞穴俄(にはか)にあらはれ見ゆることあれども、またゝくひまにかすみ立こめていづちとも其所見定めがたし。…」…」。

一 オナガザル科の大形の猿類で、口唇が極めて長い。繁野話のここの狒々の記述は和漢三才図会(正徳五年跋刊)により、本作の文はそれを模す。図は訓蒙図彙(寛文六年刊)にもある。 二 矢を身に受けたまま。

三 絵(一〇)の書出しと全く同じ。「手負の狒々の跡をとめつつ」などとあるべきところ。筆耕の誤りか。このくだりは、繁野話からあちこち取り合わせて簡単にしているが、「松明にて見るに」の次に吠え声の叙述があり、「無益の殺生せし事よ」と嘆じてから大石で頭を打ちひしぐ等、不合理が生じている。

四 ここから右図の守廉の肩のところに戻って左へと続く。

絵(一〇) 守廉が射た矢を負ったまま逃げる狒々と追いかける従者。繁野話では狒々捕獲の秘伝通り上唇を額へ射付けるが、本図では唇も長くな

（二）

行きける。

（二）さても[三]守廉主従三人、白菊の方を尋ねんと、岐蘇の谷峰血の伝ひ流れしを慕ひ尋ねきたりしに、峰を越へ谷隠に一つの岩窟ありて血したゝか流れたり。松明にて見るに、かの獣苦し[四]み叫び吠ゆる声、木精に響きてすさまじき。狒々は雌雄ある獣なり、わが妻の事此ものゝ所為とも思はれず。無益の殺生せし事よ。立寄り大石にて頭を打ひしぎ、岩窟の内を見めぐらすに、鹿兎を引き裂き食らい、人の屍食らい散らし、こゝかしこにあるのみなり。主従難所

く、矢は背に射込まれている。

「大石を投げつけ」とあって図では大石を抱えているが、繁野話では、次の場面で主従が狒々の頭を大石で打ちひしぐと、その石を遠くまで投げて死ぬ。

　この場面から従者の衣服が広袖となり、頭には力紙が描き添えられて歌舞伎の荒事風な人物表現となる。

絵（二）　四周に曲線や襞、葉を描いた狒々の岩窟。矢で倒れた狒々を松明で見る主従三人。繁野話との相異は「人の屍食らい散らし」を挿入し人骨や猪の頭と股などが散乱している点、人々がここに宿したとした点である。

　繁野話は以下のように記す。

「…一つの怪しき物こそ見へたれ。大巌(たいがん)の上に坐せるが長(たけ)は七八尺もあるべし。色あかく猿に似て、又人面のごとく、人を見て笑ふ其声鳥のごとく、音(こゑ)の章(や)人に似たり。…狒ゝ(ひひ)といふ獣なり。…其力千年にしてなるともいへり。…猻(さき)万鈞(まんきん)を挙(あ)ると聞ば…ひそかに矢をつがひ、…へうど射る。巧にも上唇を額へ托(かつ)て射通したり。…矢を負ひながらにげゆくを、…峰ひとつこしたる谷陰に岩窟ありて血伝ひたり。外より把火(たいまつ)投(なげ)こみ見いるゝに、彼(かの)獣倒れて動かず、たゞ頻に号(さけび)て衰へたり。主従つと入りて、やがて大石を舁(かき)て頭を打ひしげば、一声さけびて、

(三)

駆け巡り疲れければ、此窟に宿しける。[一]

うち殺しける。[二]

渡左衛門　篠崎六郎

(篠崎)「無駄骨を折りました。早う奥様にお目にかゝりたい事じや」

(三)こゝに三依道人と呼ぶ翁住めり。[三] 孔雀明王の法を修し、[四] 病を平癒し、禍を払ひ、観相占い少しも違わずとかや。[五] 守廉道人に対面あり、

(守廉)「妻白菊の方、妖怪に取り去られ、早三年に及ぶ。生死の程いかゞ。考へ下されよ」

其石を手まりのごとくはるかの所迄なげやりて死たり。窟(やは)の内を見めぐらすに、…鹿兎の引さきくらひ散したるこゝかしこに有のみなり。たゞいま難所を走たれば主従共に大につかれて、「日も傾きぬ、此窟に宿せん」…「狒々は必ず雌雄ある獣なり。…」…我妻の事此物の所為とも思はれず。益なき殺生して雌を失はせたりと、…」。

一 繁野話では危険を察して出る。
二 この文はどこにも続かない。
三 三教に帰依する道人の意味で繁野話作者が付けた名か。仏教語の三衣や四依の菩薩などにも因むか。
四 仏母大孔雀明王経による密教の呪法で除災祈願の法。 五 人相を観てその人の運命を判断する占い。
六 この場面には大名という説明はない。繁野話および絵(一四)の文より補う。

絵(一二) 三依道人に状況を説明し、妻の安否を尋ねる守廉と道人の弟子の僧。道人と弟子の僧の姿は繁野話の挿絵を参考に描かれたと見られる。壇上に経巻が備わり香が炷かれている。道人の前に開かれている書物には上部に爻(こう)が見え、易の書物。

絵(一三) 変化が大名の姿に化し、道人の卦を依頼に来たところ。繁野話に「烏帽子引たて」「美麗の婦人かしづきて」とある文を視覚化するが、

（三）

（道人）「この人未だ存命なり。日を追って再会有べし」（と）占ふ。

富川房信画

（下）

（三）道人の弟子、威風骨柄なみ〳〵ならぬゆ（ゑ）敬い、奥（へ）招待す。

（大名）「某は諏訪の一族、忍び詣なれば名は名告り申さぬ。案内おしやれ、対面いたし申そふ」

手下の妖怪侍に化け、供する。

霞が洞の変化人と変じ、白菊

丸い眼と髭、大紋長袴の葉の模様など、繁野話の挿絵を参考にしたことがわかる。

枠上の鶴の丸は版元鶴屋の商標。

繁野話は以下のように記す。

「こゝに…三依道人と呼ぶ翁すめり。持行する孔雀明王の法は、白馬仏教を漢土に觸（の）（せ）ざる以前に、子玄仙人西域に遊びて是を伝へてより今爰に伝流し、病を祈り禍を払ひ、抜苦与楽の験（しる）（し）をあやまたず。面相玄文の占卜は往を説（と）（き）来を示して違はず。…守廉違例逍遥の為此寺に来り、道人日中の壇を下らるゝを待うけて拝をなし、「某ははるか西国のものなるが、此国にて妻女を妖怪に取さられ、生死の榛を究めん為（め）（た）山に棲（す）（む）事三年を経たり。再会の期あるや否（い）（な）（や）考を下し玉はれ」と懇（ね）（ん）（ご）（ろ）に頼み聞へたり。道人守廉を近づけ面相し沈吟して云、「いまだ時至らず、命を全くして待玉へ。…此人存命疑（うた）（がひ）なし」。…」。

「其日も未の刻さがり、暮の壇に参詣多き中に、前供（ぜ）（ん）（ぐ）人を払ひ門外に留り、乗物のめぐり近習打囲（かこ）（み）、玄関に昇すへ、烏帽子引たて立出る威風骨柄小可（な）（み）（〳〵）の人にあらず。後乗（あと）（のり）は召つかひと見へて美麗の婦人かしづきて客殿に通り、此大名道人を拝して、「何某（なに）（がし）は諏訪の一屬小身なるものなり。忍び詣なれば名のらず。先（ま）（づ）我に卦を給はるべし」。…」。

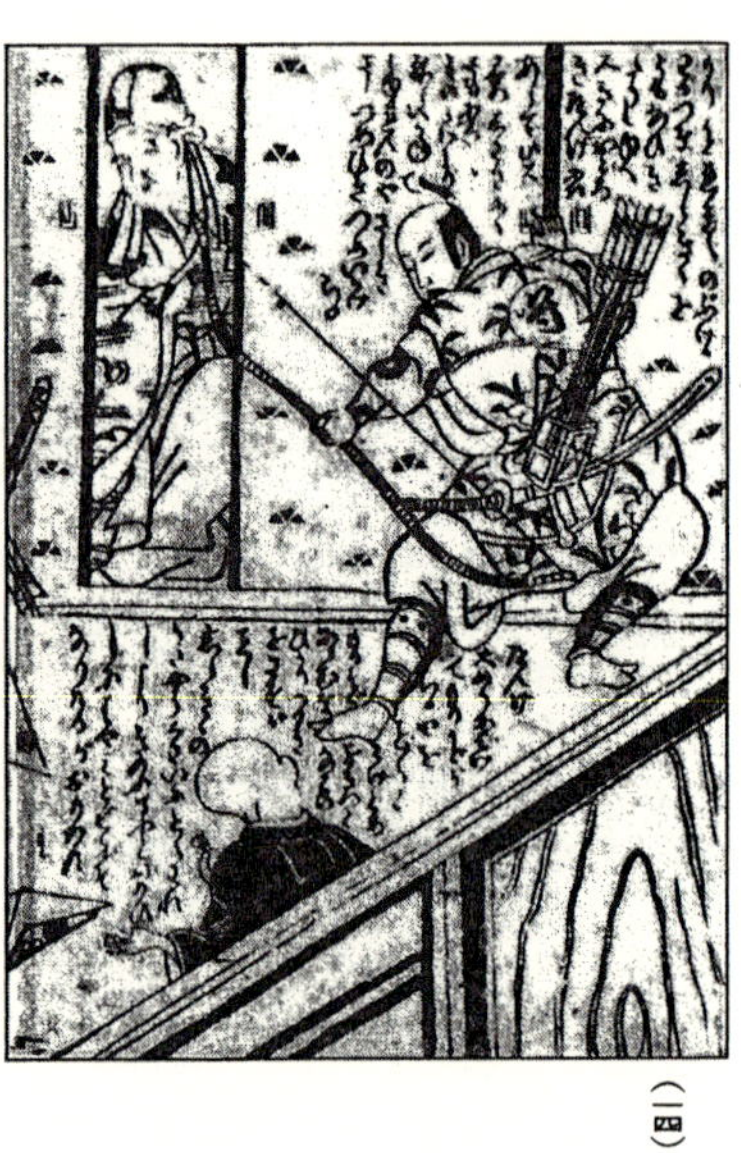
（一四）

の方を伴ない、道人方へ来る。

（一四）守廉、歴〳〵の武家わが妻白菊を伴ひ来りしゆへ、大きに驚き、変化にはあらで此大名の仕業、憎さも憎（し）と物陰より狙い、かねて手練の矢、さしき差しつめ引きつめ射掛けらる。

変化、大名に化けて守廉が射る矢をこと〳〵く受けとめ、守廉をきつと睨む眼の光、剣を刺すが如し。白菊の方、妖怪に囚われしより、昨日今日と思ひしに、早三年になりけるが、思はずも夫の守廉に会い給ふ。

（一五）（変化）「汝女房に念深く慕ふよな。此女わが心に従は

一 「差しつめ引きつめ」で矢を弦につがえては弓を引きしぼって射かける早業の形容。「さしき」は誤記か。

二 以下「砕きしかば」まで、主語は変化。

絵（一四） 白菊の方を伴った大名に守廉が腕に覚えの一手三箭を射かける場面。変化が第一の矢を右手で、第二の矢を左手で、第三の矢を口で噛み止める主要な箇所で、「小栗外伝」の挿図もこの形に描くなど画題化されている。

画面構成や主要人物の配置、変化の面貌や姿、特に従僧の後姿の酷似から、繁野話の挿画を参考にしたことは明らかである。

三依道人の位置、背景の建具を変え、守廉の服装は前段までと同じくし、すやり霞は除いて、上部に妖雲を描き添えている。

絵（一五） 繁野話では、変化に変じたという叙述はなく「忽ちに見へず」とある。効果ある画面とするために変化と化し雲に打ち乗り虚空に上る場面としたものであろう。「多の家人中を飛せて」立ち去るのを追ってゆく守廉の目前に落とされるのは、繁野話では「小家の如き大石」とある。

小石を投げる手下の妖怪は一角の鬼と天狗の姿で、いずれも金平浄瑠

(一五)

ば帰し与へん。いまだわが心に従わざれば一生帰すことあるべからず。思ひ切つて、早く(か)へれ」

かの大名たちまち変化と変じ、白菊の方を小脇にひん抱き、雲にうち乗り虚空に上がる。

手下の妖怪守廉に石つぶてを雨の降る如く打ちつける。

守廉手練の矢先をこと〲く宙にてつかみ砕きしかば、太刀を抜き放し、たゞ一打ちと切つてかゝれば、変化は黒雲に打ち乗り、飛ぶが如くみへざりけり。

(守廉)「ゑゝ、無念なア」

璃などで親しまれたもの。

繁野話は以下のように記す。

「守かどは歴ゝの武家参詣と見たれば、…大名の後に従ひ出る婦人こそ正しく失たる我女房なり。大に驚き、「変化にはあらで此大名の仕業なりけり。誰にもあれ眼前の怨敵脱(のが)さじ」と物陰よりねらひを定め、兼て手練の一手三箭(さんせん)連珠のごとく、「ゑい、や、はあ」のひやうしにつらねてはなつを、大名手ばやく左の手にて握りとゞむ。続て来るを右の手につかむ。間もなく来る三の矢を口にくはへて嚙とゞむ。すかさずしきりに射る矢を悉く払のけ一つも身にあたらず。守廉着忙(いらつて)抜設(ぬきもうけ)て切てかゝるを、大名きつと見むく眼のひかり、一身に剣刺(さす)如く覚へず居ずくまつて動き得ず。白菊はもりかどなりとは見たれ共、是も又神通にやと言葉なくてためらひゐる。…「你(なんぢ)女房に念ふかく還(なを)も職に就ざるか。女よく任(つか)へなば廿年の後は放ちかへすべし。奉公あしくは一生かへす時あるべからず。よく思ひ取て速く官府に帰れ。大徳達又こそ参らめ」と、女を引つれ乗物にうつるとひとしく多の家人中を飛せて足はやし。「いかに其まゝかへさじ」と追てゆく守廉が面を摺ばかりに、小家の如き大石空よりどうと落る地ひゞきに肝つぶれして尻ゐにへたり、起たつ時早く影も見へず」。

（一六）

（一六）　道人守廉が人相を見て、「昨日と大きに変じたり。夫婦全く集まるの占文なり。この変化のもの、支干甲子なれば丁酉を得て滅すべき機あり」と、祈り給へば、不思議やにわかに黒雲起こつて雷鳴り渡り、狒々が谷の洞の方へぞ走りける。

（道人）「いかに守廉、雷の響きたる方を指して方角を求め行かれよ。必ず内室白菊の方に対面あるべし」

（渡）「しからばこの雷の音に続いてまいらん。わが君用意あられませう」

三須守廉　渡左衛門

一 繁野話では「女を失ひたる木曾の深坂これより妻籠の名あるよし」とあり、在所の老人が妻籠の地名由来譚として守廉白菊夫妻の話を物語る構成なので伝聞の形とする。妻籠は現長野県木曾郡南木曾町吾妻。
二 妻籠と同じく、地名由来にこじつけたもの。現長野県木曾郡山口村大字神坂。
三 重大な運命。

絵（一六）　三依道人が香を炷き壇上に祈る場面。繁野話に「髪を披下宝剣を把て口中咒詞を念じ、檄を香炉内に焼、大喝一声す。忽然として殿中昏黒、一陣の怪風起る」とある。
変化を恐れていた雷公が道人の「今日大数到る。撃ば必ず得ん」との言葉に、黒雲に乗り洞を目ざして走るところ。連鼓を負って打ち鳴らす鬼形は、風神と対に描かれる伝統的な雷神の姿で、草双紙では赤本の「きんときおさなたち」などに既に描かれている。
繁野話に「守かど壇辺に俯伏して見れども見る所なし…」とあり、道人が雷公に命ずる言葉のみが続く箇所を、雷公を振り仰ぐ画面に表現。

絵（一七）　切られた変化の首が宙に上がり、口から焔を吹き出して守廉を襲おうとするところ。この形は酒呑童子の首が源頼光を襲おうとする場面と同形で、酒呑童子物の転用として好んで用いられる。洞窟を出て変化の最期を見る白菊ほかの女たちも

（一七）

篠崎六郎

（一七）さしも神変自在の変化、白菊の方の色に迷ひ、術尽きて雷に打たれ死にけり。女を失い[一]たる木曾の深坂、これより妻籠の名あり。

馬籠[二]といふ所は、その時従者を宿せしとかや。かくて守廉、道人の教に任せ、雷の響を慕い来りしに、霧立ちこめし谷峰晴れわたり、暫時の間に狒々が谷の洞にぞ入給ひける。白菊の方は丁酉の年也、すなはち火の運也、変化は甲子也、金の運也。微火を以て大金を消す、一生の厄とす。これ大数[三]の行きあいて、

同一画面に描いている。

繁野話は以下のように記す。

「…道人対顔して大にいぶかり、「…きのふと大に変じて眉ひらけ色悦ぶべし…足下(そこ)夫婦完聚の占文なり。…此怪物支干甲子なれば丁酉を得て滅すべき機あり。你(なんぢ)が妻の丁酉は火の運、甲子は金の運なり。微火を以て大金を消す一生の厄とす。是大数(たいすう)の行あひて其冤業(ゑんごう)を消却せんとする時至れども、婦人貞実にしてたやすく従はず。おのれに害あるものを深く好めるは冤業のなす所、神通にも及ばず…」。…道人尤と点頭(うなづき)て即ち壇に登り、髪を披下(さげかけ)宝剣を把て口中咒詞を念じ、檄を香炉内に焼、大喝一声す。忽然として殿中昏黒(くらく)、一陣の怪風起る。…道人の声にて、…壇上より閃電(いなびかり)起て一陣の霹靂(はたゝがみ)雲間に震ふ。…道人守かどに教て云、「雷の声せし方格を求めゆかば必らず験あらん」」。

「守かど…雷の響たるかたをさして登る事半日、昨日迄霧立こめし谷峰、いつしか晴わたりて思はざるに通ふべき道あり。…白菊数人の女房と共に逃れ来るに行逢て、再会の悦びたとふべからず。…正殿雷の為に破られ、是こそ変化よと覚しくて其長(たけ)一丈あまりの異形の獣、雷火に焼れて褥の上に死せり。即ち首を切て取もたせ子細に見まわれば…」

「女を失ひたる木曾の深坂これよ

(一八)

その冤業(一)を消却する時至れりとかや。

　変化に囚われし女房、娘、洞より出づる。守廉かの変化の首打ちおとし給へば、この首(二)宙へ舞い上がり、食らいつかんと怒りけり。白菊の方、夫守廉に対面あり、喜び給ふこと限りなし。

(一八)　其のち三須守廉本国に帰り給ひ、変化(三)の首を館の後に掛けて、自ら弓を取りて日々これを射て三年おこたらず恨を晴らされしとかや。この故にこの所を猿掛(四)の岸とぞ名づけたり。

富川房信画

り妻籠の名あるよし。馬籠といふ所は其時従者を宿せしにや」。

一　前世からの情縁。

二　繁野話では首を切って従者に持たせるが、その首が宙へ舞い上がって食いつこうと怒る件はない。

三　繁野話ではこの箇所の主語は白菊の方で、変化の寝所近く婢妾に列した恥を生涯の瑕とし、恥辱と憤りを晴らす所業。

四　現岡山県吉備郡真備町と小田郡矢掛町の境に猿掛山があり、山裾は山陽道添いに小田川の流れる交通の要衝。山上の猿掛城は平家没落後に築城され、慶長頃に廃された。

絵(一八)　大きな三宝に乗せた変化の首(酒呑童子の首を叡覧に備える形に似る)を川岸に据え、矢を射る守廉。出発前の絵(一)と同じ衣裳で長袴を着し、小姓を伴い、在国の様子を表している。

　版木が磨滅して判りにくいが、一本の矢が眉間に立ち、波のあたりに矢羽根が見えている。

　繁野話は以下のように記す。

「早くも掾の任満て備中の本国に帰りぬ。菊のかた…怪物の首を館の後に懸て、自ら弓をとりて日々これを射て、三年おこたらず恨をもらされしとかや。其所を後世猿掛の岸とぞ申よし」。

金時（きんとき）狸（たぬき）の土産（いえづと）

木村八重子　校注

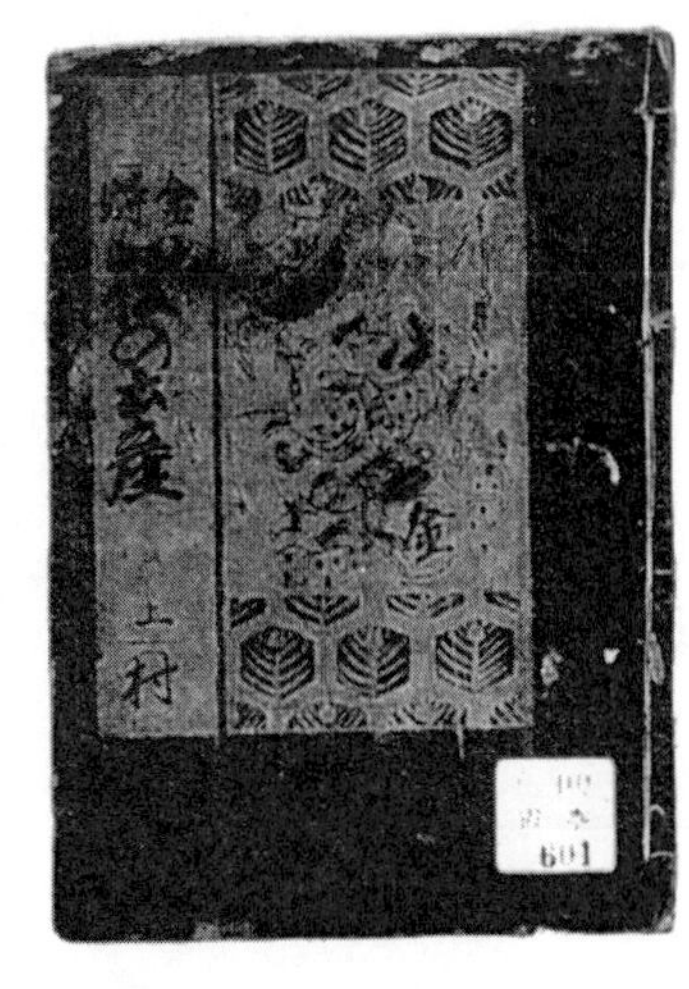

底本　東京大学総合図書館霞亭文庫蔵本
形態　黒本上下二冊
題簽　金時狸の土産　上(下)
　題名の上に方形の空白があり、この部分にはもと出版年を示す干支の文字または絵があったと推定される。巻次の下には丸に「村」字の商標があり、絵の部分の意匠は上下に亀甲に松葉と見られる繋ぎ文様を配す。絵は、上巻は飛ぶ茶釜に威を示す金時(絵(三)の場面)、下巻は太神宮の御祓を掲げて二股猫を踏まえる金時(絵(五)の場面)。
本文商標　丸に「村」
柱題　とんだ(た)ちやかま
丁付　一―十
画工名　鳥居清経

　大田南畝著『半日閑話』に「明和七年庚寅二月、此頃とんだ茶がまが薬鑵に化た、と云詞はやる。按るに、笠森稲荷水茶屋のお仙他に走りて、跡に老父居るゆへの戯れ事とかや」とある。お仙は評判の美人で、錦絵や絵双紙、双六や読売に描かれ、手拭に染められ、明和五年(一七六八)七月には芝居にもなって大当りであったともある。


　「飛んだ茶釜」という語は、すでに延享三年(一七四六)刊の江戸名物題材の絵俳書『俳諧時津風』に詠まれている。

　この黒本『金時狸の土産』は、とんだ茶釜の笠森おせん(仙)と千住の茶釜の二つを題材とし、金時の化物退治という構成とする。主人公は金時であるが、荒唐無稽で屈託がなく、金平ものの明和版の趣がある。

　題簽のある作品が知られていなかったためか、三田村鳶魚も、稀書複製会本の解説(木村仙秀執筆)も、『砂払』の著者山中共古も、この黒本を柱題によったらしく「とんだちやがま(茶釜)」として紹介している。同じ柱題で富川房信画の全く別の黒本も存在するため、紛らわしかった。

　この作品を見る限り、「薬鑵に化けた」を含むとは断定できず、刊年を南畝の記す明和七年二月以降と見る必然性もないと思われる。人物の描法は、安永元年(一七七二)刊の明証がある同画工の『化娘沙門大黒舞』よりも古風である。

　おそらく、お仙の全盛期に制作され、後年になっても、お仙の興味以外の面白さが喜ばれて需要があったため、初版刊行時には入れてあった題名上部の干支に因む文字または絵を削除して、増摺したものと推察される。

(一)

(上)

(一) 坂田金時[一]度々の戦にその名を顕し、比類なき力者也。戦に疲れ、しばしまどろむ一睡に、白髪たる翁告げて宣わく、「善哉〱[二]、我は唐土の黄石公[三]なり。汝が勲功明〱たれば、これより東[四]に当たつて笠森[五]と名付けし松の大木あり。此下に千年功[六]を越せし名鉄あり。これを取りて名剣となさば天下無双の一振ならん」と教へ給ふ。

妾者[七]の首級こと〲く討ち取り、金時まどろむ。

(黄石)「この書[八]を見ひらき手

一 平安時代中期の武将源頼光の四天王の一人として酒呑童子退治や土蜘蛛退治に活躍したと伝えられる勇者。酒田公時とも書き実在人物ともいうが未詳。幼名は怪童丸また金太郎。
二 仏語。よきかなよきかな。
三 史記・留侯世家の記事にある、張良に兵法を授けて黄石と名告った不思議な老人。本巻の「漢楊宮」にも登場(→七四頁注五)。
四 東方に。源頼光は京都を守っているので、金時もこの話の発端では上方で夢の告げを受け、東方の江戸の笠森を尋ねることになる。
五 松の根方の名鉄を掘る話と、下巻の笠森おせんを関係づけるための命名。笠森は笠森稲荷を言い、現東京都台東区谷中の功徳林寺境内が、おせんの茶屋の旧地。
六 千年の間鍛え上げた。
七 この文字には疑問があり、仮に妾者とする。
八 黄石公が張良に与えた兵法の書、三略の巻。

絵(一) 城壁の石組の傍らで岩にもたれてまどろむ金時。勇者が物にもたれてまどろむ姿は定形化されている。足許に敵の首級が二つ。金時は鋲打の胴丸(歌舞伎衣裳で赤地に金の鋲)の上に童子格子の厚綿を着、頭髪の髻(もとどり)に力紙を着け、いずれも歌舞伎の荒事師の扮装に似る。吹出しの中に夢で告げる仙人風の

(三)

柄をせよ、金時」

(三) 教に任せ東の方へ尋ね来り、笠森の松の下を、人夫を集め穿ち見れば、年久しき茶釜を掘り出す。茶釜に翼生へ、虚空に舞い上がり、一

坂田金時、茶釜を掘り出したる穴、いづくまでも抜けいるやらんと、すぐに飛び込み、行く先知らず詮議に行く。

(人夫一)「ア、茶釜が飛び出た」

(金時)「小癪な、汝、今に踏み砕いて見しやう」

(人夫二)「ア、此穴はどこまでも抜けているそうな」

黄石公。三略の巻を投げ与える。
文字は吹出しの中と外を区別せず、場面の説明と夢の内容を混ぜて書いている。
枠上の丸に「村」字は版元村田屋の商標。

一 これに続く文が絵(三)左の右上にあるか。磨損のため不明。

二 穴がどうなっているかの探索。江戸中期の流行語「穴」(欠点、内情など通り一遍では判らない人物の癖や事物の裏面)を詮索する意味の「穿(がう)ち」を踏まえた語。

三 さてもまあ。

四 恐ろしいもの。危険なもの。

五 思いもつかない意外な茶釜。明和(一七六四―七二)頃の流行語。本作はこの語を踏まえて成立している。解題参照。

六 一服しよう。休憩しよう。この言い方は頻用されたようで、後年の滑稽本に「春宵一服煙草二抄」の書名が

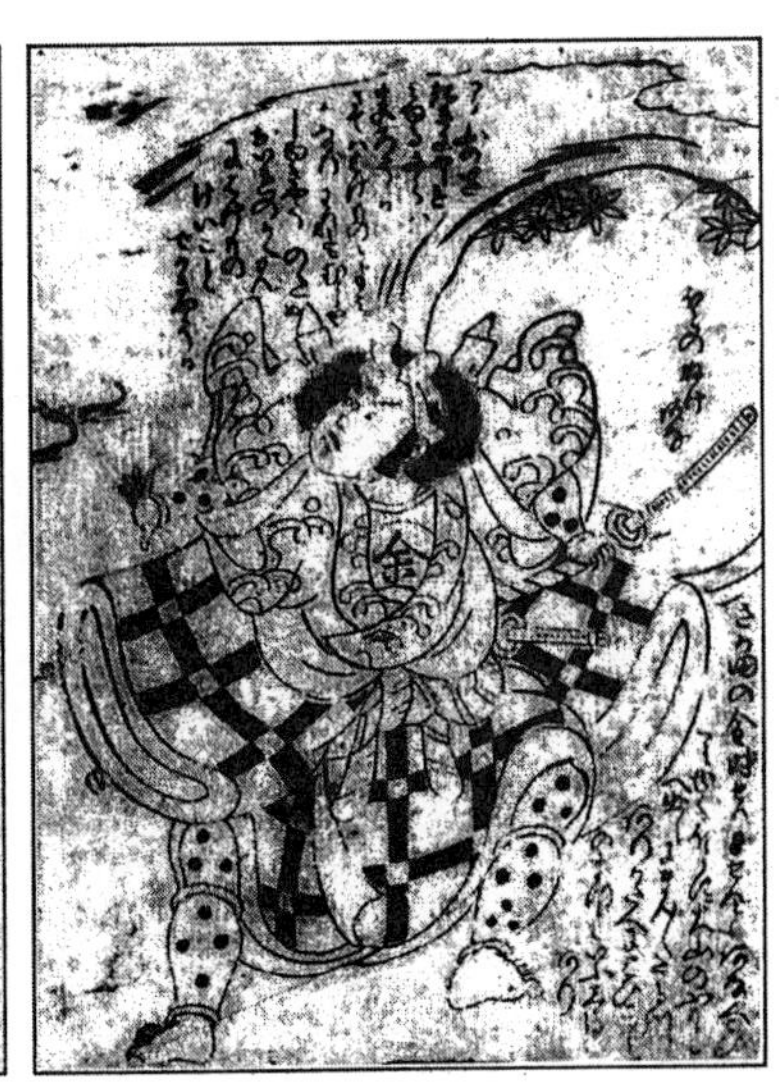

(三)

(金時)「どりや穴詮議[二]におれが行こう」

(人夫二)「金時様、て[三]もこれは恐[四]もの、よしになされませう。これが本の飛[五]んだ茶釜だ」

(人夫三)「くたびれた、煙草[六]にしよう」

(三) 坂田の金時、詮議[七]せんと穴へ飛び込み行く程に、火山の麓へ出しに漫〳〵たる川あり、片方に飛越[八]しの松といふ印あり。

陰[九]の抜穴　飛越しの松
身抜け[一〇]川　分福寺[一一]の跡

(高札)「化物稽古所」

(金時)「アノ山の頂に屋敷見

ある。

七 底本汚損、意によって補う。

八 見越しの松の捩りか。身抜け川を飛び越す松の意か。

九 女陰。

一〇 身抜けは、ある事件や境遇から脱出すること、遊女が落籍されて廓を出ることを言い、それを名とした川。

一一 狸が茶釜に化けた分(文)福茶釜の話による架空の寺名。この昔話や伝説で有名な寺は群馬県館林市の茂林寺。

絵(二) 笠森の松の下を人夫に掘らせたところ茶釜が出、それに翼が生えて飛んでいる場面。穴を掘って釜を掘り当てる話は中国の「二十四孝」の郭巨の捩り、飛んだ茶釜は流行語の視覚化で錦絵にも描かれている。

茶釜は素朴な真形釜(しんなりがま)の形で、鐶の部分が一つ目になっている。

金時は童子格子の厚綿を両肌脱ぎ、波頭模様の着衣を見せ、指を開いた左手を突き出し、右手を頤に添えて擬勢する荒事のポーズに描かれる。

絵(三) 穴を探って火山の麓に出、さらに探検を進める話は、仁田四郎の富士の人穴見物の捩りであろう。

左図遠景の分福寺は大き過ぎるが、金時との対比や空想物語の表現として自然である。壁の穴が廃寺を示す。

金時の着衣は絵(二)に同じで、さらに襷掛け、向う鉢巻の荒事の扮装。

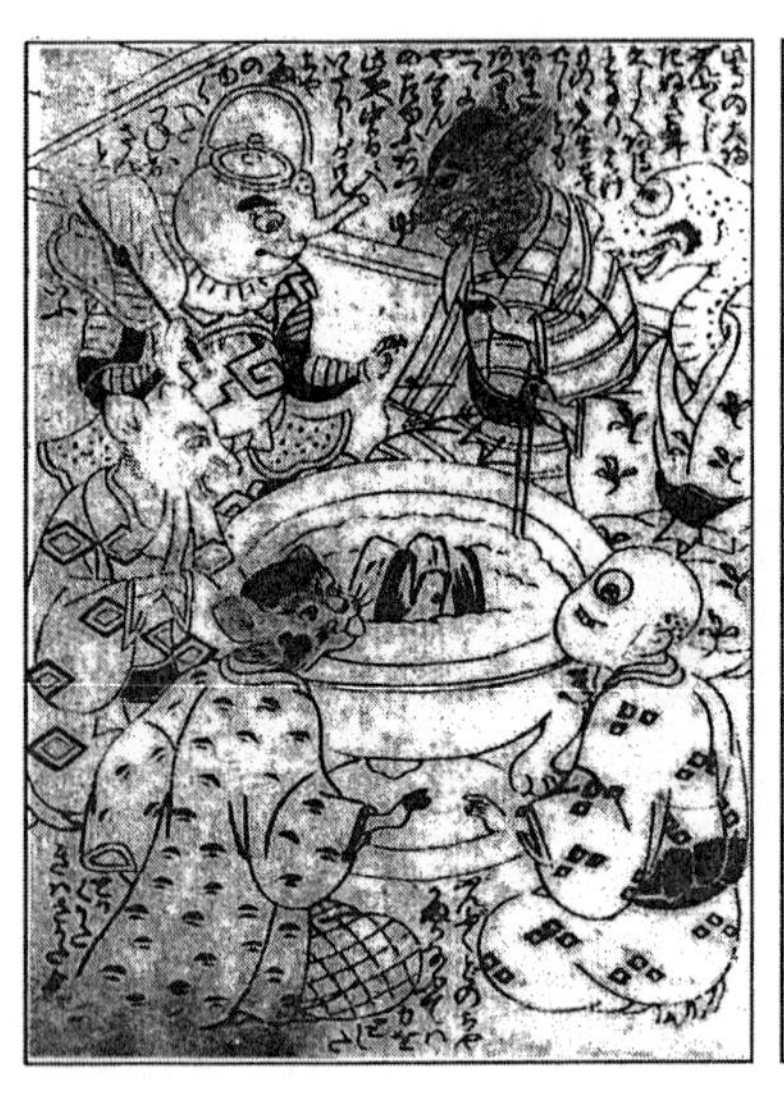

(四)

ゆる。さらば参ろうか。さては化物の住処なり。我も武者修行のため、老入[一]の学問に化物稽古と出[二]かきやうか」

昔此所に分福寺と言ひし一寺あり。今は狐狼の住処となる。

(四) さても金時、分福寺入て見れば、荒壁破れて風浪雲凌ぎ[三]難き住み果てたる古寺なり。

(金時)「ハア何やら話すは〳〵」

此寺の大将分福寺狸、年久しく主となり、化物の先生とて弟子ども数多集まる。こゝに薬罐[四]の大夫熱湯、此所へ中間に入いたりしが、兄茶釜の行方尋ね出

一 老人になってからの学問。年を経てから新規に始める習い事。

二 出かけようか。出発しようか。始めようか。

三 仮にこのように文字を宛てる。荒れ果てた建物を表現する成語と思われるが未攷。

四 無冠の大夫敦盛の捩り。

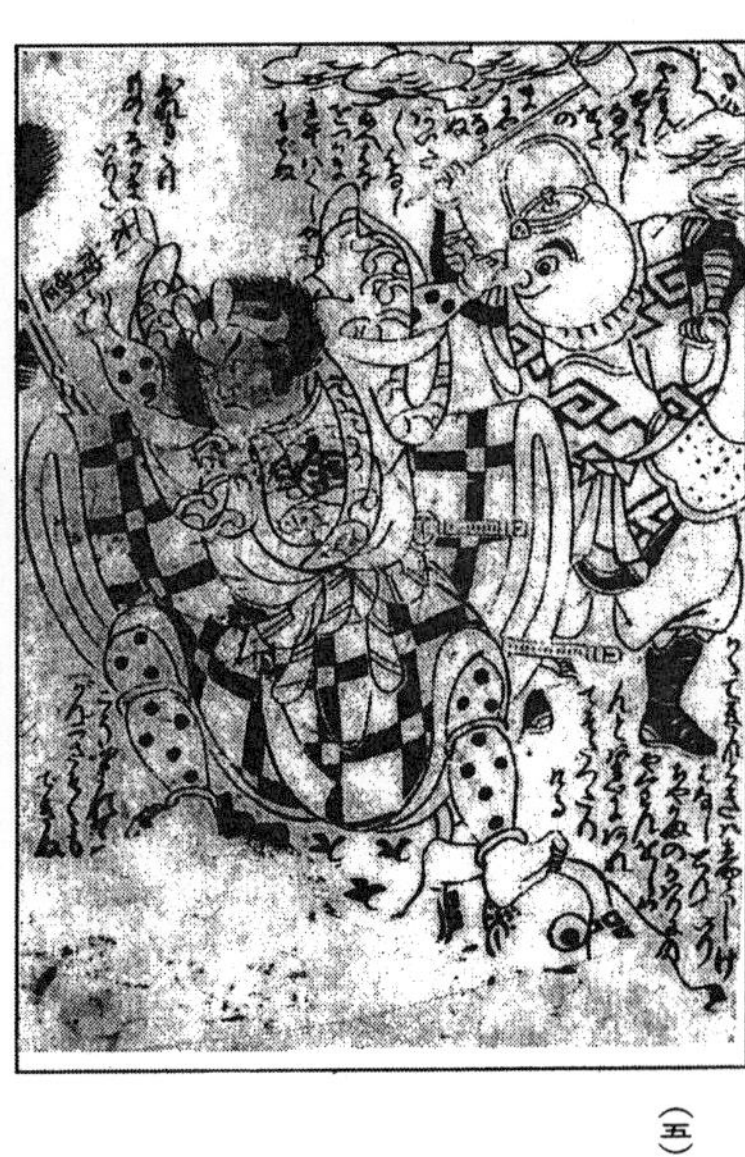

（五）

さんと言ふ。

（薬鑵）「分福殿、茶釜がなふては力落としだ」

（白狐）「とかく仇は坂田金時[五]」

（五）かくて金時は、障子蹴放し飛んで入り、茶釜の代はりに薬鑵を締め[六]んと、荒れ[七]に荒れてぞ立つたりける。

（薬鑵）「薬鑵銅壺直し[八]を頼まにやならぬ。あいた／＼。放し給へ。鼻を摑まれては、嚏も出ぬ」

（金時）「俺も化物の仲間入りだ」

（一つ眼）「こう踏まれては、一[九]眼二左足も出来ぬ」

五　底本破損、意によって補う。

六　召取ろうと。討取ろうと。

七　英雄豪傑が怒りに荒れ狂って相手に挑もうと仁王立ちになる様。浄瑠璃や歌舞伎の荒事の表現。

八　鋳掛屋。銅・鉄器の漏れや凹みを修理する職業の者。

九　武芸の心得を言う語。一に眼を働かせ、二に左足をよく構えよ。さらに三体と続き体を機敏に動かすこと。一つ眼が言うおかしみ。

絵（四）　化物の師弟が集まり、薬鑵の兄茶釜を尋ね出す相談をする状を、障子の穴から覗く金時。

化物は、狸、薬鑵のほか蟒蛇（うわばみ）、一つ眼（まなこ）、二股猫（猫股）、白狐が居り、獅嚙（しがみ）火鉢を囲む。火鉢の脚の獅子の顔も通常の獅子でなく、太い眉と丸い眼に描かれ化物風。

絵（五）　金時が複数の化物を相手に勇力を表す場面。薬鑵の鼻をつかみ、一つ眼と蟒蛇（磨損のため顔は識別できないが着物の模様が絵（四）左の蟒蛇に同じ）を踏みつけ、二股猫に太神宮の御祓を差しつけて荒れに荒れている金時。

二股猫に天照太神宮の御祓を差しつける状は、「国性爺合戦」（近松門左衛門）の千里が竹の場で猛虎に「太神宮の御祓」を差し向け差し上げ、猛虎が恐れわななき岩洞に隠れ入る場面の見立て。

(六)

[一]二股猫、爪を鋭ぎたて眼を怒らし、微塵になさんと飛んで掛かる。

(二股猫)「[二]ぐぷう、にやあん〳〵」

金時は[三]天照太神宮の祓にて祓いければ、二股も畏れわなゝく。

狐は小賢しく、此所を逃げ去りければ、残る化物どももみな〳〵従へらるゝ。

(六)(狸)「この国へ金時来ては一国の騒動。[四]とかく騙して帰すがよかろう」

(一つ眼)「なか〳〵我〳〵が手では参らぬ。先生でなくば

一 猫股。年老いて尾が二股になり人に害をなすという化け猫。

二 猫の鳴き声の擬声語。赤本「福神いせ道中」にも「にやう〳〵ふう〳〵」とある。

三 伊勢大神宮の御祓。

四 とにかく。

参るまい」

(狸)「これから我[五]らが出かけてみよふ。古[六]化けたる茶釜に毛を生やして、金時を欺き、奥儀[七]の術を皆にも見せよう。どふぞ[八]薬罐を取り返したいものじや」

(七)

(下)

(七) 坂田金時、化物数多追い散らし、こゝかしこ尋ぬる折から、思はず美々しき[九]社の前に出で、お千[一〇]が艶色に迷ふ。

(金時)「そなたの名は何といふ」

(お千)「アイわたしやお千と

五 自分が。
六 昔化けた茶釜。
七 奥の手の術。秘術。
八 何とかして。
九 立派な社。
一〇 明和(一七六四―七二)頃美人の名が高かった笠森おせん(仙)に擬した狐の名。丸に「千」の字が肩の辺に表示されている。

絵(六) 金時に敗れて善後策を相談する狸と弟子の一つ眼。師匠の狸は二枚布団に趺坐を組み、煙管で煙草を吸っている。傍らに黒塗りの煙草盆がある。分福寺狸なので首に略式の袈裟を掛けている。一方弟子の一つ眼は床に膝を揃えて座し、畏まっている。

絵(七) 鳥居の前に座って米の団子の小皿を持ち科(しな)を作るお千狐。帯の下に太い尾が見える。絵(五)の文中、小賢しく逃げた狐と同一かは不明。

勇者金時は指をくわえた立姿。

鳥居と木立は洒落本「阿仙阿藤優劣弁」に春信が描いた絵と一致する。

枠上の丸に「村」字は版元村田屋の商標。

（八）

言ふわひな。お前は強そうな良い殿御じや。ヲヽ恥づかし」

（金時）「色事[一]は初物じや」

（八）金時、お千が教に任せ、もと来し道に帰らんとせしに、その丈[二]壱丈余りの茶釜あり。さては化物どもの仕業ならんと、梯子を掛けて内を詮議しければ、また〳〵化物ども大勢隠れ居る。狸は、数多の手下を茶釜の内へ隠し、背負ひて金時を謀りしに、また〳〵見顕さるゝ。

（囃子言葉）「分福茶釜[三]に毛が生へた。生へたら大事か剃つてやれ」

一 （戦功は数え切れないが）情事は初めてだ。

二 三メートル余。

三 分福茶釜の囃子詞。近藤清春画井筒屋版「ぶんぶくちやがま」（稀書複製会本）には「皆口〳〵にこへを上ぶんふくちやかまにおがはへたぶんぶくちやかまにめがはへたと大こへ上てはやしける」とあり、会話部分では「そこらで〳〵ぶんぶくちやかまにてかでたは」「ぶんぶくちやかまにめができた」「もひとつかへして〳〵な」「さあさぶんぶくちやがまにおがはへた」などと口々に囃している。鱗形屋版「ふんぶく茶釜」（『近世子どもの絵本集』〔昭和六十年刊〕所収）には「いつそはやしたてませう」「ぶんふくちやがまにけかはゐた〳〵〳〵ぶく〳〵ちやがまにけがはゐた」とある。

(九)

(九) 狸、茶釜をさん〲に打たれ、化物ども残らず追い出され、今は敵はじと思ひ、お家[四]の奥の手金玉にて姿を隠す。

(蟒蛇)「金ではなくて、おら[五]かなまで、誓文[六]鉄[七]の楯だ」

(狸)「さあ被せてくりよふ」

金時、茶釜を打ち懲らし、狸を締めんと刃向ふ。

(金時)「たゞ突きに突いてくりやう」

笠森お千狐、金時に惚れ、いろ〲と謀る。

(お千)「金時さん、息継にお茶一つ飲ましやんせ[八]」

(一〇) 金時、数多の化物退治、

四 譬えに言う「狸の金玉八畳敷」の秘術。絵(六)で言った「奥儀の術」。

五 俺がのまで、か。自分のまで。

六 間違いなく。本当に。

七 頼もしい後楯。用例「朝比奈が控えたり鉄の楯なるぞ」(世継曾我)。ここでは狸の睾丸に対して自分のも、の意を掛ける。

八 底本汚損、意によって補う。

絵(八) 画面一杯に大きな茶釜に化けた狸。前出の飛んだ茶釜と同形に化けて、それを詮議しようと尋ねる金時を誑かそうとする。古く赤小本「東山化け狐」や、赤本「ぶんぶくちやがま」に、大きな茶釜に化けた狸が描かれているが、人間より大きくはない。金時が梯子を掛けて中を調べる着想は分福茶釜ものに類似がない。

遠景に刈田や畦道、崖の草を描き添え、場面を示す。

絵(九) 金時にさんざん茶釜を打たれた狸はついに姿を現し、例の八畳敷を展げて身を隠すところ。注三の「ぶんぶくちやがま」「ふんぶく茶釜」では、ともに八畳敷をひろげて茶坊主四人に被せる場面がある。天保後期には浮世絵師歌川国芳がこの趣向の戯画を三十種も制作している。

蟒蛇は狸に感応した様子。

金時は剣を逆手に持って八畳敷を突こうとし、お千狐は金時に茶を供そうとしている。

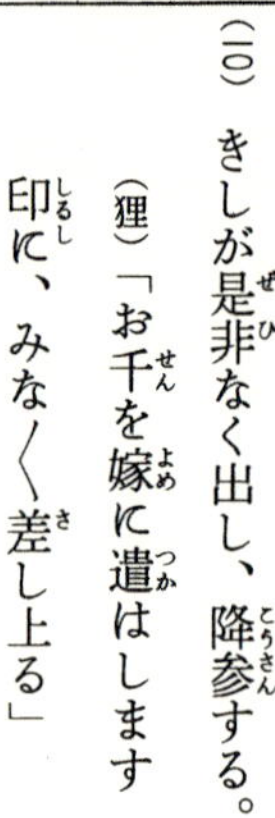

（一〇）

剰さへ尋ねし茶釜、お千隠し置きしが是非なく出し、降参する。

（狸）「お千を嫁に遣はします印に、みな／＼差し上る」

金時、お千を嫁に貰ふ。

[一]嘘の玉

狸の腹鼓

[二]金の干皮、[三]これより巾着と言ふ。

（狸）「この巾着は年経る狸の金の皮。何ぞ軍用にもなりましようか」

茶釜あやまる。

茶釜「[四]ひよつど飛びまして、世間へ[五]浮名を立てられました。此上は思し召し次第になり

一 後出のお千の言葉の中に「人の心を引き見る玉」とある。潮干珠（しおひのたま）、潮満珠（しおみちのたま）などから連想し、嘘か誠かを識別できる玉。人を誑かす狐が所持したものであるところにおかしみがある。
二 狸の八畳敷を干した皮。
三 巾着の名のおこりを金と巾の音通でこじつけた説明。
四 濁点は誤記か。ひよっと。
五 浮いた噂。主として男女関係に言うが、ここでは宙に浮いて飛んだことを踏まえて文字通りのおかしみ。

(二)

ませう。薬罐同然にお頼み申ます。此御恩水[六]にはいたしませぬ」

笠森お千狐「笠森お千が差し上げしは嘘の玉とて、人の心を引き見る玉なり。どうぞわたしをお連れなされて、可愛がつてくださんせ」

狸も敵はじと降参する。

(狸)「この鼓は腹皮にて張り立てました。よく音[七]が出ます」

(二)「夢の告[八]なれば、茶釜を君[九]へ奉り、長く源氏の宝とせん。[一〇]まつた神に祀り込めて崇めん」と誓いして、茶釜を車に乗せ、

六 無駄にはしません。「水」は茶釜の縁語。
七 狸の腹皮で張った腹鼓なので、よく音が出ます、また、値が出ますに掛けているか。
八 絵(一)で霊夢を得たことをさす。ただし刀を鍛えることにしない。
九 主君源頼光。
一〇 「また」を強めた言い方。

絵(一〇) 降参した化物側が金時に嘘の玉、腹鼓、金の千皮を献ずる場面。三宝合せやとんだ霊宝の趣がある。三方に載せた盃と燗鍋は一献さし上げるためのもの。

金時は左手を刀の柄に掛け、右手を頤の下に添えて威勢を示す。

絵(二) 飛んだ茶釜は大八車に括り付けて狸が引き、金時は台に乗って三つ眼、鬼、二股猫が手車のように舁き、金時の帰路を急ぐ。

狐は宝珠ちらしの着物で、宝珠の扇、一つ眼は茶釜の「茶」、金時は「金」文字の扇を掲げて進行を促す。

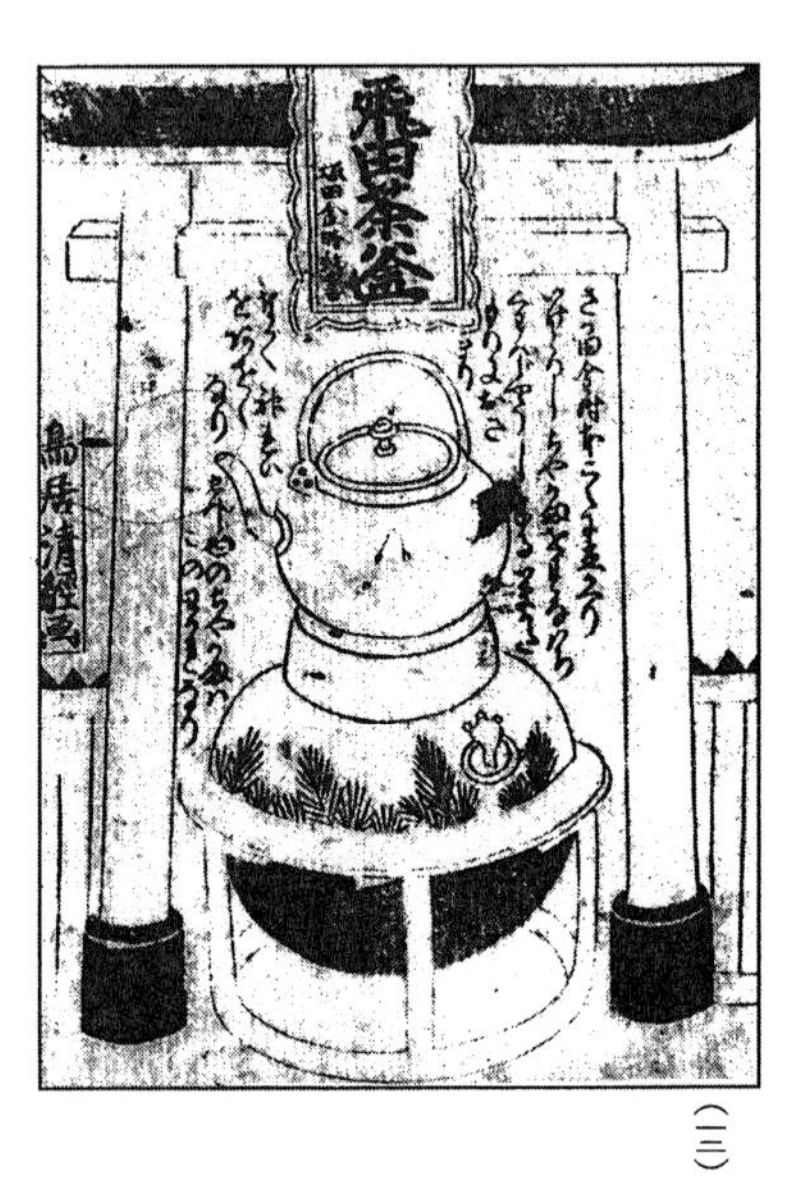

(三)

帰る。

(三つ眼)「一これや二高手車、金時様の手車」

(一つ眼)「ヱイ、三やるぞへ。四さらばこゝらで若い衆頼みます」

(鬼)「おゝさて、合点じや」

(狸)「茶釜は仕合者じや」

(三) 坂田金時本国に立帰り、生捕りし茶釜を、五即ち六勧請し来る。今、笠森に納まり、長く神霊を仰ぐなり。七千住の茶釜は八この別れなり。

(額)「飛田茶釜　坂田金時拝書」

九鳥居清経画

一 こりや。
二「てんぐるま」は、二人が向き合って左右の手を組み合わせて輿の形を作り、他の一人を乗せて囃して歩く児戯。ここでは板の上に乗せているが、手車のつもりになって囃して歩くところ。高手車は高く掲げている意であろう。
三 進むぞよ。
四 そんならこの辺で。
五 すぐに。
六 神の分身として他の地に祀りこむ。
七 八代将軍徳川吉宗が譲職後千住に遊び、宿(しゅく)の出はずれの茶店に休憩した折、よく磨いた茶釜を見て何で磨くかと尋ね、以来茶釜の名が高くなった話が柳営雑話にある。この話は九十余年後の江戸名所図会(天保七年刊)にも「光茶釜」として挿絵入りで紹介されている。
八 分身。実際は千住の茶釜の話の方が先であり、神格化されていない。
九 本作の画工。文・構図とも担当か。鳥居派の浮世絵師で清満の門人。生没年未詳。作画期は宝暦末期(一七六四)から安永末期(一七八一)頃。黒本青本・黄表紙の挿絵を多く手がけたほか、一枚絵では紅摺絵の役者絵や美人画も多く、錦絵も制作している。

絵(三) 鳥居と井垣と「飛田茶釜　坂田金時拝書」の額があり、神として祀りこまれた飛んだ茶釜。弟の薬鑵が上に乗せられている。薬鑵の右肩の黒色は汚損。

古今名筆(ここんめいひつ) 基返報怪談(そのへんぽうばけものばなし)

宇田敏彦 校注

角書「古今／名筆」。二巻二冊、十丁。恋川春町作、自画。安永五年(一七七六)鱗形屋孫兵衛刊。底本に東京都立中央図書館加賀文庫蔵本を用いたが、判読出来ない部分を同図書館東京誌料蔵本で補った。

田舎の画工春町斎恋川は名人数川春章に師事しようと出掛け、途中で見越入道を親玉とする化物たちが、狐どもが鳥居清経の描いた役者絵を使って騙した復讐をしようと相談するのを見て、春章に援助を頼むようにと勧める。春章は諸葛孔明よろしく三顧の礼を受けた末、見越入道に役者の似顔絵を描いた団扇と秘策を授け、化物たちはその教えに従って役者になりすまして思いを遂げ、以後の草双紙での仲のよい活躍を約束し合う。この顚末を描いたのが本書だとするが、黒本以来の古風な装いの内に、新進気鋭の春町らしい当代に即した新趣向がふんだんに盛り込まれている。黄表紙には作者自身が登場する作が多いが、その最初は本作だと考えてよいし、勝川春章の写実的な役者絵を鳥居派のそれよりも高く評価する意図や、春町自身の絵における師伝(通説では鳥山石燕とする)を考える場合にも重要なヒントを与える作となっている。文中で見越入道が狐の謀略の次第は鳥居清信の『古今名筆化物咄』に明らかだというが、この作の存在は確かめられていない。

恋川春町　一七四四―八九　本名倉橋格、通称は寿平。狂名酒上不埒。駿河、小島藩士で、勝川春章に私淑して浮世絵を学び、絵入りの洒落本『当世風俗通』(安永二年刊)で注目され、安永四年(一七七五)自画作の草双紙『金々先生栄花夢』を刊行して黄表紙の祖となった。また同じ武士作者の朋誠堂喜三二とのコンビで、黄表紙の草創期に目覚ましい活動をみせ、黄表紙を知識人たちの読物とするのに大きく貢献した。安永末年から天明初年は鱗形屋孫兵衛の出版活動の停止と関係するかして、版元・刊行年とも未詳の『無益委記』などがあるものの作が少なく、さらに同五年以降は公務の多忙ゆえかまったく筆を絶っていたが、天明八年『悦贔屓蝦夷押領』(本巻所収)、翌年には喜三二の『文武二道万石通』を受けた作『鸚鵡返文武二道』を刊行し、寛政の改革政治を揶揄した科で筆禍を受け、その立場から自殺したと考えられる。黄表紙の作二十五余の他、画工として二十余の作を手掛けている。

（上）

〔一〕こゝに中昔[一]の頃かとよ、さる田舎に画工あり。名を春町斎恋川[二]といふ。しかれども、虎を描けば猫のごとく、牡丹を書けば芍薬にも似よらず、たゞ自惚れの高慢にて、春丁山人写すると書いて、山伏[三]の祈禱札のやうに朱印を押しても、人受け取らねば、今は竈[四]の煙も絶へ〳〵にて、鼻[五]の下の乾くにて心付き、「よき師範を求めて、画道稽古をなさばや」とぞ、思ひ立ちける。

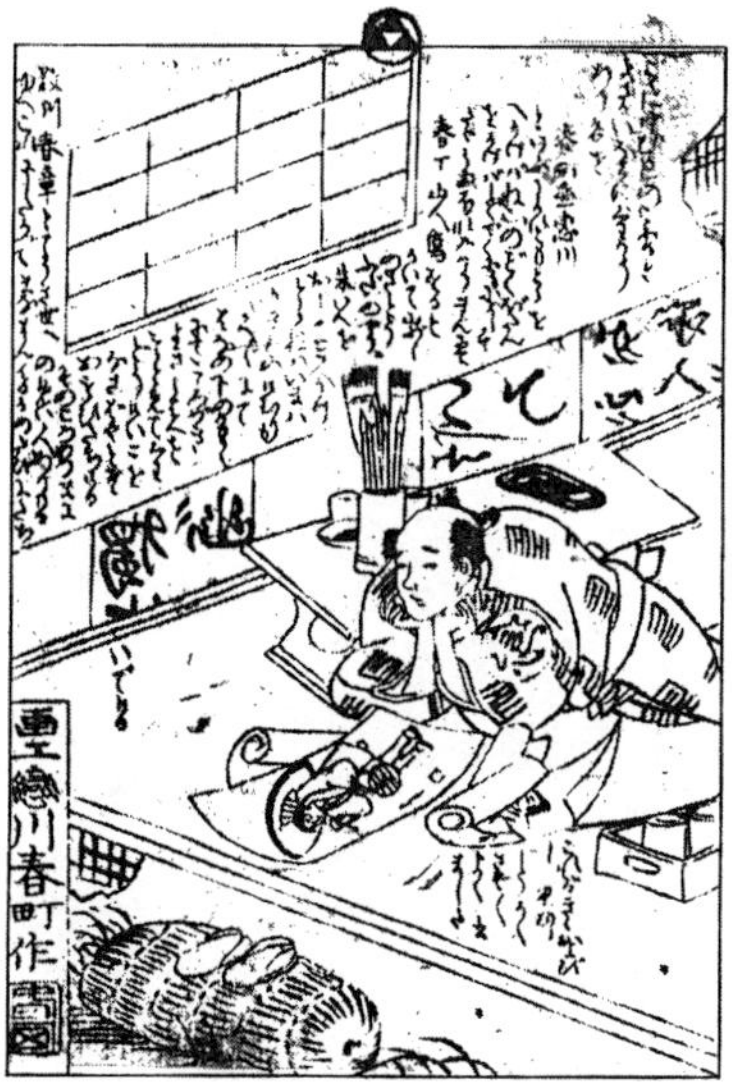

〔二〕その頃、吾妻[六]に、数川春章[七]とて、浮世絵の名人ありけるゆへ、「これに従って学ばん」(と)、遥かの旅に立ち出でける。

（春町）「これが聞き及びし中村秀鶴[八]、さて〳〵よく書ました」

画工　恋川春町作 印

一 大昔と当世の間。御伽草子の書出しに多い。
二 恋川春町を音読みにし、伝統的な大和絵を画く本絵師めかした名。
三 修験者の異称。山野に寝起きして修行する人の意で、俗に法印さんといった。
四 食事の支度が出来ないことで、転じて生計に事欠くこと。
五 食べ物が不足することで、暮らしの立たないこと。「鼻の下」は口を意味する。
六 京都から見た東国の意で、江戸時代には江戸を指すことが多い。
七 美人画や役者絵で知られた浮世絵師勝川春章(一七二六―九二)の捩り。勝川春章は勝川派の創始者で恋川春町が私淑していた。
八 歌舞伎役者初世中村仲蔵(一七三六―九〇)のこと。秀鶴は俳名で、天明期の名優として知られる。

(三)

(三) さても春町斎恋川は、「画道修行のために、よき師匠を求めん」と旅立ちしが、とある野原にて、にわかに日の暮れければ、詮方なく、稲叢の陰頼りて、様子窺いける也。

化物の頭、見越入道

(見越入道)「いかに方〴〵、此世の中に、化物本始まりてよりこの方、誰極むるとなく、この入道を化物の頭となしたり。銘〱従う輩多き中に、狐はあまり人〱賞玩せず、たゞ嫁入本に名のみ高し。しかるに、先年たばかられて、吾妻の絵師、鳥居清信が書きし役者絵の間へ

一 刈り取った稲を積み重ねたもの。

二 妖怪の一。坊主姿の巨人で、高い木の上や塀越しに乗り出して、逆さまに顔を覗き込むという。影法師の連想か。

三 化物を主人公とした本。

四 日が照っているのに雨がぱらぱらと降るのを「狐の嫁入り」というのに掛けて、赤本に「鼠の嫁入」「鶴の嫁入」などがあったのを受ける。

五 浮世絵師(一六六四―一七二九)。歌舞伎の看板絵で知られる鳥居派の祖で、一枚摺りの役者絵や、看板絵を特徴付ける瓢箪足蚯蚓描の描法を創始した。

招かれ、狐めが術にて、かの役者絵現れ出で、大きに我〳〵敗軍したり。さるによつて、
その趣をかくのごとく草双紙に編み立て、
[六]『古今名筆化物咄 上下』
と[七]絵付け、世間へ我らが恥を表す。この恨みを晴らさずんば、化物仲か間の名折なれば、
なにとぞこの[八]しかやしをと思へども、我〳〵は[九]身一つの化け方ばかりにて、狐がやうに、
絵を抜け出でさする術を知らず。各〳〵よき謀もあらば、包まず申さるべし」
と、席を叩いて申けり。
[一〇]ひとつ眼、「さて〳〵、思へば〳〵、無念骨髄、[一一]残念閔子騫。これはとんと、[一二]謀お帷
幕の内に巡らさずんば、あるべからず」
[一三]うぶめ、「なるほど、入道サマの仰せの通り、このまゝで捨て置いては、化物の大に
名折れサ。[一四]おはもじながら、私などは『今昔物語』などにも出まして、名の高い化物。
おまいは[一五]白うるりとて、『徒然草』に確かお名が見へました」
春町斎、枕を上げて様子を聞き、「さて〳〵珍しいことだ。これぞよく案じて、[一六]草双
紙にしましやう。者どもが無念を晴らさせん」と思ひ付く。
(三) 春丁斎、木陰にて委細を聞き、こは〴〵這出でて謀を相談する。
(春町斎)「我、一つの謀あり。こゝに吾妻の片ほとりに、数川春章といふ絵師あり。

六 鳥居清経作『古今名筆化物噺』(明和七年刊)をいうか。
七 絵本として。
八 「仕返し」の訛言。
九 外に化けようもない、自分一人の。
一〇 目が一つの化物で、小僧や大入道の姿で表される。
一一 残念の洒落言葉。閔子騫は中国、春秋時代の人(生没年未詳)で、孔子の門人。論語・先進第十一に「徳行ハ顔淵、閔子騫」とあるにより、「顔淵」を「残念」と音通させたもの。
一二 諺「謀を帷幄に運らし、勝を千里の外に決す」。帷幄は機密事を論議する場所をいい、宮中にいて戦略を決定し、遠い戦地で勝を収めることをいう。
一三 出産の際に死んだ女の幽霊。夜、鳥の姿で飛行したり、腰から下が血塗れで、赤子を抱いて路傍に立つなどといわれる。子供の夜泣きにおどしとして「うぶめが来る」などといった。
一四 「恥かし」の女房詞で、女性語として一般化していた。
一五 白瓜のように、面長で白くのっぺりとした正体不明の化物。徒然草六十段に「この僧都ある法師を見て、しろうるりといふ名をつけたりけり」とある。
一六 絵入りの通俗的な読み物で、婦女子を主な読者とした。

(三)

役者の姿を写すに、真に生けるがごとし。すなわち、これ[一]に書きたる姿[二]は、堺丁[三]の役者大谷十町[四]が姿なり。我も此人を尋ぬること年久し。願わくは入道、我と連れ立ち、かの春章が庵に至り、狐を見知らする[五]謀を御尋ねあれ。その昔、蜀[六]の劉備、孔明が庵を三度顧見られしと、申伝へますはさ」

化物ども大きに喜び、絵師春町をおのが住処の古寺へ伴ひ、さま〳〵馳走をして、かの数川春章が所へ連れ立ち、今度の謀の大将に頼まん、と思ひ付く。

一 団扇絵を指す。
二 底本「すがたた」と誤刻する。
三 江戸の芝居町の一(中央区日本橋人形町三丁目)。江戸最古の中村座があった。
四 歌舞伎役者三世大谷広次(一七四〇—一八〇二)のこと。十町は俳名で、天明期(一七八一—八九)の大立物。
五 思い知らせる。体験させる。
六 蜀は中国、三国時代の一国で、劉備(一六一—二二三)が建国、魏、呉と天下を三分した。孔明は蜀の名宰相諸葛亮(一八一—二三四)の字。劉備が孔明の庵を三度訪れ、ついに軍師として招聘し得たという、「三顧の礼」の故事を取る。

(春町斎)「なんと、此(この)絵をごろうじましたか。とんと、丸屋[7]が生きて出たやうで御座りますは。かの私が尋ぬる数川春章と申(まうす)人は、真に竜[8]の未だ時を得ずしており」

(白うるり)「なるほど、本[9]の十町をまだ見はせないが、昔の一枚絵[10]から見れば、さて〱とんだ手際な。すごい〱」

(一つ眼)「おらも此頃に、百三十二文[11]はづまずばなるまひ」

(狸)「先生、これはよい人を見出しました。なる[12]、あの人のいうやうに致したらば、近年にない珍しい手柄をいたそう」

(四) さても数川春章は、書道[13]におひてその名高し(と)いへども、かつてこれに誇ら(ず)、吾妻(の)片田舎に浮世を逃れ、たゞ寂寞[14]を楽しみ、かつ役者の姿を写すことを慰みとしてぞいたりける。しかるに、春丁斎が勧めによりて、化物の親方見越入道、この度の一件に付き、「なにとぞ味方に頼まん」と三度まで隠れ家に来り、聘礼[15]を厚くして頼むといへども、もとより春章は世に誇るの望みなければ、三度まで留守を使いて会わざりける。

白うるり、供をする。

(白うるり)「この大雪に、毎日〱、さて〱大の困窮。されば、今降る[16]雪は本(もと)見し雪に変はらねど、冷たき雪の日やな」

七 歌舞伎役者大谷広次の屋号。
八 竜が雲を得て天に登るのを待っているように、英雄豪傑が雌伏する様を譬える。「得ずしており」は下に「ます」の語が欠けたものか。
九 本物の。本当の。
一〇 紙一枚に刷った浮世絵。絵本の対。
一一 一枚絵の値段か。
一二 「なる程」の略。
一三 画道の誤刻か。
一四 ひっそりとして物さびしい様。
一五 人を招聘する時の贈物。
一六 謡曲「鉢木」の詞章「今降る雪ももと見し雪にかはらねど」を取る。

（四）

見越入道、春町が勧めによつて、数川が隠れ家へ尋ぬる。

（見越入道）「どうぞ、今日は内になれば[一]よひが。よもや三度目だから、今度は会われるであろう。数川氏は、とんと、諸葛孔明といふ仕打ちだ」

春丁斎、隠れ家へ案内する。

（春町斎）「なるほど、仰せの通り、数川は臥竜先生[二]といふ仕掛で御座るて。及ばずながら、我らも鳳雛[三]といふものになりたいものさ」

（五）見越入道、春章が庵に入りて聞くに、また、「留守なり」といふ。白うるり怒つて、「す[四]

一 「なさる」の訛言で、いらっしゃればの意。

二 孔明のこと。臥竜は天にも登る竜の勢を持ちながら、俗間に隠れ住む大人物をいい、孔明がこれに譬えられて尊敬されたことによる。

三 鳳凰の雛、転じて年若い前途ある英才をいう。

四 ことごとく。すっかり。

(五)

でにその家を打ち崩して帰らん」といふ。ときに入道、とゞめて曰、「およそ、よき大将を求むるには、さやうにてはならず。豈[五]、蜀の玄徳[六]、文王[七]の太公望を求めしを見ずや」と。この言葉に感じ、春章立ち出で、謀を教へる。

(春章)「やつがれ[八]ごとき者を、かくまでのご懇望、感心致しました。そして、狐を見知らする[九]謀、ずいぶん易きこと。それしきに、やつがれ参るに及ばず。この錦の袋の内に、委細、謀を込め置きたり。たゞ、なにとなく酒宴に事寄せ、かの狐を招

五 底本「すに」は誤刻。どうして。なんで。
六 劉備の字。
七 中国、周王朝の基礎を築いた名君(生没年未詳)。殷の紂王の暴政下に治績をあげ、古代の理想的君主の典型とされる。賢者を敬い、渭水で釣をしている呂尚(生没年未詳)を見出して師とするとともに、周祖太公が待ち望んだ人として太公望の名で呼んだ。
八 身分ある人が改まっての場で、へり下っての自称。
九 酷い目に合わせる。底本「見すりする」と誤刻する。

き寄せ、あくまで酒を強いて大きに酔ひ伏したるときに、この袋を開き見給へ。狐をはめに付ける謀、逐一に記し差し置き申た。また春丁丈、お絵ご懇望ならば、随分、お取り立て申ましやう。さりとは、ご寄特千万〳〵」

狸、白うるり、供にて来り、

（六）

委細を聞く。

（狸）「この袋の内に計ことばあるとは、さりとは空なこと。感応寺の富で、当たればよいが」

見越入道、大きに喜ぶ。

（見越入道）「これは、ありがた山の鳶烏。この計ことばひどいばをこぢつけて、年来の恨みを晴らしましやう」

（春町斎）「さて、先生には初めて。かねて錦絵にて、お名をばよく存じおりました」

一 片隅に押しやる、困った状態や悪い事態に陥らせる。
二 書いて置きました。
三 男の名の後に付けて敬意を表す語で、役者や芸人に付けることが多い。
四 かなり、大いに。
五 普通よりも優れていて誉めるに価する事柄。
六 計略を書いた言葉の意か。
七 そうとは無益で無意味なこと。
八 谷中（台東区谷中七丁目）にある天台宗（元日蓮宗）の寺。富突（とみつき）で知られ、やや時代が下がってからは、目黒不動、湯島天神とともに江戸の三富といわれた。
九 明和（一七六四—七二）頃からの流行語で、有難いの洒落言葉。
一〇 洒落言葉で、この謀は格別だの意。
一一 浮世絵の多色刷り木版画の総称。鈴木春信（一七二五？—七〇）の創始という。

（六）見越入道、狐を招きけれども、もとより狐は疑い深きものゆへ、先年の意趣[一二]を思ひ、かつて来らず。案に相違して、見越入道困りしに、春町斎が思ひ付きにて、狐待ち[一三]設けの料理とて、鼠[一四]を油揚げにしければ、折節、やくざ狐[一五]ども通り掛かり、此(この)ていを見て、馳せ帰りける。

(見越入道)「こらほど[一六]に好物ものをこしらへるに、なぜ狐殿は御座らぬ(か)知らぬ」

(春町斎)「まづ揚げ[一七]しまつて、この牛蒡をせんに打つ[一八]て背負せましやう」

(狐一)「おらが旦那を呼びによこしたが、なるほど、本の馳走[一九]だそうな。早く、此(この)訳を報そう」

(狐二)「さて〳〵、旨い匂ひだ」

（下）

（七）見越入道の方より、たび〳〵狐を招きけれども、「さだめて、いつぞやの意趣返し[二〇]なるべし」と推量して行かざりしが、手下の狐ども馳せ帰り、見越入道の方にては、まことの振舞[二一]いと見へて、鼠の油揚などをこしらゆる由を、詳しく話しければ、狐、これよりにわかに、見越入道が方へ行く心にぞなりにけり。

手下の狐ども、委細を話す。

一二 行きがかり。
一三 用意して待つ。期待する。
一四 至極旨い物の譬え。鼠は狐の好物で、油を用いた料理の普及により、ただでさえ旨い鼠を油で揚げたらどんなに旨いかを想像した表現。
一五 役立たずの。
一六 「これほど」の訛言。
一七 揚げ終えて。
一八 細長く繊に刻んで。
一九 立派な料理。
二〇 復讐。
二一 もてなし。饗応。

(七)

(手下)「私ども、今日、かの入道が所を、ひそかにのぞ[一]をくれましたら、きつい[二]支度で御座ります」

(狐)「それならば、早〳〵見越が所へ押し掛けて、油揚をし[三]てやろう」

(八)兵法[四]に曰く、「利[五]を好む者には利をもつて欺き、色を好む者には色をもつて欺く」とあり。むべなる[六]哉。さすがに、下腹[七]に毛のなき狐なれども、鼠の油揚に欺かれ、見越入道が古屋敷へ手下の野狐[八]引き連れて赴きければ、油嘗め禿[九]待ち受けて、奥の一間へ伴ひける。

化物の親方、見越入道の古屋敷

(狐)「これが見越入道殿のお屋敷で御座るよな。お招きに応じ、眷族[一〇]どもを引き連れ、たゞ今伺候[一一]いたして御座るから、この段、宜しく頼みまするぞ」

油嘗め禿、迎いに立ち出ずる。

一 覗き見をする。覗き込む。
二 大した。立派な。
三 せしめてやろう。食ってやろう。
四 用兵と戦いの方法。
五 典拠未詳。
六 もっともなことだ。本当にその通りだ。
七 老いた狐の下腹には毛がないといい、腹黒い人や老獪な人物を譬える。
八 野に住む狐をいい、禅では、自分だけで悟ったつもりになっている者をいう。
九 化物の一種。ろくろっ首で、夜中に行灯の油を嘗めるという。
一〇 血のつながりのある一族。親族。
一一 貴人のそば近く仕えること。貴人のもとへ参上して御機嫌伺いをすること。

（八）

（油嘗め禿）「これ〳〵、よふぞやおいでなさりました。旦那も事の外お待ちかねで御座ります。まづ〳〵お通りなさりませ」

小僧狐、供する。

（小僧狐）「今夜も、さだめて夜更けてお帰りと見へた。悪くしたらば、北[一二]へふけねばよいが」

（手下一）「なんと旦那、さて〳〵物騒な屋敷で御座ります。[一三]座頭金でも借りていそうな気色[一四]に見へます」

（九）見越入道が謀に陥り、狐ども来りければ、手下の化物寄り集まりて、種〳〵の酒肴お出

一二 道を逸らして吉原へ行くこと。「北」は吉原の異称、「ふける」は行方をくらますこと。

一三 盲人が貸す金。幕府の福祉政策の一環として、高利での運用を許されていた。

一四 見掛け。気配。

(九)

し、こゝを先途と強いければ、親方狐を初めとして、残らず前後も知らず酔ひ伏しければ、狸進み出でて、かの数川春章が与へし錦の袋を取り出し、開き見れば、[一]三芝居歌舞伎役者の似[二]面を書きし団扇なり。また一[三]巻の巻物あり。化物寄り合い、開き見れば、ことぐ〳〵謀を書き付け置きたるにより、大きに喜ぶ。

(見越入道)「さて〳〵、数川氏は画ばかりでない。謀も古の諸葛孔明を裸足[四]にする人だ。春町斎恋川の教へにあらずんば、かゝる名人あることを知ら

一 堺町の中村座、葺屋町(中央区日本橋堀留町一丁目)の市村座、木挽町(中央区銀座)の森田座をいう。
二 似顔絵。肖像画。
三 底本「三わん」と誤刻する。
四 裸足で逃げさせるの意で、とても敵わない。遠く及ばない。

ずにしまわん。嬉しや〳〵」

狸とも〴〵、謀を相談する。

（狸）「なるほど、仰せの通り、春章と申人は、さて〳〵凄い者で御座ります。浮世絵では黒極[五]ときております」

一つ眼、錦の袋を開き、団扇を取り出す。

（一つ眼）「我らも、なんぞ実悪[六]をこぢつけ[七]たいものぢや」

狐どもいづれも酔ひ伏し、たわひなし。

（狐）「ア丶よひ気味哉。栄耀[八]にも栄華にも、げに、此上やあるべき」

白うるり、「この団扇の絵は市川今団蔵[九]か。さてもよく書ひた。これで一番こぢつけやう」

（一〇）狐ども、前後も知らずに酔ひ伏しいたるところを、まづ一番に見越入道、市川団十郎[一〇]が荒事をこぢつける。

（見越入道）「「それ、遠からん者は音にも聞け。近からん者は目にも見よ。先年、役者の間にて見せ付けられた意越返し、いでもの見せん」といふまゝに。

いつぞや、役者の間の絵の抜け出たは、本のうぬらがてんやわんや[一一]。今現れ出でたのは、みんないづれも、三芝居役者の本体。かくいうそれがしは、かたじけなくも荒事の

五 黒極上上吉の略。役者評判記の位付けで、最高位の無類に次ぐ高位をいい、吉の字を黒で書くのでこの名がある。転じて、最高のもの、飛切りのものをいう。

六 歌舞伎芝居の役柄の一。悪の根源を具現する最高の敵役で、貫禄ある役者が勤める。

七 無理にも似せてみたい。

八 世に栄えてときめくこと。晴れがましく結構なこと。

九 当代の市川団蔵の意で、四世(一七四五—一八〇八)をいう。早替りや立廻りを得意とした。

一〇 江戸歌舞伎の宗家。この頃は五世(一七四一—一八〇六)の代に当たる。

一一 てんでん勝手のめちゃくちゃ。

（一〇）

氏神、市川三升[一]なるはヱヽ。アヽつがもない[二]」

うぶめ、瀬川菊之丞[三]の仕打ち[四]、「もし、きつさん[五]。お前は人と二世[六]までと言ひ交わし、よく振り捨てさんしたね。腹が〳〵腹が立つわひナア引」

（供狐）「アヽ、真平ご免下さりませ。音に聞きしよりはすさまじひ市川様。腰の骨が折れます」

（狐）「ご亭主様、入道様[七]。こらほど難儀をいたすに、出て助けては下されぬぞ。ヤレ人殺し[八]〳〵。丁内に人はなひか」

（一一）まづは火車[九]、「どれ、待

一 二世市川団十郎（一六八八―一七五八）の俳名の一。市川家荒事芸の大成者として知られる。

二 市川家荒事芸での台詞。筋道が立たない、とんでもない、無茶苦茶だ、ばかばかしいの意。以下の台詞のやりとりは芝居を写す。

三 三世（一七五一―一八一〇）。通称仙女路考。美貌で愛敬よく、江戸の人気を一身に集めた。

四 人などに接する時の、特に悪い態度をいう。仕方。振舞い。

五 遊女が狐を呼んだら、こうもあろうかとの呼び名。

六 仏教で、現世と来世をいい、夫婦の仲はこの二世の縁といった。

七 「これほど」の訛言。

八 酷い仕打ちを受けて助けを求める時などにいう言葉。

九 火車婆の略。鬼のように恐ろしい婆。

（二）

てく〳〵。俺が[10]中村魚楽を一番、見せ付けやう」

狸、大谷広治の役、「[11]我が君のお供して帰らんとするところへ、[12]いけ邪魔な子狐めら。悪く[13]羽つぱたきをすると、今こゝで、[14]最後の一つ屁を放らせるぞよ引」

（子狐）「アヽ、おぢさん、ご免〳〵。おらはなんにも知らぬものを。さりとは、[15]むごひの根岸、ときた」

一つ眼、中村仲蔵が所作あり。

「恨めしや。いかに野狐めら、いつぞや役者の間にて、辛かりし恨みのほど、思ひ知らせん。」

一〇 歌舞伎役者二世中村助五郎（一七四五—一八〇六）。魚楽は俳名で、大谷広次と名コンビであった。

一一 大時代がかった主人の呼び方。

一二 大いに邪魔な。なんという邪魔な。「いけ」は卑しめ罵る意の接頭語。

一三 鳥が羽根をばたばたさせることで、じたばたして騒ぐこと。

一四 追い詰められた鼬が苦しさの余りに放つ屁。最後屁。

一五 洒落言葉。残酷だ。思いやりがない。薄情だ。

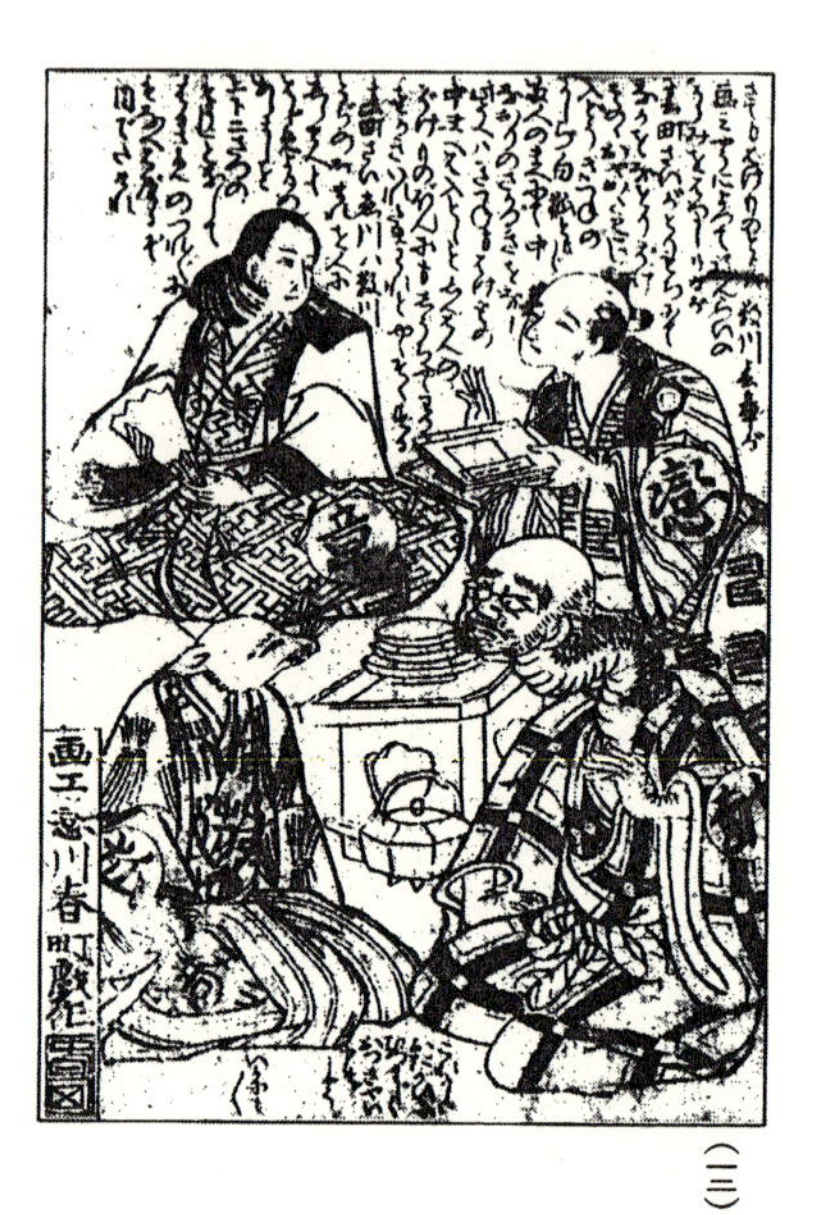

(三)

ひうどろ〳〵」

(供狐)「ア丶痛や、堪へがたや。秀鶴様[一]とやら飛車角様とやら、真平ご免下さりませ。切なくて、きつのね[二]が止まります」

か丶るところへ春丁斎駆け付け、化物を宥め、取り扱ふ[三]。

「いかに化物たち、かくまで腹いせし給ふ上は、もはや不足もあるまじ。これより両方、仲を直り給へ。いづれもの仕打ち、さりとは驚き入りました。当世流行の身振声色[四]もとんと裸足、ときています」

(三)さても化物どもは、数川春章が画妙[五]によつて、年来の恨みを晴らしけるが、春町斎が取り持ちにて仲を直り、化物の親方見越入道、狐の頭白狐とも〴〵、両人の前にて中直りの杯をなし、「此上は狐も化物中間へは入り、年毎、新版の化物本にも、仕打ち、役割を書き入れ給われ」と、約束する。

春町斎恋川は「数川氏の誉れを人に知らせん」と、初めよりのあらましを、上下二冊

一 中村秀鶴のこと。「飛車角」は将棋の駒の飛車と角行のことで、秀鶴の語呂。

二 狐の鳴く声の意で息の根を掛ける。

三 取り捌く。

四 歌舞伎役者の仕草や台詞廻しを真似る芸人で、本物の役者を凌ぐ人気のあった鶴市を指す。「裸足」は裸足で逃げるの略で、遥かに遠く及ばぬことをいう。

五 絵の神妙な働き。

の草子(そうし)となして、春雨(はるさめ)[六]のつれ〴〵に備(そな)へ侍(はべ)るぞ、目出(めで)たけれ。

（見越入道）「これからは、お互(たが)ひに睦(むつ)まじく、おつきやい申(まうし)ましやう」

（狐）「いかにも〳〵」

画工　恋川春町戯作 印

六 春、特に木々の新芽の出る頃に降る細かな雨。

大違宝舟（おおちがいたからぶね）

宇田敏彦　校注

三巻三冊、十五丁。芝全交作、北尾重政画。天明元年(一七八一)鶴屋喜右衛門刊。改題、再版本に刊年未詳の『咲帰竜都花王』がある。題名は「大違いだ」の意を強調する無駄口「大違い宝舟」を取る。底本に東京都立中央図書館加賀文庫蔵本を使用したが、判読出来ない部分を大東急記念文庫蔵本や東洋文庫の岩崎文庫蔵本で補った。また底本に上巻の絵題簽を欠くので、岩崎文庫蔵の『青木絵外題集』により補った。

藤原淡海公が竜王に奪われた面向不背の玉を志度の海女の手により取り返したという、謡曲「海士」などで名高い玉取り伝説のパロディーで、およそこの話に縁のありそうな人物を総動員して荒唐無稽な竜宮話に仕立て上げている。長唄芸者の富士田淡公は深川洲崎の弁才天から拝領した玉を竜王の家来の鰐に奪われ、これを取り返さんものと三味線弾き俵藤太、茶屋浦島屋の主人、比丘尼(海女)、どうした訳か登場する山椒太夫、八百屋お七を引き連れて竜宮に出掛ける。この一行に乙姫や猿、亀が加わり、それぞれにまとわる説話が珍妙にこぐらかって竜宮はてんやわやの大混乱となるが、そこに弁才天と芝金杉の毘沙門天が化現して、行き過ぎた当世風の通人ぶりを諭し、彼らに竜王を加えた七人を七福神にこじつけ、宝船に乗せて江戸に帰す。芝全交の出世作で、大田南畝がこの年正月の黄表紙評判記『菊寿草』で、実悪之部巻頭に「大上上吉」として位付け、「惜しい事に三島暦を川柳が末板を薬研でおろして絹篩でふるつた様な書入で読みにくい」と評している。

芝全交 一七五〇―九三 本名山本藤十郎。芝西久保神谷町に住む大蔵流の狂言師で、水戸藩邸の女たちに狂言を教授したという。滑稽の才に恵まれ、説話や古典の世界を当代江戸に置換したパロディー物に独特の味があり、山東京伝と並ぶ町人作者と評判高く、恋川春町、朋誠堂喜三二が去った後の寛政期にも大活躍をみせた。黄表紙の代表作として定評ある『大悲千禄本』など四十余作がある。

北尾重政 一七三九―一八二〇? 俗称久五郎、別に花藍などと号した。江戸の書肆須原屋三郎兵衛の子で、独習で浮世絵を学び、役者絵、美人画を得意として北尾派の祖となり、門下に政美、政演(山東京伝の画号)らの俊秀を出した。八〇〇余の絵本類を手掛け、多くの版下も書いたと伝えられ、黄表紙二〇〇余(無署名も含む)に絵を描いている。

(上)

(一) 爰[一]に大職冠鎌足公の公達[二]藤原淡海公[三]は、公家姿苦しく、面白くなきものと思し召し、「何ぞ、洒落た者にならん」と思し召す所に、今は昔と違い、堂上方[四]も大和歌[五]よりも長歌[六]の道専ら成しが、淡海公も声よく歌を歌い給ひけるが、長歌修行のため、吾妻[七]に下り給ひ、隅田川の辺に長歌を連ね[八]て世を渡り給ふ。

すぐに藤原の藤の字と淡海公の名に寄せて、富士田[九]淡公とぞ申ける。されば、芸者[一〇]の事なれば、深川、洲崎[一一]の弁天を信仰し給ひけるが、あるとき、天女よりも、金魚不背[一二]の玉とて、びいどろ[一三]の中へ金魚を入たるを、淡公に下さる。

(一)

(天女)「いかに淡公、善哉[一四]〱。ぐつと近道[一六]をいつて聞かせう。俺は、手前が信心する弁印[一七]だ。此玉を

一 大化三年(六四七)に制定された十三階の冠位の最高位で、後代の正一位に相当。実際には藤原鎌足が授けられただけなので、鎌足の称としても用いる。鎌足は中臣御食子の子で、大化改新に参画し、中大兄皇子(天智天皇)の改新政治の重鎮として活躍、藤原氏の祖となった。 二 上流貴族の子弟や子息。 三 藤原不比等のこと。鎌足の子で、律令政治の実施に尽力し、没後淡海公に封じられた。 四 清涼殿への昇殿を許された人。 五 和歌のこと。唐歌の対語。 六 和歌の一体で、五音、七音の句を三回以上続け、最後を七音で結ぶもの。また江戸歌舞伎の舞踊曲として発達した三味線音楽をいう。 七 上方から江戸を指していった称。 八 長々と朗唱する。 九 江戸長唄の唄方、初世富士田楓江(一七一四–七一)の振り。名は千蔵、楓江は俳名。 一〇 踊りや音曲で酒席に興を添える人で、男女を問わない。芸人。 一一 深川の海岸、洲崎(江東区深川平久町一丁目)にあった弁才天の社。 一二 面向不背の玉の振り。面向不背の玉は表裏のない美しい宝玉で、花原磬、泗濱石とともに唐王高祖より我が国に贈られたが、讃岐国志度浦(香川県志度町)で竜王に奪い取られたのを、淡海が取戻したという。 一三 ガラスの別名。 一四 仏教で褒め讃える語、仏のお告げの発語として使われる。 一五 代り映えしない、つ

手前にやろうかね。金魚不背の玉とて、玉中に金魚の形あつて、どこから見ても違はぬ。それで、金魚背かずとて、金魚不背の玉といふは。有難いか〳〵。[一]俺が持つている玉が欲しかろうが、それはならぬ。此剣と玉は弁天に[二]付き物だ。よつて、弁天は剣玉を持つ。男は金玉が大事だ。そう心得よ」

(淡公)「これは有難ふ御座ります。しかし、私を洲崎に使いはなされませぬが、毎日、[三]十二文づゝ[四]初穂を上げて、びいどろの金魚とは、ちと[五]あた印で御座ります。しかし、[六]吝くなければ、お前のやうに、金は出来まい。此玉も[七]深川の玉なれば、[八]呼出し玉か、[九]伏せ玉か、そこは知らず」

(三)富士田淡公は金魚不背の玉を貰いたるを嬉しく、急いで帰らんとて、洲崎より[一〇]猪牙に乗りて帰らんとせし所に、[一一]竜神、此玉を取らんと、[一二]仙台河岸にて[一三]鰐を出し、玉を取らせる。

(淡公)「さあ〳〵、[一四]とんだ事だ。鰐は荒海にゐて、川にはゐぬものだが、洒落た世の中だ。川から鰐が出るとはどふだ。ハヽあ、これで聞こへた。[一五]溝から大蛇が出るといふ譬へ、今悟りが開けた。命には代へられぬ。玉をやりませう。このくらいなら、[一六]屋根ぶと出たなら、見つかるまいものを、猪牙に乗つたから[一七]締められた。これを思へば、滅多に[一八]人の猪牙には乗らぬ事だ。

まらない。一六 手っとり早い手段。
一七 弁才天のこと。当時の通言で、人名や語の後半を略し、「印」の語を付けた。

一 弁才天の持物の宝珠。
二 あるものに当然付属している物、性質。
三 灯明料として包む金額。四 賽銭。
五 いまいましいの意の「あた」に洒落言葉の「印」を付けたもの。
六 物惜しみすること。けちであること。七 隅田川河口左岸の一帯(江東区西部)の称。永代寺、富岡八幡の門前町で江戸第一の岡場所として知られた。八 深川などの岡場所で、客の求めに応じて茶屋などに出向いた女郎。呼出し。玉は女、特に遊女を指していう。
九 岡場所で、見世に抱え置く私娼。
一〇 猪牙舟の略。江戸市中の河川で使われた軽快な小舟で、吉原通いなどに利用されたので、山谷舟の称もある。
一一 雨と水を司り、海神として信仰される。竜王。
一二 大川端佐賀町通り(江東区深川佐賀町)の通称。仙台藩の蔵屋敷があったことによる。
一三 鮫(さめ)、特に大型の鱶(ふか)の古称。
一四 思いがけないこと。ひどいこと。逆説的に素晴らしいこと。
一五 諺。意外なことが起こることの譬え。

(三)

待てく、せくな。やろうく」

(船頭)「やれ、助けて呉ろく。鰐[一九]の目にも涙、といふは。鰐い[二〇]、一番止まつてくれるなら、かたじけ中洲[二一]の見せ物に出したなら、よい金儲けだあもさ[二二]」

(鰐)「なんと、洒落た鰐だろうが。俺も此川の鰐いといつちや、通つた[二三]者だ。堀の鰐さんといつて、吉原でも通りだ。鰐[二四]が思ひは仙台河岸よ、投[二五]げてやろうの玉よりも、さつさ、おせく。玉をよこせく」

一六 屋根船の略。猪牙舟程度の小型の船に、簡素な屋根を設けたもので、姿が見えないため密会などに使用された。ここは料金をけちって猪牙に乗ったことを後悔する意。

一七 とっちめられる。ぶちのめされる。

一八 「人の口に乗る」の捩り。世間の評判になること。

一九 無慈悲な者でも時には情に感じて仏心を抱くことをいう諺「鬼の目にも涙」の捩り。

二〇 「兄い」の捩り。勇み肌の若者の称。

二一 隅田川と箱崎川との合流点三ツ俣に埋立で出来た約一万坪の新地(中央区日本橋中洲)。安永四年(一七七五)町屋が立てられ、天明八年(一七八八)取潰しにあうまで岡場所として繁盛し、江戸随一の盛り場両国を凌ぐ勢いであった。

二二 市川家の荒事で用いる語。あっけにとられたりした時に発する言葉「だあ」に、関東方言の文節末に「もさ」をつけるもさ言葉の特徴を強調したもの。

二三 その名が広く世間に知られた人。世情や人情に通じた人。任侠を建て前とする人。通り者。

二四 深川で流行の騒ぎ歌の捩りと思われる。鰐は儂(わし)の捩り。

二五 投げてやるの意に野郎の意を掛ける。

(三)

(三) 又此頃、俵藤太秀郷は北面の士奉公も嫌なりとて、淡海公の長歌修行を幸いに、富士田淡公が三味線弾きとなりて、すぐに秀郷の一字を取りて、秀屋里十郎とて、淡公が相手なりしが、もとより、よき色男なりければ、屋敷の女中、後家婆、娘、嬶に至るまで無性にいちやつき、三味線は付けたり、転び野郎やら呼出し野郎やらちよ〳〵ら第一に暮しける。竜宮の乙姫、里十郎に惚れてゐるを幸い、浦島は恋の取り持ちをして、前の浦にて度〳〵転ばせ儲け掛ける。又浦島太郎も浦島屋といふ茶屋をして暮しけるが、こんな事にはすいた事のない也。

(俵)「さあ〳〵、夕べの座敷代も持つて行きやれ。俺が所は払いのよい代はりには、ちつとかまりがひどい。まづ俺が八百、検番百引ける。それで浦島太郎は八百文、検番の亭主へは六百文。五百払い百出かしだといふは。ちつと高いの」

一 平安前期の武将藤原秀郷(生没年未詳)の俗称。鎮守府将軍で、近江国三上山(滋賀県)の百足退治や平将門討伐で知られる。北面の武士は上皇の御所に仕えた武士で、この時代には存在しないが、時代錯誤の面白さを狙ったもの。
二 長唄三味線方の初世杵屋作十郎(一七六八―九九)の捩り。
三 重要でない添え物。
四 女相手に売春する男。
五 呼出し玉に見立てる。
六 口先だけのおせじ。お追従のためにいうでまかせ。
七 海底深くにあるという竜王の宮殿で、乙姫などがいる。
八 海底の竜宮に住むという美妃。
九 浦島太郎のこと。浦島伝説の主人公で、丹後国水江浦(京都府筒川)の漁師といい、助けた亀に連れられて竜宮に赴き、乙姫に歓待されて三年を過ごし、別れに際して貰った玉手箱を、帰国してのち禁じられていたにもかかわらず開いたため、出てきた白煙もろともにたちまち老人と化したという。
一〇 仲を取り持つこと。周旋。仲人。
一一 芸者を客席に呼ぶ際の代金。
一二 操りや浄瑠璃の芸人たちの隠語。「罷る」の倒語で出入り、往来の意。
一三 遊里で遊女屋を取り締まった所で、遊女の取次ぎ、送り迎え、玉代の勘定などを行なった。
一四 厄払いの長寿をことほぐ詞章「浦

(浦島)「これでは厄払[16]いではない。晦日払[17]ひだ」

(淡公)「手前も乙さんをくろめ[18]て、茶屋見世[19]でも出してもらやれ」

(浦島)「竜宮ものは金は遣いやすが、ちとしつぶかだね[20]」

(四) 竜宮の乙姫は秀郷にのぼせて、毎晩、浦島屋へ猪牙、屋根船なぞにて通い、八大[21]竜王の食う物も食わずに、あたじけなく[22]貯めた金を、一人娘の乙姫に台無しにされる。

(乙姫)「ヲヽイ〳〵、浦島屋〳〵。俺だ〳〵。なんと、のぼせるもんだろふが[23]」

(浦島屋の女房)「どなたへ。おや〳〵、乙さんかへ。よう、お通いだね」

(四)

(腰元)「河豚[24]はゆきたし、俺が銭は惜しし。そこで太鼓[25]と出かけた。なんぼ腹が膨れても、自腹では気がない」

河豚[26]の皮は太鼓になるは違いなし。腰元[27]おふぐは太鼓持ちになり、通ふ。

(五) 扨も秀郷は、竜宮の乙姫を床掛[28]にかけのめし[29]、ちよ〳〵

島太郎は八千歳、三浦大介百六歳」の捩り。
一五 五百文を現金で、百文は書出(証文)で支払うとの意か。
一六 大晦日や節分の夜、厄年に当たる人の家の前に立って、厄難払いの言葉を唱えて銭を貰って歩くこと。
一七 その月の月末に支払うこと。晦日勘定。
一八 誤魔化す。取り繕う。
一九 通行人を休息させ、煎茶などを飲ませた見世。茶店。
二〇 多淫なさま、多淫な人。
二一 法華経説教の座に列席したという八種の竜王で、難陀、跋難陀、娑伽羅、和修吉、徳叉伽、阿那婆達多、摩那斯、優鉢羅をいう。
二二 物惜しみをする。けちんぼである。
二三 上気する。血迷う。
二四 いい思いはしたいが、後の祟りが怖くてためらうことをいう諺「河豚は食いたし、命は惜しし」の捩り。
二五 太鼓持ちの略。人に追従して歓心を買う人。幇間。「出かける」は、ということにする程の意。
二六 おふぐが太鼓持ちになったことのこじつけ。河豚の皮で太鼓を張ることは未詳。
二七 そば近く仕えて身辺の雑用をする女。
二八 遊女などが床の中で客の機嫌を取りながら、金品をねだること。
二九 思うがまま口先一つで操ること。

(五)

ら半分嘘[一]しつかりとくるめかけ[二]、ついには乙姫の囲い野郎[三]、男妾[四]やうに、茶屋見世を出して貰い、八大竜王の八の字と俵藤太の俵を取り、俵屋八兵衛とぞいひけるが、乙姫もだん〳〵と金を使いなくし、それより目の覚[五]めたるやうにしひつき[六]、夷講[七]ぎりで足を引いて[八]遠ざかり、ついには大晦日まで便りなし。秀郷はたび〳〵文、玉章[九]の数を送りけれども、一向に便りもなく、ことに正月のしまい[一〇]の事も乙姫を当てにしていれば、とやせん、かくやと気を揉みて、浦島太郎を呼びて相談しければ、浦島も

一 物事が豊富だったり甚だしかったりする様。ひどく。すっかり。
二 言葉巧みに丸め込む。欺きかける。
三 別宅などに囲って置く男。男妾。
四 情人として女が抱え置く男。
五 心の迷いが取れて。
六 無理強いする。
七 十月二十日、商家で商売繁昌を願って行う恵比寿神の祭で、親類縁者を招いて祝宴を催した。
八 行くのを止めて、疎遠になる。
九 手紙、書簡。結び文にした恋文。
一〇 年末に収支の総決算をしたり、正月用品や身仕舞の道具を買って、正月の準備をすること。
一一 正月用に畳表を新しくすること。
一二 近松門左衛門の「夕霧阿波鳴門」や近松半二他の「傾城阿波の鳴門」の主人公。大坂新町の扇屋の遊女夕霧と馴染み、子までなしたが、放蕩ゆえに勘当の身となる。一方夕霧はその子を阿波の侍平岡左近の娘といい、左近の妻はそれを承知し、夕霧を乳母としてともども家に入れる。伊左衛門は駕籠舁きに身をやつして密かに親子の対面をし、後、母も夕霧の病気を知って身代金を出し、一緒にさせる。
一三 江戸前期の人。江戸本郷の八百屋の娘で、天和二年(一六八二)の大火で檀那寺の駒込吉祥寺に避難した際、寺小姓の吉三郎と恋仲になり、再会を願って放火した罪で死罪となった。後、小説や浄瑠璃の題材となり、西

[一一]暮れの畳替へを乙姫を当てにしていることなれば、「俺も乙さんに逢いたいが、何としたものであろふ」と、さま〴〵相談して、浦島が言ひけるは、「わしに一つの思案あり。今芝居でする[一二]藤屋伊左衛門、[一三]八百屋お七などの狂言を見るに、恋いしい者の文をくべると、そのまゝ姿を現す。乙姫の文をくべたなら、大方、乙姫が出るであらふ」と、文をくべけるが、浦島も秀郷もそこがいゝ[一四]気者にて、文と[一五]芝居の番付と取り違へ、「[一六]いつそもふ、どうせうね。ぢれつたいよ」とくべければ、不思議や、[一七]福茶の湯気よりも、[一八]山庄太夫、八百屋お七現れ出づる。

(山庄太夫)「我はこれ、八百(屋)お七。今一人の親父は山庄太夫なり。乙姫の出る所へ、[一九]とんだ者が出たと、さぞ不審であらふが、そこが今の芝居の番付だ。[二〇]こうせねば当世の狂言ではない。山庄太夫は福茶の山椒の縁に引かれて出た。八百屋お七は八百屋の店の梅干しとまた豆の縁に引かれてお七とこじつけた。それが[二一]嘘なら、[二二]桜田治介に聞いてみな。しかし、こつちもとんだ所へ出たが、そつちも番付と文との取り違へは、粗相〳〵」

(お七)「八兵衛さん、わたしやお前に迷ふたわいな。といふて、お七と俵藤太と色事をした例はないが、そこが今の娘は性が軽いね。[二三]吉三さんももふ嫌さ」

(俵)「さては今くべたは、番付であつたか。これはどうだ。竜宮の娘(か)はつて、[二四]封

鶴の「好色五人女」や紀海音の「八百屋お七歌祭文」などが知られる。
一四 自分のなすことにすっかり満足し、得意になっている人。自惚れ者。
一五 歌舞伎芝居の番付で、顔見世の時に版行される役者番付と、狂言の替り目ごとの狂言番付とがあった。
一六 かえって。むしろ。
一七 大晦日や元旦に縁起を祝って飲む茶で、黒豆、昆布、山椒、梅干などを加えて煎じたもの。
一八 丹後国由良(京都府宮津市)の長者。山椒太夫。強欲非道で人使いが荒く、陸奥国(青森県)の大守岩城正氏の子安寿姫、厨子王を酷使したことで知られる。
一九 呆れた奴。ひどい奴。
二〇 この頃の芝居狂言の趣向や仕組みが、種々の狂言の筋書を取り混ぜて、複雑化していたことを受ける。
二一 事実と違うというなら。
二二 歌舞伎作者(一七三四―一八〇六)。江戸に生まれ、上方で作劇法を学び、当代の世相を洒落た筆致で描き、江戸劇壇の立作者となった。その作風を桜田風といって、一世を風靡した。
二三 吉祥寺の寺小姓で、八百屋お七の恋人吉三郎のこと。
二四 封をした手紙。封書をいうが、ここはお七の異称。宝永二年(一七〇五)嵐喜代三郎がお七役を勤め、自分の紋所の封じ文を衣裳の振袖に付けたのに始まるという。お七の絵の袖にこの紋が描かれている。

(六)

じ文と頭巾が出た。これは大きに食らい込んだ[一]。大方これは番付ではあるまい。紋付[二]であらふ。あゝ〳〵、どちらも[三]ないものを迫り出した[四]。魔性[五]の者か、化生のものかといふも、きつい無駄だ。謂れを聞けばもつともだ。しかし、お七は七両詰め[六]ぐらいに売つてやろうが、親父の片付け場に困つた。大晦日にとんだ居候を二人しよいこんだ。お七[七]を河東節で語つてみると、山庄太夫が余る。山庄太夫を外記節[八]で語ると、お七が余る。俺が三味線弾きだが、こいつは手の付け[九]よふがない。待て〳〵、俵屋[一〇]の迫り出しだから、風邪薬にしてやろう」

(山庄太夫)「丹後の国、由良[一一]の港の餓鬼ども、鳥屋[一二]に付いたり、逃げられたり、切見世[一三]も根つから合はぬから、深川へ引越して女衒[一四]をするつもりだ。どうだ、いゝか〳〵」

(浦島)「お七の雨[一五]に四つ日照だ。万歳楽[一六]〳〵」

一 厄介なことを背負い込む。熱中して深入りする。
二 博打の一。役者の紋所を印刷した紙に棒を引かせ、棒一つに付き何文と賭金を賭けさせ、当たり籤に当たった者に賞金を与えた。棒引紋付。
三 無関係なお七と山椒太夫を。
四 劇場のせり穴から上へ押し上げて役者が出現することの見立て。
五 不審な人物の出現であっけに取られる時の台詞。
六 七両で決着をつけること。
七 河東節は享保二年(一七一七)初代十寸見河東(一六八四—一七二五)が江戸半太夫門から独立して創始した江戸浄瑠璃の一派で、細棹の三味線を用い、江戸風に派手で明るく、通人芸としてもてはやされた。お七を題材とした恋桜反魂香(宝暦元年〔一七五一〕中村座上演の「伊豆小袖商売鑑」二番目)が河東節であったことによる。
八 外記節は江戸浄瑠璃の一派。貞享(一六八四—八八)頃、初代薩摩外記(?—一七〇八)が創始した豪放な節で、歌舞伎の荒事芸などで語られ、今日もその一部が河東節や長唄に残る。山椒太夫物で外記節で語られたものは未詳。
九 着手できないとの意に、三味線の手をつける(作曲する)意を掛ける。
一〇 江戸上野広小路にあった薬屋で、風邪薬五積散で知られる。俵藤太の縁による。
一一 丹後国宮津(京都府宮津市)の由良川の河口にあった港。

（六）扨も山庄太夫は俵屋八兵衛が裏へ引越し、女衒をして暮しけり。又八百(屋)お七は吉三との色事の揉めにて、本郷も店を追われて、親久兵衛もろとも、俵屋の隣へ引越し、八百屋見世を出し暮しけるが、お七は八兵衛と茶釜[一七]の中よりの色事にて、毎晩、裏にて契りけるが、此事、三庄太夫知りて、恋の妨げをせんと、ある夜、八兵衛が後架[一八]へ入るを幸いに、三庄太夫待ち伏せしてゐけるを、お七は知らず、八兵衛と思ひ、抱き付き、杖[一九]にて目を突き、難儀する。あの八百(屋お)七殿は粗相[二〇]な人で、その山庄太夫を八兵衛様だと思ふて、寄つて、抱き付くとて、杖で目を突いて大難儀とは、此ことならん。

（八兵衛）「南無三[二一]、味噌[二二]を付けた」

（お七）「お目々[二三]誰だ。揉[二四]めた〳〵」

（山庄太夫）「ちつと、からも御座るまい」

（七）

（中）

（七）お七は山庄太夫が杖にて、

一二　遊女が梅毒などで毛髪が抜け、その療養のために休業すること。

一三　江戸の下等な遊女屋で、きわめて短い時間を限って売春させた。

一四　女を遊女屋や旅籠屋に売るのを商売とした男。本来は親元との仲介に当たるが、女を誘拐して売り飛ばしたりしたので、悪徳な商売とみなされた。

一五　諺「七つ下がりの雨と四つ晴れはともに傘が離せない」(午後四時過ぎより降り出した雨は長く降り続き、午前十時頃に止んだ雨は午後に再び降り出すことが多いので、その用意をしなければならない)との意を受ける。

一六　地震などの危険な時や驚いた時に唱える厄避けの呪文で、多くは重ねて用いる。

一七　茶釜に嘘の意のあるのを掛ける。

一八　禅寺で、僧堂の後に架け渡した洗面所をいい、そばに便所があるところから、転じて便所(古くは小便所)をいう。

一九　杖を突く(杖を頼りにして歩く)意を転用した滑稽。

二〇　そそっかしい。

二一　南無三宝の略で、仏教で仏法僧の三宝に呼びかけて救いを求める語。転じて突然の出来事に驚いたり、失敗したりした時に発する。

二二　しくじる。面目を失う。

二三　「お前(めえ)誰だ」の捩り。

二四　紛糾する。

目を突きしより、眼病となり、

(八)いろ〳〵と療治せしが、赤ゑい[一]の肝がよいと聞きて、秘かに山へ分け入(いり)、いにしへ、愛護[二]の若の寵愛し給ふ手白[三]の猿を尋ね出し、猿に竜宮へ行きて、赤ゑいの肝を取りてくれよ、と頼む。

(お七)「お七が手白の猿を使い、竜宮からこそ、猿の肝をこつちへ取りに来るに、竜宮へ赤ゑいの肝を取りに行けとは、あんまり無理だが、そこが芝居の番付から出たお七だ。どうぞ、頼まれてくりや」

(猿)「八百屋の娘なら、干瓢[四]、椎茸[五]は付き物で御座るが、これは珍しいお頼みで御座ります。赤ゑいよりは私が肝が潰れ[六]ました」

(八)竜宮の乙姫よりもやう〳〵春になり、肝心[七]の物日[八]も済んだ時分に、少し恋しいやら便りの文を浦島屋まで届けければ、浦島太郎は嬉しく、定めて金の入たる文ならんと、俵藤太に見せんとて、文箱[九]と玉手箱[一〇]と取り違へ持ちて来り、思ひがけなく俵藤太に年

一 海魚の一。鱏(えい)の中で最も美味、夏が旬で、「赤鱏の吸い物、蛸の足」といわれる。俗伝に、煮て食えば瀉痢を止め、その肝は小児の雀目を治すという。

二 江戸初期の説経節や浄瑠璃の曲の主人公。長谷観音の申し子で、若い継母の恋を拒み、盗人の汚名を着せられて比叡山中の滝に身を投じるが、のち山王権現に祭られる。歌舞伎芝居としてもしばしば上演された。

三 愛護の若が寵愛した白い手をした猿。若の死後比叡山の谷に入る。

四 夕顔の実で、その果肉を細長く紐状に切って乾燥させた食品。「眼病」を掛ける。

五 干瓢とともに八百屋の商品で、干瓢を山椒と捩り、数え唄の「いちじく、人参、山椒に椎茸…」になぞらえる。

六 ひどく驚く。びっくりする。肝は人間の精神力を司どる臓器とされた。

七 肝臓と心臓(生命力を司どる)の意で、取り分けて大事な事や箇所をいう。

八 五節句などの祝祭日をいい、商家などでは決算日、吉原では年中行事の日で諸入用のかさむ日であった。

九 書状などを入れて置く箱。またそれを運ぶ箱。

一〇 浦島太郎が竜宮の乙姫から土産に貰って持ち帰った箱。

を寄らせる。

(倹)「さて〳〵そゝつかしい男だ。手前の年の寄る所を、俺が親父になつた。どうせう〳〵。さぞ色をした手合いが愛想が尽きるであろふ。それよりも、硬い物が食われまい」

(浦島)「これは気の毒、粗相をした。堪忍しやれ。竜宮へやつて、玉手箱を直さずば、元の若い者にはなるまい。当分は黒油と青黛を塗るがよいて」

(九)

(九) 扨も富士田淡公は、金魚不背の玉を竜宮へ取られ、何とぞよき知恵を巡らし、とり返さんと思ふ折柄、又その頃、大橋のもとに見目よき比丘尼有けるが、あまり美しきゆへ、淡公もふと鉄砲にあがりけるが、だん〳〵馴染み重なり、遂には身の上の一大事をも明かし、賤しき尼と契りを込め、「竜宮へ行て、かの玉を取りてくれよ」と頼む。されども、謡などには、

一一 愛人関係にあった相手。「手合い」は軽い軽蔑の意を込めていう。そんな奴ら。
一二 好意や愛情がすっかりなくなって、嫌いになる。
一三 白髪染めなどに用いる黒色の鬢付け油と、頭髪の伸びたのが目立たないように月代(さかやき)に塗った青色の黛(まゆずみ)。
一四 元禄六年(一六九三)隅田川に架けられた新大橋のこと。古くは両国橋もこの称で呼んでいる。
一五 顔形が美しい。器量がよい。
一六 女性の仏道修行者。尼。尼僧。転じて尼の姿で売春した下等な私娼。
一七 鉄砲見世のこと。吉原や深川などの岡場所で、最下級の遊女を置いた遊女屋。安直ではあったが、梅毒になる危険が多かったので、当たると必ず死ぬというところから、鉄砲の名のある河豚に掛けた異称。

（一〇）

比丘尼とは歌い難きゆへ、此時より、比丘尼を海女ともいふか。

（海女）「お前ゆへなら、玉も取ります、手鍋も下げます。還俗もしやす。毎日洗足もしませう。比丘尼引かれぬ、私が意気地。これが本の、玉に沈みし恋の淵、裸になるは比丘尼の習ひ、海へ入つて取つて来やせう」

（淡公）「そんなら還俗して、俺が女房になる気か。それは嬉しいが、しかし当分は、髪が急には生へまへから、生へるまで芥子坊主にでもしてゐ

一 海中に潜って貝や海藻を取るのを業とした女。「尼」を掛ける。竜宮の玉取り伝説の主人公で、藤原不比等が竜神に奪われた面向不背玉を取返そうとして、讃岐志度浦（香川県志度町）の海女と契り、海女は房前を産み、その恩愛から竜宮に赴いて玉を奪い返し、乳房を切ってその中に隠して帰った。

二 自分で煮炊きするようなつつましい暮し、貧しい生活をする。

三 一度僧籍に入った者が元の俗人に戻ること。

四 汚れた足を湯水で洗うこと。還俗の捩り。

五 男である以上、面子にかけても引き下がるわけにはいかないとの諺「引くに引かれぬ男の意気地」の捩り。

六 長唄「風流相生獅子」（享保十九年）、「高尾懺悔の段」（延享元年）などの詞章「為に沈みし恋の淵」の捩り。

七 子供の髪型の一。芥子の実のように、頭の天頂だけを残して全部髪を剃り落としたもの。

（二）

やれ」

（一〇）さてもいろ〳〵大間違いとなりしは、俵藤太は玉手箱と文箱との取り違ひにて、思わずも浪人[八]となり、浦島太郎は玉手箱の直しに困り、比丘尼は淡海公に竜宮へ行きて玉を取りてくれよとの頼み、手白の猿はお七に竜宮の赤ゑいの肝を取りてくれよとの頼み、いづれ竜宮一巻[九]の間違ひなれば、よく〳〵相談を極めて、近〳〵、竜宮へみな〳〵発足せんと、両国[一〇]の茶屋を借り、竜宮寄合をする。

そのとき、浦島が進みて曰、「まづ、海女を踊り子[一一]に仕立て、

八 主家を去って封禄を失った人。失業者。

九 本来一巻からなる物語であるのに、いろいろな物語を取込んだがために起こった物事の間違い。

一〇 両国橋の橋詰一帯には料理茶屋が多く、この席を借りて書画会などの寄合を開いた。

一一 吉原などの遊里に所属しない町芸者に対する、明和(一七六四―七二)頃までの呼称。

八兵衛は三味線、俺が長歌、猿は芸者の[一]廻し方の若い者に化けて、竜宮へ行き、八大竜王を[二]有頂天に浮かしておいて、その暇に宝珠を、海女は盗み取るべし。また、海女の腰に[三]千尋の縄を付け、その縄を引を合図に、陸で引き上げるがよい。すぐに淡公は陸にゐて、引く役になりやれ。また八兵衛は竜宮の[四]人魚を食ひて、若くなるがよい。猿はその暇に、赤ゑいの肝を取るがよい。俺はその騒ぎに、あつちのよい玉手箱を盗んで逃げよう」と、みな〳〵此相談にこじつける。

(淡公)「此ついでに、おらが鼻アにみな近付きになつて下さい。髪の生へるまで、芥子坊主にした」

(浦島)「此相談に決めるがよい」

(二) さて、竜宮相談極まり、吉日を選み、竜宮へ出舟する。海女は裸になり、腰に千尋の縄を付けて行く。褌は、水の中へ行くゆへ、[五]石町へ誂へ、[六]緋縮緬の蠟引きにして、締めて行たるといふ事なり。[七]比丘尼を裸にするといふ事、此ときより始まりたり。

(淡公)「きつい[八]井戸替へといふもんだの。引いたかよと、声掛かると、引くのだ」

(俵)「[九]川の内の御祈禱に、一つ歌おふ」。てゝん

猿は「俺もさる[一〇]者だから、[一一]芸者の廻し方は[一二]合点だよ」と言ふ。

(海女)「いつそ、[一三]気が晴れていゝの」

一 吉原などの遊里で、遊女の座敷、寝具、器物などを扱ったり、雑用に従事した男衆。
二 無我夢中にさせる。有頂天は仏教で欲界、色界、無色界の三界で有(存在)の世界の頂(最高)、すなわち色界の最上天である色究竟天(しきくきようてん)をいう。
三 両手を広げた長さ(四尺五寸=約一・三六メートル)の千倍で、非常に長いこと、計れないほど深いことをいう。
四 上半身が女身、下半身が魚体という想像上の動物で、「人魚を食えば若くなる」という俗言がある。
五 本石町(中央区日本橋本石町三丁目、室町三・四丁目辺)の略。石町通りは江戸の目抜きの商店街で、大きな商家が立ち並び、時の鐘で知られていた。緋縮緬を求めた呉服屋の特定は難しい。
六 緋色の縮緬で、女性、特に商売女が長襦袢や腰巻などに用いた。蠟引きは防水のために蠟を表面に塗ったものか。
七 明白になることとの譬え「比丘尼を裸にしたよう」のこじつけ。
八 井戸の中の水やごみをすっかり浚え出して掃除すること。七月七日の七夕、もしくは六月中に行われた。
九 大山参りなどの出発に際して、両国橋の東橋詰めの川下にあった垢離場(こりば)で、祈りながら水を浴びて心身を清めたことを受ける。
一〇 それ相応の、しかるべき。猿を

(三)

(三) それより、みな〳〵二万里ほど船にて行きしが、船もくたびれたりとて、昔の通り、亀に乗りて行かんとて、おこし[一四]、落雁[一五]など投げ、「亀よ〳〵」と呼び、手を叩けば、亀ども七、八匹「お亀[一六]に召しませ」とて、泳ぎ来る。

(亀一)「棒組[一七]、東門際[一八]まで、二百づゝ貰いませう」

(亀二)「旦那、竜宮の東門まで亀をやりいすから、もふ一本[一九]おこしをお投げなされて、三枚[二〇]でお急ぎがよう御座ります」

浦島太郎、俵藤太は通し亀[二一]に

掛ける。

一一 前代の踊り子で、この頃は今日同様に芸者の名で呼ばれるようになり、橘町(中央区日本橋橘町)が最も知られた。

一二 覚悟している、納得していること。

一三 気分がすっきりする。

一四 「おこし米」の略で、蒸した糯米(もちごめ)を乾燥して炒ったもの。またこれに胡麻や胡桃などを混ぜ、水飴に砂糖、蜜などを加えて固めた菓子。

一五 干菓子の一。糯(もち)、粳(うるち)、小麦などを粉にし、水飴、砂糖などを加えて練り、型にいれて焙炉(ほいろ)で乾燥させたもの。加えた黒胡麻を落雁に見立てたところからの名称という。おこしとともに寺社などに参詣の際、池の亀に餌として投げ与えることが多かった。

一六 「お駕籠を召しませ」の捩り。亀と駕籠の音通による洒落。

一七 駕籠舁きが相棒を呼ぶ称。転じて一般に仲間をいう。

一八 極楽の入口で、東向きに開いた門。転じて吉原の大門をいう。

一九 緡(さし)一本をいい、銭百文のこと。実際には九十六文であった。

二〇 三枚肩の略。一挺の駕籠を三人で舁くもので、急用や威勢よさを誇示する際などに使用した。

二一 「通し駕籠」の捩り。通し駕籠は目的地まで乗り継ぎなしに同一の駕籠で行くこと。

〔三〕

て行く。海女は亀に酔ふとゆふ事ゆへ、猿におぶさり行く。

(亀三)「棒組や、お馴染みの猿さんと浦さんだ」

(亀四)「旦那、昔は一匹で甲羅へお前方を乗せましたが、今では竜宮も亀舁きが出来ました。棒組、波が高いぞよ、気を付けやれ」

(海女)「昔の通り、亀に乗るがよふ御座りませう」

〔三〕八百(屋)お七は、八兵衛が沙汰なしに竜宮へ行たると聞き、跡を慕い、追つかけ行かんと思へども、女の事なれば、行くべき道なく、心を苦しめいけるが、お七は日蓮宗にてありありけるゆへ、芝、金杉の毘沙門天へ七日日参して、何とぞ竜宮へ行たき由を願いければ、多聞天も納受まし〳〵てや、七日目にお七に逢い給ひ、「いかにお七、汝ひつぶかにして焼き餅焼きのことなれば、急き込んで竜宮へ行きたがる。至極もつともだが、そんな難しい出入りは俺は知らぬ。しかし、地獄の沙汰も金次第で、今は竜

一「駕籠に酔う」の捩り。
二「猿の生肝」と「浦島太郎」のエピソードによる。
三 猿や浦島太郎が乗った亀は一匹だったことを受ける。
四「駕籠に乗る」の捩り。
五 なすべき手立て、方法。
六 お七の菩提寺は江戸小石川、白山権現(文京区)近くの日蓮宗の円乗寺であるのを受ける。「ありあり」は「あり」の誤刻か。
七 江戸、芝金杉通り裏町四丁目(港区芝一丁目)の松流山正伝寺(日蓮宗中山派)の俗称。毘沙門堂の本尊は伝教大師最澄の作といい、霊験あらたかなことで知られた。
八 お七の名に掛けた日数で、七日間社寺にお参りして願を掛けること。日に七度、合計四十九回の参詣を正式とする。
九 毘沙門天の漢訳名。毘沙門は梵語 Vaiśravaṇa の音訳。
一〇 神仏が祈願を受け入れること。
一一「しつぶか」の江戸訛。「しつぶか」は多淫なさま、多淫な人。
一二 のぼせあがって、すっかり夢中になって。
一三 揉め事。いざこざ。
一四 地獄ですら金が物をいうくらいだから、ましてこの世は金さえあれば思うままだとの譬え。

宮でもなんでも金を使はねば、自由にならぬ。そこで、俺が金借りてやろうほどに、竜宮から帰つたならば、利は五両壱分[一五]の積もり[一六]をもつて、早速返金しろ。汝、帰りがけに、金杉の橋の際に金を出して置くほどに、持つて行け。小判に切れ[一七]はないか、よく改めて行け。そこだが、此金で俺を踏む[一八]なよ。そんな事なら、こつちから拝む〳〵[一九]」。

(お七)「それは有難ふ御座ります。その代はりに、一生百足[二〇]を食べますまい。私も念のためで御座(り)まするによつて、証文を書きませうが、さりながら、仏様の名前でお貸しなさるなら、借用申[二一]経文のこと、と致しませふ」

(一四)

(毘沙門)「とんだことをいふ。百足が食われるものか。いかに茶釜[二二]から出た娘だといつても、よく茶[二三]をいふ奴だ。百足を食べまいとは、あんまり虫[二四]がいゝ」

(一四)お七は毘沙門の告げ有難く、急いで帰るとて、金杉橋の際に百足あまたゐけるが、たち

一五 借金の利息。五両の貸金につき、月一分の利息を取ることで、非常な高利であった。
一六 見積り、推量。
一七 布や小判などについた疵。
一八 損失を与える。踏み倒す。
一九 一心に願う。特に遊里では「どうぞお願いします」「よして下さい」の意で用いた。
二〇 毘沙門天の使いといい、尿をかけると切れ爛れ、蛞蝓(なめくじ)や蟇(ひきがえる)を畏れ、鶏は好んでこれを食うという。
二一 借用書の文言「借用申す証文のこと」の捩り。
二二 茶釜女は、当代の水茶屋などで茶釜のそばに座らせて看板娘とした女。
二三 いい加減なことをいう。からかう。冷やかす。
二四 自分勝手である。厚かましい。

(一五)

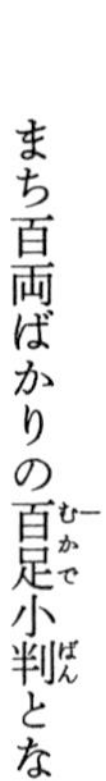

まち百両ばかりの百足小判[一]となる。

(お七)「おや〳〵、百足が小判になつた。これじや〳〵、毘沙門様の御利生は有難い〳〵。こゝ[二]に三両、かしこに五両。これは夢かや、百足かや。無間[三]の鐘は蛭になるが、これは百足が金になつた。此金のうちで四[四]つ紅葉の簪と鶸茶縮緬[五]の振袖をこしらへて、竜宮へ行きませう」

(一五)俵藤太は竜宮の門番にいひけるは、「もし、跡より八百屋お七といふ者、われを追つかけて来らんこともあるべし。必ず竜宮城へ入れては悪しかるべし」と頼みけるゆへ、門番どもは「お七禁制[六]なり」とて、かたく入ざりけり。お七は追つかけ来りけれども、門の内へ入ぬゆへ、門番どもにかの百足小判を一両づゝ袖[七]の下に使い、ちよ〳〵らをいつて、竜宮城へ入る。

(お七)「これで芳町[八]へでも行きな」

一 初寅の日、芝金杉の毘沙門天で授けた小判形のお守りで、これを財布に入れておくと小遣い銭に不自由しないという俗信があった。
二 浄瑠璃「ひらかな盛衰記」四段目の文句取り。「百足かや」は「うつつかや」の捩り。
三 遠江国(静岡県掛川市東山)の観音寺にあった鐘。これを撞くとこの世では富豪になるが、来世では無間地獄に堕ちて、未来永劫蛭に責め苛まれるという。手水鉢をこの鐘に見立てた趣向が「ひらかな盛衰記」の梅が枝の手水鉢の所作として知られる。
四 紋所の四紅葉のこと。紅葉の葉四枚を図案化したもので、人気歌舞伎役者二世市川門之助(一七四三—九四)の家紋として知られた。
五 当時の流行色鶸茶(萌葱の黄ばんだ色)に染めた縮緬で作った、丈長の脇を留めない袖の付いた着物で、年頃の若い娘が着用する。
六 京鹿子娘道成寺で、安珍を追いかけてきた清姫を、「女人禁制」の名目で寺に入るのを拒むことの捩り。
七 人に知られぬように贈ったり貰ったりする金品。賄賂。
八 江戸日本橋近くの堀江六軒町(中央区日本橋人形町一丁目)の俚俗名。男色を売る陰間茶屋があることで知られた。

(門番一)「門のつうくつ[九]は、毎晩、二百づゝでしてやるから、一両では気[一〇]がある。いゝ値だ。入れてやろう〳〵」

(門番二)「今は竜宮でさへ、此通り。生臭坊主[一一]がある。洒落[一二]たものが一両なら、お入り〳〵」

（下）

(一六) みな〳〵竜宮城へ難なく芸者に身をやつし[一三]、入込み、俵藤太は馴染みの乙姫に逢いて、くろめかけて[一四]、みな〳〵の願いを成就させんとせし所に、乙姫は俵藤太が年の寄りたるを見て、愛想が尽き、琉金[一五]の釣鐘を出し、「これにて手を切りて[一六]くれよ」との給ふ。これより、手切り金[一七]といふ事始まる。

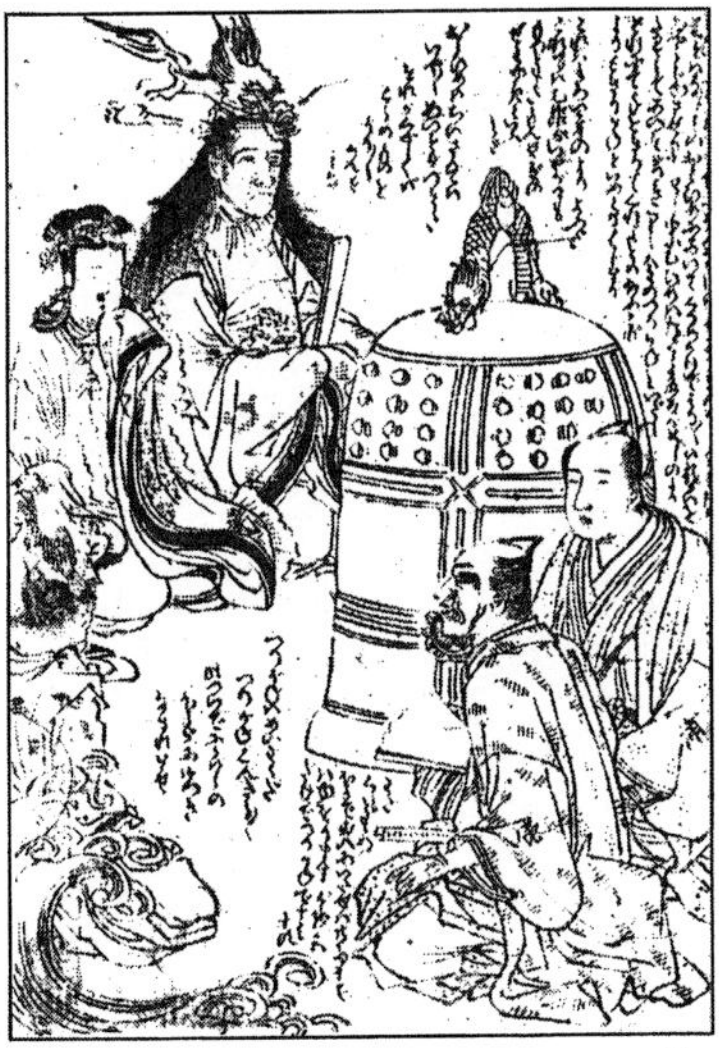

(竜王)「これはきつい年の寄りよふだ。これでは、乙姫が

(一六)

九 十分に相談すること。談判。「二百」は二百文のことで、門限のある屋敷などでの時間外通行の黙認料であったようだ。
一〇 気乗りがする、そうしたいと思う。
一一 戒律を守らぬ不品行の僧。
一二 気の利いた物との意で、小判をいう。
一三 容姿を作る。身すぼらしく変装する。
一四 うまいことごまかして。
一五 真鍮の異称。もと、琉球から伝来したからの名という。
一六 男女の関係を断つ。縁を切る。
一七 縁を切る際に印として渡す金銭。手切れ金。縁切り金。

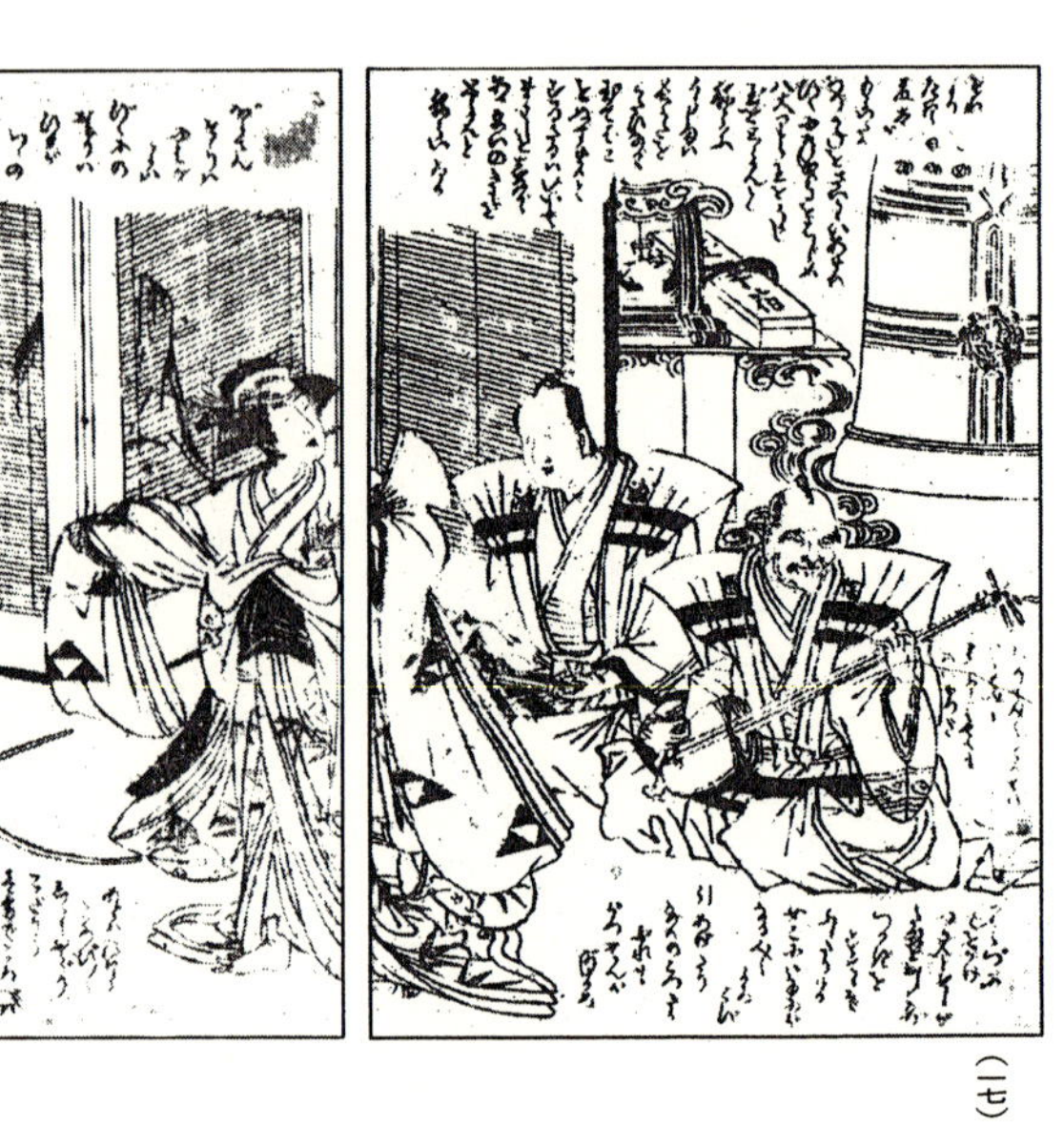

(一七)

嫌がるももつともだ。門跡[一]の世話焼き[二]といふ身だ」

乙姫は「爺さんでは嫌〳〵、愛想が尽きた。それが悔しくば、香の物[三]をかり〳〵噛んでみな」。

(浦島)「私どもの方で出入[四]に致せば、廿にまでは譲りますが、竜宮だけで釣鐘[五]で済みます」

(俵)「釣鐘は迷惑だ。釣鐘困窮〳〵[六]。此ついでに、瓦の奉加[七]に御付きなされませ」

(一七)それより、俵藤太が貰いたる釣鐘を幸い、明日は比丘尼道成寺[八]を始め、八大竜王を浮かし[九]、玉を取らんと狙ふ。浦島は

一 出家した皇族や貴族が入室している特定の寺格の寺で、江戸では特に本願寺別院の異称として用いられた。
二 団体、会合などを組織、運営する人。世話役。
三 古くは味噌漬けをいい、後には糠漬けや塩漬けなどの野菜類(特に大根)をいう。
四 訴訟事(公事)。紛争事件。廿は示談金が二十両との意。
五 釣金(釣銭)の意を掛け、少額の譬えとして用いた。
六 寺院の鐘楼などにつるす大鐘の寄進を勧める時の呼び声「釣鐘建立」の振り。釣金にも困るほど貧乏だとの意を掛ける。
七 寺院の屋根を葺く瓦を寄進する「瓦の奉加」の振りで、瓦の寄進をしなさいとの意。
八 娘道成寺の振り。当時、人気を集めた歌舞伎舞踊「京鹿子娘道成寺」を受ける。
九 浮き立たせる。浮わついた状態にする。

長歌を歌ひながら、玉手箱を盗まんとする。猿は[一〇]芸者廻しをしながら、赤ゑいの肝を取らんと狙いゐる。

ちりてん〳〵てんてん、つゝてん〳〵

(俵)「こふいふ三味線もない奴だ」

(浦島)「[一一]竜頭に手を掛け、突かんとせしが、玉を押し込め、剣を捨ててぞ、伏したりける。女ごには何がなる。人〳〵喜び、引上げたり。なんのこつたか、俺も合点が行かぬ」

(海女)「[一二]坊さんそゝりは闇がよい。比丘尼の踊りは昼がいゝの」

(猿)「後は、[一三]俵転び〳〵。しかし、踊り子だから、[一四]壱分で転べばいゝが」

(一八)されば、竜宮は大騒ぎとなり、みな〳〵大うろたへせしけるは、海女は玉手箱と聞きて、「定めて不背の玉の入たるによつて、玉手箱といふならん」と思ひ、持ちて逃げければ、何が十七、八の比丘尼なれば、玉手箱を持ちしゆへ、若くなり過ぎて赤子となる。浦島何とうろたへてか、赤ゑい釣り上げる。俵藤太は年寄りて耳が遠くなりたれば、「人魚を食うと若くなる」を「金魚を」との聞き違へにて、金魚不背の(玉を)食いけるやら、お七は「八百屋の見世の薩摩芋が、赤ゑいに肝のことを告げ口したる」とて、その科にて筋皮を取りて煮物へ入られ、山庄太夫はお七が恋の[一五]叶わぬ[一六]意趣晴らしに、八

一〇 芸者の三味線箱などを持って付き従う男。箱持ち。

一一 長唄「京鹿子娘道成寺」の詞章の振り。竜頭は釣鐘の竜の頭の形をした釣手で、これを鐘楼の梁に掛けて鐘を吊るす。

一二 長唄「二人椀久」の詞章「月の漏るより闇がよい。…こちや闇よりもおゝ月がよい」を取る。「そそり」は遊里をひやかして歩くこと。

一三 紙などで作った小さな俵状の玩具。起き上がり小法師の一種で、俵返りともいう。

一四 金銀貨の単位。一両の四分の一に当たる。踊り子の身を売る(転ぶ)料金は倍の二分であった。

一五 底本「かなハわぬ」。

一六 仕返しをして恨みを晴らすこと。

（一八）

百屋の見世のごんぼう[一]焼いて、猿の尻へおつ付ける。百足小判はお七が代はりに、俵藤太に恨みあるとて、釣鐘[二]を七巻き半に巻く。八大竜王はお七が美しいに見とれて、壇上より真逆さまに落ちる。いづれ竜宮の大騒ぎ、大間違い、淡海公ばかり真性[三]にて、呆れ果てて途方に暮れるぞ道理なり。

（竜王）「あの壇上には、不背の玉と玉手箱を封じ込めて置いたはやい。恨めしや、お七」と思ひしが、指す[四]手はなくて潜る。

ヒウどろ〳〵ばり〳〵〳〵〳〵

一 意不明だが、猿を罵っていう言葉遊び「猿の尻は真っ赤いな。ごんぼう焼いて押っ付けろ」を取る。ごんぼうは男の性器の見立てで、男色の意と思われる。

二 俵藤太が退治した百足は、琵琶湖湖畔の三上山を七巻き半巻いたという。

三 仏教で、一切の現象に備わる真実不変の本性をいう。

四 講じる手段。

(竜王)「これでは[五]鳴神ではない。[六]油紙の音だ」

(山庄太夫)「昔は俺も[七]灼き金を人に当てたが、今年はどんぼうを焼いて、押っ付けるぞ。[八]山取其ま(ま)だから、ひり〳〵するか」

(百足)「よしか〳〵。俺も[九]金には余らずと申して、始終持たぬものだ」

(猿)「[一〇]猿が尻はきやつきやいな。[一一]羊の頭に猿の尻、さうなら御免だ。熱い〳〵」

(淡公)「だがよ〳〵、泣かずに、乳でも飲みやれ。あゝ悪い所へ捨てた。[一二]三両も付けずば、貰い手があるまい」

(海女)「淡公さん、わたしやお前ゆへに尼となつた、といひたい所が、赤子になつたわいな。これでは、とてもお前とは添れまいから、此(この)子を世継の位に立ててくんな。悲しや〳〵。おぎやア〳〵」

(俵)「どうだ八兵衛。玉でも吞んだら、若くなればいゝが」

(お七)「おのれ、胸の焼ける[一三]むせつぽい野郎だ」

(薩摩芋)「お七様、昔、告げ口をして、筋を抜かれたは[一四]海月。今度は私。これはちと、筋違いと存じます。あゝ、[一五]いも〳〵しい目に会ふ」

(一九)其時、[一六]虚空に[一七]五色の雲棚引きて、芝、金杉の毘沙門天、深川、洲崎の弁財天現れ給ひ、「いかに汝ら七人ども、確かに聞け。昔の通り、[一八]草双紙の掟を固く守りていれば、

五 雷のこと。
六 雷鳴の擬声語を油紙を扱う時の音に見立てる。
七 真っ赤に焼いた鉄を額などに当て、その焼け跡を印とすること。
八 山で掘り取って手を加えてないから。
九 金はいくら多くあっても十分過ぎることはなく、足りないものだ。引用句と思われるが未詳。
一〇 言葉遊び「猿の尻は真っ赤いな」を、猿の鳴き声で捩る。
一一 一日二食の食習慣の頃の食事時に関する諺「食は未の尾と申の頭をせよ」(現在の午後三時頃に夕食を取るのがよいとの意)を捩る。
一二 貰い子や捨て子に付ける養育費の額。
一三 喉が詰まったり、胸が焼けるような不愉快さである。
一四 「猿の生肝」では、海月が告げ口をした罰で筋を抜かれ、それでぐにゃぐにゃの体になったとする。
一五 「いまいましい」の地口。
一六 天と地の間。空間。
一七 五色に輝く雲で、吉兆とされる瑞雲。
一八 子供向けの絵本に始まる絵入りの読み物の総称。表紙の色により赤本、黒本、青本、黄表紙などに分類される。

（一九）

此様な間違いは出来ぬ。それになんぞや、当世の通人の真似をして、あまり洒落るによつて、みな本意[一]を失い、かゝる大事となつた。これすなはち、心定まらざるゆへなり。心こゝ[二]にあらざれば、見れども見へず、聞けども聞こへず、食らへどもその味わいを知らずとは、汝らがことなり。人のいふ事も耳に入らず、たゞ通人の真似をして、洒落さへすればすむと思ふゆへの間違ひなり。真の通仁[三]といふは、仁の仁として、世に通ずる所の本意を知りたるがゆへに、通ともいひ、仁ともいふ。され

一 本来あるべき意思や姿。本義。

二 大学・伝七章の詞句「心不レ在レ焉、視而不レ見、聴而不レ聞、食而不レ知二其味一」による。正しい事に心を集中しなければ、身を修めることはできないとの意。

三 通人に同じ。通の本質をわきまえた人。

(三〇)

ば仏法には、これを返して、神[四]通を知るともある。これを思へば、まづ此本の作者めが憎い奴だ。此様な間違いをこぢつけおつた。定めて、こいつも心[五]の取り締まらぬ奴であらふ。こうこしらへては、作者といふものではない。もしやくしや[六]といふものだ。己も仕舞の片付け場に困つたから、そこで片を付けに両天現れた。しかし、こういふていると、いざこざが長くなる。まづ片を付けるには、淡海公は元の公家に立ち帰り、改めたるは、すなはち威福[七]、八大竜王は多くの宝を持ちたれば内福[八]、

四 自由自在に何でもなし得る超人的な不可思議な霊力。禅定などの修行によって得られるもので、五神通、六神通の別がある。

五 性格や行動のだらしない者。

六 乱れて汚らしい様を作者に掛ける。むしゃくしゃ。

七 威圧を加えたり、福徳を与えたりすることで、人を思うがままに従わせる人徳をいう。以下福を七つ数え立てるのは、書経・洪範に、人民の幸福につながる事柄として「五福」を上げることを踏まえ、七福神をなぞる。

八 外からはそれと見えない裕福なこと。

作者　芝全交
北尾重政画

(三二)

浦島太郎は玉手箱を直したれば、すなはち修福、俵藤太は元の若い者になりたれば本福、山庄太夫は元の福者となつて一福、お七も今年は袖を留めて元福、比丘尼は太つてゐればお多福」として、七人を七福人と無理やりにして、船に乗りてみな／＼本国へ立ち帰りし。これも二日の初夢にして、通人様のお目覚し。これが本の大違宝船、鶴屋が見世の番頭が算盤違い。とんだ宝船の大安売りと売つて、これで売れたら、俺も知らぬ。

(三〇)　めでたく宝船に乗りて、七人の者どもみな／＼本国へ立ち帰る。世間へちと廻文が悪ふ御座るが、一首やりました。

ながめよしつうのねむりのみなめざめなみのりふねのうつしよめかな

(三一)　此本の内、七人の者は七福人となり、本国へ帰りけれども、猿、乙姫、亀、此三人は未だ片付かず。ことに此三人の骨折りは、毎年、竜宮の草双紙をいろ／＼に選んで

一　修復の意を掛ける。
二　病気が全快する意の本復を掛ける。
三　一服を掛ける。
四　元服の振り。元服は成人の儀式で、男子は十二―十五、六歳、女子は十二、三―十六歳頃までに行う。
五　おたふく面のように醜い顔の女。丸顔で額が高く、頬がふくれて鼻が低い。三平二満。
六　幸運を招くという七柱の神で、恵比寿、大黒天、毘沙門天、弁才天、布袋、福禄寿、寿老人をいう。江戸で七福神詣でが盛行するのは、この二、三年後である。
七　目を覚ました幼児に、機嫌取りのために与える菓子。
八　宝尽しや七福神を乗せた帆掛船を描いた絵。よい初夢を見るため、正月二日の夜に枕の下に敷いて寝た。
九　勘定違い。商いに失敗すること。
一〇　上から読んでも下から読んでも同文、同意になる文句、文章。世間の評判の意の外聞を掛ける。
一一　宝船の絵に添えられた廻文「なかきよのとおのねふりのみなめさめなみのりふねのおとのよきかな」を捩る。この歌は室町末期には既にあったものと見てよく、人口に膾炙していた。一首の意は、通人になろうという夢から皆目覚て、現実世界に立ち戻ったのは何とよい眺めであろうか、という程のもので、決してよい出来ではないが、狂歌の作がきわめて少ない全交のものとして珍重され

出すことなれば、冥加[一二](の)ため、鶴屋は仲間の亀を頼んで、三人を振舞[一三]ひし、乙様、亀様、猿狙様[一四]とあがめ[一五]、御子様方のお慰みに御覧に入奉りまする。

作者　芝全交
北尾重政　画

よう。
一二 知らない間に受けている神仏の加護。
一三 もてなしたり、馳走したりすること。
一四 猿のこと。狙は手長猿をいう。
一五 尊敬する。大事に扱う。

漢国無体(からむたい)

此奴和日本(こいつはにっぽん)

宇田敏彦 校注

角書「漢国／無体」。二巻二冊、十丁。四方山人作、北尾政美画。天明四年(一七八四)蔦屋重三郎刊。題名は「最高だ」「大いにいかす」というほどの意の当時の流行語「此奴は日本」による。天明三年中に袋入り本として同版元から刊行された『寿塩商婚礼』(未見)の改題再摺再版本で、寛政六年(一七九四)には小咄を入木し、上巻は『笑倍噺問屋』、下巻は『噺の入船』として、同じ蔦屋から改題再摺再版されている。底本、東京都立中央図書館特別買上文庫蔵本。

当代江戸は、徂徠学派の中国崇拝や卓袱料理の流行などに象徴的に見られるように、学問の世界は勿論のこと、衣食住の日常生活においても中国偏重の気風があった。こうした風潮を逆手にとって、唐物ならぬ和物を愛し、河東節や生花に親しむ日本趣味の中国人塩秀才を主人公に、身請けする遊女を吉原の瀬川になぞるなど、その一挙手一投足をことごとく当代江戸の地の評判高い現実の事象に重ね合せ、それに謡曲「白楽天」や近松門左衛門の『国性爺合戦』のエピソードを綯い交ぜて揶揄的に描いて行く。角書は「中国も形無し」というほどの意で、外題と合わせ考えれば作の内容は自ずから容易に知られるが、同年刊の黄表紙評判記『江戸土産』(同穴野狐作)に「日本のことを真似るのだから間違たといふ処が趣向だ」とあるように、当代江戸の出来事と中国の古事とを、時代を穿つ作者の慧眼とその豊富な学識によってこじつけるその高踏的な姿勢から、これらの趣向立ての理解には若干の無理がないでもないが、作者の面目を最もよく示す作となっているといってよい。

四方山人　一七四九—一八二三　大田南畝の戯号の一。本名大田直次郎。蜀山人の号で知られ、狂名を四方赤良といい、寝惚先生、巴人亭など別号が多い。下級の幕臣で、若くして戯作に親しみ、天明狂歌壇の大御所として活躍した。豊かな学識と滑稽の才に恵まれ、狂詩、狂歌、洒落本、随筆などと多ジャンルに健筆をふるい、黄表紙評判記『菊寿草』『岡目八目』で卓抜な批評眼を見せるとともに、黄表紙六編を残す。

北尾政美　一七六四—一八二四　俗称三二郎。北尾重政に師事し、安永九年(一七八〇)三二郎の名で木鶏作の黄表紙『山主我独』の絵を描いて以来、二〇〇作余の黄表紙を手掛けたが、のち津山侯のお抱え絵師となり、鍬形蕙斎を名乗って本絵師に転じた。

(上)

(一) 唐土潯陽[一]の江の河岸に、大きなる塩屋[二]あり。名を塩商といふ。一人の子を持てり。塩秀才と名付く。

「日本で塩売りといつちやア、けちな爺の商売なれど、唐は海が遠いから、魚と塩は不自由なり。ゆへに、塩商ときては大の分限[三]なり」と、さる学者の直話なり。よもや、煙硝臭ひ[四]鉄砲ではあるまい。

(二)

(塩秀才)「ドリヤ、五月の菖[五]蒲剣で切てやらう」

お相手の丁稚、塩童。

(塩童)「パア〳〵、強いぞ〳〵。日本の金平[六]、此方の関羽[七]、張飛〳〵」

番頭、塩文戴。

(三) 塩秀才、五歳[八]にて手習いをしたがりしが、「唐様[九]の王羲[一〇]

一 中国、江西省九江県の揚子江と潯陽湖に沿った港町。白楽天の琵琶行などで知られる。中国の古称は「とうど」「から」というのが一般的で、「もろこし」の称は謡曲や浄瑠璃などで古風な趣を出すために用いられた。二 塩を販売する商家。塩商。この期の流行語では、自惚れ、高慢をいう。三 財力のあること。金持。四 煙硝は有煙火薬の俗称で、嘘をいう意の「鉄砲」にい掛け、いかにも嘘らしいとの意。塩商を掛ける。五 菖蒲の葉で作った刀をいったが、この頃は金銀で飾り、彩色した反りの深い木太刀をいい、端午の節句の飾り物としたり、男の子が玩んだ。六 浄瑠璃の一派土佐節で多く語られた豪傑。平安中期の武将坂田金時の子といい、歌舞伎の荒事、草双紙の人気キャラクター。七 中国、三国時代の蜀漢の武将。張飛とともに劉備に従った英雄で、のち軍神として関帝廟に祭られて民衆に尊信される。八 稽古事を始める年齢。この頃の就学年齢は六—八歳であったから、五歳は早熟といえよう。九 中国、特に明の書風を模倣した書体。この頃の流行で、細井広沢(一六五八—一七三五)らが知られる。一〇 中国、東晋の書家。新風を樹立し、蘭亭序、十七帖などがある。

一 中国、明の文人画家、書家。文人画を再興、呉派の領袖となる。

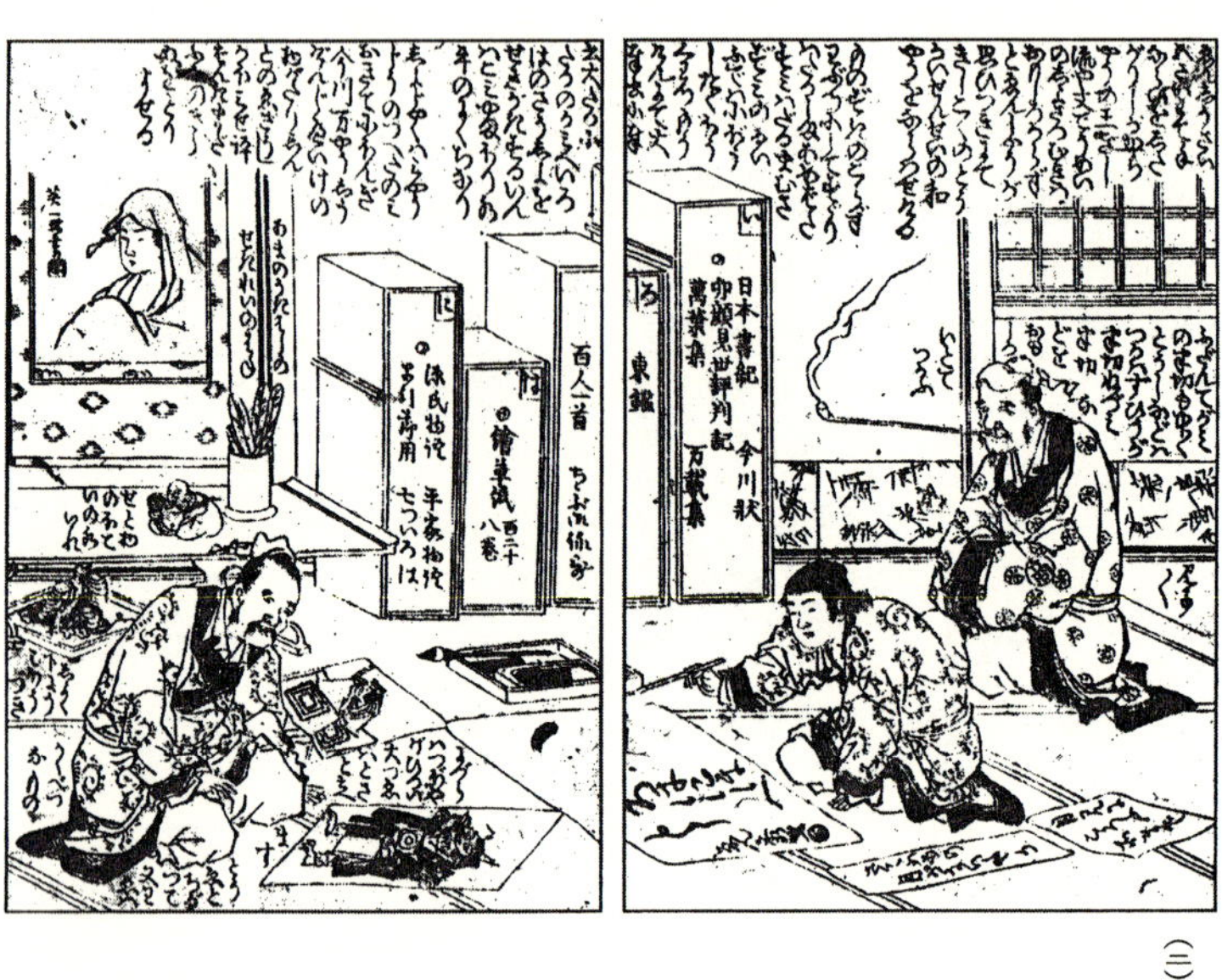

(三)

之流や文徴明の書冊向きは面白からず」と、塩商が思ひ付きにて、姫氏国の東海先生の和様を習はせける。

物好き残らず和物にして、硯は高島、雨畑、墨は達磨、武佐墨の類、筆は小法師、卓峯、くわつもうけんにて、大奉書、小奉書、大高、小高の紙へ、いろはの草書を席書する。印は小宮山彫り、水牛の肉池なり。

書籍は明州の津へ頼み置きて、『日本紀』『今川』『万葉集』『源氏』『平家』の物語、新渡の絵草紙、顔見世評判記、まだ封の切らぬを取り寄せる。

二 書物。三 日本の異称。日本人は周王朝の祖、棄の末裔といい、周の姓が姫であったのによる。四 当代の人気書家沢田東江の捩りか。五 法性寺流、御家流などから生れた日本式のやわらかな書体。六 物事に特別な趣向を凝らすこと。七 日本風の物。八 若狭国高島地方(滋賀県高島郡)産の高島石で作った硯。九 甲斐国巨摩郡(山梨県南巨摩郡)の富士川筋産の雨畑石で作った硯。一〇 平たく達磨の形に作った墨。一一 近江国武佐地方(滋賀県蒲生郡)で作られた墨。一二 京都の筆師小法師石見。一三 江戸の筆師安藤卓峯。一四 不明。洒落本「潜都洒美選」(天明三年刊)の序にも出る。一五 縦一尺三寸、横一尺八寸の大判の奉書紙。奉書紙は楮を原料とする厚手、純白の高級紙。一六 縦一尺九分、横一尺五寸五分の小判の奉書紙。一七 縦一尺七寸一分、横二尺二寸三分の大判の檀紙。檀紙は楮で漉いた厚手の皺のある高級な白紙。一八 縦一尺四寸五分、横一尺七寸五分の小判の檀紙。一九 いろは歌のこと。手習いの手本とされた。二〇 書画会などの席上で、即興的に書画を書くこと。二一 当代流行の篆刻の一流派か。二二 印肉を入れる容器。二三 中国、唐代の一州(浙江省寧波市周辺)。遣唐使の上陸地。二四 今川了俊が子息に示した教誡で、往来物(教科書)として重用された。二五 江戸初期から元禄期まで

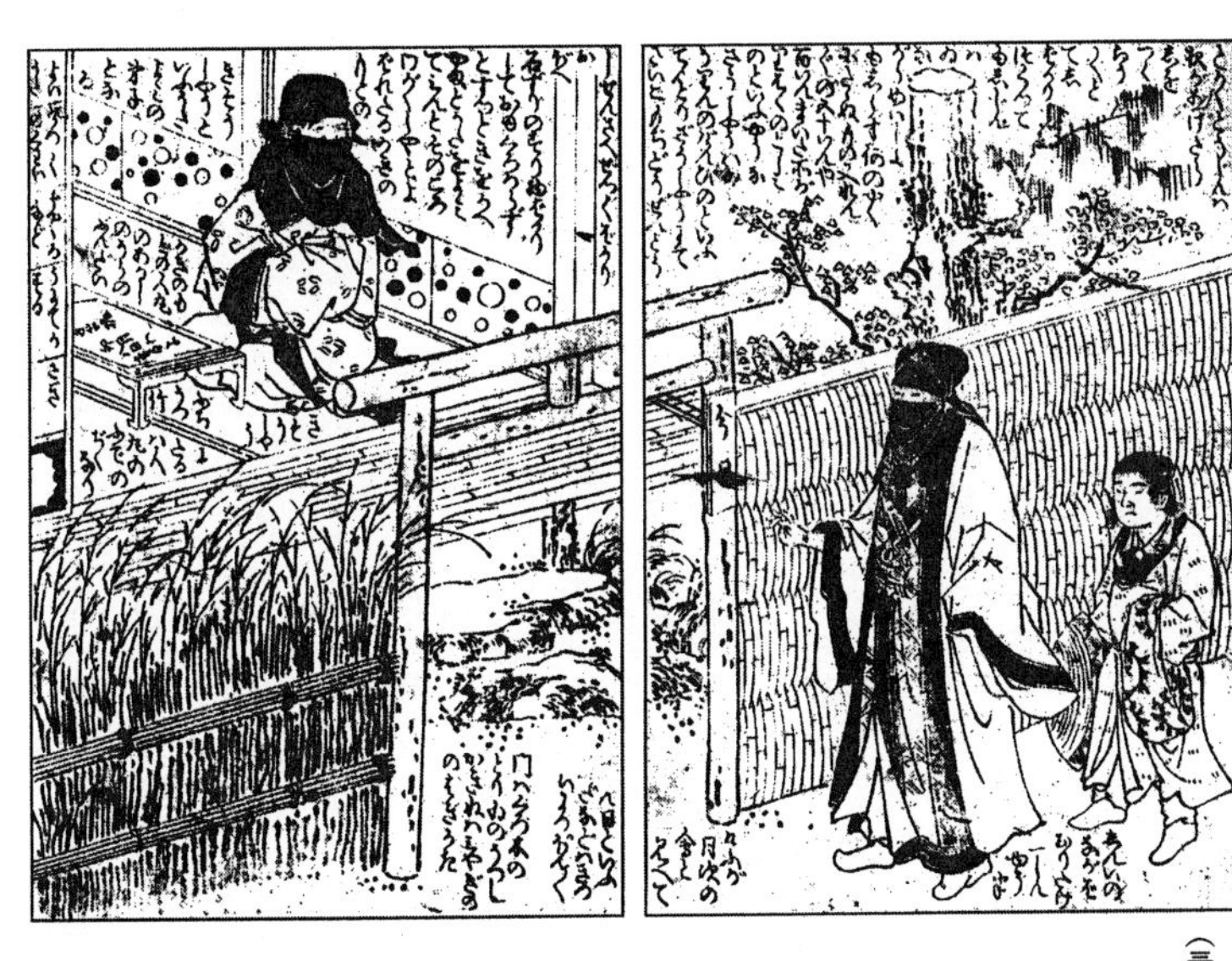

(三)

不断、手紙の半切[二八]も中〳〵唐[二九]紙などは使はず、日向半切[三〇]、鼠[三一]半切などを面白いとて使ふ。

(塩商)「見事〳〵」

(塩文戴)「似面[三二]は壺屋[三三]が筆意[三四]、大津絵[三五]は土佐[三六]と見へます。唐絵[三七]と違つて、又、和絵[三八]は格別な物」

[三九]天の浮橋の鶺鴒の羽根
瀬戸物の布袋[四〇]の水入れ[四一]
卓下[四二]に海[四三]ほうづき

(三) とかく唐人は、夜が明け[四四]たら、詩を作らう〳〵とて、詩ばかり作つても、詩人[四五]は居ながら名所も知らず、何の役に立たぬもの。又、連句の五十韻や百

に舶来した物品。二六 顔見世興行(十一月)の歌舞伎役者の容姿や芸の批評書。二七 袋入り本(豪華本)の封の切ってないもの。誰も見ていない新刊本。二八 杉原紙を半分に切った紙。縦五寸、横一尺五寸ほどで、使用勝手から横に繋げて巻紙とした。二九 中国南部で作られた紙の総称。三〇 日向国(宮崎県)特産の紙。三一 鼠色をした漉返しの粗末な紙。三二 似顔絵。三三 浮世絵師勝川春章(一七二六–九二)の通称。壺の印を愛用したことによる。三四 筆の運び、絵の趣き。三五 近江国大津(滋賀県大津市)で売り出された戯画風な庶民画。三六 大和絵の一流派土佐派のこと。三七 中国の宋代以降の水墨画。三八 日本の伝統的絵画、大和絵のことで、狩野派や土佐派の絵画。三九 日本神話で天上と地上を結ぶ橋。伊弉諾尊、伊弉冉尊が初めて契りを結んだ時、鶺鴒がその方法を教えた。四〇 中国、後梁の高僧。大きな腹で、杖を突き、大袋を担いで町中を徘徊したという。日本では七福神の一。四一 据わりがよいので布袋形が多かった。四二 卓の唐宋音で、物を置く台。四三 海産の巻貝の卵嚢の総称。特に天狗螺(てんぐにし)のそれをいい、婦女子が口に入れて玩んだ。四四 怠け者をいう諺「夜が明けたら巣を作ろう」の捩り。四五 諺「歌人は居ながら名所を知る」の捩り。詩人は勉強をしないので、何も知らないとの意。

韻巻いた所が、李白[一]の杜子美[二]のといふやうな宗匠はなく、于鱗[三]の元美[四]のといふ点取宗匠[五]にて太鼓持ち同然、『唐詩選』[六]さへ絶句[七]ばかり覚へ、石刷り[八]の刷り物ばかりして、「おもくろからず」[九]とすつと気をかへ、「大和歌[一〇]を詠みてみん」と、その頃、和学者[一一]と呼ばれたる柿本の紀僧正[一二]といふ歌詠みの弟子となる。

毎月、孔雀楼[一三]にて、笠着歌[一四]の会などする。

紀僧正

柿本 人丸の明石[一五]の浦の文台[一六]、縁に打つたる竹は、人丸の筆の軸なり。

[一七]千早振卯月八日は吉日よ

深衣[一八]の長羽織[一九]、丈一身有半。

今日が月次[二〇]の会と見へて、「今日」といふ札などはきつい[二一]日本〳〵。

門は黒木[二二]の鳥居の写し、垣根は宮城野[二三]の萩垣。

(四) 塩秀才、何も器用なりしが、物にあきる性にて、「詩も歌も面白からず、大和歌よりは、長歌[二四]を習はん」と、二十四橋[二五]の見付前[二六]、富本豊前太夫[二七]が弟子、豊三津童子、豊松童子、豊菊童子といへる三人の童子を呼び、長歌を聞く。

豊松童子　豊三津童子　豊菊童子

三人の小女を呼びて、三日替り[二八]の道行を初めて聞く。

一 盛唐の詩人。字は太白。杜甫とともに李杜と併称。二 盛唐の詩人杜甫。子美は字。三 明の文人李攀竜。于鱗は字。古文辞を尊び、王世貞とともに李王と併称し、日本では荻生徂徠の学統に尊重された。四 明の文人王世貞の字。五 句の採点を専らとする俳諧宗匠。遊戯的、博奕的な点取俳諧と、徂徠学の亜流の横行する時流を受ける。六 唐代の詩を詩体別に収める。江戸初期に渡来、服部南郭の校訂本で大いに普及した。七 漢詩の近体詩で、起承転結の四句からなるもの。八 拓本のように、地が黒く、字が白く浮き出るように刷ったもの。九 「おもしろからず」を捻った戯語。一〇 唐歌(漢詩)に対し、特に和歌をいう。一一 日本古来の文学、歴史などを研究する学者で、漢学者の対。一二 平安初期の僧。法名真済。空海門下の俊秀で、東寺三世長者となった。ここは柿本人麿、紀貫之らの歌人を想像させる名として用いる。一三 孔雀など異国の珍しい鳥禽を集めた下谷大通り(台東区東上野四丁目)の料理茶屋の見立てで、中国、湖北省武漢にあった黄鶴楼を捩るか。一四 往来の人々が自由に参加できる庶民的な連歌。俳諧でもこれに倣い、江戸では亀戸天神で松意門の松永が行っている。一五 播磨国の歌枕の地。人麿の「ほの〲と明石の浦の朝霧に島がくれ行く船をしぞ思ふ」(古今集)を引く。

（四）

時に日本の大通辞[二九]来つて曰、「今、日本で野暮な武士が歌を歌ふ。とかく、河東[三〇]でなければさへぬ」といへば、急ぎ蘭州[三一]の人ますみん、源州[三二]の人やまひんこんといへる唐人を呼びて、河東の一曲を学ぶ。

ますみん

やまひんこん

（塩秀才）「上河東[三三]に行幸して、しやん[三四]と小褄を取り、みんなみ[三五]に赴く。とん／＼[三六]とんがらし、チンツン」

（五）「来ル寒食[三七]の日、洞庭湖[三八]の池[三九]の端、岳陽楼にて生け花の会あり。晴雨[四〇]とも御来駕下されべ

一六 短冊や懐紙を載せる台で、歌会などの会席の中心。一七 蛆虫や害虫除けの歌。下句「かみさけ虫の成敗ぞする」。一八 古代中国の制服の一、諸侯の士大夫が夕方に着用した。一九 通人愛用の丈長の羽織。二〇 俳諧などの月例会。二一「きつい」は程度の甚だしいこと、「日本」は「日本一」の略で最高との褒め言葉。二二 皮付きの丸太を組立てた古風な鳥居。二三 陸奥国宮城郡の歌枕の地。萩の名所。二四 長唄。二五 中国、江蘇省江都県の西門外の名勝地。「江都」の縁で柳橋に当てる。この辺には遊芸の師匠が多かったので、極道（五＋九＋十＝二十四の洒落）の意を掛けるか。二六 枡形に石垣を築いた広場を持つ城門。江戸には三十六あるといい、ここは浅草蔵前のそれをいう。二七 浄瑠璃の一派富本節の二代目家元（一七五四―一八二二）。富本を音読みにし、太夫を「たいふ」と読んで中国名めかす。柳橋に住居があった。二八 安永十年（一七八一）三月三日より市村座で「劇場花万代曾我」の二番目に、三日替りでお夏清十郎、お千代半兵衛、お半長右衛門の道行を富本豊前太夫の浄瑠璃で上演したのを受ける。二九 長崎のオランダ語通訳の長官。三〇 江戸浄瑠璃の一派河東節。享保二年（一七一七）十寸見河東創始。細棹の三味線を用い、派手で明るい座敷芸として発展した。三一 河東節の太夫二世十寸見蘭州（一七一八―一八〇〇）を振り、

（五）

く候」と、刷り物を廻し、「わが国の袁宏道流ではさへぬ」と、日本で流行ると聞く、千葉の介常胤流とやらを興行する。

古渡りの古き灰吹きに、甲州煙草の葉などは侘びたもの。

吉原揚屋町の湯屋の八方両灯に、灯芯に袖の梅を一枝生ける。

備前擂鉢に朝倉山椒の花、根締に雑司が谷で買つた蕗の薹。

是もずつと古渡りの御厠に、左捻りの縄と裏白を生け、葉生薑を根締にせしは、浅草の市と目くされ市と一つになつたれど、唐と日本とへだゝれば、そのくらいな間違いはある筈なり。

中国人めかす。 三二 河東節の三味線弾き二世山彦源四郎(?—一七九二)を中国人めかす。 三三 天子が隅田川の東(深川の異称)にお出掛けになり。 三四 音曲の文句取りか。「しやんと」はしっかりとの意。 三五 南の方角。 三六 俚謡の囃子言葉か。 三七 冬至から百五日目の日。火断ちをし、杏の粥などを食した。 三八 中国、湖南省北部の大湖で、岳陽楼、瀟湘八景などの名勝がある。 三九 上野、不忍池の池畔一帯の総称。種々の会合が催された。不忍池には料理茶屋が多く、種々の会合が催された。 四〇 参会を勧める常套的な文範。

一 明の文人。字は中郎。于鱗や元美らの古文辞派に対し、個性的、独創的な詩文を尊んだ。 二 鎌倉初期の武将。源頼朝が平家打倒の挙兵に失敗した時、これを助け、鎌倉幕府創設に尽力した。この頃流行の生花流派千葉流(東山流とも)の開祖に付会する。 三 室町中期に舶来した物品。 四 竹製の煙草の吸殻落とし。 五 甲斐国(山梨県)産の香りのよい煙草。 六 吉原の町名の一。 七 八方行灯(あんどん)の一種で、灯芯を二か所から出すようにしたものか。八方行灯は湯屋など人の集まる所で使用するもので、大きな笠を付けて梁などに吊るした。 八 吉原名物の酔覚ましの薬。正徳年間(一七一一—一六)伏見町の天渓の創始。 九 備前国和気郡伊部村(岡山県備前又、先生は格別にて、道成寺[一九]の釣鐘に飛鳥山[二〇]の桜を生けられたり。みな〳〵竜頭[二一]に手を掛け、とんだ感心〳〵。

(塩商)「あの御厠の類に、藤の花を書いたが御座るが、薄手で良いもので御座る」

(先生)「これは、今、日本でもつぱら流行る盆石[二二]とて、砂で文字を書く。さくちんな[二三]いらう、しやぐわん〳〵」

それ盆石の伝授には、

[二四]盆石の前に二つの浜庇後ろに遠き海ぞゑならぬ

(六)

(六) [二五]日本料理の茶屋、四人詰[二六]め銅一枚づゝにて、大きな寺の瓦[二七]の施主に付くやうな事。唐の料理と違ひ、吸物[二八]一椀菜、ど[二九]んぶり茶碗菜などとて、気が変つて面白いとて、浮気の唐人ども無性に奢る。

又、[三〇]けんちやんとて、膾[三一]のけんの魯国[三二]の生薑を和蘭のちやん[三三]

市)特産の擂鉢。一〇 但馬国朝倉(兵庫県養父郡八鹿町朝倉)特産の山椒。一一 生花で、主枝などの根元の形を整えるために挿し添える草花など。一二 江戸の西北端の地(豊島区雑司ヶ谷一―三丁目、南池袋三丁目一帯)。一三 蕗の若い花茎で根締とした。一四 子供や病人用の携帯便器。また芝の神明祭に売られた小判形の千木箱(ちぎ)。この千木箱の表には藤の花が描いてある。一五「左捻り」は大便の異称で、縄をこれに見立てる。これら奇妙な生花は当時流行の生け方を揶揄したもの。一六 シダの一。一七 年の市。正月の祝儀物として飾る。十二月十七、十八日浅草寺内から蔵前通まで、正月用品を売る店が出て賑わった。一八 九月十一―二十一日芝神明の例祭(だらだら祭)に出る市の俗称。売り物の生薑の芽が秋の長雨で腐ってしまうのでこの名があるという。一九 紀伊国日高郡矢田村(和歌山県川辺町)にある天台宗の寺。安珍清姫の伝説で名高い。二〇 武蔵国豊島郡(北区王子一丁目)の丘。桜の名所。二一 長唄「京鹿子娘道成寺」の文句取り。竜頭は釣り鐘の竜の頭の形をした釣り手。二二 自然石や砂などを盆上に配して風景を作るもの。この頃の流行。二三 中国語めかした音を並べただけのもので、「しやがん」は上官の変化した語といい、武人、武将をいう。二四 自作の歌か。浜庇は浜辺の粗末な家の軒先。

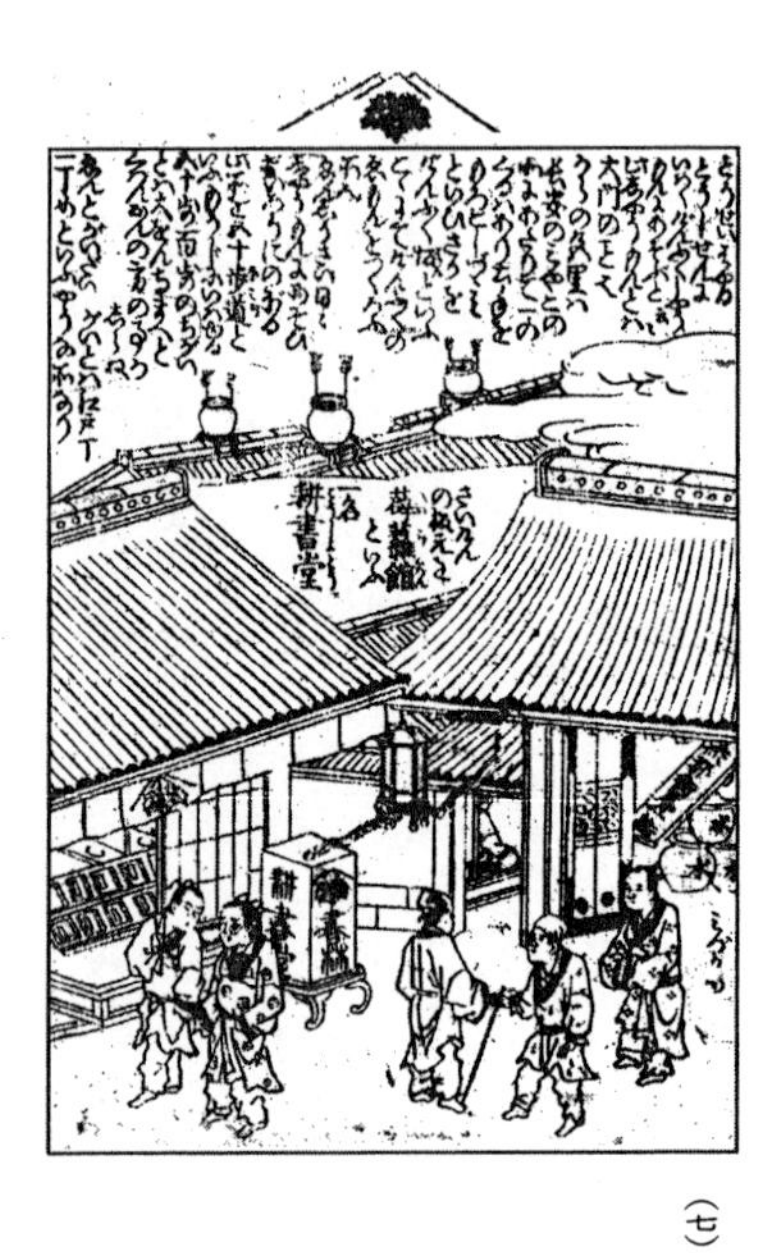

（七）

で練つた物、何か旨そうな物だが、日本人の腹と違つて、唐人の腹には合はず。

[一]お絵馬の額

書状差しを柱隠し[二]と覚へて、掛け置く。

島田[三]、金谷で鯰[四]を盛りし皿に、鰹[五]の刺身。

これは浅草の市で盗んできた延べ[六]付けのちろり[七]に、さしづめ山屋[八]が美酒[九]。こいらは抜け荷[一〇]かも知らねへ。

（塩商）「鰹の刺身は煎酒[一一]の事だ。パア〳〵」

（下）

（七）当世流行る『唐詩選』に曰、「衒服[一二]倡門[一三]に遊ぶ」と云々。此倡門とは大門[一四]のこと也。唐[一五]の色里は長安[一六]の都の北に当りて、一の廓あり。土手を唐土堤[一七]といひ、坂を衒服[一八]坂といふ。こゝにて衒服の衣紋[一九]を膳ふ所也。

二五 中国料理屋の見立て。日本橋浮世小路の百川や神田佐柄木町の山藤などが知られた。二六 四人前の料理を一つの容器に盛付けたもの。中国風の料理の特徴。二七 願を立て寺社に瓦を寄進する人。二八 吸物と椀に盛切りにした飯の意。一膳飯屋の粗末な食事の見立てで、当時江戸でも流行し始めた卓袱料理の献立めかす。二九 丼に一人前を盛切りにした飯。一膳飯同様粗末な食事。三〇 巻繊。黒大豆のもやしを油煎りにして塩、醤油で味付けしたもの。けんちん。「ちゃん」は繊の唐音。三一 膾は魚貝や獣の生肉、野菜などを細かく刻み酢味噌や煎酒で調味した料理、「けん」はそれに添えた妻。三二 論語・郷党第十の「薑ヲ撤ズシテ食ラフ、多クハ食ラハズ」による。魯国は中国、周代の侯国で、孔子の生国。三三 松脂と油を練り合わせたもので、船の諸道具の防腐剤として用いた。

一 荒神様に供える絵馬。鶏を描き、油虫除けの呪いとした。書状差しとともに飾り物と取違えた滑稽。二 柱に飾りとして懸ける書画。この頃創始された。三 東海道の宿駅の一（静岡県島田市）。大井川を挟んで金谷（静岡県榛原郡金谷町）に対し、川越で賑わった。四 鯰は大井川の名産の一つであった。五 江戸人が最も珍重した初夏の食べ物で、初鰹

（八）

塩秀才、日々倡門に遊び、青[二〇]楼に登る。此所を五十歩道[二一]といふ。『孟子』[二二]にいはゆる「五十歩百歩の違い」とは、大音寺[二三]前と観音[二四]の方の事か知らぬ。

燕都街[二五]第一街とは、江戸[二六]丁一丁目といふやうな所なり。

細見[二七]の板元を、薜蘿館[二八]といふ。

一名、耕書堂。

水瓶

（八） 彼の青楼の廓中にて、中[二九]の丁ともいふべき所を、中丁といふ。茶屋[三〇]の代りに、茶屋とて両側に立て並べ、夕暮になれば、玉の簾をかゝげて、宴会の酒盛

のそれは異常な高値をよんだ。 六 金属を叩き延して平にしたもの。 七 酒の燗を付ける容器。 八 浅草並木町(台東区雷門一丁目)の酒屋山屋半三郎の銘酒隅田川。 九 こいつら、これらの訛言。 一〇 禁令を犯して密輸入した物品。 一一 だし汁、梅干、酒を調合してつくった調味料。醤油が普及する以前には貴重な調味料だった。鰹は一般に辛子味噌で食したが、今日の刺身風に煎酒で食うのが最高だ、との意。 一二 よい衣服。黒い衣服。黒羽二重は当代の通人の最も好むお洒落着。 一三 倡家(遊女を置く家)のこと。「袪服倡門に遊ぶ」は儲光羲(七〇〇―七六〇)の五言絶句「長安道」の詩句取り。 一四 吉原唯一の出入口。 一五 遊女屋や料理屋の集中する所。 一六 前漢、唐の首都(陝西省西安市)。 一七 吉原への通路日本堤の捩り。 一八 日本堤から大門口へ下がる衣紋坂の捩り。通人たちが吉原通いに黒羽二重の着物を喜んだことを受ける。 一九 襟を搔き合わせ着くずれを直す。 二〇 妓楼の異称。 二一 吉原の衣紋坂から大門までの五十間道の捩り。 二二 孟子の言行を集めた書。儒教の経典、四書の一として尊ばれる。孟子・梁恵王上篇の、恵王と孟子の対話の故事から、差はあるものの本質的な違いはないとの諺「五十歩百歩の違い」が出来た。 二三 下谷竜泉寺町(台東区竜泉一丁目)にあった大音寺の門前の通称。

(九)

あり。
塩秀才、中丁の茶屋にて、松[一]葉楼の花魁[二]、瀬川夫人[三]を見初める。

松葉楼の瀬川夫人道中[四]。

(九)それ『碁太平記[五]』の七つ目にも、「桃の節句や菖蒲葺[六]く、軒の灯籠二度の月」とは、我日本の廓の紋日[七]、唐土にては、仲[八]秋とて十五夜の月見はあれど、八朔[九]と十三夜[一〇]の月見は昔からない国風なれば、客のためによろしと思へば、十一月、冬至[一一]といふ大紋日[一二]ありて、お客の頭痛鉢巻[一三]、よく〳〵聞けば、「(馬)鹿[一四]ら周の世の正月とやらでありん[一五]

二四 浅草の浅草寺(台東区浅草二丁目)のことで、俗に浅草観音といった。吉原への通路の一。二五 燕都は北京の異称、街は町を中国めかした呼称で、音通により吉原の江戸町を捩る。二六 吉原の町名の一。最も繁華な町で一流の妓楼が集まっていた。二七 吉原の案内書、吉原細見。隠れたベストセラーで、この出版は利益が大きかった。版元は数年前までは江戸地本問屋の老舗鱗形屋孫兵衛だったが、この期には本書の版元蔦屋に替わっている。二八 蔦屋の別名。薜蘿はかずらのこと。耕書堂はその堂号。二九 吉原の大門口から水道尻までを縦貫する目貫通。三〇 吉原で、遊客を妓楼へ案内するのを業とした家。引手茶屋。「さおく」は唐音めかした読み方。

一 吉原、江戸町一丁目の松葉屋を音読みし、唐名めかした。吉原第一の妓楼で、吉原細見の最初に載る。二 高級遊女の称。三 松葉屋代々の看板女郎の名跡瀬川を音読みし、唐人めかした。四 高級遊女が廓内を盛装して行列すること。花魁道中。五 浄瑠璃「碁太平記白石噺」。紀上太郎、烏亭焉馬ら作。十一段。安永九年(一七八〇)江戸、外記座上演。六 「碁太平記白石噺」七段目。「揚屋の段」として知られ、「桃の節句や菖蒲葺く」はヒロイン宮城野の台詞の一節を取る。七 五節句などの祝日や年

（10）

す」と、しかいふ。[一六]

（10）塩大尽は日夜の奢に、身[一七]代は素寒貧[一八]となりければ、両親大きに怒りをなし、勘当帳[一九]へ四角な字で付られ、しばらく燕[二〇]趙ひかぬ気の親分の家を主とせ[二一]しが、こゝにも長くは居られず、詮方なくて毛氈一枚被り[二二]、明州の津より筏に乗りて[二三]、海上に浮かびける。日頃、日本の事を慕いて、諸事日本風なりしかば、直に筑羅[二四]が沖へ心ざして漂ひし所、例の住吉大明神[二五]は、白楽[二六]天が来た時さへ筆談にてやりこめし神なれば、稲荷町[二七]の毛唐人には、ひつたてに[二八]出るももつた

中行事の日。遊里では諸経費の出費が多かった。八 秋三か月の真ん中の意で、陰暦八月の異称。その十五日は仲秋の名月で吉原では重要な紋日。九 陰暦八月一日。吉原の紋日の一で、遊女がみな白無垢の小袖を着用したので「八朔の雪」の語がある。一〇 陰暦九月十三日の夜。八月十五夜に次ぐ月の美しい夜で「後の月」といい、吉原では紋日の一。一一 陰暦十一月中の日、大雪後十五日に当り、昼が最も短く、夜が最も長い。中国、周では十一月を正月とし、暦家では天正月といった。一二 特に重要な紋日で、正月三が日、節句、盆、月見などをいう。一三 困難な事態に直面して奮闘努力するさま。一四 歌舞伎界で十一月の顔見世興行を、中国、周の習俗に擬えて「周の正月」といった。「馬鹿らしゅうありんす」を掛ける。一五 吉原言葉の代表的なもので、「ある」というほどの意。一六 漢文の文章の結び「云爾」を訓読したもので、上述の通りとの意。一七 個人や一家が有する全ての財産。一八 貧しくて何もないこと。文無し。一九 勘当を正式に登録する帳簿。二〇 中国、戦国時代の燕趙の地には、時事に感じて悲歌慷慨する者が多かったことを受ける。二一 主人として仕える。二二「毛氈を被る」は主家をしくじる、お払い箱になる意であるが、ここは文字通り、何も持たずにの意。二三 論語・公冶長に「道行ハレズ、桴

（二）

いないくらい。しかれども、此唐人、間違いだらけにもせよ、仮(にも)日本の風を慕ふと聞けば、「まんざら見ぬ振りもなるまい」と、和光同塵の柔らかみにて、御異見あり。

(二) 爰に日本平戸の嶋に、和唐内が落胤、王藤内がまた従兄弟にて、ずんど心の柔らかな加藤内といふ男子有。台湾の戦破れしより、福王といへる大明の若殿も、韃靼へ降参して芥子坊主になり給ひしかば、もはや世に望みなく、故郷の平戸に乱を避けて、焼物を焼きて世を渡る。塩秀才は、日本にて、住吉大

ニ乗ッテ海ニ遊バン」とあるのを受ける。二四 日本と朝鮮との潮境の海。二五 摂津国の住吉大社(大阪市住吉区住吉町)の祭神たる底筒男命、中筒男命、表筒男命三神の総称。二六 中唐の詩人。名は居易、楽天は字。謡曲「白楽天」では、天子の命で、日本の知恵を計りに筑紫、松浦潟へと来たが、一人の漁翁、実は住吉の神と詩歌問答をして敗れ、日本の土を踏むことなく帰国したとある。「例の」はこのことを指す。二七 最下級の歌舞伎役者。楽屋に祀る稲荷のそばに控え室があったからの称という。毛唐人は中国人の異称。二八 追い返し役を勤める。

一 仏教で、仏・菩薩が衆生を救うために身を変えて俗世間に現れること。本地垂迹説では、仏・菩薩が日本の神として出現すること。二 堅苦しくなく捌けた態度で。三 意見をする。四 肥前国北部(長崎県平戸市)の港町で、鎖国以前は長崎と並ぶ開港場。五 近松門左衛門作、国性爺合戦中の人物(和藤内)で、鄭成功をモデルとする。鄭成功は中国、明の遺臣鄭芝竜老一官の子。母は日本人で、平戸で育ち、父母とともに故国に渡って韃靼軍を破り、明朝を再興する。正徳・享保(一七一一―三六)頃にはまだ台湾によって清朝と戦っていた。六 父母の従兄弟の子。七 きわだって、全く。八 「堅うない」の地口で、

明神の[14]堅親父にしたゝか異見をされ、[15]しびれをきらし、是非なく元の舟に乗り、立帰らんとする時、にはかに風が変わつて此島に吹き付けられ、加藤内が方に居候となり、とも〴〵焼物の手伝いなどして、[16]三年は爰に須磨の浦、行平ならぬ平戸の島の侘住まゐ。されど加藤内、頼もしき者にて、[17]十錦出の焼物にかこつけて異見を加へ、折もあらば、親里へ、[18]勘当の訴訟してやらんと、思ひける。

(加藤内)「これ、此茶碗を十錦出といふ。十きんとは十の錦と書く。唐人殿に文字の講釈は[19]釈迦に心経だが、[20]とうでとう〳〵[21]錦を着て、故郷へ帰る[22]分別をおしやれ」

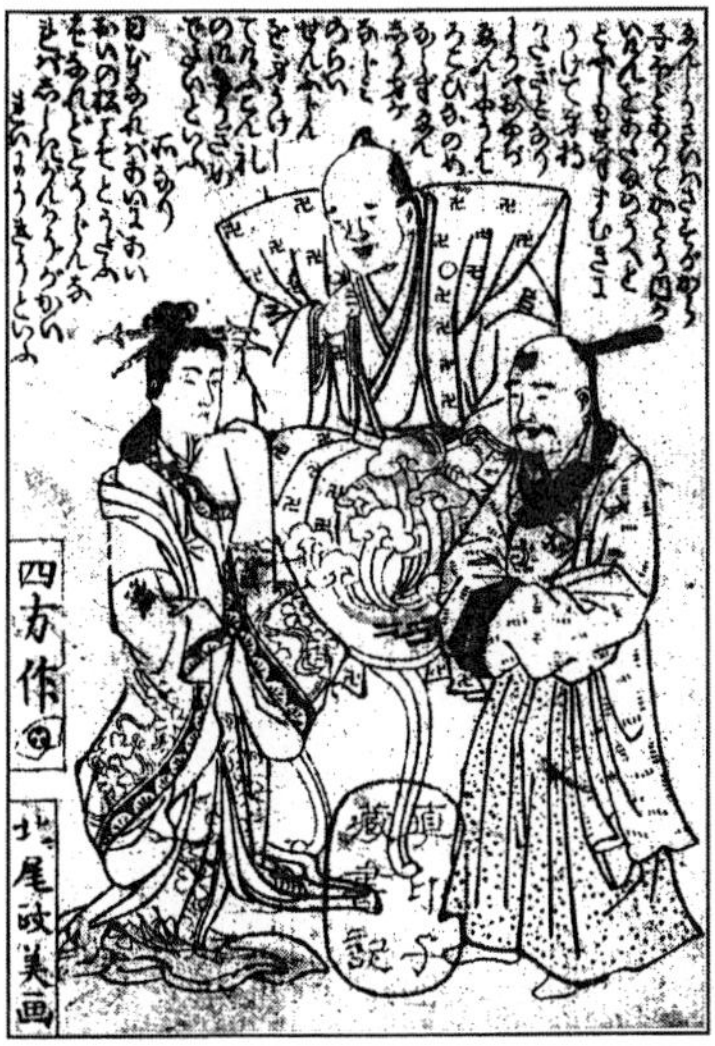

(三)

(塩秀才)「そつちでは分かるか知らぬが、こんな詰らぬ異見もないものだ」

(加藤内)「[23]鶴吉が品玉のやうだが、さやうな[24]卑劣な物じや御座らぬ」

(塩秀才)「[25]諾。我、まさに[26]帰らんとす」

(三) 塩秀才はさすが[27]唐子ほど

国性爺合戦の主人公和藤内に語呂を合せる。 九 一六四六年台湾によった鄭芝竜が清に降伏したことをいう。 一〇 神宗の孫。名は由崧。一六四四年、毅宗の自殺後、南京に入り、監国を建てた。安宗(弘光帝)を称したが、翌年南京が清国軍により陥落し、殺された。 一一 中国の王朝の一、明(一三六八―一六四四)のこと。 一二 中国、明代の蒙古部族の一であるが、蒙古族を総称。 一三 中国、清代の弁髪頭で、頂上だけ髪を残した形が芥子の実に似るところからの称。また唐人をいう。 一四 道理や信義を重視する親父。 一五 待ちくたびれて我慢ができず。 一六 謡曲「松風」の文句取り。平安初期の公家在原行平(八一八―八九三)が三年須磨に流罪となった故事を受け、住む意を掛ける。行平は阿保親王の次子で、業平の兄。須磨への流罪は、謡曲や歌舞伎の題材となる。 一七 色や模様を異にする十個一組の茶碗や酒盃で、中国渡来という。 一八 勘当帳への記載をめぐる裁判事件。ここは勘当が許されること。 一九 諺。仏教の開祖たる釈迦に般若心経を説くことで、不必要なことを教える愚行をいう。 二〇 数え唄の文句取り。 二一 諺。出世して帰郷すること。 二二 物事の道理や善悪を弁えること。 二三 安永天明年間(一七七二―八九)に上野山下に出ていた著名な曲芸・手品師。品玉は鎌、鞠などを空中に投げ揚げて曲取りする芸をいうが、今日の手ありて、加藤内が異見を[一]頭の上を通しもせず、[二]真向きに受けて、[三]身持[四]堅気となりしかば、親父塩商、喜び[五]斜めならず、塩秀才が[六]馴染みの瀬川夫人を[七]身請けして、今日、婚礼の御祝儀、目出たいといふ所なり。

日本なれば、「[八]相に相生の松こそ」と歌ふ場なれど、唐人なれば、「[九]ししきがんかうがかいれいにうきう」といふ。

四方作印　北尾政美画

品や奇術などの称でもあった。
二四 品性や行為が卑しく下劣なこと。
二五 応答の言葉。あまり丁重ではないが、承知したりする時にいう。
二六 間違いなく。きっと。
二七 中国風の髪型や衣裳の子供。

一 人の意見を聞き流して心に止めようとしないこと。
二 正面きって向かう。まっこう。
三 日常的な行い。品行。行状。
四 心掛けが真面目で、行いが軽佻浮薄でないこと。
五 並み一通りではない。
六 遊女と客が回を重ねて親密な間柄になること。
七 遊女などの身代金その他の経費を支払って、その身を引かせること。
八 結婚式に祝儀として歌われることの多い謡曲「高砂」の文句取り。
九 「紫色雁高我開令入給」の字を当てる。紫色雁高は陰茎の逸物をいう俗語、開は陰門のこと。

太平記万八講釈（たいへいきまんぱちこうしゃく）

宇田敏彦　校注

三巻三冊、十五丁。朋誠堂喜三二作、北尾重政画か。天明四年(一七八四)蔦屋重三郎刊。寛政六年(一七九四)再摺再版されている。『太平記』読みが講釈の原点であることを受け、「万八」は明和・安永期(一七六四-八一)の流行語で大嘘をいったので、口から出放題な太平記講釈というほどを意味する。底本に東京都立中央図書館加賀文庫蔵本を使用したが、絵題簽の中巻を東洋文庫蔵の『青本絵外題集』によって補った。

『太平記』巻十二に大塔宮護良親王の建武中興後の行状に触れて「御心ノママニ侈ヲ極メ、世ノ譏ヲ忘レテ、婬楽ヲノミ事トシ給ヒシカバ」とあるを趣向とし、宮の名を捩って主人公放蕩宮無理押し親王とする。放蕩宮は後醍醐天皇が隠岐で白狐と契って産まれた皇子で、当代の通と無駄が幅を利かす風潮に反逆し、江戸吉原での不粋な遊びを皮切りに、高慢な者たちを集めては、茶番、宝合せなど当代流行の風俗現象の数々をこじつけた奇妙な思付きの嫌がらせの会を催すが、破目を外し過ぎて禅問答を行い、博奕用語を知らなかったばかりに、博打寺、打辺(宮を殺害した淵辺伊賀守の捩り)の両人にやり込められ、これを機に母の諫めもあって生真面目な生活に復帰し、天台第一の名僧智識となる。冒頭の序で、『金々先生栄花夢』以来草双紙が「通」と「無駄」を専らにして大人の読み物となり、実録を離れて童蒙教諭の本来の姿勢を失ったのは、他ならぬ春町と喜三二自身の責任だと韜晦しながら、ここに描かれるのは紛れもない当代江戸における通と無駄の世界で、それらの一々が、文字によるよりも、むしろ画面によってビビッドに表現されているという、黄表紙ならではの表現技法を駆使している点に注目したい。

朋誠堂喜三二 一七三五-一八一三 本名平沢常富、通称平角(格)。俳号月成、狂名手柄岡持、別号亀山人など。江戸生まれの秋田佐竹藩士で、御留守居役を勤めた。早くから俳諧に親しみ、洒落本、滑稽本、狂歌など多ジャンルにわたって活躍した。安永六年(一七七七)『親敵討腹鞁』(恋川春町画)で黄表紙界に登場し、卓抜な構想力と説得力を武器とし、春町との名コンビで黄表紙を知識人の読み物とした功績は大きい。天明八年(一七八八)『文武二道万石通』で寛政の改革政治を揶揄したかどで、主家の命により筆を絶ち、以後文壇からも引退した。黄表紙に三十余の作がある。

（上）

序

『金々先生栄花の夢』を見ひらきしよりこのかた、絵双紙は大人に処し、通とむだと隆に行はれて、実録世に用ひられず。自童蒙を教諭すべき其一端をたつか弓、はる町が罪のみ恋川の深きにあらず。予も又堤を切、雨をふらし、瀬を淵となすの罪んどなり。されども、年の矢のはやとく〳〵と、書林が責をふせぎかねて、愚なるをも思ひ出の蛙の面の皮厚く、千枚張をかさねつゝ、万八幡の御託宣にて、画双紙は袋に入、温石箱に納れる、御代をあふぎし太平記、素より大の平気にて、

喜三二作之。

（序）

一 恋川春町作の黄表紙。安永四年（一七七五）刊。天明初年（一七八一）には、草双紙が大人の読物となった最初の作品と看做されていた。 二 初めて開いて見て。 三 徳や学識の高い人格者。婦女童幼に対する。 四 対処する。 五 人情や物ごと、特に遊里でのそれに精通し、さばけて粋なこと。当時の美意識であった。 六 無駄。役に立たないこと。 七 実話小説の意で、江戸時代の講釈本をいう。事実の正確な記録ではなく、興味本意に脚色されたものが多く、作者には講釈師が多かった。 八 幼くて道理に暗い者。子供のこと。 九 手束弓。手に握り持った弓。一端を絶つ意を掛ける。 一〇 恋川春町（一七四四―八九）のこと。 一一 それまで張り詰めていた状態、感情などが一気に崩れること。 一二 大きく様変りさせる罪人である。 一三 年月の過ぎ去るのが早いのを、射られた矢に譬える。 一四 書物を販売、出版する店。 一五 山城国の歌枕の地、井出（京都府綴喜郡井手町）を掛ける。井手は名泉「玉井」で知られ、玉川の流れは山吹、かわず（河鹿）の名所であった。 一六 面の皮が千枚張りだとの意で、非常に厚かましいこと。 一七 嘘つきの意の「万八」に源氏の守護神の八幡神を掛ける。御託宣は神などの御告。転じて有難い仰せ、自分勝手なことを偉そうにいうこと。 一八 天下太平をいう諺「弓は袋に、刀は鞘」の振りで、この頃、絵草紙に

(二)

(一) 後醍醐[一]の天皇隠岐[二]の国へ流され給ひ、御気の晴れる事なく、御気の詰まる事のみなれば、御気の毒に思ひ、「起き臥しの御つれ〴〵の御気を慰め参らせん」と、この国の傍らに年久しく住む女狐、美女の形となりて、夜な〳〵御そばに来り、御伽[三]を申ける。もとより神通を得たる白狐[四]なれば、唐の大和の書に通じ、詩歌管弦に至るまで、問ふに答のくらからず、玉藻[五]の前も裸足[六]にて、那須野[七]の原へ逃げたるほどの才なれば、「さて〳〵高慢なる狐なり」とて、初めは白狐の高慢と呼び給ひしが、

袋入りの豪華本が出来、懐炉とした温石が箱入りで売出されるようになったことを指す。温石は軽石を焼き、これを布切れに包んで懐炉としたもの。箱入温石ができたのは安永年中(一七七二―八一)のことという。一九 室町初期の軍記物語。正中の変に始まり、南北朝時代の争乱の様を描いた作品。これに太平の御代、大の平気の意を掛ける。

一 第九十六代の天皇(一二八八―一三三九)。王政復古を目指して鎌倉幕府追討を企てたが、正中の変(一三二四)、元弘の変(一三三一)に敗れて隠岐に流された。鎌倉幕府滅亡後、建武中興(一三三三)の親政を行なった。以下「おき」の音を連ねた文飾が続く。二 山陰道の一国。島根県に属する日本海上の島々よりなり、古代から罪人の流刑地であった。三 貴人などの退屈をまぎらわすため、側近く仕えて話し相手になること。寝室で添い寝をすること。四 年を経て毛色が白くなった狐で、神通力で人を化かすといわれた。五 伝説の美女。三国伝来の金毛九尾の狐の化身で、鳥羽天皇の寵愛を受けたが、安倍泰親の法力で正体を現し、下野国那須野(栃木県那須町)に逃れて討たれ、殺生石となった。六 その道の達人でもかなわない見事な出来栄えであること。七 下野国(栃木県)北部の原野。八 江戸中期の大坂の女流画家(?―一八奴[八]の小万と間違ふゆへ、紫[九]式部の名にならいて、白式部とぞ召されける。

(白狐)「手も王義之[一〇]ぐらいは書かれそうなもの、歌も定家[一一]ぐらいは御茶の子[一二]さ。源鱗[一三]、羽倉[一四]などを学ぶとは果敢[一五]なふ御座ります」

(後醍醐帝)「何かきつい[一六]塩屋[一七]だの。朕[一八]は神の御末なれど、人間[一九]の浅ましさには、手前にはなはだ気ありさ。俺がといふ事を、朕がといふ身なれば、狐[二〇]にも縁があるぞや。これ人間め、どうだ」

(三) 天皇[二一]は鳥羽院と玉藻の前の例をこぢつけに、白式部と深く契り給ひければ、女狐も恨[二二]み葛の葉の古きにならひて、玉のやうなる男宮を生み参らせ、人知れず育ち給ひしが、帝、都に還幸[二三]の後、肩身[二四]広く成長ありて、母狐の才を受け継ぎ、天下の英[二五]才たりしが、高慢募りて大の放蕩[二六]人となり給ひ、何事も負ける事御嫌ひにて、無理押しにこぢつけ給ふゆへ、放蕩宮無理[二七]

四?)。名はゆき、正慶と号した。女伊達として知られた。 九 平安中期の物語作者(九七六?—一〇一四?)。源氏物語、紫式部日記の著がある。一〇 中国東晋の書家王羲之(三〇七?—三六五?)のこと。楷書と草書で古今の名人といわれた。一一 鎌倉初期の公卿、歌人(一一六二—一二四一)。後鳥羽院をめぐる歌壇の大御所で、新古今集の選者の一人。一二「茶の子」の丁寧語。茶の子は茶受けの菓子をいい、それが腹の足しにならぬことから、物事の容易なこと、簡単なことの譬え。一三 江戸中期の書家沢田東江(一七三三—九六)の号。一四 江戸中期の国学者、歌人の荷田春満(一六六九—一七三六)の姓。一五 頼りない。あっけなくて空しい。一六 程度が甚だしい。ひどい。一七 当代の流行語で、自惚れの強い人、高慢な人を言う。一八 天子、天皇の自称。一九 天皇は現人神といわれ、私もその末席を汚しているが、何といっても人間のことゆえ迷いが多く、狐のお前さんに大いに気があるとの意。二〇 子供の遊戯や俚謡の「狐釣」の囃子詞「こんちきちん」を受けて「朕」に掛ける。
二一 第七十四代の天皇(一一〇三—五六)。↓注五。二二 白狐の化身たる和泉国信田(大阪府和泉市)の庄司の娘。安倍保名と結婚して一子をもうけたが、正体を知られ「恋しくば尋ね来てみよ和泉なる信田の森の恨み葛の葉」の一首を残し、保名の許を去る。

押し親王とぞ申奉りける。

（親王）「俺は大きな面をして、高慢な事をいふ奴をば、ぐつと虐めたくてならぬ。とかく世の中は、茶な事でなければ面白くないよ」

（三）

右少弁俊基　千種頭中将　殿法印　洞院左衛門　足助二郎　多治見四郎二郎　村上彦四郎

（三）放蕩宮、女郎買ひを始め給ひ、吉原へ通ひ給ひしが、例の御わがまゝには吉原でも呆れ果て、さすが天皇の御居候なれば、理屈はいわれず、柳にあしらい奉りける。

（親王）「俺は天子のすねかぢりだから、吉原の掟などといふわがまゝはいわせぬ。金を出して買うから、俺が了見次第だ」

無理押し親王、扇屋のはま扇に馴染み給ひしが、又「丁字屋のせう山を買はん」と、客のある座敷へ踏ん込み、「貰い引きがなるからは、俺が貰つたが、どうした」と、無

二三 天皇が行幸先から帰ること。 二四 自由気儘に。 二五 優れた才能の持主。 二六 自分の思うままに振舞って身を持ちくずした人。とくに酒色にふけって品行の修まらない人。 二七 大塔宮護良（もりなが）親王（一三〇八―一三三五）の振り。護良親王は後醍醐天皇の皇子で、落飾して尊雲を称す。元弘の変に際して還俗、建武の新政で征夷大将軍となったが、足利尊氏と反目して鎌倉に幽閉され、中先代（なかせんだい）の乱（建武二年〔一三三五〕）に際して足利直義の命を受けた淵辺伊賀守に討たれた。無理押しは、無理と知りつつ、物事を強引に押し進めること。

一 いい加減でばかばかしいこと。 二 大学頭藤原種範の子（?―一三三二）。後醍醐天皇に重用され、大和の所々を探索して城地を求め、諸国を歴訪して国情を探った。 三 中納言源有忠の子（?―一三三六）。名は忠顕。後醍醐天皇の笠置山臨幸に従う。 四 関白藤原良実の孫、権大僧都良宝の子。生没年未詳。名は良忠。後醍醐天皇奪還の嫌疑で六波羅に捕えられる。 五 太政大臣藤原公賢の子（?―一三六八）。名は実世。討幕の密議のための無礼講に参加。 六 三河国の武将（?―一三三二）。名は重範。中宮禧子の御産の御祈りに参加、のち笠置山の合戦に奮闘。 七 美濃の武将（?―一三二四）。名は国長。 八 信濃国の武将（?―一三三三）。名は義光。元弘の変に際して大塔宮

理やりに名代[一九]女郎を客へ授け、廻し[二〇]座敷へ連れ出し給ふ。

(若い者)「まづ、おいでなされまし」

(客)「あいつは何者だ」

(四) 親王、又「松葉屋[二一]のきせ川[二二]を買つて見ん」と思し召し、きせ川客ありて茶屋[二三]の二階へ出てゐると聞き給ひ、茶屋の下へ呼び出し、無理に引連れて松葉屋へ行き、遊び給ふ。

(客)「先途[二四]と違つて、あなたは謝り証文[二五]も取られぬ御客だ」

(四)

(きせ川)「これ、あんまり御無体[二六]でおすよ」

(親王)「なんのかのと、いふこたあねへ」

(五) 親王、世間の歌詠み、歌にて国家を治めるやうな顔にて、歌の会[二七]などをするを、歌詠み[二八]へのあたり[二九]に、無駄の会といふを始め、狂歌[三〇]の茶番をし給ふ。

の熊野落ちに従い、大和、十津川で錦の御旗を奪還する。九 他人の家に身を寄せ養われる人。一〇 無理に道理をつける。一一 なすがままにして巧みにあしらうこと。一二 天に代って国を統治する人。一三 自活せず、親の補助を受けて暮らしていること。
一四 吉原、江戸町二丁目の妓楼。
一五 扇屋の看板女郎花扇の振り。
一六 吉原、江戸町二丁目の妓楼。
一七 丁字屋の看板女郎丁山の振り。
一八 すでに客の付いている遊女を無理に所望すること。一九 客が重なった姉女郎の代りに座敷を勤める妹女郎で、客とは同衾しない制があった。
二〇 客が重なった時、後の客を待たせて置く狭い座敷。二一 吉原、江戸町一丁目の妓楼。二二 松葉屋の看板女郎瀬川の振り。二三 吉原などで客を遊女屋へ案内するのを業とした家で、遊女や芸者を呼んで遊興もさせた。二四 さき頃。この間。二五 過失を詫び、以後身を慎むことを誓う証文。二六 無理、無法なこと。
二七 人々が寄り集まって歌を作り、披露する会。歌会。二八 和歌を巧みに作る人。歌人。二九 それとはっきりいわずに、何かにかこつけて悪くいったり、ひどい扱いをすること。当て付け。三〇 和歌の形式を取った滑稽な詩で、天明期(一七八一―八九)に江戸で大流行した。「茶番」は茶番狂言の略で、滑稽な趣向の素人芝居をいい、吉原を中心に大流行した。

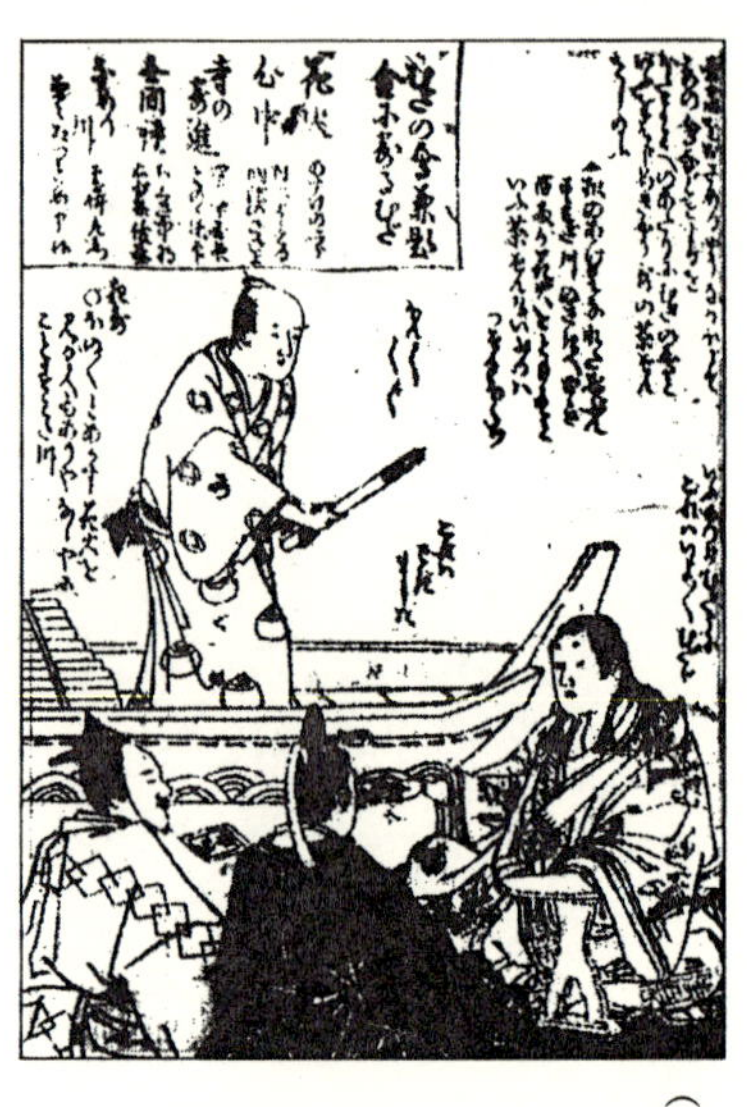

（五）

▲夜の明け離れた時分、隅田川の先へ行き、[一]百両が花火を灯すといふ茶番、[二]景物は[三]つばな火口。

狂歌　○[四]ほの〴〵とあかず花火を見る人もありやなしやにことすみだ川

（親王）「全体、[五]花火といふ奴が無駄だに、これはいよ〳〵無駄だ」

（公卿）「これは[六]出来ました」

ぼん〳〵〳〵

無駄の会[七]兼題　金に寄る無駄

花火　[八]足助二郎

心中　[九]村上義光　[一〇]洞院実世

寺の寄進　[一一]四郎二郎国長　[一二]殿法印

一 大花火の費用は不明だが、一般に金一分(四分の一両)で客の需めに応じて揚げたという。
二 茶番狂言で、趣向にこじつけて添える品物。
三 火打ちなどの火を移し取る道具で、茅花(つばな)に焼酎や焔硝などを染みこませて作る。
四 「ほのぼのと明石の浦の朝霧に島がくれ行く舟をしぞ思ふ」(古今集・羇旅・よみ人しらず)、「名にしおはばいざ言とはむ都鳥わが思ふ人はありやなしやと」(伊勢物語・九段)を本歌とする。作者喜三二は手柄岡持の狂名で狂歌をよくした。
五 自作の滑稽本「古朽木」(安永九年刊)にも「花火に捨る金があらば、もそつと金の生きる遣ひ方が有さうなもの」などとある。
六 褒め言葉で、上出来、大出来。
七 和歌や俳諧の会で、あらかじめ出された題で詠む歌や句。
八 →二三二頁注六。
九 →二三二頁注八。
一〇 →二三二頁注五。
一一 →二三二頁注七。
一二 →二三二頁注四。

（六）

無間鐘[一三]　千種中将[一四]　右少[一五]
弁俊基
滑川[一六]　青研左衛門[一七]
直ゝ相勤め申候。

（六）▲「馴染みの女郎を請け出せ」とて、親父、息子に金千両やりしを、息子、千両の内五百両寺へ納め、百両にて大きな石塔を立、四百両にて白繻子に白糸にて蓮[一八]を惣縫ひにしたる着物を、二人共に四つづゝ[一九]着て、白びろうどの四つ布団[二〇]の上にて、心中するといふ茶番、景物、真鍮[二一]の耳掻きとはこぢつけなり。

狂歌　○此世[二二]から黄金の光さしもなど無駄のみ国と契り初

一三 遠江国小夜の中山（静岡県掛川市東山）の観音寺にあった鐘。この鐘を撞くとこの世では富豪になれるが、来生では無間地獄に落ちるという。
一四 →二三三頁注三。
一五 →二三二頁注二。
一六 鎌倉市中を流れて由比ヶ浜に注ぐ川。
一七 鎌倉中期の武将青砥藤綱（生没年未詳）。清廉潔白なことで知られ、滑川に落とした銭十文を五十文を投じて探させた故事で知られる。四条畷の合戦などに登場するが、伝未詳。
一八 死後の世界の象徴。
一九 この部分に四の数が頻出するのは、「死」との音通による。
二〇 吉原での敷布団が三枚重ねの三つ布団であったことを踏まえる。
二一 銅と亜鉛の合金。細工が容易で、色は黄金色で美しいため、食器や工芸品の材料とされ、当代は中国からの舶来品が珍重された。音通により心中の意を掛ける。
二二 「さしも」はあれほどの意の副詞で、これに光が射す意を掛け、「無駄」は弥陀（極楽浄土の主宰者阿弥陀仏の略）を捩る。

めけん

▲親父御寺へ五百両持参し、「多年の心がけにて貯めましたから、両親の日牌[一]を付けて下され」と頼む時、「日牌にはまだ五十両足らぬが、心ざしに賞でて、俺が金を足してやりませう」と喜ばせて帰し、後にて、五百両へ五十両足して、馴染みの女郎を請け出し、浅草の寺内へ囲ひ者にしたるといふ狂言、景物は土[二]の大黒。

狂歌　○たらちね[三]のためにためしをたらしめのために日牌食わせられしか

▲梅[四]が枝、揚げ代[五]のかわりに産衣[六]の鎧を質に置き、源太[七]、戦に出られず、切腹せんといふゆへ、無間の鐘を突き、袖引きちぎつて[八]三百両を包み、勇み勇んで走り行く向かふへ、昼盗人[九]来り、引つさらつて逃げて行く茶番、景物は小判煎餅[一〇]。

狂歌　○此上[一一]は何のかねもて梅が枝が顔の色なし悲しかるらん

（息子）「呉服屋[一二]の払ひ残りが、五十両ほどあつたではないか」

（女郎）「それは邪魔になるから、溝へ捨てたわいな」

（僧）「こなたは真の善男子[一三]だ」

（親父）「もはや私は、死んでも思ひ残す事は御座りませぬ」

（梅が枝）「その金を取られては、だんある[一四]／＼大事ある」

（盗人）「[一五]しめこの兎だ」

一　毎日、位牌の前でする供養。
二　土製の大黒像。「大こく」は音通により僧侶の隠し妻、梵妻を意味する。
三　「たらちね」は両親、「ためしをたれる」は手本を示すことで、これに色仕掛けで誑かす女の意を掛ける。「日牌」には一杯を振って、騙されたとの意を掛ける。
四　浄瑠璃「ひらかな盛衰記」のヒロイン。本名千鳥。木曾義仲の侍女お筆の妹。梶原源太景季と契り、勘当された景季を養うため傾城となり、梅が枝を名乗る。景季が頼朝から拝領した産衣の鎧を質屋から請け出すに必要な三百両を得るため、無間の鐘になぞらえて手水鉢を打とうとし、景季の母延寿の情けで金を得る。
五　遊女などを呼んで遊ぶ時の代金。
六　源氏の嫡流が代々着用した鎧の一。
七　梶原源太景季。鎌倉初期の武将(一一六二–一二〇〇)。景時の長男。宇治川の先陣、箙の梅で名高い。
八　「ひらかな盛衰記」の詞章に「袖引ちぎり三百両、包むに余る悦び涙」とあるを受ける。
九　昼間に盗みを働く者。良民のような顔をして悪事を働く者。
一〇　小判形の煎餅。梅が枝煎餅というのがあって、これが小判形であったと伝えられる。
一一　「何のかねもて」は金策の手段が尽きての意、「顔の色なし」は顔色なしの言い換えで、呆然自失の状態。
一二　絹物の衣服類を扱う商家。

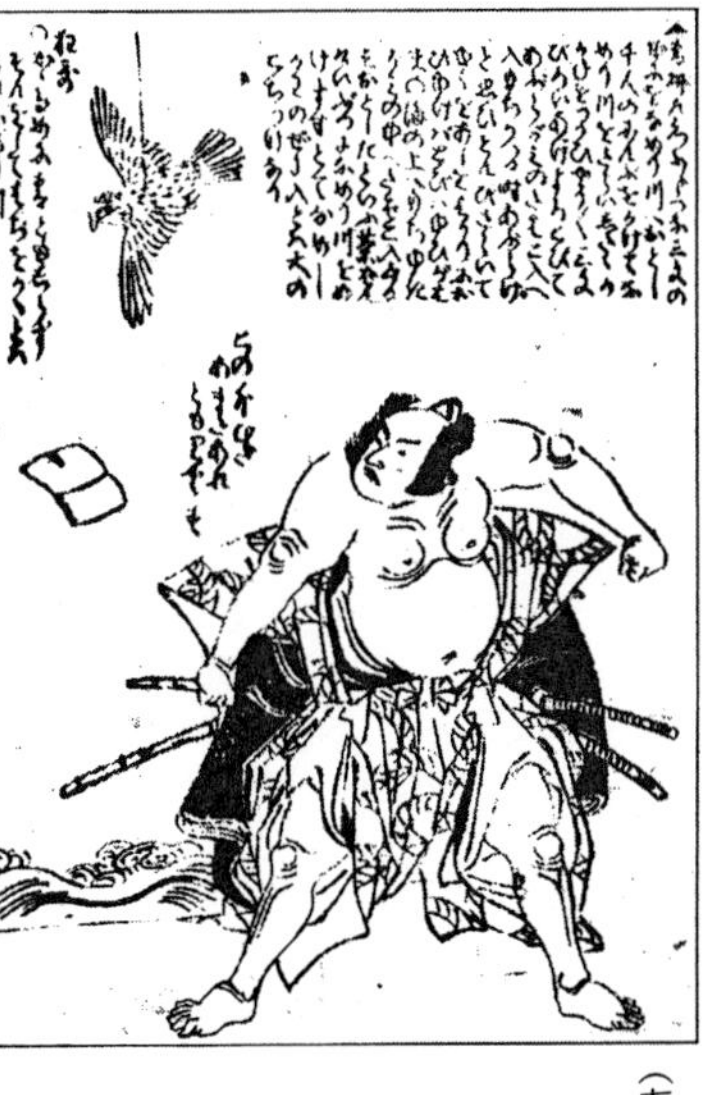

（七）

（七）▲青研左衛門藤綱、三文[16]の銭を滑川へ落し、千人の人夫をかけて滑川を浚い、したゝか金を使ひ、やう〳〵三文拾い上げ、喜びて油紙[17]の煙草入へ入、持ち帰る時、油揚[18]と思ひ、鳶さらいて行くを、足[19]をはかりに追ひ行けば、鳶は由比[20]が浜の海の上へ持ち行き、海の中へ煙草入ぐるみ落としたといふ茶番、景物に滑川を上げますとて、なめし皮[21]の銭入とは、大のこぢつけなり。

狂歌　○かゝる[22]目に青とも知らず損をして恥をかくとはこれなめり川

この外、無駄あまたあれども略す。

（中）

（八）親王、茶人のいろ〳〵高慢[23]なるを憎み給ひ、茶を茶にした思ひ付にて、客を呼び

一三 仏法に帰依した男子の意で、善女人とともに信者の通称。
一四 梅が枝の台詞「だんない〳〵大事ない」の捩り。
一五 物事がうまく行った時の洒落言葉。しめたに絞めたを掛ける。
一六 青砥左衛門が滑川で落とした銭。
一七 桐油や荏油を美濃紙に塗ったもので、防水用などに用いた。油紙の煙草入れは粗末な品であった。
一八 形状からの連想で、思いがけなく横取りされることをいう諺「鳶に油揚をさらわれる」を受ける。
一九 足の力の続く限り。足を限りにと同じ。
二〇 鎌倉南部一帯の海岸。
二一 なめした皮革で作った財布、巾着など。滑川の捩り。
二二 「青」に出会うの意を掛け、推定の助動詞「なめり」（であるらしい）に滑川を掛ける。
二三 才能や容貌が優れていると自惚れ、自慢すること。

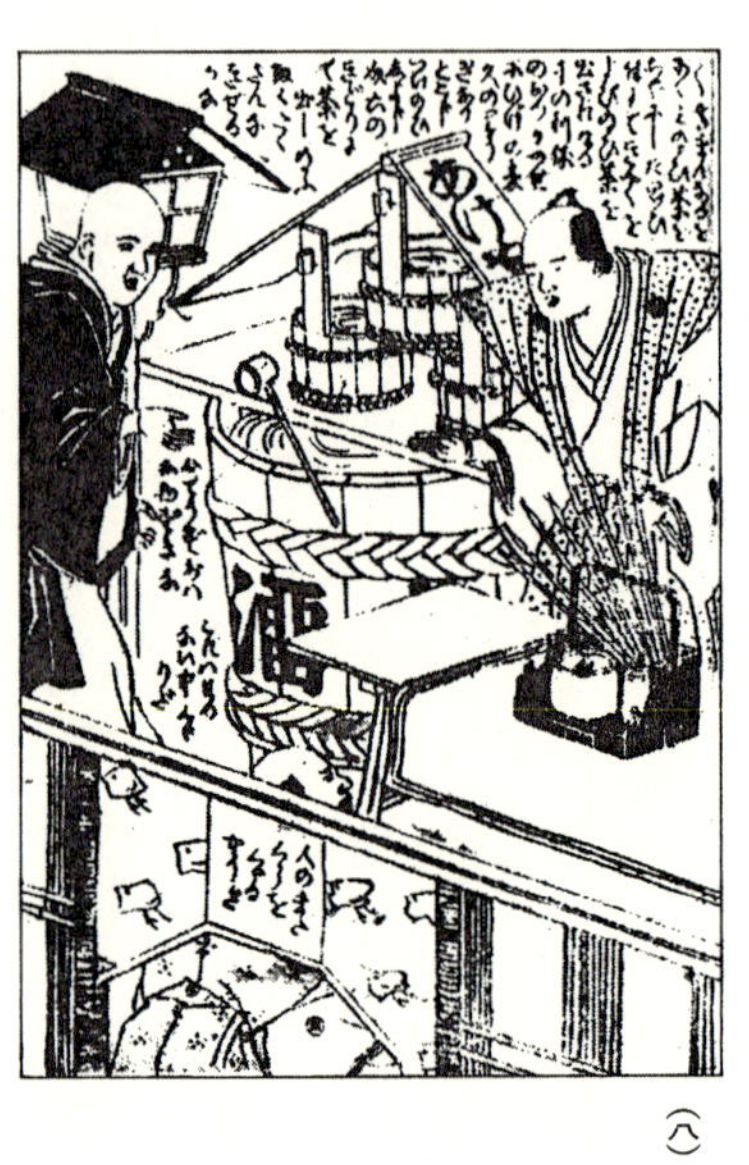

(八)

給ひ、茶を出されける。千の利[一]休のおつかぶせ[二]に、髯[三]の意久の流儀なりとこじつけ給ひ、諸事、介[四]六の気取りにて茶を出し給ふ。

(意久)「扨ゝ、沢山[五]な煙管かな。御手水[六]は御物好きな」

(男一)「これは切ない中潜り[七]だ。人の股[八]を潜るやうだ」

(九) 会席済み、中立[九]ちの合図は早拍子木[一〇]なりければ、大きに驚き、みな〳〵囲ひ[一一]へ入る。

(親王)「俺が流儀はぜんけといふよ。ぜんはひげといふ髯の字さ」

(客一)「茶番と申事は、御流儀から出ましたか」

(親王)「千家[一二]の茶歌舞伎[一三]と中は、茶番の誤りで御座る」

道具附[一四]

掛物　十寸見河東[一五]筆・歌の切[一六]・春霞[一七]、表具[一八]・紙子切替

釜　観音堂[一九]

一 近世初頭の茶匠(一五二二―九一)。幼名は与四郎、諱宗易、利休は居士号。千家流茶の湯の開祖で、侘茶の大成者として知られる。 二 真似たり、似せたりすること。 三 歌舞伎狂言「助六」の登場人物で、助六の敵役。 四「助六」の主人公、侠客花川戸助六、実は曾我五郎時致で、吉原の三浦屋の女郎揚巻の恋人。 五 助六の台詞「見世先へ煙管を蒸籠のやうに積んで置いた」とあるのを受ける。 六 手や顔を洗う水の丁寧語。容器が酒樽なので「御物好き」とする。 七 茶庭の外露地と内露地との間にある門。 八 助六が吉原の遊客に「股をくぐれ」と言って、くぐらせたことを受ける。 九 茶会で、会席が終わった後、客が席を立って露地の腰掛に移ること。 一〇 歌舞伎芝居で、事件の発生など異常事態を知らせるために、早い調子で拍子木を連打すること。 一一 茶室の一種。元来は広い部屋の一部を仕切った茶席をいう。 一二 茶の湯の一流派。千利休を祖とし、茶道の中心的流派をなす。 一三 銘を隠した二種以上の茶を味わって、その名を当てること。 一四 使用する茶道具を記した帳簿。 一五 江戸浄瑠璃の一派河東節の創始者(一六八四―一七二五)。 一六 和歌の冊子などにある古人の筆跡を切り抜き、観賞用として適宜な大きさに切ったもの。 一七 助六狂言の河東節浄瑠璃「助六所縁江戸桜」の冒頭の詞章を取る。 一八 表具は紙子

（九）

炭取　網笠

香合　[二〇]片貝研ぎ上蒔絵、

　銘・[二一]三浦

花入　尺八、銘・[二二]屋形舟、

　花・江戸桜

水指　[二三]伊賀平内

茶入　[二四]前渡り唐物、袋・[二五]杏葉牡丹

茶碗　[二六]京次郎

茶杓　[二七]違久作、銘・[二八]友切丸

蓋置　脇息

薄茶器　印籠形棗

　会席

[二九]福山うんどん　ぶつかけ

香の物　[三〇]君奈良漬

[三一]中酒　[三二]くろう酒

（紙製の衣服）用の柿渋を引き、揉んで柔らかくした紙を継ぎ合せたもの。助六狂言の幕明きに、助六の母満江が落ちぶれた紙子姿で登場するのを受ける。一九 助六狂言の幕明きに登場する男伊達（俠）たちが、浅草観音に縁のある矢大臣源七、雷門八などの名であることを受ける。釜には領分の意を掛ける。二〇 鮑のように一枚しか殻のない貝で、上蒔絵は助六狂言の主人公助六の恋人揚巻の振り。以下助六狂言の見立てが続く。二一 吉原、京町一丁目の妓楼三浦屋四郎左衛門のこと。名家で、名妓高尾を出したことで知られ、揚巻はここの看板女郎に設定される。二二 助六、実は曾我五郎時致が、白酒売新兵衛、実は五郎の兄十郎祐成に、「鼻の穴へ屋形船を蹴込むぞ」とすごむのを受ける。二三 曾我兄弟を味方に付け、源頼朝を討とうと企む平家の武将伊賀平内左衛門尉家長のこと。髭の意休の姓名で、助六、実は曾我五郎に対する。二四 助六狂言の浄瑠璃の詞章取りで、前を通ることをいい、茶道具などで珍重される慶長以前の舶来品をいう古渡りの唐物に振る。二五 助六役の市川団十郎の替紋。二六 助六の異母弟京小次郎を取るか。二七 髭の意休の振り。二八 源氏重代の名剣で、箱根権現に奉納されていたが、紛失したため、助六が人の出入りの多い吉原で探す。二九 堺町の蕎麦屋。中村

（一〇）

吸物　新造[一]

肴　鉢巻ずし、紫蕪

菓子　くわんぺら焼き[二]

後菓子[三]　朝顔煎餅[四]

以上

丸卓　三足香台

（一〇）無理押し親(王)医者の高慢なるを憎み給ひ、本草者[五]の名ある者を集め、「御殿山[六]へ採薬[七]に行かん」と勧めて、すぐに品川[八]へ上り、遊び給ふ。

(医者一)「かやうな事とは知らず、大の粗服[九]で参りました」

(医者二)「さればさ、金[一〇]〳〵物で来ればよかつたに。残念

座と市村座の中間にあり、役者が舞台をしくじると、ここのうどんや蕎麦を楽屋中に振舞う習慣があった。助六狂言にはここの担ぎが登場する。ぶっかけはかけうどんやかけそばのことであるが、助六がくわんぺら門兵衛に福山うどんをぶっかけることを受ける。 三〇 助六の出端の台詞「君なら〳〵」を取る。 三一 会席料理で中段にでる酒。 三二 白酒売り新兵衛が苦労する様を、「白酒ならぬ黒酒」と洒落るのを受ける。

一 高位の遊女に養われる一本立ちする前の見習女郎。
二 助六狂言の端敵役、男伊達くわんぺら門兵衛の捩り。
三 会席料理の後段に出す菓子。
四 江戸、北八丁堀の有馬清左衛門売出しの名物煎餅。清左衛門は男伊達として知られ、助六狂言に道化役の朝顔仙平として登場する。
五 本草家と同義。本草学を修めた人。
六 品川の台地(品川区北品川)。徳川家光の御殿があり、寛文年間(一六六一―七三)に桜が植えられて、以後桜の名所となった。
七 山野に入って薬となる草や木を採集すること。
八 江戸南方の宿場(品川区北品川、南品川のうち)。東海道五十三次の第一の宿場で、新宿、千住、板橋のいわゆる江戸四宿のうちで遊里として最も賑わった。

（二）

な」

（親王）「いかに面々、かうして遊べば、これが今日[11]一日の女房といふもの。この盃[12]事でてん〴〵の女房を決めるのだから、妻女の約束をするゆへに、妻約といふたが、誤りか。薬を採るといふことに心得ては、大きに気[13]どり違ひだ。かうして遊ぶほどの薬があろうか」

（禿）「御盃[14]を初めませう」

（医者三）「玉揃[15]ひで目移りがする」

（二）此度は、「小塚原[16]にて腑[17]分けをせん」と誘ひ給ひければ、

九 粗末な衣服、生地の粗悪な服。
一〇 当世風に着飾り、得意気に振舞うこと。
一一 遊女の心構えの一。枕は変っても心は妻のようでなければならないという。一夜妻。
一二 盃をやりとりして酒を呑み、一夜の契りの約束を結ぶこと。
一三 予想違いだ、つもり違いだ。
一四 盃の丁寧語で、固めの盃をやりとりすること。
一五 美女が揃っていること。
一六 江戸北方千住の宿場（荒川区南千住五―七丁目）。千住宿は奥州街道第一の宿場で、品川、新宿、板橋とともに江戸四宿の一。南の鈴ヶ森と並ぶ処刑場があった。
一七 解剖のこと。明和八年（一七七一）、小塚原で前野良沢らが死刑囚の腑分けを行なったことを受ける。

六人の者共、みな〳〵飯を沢山食い込み、鼻[一]の穴の栓を心がけて、酒など持たせ行きけるに、野原を通り過ぎ、[二]小塚原の遊女丁へ上り給ひ、此内の傾城のよき分を書き付けさせ、それ〴〵に婦を分け給ふ。

(親王)「[三]松町といふ字の声は、せうてうと読む。これ、[四]赤井新蔵の婦と定むべし。[五]軒端はたんの声なれば、[六]青木勘蔵が婦なり。[七]房江はぼうからと書きて、[八]黒水甚蔵の婦人なるべし。[九]大町は大腸にて、[一〇]白金屋肺蔵、[一一]韋とはいの声のある字なれば、[一二]日の屋蔵右衛門、又[一三]三照はさんせうの声あれば、[一四]命門の婦と定めよ。かく婦分けをするからは、中よく遊びて帰るべし。俺はこゝで遊ぶ気はなひから、吉原へ[一五]ずい行きにするぞ」

(若い者)「此六人は、どれ〳〵も美しう御座ります」

(医者一)「房江とは[一六]冴へぬ奴であろう」

(医者二)「おしかわとは変な名だの」

(医者三)「[一七]こゝでも、鼻の栓はうつちやられぬよ」

(三)親王、茶屋を借りて、[一八]物産会をして見せ給ふ。

松町　軒端　房江　大町　韋　三照

(案内人)「さあ〳〵、上つて見さしやれ」

(客一)「大の茶だ。あんな事はいくらでも[一九]出くさる事だ。まだ[二〇]案じが足らぬ」

一 吉原通いの遊客などが、小塚原にあった火葬場の異臭を避けるため、鼻に詰めた栓で、鼻紙などで作った。
二 千住の宿場の飯盛女郎屋。
三 小腸を遊女めかした名。
四 心臓の擬人化。陰陽五行説により、五臓に五色を配したもの。
五 軒端の「端」を音読みにして胆(肝臓)にこじつける。
六 肝臓の擬人化。陰陽五行説により、五臓に五色を配したもの。
七 膀胱を遊女めかした名。
八 腎臓の擬人化。陰陽五行説により、五臓に五色を配したもの。
九 大腸を遊女めかした名。
一〇 肺の擬人化。陰陽五行説により、五臓に五色を配したもの。
一一 なめし皮、もみ皮をいい、音読みでは「い」となる。
一二 脾臓の擬人化。
一三 漢方で排泄を司る腑とする三焦を遊女めかした名。
一四 漢方の一派では、右の腎臓をいい、生殖機能に関係するとする。
一五 ためらわず、すぐに行くこと。「ずい」はすぐに、ずいとなどを意味する接頭語。
一六 「房江」の音通「不冴」の読み下し。
一七 千住の遊女町でも。
一八 博覧会の古称。
一九 「出る」ことを罵っていう。
二〇 思案。工夫。

(二二)

(客二)「これは珍(めづら)しい会(くわい)だ。拝見致(はいけんいた)したい」

物産会興行　御見物九つ時[二一]より

(玉[二二])石類　鳥獣類　虫魚類

草木類

(二三)

(二三) 玉石類

よく雨を降(ふ)らす。相州[二三]より出る石なり。　力石[二四]

仙人の気凝(と)[二五]りて、此(この)玉となる。『陰嚢経(いんのう)』[二六]に出たり」と、たくぐわん和尚[二七]いへり。　大きん玉[二八]

花[二九]が見たくば吉野(よしの)山より出(い)づる。　くわいら石[三〇]

(客一)「[三一]とつかもない大きな

二一 正午(午前十二時)。
二二 玉(宝石)や石の類。本草の分類法の一。
二三 相模国(神奈川県の大部分)の別称。
二四 大磯の延台寺境内にある石で、虎子石、虎が石の名がある。虎は曾我十郎祐成の愛人で、曾我兄弟が討死した陰暦五月二十八日には、その悲しみによって必ず雨が降るといわれ、虎が雨の称があった。
二五 一つのことに熱中して、そればかりを思いこむこと。
二六 鎮護国家の三大部経の一「仁王経」の捩り。
二七 江戸初期の禅僧沢庵和尚(一五七三―一六四五)の捩り。沢庵は寛永十五年(一六三八)品川に東海寺を開き、沢庵漬けの創始者として知られる。
二八 戸塚にいた名物乞食。何代もあったようで、睾丸が四斗俵より大きかったなどと諸書に記されている。
二九 何事も本場のものを見なくては駄目だという諺「花が見たくば吉野へござれ」の詞句取り。
三〇 傀儡師の捩り。傀儡師は門付けの人形使いで、最後に山猫を出して見せた。
三一 とてつもないの訛言で、戸塚の大金玉を利かす。

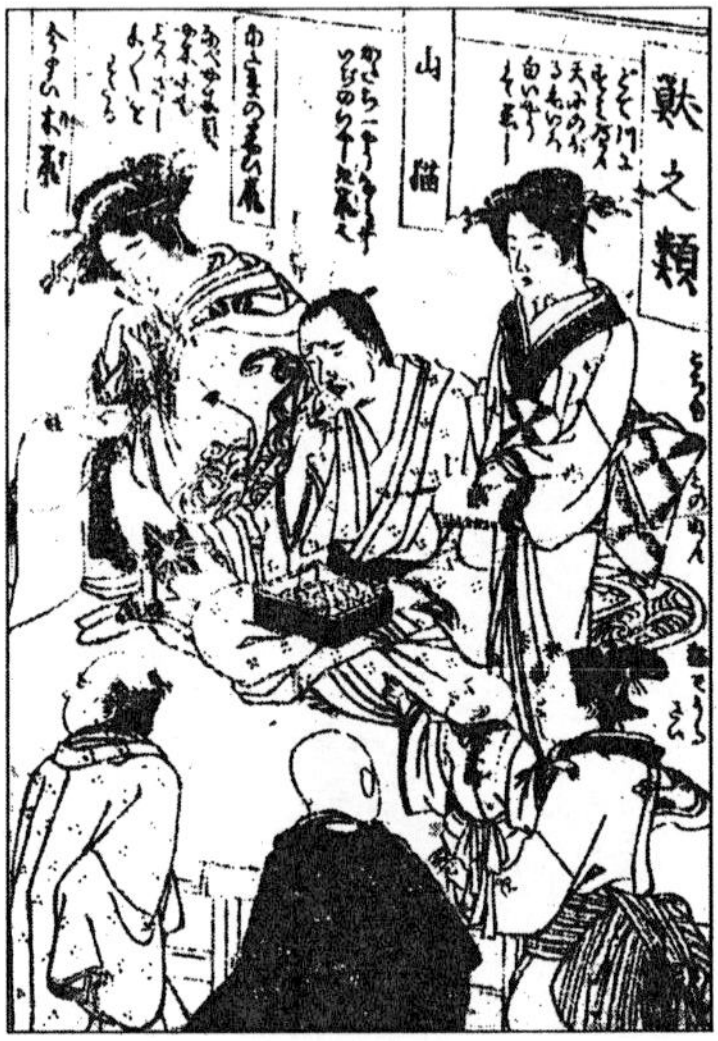

(一四)

(一五)

玉だ」

(一四) 獣之類[一]

土手川[二]に住み、弁天[三]に上る。毛色、白いやうにて黒し。 山猫[四]

形一様ならず。意地の卑しき鼠也。 [五]頭の黒ひ鼠

なべや木[六]、貝や木[七]に宿り、ざし木〳〵を渡る。 今まい[八]木鼠[九]

(女客)「こちも、このめん猫でうるさい」

(下)

(一五) 虫之類[一〇]

此虫の生爪[一一]を離し、火を灯し[一二]て、一文銭[一三]の代りに使ふ。

一 本草の分類の一で、全身に毛の生えた四足の動物、哺乳動物の総称。
二 江戸の岡場所の一、土手側の振り。本所回向院(墨田区両国二丁目)前の土手に面してあった。 三 一つ目弁天社(墨田区千歳一丁目)の門前にあった岡場所。 四 本所回向院前、牛込赤城神社(新宿区赤城元町)などの神社や寺院の境内を稼ぎ場とした私娼。 五 鼠のように物を掠め盗る人。家の中で物がなくなった時などに、婉曲にいう。 六 鍋焼の振り。鳥や魚の肉、野菜などを一つ鍋に入れて、味噌や塩味などの汁で煮ながら食べる料理。吉原で、遊女が馴染みの客に振舞った。 七 貝焼の振り。貝焼は帆立貝などの殻を鍋にして作る料理。鍋焼同様、遊女が馴染みの客に振舞った。 八 木鼠の名めかし、吉原の遊女が客を待たせる時の常套語「今参りんす」(すぐに行くとの意)を掛ける。 九 「めん猫」は雌猫の訛言。雌猫(山猫)で煩わしい。
一〇 人、獣、鳥、魚、貝など以外の小動物の総称。 一一 遊女が誠意を見せるために、生爪を剥がして客に与えること。放爪。 一二 蠟燭などの代りに生爪に火を点すことをいい、きわめてけちなことの譬え。 一三 一枚が一文の単位の貨幣。最下位の小額貨幣で、銅で鋳造された。 一四 けちな人を罵っていう語。 一五 煙草の煙の通りが悪い。羅宇の詰まった。 一六 俗信で、嫌いな客の

吝虫(しは)[一四]

[一五]通らぬ煙管(きせる)にて脂(やに)を食(く)わせられ、[一六]草履(ぞうり)へ灸を据(す)へられる事あり。[一七]がまん仙人の愛(あい)す虫なり。　[一八]もう蟇(かいろ)

(子供客)「[一九]あんのこんだか、しれねへこんだあ、[二〇]むし」

(客一)「こな様(さま)も、その言葉(ことば)では、[二一]手摺(てすり)の内へ入(い)れられる人だ」

(一六)　[二二]魚之類

背中(せなか)へつめ滝氷のやうな手を入れる。[二三]背中(せなか)は大のこけ也。　[二四]しつッ鯉(こい)

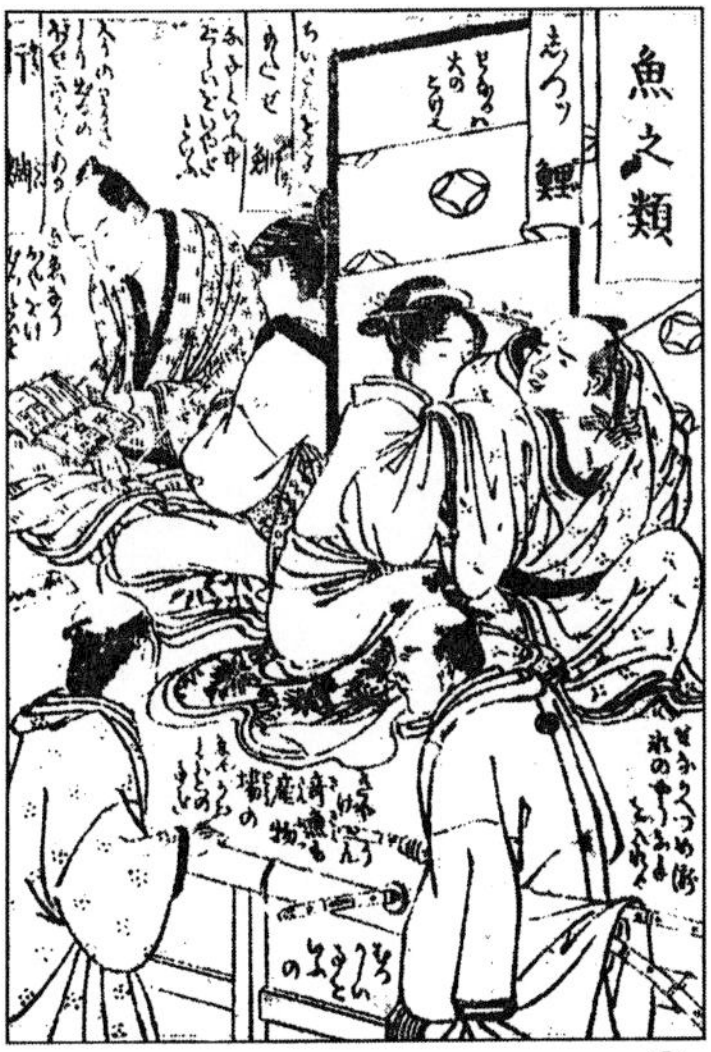

小(ち)さきを[二五]ばかな子といふ。中ぐらいを[二六]いやだといふ。　[二七]もたせ鰤(ぶり)

今の[二八]わかさより出る。[二九]のぼせきつて赤(あか)き魚なり。親(おや)を[三〇]けむつたいといふ。　[三一]行鯛(ゆきたい)

(客一)「[三二]狂言(きやうげん)奇魚(きぎよ)も産物場(さんぶつぜう)の縁側(えんがは)、とはこの事だ」

(客二)「難(むつか)しい事をいふの」

(一六)

草履や下駄に灸を据えると帰るという。一七 蟇仙人の捩り。蟇仙人は蟇を自在に操る仙人で、中国三国時代の葛玄や後梁の劉海蟾が名高い。一八「もう帰ろ」の捩り。一九「何のことだか」の訛言。二〇「申し」の田舎風に転訛したもので、文末にあって、詠嘆を込めて話し掛ける語。

二一 見世物にされる。

二二 魚類。本草での分類の一。

二三 他人の費用まで背負いこむのは馬鹿だとの意。「こけ」(虚仮)は仏語で、考えが浅い愚か者をいい、鱗(こけ)を掛ける。二四「しつこい」の変化した語を、鯉の一類にこじつける。しつこいは濃厚で煩わしい、付きまとってうるさいことをいう。

二五 鰤の幼魚の称「わかなご」の捩り。

二六 鰤の若魚「いなだ」の捩り。

二七 思わせぶりな言動で相手の気を引く意を掛ける。

二八 北陸道の一国若狭(福井県南西部)に若さの意を掛ける。若狭は鯛の名産地として知られた。

二九 すっかりいい気になる。上気して赤い顔になる。

三〇 煙にむせて息苦しいこと。転じて、気が詰まる、窮屈であること。

三一「行きたい」の捩り。

三二 妄言や美辞麗句を弄する罪業を転じて、仏法を賛嘆して広める因縁としたい、との意の諺「狂言綺語も讃仏乗の因縁」の捩り。産物場は物産会場と同義。

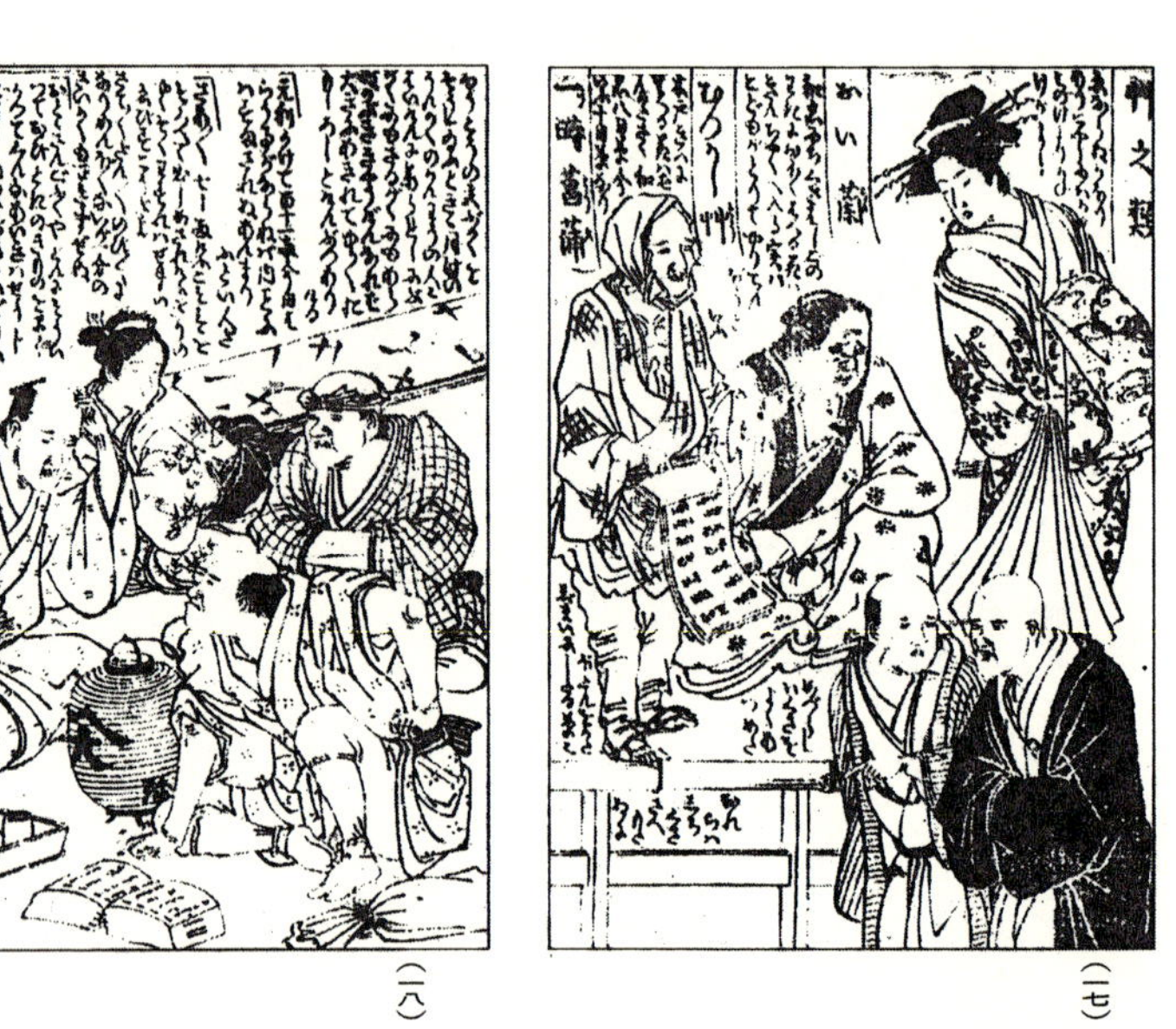

（一七）　（一八）

（一七）草之類[一]

ゑならぬ香りあり。肥[二]しには、髪の毛より金気がよし。　おい[三]蘭

和名、にちくさ[四]。梯子の脇に多く生へる。花は[五]巾着[六]へ入る。実は子供が取りて、やりてんぼ[七]うといふ。　むつかし草[八]

木戸際[九]に生へる。花は晩方咲く。和名、八日草[一〇]。今いふ十日[一一]草なり。牡丹[一二]を片仕舞[一三]にしたる草也。　一ッ時菖蒲[一四]

（客一）「珍しい草をよく集めた」

（客二）「俺らは質草[一五]さへ持たぬに」

一 植物の総称。本草での分類の一。
二 肥料。栄養分。
三 花魁の捩り。
四 道草の捩り。
五 芸人や力士などに祝儀として与える金品。纏頭。
六 布や革で作った袋で、金や物を入れ、口を緒で引き括って締めた。財布。
七 遣手と天棒（手のない客、遊女あしらいの悪い客）の合成語で、遣手は手が出せないとの意。
八 「難しそう」を草に見立てる。
九 町々に設けられた出入口や芝居、見世物の表の出入口。
一〇 「何か用か」を捩り、草の名めかす。
一一 牡丹の異称二十日草を半分にこじつけた名。
一二 異名を二十日草といい、遊女の異称でもあった。
一三 片仕廻とも書く。遊女などを昼夜でなく、夜または昼の一方だけで買切ることで、安い遊び方であった。
一四 ごく短時間に成否や勝敗の決することをいう一っ時勝負を花の名めかし、吉原で最下級の遊女屋の切見世が時間制であったのを掛ける。
一五 質に入れる品物。
一六 舞をともなった雅楽。
一七 公卿と殿上人をいう。
一八 才能に恵まれ、その道に深く通じていること。「たんのう」ともいう。

（一八）放蕩宮、舞楽[16]を奏し給ふと聞き、月卿雲客[17]の堪能[18]の人〻、拝見に参られしに、猿楽[19]にも舞楽にもあらぬ歌舞伎狂言[20]なれば、大きに呆れて、「中〳〵面白し」と見物ありける。

（借金取り一）「元利[21]掛けて百十一両。今日払う事がならねば、内事[22]には済まされぬ。あんまり太い[23]人だ」

（借金取り二）「さあ〳〵、七十両。今日こそ耳を揃へて出し召され。今日ぎりの約束、忘れはせまい。恵比寿講[24]だよ」

（一九）

（主人）「さて〳〵、だん〳〵延び〳〵になり、面目ないが、一分[25]の才覚[26]もできませぬ」

（娘）「おとゝさん、呉服屋どんにそういつて、帯解[27]の着物を早く買つてくんな。合着[28]は障子格子[29]の板締め[30]、掻取り[31]は二つ着せなよ。顔見せ[32]の桟敷[33]もねだりな。一間[34]では狭い。

一九 中古から中世の滑稽な技や曲芸を演じた芸能で、後、能楽と狂言に分化した。
二〇 歌舞伎で演じられる狂言。芝居。
二一 元金と利子。
二二 表立てず、内輪で解決すること。内済。
二三 横着である。図太い。
二四 陰暦十月二十日に、江戸の商家で商売繁昌を願って行なった恵比寿神の祭。親類や知人を招いて祝宴を開いた。
二五 貨幣の単位で、両の四分の一。
二六 工夫して金を集めること。金策。
二七 男子五歳、女子七歳の祝。着物の付帯を廃し、初めて帯を締める行事で、十一月の吉日を選んで行われた。七五三の原型。
二八 上着と下着の間に着る着物。
二九 江戸時代の模様の一つで、明り障子の格子を象ったもの。
三〇 染色法の一。板の面に同じ模様を彫り、それを二枚以上重ね、間に絹織物を堅く挟んで染める。
三一 女子用の礼服で、帯を締めた着物の上に掛けて着用する長小袖。打掛け。
三二 歌舞伎芝居で、十一月に一座総出演で行う興行。
三三 芝居、祭礼などを見物するために、一段高く作られた観覧席。大衆用の土間に対する。
三四 桟敷の広さの一単位で、柱間一つをいう。

お隣のおばさんも連れて行く筈に、約束したよ」

(男二)「なる程、あの娘は後生楽[一]だ」

(一九)太平楽[二]は久しい[三]ものだ。

舞楽　後生楽　太平楽

(酔漢)「うぬらあ、酒の代を払へとぬかしたな。払うめへがどする。おらあ又、日本中の酒屋で酒を呑んでも、代を払つた事のねへ男だ。[四]二朱と一分に事を欠く男じやアねへ。やりていのじやあねへが、酒の代に払う銭は持たねへよ。[五]あんまといへば、ふてへ奴らだ」

(二〇)

(酒屋)「只呑ませる酒屋があらば、そこへ行つて呑んだがゑゝ」

(客)「これさ、あんな奴に構うな〳〵」

(二〇)親王、[六]禅学にかゝり給ひ、いよ〳〵[七]とんだ事をなされけるが、[八]洛中洛外の名僧を集め、[九]法問をして、これも久しい物ながら、[一〇]深川の入れ言葉に[一一]松葉屋の逆さ言葉を加へ

一 死後の来世は安楽であろうと思い、安心すること。雅楽の五常楽(ごしょうらく)を掛ける。
二 勝手気ままな振舞い。舞楽の太平楽を掛ける。
三 いつもの通りだ。お定まりである。
四 二朱と一分の金(相当に多い金額)がなくて不自由する。
五 あまりといえば。
六 禅宗の教義を探求する学問。
七 とんでもないこと。
八 京都市中とその郊外。
九 仏法について問答すること。
一〇 深川の岡場所で用いられた隠語。「入れ言葉」は、言葉を構成する音の一音ごとに、他の一音を挟んで、仲間内だけに通用するようにしたもので、深川ではガ行の音を入れた。
一一 吉原、江戸町一丁目の遊女屋松葉屋で使用した独特な言葉使い。
一二 酷い目に合わせる。やっつける。
一三 読経や説法のさい、講師(こうじ)が手に持つ鉄製の棒状の法具。 一四 なぐる、たたく。 一五 無理強いに勝を収めること。 一六 気絶すること。
一七 薬師寺二郎左衛門の振り。薬師寺は下野国の武将(生没年未詳)で、名は公義。湊川の戦いで足利直義を救う。 一八 淵辺伊賀守の振り。淵辺は相模国の武将(生没年未詳)で、名は義博。中先代の乱の時、足利直義の命で護良親王を討ち、首を藪中に捨てた。 一九 竹で作った笏(しゃ)。
二〇 広く物事に通じていること、こ

て、見[一二]知らせ給へば、名僧たち、何の事か知れず、まごつく所を、鉄如意[一三]にてしたゝか[一四]どやし、無理勝[一五]ちに勝ち給へば、手を打折られ、足をくぢき、眉間を叩かれて絶入[一六]するもありて、無理押し様には懲り果てる。

（僧）「やきかばがたいくいか、しるふぐがたいくいか。いかん／＼」

（親王）「おゴんグながとゴだガかガれゲてゲねゲたガいギか。いかん／＼」

（三）博打[一七]寺二郎左衛門、打辺[一八]伊賀守、禅坊主の姿に出立ち、竹笏[一九]と名付て、大なる竹刀を携へ、両人にて博打の言葉を攻めかけ／＼、問ひ奉りしに、宮もさすが博通[二〇]の言葉[二一]はかいしき御存知なく、困り給へば、両人にて宮をしたゝかに打据へ申ける。

（三）

（伊賀守）「これが無念と思し召さば、丁半[二二]、樗蒲一[二三]、かう[二四]、金五[二五]、お花[二六]、さいがう[二七]、読み[二八]、めくり[二九]、合わせ[三〇]かるたにひつ[三一]ぺがし、何なりとも教へ奉らん。[三二]竹の園生の末葉にて、御

こは博打（博奕）の通人、の意。二一 全く。少しも。二二 二つのさいころの目の合計が丁（偶数）か半（奇数）かで勝負を争う博打。二三 さいころ博打の一種で、一個のさいころの出る目を予測し、当たれば賭金の四、五倍の儲けになる。二四 めくりカルタを用いた博打の一種。かぶの旧称。手持ち札の合計が九（かぶ）に近いものを勝とするので、この名がある。二五 カルタ博打の一種。手札をめくり札と合わせて十五の数にする。二六 御花独楽（おはなごま）の略。六角または八角の独楽で、各面それぞれに異なった絵や字が描かれていて、その面の出方に金銭を賭けた。二七 博打の一種らしいが、未詳。二八 読みカルタの略。博打の一種で、天正カルタ四十八枚からイス札（赤絵札）十二枚を除き、これに鬼札一枚を加えたりして、親から順に一、二、三などと手札を出し、早くなくなった者を勝とする。二九 カルタの一種。天正カルタを簡略化したもので、博打に用いられた。三〇 カルタの絵や数を合わせ取り、枚数の多いのを競う遊び。三一 博打の一種。人気役者たちの紋所を描いた紙の両端に紙を張って隠し、その一つを引き剝がさせ、当たれば賭金の何倍かを与える。三二 皇族の末裔。「竹の園生」は中国、漢代に梁の孝王の庭園に竹を多く植えて、修竹苑と称したからという。

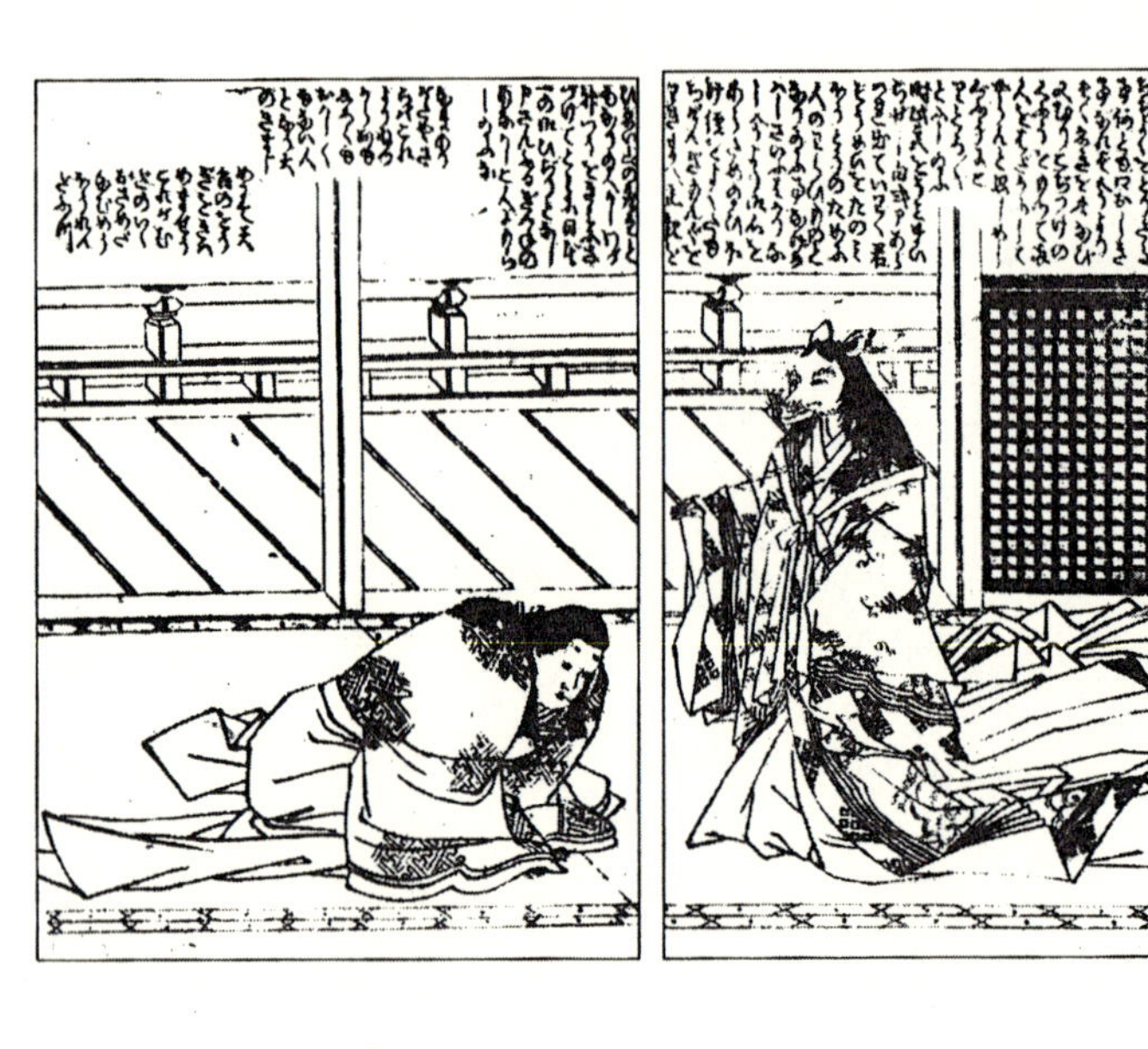

（三）

博打を打たせ給はぬとは、浅ましき御心じやなあ」

（三）宮は博打寺、打辺にぶち据へられ、気も絶へ〴〵となり給ひ、「我かく放蕩にして、博打を知らず恥辱を取りたる事、何とも口惜しき事なれば、今より博奕を学び、又無理こぢつけの工夫をもつて、両人を裸にしてやらん」と思し召し、工夫に凝り、とろ〳〵と臥し給ふ時、此宮を生み参らせし白式部現れ出ていわく、「君、聡明を頼み、放蕩のために人の笑ひ者となり給ふ事、嘆かはしさいふばかりなし。今より御心を改め給ひ、

一 無一物にする。

二 妙法蓮華経の略。大乗仏教の根本経典の一で、最澄が天台所依の経典とした。金光明経、仁王経とともに鎮護国家の三大部経といわれる。

三 法華玄義の略。天台大師智顗講述の法華三大部の一。法華経の教義を総論的に述べる。

四 法華文句の略。法華三大部の一。法華経の句の注釈書。

五 よく理解して処理する。

六 摩訶止観の略。法華三大部の一。

『法華経』[二]をよく保ち、『玄義』[三]『文句』[四]を弁へ[五]、『止観』[六]を見開きて天台[七]の奥義[八]を極め、比叡山[九]の座主[一〇]ともなり給へかし。我が神通を君に授けて、とみに日本一の御聖[一一]となし申さん。古狐のあなかしこ[一二]。人に漏らし給ふな」

(親王)「なま[一三]、有難や。さらばこれより、根つから面白くもおかしくもない人となり、大の生真面目にて、天台の奥義を極めませう。これが無駄のいゝ納めだ。南無妙法蓮陀仏[一四]」

(三) 放蕩宮無理押し親王、法の道に入給ひ、正とうの宮無利なし親王[一五]となり給ひ、天台第一の名僧にて、加持祈禱[一六]の利く事神[一七]のごとしとは、薬の能書[一八]のやうなり。

(三)

(親王)「今頃、かうおとなしくなるといふ事を知つたら、もつと書く狂言が有たれど、何をいふも紙がたつた十五枚[一九]では、趣向が余つた。しかしこれでも、うたせる[二〇]かも知ら

天台の思想と実践法を説く。
七 天台宗。中国、唐の智顗が大成した仏教宗派で、法華経を根本聖典とする。日本では最澄が比叡山に開創。
八 その道で最も肝要、難解な事柄。
九 京都の東北、近江(滋賀県)との国境にある山。天台宗の総本山延暦寺がある。
一〇 延暦寺や醍醐寺などの大寺の管主で、官命によって任ぜられた。延暦寺のそれは特に天台座主という。
一一 学徳の特に優れた者の称で、隠遁した高僧をいうことが多い。
一二 尊いものに対して、恐れ多い気持を表す語。狐の巣穴の意を掛ける。
一三 南無の訛言。
一四 日蓮宗の題目「南無妙法蓮華経」と浄土教の六字の名号「南無阿弥陀仏」を一緒にした滑稽。
一五 放蕩宮無理押し親王の対極的な名で、理に適った、実直な無理のない親王の意。
一六 加持は真言密教で行う修法上の作法をいうが、祈禱と同義で用い、二語続けて病気平癒などを神仏に祈ることをいう。
一七 人間の力では計り知れない不思議な力があることをいう。
一八 薬の包に書かれた効能書。一定の書き方があり、末尾に「利くこと神のごとし」の語句が書かれていた。
一九 本作が三冊十五丁物であったことをいう。
二〇 困らせる、悩ませる。

ず」

喜三二戯作[印]

自笑請合
本八文字

正札附息質

宇田敏彦 校注

角書「自笑請合／本八文字」。三巻三冊、十五丁。唐来参和作、北尾政美画。天明七年(一七八七)蔦屋重三郎刊。底本に東京都立中央図書館東京誌料蔵本を用いた。

江島其磧作、八文字屋刊の浮世草子『世間子息気質』(正徳五年刊)のパロディー作で、題名にある「正札附」は商品に掛値なしの値段を付けた札が張ってあるというほどの意を持ち、これを角書と合わせ読めば、版元の主人の自笑がしっかりと保証した定評ある「子息気質」という意になる。奇抜な題名を付けるのが得意な、いかにもこの作者らしい命名で、本文構成も『世間子息気質』を初めとするいわゆる「八文字屋本の気質物」に倣って、一話ごとに「金銀のまはりもよききぬ着たる商人容気」などの標題を付け、全十七話から成る。

百万両分限の三河屋万左衛門の二人の息子、万太郎と才二郎は気質が大きく異なり、兄は万事にわたって荒々しく武芸好きであるが、弟は反対に物静かで学問を専一に好む人柄で、この二人が巻き起こす浮世離れのした珍妙な振舞いを、一話(一場面)ごとに完結したエピソードとして描きながら、その並外れた愚行の数々を重ねるゆえ、ついには二人揃って勘当の身となる顛末を写し、最後は「古郷へ帰る錦の袖家も堅る金持容気」の標題どおり、浅草観音の利生もあって二人ともどもに勘当を許され、目出たく家は栄えると結ぶ。二人が次々と繰り広げる愚行は常識的な価値観の域外にあるものではあるが、誰もがいつかはと心の底に秘し隠している欲望を、鋭角的に滑稽化し、誇張して見せたものといってよいだろう。そうした意味合いで、金持はどう転んでも金が増える世相を辛辣に穿ち、富貴を夢見る世人の人情を面白おかしく茶化した『莫切自根金生木』と通底する作となっている。

唐来参和 一七四四―一八一〇 姓は加藤、通称和泉屋源蔵。武家の出であったが、故あって町人となり、本所の娼家和泉屋の婿養子となった。書肆蔦屋重三郎の義弟となり、大田南畝に師事して狂歌に親しみ、洒落本『三教色』(天明三年刊)、長崎丸山の遊廓を舞台に唐音で綴った異色作『和唐珍解』(天明五年刊)で名を揚げた。以後奇抜な趣向と珍妙なおかし味を武器に黄表紙に染筆、廻文の題名で知られる『莫切自根金生木』(天明五年刊)、寛政の改革を穿った妙作『天下一面鏡梅鉢』(寛政元年刊)など十九作を残している。

（上）

自序

何〈どふ〉いふもんだと問〈とへ〉ば、広徳寺門〈こうとくじのもん〉[一]とはぐらし、飛〈とん〉[二]だもんだと言〈い〉へば、浅草〈あさくさ〉[三]の山門〈さんもん〉と答〈こた〉ふ。もんとは何ぞ。溝板〈どぶいた〉にあらず、娘〈むすめ〉にあらず。息子随身門〈むすこずいじんもん〉[四]を鞘〈さや〉[五]ばしれば、大門〈おゝもん〉[六]と先〈さき〉を潜〈くゞ〉るがごとく、親〈をや〉[七]は苦〈く〉をしてのばす金〈かね〉、子は楽〈らく〉をして延〈のば〉すはなげ、親〈をや〉[八]どふせう、子〈こ〉ははばからしいと、自笑〈みづからわら〉[九]ふ。八文舎〈はちもんしや〉[一〇]の翁〈をきな〉の、筆〈ふで〉のすさみ、硯〈すゞり〉[一一]の海〈うみ〉の流〈なが〉れを酌〈く〉んで、紙〈かみ〉[一二]のついえをいとわず、未[一三]のとしの新板〈しんぱん〉とす。見る人広徳寺〈ひとこうとくじ〉の門〈もん〉といふ也、はた山門といふ也。

唐来散人〈とうらいさんじん〉[一四]、炉間恒斎〈ろまがうさい〉[一五]に誌〈しるす〉

（序）

（一）金銀〈きんぐ〉のまはりもよききぬ[一六]着〈き〉たる商人容気〈あきんどかたぎ〉

新玉〈あら〉[一七]の年立〈としたち〉帰〈かへ〉る朝〈あした〉、松と竹との相生町〈あいをいてう〉[一八]に、弥勒〈みろく〉[一九]十年辰〈ねんたつ〉の年〈とし〉、

一 下谷大通り（台東区東上野四丁目）にあった臨済宗の寺。門は「寸たらずの門」として知られ、「どういうもんだ、広徳寺の門だ」の地口が流行。 二 驚くべき。思いもよらぬ。 三 浅草寺本堂前の門で、二層入母屋造、仁王像を安置するので仁王門の名で知られる。飛び下りた者がいたものと思われる。 四 浅草寺本堂東側の門。東谷の総門で、矢大臣門、裏門ともいう。吉原道に面していた。 五 刀が自然と抜け出ること。ここは門を抜け出ると自然に足が吉原へ向くとの意。 六 吉原遊廓の門。廓内への唯一の出入口で、黒塗りの冠木門であった。 七 世間子息気質・一の諺「親苦労する其子楽する孫乞食する」を取り、親の苦労も末には報われないことをいう。 八 「親」に間投助詞「おや」を掛ける。 九 八文字屋本の版元自笑（?—一七四五）の名を掛ける。 一〇 京都の書肆八文字屋の主人自笑のこと。西鶴以後の浮世草子の主流「八文字屋本」の出版者として知られ、江島其磧（一六六七—一七三六）と共著で作にも当った。 一一 硯の磨った墨汁を溜める所。 一二 無用な入費。無駄遣い。 一三 天明七年（一七八七）の干支丁未をいう。 一四 本作の作者唐来参和の別号。拳の十と三の呼称を取る。散人は世事を離れて気儘に暮らす人の意。 一五 「炉間」は拳の六、「恒斎」は五の呼称の写し。 一六 古今集・仮名序に、文屋秀康を評して「商人の

(二)

諸神の建てたる一ト構へ、[一]三河屋万佐衛門といへる[二]百万両分限あり。男子二人あり。総領を万太郎といゝて、生まれつき荒〳〵しく、武芸にのみ憂き身をやつし、弟の才二郎はもの静かなる事を好み、学問に凝り固まりて、楽しみとしける。

(父)「[三]花はみ吉野、人は武士の事だが、なぜ[四]傾城や蔵宿にいやがられるか」

(才二郎)「[五]たのきではない。彼の淇の奥だ」

三河屋の家の総領、「今時、[六]あんぽんたん。[七]御用なら、[八]御後へ回りなさい」

良き衣着たらむがごとし」とあるによる。[一七]年、月、日に掛かる枕詞。
[一八]常緑の目出たい松と竹がともに育つという意の架空の町名。[一九]三河万歳の文句取り。弥勒は私年号で、永正年間(一五〇四―二一)、享禄年間(一五二八―三二)に常陸や下総などで用いられた。「辰」に立つを掛ける。

一 三河万歳を掛けた名。
二 百万長者と同義で、莫大の資産家。
三 諺。花では桜、人では武士が最高だとの意。「花は桜木、人は武士」に同じ。
四 元来は城を傾けても惜しくない程の美女の意で、高級な遊女の称となる。蔵宿は浅草蔵前(台東区蔵前一・二丁目)の札差で、旗本や御家人の扶持米を換金した。武士にはその威をかりて無理を通す者が多かったので、とかく遊女や札差に嫌われていたことは、「人は武士なぜ傾城にいやがられ」「人は武士なぜ蔵宿にあてがはれ」などの柳句でも知られる。
五 詩経・衛風の淇奥篇の詩「彼ノ淇ノ奥」の読み間違い。この詩は君子の修養法を説いた「切磋琢磨」の典拠として知られ、淇の奥は中国、河南省の北部を流れる川、淇水が大きく湾曲する淵。
六 愚か者の呼称「阿房太郎」を反魂丹などの薬の名めかす。
七 御用聞きのこと。
八 裏口。

（三）

（刀の男）「さやう、なか〳〵」

（三）生兵法は大傷の元値にならぬ武士容気

西の国で百万石取り給ふ大名へ、御用金の事にて、町人なれども今日御目見へと、万太郎は上下、板目付けて御前へ出でけるが、一体、剣術に心を砕き、陰に打てば陽に開き、隠剣でくれば青眼に構へ、上段、下段、中を払へば沈んで流し、右を突けば左へ変わり、飛んだり跳ねたり、切つたり張つたりにひかたまつているゆへ、殿様ふとあくびをなされしを、食らい付き給ふと心得、鉄骨の扇をつ取り、

九 諺。生かじりの兵法や武術では、かえって大敗をするとの意。
一〇 商品の仕入値、原価。
一一 関西以西の国、特に九州の国々をいい、武張った大大名が多かった。
一二 幕府や諸大名の御手元金。
一三 将軍や大名などの高貴な人に拝謁すること。
一四 江戸時代の武士の式服で、肩衣、袴ともに共布、共色、共柄のもの。原則的に町人は着ることを許されなかった。裃。
一五 板目紙のこと。和紙を張り合わせたもので、男袴の腰板に用いた。
一六 消極的な攻撃には積極的に身をかわし。
一七 人に見せないように懐中などに隠し持つ刀。懐剣。
一八 剣の切っ先を相手の目に向ける構え。中段の構え。上段は剣先を上に振りかぶった構え、下段は剣先を下に下げた構えをいう。
一九 斬り合いをすること。立回りをすること。
二〇 固まるを強めていう。凝り固まる。
二一 食い付く。噛み付く。
二二 骨を鉄で作った扇で、武士が愛用した。鉄扇。

(三)

すでに兵法を始めける。

(殿様)「ナニ、食らい殺す。イヤそいつ、食事に中付けい」

(万太郎)「町人と侮り、食らい付かんとは、愚か〳〵」

(侍一)「コリヤ万太〳〵。待つた〳〵」

(侍二)「扇があるとて、歯が立つものかなどと、地ぐるしい。下がりめされい」

(三)学んで尻の穴の広いは屁つぴり儒者容気

弟才二郎はいよ〳〵学問に食らい込み、毛唐人の青表紙に縛られ、昔より、聖賢の人は貧に

一 剣術などの武術。 二 以下、食らい付くを、さんざんに食い尽くす意と取り違えた滑稽。 三「扇」に奥義（極意）を掛け、どんなにしても勝つ訳がないの意。 四「地ぐる」と「苦しい」の合成語で、無理な地口をいう。 五 度量が広い。大胆である。 六 詰らぬ、取るに足らぬ儒者。「へっぴり」は「へひり（屁放）」の促音で、人を罵ったりする時に用いる語。 七 夢中になる。 八 中国人の卑称。毛深いからという。 九 経書など儒学関係の書物。濃い紺色の表紙が付けてあったからいう。 一〇 聖人と賢人。知徳の最も優れた人。 一一 論語・述而篇の「粗食ヲ飯ヒ、水ヲ飲ミ、肱ヲ曲ゲテ之ヲ枕トスルモ、楽シミ亦其ノ中ニ在リ」を取る。物質的には最低の暮しであっても、正しい道を行なっていれば、楽しみはその生活の中にあるとの意。 一二 財力に富み、地位の高いこと。 一三 桐の梢には鳳凰が宿るという。鳳凰は古代中国の想像上の瑞鳥で、聖徳の天子の兆しとして現れる。 一四 油火を灯す道具の一。四角や丸型の枠に紙を張り、中に油皿を置いて火を灯した。 一五 麻糸をねじって粗く織った布を張ったもの。 一六 中国、晋の学者車胤（?―三九七頃）が蛍を集めて明りとし、読書に勤しんだという。同時代の孫康（生没年未詳）が雪明りで読書したことと合せて、「蛍雪の功」の故事となる。 一七 中国、春秋時代

して、肱[一一]を曲げて枕として、楽しみとすれば、富貴[一二]はおもしろからずと、親父の稼ぎ、貯められたる金銀を取り出し、貧なる人に施し、桐[一三]の木を植へて、鳳凰を待ち、行灯[一四]を綟張[一五]にしては蛍[一六]を灯として、書物に眼を曝しける。

（才二郎）「顔回[一七]が一箪[一八]の食、一瓢の飲で、不佞[一九]は事足れり。宝[二〇]を以て宝とせず、仁を以て宝と致せば、その金は足下方[二一]へ呈すべし〳〵」

（番頭）「これは一大事。親方へ申上げずばなるまい」

（浪人）「長〳〵の浪人に御憐愍[二二]を頼み存ずる」

（町人一）「アヽ有難い。これに付ても、孫子に伝へて、学者にはせぬがいゝ」

（四）居ながらにして[二三]名所をみそ一[二四]文字の歌人容気

いつぞや屋敷のかぶりより[二五]、万太郎は向島[二六]の寮へ押し込み、猛き武士[二七]の心の和らぐは、大和歌を習わせんと、親父の案じ、早呑込み[二八]の息子殿、まづ居ながら名所を知らんと、行脚[二九]の僧、六十六部[三〇]に頼り、鶯[三一]、蛙を友達とし、和歌の浦鶴[三二]、春日の鹿[三三]、須磨[三四]の千鳥、そのほか諸処の名木[三五]を取り寄せ、物寂[三六]びたる慰みをする。

（万太郎）「隠国[三七]の初にお目に掛かつた。ちと上つて、難波江[三八]の足を休め給へ」

（六十六部）「越中の立山の話[三九]が、山で[四〇]御座ります」

（人足一）「毎日毎夜、滝の水を掛けるも、果てのねへ事だ」

の魯の賢人（前五一四―前四八三）。字は子淵。孔門十哲の第一で、陋巷にあっても天命を楽しみ、徳行をもって知られる。一八 清貧を楽しむことの譬え。論語・雍也篇の「賢ナル哉回也。一箪ノ食、一瓢ノ飲、陋巷ニ在リ」を取る。一九 儒者などが自分を卑下した語。二〇 礼記・檀弓下の「仁親ヲ以テ宝ト為ス」を受ける。二一 同輩に対する敬称。二二 不憫に思うこと。れんびん。二三 諺「歌人は居ながらにして名所を知る」を取る。歌人は古歌などの研究によって、天下の名所を知っているとの意。二四 和歌の異称。詩形が三十一文字から成るため。見るを掛ける。二五 面目ないことを仕出かすこと。二六 浅草から見て隅田川向うの一帯というほどの意で、隠居所、保養所として用いた寮（別荘）が多くあった。二七 古今集・仮名序の「男女の仲をも和らげ、猛き武人の心をも慰むるは歌なり」とあるによる。二八 生半可に承知すること。二九 諸国を徒歩で巡る修行僧。三〇 六十六か国の霊場を順拝して六十六部の法華経を納めた僧、転じて廻国の修行者をいう。六部。三一 和歌の道に親しむこと。古今集・仮名序に「花に鳴く鶯、水に住む蛙の声を聞けば、生きとし生けるもの、いづれか歌を詠まざりける」とある。三二 紀伊国の歌枕の地（和歌山市）。山部赤人の「和歌の浦に潮満ちくれば潟を無み

(四)

(人足二)「まだ鳴き声が低い。鳴かぬと、から〳〵〳〵〳〵だぞ」

(猿)「そのよふに、猿を叱らっしゃんな」

(五) 見一無頭早急に利欲にかゝる算者容気

金は仇にあらず、得る事の難き也と、親父の意見。才二郎が金銀を無駄になくせし事も、もと金持ちの懐子ゆへなり。ちと算術を習わせば、万事倹約の心も出んと、教へしより、二進が一進に貪欲になり、この頃兄の無駄金を使ふを聞き、大きに腹を立つ。

葦辺をさして鶴鳴き渡る」の歌で知られる。三三 大和国の歌枕の地(奈良市)。春日山西麓一帯の原野で、春日神社の神鹿で知られる。三四 摂津国の歌枕の地(神戸市須磨区)。源兼昌の「淡路島通ふ千鳥の鳴く声に幾夜寝覚めぬ須磨の関守」などで知られる。三五 由緒ある名高い木。三六 どことなく古びて味わいがある。三七 枕詞。大和国の歌枕の地初瀬(桜井市)に掛かる。三八 摂津国の一海域(今の大阪市付近)。歌枕の地で、葦で知られた。三九 越中国(富山県中新川郡)の霊山。三霊山の一で、山上に地獄と極楽があるといって全国的に信仰された。四〇 面白さが最高潮となる場面。

一「ましら」は猿の異称で、「わしら」の意を掛ける。二 見一のこと。珠算による割算の一で、除数が二桁以上の時、独特の九九を用いて行う。その九九の先頭が「見一無頭作九の一」であるのを捩り、「早急」に掛ける。三 計算や算術の達人。四 金銭に苦労するのを敵に譬えた語。またなかなか金に巡り合えないことにも譬える。五 大事に育てられた秘蔵子。六 計算の方法をいい、数学と同意。七 珠算の割算九九の一。二を二で割ると一が立つという意。八 貪って飽くことを知らない、欲深い。九 使っただけの価値や効果のない金。一〇 江戸城の西の一帯の高

(才二郎)「この鹿や猿は麹町へ売り、鶴や鷺、千鳥などは安針町へ売ってやれ。兄貴が歌学をさつしやらば、わいらもとめうちの事だ。過怠に金一両づゝ、給金で引き落とすぞ」
(番頭二)「それはあんまりお胴欲だ」

(中)

(六) 払ひ清むる鈴の音も高間が原に神主容気

(五)

歌は我が国の風俗、元を尋ねて学ばんと、万太郎は神道に入り、とをかみへみためとは、十日目に塵溜を捨てる事と先走り、家内、器財までしめを引つ張り、祓い給へ、清め給へと、一心不乱に木綿襷を掛けての神いぢり、和光同塵の身持ち還魂神孫利根にはみへぬ馬鹿者と、笑い給へ、

台の地。平川町三丁目(千代田区平河町一丁目)を俚俗にけだ物店といい、鹿や猪などの肉を売る店が多かった。一一 日本橋魚河岸北の小道の両側(中央区日本橋室町一丁目・本町一丁目)の町で、水鳥を売る有名店東国屋があった。一二 和歌の知識や理論を研究する学問。一三「われら」の訛言。お前ら。一四 芝居などで興行の終演をいう「打留」の倒置語で、物事の終りをいう。一五 過ちや怠慢。過失。一六 欲深で人情に背く非道なこと。一七 日本神話の神々の住所。高天原。一八 和歌、特に三十一文字の短歌。一九 生活上の習わしやしきたり。二〇 日本固有の宗教で、神代の故事に基づいて祭祀を行う。二一 亀卜の際、亀甲に刻んだ五本の線をいうが、神秘な呪文として憑依などの際にもてはやされ、禊の時に唱える語となった。二二 器物や道具。二三 神の居る地域を示し、人の出入りを禁じる印とするもので、木、草、縄などを用いる。二四 木綿で作った襷。神に奉仕する時、これで袖をからげた。「かく」に掛る枕詞。二五 信心からでなく、見栄や形ばかりの神参りを咎め立てていう。二六 仏菩薩が衆生救済のため、俗世間に本来の威光を和らげた仮の姿を現すこと。二七 易で、算木の組合せでできる八種の形(八卦)坎艮震巽離坤兌乾の上六文字の振り。「還魂」は死者の魂が蘇ること。「利根」は賢いこと。

(六)

そしり給へ。

(女一)「今、お手が鳴つたから行つたら、柏手とやらだ。おめへはまた別火か」

(女二)「アノ才二郎様も坐禅豆を煮ろ、ぜんがくをするとおつしやつたから、菜飯の支度をして置かふ」

(七)坐禅に浮世を壁とみて悟りの開く出家容気

無理非道、貪欲邪見の人には仏道に入らば、慈悲の心も出でんと、また〳〵親父思い付き食い違つて、才二郎が身持ち拈華微笑の生悟りに、教外別伝などと一休の跡を慕い、泥田を坊主のわざくれ、呆れはらつて、またはらつた。

万太郎は神に仕ゆるには、心ばせ真ならねばならずと、無性に正直者になる。

(男一)「この頃は世間が仏法だから、子の用心が厳しい」

(男二)「この文覚ははたきでごぜへす」

一 手を叩いて合図をすること。
二 神を拝む時に手を打ち鳴らすこと。
三 神事の執行者や服喪の者は、穢れを嫌って煮炊きの火を別にする。
四 黒大豆を甘く煮しめたもの。禅僧が坐禅の時、小便を遠くするために食したので、この名があるという。
五 禅学。禅によって真理を探求したり、禅の教養を研究する学問。田楽と聞き違えた滑稽。
六 油菜、蕪、大根などの葉を茹でて細かく刻み、御飯に炊きこんだもの。
七 端座して無念無想のうちに悟りの道を求めること。
八 鈍感な相手を馬鹿にすること。中国の達磨大師(五、六世紀の人)が壁に向かって九年間坐禅をして悟りを開いた「面壁九年」の故事を受ける。
九 全く道理に合わないこと。
一〇 欲深く、意地悪で無慈悲なこと。
一一 慈しみ、あわれむ心。
一二 摩訶迦葉が釈迦から仏教の奥義を授けられた故事による語。釈迦が霊鷲山で弟子たちに説法をしようとした時、梵王が金波羅華を献じた。釈迦は一言もいわず、ただその花を拈(ね)っただけだったので、誰もその意を解せなかったが、迦葉だけがにっこり笑い、それを見た釈迦は総てを迦葉に授け語ったという。
一三 中途半端な悟り。
一四 禅の要諦の一で、経典などの文字や言葉によらず、仏の悟りを心から心へと直接伝えること。
一五 室町中期の禅僧(一三九四—一四八一)。後小松天皇の落

(七)

(万太郎)「今日、親父ども在宿で御座れども、留主の分に致せと、申ました。早くお帰りなされい。女ども箒[二三]を立てました」といへば、客も呆れて行く〳〵。

(才二郎)「子[二四]の用心さつしやりましやう引[二五]」

(子供)「気まぐれが来た。逃げろ〳〵」

(八) 物事利いた[二六]風流好み[二七]は口[二八]先の茶人容気

坐禅観法[二九]の暇に楽しみとするものは、茶[三〇]の湯にしかず。心[三一]を澄まし、貴賤[三二]の交わりを結ぶの第一なればと、才二郎はにはか

胤といい、京都、大徳寺の住職となった。詩や書画に秀でたが、もっとも奇行家、風狂人として知られ、「一休咄」が作られている。絵(七)で才二郎が錫杖の先に髑髏をぶらさげているのは、一休の奇行の一を写すとともに、文覚が伊豆蛭ヶ小島で頼朝に会い、父義朝の首だといって髑髏を示し、挙兵を促したことを受ける。一六 めちゃな振舞いをいう「泥田を棒で打つ」に、坊主を掛ける。一七 行為。いたずら。冗談。一八 禊祓詞の詞章「穢を祓い賜え」の振りで、大いに呆れ返った意。一九 心の働き。心構え。二〇 仏が衆生を教え導く教法。音通で物騒の意を掛ける。二一 平安・鎌倉の僧(一一三九―一二〇三)。俗名遠藤盛遠。もと北面の武士で、袈裟御前との悲恋で出家、源頼朝の挙兵を助けた。荒法師として知られる。二二 面白くない。二三 箒を逆さまに立てることで、長っ尻の客を帰す呪い。二四 夜廻りの呼び声「火の用心…」の振り。二五 気紛れ者の略で、気儘な人。二六 いかにもその道に通じているような様子。知ったかぶり。二七 雅やかで趣のある遊びを好むこと。利いた風を受ける。二八 うわべばかりで実体のないこと。二九 仏教で、心中に仏法の真理を観察して明らかにする方法をいう。三〇 人を招いて抹茶を点てもてなすこと、またその作法や会合。茶道。三一 心の汚れを除

（八）

に宗家[一]の弟子となり、四畳半[二]に引き籠り、万事ひねつたる[三]思い付きをする。

（才二郎）「浅草のもり角様[四]のお点前[五]はしほらしい[六]事だ。あれほど茶もしたい」

（宗家）「これはしゆびん[七]の作の花活け、やつぱり獅子口[八]と申そふで御座ります。三百両には掘り出しで御座ります。お掛物は紫野の大人[九]と見へますね」

出方正直過ぎたる万太郎には、女郎を買わせたら、ちとは[一〇]ちよら者にならんといふ口の下より早く、誰も一度は迷ふ

く。 三 身分の高下の隔てない交遊。

一 一族、一門の中心となる血筋。「そうか」とも読む。

二 茶室の標準的な広さ。

三 さまざまに考えて作り出す。

四 江戸、本町二丁目(中央区日本橋室町二丁目)にあった袋物屋丸角屋次郎兵衛の振り。池ノ端仲町(台東区上野二丁目)の越川とともに洒落本にしばしば登場する名店で、その製品は流行の先端を行き、洒落者の息子たちに重宝された。

五 茶の湯の所作、作法、手並。

六 上品で優美な様子。

七 寝床の近くに置いて、小便をする時に用いる容器。

八 竹製の花器の一。生け口が横に大きく、獅子の口に似ているのでこの名がある。奇妙な形の花器を珍重した時代相を受ける。「獅子」に尿(しい)(小便)を掛ける。

九 紫野(京都市北区紫野)は平安七野の一で大徳寺などがあり、大人は徳が高く立派な人をいい、大徳寺四十七世の一休宗純をさす。

一〇 世辞の巧い人。お追従者。

(九)

道、だん〳〵遊びに身が入つて、一一つがもねへ相談をする。

(男一)「この御趣向は妙〳〵」

(万太郎)「一二茨木屋にしやうか、一三吉野屋にしやうか。いづれにも早く、大工に一四積もらせるがいゝ」

(男一)「これが大坂の一五揚屋の図で御座ります」

(九) 恋の道には一六一筋に道ひ

花街の大尽容気

一七京の女郎に江戸の女郎を一八後見に付け、長崎の衣装を着せ、大坂の揚屋をこつちへ移し、普請も出来上がれば、三日三夜の酒盛り、一九趣向ほどは冴へぬ二〇案じを

一一「つがもない」の江戸訛。たわいもない。江戸歌舞伎の宗家市川家の荒事で用いられた。
一二 大坂の公許の遊廓新町(西区新町)の妓楼。主人の幸斎は江戸に出て紀国屋文左衛門等と豪遊を競ったことで知られ、常に緞子の外套を着ていたので緞子大尽といわれたが、甚だしい奢侈を咎められて江戸を追放された。
一三 大坂、新町の妓楼。
一四 見積もらせる。
一五 遊客が遊女屋から高級な女郎を呼んで遊興する所。大坂、新町のそれは豪華な設備で知られ、明治時代までであったが、江戸、吉原では宝暦(一七五一—六四)以後廃絶していた。
一六 一途に。花街に来る意を掛ける。
一七 難波鑑(延宝八年刊)に「長崎の寝道具に、京の女郎に江戸のはりをもたせ、大坂の九軒町にてあそびたし」などとある。
一八 うしろだてとして補佐の任に当たる人。
一九 気持が盛り上がらない。ぱっとせず滅入る。
二〇 考え。計画。

する。

吉原の傾城小紫

（新造）「花魁、もつときつくおつせへし。いつそ馬鹿らしうおざんすはな」

島原の太夫九重

（九重）「お前は悪性ざんすさかい、髪をちよつきり挟んであげう。ちやつとしていなませ。つつともふ、辛気じやわいな」

（万太郎）「気が違つたそふだ。ナニ俺が浮気をするものだ、と真面目になるから、いゝじやアねへか」

大坂の揚屋の亭主呼び出さるゝ。

（亭主）「コレハ太夫、すこもつとも。イヨ粋方のさ」

（太鼓持ち）「嬢様めきよとい（ふ）もんじや」

長崎の遊女ゑんさいしやう、かげに呼び寄せらるゝ。

（ゑんさいしやう）「パアく、京様は御口舌だ。チウ、ヨカく」

（一〇）栄耀に餅のかわつた望はへんちきな変人容気

蓼食ふ虫も好きぐにて、茶の湯に凝つたる才二郎、浅草辺の水茶屋に、化けそふな婆アの皺腕に、与四郎一心命と彫つてあるを見出し、これ利休居士の俗名なれば、先哲

一　明暦（一六五五―五八）頃の吉原、三浦屋の遊女。辻斬りの罪で刑死した白井権八（延宝七年〔一六七九〕没か）の愛人で、跡を追って自殺した。
二　吉原語。「言う」の尊敬語で、おっしゃりなさい、の意。
三　ほんとうに。むしろ。
四　京都、下京にあった公許の遊廓（下京区西新屋敷）。寛永十七年（一六四〇）京都の遊女町を集めて作られたもので、三方に堀を回らし、一方だけを出入口とした。
五　狂言、歌舞伎などの古典芸能の集団の長または主だった者に与えられる称号。また江戸の吉原、京都の島原など公許の遊女の最高位の者をいった。
六　京には皇居があったことによる名。
七　浮気性。淫奔。身持ちの悪いこと。
八　浮気の罰として、髷をちょっと鋏で切ってあげよう。遊里の私刑の一。
九　ばたばたしないでおとなしく。「いなませ」はいらっしゃいませの意。
一〇　女性が使った感動詞で、埒もない、訳もないなどの意。
一一　思うような気持にならない。気分がくさくさする。
一二　通人語で、「少し」の略。
一三　遊里の事に通じた粋人。
一四　良家の娘さんらしい。
一五　長崎らしく唐人めかした名。
一六　物陰。人目のない所。
一七　外国語、特に中国語で訳の分らぬことをしゃべりまくる様をいう。
一八　島原の太夫九重を指す。

(一〇)

の寵愛致されし者ならん、打ち捨て置くは惜しきものと、にはかにこの婆アに熱くなつて、色[29]事[30]した(た)にかき[31]のめす。

(婆ア)「破れ障子の骨ばかりなわしを、あんとなされます」

(才二郎)「手前が踵[32]の解れへ、金粉を擦り込みはどふだろふ。皸をかんにう[33]と見たはいゝじやアねへか」

内[34]は野となれ山となれ、万太郎は花[35]に浮かれ、涼みに乗じ、月に賞で、雪の流連け、朝戻り、明けても暮れても廓へ入り浸りしゆへ、親父の腹立ち大方なら

一九 男女間の言い争い。痴話喧嘩。

二〇 底本「ごくせづたた」は誤刻か。

二一 甚だしく度を越した奢りをいう諺「栄耀に餅の皮をむく」を捩る。

二二 「へんてこ」と同じ。変な。奇妙な。

二三 諺。人の好みは様々で、一概にはいえないことをいう。

二四 社寺の境内などで湯茶を飲ませて休息させた店。浅草のそれは二十軒といわれ、美人揃えで知られた。

二五 化物ぜんとした。

二六 千利休の幼名。「一心命」は恋仲の男女が愛情の証として、互いの二の腕に入墨した文字で、多く上に相手の名前を冠した。

二七 安土桃山時代の茶人(一五二二―九一)。字は宗易、利休はその号。居士は男子の法名の下に付ける称号。

二八 俗世間で言い慣わされた名称。法名や戒名に対する。

二九 昔の賢人、すぐれた思想家。

二九 男女が情を通じること。情事。

三〇 「したたか」の略。盛んに。

三一 やたらに巧い言葉で相手の心を喜ばせ、惑わすこと。

三二 踵の皸へ膏薬代りに金粉を。

三三 陶磁器の釉の表面に、割目のように細かく入った罅(ひび)をいい、皸の見立て。貫乳とも書く。

三四 目先の急場を凌ぐことが第一との諺「後は野となれ山となれ」の捩り。

三五 四季折々にもっともらしい風流を口実にして遊里に入り浸り。

ず、番頭、丁稚迎いに来る。

（番頭）「折り節は、ちと内で帳合でも御覧ふじませ」

（万太郎）「なんだ、やぢをが腹立ちだ。よし〳〵、俺が丸める事、方寸にありだ」

（二）雪の中から筍は出来たての孝子容気

（二）

万太郎はその返報に、一番孝行を尽くして、親父を見せ付けんと、庭を掘つて袴をいけ置き、竹藪へ法令綿を雪の見へに包み、蚊帳を釣るには及びませぬ、とそばに裸でつつ伏している。

（親父）「床を冷ましてくれるにも及ばぬ。着物を着てくれろ。風邪を引くぞ」

（万太郎）「ナニ、筍も鯉も嫌だ。いやはや文盲な親父殿。それでは孝行にしようがねへ」

（下）

一 金銭や商品を帳簿と照合して、その正否を確かめること。帳簿に記入すること。損益などを計算すること。

二「をやぢ」（親父）を倒置した洒落言葉。 三 巧みにいいくるめて相手を自分の思い通りにする。

四 一寸四方。転じて心、胸中。

五 中国の二十四孝の一人孟宗の故事を取る。孟宗は中国、三国時代の呉の人で、孝行の徳により、寒中、雪の中から筍を得て母に供したという。

六 わざと人目に付くように。

七 二十四孝の呉孟の故事を誇張して描く。呉孟は晋の人で、親を蚊に食わせないため、衣を脱いで親に着せ、裸の我が身を蚊に食わせた。

八 法令は法蓮の訛言。もと大和国の法蓮（奈良市）産の綿をいったが、江戸では打ち直した古綿を穂入といい、なまってこの名で呼んだ。

九 見た目に雪と見えるように。

一〇 二十四孝の呉孟の故事を取る。蚊帳は、蚊に食われぬように、四隅を吊って寝床を覆う細かい網でできた道具。 一一 二十四孝の黄香の故事。黄香は後漢の人で、夏には父の床や枕をあおいで涼しくし、冬には自分の体温で床を温めた。

一二 二十四孝の孟宗と王祥の故事。王祥は中国、魏の人で、寒中に鯉が食べたいという継母の望みにこたえ、氷上に裸で寝て氷を溶かし、その穴から飛び出た鯉を母に供した。

一三 学問のないこと。

(一二)見せかけの狂言[一四]に荒事[一五]で出る役者容気

かの水茶屋の婆アに、才二郎は濃茶[一六]の中となり、茶飲み友達[一七]にこつそり[一八]としたところへ囲つて置き[一九]しに、婆アの亭主与四郎、それ者[二〇]にて、ゆすりに来りければ、こゝは一番高飛車[二一]を食らわせ、団十郎[二二]で見知らさん、と付け鼻[二三]で鼻を高くし、市川流[二四]の荒事、これでゆすりが恐がりそうなものか。「いかゞ〳〵」。イヤ、カタ〳〵〳〵

(才二郎)「をのれ、小はら[二五]の万兵衛と名乗つてしまへ。アヽつがもねへ[二六]。クワッ」

(与四郎)「マア、待つて下さりませ」

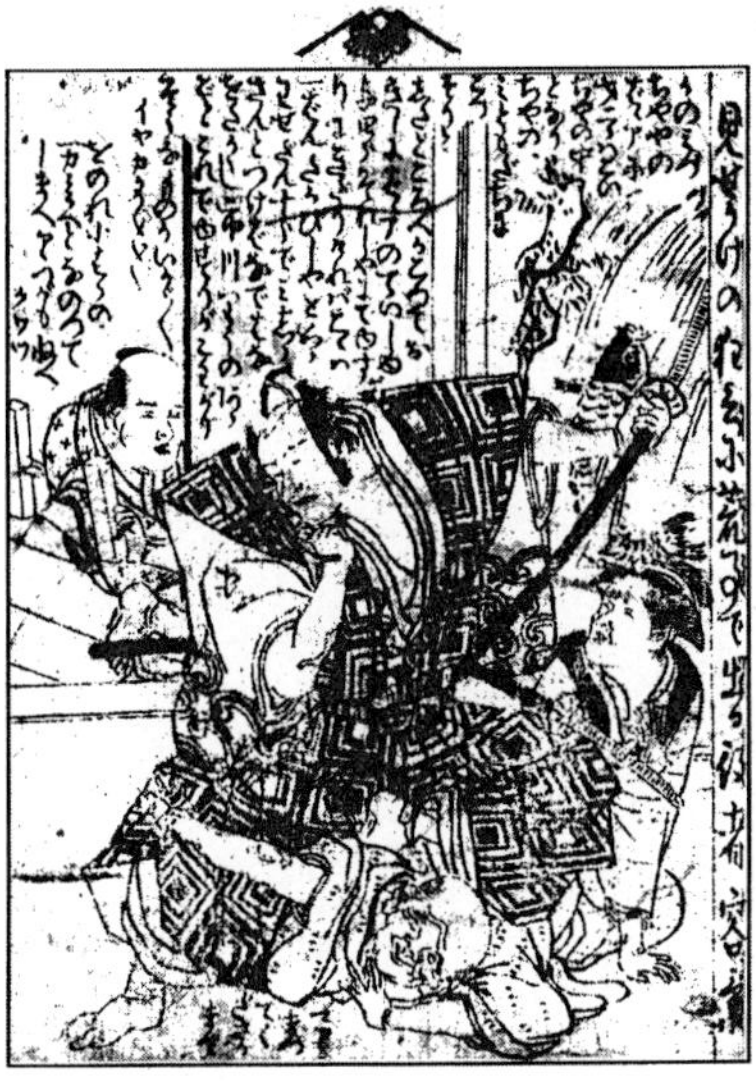

(一二)

(一三)口に苦き良薬の異見は聞ぬ医者容気

伊川先生[二七]の語に、人毎に医を知らでは、親また子供などの患ふとき、その道に暗くして、無学の医者に打ち任せ、多くは不幸、不治なり、といふ事を聞き出し、わが子万太郎は下女[二八]、丁稚[二九]に無理に風邪を引かせたり、

一四 芝居。仕組んだ事柄。
一五 歌舞伎の演出法の一。誇張された扮装と豪快な演技で、市川家の家芸として江戸歌舞伎を特色付ける。
一六 抹茶の一で、日除けした茶の古木の若芽から製する。またそれを多く使って点てた茶。薄茶の対。これに深い恋仲の意を掛ける。
一七 しばしば会って茶を飲みながら世間話をする、気の置けない友達。
一八 人に知られぬようにひそかに物事を行うことをいう。
一九 妾として妾宅に置く。
二〇 その道によく通じている人、専門家。転じて遊女や芸者をいう。
二一 将棋の浮飛車戦法から、相手に対して高圧的になることをいう。
二二 江戸歌舞伎宗家市川の代々の芸名。当代は五世(一七四一―一八〇六)で、鼻高団十郎として知られた。
二三 役者が扮装や仮装のために付ける張子などで作った鼻。
二四 初代市川団十郎(一六六〇―一七〇四)が創始し、代々市川家の家の芸となった荒事を中心とした芸風。
二五 歌舞伎十八番「毛抜」の登場人物。
二六 荒事の名台詞の一。四世市川団十郎が口癖とし、五世が舞台で「ばかばかしい」と気炎を上げるのに用い、流行語となった。
二七 中国、北宋の思想家程頤(一〇三三―一一〇七)の尊称。伊川(いせん)はその号。
二八 雑用に従事する召使いの女。
二九 年少の見習奉公人。

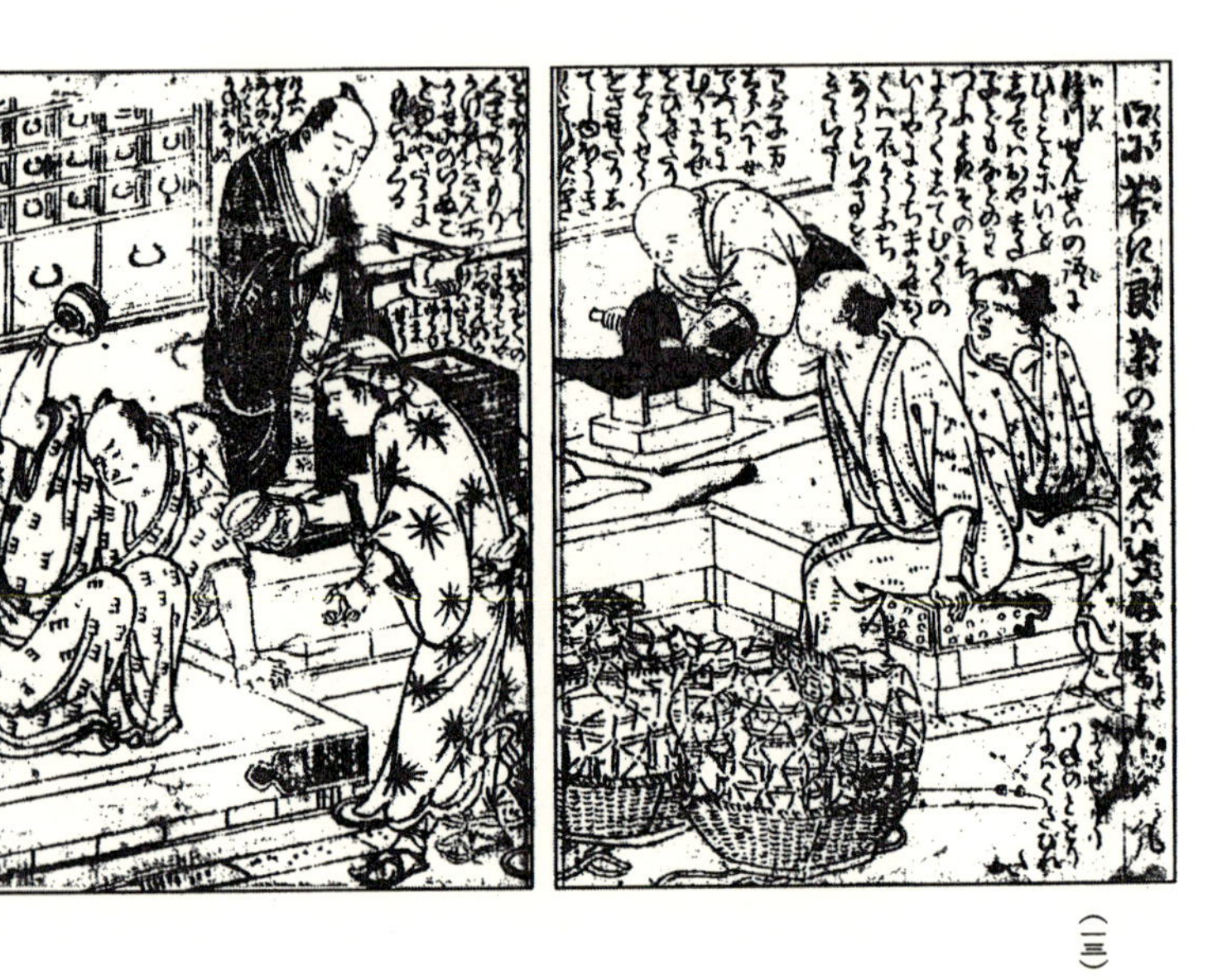

(三)

食傷[一]をさせたりして、種方[二]きく手引草[三]を手本として、薬を盛りかけければ、近所から銭の要らぬことゆへ、やたらに貰いに来る。

(万太郎)「今日は『傷寒論[四]』の会読[五]に行かねばならぬ」

(立っ男)「御約束の擂鉢[六]や茶碗の欠けは俵にして、明日上ませう」

(男)「待たせよう。常の通りにはくたびれた」

また才二郎は団十郎が癖になり、市川流の癇癪持[七]ちになり、日〳〵茶碗の十五も打ち割つて、養生をする。

一 食中毒。
二 薬の調合法。
三 入門書。案内書。
四 中国、後漢の医学書。張機(生没年未詳)撰。寒さ当りなど急性の熱病の症状と治療法を詳述したもので、漢方医学の聖典として尊重された。
五 人々が集って読書し、それに関して話し合ったりすること。
六 夫婦喧嘩などで腹を立てたりした時、投げ付ける物とされた。
七 気の苛立つ病気の持主。感情の起伏の激しい人。

（一四）

（一四）又もたわけを尽くし[八]琴調子狂ふ智者容気

諸所へやりたる薬の内、顋へ張るにべ[九]あげ薬と額へ付ける毛生へ薬と間違ふやら、眉間の腫物がとがめる[一〇]やら、人参[一一]の過ぎたる気違い、人面疔[一二]の脾胃虚[一三]いゝ合せたるごとく、一度に尻[一四]宮を持込み、御輿を据へ[一五]ての高声、年寄られた親父殿まで出て謝れども、合点せず、こゝぞ絶体絶命と、弟才二郎知恵を廻らし、かの孔明[一六]にならい、二階で琴を調べ、万太郎舞を舞いて、人〳〵を退けんと計る。

きをい、「角目[一七]だつていふじ

八 「尽くす」に筑紫琴を掛ける。筑紫琴は佐賀、鍋島藩を中心に伝承された箏曲の一流派筑紫流で使われた十三絃の琴。
九 怪我や切り傷のあとの肉が早く盛り上がるようにする膏薬。
一〇 腫れ物が熱っぽく痛むこと。
一一 朝鮮人参のこと。漢方では強壮薬とし、飲み過ぎるとのぼせるといい、愛飲する人は多淫だなどといった。
一二 膝頭にできる腫れ物。爛れて人の顔をし、物を食うといわれ、傷口に飯粒を入れると痛みが止るという。
一三 漢方で、消化機能の低下した状態で、やたらに物を食いたがる症状をいう。
一四 苦情を持ち込み。
一五 どっかと座り込んで動かない。
一六 孔明が漢中の城門上に琴を弾く奇計で、十五万の敵を退散させた故事を受ける。
一七 目角を立てて。とげとげしく。

(一五)

やねへが、角が生へては合点ならねへ。どふするのだ〱」

気違い、「此乱れ心を早く直してたべ」

女郎、「馬鹿らしうおつす[一]はな。こんなに髭が生へて、客が五人、色事[二]二人切れて[三]、いつぞ[四]ぢれつたくて〱〱なりいせん」

侍、「身ども、三つ目[五]になつては武士が立ち申さぬ」

(親父)「イヤハヤ、申訳の致しやうもないたはけ者。何分御了簡」

(才二郎)「兄貴、これで帰ら

一「ある」の丁寧語。遊女語で、特に吉原の松葉屋で用いられた。
二 客ではない愛人。
三 絶縁する。手を切る。
四 思い通りにならず、いらいらする。
五 目が三つの化物になっては、武士の面目が損なわれる。

（一六）

ねへけりやア、あいつらも物を知らねへ奴だぜ」

（一五）蓬莱[六]ならぬ山門から飛[七]だ噂の仙人容気[八]

子を見る事親にしかず[九]。万左衛門、両人の悴が阿呆を見限り、両人ともに勘当[一〇]しける。兄万太郎はかねて千金方[一一]にて見て置きし仙薬[一二]を製し飲み、なんでも仙人にならん、と浅草の観音へ願を懸け、試みに山門より手を二つ叩き[一三]、飛んで腰抜け[一四]となる。

また弟はいかなる願ありしや、この堂へ七日七夜籠り、両眼魚[一五]のごとく、まんじりともせず、祈念せしゆへか、ついに盲とな

六「蓬莱」は中国の神仙思想で説かれる仙境の一。方丈、瀛州とともに三神山の一で、山東半島の遥か東方の海上にあり、不老不死の仙人が住むという。「山門」は浅草寺のそれで、楼下の左右に金剛力士像を安置し、彼岸の中日と正月、七月の十六日には楼上に登ることを許していた。
七 とんでもないの意に、飛び降りる意を掛ける。
八 人里離れた山中に住み、不老不死や神変奇特の術を会得した人で、中国の道家が理想とした想像上の人物。
九 諺。親が一番我が子の欠点や長所を知っているとの意。
一〇 親子の縁を絶つこと。
一一 松岡定庵著『千金方薬註』(安永七年刊)をいうか。
一二 飲めば仙人になり不老不死になるという薬。非常によく効く霊薬。
一三 無事を願って神仏に拍手を打って祈念すること。
一四 腰が抜けて立てない状態。
一五 魚は四六時中目を閉じず、眠らないという俗信があった。

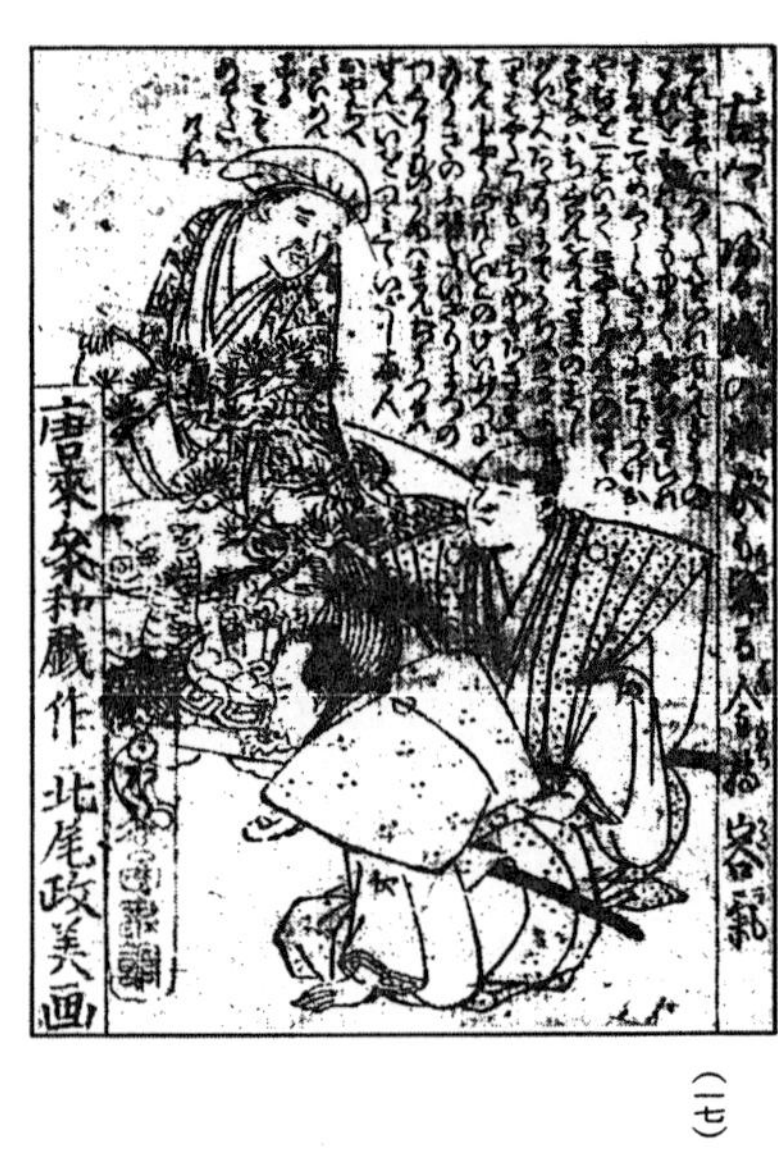

（一七）

る。

（万太郎）「危ねへ〳〵、下を退いた〳〵」

（一六）観音薩埵の霊験は新しい支離者容気

盛んなる者必ず衰へるならい、兄弟とも今は盲といざりになり、浅茅が原の辺に、行く人の袖へすがり、露の命をつなぎける。

しかるに観音の霊夢によつて、親万左衛門、両人が勘当を許さんと、番頭庄兵衛迎いに来る。

（万太郎）「これに懲りぬ事はない」

（才二郎）「庄兵衛とは知らず、試し者にでもされると思ひました」

（番頭）「親父様がお前方へ、屋敷を二ケ所除けて御座ります」

（供一）「あれがこちの若旦那か」

（一七）古郷へ帰る錦の袖　家も堅る金持容気

一　菩薩の一で、衆生に大慈大悲を垂れて解脱させるという。勢至菩薩とともに阿弥陀仏の脇侍。薩埵は菩薩（菩提薩埵）の意。観音。観世音。
二　神仏の不可思議な感応。祈願に応じて表れる効験。
三　身体が完全でない人。
四　この世が変転きわまりのない無常の世界であることをいう仁王経の詞章「盛者必衰」を読み下したもの。
五　足の不自由な人。
六　浅草、橋場一帯（台東区橋場一・二丁目）の原野。
七　人の同情を引いて助けを求める。
八　神仏のお告げのある不可思議な夢。
九　試し斬りにされる者。
一〇　どかせる。立ち退かせる。

これまでいろ〳〵手[一一]を入れて、勘当の詫びをすれども、中〳〵親父聞き入れず。そこで盲といざりにこじつけ、親父を[一二]一杯かく狂言。この作はすなはち観音様の筋書、[一三]大当りにて、家へ帰るより早く、腰も立ち、眼も明き、末繁盛の基。この[一四]景物に[一五]盲亀の浮木へ[一六]いざり松の[一七]作り物、[一八]亀は饅頭鶴は煎餅を積み[一九]て出し、両人親父へ対面するこそ目出たけれ。

一一 手段を講じる。方策を立てる。
一二 うまく相手を企みに掛けること。
一三 芝居や角力などの興行で大評判を取ること。
一四 芝居を真似て滑稽な仕草で演じる茶番狂言で出す、趣向をこじつけた景品。
一五 諺。滅多にない幸いに巡り合うことをいう。
一六 遺松の異称。
一七 人や物などを色々と作り飾った祭礼などの出し物。
一八 長寿をいう諺「亀は万年、鶴は千年」の捩り。
一九 積物にして出す。積物は祝儀のための贈り物の酒樽や菓子箱、俵物などを家の前に積み上げて飾ること。

唐来参和戯作　北尾政美画

悦贔屓蝦夷押領（よろこんぶひいきのえぞおし）

宇田敏彦 校注

三巻三冊、十五丁。恋川春町作、北尾政美画。天明八年(一七八八)蔦屋重三郎刊。袋入りでも刊行されたと思われるが、袋、表紙題簽とも未見。他に刊年未詳の後刷本がある。題名は「悦ぶ」に蝦夷特産の昆布を、「贔屓」に判官(源義経)贔屓を、「蝦夷押領」(押領は無理やりに領地を奪うこと)に義経の蝦夷征伐と絵草紙を掛けたもの。底本、東京都立中央図書館加賀文庫蔵本。中・下巻の絵題簽を欠くため、中巻のそれを東洋文庫蔵の『青本絵外題集』によって補った。

　題名からも知られるように、本作は御伽草子『御曹子島渡り』(室町末期成立)などに伝えられる義経の蝦夷が島渡り説話が、江戸期に発展して蝦夷地逃亡伝説となったのを趣向としている。因みに、蝦夷に渡った義経はアイヌの英雄神オキクルミになったといい、新井白石の『蝦夷志』(享保五年成立)も既にこのことを伝えている。こうした伝承を話の軸とし、蝦夷地(現在の北海道・樺太・千島)に対する関心の高まりを背景としてストーリーは展開する。兄頼朝との不和を口実に義経は奥州平泉を去って蝦夷地に渡り、蝦夷人の司馬ダンカンを重用してこの地を征服、大王の娘を娶って王となるが、かねて謀反の志を持つダンカンは義経に酒色を進める一方、昆布、数の子などの蝦夷の名産品を一手に横領し、揚句の果ては義経を自宅に招いてなきものにしようと企む。義経はとうからダンカンの悪巧みを承知していて、かえってダンカン一党を酔い潰し、かの収蔵品のすべてを我が手に納めて江戸に持ち帰り、大儲けした金を兄と山分けにする。当時江戸においても、ロシアの南進政策による蝦夷地周辺への侵攻事件の噂や松前藩の抜荷(密貿易)の風聞、田沼意次の蝦夷地開発の企画などの事が話題となっていたので、従来本作は、松平定信による寛政の改革政治が端緒についた事と絡めて、そうした北辺の出来事を描いたものと考えられて来たが、意次の腹臣たちを登場人物に重ねてみると、話は一変して紛れもない江戸の事となり、描かれるエピソードの数々は田沼一派の悪業と逐一合致する。このためその評価も、春町の用心深さが災いして政治批判が不徹底な失敗作に終わり、翌年には朋誠堂喜三二の評判作『文武二道万石通』の後を襲って、身の危険を冒して極めてラディカルな『鸚鵡返文武二道』を発表したのだとするが、伝えられる売行きから見ても果たしていかがなものか。

(上)

大言

夫草双紙の作に六義[一]あり。一に曰「思附」、二に曰「意気」、三曰「出来」、四に曰「働[二]」、五に曰「拵[三]」、六に曰「[麦差][四]」、所謂これなり。予四、五年[五]以来草双紙の作を休て思をこゝに潜、ものゝ本[六]にてはじめて此六義をさとりて、大極上々油不引思付[七]の体を作すと、ウヌ、、[八]。

天明八戊申年正月穀旦[九]

寿山人恋川春町[一〇] 印

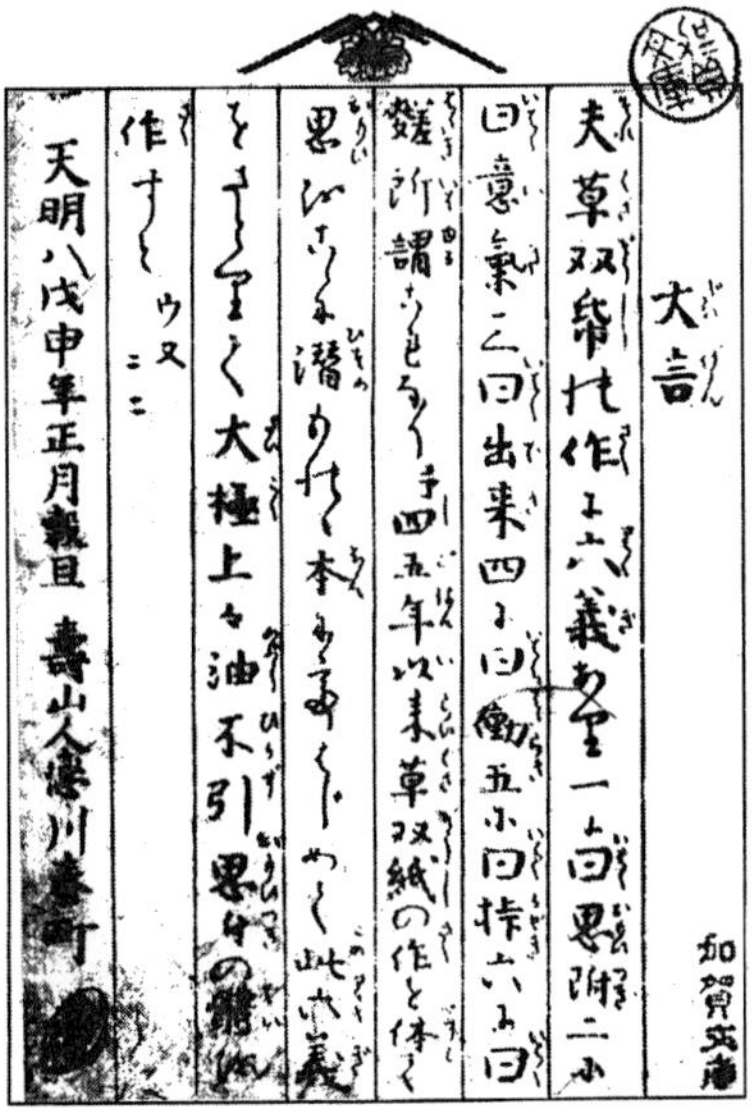
加賀文庫

大言

夫草双帋は作に六義あり。一に曰思附、二に曰意気、三に曰出来、四に曰働、五に曰拵、六に曰[麦差]、所謂これなり。予四五年以来草双紙の作を休て思をこゝに潜め、ものゝ本にてはじめて此六義をさとりて、大極上々油不引思付の体を作すと、ウヌ、、

天明八戊申年正月穀旦 寿山人恋川春町

(一) 扨も御曹子[一一]義経公は、御兄源二位頼朝[一二]公と御中不和になり給ひ、奥州[一三]秀衡[一四]が館へ下り給ひしとあれども、実は御中不和といふ事にてはなし。鎌倉[一五]に差し置かるゝ時は、御弟の事ゆへ、

一 詩経で中国の古代詩を内容上から風、雅、頌、表現上から賦、比、興の六体に分類するのに倣う。
二 骨折ること。
三 弄の俗字で、励むこと。
四 麦などを石臼で搗いて粉にすること。音通でありったけの知恵を出す意に転じる。
五 理由は不明だが、天明五年(一七八五)以来春町に黄表紙の作はない。
六 学問的な本。
七 「油不引」は刻み煙草の最高級品。ここは最高の思い付きの意。
八 文尾を結ぶ「云々」に、自惚れの意を掛ける。
九 西暦一七八八年。戊申はその干支、穀旦はよい日、吉日。
一〇 恋川春町の別号。印として傾けた大盃に「寿」の古体字を書くのは、春町が下戸で、名を寿平といったのに因む。
一一 公家や上流武家、特に源氏嫡流の独立しない部屋住みの子息をいい、義経を指すことが多い。
一二 鎌倉幕府の創始者(一一四七—九九)。文治五年(一一八九)正月、正二位に叙せられ、四月義経を衣川に討つ。
一三 陸奥国のこと。東山道の一国。
一四 鎌倉初期の武将(?—一一八七)。藤原氏。陸奥の豪族で、鎮守府将軍となり、源義経を匿って頼朝に対抗した。
一五 相模国三浦半島西岸の町(神奈川県鎌倉市)。戯作では江戸に見立てられる。

（二）

[一]大名なみにはならず、少なくも[二]四、五十万石も進ぜられねばならず、かゝる御倹約の御時節なればと、知恵ありの秩父[三]が案じにて、御中不和[四]の分にして、秀衡が館へ入申たるなり。ゆく〱は秀衡が奥州五十四郡[五]ともにしてやろうといふ狂言[六]なりとぞ。

義経公は御存知の名将にて、鎌倉の様子も秀衡が腹[七]もよく御存知なれども、やつぱり知らぬ顔にて、一ッ杯[八]にかゝれて居給ふ。

秀衡もさる親父[九]にて、此目[一〇]論見を承知ゆへ、表向[一一]きを美し

一 一般的な大名程度。大名は一万石以上の幕府直属の武士。 二 三代将軍徳川家光の弟駿河大納言忠長が五十五万石であったことや、八代将軍吉宗が二男宗武に田安家を、三男宗尹に一橋家を、九代将軍家重が二男重好に清水家を立てさせて御三卿とし、賄料十万石ずつを与えたことなどのことを受けるか。 三 畠山重忠（一一六四―一二〇五）のこと。武蔵国秩父の武将。頼朝の重臣で義経追討にも勲功があった。知恵者として知られ、松平定信に見立てる。 四 仲が悪いということにして。 五 陸奥国に属した磐井、胆沢などの五十四郡。鎌倉―室町時代に一般化した数で、延喜式では三十五郡。 六 企みなどがまんまと成就すること。 七 了簡。心積り。本心。 八 すっかり騙される。 九 抜け目のないしたたか者。
一〇 企て。計画。
一一 表面上は。公式には。
一二 呆れ果てて、愛情を失った態度を見せること。 一三 北海道、樺太、千島などを総称する古称で、本作では音通によって、江戸に見立てる。 一四 色々な品物。物価。 一五 値段の高いこと。 一六 亀井六郎重清は紀伊国熊野の出。以下いずれも義経の腹臣。片岡八郎為春（太郎経春とも）は常陸国鹿島行方の人。伊勢三郎義盛は伊勢国二見の出で、上野国荒蒔郷に住み、義経の最初の奥州下りの時家来となる。駿河次郎は雑色で、義

く、愛想尽かしなしに逃れんと、蝦夷追討のことを勧め申。

いかさま諸色高直の時節、義経御壱人ならず、亀井、片岡、伊勢、駿河、武蔵坊、常陸坊、屈強の奴らに食いたてられては、居候にはしかねるはづ也。

(亀井)「こいつは何よりの相談だ。何でも、蝦夷錦で大どんぶりをこしらへてこやう」

(秀衡)「鎌倉の御(怒り)強く、近〱討手を差し下さる由に候へば、ひとまづ蝦夷が島へ御落ちあつて、かの島御伐り従へしかるべう存じ奉ります。かねて、かくあらんと存じ、持仏堂の下から、蝦夷までの抜け穴をこしらへて置きました」

(義経)「委細承知の介。そう〱に打つ立たん。用意〱」
(三)秀衡が教へのごとく、義経公は亀井、片岡、伊勢、駿河、武蔵坊、常陸坊を従へ、持仏堂の抜け穴より、迫出しのやうにぎり〱と迫り出したるところ、たちまち蝦夷が浜辺に出たり。
こゝにて蝦夷人ラカサシテヱル司馬だんかんといふ者を生け捕り、案内者とし給ふ。

亀井の六郎、蝦夷人を生け捕る。

(亀井)「おつとせい、動くな。此地口は松前点で、蝦夷へは聞こへまい」

(ダンカン)「よし〱、だんかんの計り事をもつて、此無念を晴らして呉う」

(義経)「から迫り出される後ろで、柳橋の太夫に語つて貰いたひ」


経記では義経の命で奥州より九州へ向かう途中、京都にて頼朝方に捕えられる。武蔵坊弁慶(?—一一八九)は熊野別当の子といい、比叡山の僧で、義経の幼時から臣従し、源平合戦に数々の勲功を挙げて英雄、豪傑の名が高い。常陸坊海尊は園城寺の僧で、若き義経を奥州に尋ねて郎等となる。義経記では衣川の戦い直前に姿を隠したとするため、のち様々な伝説を生み、仙人となって近世にも存生するなどという。一七 極めて力が強く人に屈服しない。一八 緞子地に金糸銀糸で雲竜の紋を織り出した中国原産の錦で、沿海州、樺太経由で日本に渡来し、これで作ったどんぶり(袋)を通人が好んだ。一九 大型の叺形の袋。芯に厚紙を入れ、更紗や緞子などで作る。二〇「しかるべく」の音便で、そうあるのがちょうどよい。二一 持仏(身辺に置く仏像)を安置する堂。秀衡の建てたそれには、蝦夷地に達する抜け穴があったという。二二 すべてを承知したとの意を擬人化した洒落言葉。二三 歌舞伎芝居で、役者を舞台の切穴や花道のすっぽんから迫り上げる装置。二四「相良して得る神田橋」の振りで、田沼意次(一七一九—八八)を暗示する。田沼は九代将軍家重、十代将軍家治に仕えて累進、宝暦八年(一七五八)大名、安永元年(一七七二)老中となって権勢を振るったが、天明六年(一七八六)家治の死で失脚した。この語は明

（三）

（常陸坊）「亀井殿〳〵、蝦夷[一]の乳母にも用ありといへば、あんまり惨くはし給ふな」

（三） 夫より、義経主従はシバダンカンを案内者として、奥蝦夷[二]へ渡り給ふ所、ダンカン悪心にて、わざと道なき所を案内し、いうもん[三]の滝といふへ連れ来り、「この滝を登らざれば、奥蝦夷へは渡り難し」と教へる。されども、義経天狗[四]の弟子ゆへ、鞍馬[五]の僧正坊現れ給ひ、力を添へ給ふゆへ、何の苦もなく、義経主従、野郎[六]の鯉のごとく、いうもんの滝を登り給ふ。

（常陸坊）「体の濡れるは構は

和四年（一七六七）家治の側用人となり、相良築城を拝命、神田橋に屋敷を賜ったのを踏まえる。新たに築城を許されたのは空前絶後のことであった。 二五 掛け声「おっとしょ」を蝦夷地の海獣で強精薬として知られたオットセイに掛けた洒落言葉。 二六 語呂を合せた同音異義の洒落言葉。以下地口が頻発する。 二七 松前だけで通用する高点句。点は俳諧、川柳、地口などで選者が評点を加えることで、その点者名をとって何々点といった。 二八 通じまい。良さが分かるまい。 二九 「司馬だんかん」に弾冠の意を掛ける。弾冠は仕官の用意をすることで、田沼の出世振りを暗示する。 三〇 浄瑠璃語りの二世富本豊前太夫の俗称で、柳橋に住んだことによる。

一 どんな役立たずでも、時には役に立つことがあることをいう諺「門の姥にも用あり」の振り。
二 北海道の松前藩の支配の及ばぬ奥地や樺太をいい、江戸城大奥を暗示する。
三 中国の黄河中流域にある急流竜門の滝の振りで、老中の役宅のあった辰の口を暗示する。この滝を登った鯉は出世して竜になるという。
四 義経は幼時京都の鞍馬山で、天狗の僧正坊に剣術を学んだ。
五 京都鞍馬山の僧正谷に住む天狗で、夜な夜な源義経に兵法を教えた。
六 立派でない鯉を罵っていう。「野

（三）

ぬが、着物の濡れるが、いたしぼう大損だ」

鞍馬の僧正坊現れ出、力を添へ給ふ。

（僧正坊）「師匠や坊主と御賞翫は、それは困らぬよやさのさ」

（義経）「梅が枝ならば三百両にやる所だが、紫裾濃もはげすへだから、値になるまいの。おつとせい」

ダンカン大に呆れる。

（ダンカン）「人の滝登りはナアアハヽヽ、初めて見る。妙〳〵」

（四）いふ門の滝を登り、奥蝦

郎の何々」は当時の流行語で、軽蔑や悪罵の意を込める。

七 常陸坊海尊の振り。質草にしたり古着屋に売る時、値が出ないとの意。

八 謡曲「鞍馬天狗」の詞章取り。

九 浄瑠璃や歌舞伎芝居の「ひらかな盛衰記」のヒロイン。本名千鳥。木曾義仲の侍女お筆の妹で、梶原源太景季と契り、勘当された景季を養うため傾城となり、梅が枝を名乗る。景季が頼朝から拝領した産衣の鎧を質屋から請け出すのに必要な三百両を得るため、無間の鐘になぞらえて手水鉢を打とうとし、景季の母延寿の情けでその金を得る。

一〇 染色の一種で、紫色で上を薄く、下に行くほど濃く染める。

一一 景季の振り。梶原景季（一一六二―一二〇〇）は景時の長男で、源頼朝に従って木曾義仲追討に向かい、佐々木高綱と宇治川の先陣を争い、平家追討には生田の森で奮戦するなど大いに武功を挙げたが、謀略家の父の失脚で、父ともども駿河国狐崎で敗死した。

一二 高値が付く。

(四)

夷の地に至り給ひしところ、まことに不毛[一]の地にして、人跡絶へて、宿るべき所もなければ、荒海より昆布を持ち来りて、仮に陣屋[二]をこしらへ、一夜を明かし給ふ。

奥蝦夷はまことに北の果ゆへ、寒気強く、六月土用[三]の内ばかり、少し暖かなるゆへ、四季一度に持ち込んで、その景色いふばかりなし。只食物のないには困るとなり。

(義経)「こちらの方は寒中[四]也。あちらは土用中。熱く[五]、温く、屁つ臭く、といふところだ」

(常陸坊)「蝦夷といふ所は、

一 地味が痩せていて作物などが育たない土地の意で、蝦夷地が五穀の出来ない土地柄であることを受ける。

二 合戦などで軍兵の駐屯する営舎。

三 夏の土用。土用は暦の雑節の一で、二十四節気の立春、立夏、立秋、立冬の前十八日を当てるが、今日一般には夏のそれをいう。

四 二十四節気の小寒、大寒の二候にわたる期間で、冬の寒さが最も厳しい。

五 時期外れのこたつに入っていることの見立て。「屁つ臭く」は、屁のような臭いがすること。絵(四)では、桜(春)、時鳥(夏)、萩(秋)、梅(冬)を描き、蚊遣火をたかせて、四季が一度に来た様を描いている。

とんだ所だ。半身は暑くて土用かと思へば、半身は寒くて寒中のやうだ。これが、本の[六]半季甚だしいといふのだ」

昆布を炬燵布団にして、片端から[七]茶請けにする。

（弁慶）「[八]菓子昆布ほどに旨くない」

（五）蝦夷の地は[九]五穀払底なるに、奥蝦夷は[一〇]別してこれなし。たゞあるものとては、昆布、[一一]数の子、魚計なり。義経、秀衡が館より用意ありし[一二]兵糧も少なきゆへ、魚を採りて兵糧の足しにし給ふ内に、別して鮒を採り、焼き鮒にして蓄へ、又米を研ぐ度、おびたゞしく[一三]白水を囲い置き給ふ。

（片岡）「焼き鮒は旨い奴だが、白水は何になる事だか知らぬ。よく[一四]洗濯に、かみさんが欲しがるやつだ」

（亀井）「毎日〱、鮒を焼くにも飽きはてた。[一五]鮒を焼こなら春日山、これも川の近いとて」

（五）

六 「寒気甚だしい」を捩り、一年の半分ずつが夏と冬であるとの意。
七 茶に添えて出す菓子。茶菓子。
八 山椒を巻込んだ結び昆布を焙炉（ほいろ）で乾燥した菓子。
九 米、麦、黍、粟、豆の五種の穀物。
一〇 取りわけて。奥蝦夷では五穀の収穫は全くないと考えられていた。
一一 鯡（にしん）の卵。正月などの祝事に用いる。
一二 将兵に与える糧食。陣中での食糧。
一三 米のとぎ汁。
一四 古来、白水は洗剤とされた。
一五 狂言「末広がり」の小歌「笠をさすなら春日山、これも神の誓とて」の捩り。この歌は狂言小歌として愛唱されていた。

(片岡)「亀井殿の法楽[一]は、きついものだ」

（中）

(六) 義経公は奥蝦夷、インツウフツテヱス・しうれん大王[二]の城へ押し寄せ給ひし所、大数の子をもつて数十丈に石垣を突き立、昆布、荒布の軸[三]を干し固めて逆茂木[四]に引、用心厳しき所を、かねて蓄へ置かれし白水[五]に壁土を混ぜて、水鉄砲[六]をもつて弾き掛けければ、たちまち柔らかになりける所を、後より醤油を弾き掛けて、残らず食い尽くし、「得たりや、あふ[七]」と攻め入り給ふ。

(兵一)「白水は何になると思つたら、なるほど。親方の知恵は格別だ」

(兵二)「イヨ、玉屋[八]と誉めて呉れろ」

(七) 難なく城を攻め落とし、合戦に及びたる所に、かの犀甲[九]

一 仏の教えを信受する喜び。転じて慰み、楽しみ。

二 「銀子払底す大王連中」の字を当てられ、大王には大奥の字を重ねることが出来る。インツウは中国語の宋音で銀子をいうので、度重なる倹約令で困惑する江戸城大奥の模様を暗示するものと思われる。

三 茎のこと。

四 木の幹や太枝の先端を鋭く尖らせ、土にさしたり柵にして敵を防いだ。

五 昆布や荒布の根を柔らかに下ごしらえするための方法。

六 竹筒に水を入れて、それを筒先から飛ばす玩具。

七 相手を巧く仕留めたり、自分に好都合な時などに発する語。

八 江戸の代表的な花火屋。鍵屋から分れた家で新見世であったが、その名の響きのよさから花火の誉め言葉としての掛け声になっていた。

九 底本「藤甲」は犀甲の誤刻か。犀甲は犀の皮で作った鎧で、堅牢なことで知られた。陣道具は武具のこと。

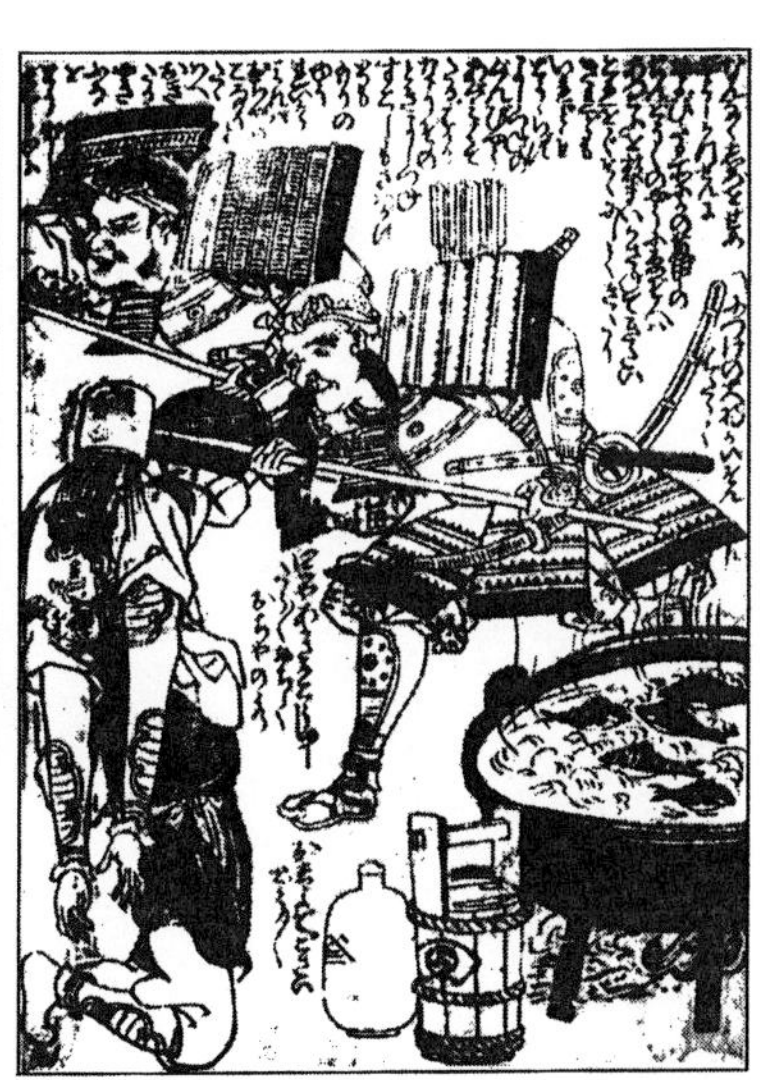

(七)

の陣道具のやうに、蝦夷人は厚昆布を数枚重ねて鍛い、これを具足[一〇]にして着たり。斬れども射れども通らず、義経の軍兵、倦[一一]み果てたるばかりなり。その時[一二]義経少しも騒がず、「知盛[一三]の幽霊からみれば、お茶の子[一四]なり」と、蓄へ置きたる焼き鮒を取り出し、醤油に酒、塩を塩梅[一五]して、大鍋にて煮出し、柄杓をもつて、蝦夷人に浴ぶせければ、たちまち柔らかになり、敗軍する所を、亀井、片岡、伊勢、駿河、「得たりや、あふ」と矢叫び[一六]して、箸をもつて挟み切、上戸[一七]は酒の肴、下戸[一八]は夜食の菜にして、皆

一〇 武具、甲冑、特に近世では鎧一式をいう。
一一 すっかり嫌になる。飽きる。
一二 謡曲「船弁慶」の詞章取りで、これに継いで「打物抜き持ち、うつゝの人に向ふが如く」とある。
一三 謡曲「船弁慶」で大物の浦を逃れ出る義経の乗った船に取り付く平家の勇将の亡霊。知盛(一一五二―八五)は屋島、壇ノ浦の合戦で義経軍と戦い、入水して勇猛な死を遂げた。
一四 「茶の子」の丁寧語。茶の子は茶請けの菓子で、腹の足しにならぬことから、物事の容易なことの譬え。
一五 塩と梅酢で味を調えることで、料理の味加減を調えることをいう。
一六 目的物に矢を射当てた時、射手が発する声。開戦時などで遠矢を射掛ける時、両軍が発する高声。
一七 酒好きな人。酒飲み。
一八 体質的に酒の飲めない人。

(八)

殺しにぞしたりける。

煮付け[一]の大将海尊、働く。

(常陸坊)「四ッ谷[二]、赤坂、麹町、だら〳〵落ちてお茶の水」

(蝦夷人一)「おしよ[三]で御座い。どう〳〵」

(亀井)「向かふ者をば拝み打[四]ち、廻り会へば車切[五]、鮒[六]で焼くのは十文醤油[七]。ナント新し[八]いか」

(蝦夷人二)「アニ古ひ〳〵。ふ[九]るしくてならぬ」

(八) 蝦夷人みな〳〵昆布巻[一〇]のやふになり、箸で挟み切られて敗軍し、残らず降参しける。フ

一 見張りの番兵を置いた枡形の城門、見付の振り。「煮付け」は魚や野菜を醤油などの調味料を加えて、味がしみこむまで煮こんだもの。 二 江戸の地名を順序立てて覚えるための童謡。四谷、赤坂には見付があったことによる連想。 三 「おしよ」はお塩の訛言。「どう〳〵」は白水の落ちる様の擬声語。 四 刀を頭上にかざし、拝むようにまっすぐ切り下ろすこと。 五 刀を横に払って、人の胴などを輪切りにすること。 六 近松門左衛門の「冥土の飛脚」などに出てくる詞章「蜘蛛手かくなはや十文字」の振り。 七 一合十文の安物の醤油。高いのは一合三十文ほどであった。 八 新味。新趣向。 九 古い趣向の意に、苦しいを掛ける。 一〇 ごぼうや焼いた小魚などを昆布で巻いて煮た食品。 一一 「くわいらい」は「くわいらん」の誤刻で、「怪蘭公主あやふや夫人」の字を当てることが出来、蘭学好きで著名な薩摩藩主島津重豪の娘茂子をいうか。夫人を「ぶにん」と読むのは呉音で、古代中国で王妃を称したのを受ける。茂子は十一代将軍家斉の正妻で、公家近衛公の養女となった上で家斉に嫁す。 一二 最初期の浄瑠璃や御伽草子「十二段草子」のヒロイン。三河国矢矧の長者の娘で、若き日の義経の寵愛を受ける。 一三 容姿の優れた遊女や年若い女。 一四 諺。下堪えられないほどの好事をいう。

ツテヱス・しられん大王は女王にて、娘あり。名をくわいらいかうしゆ・あやふや夫人といひて、容顔美麗なりければ、義経公も「[一二]上瑠璃御前以来、かゝる[一三]代物はなし」と、大の気ありなるところ、大王「婿として蝦夷の主になり給へ」と勧め奉りければ、[一四]下地は好きなり、御意はよし、[一五]吉日を選み、婚姻を調へ、[一六]昆布の衾の内に[一七]偕老の契りを結び給ふ。御母しられん大王も羨ましくなり給ひ、武蔵坊を見立て、極内ゝにて、夫婦の語らひをし給ふ。[一八]世に「弁慶はたつた一度ぎりで諦めた」といふは、きつい嘘なり。

(義経)「[一九]昆布の布団に科を着せとは、あの、何にか有つたのう」

(弁慶)「[二〇]勧進帳なら[二一]安宅の関だが、[二二]安針丁で裸の比丘尼を買ふ心地だ」

義経公のお相伴に、亀井、片岡、伊勢、駿河も[二三]びれ〳〵する[二四]宮女たちと、それ相応に決まりける。

(亀井)「昆布の夜着布団は厚くて、重たい。[二五]荒布を[二六]鹿子に染めさせやう」

(宮女)「飲んであげやう。ヲヽ[二七]おはもじい、じやアねへ、おひもじい」

(九)「奥蝦夷落城するのみならず、義経、大王の婿となり、蝦夷一ッ国を御手に握り給ふこと、ひとへにダンカンが働きゆへなり」とて、ダンカンにあまたの領地を下し置かれ、あまつさへ、亀井、片岡、伊勢、駿河が[二八]同役に仰せ付られ、[二九]出頭限りなく、その家[三〇]来ヂシヤウ・ウラミンテヱル、同じく[三一]インヲリスウ・ウヱンノイといふ両人を御館まで

地は素質、天性をいう。一五 目出たい日、縁起のよい日。一六 新婚の夫婦が用いる寝具「鴛鴦の衾」の捩り。一七 諺。夫婦の契りが睦まじく幸福なことをいう。一八 弁慶が女性関係を持ったのは、播磨の書写山円教寺で修行中の一度であった、との伝説を受ける。一九 俚謡の詞章取りらしいが、不明。二〇 寺社や仏像などの建立、修理のため、人々に浄財の寄付を募るための趣旨を書いて、読み聞かせる巻物。二一 加賀国(石川県小松市)にあった関所。鎌倉初期の新関で、源義経の奥州落ちに関守富樫との問答のあったことで知られる。二二 日本橋魚河岸北の小道の両側(中央区日本橋室町一丁目・本町一丁目)の町で、魚問屋が密集し、有名な鳥屋東国屋があった。比丘尼は尼僧姿で売色した下等な遊女で、売買される水鳥が目を縫い、毛をむしったものであったのに見立てる。二三 異性に見境いなく纏わりつくさま。「びろびろ」「でれでれ」と同義。二四 宮仕えの女。宮廷出仕の女官。二五 海藻の一種。昆布と同科だが、肉が薄くて旨くない。二六 鹿子絞りのことで、白い斑点を絞り染にした模様。二七 女房詞「おはもじ」の形容詞化したもので、恥ずかしいの意。「おひもじい」は、「おはもじい」にならって女房詞めかしたもの。二八 同じ役職の意で、田沼が老中に昇進したことを暗示する。二九 立身

（九）

呼び出され、「この度、主人諸とも出精[一]に働き、奇特[二]に思し召すの段、猶この上、御ため宜しく相勤め候様」に仰せ渡され、昆布[三]二巻づゝ下し置かれける。

「蝦夷人のそれがし、結構な御取り立て、各〳〵方と御同列に仰せ付けられるのみならず、家来どもまで御褒美下し置かれ、冥加至極[四]」などと、ダンカン、空拝み[五]のちよ〳〵ら[六]をいふ。

（ダンカン）「俺も七万五千石[七]にはなつた」

ダンカンが家来両人、さぼてん[八]のまゝで召し出さるゝ。

（家来一）「数[九]の子ならぬ私ど

出世すること。三〇 辣腕で知られた田沼の用人三浦庄二を蝦夷人めかして振る。三一 田沼の家老井上伊織を蝦夷人めかして振る。

一 精出して、励み勤めること。
二 「きとく」ともいう。普通よりも優れていて誉めるに価する様子。
三 将軍家から褒美として与えられる絹の見立て。
四 言葉に尽くし難く有難いこと。
五 上辺だけの尊敬。みせかけだけの丁重さ。
六 口先だけの世辞をいうこと。
七 田沼が累進して五万七千石の大名になったのを暗示する。
八 縮れた髪の毛の見立てか。
九 「数ならぬ私ども」の振り。

も、[一〇]こんぶかやうに仰せ付けられますは、[一一]有難山のマタこんぶ烏」

伊勢の三郎、若手にて[一二]末席なれども、蝦夷中にて、ことのほか宜しき評判也。

(一〇)ダンカンは義経の御旨に叶ひしを幸いに思ひ、[一三]大義を計らんと、蝦夷中の美なる者を選みて献上し、日夜、[一四]淫酒を勧め参らせ、その上に己が目論見を勧め申。

(義経)「ダンカン、[一五]一つ飲み山〳〵。俺は女と酒さへあれば構はぬ。[一六]その案じも至極よかろう。手前の[一七]存知より次第に働け〳〵」

(ダンカン)「とかく人世の楽しみは、色と酒で御座ります。それには、日本で金銀、蝦夷では昆布、数の子でござります。[一八]此昆布、数の子とを沢山御倉へ入ますには、まず日本より[一九]荒布、[二〇]相良布、[二一]ごまめを沢山取り寄せ、昆布の代はりに荒布、数の子の代はりにごまめ八疋相渡しまして、それを通用致させ、昆布、数の子引替へ[二二]定座を申付、その

(一〇)

一〇 「今度斯様に」の振り。
一一 明和(一七六四-七二)頃からの流行語「有難山の鳶烏」の振りで、「また者」といわれた陪臣(諸侯の家臣)の意を掛けて、三浦庄二と井上伊織を指す。
一二 下位の席、位。天明六年(一七八六)松平定信が、二十六歳の若さで老中に抜擢されたことを受ける。
一三 大掛りな催し事。
一四 飲酒が過度に及ぶこと。飲酒にふけること。
一五 明和頃からの流行語で、「呑め」「呑もう」の洒落言葉。
一六 田沼の武家らしからぬ、商才にたけた新経済政策の数々をいう。
一七 考えている通りに。
一八 主要通貨である金貨(小判)や銀貨の見立て。
一九 質の悪い新鋳の小判の見立て。
二〇 海藻のかじめの異称。田沼の城のあった遠江国相良を利かす。かじめは荒布に似た海藻で、食用には向かないため、田沼を指して「食えない男」といったものか。
二一 片口鰯の干物。明和九年(一七七二)新鋳の二朱銀の見立て。二朱は一両の八分の一に当たる。
二二 通貨の交換を一手に扱う組合。田沼が各種の座を作って、運上取り立てのための専売政策を講じたことを受ける。

(二)

上に蝦夷中の海、昆布、数の子の総浚へを仰せ付られましたが、宜しう御座りませう」

(義経)「話坊海尊が芝居話も面白いが、蝦夷人のには分かるまい。本の話坊主に聞き下手だ」

常陸坊海尊は行末仙人に成ほどの者なれば、折〳〵、稽古ながら日本へ飛行して渡り、吉原、堺丁その外の珍しいことを見てきて、義経の御前(へ)罷り出て話すゆへ、蝦夷中で話坊主といつて、あそこへもこゝへも引ッ張られる。

(海尊)「夕べも文笄さんの所で、明けまで話しやした。今夜はシバさんの蝦夷節がよかろう」

(二)ダンカンは義経公に、美なる者をあまた御閨の御伽に差し上、淫酒に溺らせ、くわいらん夫人に遠ざかり給ふやうに仕掛け、かねてより心を懸け参らせたるくわいらん夫人を、折を見て口説きけるこそ不届きなる。

一 すっかり取り去る。掻き集める。
二 常陸坊海尊の振り。
三 芝居に関する話、芝居の話。
四 聞き手がよくないために話が面白くならないことをいう諺「話上手に聞き下手」の振り。話坊主は戦国時代以来、主君の側にいて話し相手になった学識者などの総称。
五 将来。後に。海尊の仙人説を受ける。
六 江戸唯一の公許の遊廓。
七 江戸の芝居町の一(中央区日本橋人形町三丁目)。江戸最古の芝居小屋中村座があった。
八 幕臣、星野瀬兵衛(生没年未詳)の号。田沼の寵臣で、お調子者として知られていた。
九 江戸節の振り。江戸節は元禄—明和期(一六八八—一七七二)に江戸で流行した肥前節、半太夫節、河東節などの浄瑠璃流派を総称する。田沼は美声の評判があったか。
一〇 寝所の相手になること。
一一 草双紙が一般的に三冊で終わる

義経公、物の隙より此ていを御覧じ、いよ〳〵だんかんが狂言を見透かし給ふ。

(義経)「よし〳〵、[一一]三冊目の仕舞に見知らせ[一二]てこまさう。いつもの草双紙のやうに、夢で止めては腹[一三]が癒ない。

[一四]いよ〳〵、[一五]浜村屋に音羽屋、有難へ」

くわいらい夫人はダンカンに[一六]いちやつかれ、大の困り[一七]にてい給ふ。「主ある者」といひ、「主人に対して不届き」などと脅しても、ダンカン熱くなつて聞き入れず。

(ダンカン)「[一八]いふも憂しいわぬも辛き武蔵鐙、では師直めくから、[一九]ぢか口説きに致します」

(三)

(三) 昆布、数の子引替へ定座を立、義経公の御威勢をもつて申触らしけるゆへ、荒布、相良布、ごまめを取り替へるは嫌ながらも、蝦夷中の者、日〳〵、[二〇]引も切らず、昆布、数の子を持ち来り、引替へて貰ふ。

(引替人)「此昆布は少し切れ[二一]

ことを受ける。

一二 きっと思い知らせてやろう。

一三 怒りや恨みなどが晴れずに満足しないこと。

一四 歌舞伎芝居などで、役者を褒める時などの掛け声。

一五 人気当代第一の女形の歌舞伎役者三世瀬川菊之丞(一七五一—一八一〇)、俳名路考、通称仙女路考の屋号。音羽屋は初世尾上菊五郎(一七一七—八三)、俳名梅幸の屋号。女形から立役となる。この両人は天明五年に桐座で共演している。

一六 男女が仲睦まじくふざけ合うこと。

一七 処置や判断に苦しみ迷惑する。

一八 伊勢物語・十三段で「武蔵なる男」が上書に「むさしあぶみ」と書いて「京なる女」に贈った文の返事の歌「とはぬもつらしとふもうるさし」を踏まえたもので、浄瑠璃や歌舞伎芝居の仮名手本忠臣蔵で、高師直が塩谷判官の妻顔世に贈った恋文の一節として知られていた。師直(?—一三五一)は南北朝時代の武将で、足利尊氏の執事として活躍、義詮を擁立して政権を掌握したが、のち敗死した。仮名手本忠臣蔵では吉良上野介に見立てられる敵役となる。

一九 直接自身で求愛すること。

二〇 絶え間がない。ひっきりなしである。

二一 紙や木などの切れ残った一部分。ここでは昆布の切れ端をいう。

が御座りますが、なんと、おまけにはなりますまいか。昆[一]布まけの煮凝りといふ所だ」
（人足）「損なやうでも、一ッ俵持って来て八俵になる所は、まづ得なやうだ。損得[二]なの、やっとこな」

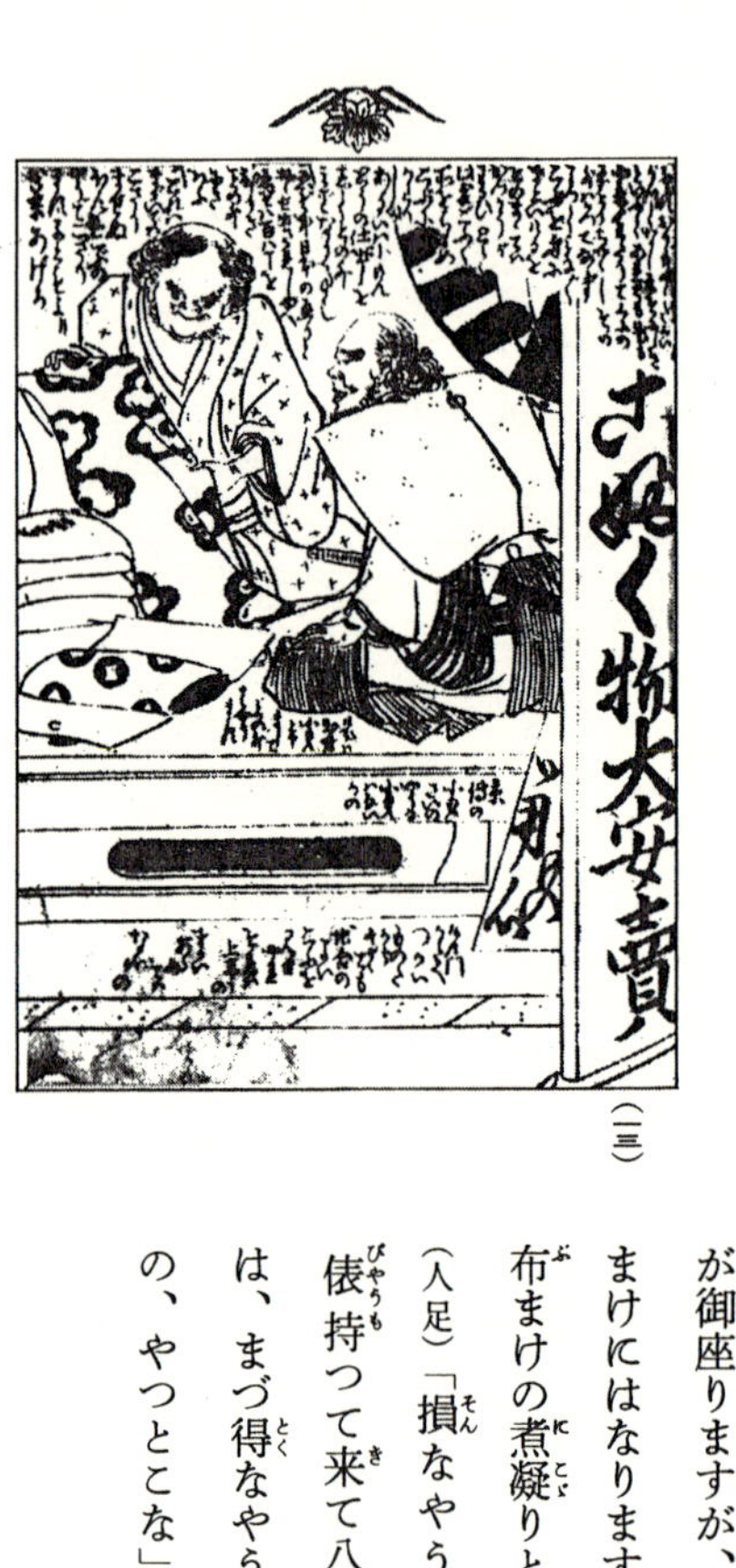

（三）

（下）

（三）そも〳〵蝦夷国は五穀のみならず、織物の類かつてなし。蝦夷錦といふてあれども、是も北京[三]より渡りて、国の王ばかり着し、その外は勝手ならず。よつてみな〳〵、昆布を身に纏いけるを、そのまゝでは格好が悪ひとて、此度呉服所[四]を始め、昆布に変わ[五]り縞、あるいは小紋[六]等の仕出し[七]をして、事の外見事なる事也。

「蝦夷中、日本の通り」と仰せ出されしゆへ、蝦夷八百八丁[八]を開き、事の外賑はふ。

一 「おまけ」の地口。昆布巻はごぼうや焼いた小魚を昆布で巻いて煮たもの、煮凝りは魚などの煮汁が寒気で固まったもので、昆布を反物に見立てた洒落。
二 市川流の荒事で使われる台詞「うんとこな、やっとこしょ」の捩り。
三 中国の首都。華北平原北部の都で、明・清以後の呼称。
四 公家や武家の衣服類を調達した御用達の呉服屋を見立てたものか。
五 一定の形を持つ縞模様を少し変化させた織物。
六 星や霰などの細かい模様を一面に染め出したもの。ここは当時最も人気のあった江戸小紋をいう。
七 作り出すこと。趣向を凝らすこと。
八 江戸の町数の多いのをいう語。
九 本物と見違えるほどの贋物。
一〇 商家の幼い使用人丁稚の呼称。
一一 山東京伝(一七六一―一八一六)のこと。当時著名な町人出身の戯作者、浮世絵師で、黄表紙、洒落本、読本、滑稽本など幅広いジャンルに活躍した。
一二 山東京伝の滑稽本。天明四年(一七八四)刊。当時流行の江戸小紋の見立て絵本で、デザインの妙に見るべきものがある。
一三 出入りの商人や芸人が、権力者の役人、特に諸侯の家臣の呼称として用いた。 一四 贈物。進物。
一五 布地の品質。生地。
一六 上野国(群馬県)特産の八丈織や博多織の見立て。本物は昆布なのに、

(呉服屋)「これは紛いでは御座りませぬ。本に昆布のやうで御座ります。子供よ引、お茶上げろ」

(客)「京伝の『小紋裁』のやうな小紋はないかの。権門方へ遣い物だから、高くても地合のよい昆布を見せやれ。それは上州の紛い荒布ではないかの」

(呉服屋)「是は出世小紋と申まして、事の外流行ます」

(四) 蝦夷八百八丁の外に、海辺の芦、萱の茂りたる所を伐り開き、日本の吉原になぞらえ、新芦原といふ女郎屋を取り立て、義経の軍法より出て、町を五ゝ廿五丁町と割付、大門口を轅門口と名付たるは、きつい出塞行の詩を読むやう也。蝦夷始まりてなき事なれば、事の外繁盛にて、客の絶ゆる事なし。されども金銀かつてなく、代わりに昆布、数の子を使ふ所なれば、有徳なる蝦夷人は、昆布、数の子を四手駕籠に担ぎ込みて、全盛を尽くす。

ダンカンが家来インヲリスウ、ウラミンテヱル両人も、蝦夷中の諸人の用ひによつて、大の昆布持ちとなり、日夜に芦原へ通ふて楽しむ。しかし昆布、数の子は持参せず、荒布、ごまめばかり駕籠にて持ち来り、撒き散らし、御機嫌取の者どもよりは、昆布、数の子の進物を受け、結句、釣りを取て帰りける。蝦夷で鯛を釣るとは此事也。

(蝦夷人二)「内ゝの願いの筋、何分宜しく御取り持ち下し置かれますやう、へゝゝゝ」

粗末な荒布を材料にした粗悪品だとの意。

一七 世に出て立派な身分になれる小紋模様との意で、絵は当時流行の染柄、田沼の紋所七曜に似せて描く。

一八 江戸唯一の公許の遊廓であった吉原の振り。 一九 女郎を抱え、客を遊興させる家。遊女屋。

二〇 義経創始を名乗る兵法で、義経流を称する軍学が数多くあった。

二一 吉原の異称「五丁町」のこじつけ。

二二 幾つかに分けて割り当てる。

二三 吉原の入口。

二四 陣屋の門。軍門。昔、中国で、戦陣に車を並べて陣を作り、轅(ながえ)を向い合せて門としたことによる。

二五 唐詩選に載る王昌齢の七言絶句などをいう。底本「塞」を「賽」と誤刻。「出塞」は国境を越えて辺境に出陣すること。「行」は古詩の一体で、唐以後は比較的長編の叙事詩をいう。

二六 徳行のすぐれていること、またその人をいうが、ここは金持ちの意。

二七 四本の竹を四隅の柱とした粗末な駕籠。現在のタクシーに相当する。

二八 人の機嫌を窺って巧く取り入ろうとすること。

二九 進上する品物。贈物。

三〇 詩歌や俳諧などの最後の句をいい、転じて物事の終りや結末をいう。

三一 お釣が来るほど。余分に。

三二 僅かな元手で大きい利益をあげることをいう諺「海老で鯛を釣る」の振りで、思い掛けない利益をいう。

（一四）

（ウラミンテヱル）「随分承知〳〵、外なら決してなり難ひ事さ」

（駕籠屋）「棒組[一]、荒布、ごまめは[二]かさがあつて悪ひなア。日本の[三]南鐐といふところだ」

（蝦夷人二）「インヌリスウも来てかの。今夜は[四]ちよび帰りにせふ」

（茶屋の亭主）「是は〳〵[五]御来臨、[六]有難山の鳶梶原。[七]義経には差合だ」

（一五）ダンカンは義経の御用といひ立、蝦夷中の昆布、数の子、荒布、相良布をごまめと取り替へ、残らず引上たる所、総高〆

一 駕籠舁の相棒。また互いの相棒を呼ぶ称。
二 物の分量や容積。
三 美しい銀の意で、明和九年（一七七二）九月、新鋳された二朱銀の異称。
四 すぐに帰ること。「ちょび」は量や程度の少ない様や大げさでないことをいう語で、接頭語的に用いる。
五 来臨の丁寧語。人がある場所へ来てくれることを敬っていう。
六 流行語「有難山の鳶烏」の捩り。梶原は義経の天敵ともいうべき景時をいう。梶原景時（？―一二〇〇）は石橋山の合戦で、源頼朝の危難を救って重用されたが、弁舌巧みに人を陥れることしばしばで、頼朝の死後三浦や和田などの御家人一同に弾劾され、駿河国狐崎で息子の景季らとともに敗死した。義経が頼朝に追われたのは、景時が逆艪の論に敗れたのを恨んで讒言したのが原因とされ、江戸期の文芸には「げじげじ」と異称される憎まれ役として登場する。
七 景時は義経にとって差障りがある。

(一五)

て十二万三千四百五十六億七万八千九百九十九俵ありけるを、半分ならば堪忍頃なれども、十分一を義経の御倉へ納め、あとをば「手前の御倉へ納めよ、小豆餅に砂糖付けて、お腹へ納めよ」とうまい事也。

(車引き一)「引上られたおらが昆布、数の子も、此内にあるだろうナア」

(車引き二)「そこだぞヘン〳〵、とこヘン」

(ダンカン)「車を引の屋のどらやきは、気なしか」

(人足)「昔ならば、鯛の味噌づに四方の赤、一ッ杯飲み掛

八 どうにか我慢のできる程度、許容範囲。
九 田沼の腹臣で勘定組頭の土山孝之らが、米買上げの不正事件で公金を着服したことを受けた数字か。
一〇 旨い小豆の餡餅に砂糖を付ける意で、甚だしい奢りをいう。
一一 「へんとこ」(「へんてこ」と同義)を唐音めかしたもの。
一二 明和(一七六四―七二)頃からいわれた旨いものの譬えだが、未詳。
一三 気乗りはしないか。
一四 肴は鯛の味噌吸い物、酒は江戸随一の銘酒の取り合せで、甚だしい奢りの譬えとして使われているが、鯛の味噌吸い物は豊島屋の赤味噌に限る、との意が本義か。
一五 和泉町(中央区日本橋人形町三丁目)の豊島屋で販売した味噌(酒とも)の銘柄。
一六 「酒を飲む」の洒落言葉で、あとに「寒鳥」などと続けた。

（一六）

け山、といふ場だ」

（一六）ダンカンは蝦夷中の昆布、数の子を引上、十分一を義経の御倉に詰め、残りはみんなせしめ漆ゆへ、何不自由なく我が居屋敷を善尽くし、美尽くしで普請をし、義経公を御招待申上げる。是義経主従を酒をもつて強い潰し、残らず皆殺しにして、己が蝦夷の大王となり、日頃心を懸けしくわいらん夫人を女房にせんとの巧みなり。義経公はそのくらいの計り事は、初めから御存知にて、ダンカンをわざと取り立、出頭させ、蝦夷中の昆布、数の子を残らず取り

一 漆の木から掻き取ったばかりで、精製してない漆液をいい、「せしめる」（我が物とする）の洒落言葉として用いた。
二 主人の常に居住する邸宅。上屋敷。
三 よいことと美しいことを窮め尽くすこと。
四 屋敷や道、橋などの工事。
五 田沼が明和九年（一七七二）の大火で焼失した神田橋の屋敷を再建し、将軍が田沼を供に連れて市中を巡見し、浜御殿で菊見を行なったことなどを踏まえる。
六 酒を強いて酔い潰すこと。
七 それから後。
八 一生に一度の晴れがましい場面。
九 山や海の産物を集めて作った珍味の料理、転じて、色々な料理を取り揃えた御馳走。
一〇 御伽草子「酒顚童子」などに出てくる鬼退治用の酒。人間は酔わないが、魔性のものは立ち所に酔い潰れるという。
一一 君主が住む御殿や高殿。
一二 昆布を乾燥し、鉋で削って細くしたもの。
一三 あれほどに。あのように。
一四 贅沢や華美を尽くすこと。
一五 里芋の子をふいた根茎、親芋を見立てる。
一六 「弾冠心配ひどいもんだ」に語呂

上させて、[七]しかうして後にダンカンが屋敷へ御入あるべき由、仰せ出されける。
ダンカン[八]一世の晴と、[九]山海の珍肴を尽くし、義経公を御招待申ける。義経、[一〇]神変奇特酒をもつて、しうれん大王を初め、残らずこちらから強い潰して、前後も知らぬ内に、昆布にてこしらへたる[一一]宮殿楼閣、衣類まで剝ぎて、残らず[一二]刻み昆布とし、数の子の石垣は袋に詰めて、[一三]さしもに[一四]結構を尽くして作り立たる蝦夷を、元の島国にし給ふ。

(義経)「夫人や、ダンカンといふ奴は、[一五]芋頭のやうな頭で、そなたを口説くとは、嫌な奴だ。[一六]だんかんじんぱいひめいもんだ。[一七]廿三夜には、この昆布へ油揚を入やう」

しうれん大王初め、その外蝦夷人、かへつて義経の計り事にて強い潰され、前後も知らず酔い臥し、丸裸にされる。

(弁慶)「亀公、これで昆布が一億二万俵出来たぞ。[一八]まつと[一九]精出して、刻み給へ。[二〇]昆布大王九代の後胤はどうだ〳〵」

「[二一]丹波与作が歌に」などと、ダンカン[二二]寝言を抜かす。

(常陸坊)「そんな寝言は[二三]置きやがれ。[二四]蝦夷ぎりの寝言だ」

(亀井)「平の知盛より、[二五]盥の雨漏りは草双紙の作者仲間だ。作者仲間で[二六]浮名立つ。[二七]こいらが高点だ」

(七)大王初め、ダンカンその外蝦夷人目を覚ましたる所、日本同然に作りなせる蝦夷、

を合わせて名前らしくし、洒落のめしたものか。
一七 陰暦二十三日の夜の月待ち行事で、月の出を待つ間、昆布やひじきを油揚と煮たものを食した。
一八 もっともっと。なお一層。
一九 骨身を惜しまず励む。
二〇 謡曲「船弁慶」の詞章で、知盛の幽霊の名乗る「桓武天皇九代の後胤」の捩り。
二一 丹波国の馬方で、関の小万との恋で俗謡などに歌われる。近松門左衛門の浄瑠璃「丹波与作待夜の小室節」の主人公としても知られる。「丹波与作が歌に」とあるのは、その詞章「江戸三界へ行かんして、いつ戻らんす事ぢややら」を受けるが、ここでは、「仮名手本忠臣蔵」七段目で、酒に酔ったふりをする大星由良之助が、吉良邸討入りの時を尋ねる千崎弥五郎らに答える台詞を転用するか。
二二 たわごとをいう。
二三 やめてくれ、いい加減にしろの意で、人の言葉を強く打ち消す時に用いる。
二四 蝦夷だけで通用する。
二五 戯作者(生没年未詳)。変り身が早く、とかくの噂の多い人物として知られていた。
二六 ゴシップが世間に広まる。
二七 これらが評判の高い出来のよい句だ。「こいら」はこいつら、これらの訛言。高点は点取俳諧や雑俳で、宗匠ができのよい句に与える点。

（一七）

義経の一炬[一]に刻み昆布と成、べうべうたる[二]海辺なれば、呆れ果てたるばかりなり。

（ダンカン）「是が本のダンカン[三]の夢の枕だろう。夏[四]かと思へば、雪も降りて、四季折〳〵は目の前にて、亀井、片岡、弁慶、海尊もたちまちに飛び去れり。不思議やな、面白くも何ともない。無念やな。

から裸で団扇を持つたところは、湯屋泥棒[五]の涼むやうだ」

義経公、おびたゞしくこしらへたる昆布、数の子を俵に詰め、数万俵にし、鞍馬の僧正坊の力

一 火をかけて一挙に焼き尽くすこと。
二 広く果てしないさま。
三 故事「邯鄲の夢の枕」の捩り。
四 謡曲「邯鄲」の詞章取り。
五 風呂屋に忍び入り、入浴客の金品を盗み取る泥棒。板の間稼ぎ。

を借り、くわいらん夫人その外美なる者、亀井、片岡、伊勢、駿河、武蔵坊、常陸坊もろとも雲に打乗り、飛び去り給ふ。

（義経）「野郎の大黒を見るやふだが、俵と雲の上は乗り心が柔らかでよい。俵雲ひが壱文〱。ナント珍しい地口だろう。おさらば〱」

（弁慶）「入船がしたと思つて、値段が少しだれやう」

（僧正坊）「度〱現れたから、善哉〱はよしにせう。汝、元来、山師のごとし。行たい所へ打つ走れ。クワア」

北尾政美画

恋川春町戯作

（一八）

（一八）義経公主従雲に乗り、いづくへ飛び去り給ひしと思ひしに、おびたゞしき昆布、数の子を土産として、日本、鎌倉の御所へ帰り給ひし也。元来、頼朝公と御中不和といふは、初めの台詞にいふ通り、表向きばかりなれば、頼朝公にも事の外御喜びにて、かの昆布、数の子を

六 立派でない大黒像を罵っていう語で、俵様の雲に乗っているのを大黒神に見立てる。
七 「俵返りが一文一文」の捩り。俵返りは玩具の一種で、紙などで俵状のものを作って土などを入れ、起き上がり小法師のようにしたもの。
八 荷を満載して入港して来る船。
九 相場の伸びが鈍く、下落気味になること。
一〇 誉め讃える語で、よきかなの意。夢に仏が現れる際の常套語。
一一 禅問答での呼び掛けの語の捩り。
一二 山林の切出しや鉱山の採掘などをする人。転じて投機的な事業をする人、うさん臭い人をいう。
一三 脇目も振らず、ひたすら走ること。
一四 「喝」。仏語。禅宗で文字や言葉で表し難い心の働きを示したり、修行者を叱り付けて導いたりする時に発する。
一五 天皇の御座所をいうが、ここは江戸城中の将軍の御座所。

浅草の市に出し、売らせ給ひ、莫大の御金儲けをなされ、夫を山分けになされて、栄へ栄ふる鎌倉山、治まる御代ぞ目出たけれ。

（売り手一）「負けた〳〵〳〵」

（買い手一）「あんまり、負けた〳〵といふな。義経様は負けた事はないぞ」

（通行人一）「馬だ〳〵。今年の市に安いものは、昆布と数の子だ」

北尾政美画

恋川春町戯作 印

一 毎年十二月十六―十八日に浅草寺境内を中心に開かれた市。年の市。
二 謡曲の詞章取りめかした句。
三 値引きする意に敗北する意を掛ける。
四 急ぎの用などで、人に道を明けさせる時にいう掛け声。

買飴帋凧野弄話（あめをかつたらたこやろばなし）

宇田敏彦　校注

二巻二冊、十丁。曲亭馬琴作、北尾重政画か。享和元年(一八〇一)鶴屋喜右衛門刊。同年、同版元刊で山東京伝の『仮多手綱忠臣鞍』などと合綴した半紙本もある。題名は飴売りの売り声「飴を買ったら凧やろう」を写したもの。底本、東京都立中央図書館加賀文庫蔵本。

自ら序にいうごとく、凧は江戸の正月の空を賑やかに彩る風物で、四谷とか上野とかいった地域によって凧にもその特徴に違いがあり、独特の名前があった。これに着目して趣向したのが本作で、これといって一貫した話の筋はなく、奴凧、烏凧、猪熊凧などの名を挙げて、学問好きで考証癖の強い馬琴らしく、それぞれにまつわるエピソードをこじつけや言葉の洒落などで作り上げて行く。いわゆる「何々尽くし物」の範疇に属し、見立ての面白さを心学に寄りかかって纏めた作といってよく、勧善懲悪の姿勢を遂に崩すことのなかったいかにも生真面目な馬琴の面目躍如たるものがあり、全盛期の黄表紙が持っていた軽妙さや洒脱さには欠けるが、さりとて寛政以後の改革政治に迎合して当代流行の心学に取材したそれとも異なり、その教訓臭に独特の味わいの有る点がはなはだ興味深い。巻末に新居の完成と転宅の喜びと、書斎を著作堂と名付けた消息を伝えているのが珍しい。

曲亭馬琴　一七六七—一八四八　本姓滝沢、名は興邦のち解、俗称左七郎など。別に著作堂主人、蓑笠漁隠などと号した。武家の出で、幼時より武家奉公の身となったが、寛政二年(一七九〇)戯作を志して山東京伝に入門し、翌年大栄山人の名で黄表紙『尽用而二分狂言』を刊行、同年秋、洪水の難に会って京伝方に寄食するなど一大転機を迎え、寛政五年初めて曲亭馬琴の名で『荒山水天狗鼻祖』など黄表紙数編を刊行した。文化元年(一八〇四)、読本『月氷奇縁』で文壇的地位を確立し、以後京伝と張り合う形を取りながら旺盛な筆力で続々と雄大な構想の読本や合巻を発表、『椿説弓張月』(文化四—八年刊)や『南総里見八犬伝』(文化十一—天保十三年刊)などで読本の第一人者となった。草双紙の作には長編合巻『金毘羅船利生纜』(文政七—天保二年刊)、『傾城水滸伝』(文政八—天保六年刊)などがあり、黄表紙には『無筆節用似字尽』(寛政九年刊)、『敵討蚤取眼』(享和元年刊)など、京伝の一二〇余に次ぐ一〇〇余の作がある。

（上）

（序）紙鳶の製既に唐宋より有焉。本朝の黄童春日弄玩す。和名に是を師労之と名づけ、俗にたこといひ、又いかといふ。鴟に四ツ谷の称あつて、奴に一文の号あり。烏鳳巾月夜に鳴ず。挑灯鳳巾暗夜に揚らず。坊主帋鳶に念仏の声なく、袖紙老鴟に紙衣の音あり。苧環の糸の長きは、三輪の神の昔もおもはれ、風箏の雲に響くは、天少女の音楽かとうたがはる。詩に曰、鳳巾飛で天に至り、糸切れて淵に溺る。予一日孩子の為に、者草紙ゝ鳶を製し、しかも勧懲の糸目を持て、遂に君子の徳風を俟こと左の如し。

寛政十三年辛酉上春

江戸　曲亭子誌［印］

（序）

一 凧の異称。二 中国、唐と宋との時代をいう。三 我が国の朝廷。じて、我が国。四 二、三歳の幼児。肌が黄みを帯びていることによる。五 弄ぶこと、またその物。六 日本での呼び名。七 紙老鴟の俗称。紙老鴟は紙で作った鴟(鳶)の意で、紙製の凧のこと。八 いかのぼりの略。凧の異称の一。九 四谷鳶のこと。四谷創出の鳶凧。一〇 江戸城西の要衝(新宿区四谷一—四丁目ほか)。一一 奴をデザインした奴凧の略で、値段が一文であったため、一文凧の名もあった。安永初年(一七七二)の創始という。奴は武家の下僕で、髪を撥鬢(ばちびん)に結い、鎌髭を生やし、冬でも袷一枚の出立ちで、奴詞という特殊なものいいをした。一二 烏形の凧。上野黒門町の名物凧で、周辺を菅糸で補強してあった。「烏鳳巾月夜に鳴かず」は、月夜に鳥が鳴くと火災があるという俗信により、「月夜鳥は火に祟る」ともいう。一三 挑灯形の凧。一四 未詳。丸形の凧か。一五 仏、特に阿弥陀仏の名号を口に出して念ずること。一六 袖凧。漁師の祝着(間祝着)をかたどった袖付きの凧。一七 紙に柿渋を塗って作った衣服。俳諧師らが風流として愛用した。一八 繰り返すこと。転じて、くどくどいうこと。一九 大和国三輪(奈良県桜井市)にある大神(おおみわ)神社の俗称。三輪明神が素姓を隠して夜毎にある娘の許に通ったが、衣服に

(二)

(一) つら〳〵世の中の善悪邪正を考ふるに、人間一生は一つのいかのぼりのごとし。仁義礼智信の五常は人間の糸目なり。この五常の糸目少しにても曲るときは、身代傾きて、世の中の立ち行きならず。さて又、糸は心なり。糸巻は命なり。声は唸りなり。気は風なり。呼吸こきうの息は気より出づるものにて、この息の風がやめば、凧の落つるがごとく、一命も保ち難し。人怒り、腹立つことあるは、風の激しく吹くがごとく、われと五常の糸目を吹き切り、命の糸巻を失ひて、果ては浮世の切

付けられた糸を辿られて正体を知られた、という神婚説話による。 二〇「風箏」は風で箏のように鳴るものの意で、唸りを付けた凧、転じて凧をいう。 二一 天上に住むという少女。天女。 二二 中国最古の詩集、詩経・大雅・早麓に、「鳶飛ンデ天ニ戻リ、魚淵ニ躍ル」とあるを振る。 二三 幼子。 二四 未詳。凧に関連した草紙というほどの意か。 二五 勧善懲悪の略。善行を讃えて勧め、悪行を戒めて懲らしめること。曲亭馬琴の創作態度の基本であった。 二六 凧の揚り工合を調節する糸。 二七 仁徳の感化。道徳の教化。 二八 期待する。頼りにする。 二九 寛政十三年(一八〇一)の干支。 三〇 一月のこと。

一 善と悪と、正と邪と。 二 凧のこと。もと烏賊の形をしたものが多かったのによる。 三 儒教で説く五つの重要な徳目(道徳観念)。 四 儒教で、人が常に行うべき五種の正しい徳目、仁、義、礼、智、信をいう。 五 家運が衰退に向かうこと。 六 生計を立てること。 七 糸を巻き収める木切れや器具。 八 凧に付けて唸りを出させる装置。竹、鯨の鬚などを薄く削ぎ、凧糸の上方に弓形に付ける。 九 生命や精神などの動きの総称。 一〇 単に「呼吸」とあるべき所。 一一 糸の切れた凧。 一二 木の先端、梢。 一三 落ちたりして壊れた凧。 一四 凧につける尾は凧

れ凧となりて、木[12]のうらへ絡まり、屋根の上にかゝりて一身の破れ凧[13]となるなり。また[14]尻尾のおもりなければ、心の糸落ち着き難し。この尻尾は女房、子なり。妻子、眷属[15]の尻尾具合よく脛[16]に齧り付いているときは、一身の糸自づから釣合よく、少しも狂うことなし。しかれば、人間の世渡りと凧と同じことにて、たゞ心の糸と呼吸の風を頼りにすること、至つて危なきものなれば、随分と慎むがよし。なんと子供衆[17]、これでは飲み込めませう。

「気は風なり。人に堪忍袋[18]あること、風に風袋[19]あるがごとし」

[20]「意馬心猿とて、心を猿に譬へたり。凧の糸[21]に猿をやるといふも、此理屈なるべし」

(父親)「この頃、ちと義太夫節[22]を稽古するから、唸りようがだん〱上手になるわへ。ちと唸り掛けませう。ぶん〱〱」

(母親)「坊や、しつかりとおとつさんの脛へ、齧り付いていや。悪くすると、吉原[23]の方へ傾きたがらつしやる」

(三) 奴凧

[24]春三月から三月まで三百六十日[25]の間、草履を摑み、庭を掃くやつこらさ[26]は、僅か給金二両二、三分の糸につながれ、奉公[27]に上がる奴凧なれば、随分尻軽[28]にして、仮令水を汲むとも、宿[29]まで下がる過ちのないよふに心がけるがよし。世の中のこと、みな口[30]に使わ

を安定させる重りの役をする。一五 一族。親族。一六 自活せず親に面倒を見て貰う。一七 当世流行の心学の師匠の口振りの真似。「なんと」は念を押して問い返す語で、「どうだ」というほどの意。一八 堪忍できる心の広さを袋に譬えたもの。一九 風の神が持っている袋で、風が入れてあるという。二〇 馬が走り回り、猿が騒ぎ立てるのを制止し難いことから、心の乱れを抑え難いことに譬える。二一 「猿」は凧の糸に通して、糸目まで登り行かせるようにした小さな紙で作った括り猿に似た玩具で、これを登らせることをいう。「やる」は凧を揚げる技法の一で、糸を繰り出すこと。二二 初代竹本義太夫(一六五一—一七一四)が創始した浄瑠璃の節。代表的な流派で、人形芝居や歌舞伎で使われ、浄瑠璃の異称としても用いられる。二三 江戸で唯一の公許の遊廓。二四 晩春の三月から翌年の三月までの一年間。三月は出替りといって、奴などの契約更改の時期であった。二五 陰暦の一年の日数の概数。二六 力を入れる時や、大儀な事をしようとする時に発する言葉で、これをやや嘲笑的に奴に振る。二七 主人を持つこと、他家に仕えること。二八 動作が機敏で身軽なこと。二九 奉公人が暇を貰って親元、請人の所へ帰ること。宿下がり。ここは馘首(くび)になること。三〇 食べて行くためだけに、あくせく働くこと。

(三)

る〻習ひにて、此奴凧の糸巻は[一]二合半のぶんぬきなり。されども、我が手ごしらへの凧なればとて、ぬかるみをも構わず、心のま〻に引き使へば、[二]看板の破れ凧となりて、その家に[三]尻が据わらず。折〱は酒を呑ませて、[四]だまをくれ、そろり〱と引き使へば、[五]出替り時の風が変わつても下がりたがらず、青竹の[六]骨つきり勤めんことを願ふなり。

(二合半)「あまり働いて、骨を折るまいぞ。骨が折れると、明日から揚げられねへ」

(奴一)「久しく魚を食わぬか

一 武家の下級の奉公人の蔑称。一日五合の扶持米を、朝夕二度にわけて食べたことからいう。「ぶんぬき」は茶碗などに入れた飯を逆さまにして移し盛ることで、奴などの盛り切り飯をいう。

二 奴などが仕着せとして与えられた衣服。その背中に主家の紋所などが染め出してあったので、この名がある。

三 一つ所に居着けないこと。

四 凧を高く揚げるために糸を繰り出すこと。転じて騙したり、誤魔化したりすることをいう。

五 奉公人が半年または一年の年季を終えて入れ替わること。三月五日、九月五日がその日であった。

六 骨折りのできる限り。根限り。精一杯。

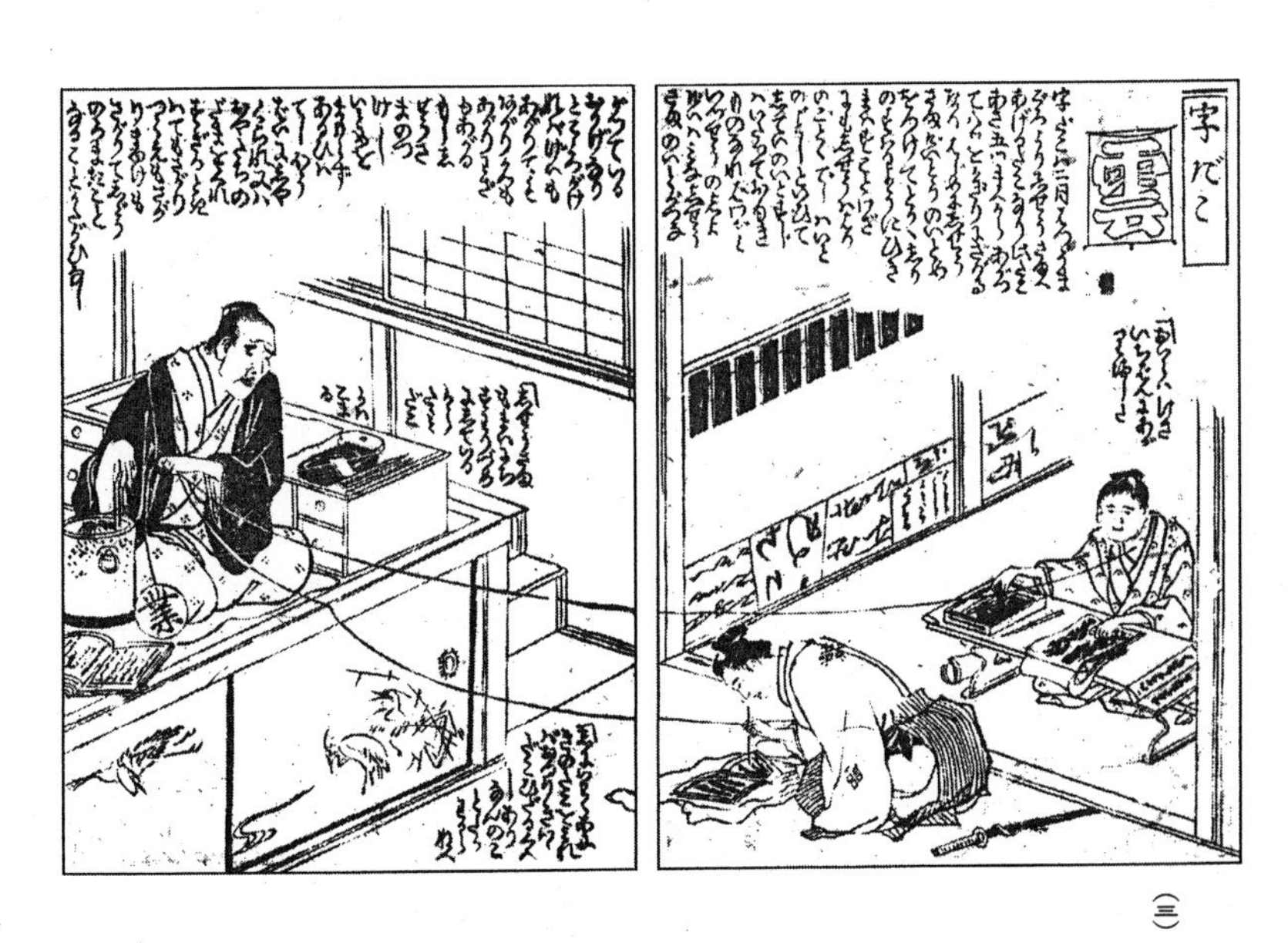

（三）

ら、奴凧も[七]骨離れがしそふになつた」

（奴二）「水を汲むなら、こう汲むものだ。[八]井戸端でひつくり返つても、落ちる気遣いはねへ」

（三）[九]字凧

字凧は[一〇]二月初午頃より、[一一]師匠様へ上げる凧なり。此凧、[一二]朝五つ前から上がつて、[一三]八つを限りに下がるなり。初めに師匠様[一四]芸当の糸目を付けて、とかく尻の据はるように[一五]引き回す。諺にも「[一六]師匠は針のごとく、弟子は糸のごとし」といひて、師弟の[一七]糸筋は至つて重きものなれば、

七 骨と肉が離れること。凧や傘に張った紙が骨から離れること。

八 井戸の周り、ほとり。

九 太い字や籠字（字の輪郭だけを写した文字）で竜、鶴などの字を書いてある凧。絵凧の対。

一〇 二月最初の午の日。稲荷神社で祭礼が行われ、この日子供たちが寺小屋入りをした。

一一 学問や芸能を教える人。先生。

一二 今日の午前八時頃に相当する。

一三 今日の午後二時頃に当たる。

一四 人に見せるための芸。特に人並外れて優れたそれをいう。

一五 人を指導する、指図して動かす。

一六 弟子が師の学問によって導かれることの譬え。

一七 筋道。

わが身一生の諸芸は、みな師匠様の糸がつながつているお蔭なり、と心がければ、芸も上がり、手[一]も上がり、数も上がり、技も上がる。もし師匠様の付けし糸目を守らず、あるひは弟子、朋輩[二]にしやくられ[三]、又は親たちのだまをくれ過ぎるときは、手も下がり、机[四]も下がり、眉毛[五]も下がりて、始終のろま凧[六]となること、疑ひなし。

「師匠様も毎日座りづめにしているから、畳だこ[七]には困る」

(弟子一)「おいらは今朝一番に上がりました[八]」

(弟子二)「詩[九]に曰、兄貴の蛸を見れば、乙りき飯蛸[一〇]、ひだる君子あり。なんのことだか解らねへ」

(四) 烏凧、鳶凧

鳶凧、烏凧は凧の始まりなり。凧のことをいかのぼりといふ。烏賊の腹の中に鳶烏[一一]あり。これ、この謂れなるべし。また烏に反哺[一二]の孝とて、鳥の内にても孝行の鳥と敬はれ、夜の明けるを人に告げて、朝寝の人の過ちを補ふ。鳶は烏には少し劣りて、よう〳〵日和[一三]になるを人に告げるが、鳶の役なり。これらは天地自然の糸目を付けたるものにて、自ら努めて行ふものにあらず。されど、その天地自然の糸目さへ狂ふことありて、月夜に鳴き歩きて、阿呆烏[一四]と笑われ、味噌漉し[一五]の油揚をさらひて、昼鳶[一六]と憎まるゝ。しかれば、至善[一七]の糸目を守ることは、至つて難しきものとみへたり。

一 読み書きも上達し。
二 同じ主君や師などに仕えたり、就いたりする同僚、同役。
三 人を言葉巧みにそそのかしたり、欺いたりすることで、凧の操縦法の一で、糸を強く引くことに掛ける。
四 成績が落ちて席次が下がること。
五 「眉上がる」の対語で、意気込みが衰えること。
六 凧の一種か。「のろま」は愚鈍な人を罵っていう語。
七 畳などに擦れてできる足の甲などのたこ。座りだこ。凧の振り。
八 し終える。
九 詩経を指し、以下の詩句は衛風・淇奥篇の「彼ノ淇ノ奥ヲ瞻レバ、緑竹猗猗タリ。匪タル君子アリ」を捩る。淇の奥は中国、河南省の北部を流れる川、淇水が湾曲した淵で、竹の多いことで知られ、「匪たる」は美しく徳に満ちたとの意、「ひだる(空腹)君子」は清貧者のこと。この詩は君子の修養法「切磋琢磨」の典拠として知られる。「乙りき」は洒落て気の利いた、「ひだる」は饑(ひだる)いの約語で、空腹だとの意。
一〇 小形の蛸。腹に飯粒状の卵を抱き持つのでこの名がある。美味。
一一 烏賊の口の俗称。
一二 烏の子が成長して、親に食物を与え、養育の恩返しをするような孝行をいう。
一三 空模様。天候。諺に「鳶鳴けば風吹く」「鳶の朝鳴きは雨」などとあり、

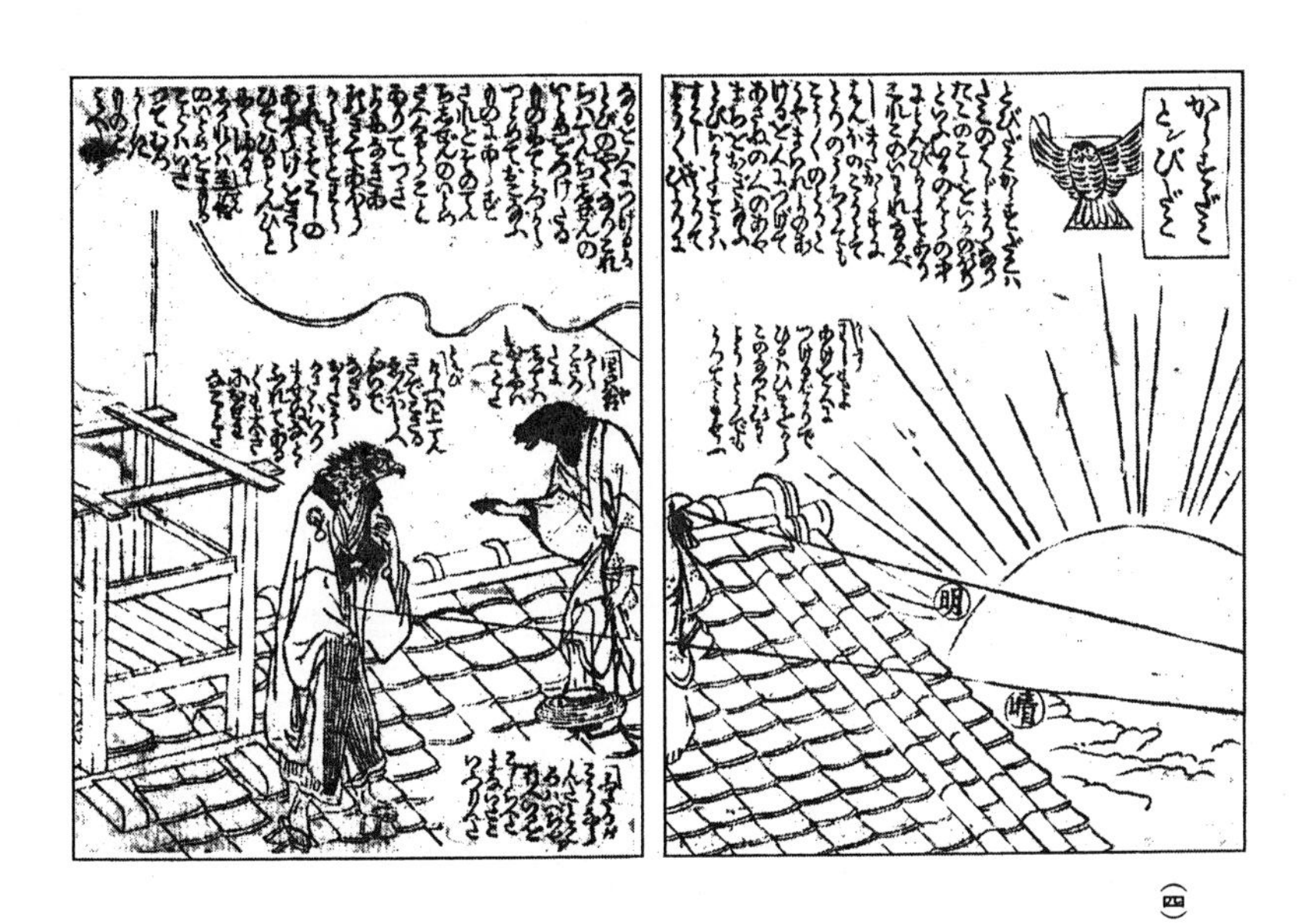

（四）

からす「わしも夜明けを人に告げるばかりで、昼は暇だから、この夏は枇杷葉湯[18]でも売つてみませふ。四ッ谷[19]から御座つた[20]にしては、お早いことだ」

とんび「今日は上天気で御座る。遠方へおいでなさるお方、傘は要りませぬ、などと触れて歩くも、大きにお世話[21]なことだ。二人がこう並んだところは、べちやアねへ[22]、烏賊[23]をこしらへたまな板といふもんだ」

（五）坊主凧

坊主凧の糸目は五戒[24]、八戒[25]の

天気を予告する鳥とされた。

一四 鳥の鳴き声の擬声語「あほう」から鳥の蔑称となり、転じて愚者をいう。

一五 曲物の底に竹の簀の子を付け、味噌の滓を漉すのに用いる道具。

一六 昼間、忍び入って金品を掠め取る盗人。また、掏摸のこと。

一七 最高の善。善の極致。

一八 乾燥させた枇杷の葉を肉桂や甘茶などと煎じた汁で、食傷、暑気あたりなどに効く。京都烏丸に本舗があり、江戸では馬喰町三丁目(中央区日本橋馬喰町)の山口屋又三郎が販売した。宣伝のため、往来の人々に無料で振舞ったので、転じて多情、浮気なことや、その人をいう。烏の縁による連想。

一九 四谷鳶からの連想。

二〇 「来る」の丁寧語。

二一 差し出た言動。おせっかい。

二二 「べちやあない」の訛言。「別はない」の転訛したもので、まったくその通りだ、なんのことはないとの意。

二三 烏賊を料理した俎の意で、烏を烏賊墨に、鳶をとんびからすに見立てたもの。

二四 仏教で、在家の信者が守るべき不殺生、不偸盗、不邪淫、不妄語、不飲酒の五つの戒をいう。

二五 八斎戒のことで、在家の信者が特に身を慎むべき日とされて月に六日ある六斎日に、守るべき不殺生、不淫など八つの戒をいう。

(五)

戒めありて、少しも曲がらず、狂わぬようにせねばならず。その糸筋は[一]弥陀の血脈なれば、坊主凧の糸目ほど難しきものもなく、なか／＼素人などの付けらるゝものにてはなし。それはいかにといふに、妻子、眷属の尻尾がなくして、よく尻が据はり、[二]大僧正の[三]てっぺんまで上がる釣合が難しい也。

(弥陀)「心の糸目が曲がるが最後、直に[四]蒲焼の方へ[五]かしいで来る。ちと手繰つて、[六]閼伽の水を汲ませせませう」

(坊主凧)「坊主凧が[七]落ちると、すぐに[八]地獄へほか行かれねへ。[九]こはやの／＼」

(下)

(六) 挑灯凧

一 阿弥陀仏の略。極楽浄土の主宰者。「血脈」は、仏教で教理や戒律が師から弟子へと代々伝えられることを、血のつながりに譬えたもの。
二 僧官の最高位で、二位大納言に相当する。
三 物の一番高い所。物の極点。
四 鰻を開いて串に差し、たれを付けて焼いたもの。僧侶が隠れて愛用したという。
五 傾く。
六 仏に供える水。
七 堕落する意と死ぬ意を掛ける。
八 仏教で六道の一とし、現世で悪業を重ねた者が、死後その罪によって落ち、責め苦を受けると説かれる世界。八大地獄。破戒僧は死後地獄に落ちるという。
九 恐ろしいことだ。「の」は終助詞で、目下の者にやわらかく呼び掛ける気持を表す。
一〇 真昼に挑灯を灯すことで、不必要なことの譬え。「月夜に挑灯」と同義。
一一 もと美人をいい、特に近世では高級な遊女、太夫をいう。
一二 容色。
一三 遊女勤めの年限。

一〇挑灯凧の糸目は蠟燭なり。糸は闇なり。挑灯に蠟燭のなきは、凧に糸目なきがごとく、昼中の挑灯は糸のなきがごとくにて、役に立たず。また傾城[一一]の糸目は色[一二]なり。糸は苦界[一三]十年の糸長くして、張り[一四]が強く、顔色[一五]の糸目衰へざるうちは、毎晩客人に揚げらるゝ[一六]。もつとも傾城凧といふはなけれど、傾城に蛸[一七]があらば、味がよくて流行るべし。

（傾城）「客人は中の丁[一八]でしやくられて[一九]ゐさつしやるから、今に揚がらつしやら[二〇]うよ」

（挑灯）「あの客人も鼻[二一]の下の糸目が延びているかわりに、一向はり[二二]が御座りませぬ」

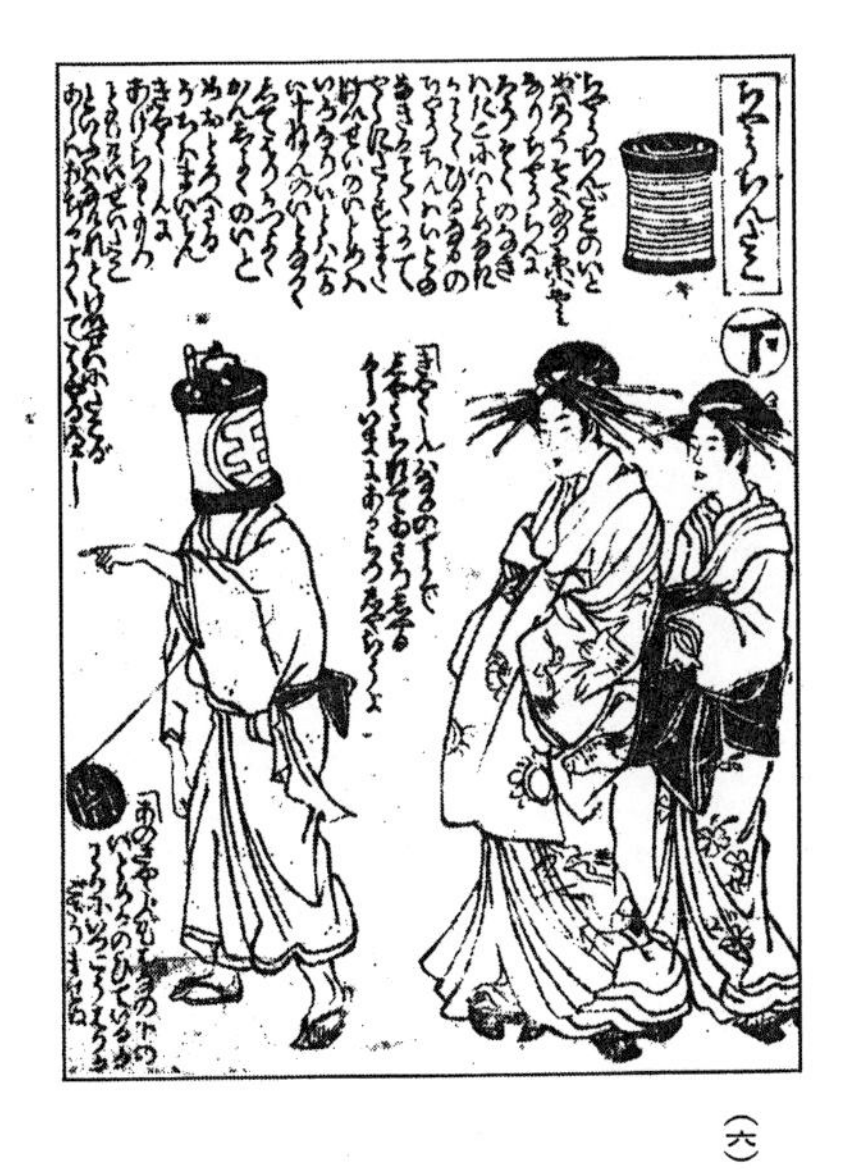

（六）

（七）猪熊凧[二三]、清玄凧[二四]

猪熊凧、清玄凧といへば恐ろしく聞こゆれど、凧に変わつたことはなし。たゞ心の糸の張りが強過ぎて、おもんばかり[二五]の尻尾の短きをも顧みず、向こふ見ず[二六]の向こふ風[二七]に逆らつて、高揚がり[二八]をしたがり、堪忍袋の糸に締りなければ、凧と凧と絡み合い、互いに負けじと争ふほどに、

一四 意地を張って、負けまいとする意欲が強いこと。
一五 顔に感情の動きが表れた様子。
一六 遊女や芸者を呼んで遊興することで、凧を揚げる意を掛ける。
一七 蛸の吸盤のように、吸引力の強い女陰の称で、この持ち主は閨房時に「味がよい」といって珍重された。
一八 吉原をほぼ東西に縦貫する目貫き通りで、両側には遊女を妓楼から呼び出して遊ぶ茶屋が、立ち並んでいた。
一九 巧いことをいわれて人に騙されたり、おだてられたりすることで、凧を操る意を掛ける。
二〇 遊女屋に入ってお遊びになる。登楼なさる。
二一 鼻と口の間をいい、ここが長いと愚か者だとか、女の色香に迷いやすいなどといった。
二二 糸目の張り具合に、意気地の意を掛ける。
二三 怪異をなす豪傑猪熊入道が、鎧の袖を口にくわえたさまを描いた凧。
二四 浄瑠璃や歌舞伎芝居で名高い清玄を描いた凧。清玄は桜姫に恋して苦悩、堕落した清水寺の僧。
二五 「思いはかる」の変化した語。深く考えをめぐらすこと。
二六 将来のことを考えずに行動すること。
二七 前方から吹く風。向い風。
二八 高く上がること。思い上がること。

（七）

果ては破れかぶれ[一]の破れ凧となるなり。大風、怒風[二]といひて、人の腹立ち怒るも、風の強く吹くと同じことにて、面〱の気のおさめ方の悪しきより出づるものなれば、人の凧を絡ませたがり、またはふんべい[三]を掛けて取らんとするは、大きなる過ちなり。なんと子供衆、飲み込めましたか。

（清玄）「張りが強かろうが、押し[四]が強からうが、こう手繰り寄せちやア、動かせるものか」

（猪熊）「ひてへ先[五]へ鉢巻の唸りを付けて、ぐわん〱と怒

一 自暴自棄なさま。
二 激しく吹く風。
三 未詳。粉米の字を当てれば、相手の糸を切るためこれを加工して糸に塗布したものか。
四 厚かましい。ずうずうしい。
五 「額先」の訛言。額の真前真近。鼻先と同義。

(八)

鳴つても、足[六]を取つたから、俺が勝つぞ。覚悟ウしやアがれ」

(娘)「喧嘩、お寄りな。早く歩みや」

(八) 壱文凧

仁義礼智信の五常の糸目曲がりて、心の糸筋がこぐらかり[七]、親兄弟も血筋の糸を切つて、乞[八]食小屋へ落ちる凧は、壱文凧の[九]袖乞となり、一生揚がる瀬[一〇]とてもなく、果ては軒端にたゝずみ、[一一]水にはまること、[一二]無惨とやいわん。慎むべきは一心の糸目なり。

(男)「よい風のつる[一三]へ取り付いたら、揚がることもありそ

六 凧の末端に垂れ下がり、風に翻っている部分。凧の尾。これに足を取る意を掛ける。
七 糸などが入り交じってもつれる。紛糾する。
八 乞食の住む粗末な小屋。
九 乞食をすること。また乞食、物貰いをいう。
一〇 苦しい境遇や気持から抜け出す機会をいう「浮かぶ瀬」と同意で、凧の縁で「揚がる」といったもの。
一一 入水自殺すること。
一二 残酷であること。乱暴なこと。
一三 凧に張る糸。

うなものだ。ア丶[一]風が敵の世の凧じやなア」

(女)「お[二]下向様から一文凧、お願ひ申ます」

[三]蟬凧

蟬凧の糸目は木なり。糸は夏三月なり。蟬は五月の初めより鳴き始め、八月の末に死す。しかれば、暑さの糸一筋につながれ、その[四]玉の緒もまた短し。僅か百日たらずを一生にする蟬さへ、子供に取られ、鳶にさらはれ、[五]天年を保つこと少なし。しかれば、命は一生の糸巻にて、長いも短いもみな限りあり、と見へたり。

(蟬)「久しく美しい[六]たぼをみん〱〱。金が沢山欲しい。[七]つく〱ほしい、つく〱」

(子供二)「鉄や、黙つていろ。今に取つてやらア」

(九)袖凧

袖凧は別して糸に縁のあるものにて、衣食住の三つは人間一生の宝なれども、貧しき者は[八]身の皮を剝いで、質に置く。このとき、我が袖凧に[九]かんぜんよりの糸目を付けらるゝ。もつとも、糸の長さ[一〇]八ケ月ぎりにて、この[一一]極めが切れてしまへば、[一二]古着屋へ飛んで行くなり。

「凧と質屋は、揚げ下げでなければ食われぬ」

一 金銭が災いのもとだという諺「金が敵の世の中」の捩り。
二 寺社に参拝して帰る人々。
三 蟬の形をした凧。
四 命。生命。
五 天から与えられた命。天然の寿命。
六 「たぼ」は若い女、粋筋の女(芸者)。若い女を見ないの意で、みんみん蟬の鳴き声を捩る。
七 蟬の一種つくつくぼうしの鳴き声に、つくづく欲しいとの意を掛ける。
八 無一物となって、着ている着物さえも売ること。
九 細く切った紙を縒って紐様にしたもので、質屋で質草に合印として付ける。
一〇 質草が流れる期限。
一一 決定。契約。
一二 古着を売買する人。

(九)

(客)「気遣へしなはんな。利[一三]ばかりでも上げて置くはな。[一四]一張羅の袖凧だものを」

(手代)「こりやア、よつぽど糸目が切れかゝつているから、[一五]二本持つて行きなせへ。それでもまだ、[一六]足が付け過ぎるくらいだ」

(丁稚)「四谷鳶色で、裏は烏凧の黒の[一七]裾廻しの袖凧が[一八]一口、[一九]入りになります」

(一〇) [二〇]扇凧

扇の糸目は[二一]要なり。扇の一身は要の糸目一筋でもつているものなれば、人の身にとりては、命にも心にも同じかるべし。扇

一三 利息。利子。「利を上げる」は、質入品の期限が来た時、利息だけ払って期限延長をすること。利上げ。

一四 たった一着だけの上等な着物。とって置きの晴着。

一五 銭の百緡(ひゃくざし)二本。銭二百文のこと。

一六 銭を貸し過ぎる。値踏みがよ過ぎる。

一七 着物の裾裏に付ける布地。はっかけ。裾取り。

一八 株、寄付などの単位で、一つのまとまりをいう。ここは質草が一つの意。

一九 質草となって質蔵に入ること。

二〇 扇を開いた形の凧。

二一 物事を支える最も重要な部分や事柄で、これを扇の要に掛ける。

（一〇）

は夏を主とするものなれば、今の世は春、年玉[一]に遣ふゆへ、扇凧の糸の長さは、春から夏までなり。要の糸目を付け、春夏の糸につないでも、得意[二]の風が吹かねば揚げられず。商人の糸目は算盤[三]、帳面[四]にて、糸は元手[五]なり。風は得意なり。買物の値段を付けるとき、「それでは上げられませぬ」といふも、凧を揚げるに風の吹きようの少なきと、同じ道理なり。しかれば、凧は糸目と糸と尻尾と風の四つのもの揃わねば、揚がらず。人もそのごとく、心と行いと運と愛敬[六]と揃わねば、立身[七]することなら

一 新年を祝って贈る品物。貝杓子、鼠半紙、粗製の扇などを用いた。

二 いつも決まって買いに来てくれる客の意に、最も熟練している意を掛ける。

三 計算機の一。室町末期に中国から渡来し、独自の発達をみた。

四 筆記用に何枚かの紙を綴じ合わせた冊子。

五 利益を得るための根源となる金銭、才能、技術など。

六 人好きのする態度、物腰。愛想のよいこと。

七 修養して一人前になること。社会的な地位を得ること。

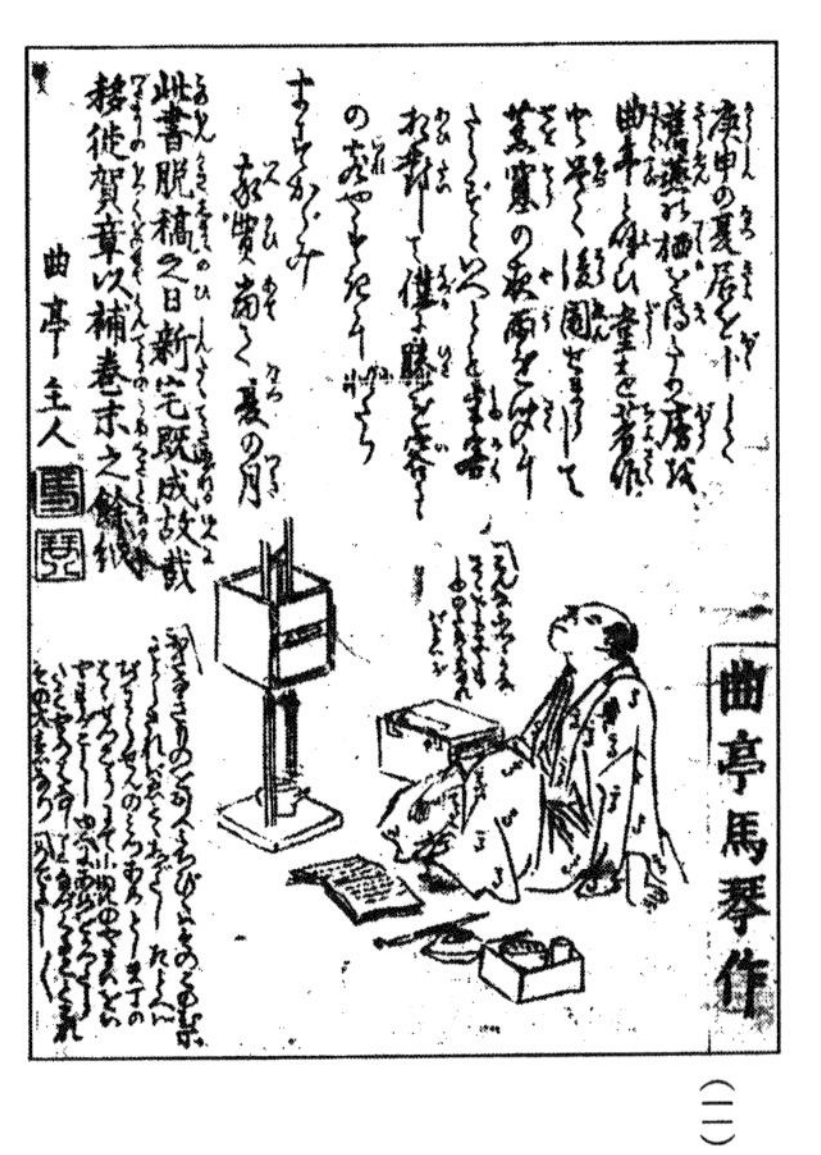

（二）

ず。その理、みなかくのごとし。

（客）「随分、骨組みの丈夫なを下さい。しかし、凧と違つて、年玉は高く上がつては迷惑だ」

（扇屋）「そのお値段では上げられませぬ。もそつと[八]財布の糸をお延ばしなさりませ」

「[九]半丁早いが、此[一〇]絵組では、めでたし〳〵」

（二）[一一]庚申の夏、[一二]居を卜して[一三]旧燕の栖を得たり。房を曲亭と呼び、堂を著作と号く。[一四]後園せまうして、[一五]蕉窓の夜雨を聞にたらずといへども、主客相対して、僅に[一六]膝を容るゝの、容やすきに似たり。

[一七]ますかゞみ家買当て夏の月

此書脱稿之日、新宅既成故哉、[一八]移徙[一九]賀章以、[二〇]補巻[二一]末之余紙。

曲亭主人 印 印

八 金を気前よく出すこと。無駄な出費をすること。「財布の紐を弛める」と同意。この扇屋は京都五条橋西を本店とする御影堂で、常盤橋東、石町二丁目（中央区日本橋本石町二丁目）にあった。
九 和装本の書物の紙一枚の裏表二ページの片ページ。本作が二巻十丁物であることを受ける。
一〇 書物に、その内容に合わせた絵を組み入れること。また、その絵。
一一 寛政十二年（一八〇〇）の干支。
一二 住む場所を選定する。
一三 昨年飛来した燕の古い巣。転じて古家。
一四 家の後ろにある庭や畑。
一五 みすぼらしい窓。
一六 その中に身を置くこと。陶淵明の帰去来辞に「南窗ニ倚リテ以傲ヲ寄ス、膝ヲ容ルル之易キコトヲ審ニスルガ安シ」とあるによる。転じて、狭い家。
一七 真澄みの鏡。少しの曇りもなく澄みきった鏡。
一八 転居。引越し。
一九 発句の当て字。
二〇 半丁と同義で用いる。
二一 記事が欠けたり、空白になっている所を充足する文章などをいう。

（曲亭）「こんな不束[1]な作でも、子供衆のためになればよいが」

幼き者を教へ導くは、その好む所によらざれば、会得[2]し難し。例へば、地黄煎[3]の水飴、豊島丁の白雪糕[4]にて、小児の病を癒すがごとし。ゆへに、飴を買つたら凧やろ話と名付くること、これその大意なり。

目出たし〳〵。

曲亭馬琴作

一 風情に欠けた不調法な。

二 物事の意味や本質などを理解し、悟ること。

三 補血強壮用の漢方薬。地黄の根の煎じ汁を加えた水飴。

四 神田、豊島町（千代田区東神田）の米屋七兵衛が売り出した干菓子。粳・糯の粉に蓮の実の粉や白砂糖を入れて蒸したもので、乳不足の赤子に乳代りに与えた。

色男其所此処（いろおとこそこでもこゝでも）

宇田敏彦　校注

三巻三冊、十五丁。万象亭作、鳥居清長画。天明七年(一七八七)鶴屋喜右衛門刊。底本に東京都立中央図書館加賀文庫蔵本を使用したが、絵題簽の上巻を東洋文庫蔵の『青本絵外題集』によって補った。

本書の口上として「趣向は芝の兄分の『文盲図彙』の後編のやうなるもの」とあるように、本作は芝全交の『馬鹿夢文盲図会』(天明五年刊)に倣って、生半可な物知りで自惚れほどには女にもてない裕福な商家の若隠居、万屋与四郎を主人公として、いかにしたならば女性にもてるようになるだろうかと、世馴れた医者らの入れ知恵で、さまざまな階層、職業の女を相手にナンセンスな悪戦苦闘を重ねる様子を趣向とし、その振舞いの滑稽さを、遊び馴れた男たちには常識的な「張る」「袖を引く」「転ばす」などといった言葉を手前勝手に曲解して、本当に張り倒したり、袖を引き千切ったり、ひっくり返したりすることで強調している。戯作の文芸性をひたすら可笑味(滑稽さ)に求めた万象亭の面目躍如たる作といってよく、薬研堀の芸者、吉原の妓楼布袋屋の主人市右衛門、同遊女ほての等に実在のモデルの存在を窺わせるとともに、主人公は作者自身を戯画的に投影したものと見てよいだろうが、こうした存在感の強い穿ちも、これまたこの作者の持論のごとく、個人の身の上に迷惑の掛からない、節度を保ったもので、飽くまでもそれは笑いを呼ぶための手法であった点に、留意する要があるだろう。画工は艶冶な美人画で今も愛好者の多い鳥居清長であるが、どうしたものか黄表紙に染筆する場合には、鬼や化物の登場する作が多く、その本領を窺うことは難しいが、本作ではそれが見事に結実している点に注目したい。

万象亭　一七五六?—一八一〇?　姓は桂川(森島とも)、名は中良。別号竹杖為軽、築地善好など。蘭医桂川甫周の弟で、平賀源内に師事して蘭学を学び、戯作の弟子ともなって天明文壇に活躍した。著作の数は少ないが、洒落本は滑稽を主眼とすべきだとの論を実践した『田舎芝居』で知られ、黄表紙十余編を残し、読本にも筆を執っている。

鳥居清長　一七五二—一八一五　関(関口とも)新助。書肆の息子で、鳥居派三代目清満に師事、天明五年四代目を継いだ。鳥居の家業たる役者絵は勿論、写実性を発揮した美人画で名を挙げ、一三〇余の黄表紙にも健筆をふるった。

（上）

(一) こゝに年徳明き[一]の方に、万屋与四郎[二]といふ者あり。秤目[三]をせゝる商売もなく、借銭もなく、女房もなく、まだ一人身の若隠居、自分ではあつぱれ色男の心なれど、うぬ[四]に惚れるほど人が惚れてはくれねば、とりしめた[五]色事もなく、ぶら／＼者にて暮らしける。

「東西／＼、此所(この)におきまして、作者万象ちよつと口上[六]を申上(まうしあげ)ます。

(二)

をの／＼様方、御機嫌よく新玉の春を御迎へ遊ばされ、大悦至極に存じ上(あげ)ます。従いまして、此(この)草双紙の趣向は、去春、芝の兄[七]分のいたされましたる『文[八]盲図彙』の後編のやうなものの、後編でもないやうな変てこな草子で御座ります

一 その年の幸福と財物(金銭)を司る神が住むという方角。その年の干支によって定め、この方角に向かって事を行えば、万事が吉という。年徳の方。
二 万事良いとの意を持たせる。
三 計量の時、秤の目盛を微妙にいじり廻すことで、商売にあくせくするけちな根性をいう。
四 うぬぼれる。「うぬ」は自分自身をいう。
五 女を物にする。
六 口頭で伝えることをいい、歌舞伎などでは、出演者や劇場の代表者が舞台上から観客に向かって挨拶や披露を行うことをいう。
七 芝全交のこと。万象亭が私淑していた。
八 馬鹿夢文盲図会(北尾重政画。天明五年、鶴屋喜右衛門刊)の誤称。

(三)

れば、綾[一]のきれぬ所をば茶[二]に遊ばして、「万が作は無駄でいゝ、たわいのない所が日本だ[三]」と、相変はらず御評判願い上奉ります。そのため口上、左様に思し召されませう」

(与四郎)「見れば見るほど、俺はいゝ男だわへ。美男、妙なるかな〳〵」

(三) 頃しも弥生の花盛り、飛鳥山[四]の桜狩り、「定めて我に心ある姫君か、又は箱入[五]の娘なんぞ、桜の枝へ恋歌の短冊を付けておいたも知れぬ」と、富[六]の出番を見るごとく、こゝかしこ

一 区別がはっきりしない。
二 はぐらかして、まともにお取りにならないで。
三 天明期(一七八一―八九)の流行語で、「最高」「日本一」の意の褒め言葉。
四 江戸の桜の名所の一(北区王子一丁目)で、王子稲荷も近く、行楽地として賑わった。
五 滅多に外出させないで、大事に育てた娘。
六 富籤の当り番号。

(三)

の短冊を読んで見れど、切れ字[七]のない発句や、てには[八]を知らぬ腰折れ[九]狂歌ばつかりたくさんにて、怪我[一〇]に恋歌はなかりける。

(与四郎)「王子[一一]の杉の木に打つてある釘は、みんな俺を呪うのだと見へるが、なぜ恋歌がないか知らぬ」

(女二)「御身[一二]さん、見ねへ。なりは粋だが、不景気[一三]な男だの」

(小僧)「はい〳〵、役者ださうだ」

小僧弁才[一四]

(三) ある人教へて曰、「とかく

七 早く醒睡笑(寛永年間刊)に「今の発句、きれ字なし。常ならば沙汰の外なるべけれど」などとある。「切れ字」は連歌や俳諧で、形式上、発句を独立した一句として仕立てるために、句中で特別に意の切れる働きをする語辞。

八 「てにをはが合わぬ」と同義で、主要な助詞が語法通りに使われていず、文脈が整っていないことをいう。

九 「腰折れ」は「腰折れ歌」の略で、和歌で第三句と第四句のつながりが悪い歌をいい、転じて下手な歌をいう。

一〇 たとえ過ちや間違いであっても。

一一 江戸北郊の王子村の稲荷の社(北区岸町一丁目)の杉の木。その杉木立に、呪いの人形を五寸釘で打ち付けるなどのことがあったと思われる。

一二 相手に対する尊敬語。

一三 癪にさわる。面白くない。

一四 弁舌が巧みなことによる名か。

(四)

色事[一]を稼ぐ気ならば、女を張る[二]にしくはなし」と言ひければ、さう〱浅草観音[三]へ参詣し、「女遅し」と待つところへ、屋[四]敷女中四五人づれにて御代参[五]に参りたる中に、優れて美しき女中を、無二無三[六]に引き倒し、玉のやうなる横そつぽう[七]を、したゝかに撲り[八]のめしけるぞ、苦〱しき。

(与四郎)「おらが性根[九]にならふか、なるまいか。ならふとおしやれ」

(女一)「私が額と頬の低くなりまして、其かはりに鼻の高くなりますやうに、お守り下さりまし。南無お賓頭盧[一〇]様〱」

(女二)「ア、これ、尾籠[一一]な人じやぞ」

(四) かゝるところへ供の者、遅ればせに駆けつけ、与四郎を取つて引つ伏せ、したゝかに踏みのめす。

一 色事をする相手を熱心に求めること。

二 色恋の相手として付け狙うこと。

三 浅草寺(台東区浅草二丁目)の通称。本尊が聖観音(一寸八分の檀金造りといわれる)であることによる。

四 武家屋敷に奉公する女中。

五 本人になり代って神仏に参詣すること。

六 脇目もふらず、ひたむきに。

七 「横外方」の転で、横っ面。

八 なぐり倒す。

九 愛人、色事の相手。

一〇 仏教で正法を護持するという十六羅漢の第一、賓頭盧尊者を敬っていう語。願を掛けてその像の、患部と同じ場所を撫でると、病気や欠点が平癒するという。

一一 「痴(こ)」の当て字「尾籠」の音読みで、礼儀をわきまえないこと、見苦しいこと、猥褻なこと、汚いことをいう。

（与四郎）「力には負けても、口には負けまい。「かないやんせん[一二]土足さいゑんめい」は
どうだ」
（五）与四郎は存[一三]じも寄らぬ打擲[一四]にあひ、身節[一五]もかなわず打ち伏しける。出入[一六]の医者玄長老見舞ひに来り、様子を聞いて大きに呆れ、「色事というものは、さう急にはゆかぬもの、寄り触り[一七]に袖褄[一八]を引きなさい」とは、古方家[一九]のお医者様とて、御巧者〳〵。
（与四郎）「屋敷女中を張るとつて[二〇]、供の野郎に撲られました。しかも握り拳で、雨や[二一]はられの降るごとく撲られました」

（医者）「それはきついご災難で御座りました。地口[二二]でもなんでもない奴さ」

（五）

一二 寺社の護符などにある詞句「家内安全、御息災延命」の捩り。
一三 思いも寄らぬ。
一四 打ち叩くこと。殴ること。
一五 体の節々が意のままにならず。
一六 日常的に親しくしている医者。主治医。
一七 何か機会のあるたびに。
一八 何かと理由を付けて言い寄ること。
一九 漢方医学の一派。中国の近代（金・元代）以前の晋・唐代の医学を尊重した人々で、中国では張仲景、日本では後藤艮山、山脇東洋、香川修庵、吉益東洞らが知られた。総髪を後ろで束ねたくわい頭をするのが古方家の特徴であった。
二〇 といって。
二一 「雨や霰」の捩り。
二二 語呂を合わせた洒落言葉。

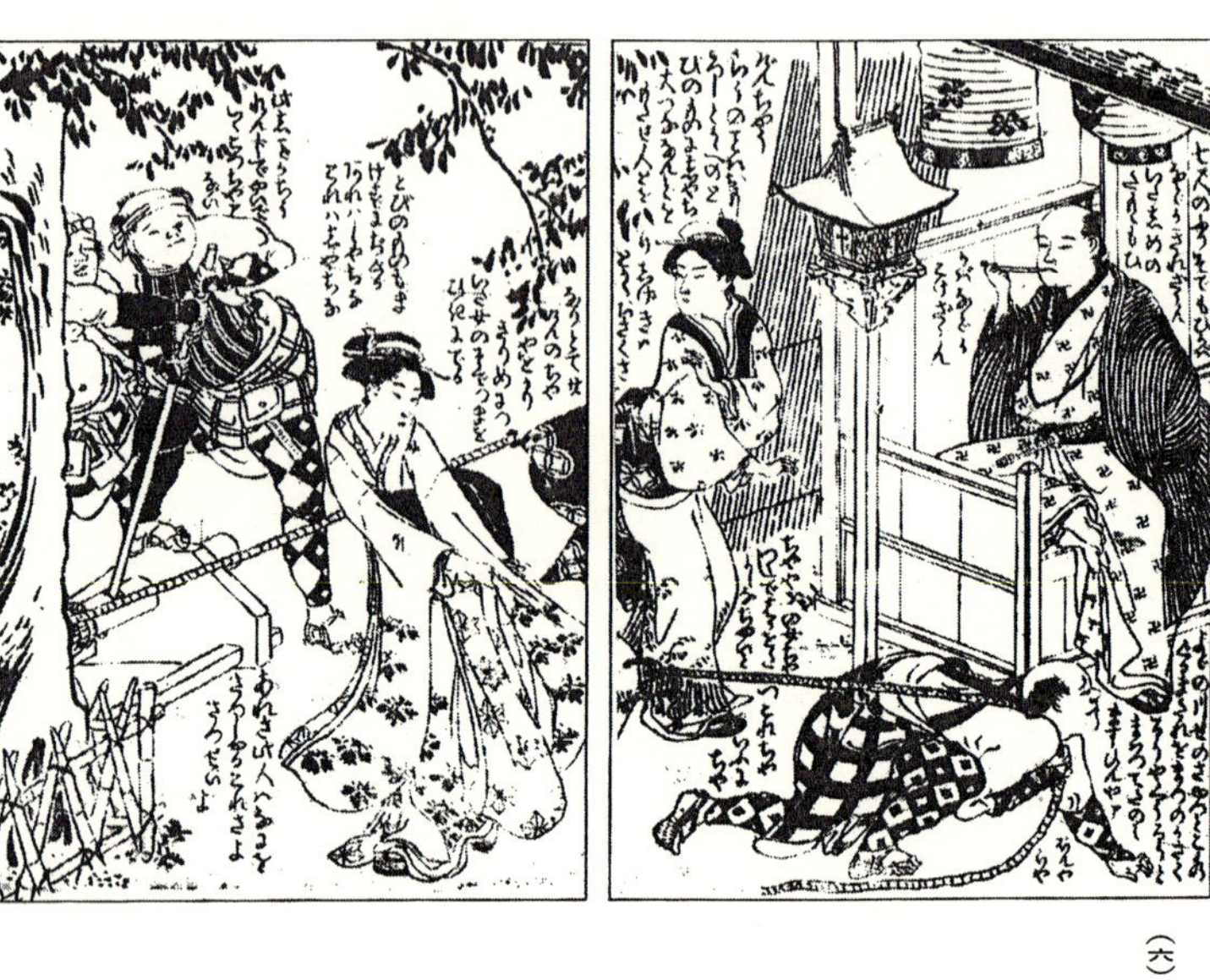

(六)

(六)「玄長老の言葉面白し」と、抱への鳶の者に車地、大綱なんどを持たせ、「人通り繁きはとかく浅草なり」とて、廿軒の茶屋を借り切り、目に付いた女の袖褄を引きに出る。

鳶の者も負けずに地ぐる。

(鳶の者二)「あれはしやちな、これはしやちな。此仕事がちうれんじ手合でいゝこつちやアない」

(与四郎)「七尺の振袖も引かば、などか切れざらん。板締の袂も引かばなどかこけざらん」

(鳶の者一)「淀の川瀬のさ、や

一 緑や給金を与えて召し抱えること。
二 建築や土木工事に出る仕事師。また火消し人足のこと。
三 人力で綱を巻上げる轆轤で、重い物を引張ったり、持上げたりするのに用いる。
四 太い綱。
五 浅草寺境内、仲見世のはずれから仁王門まで店を並べていた水茶屋の総称。
六 地口をいう。
七 「車地」を受けた洒落言葉で、作業歌と思われるが未詳。
八 普通の連子窓。転じて感心しないとの意で用いる。「手合」は少々軽蔑の意を込めて、そんな奴、奴ら。
九 娘の大振袖の長さに、中国、秦の始皇帝が荊軻らに刺されようとした時、捉えられた袖を振り切って七尺の屏風を飛び越えて逃れたという故事「七尺の屏風」を掛ける。
一〇 板締の技法で染めた縞模様の袂。「こける」は転ぶと同意。
一一 京都、伏見(京都市伏見区淀町)の歌枕の地。桂・宇治・木津三川の合流点で、沿岸の水車で知られた。以下、俚謡の振りと思われるが、未詳。

つとこ、水車。誰を待つのかさ、くるりやくうるりと回つて、頼みます。ひんやアぼんやらや」

茶屋の女、茶尽し[一二]で腹を立つ。「これちや、よしなちやいといふにちや」。

(女)「あれさ、此人は何をさつしやる。これさ、よさつせいよ」

(七)「今迄は、女の方から惚れるのを待つていたから、埒[一三]が明かず」と発明[一四]し、江戸中の女に文使い[一五]を雇い、文を付けさせる。

(文使い)「これ御用[一六]どん、こゝらにいゝ娘はないかの」

(御用聞き)「向かふの小童[一七]と、隣の子守がいゝのさ」

(七)

一二 「茶」に縁のある語を並べあげること。
一三 物事がはかどらない。てきぱきと事が運ばない。思いどおりにならない。
一四 考え付く。悟る。
一五 遊里に出入りして、遊女らの手紙を客に届けることを業とした人。
一六 御用聞きのこと。
一七 岡場所で雑用をする少女。

(中)

(八)

(八)付文[一]をひかせて、しかふして後、後光[二]を背負つて光り[三]に出ければ、薬研堀[四]に名の高きおゑん[五]といふ踊り子、「野郎頭[六]で御光を背負つたは、本田善光様[七]ならん」と思い、手の内[八]を入れるを、「さては俺に惚れた」と思ふ。

(おゑん)「これ進ぜやせう」

(供の者)「お心ざし[九]の女中方は、惚れて進ぜさつしやいまし」

(与四郎)「光アリ〳〵。あゝ光りくたびれた」

(小僧)「旦那[一〇]さん、色事の建立」

(九)「よしんば芸者[一一]たりとも、色事となるときは、取り持ち[一二]なふては叶ふまじ」と、竿の先へ鳥黐[一三]を塗り付け、おゑんが不動様[一四]へ参るところを、ちよいと刺いて、おつ取つ[一五]た。

一 無理強いに恋文を受け取らせる。
二 仏・菩薩の体から放たれる光をいい、仏像の背部の光相をいう。
三 色男然として遊びに出掛けること。
四 両国橋西詰めの西南(中央区東日本橋)にあった堀。明和八年(一七七一)に埋め立てられ、この地で大坂下りの曲馬が出て大評判を取った。薬研堀不動の縁日は江戸屈指の賑わいとして知られ、一帯の米沢町、橘町、村松町は踊子の本場であった。
五 橘町の著名な芸者で、黄表紙「昔々お艶と云おどりこ」(天明八年刊)のヒロインともなっている。
六 大月代(おおさかやき)の頭で、若衆頭と坊主頭に対する。
七 信濃国(長野県)の人。欽明十三年(五五二)百済の国献上という阿弥陀如来を難波(大阪市)の堀江から拾い上げ、はるばる長野まで背負って運び、一寺(善光寺)を建立して安置したという。
八 物乞いなどに施す金銭や米。
九 心がある方向を目指すこと。相手に好意を寄せる心の働き。
一〇 「旦那寺本堂の建立」などの捩り。
一一 音曲・舞踊などの芸で酒席に興を添えることを業とする人。初めは吉原などの遊里に所属する男の芸人をいったが、明和頃からは市中で女性も活躍するようになった。
一二 中を取り持つこと、周旋の意で、これに鳥黐を掛ける。
一三 粘着性の強い物質で、竿の先などに塗って鳥

(九)

通りがゝりの夜鷹、鳥刺しの文句を聞き、大きに熱くなる。

(夜鷹)「此腐れ鳥刺しめ。親にしてもいゝ振袖をとらめへて、おかしな鳥でのなんのかのと、よく毒付きやアがつたな。はつつけ鳥刺しめ」

さすがは芸者もさるものにて、両手を広げ、ちう／＼もありがてへ。

(仲間奴)「「おらが馴染みを、なぜざんぞうひろいだ。此折介、鼻柱にかけて、堪忍ならない」といふお手まはりだ」

(一〇) 餌刺し竿の鳥黐だけ、す

や虫などを捕えるために用いる。

一四「不動明王」の略。五大明王・八大明王の主尊。右手に降魔の利剣、左手に羂索を持ち、煩悩を焼き払い、菩提を成就させ、長寿を得させる。ここは深川のお不動さんをいうか。

一五 勢いよく奪い取る。

一六 夜、街頭に出て客を引いた低級な私娼。一七 細い竿竹に鳥黐を塗り、それで捕えた鳥を売るのを業とした人。一八 丈長で、脇下を縫い合わせない袖を付けた着物。若い娘が着用した。それを年老いた夜鷹が着用している滑稽を描く。一九「とらえる」「つかまえる」のくだけたいい方。

二〇 激しく悪口をいう。二一 磔(はりつけ)の促音便で、いまいましい気持を表し、次に続く語を罵倒する場合などに使う。二二 鼠や雀などの小鳥の鳴き声を表す語。ここは捕えられた雀の真似をする見立て。

二三「讒訴」の転。他人を陥れようとして、事実を曲げてその人を悪くいうことで、転じて悪口をいうこと。

二四「する」「行う」の意で、相手を罵っていう場合に用い、しやがる、しおるなどの意。二五 武家に奉公した仲間・小者の異称。夜鷹の上客。

二六「鼻に掛ける」と同意で、自慢する、得意がること。二七 常に身辺にいて世話をする者。

二八 小鳥を捕えるために鳥黐を塗った竿。二九 すっかり。見事に。

（一〇）

つぱり色事になり、此上は転ば[一]せる一段になりければ、屋根舟[二]、向島[三]と出かけ、三囲[四]の鳥居先にて、かの芸者が先へ立つて行く所を狙いすまして、どふと突き転ばしけるぞ無惨なる。

（与四郎）「サアすつぱりと転ばしたぞ。その転んだところを掘つてみやれ。大方金が出やう。それで差し引きにせうはさ。

[五]回し黙つてゐろ。てめへにも[六]一分だぞ」

（おゑん）「膝頭があ痛、痛さは[七]鳥居立つばかりだ」

（箱持ち）「もし旦那、[八]御祝儀

一 芸者などに承知させて床を共にすること。
二 江戸で、猪牙舟（ちょきぶね）ほどの大きさの小舟に簡素な小屋形を設けたものをいう。
三 浅草から見た隅田川対岸一帯の称で、江戸近郊の景勝地として人気があり、芸者を舟遊びがてら連れて行く風があった。
四 江戸、向島（墨田区向島二丁目）にある神社。其角の雨乞いの句「夕立や田を三囲の神ならば」で知られる。
五 「回し男」の略。岡場所で遊女の送り迎えや雑事に従事した男。
六 一分金を数える時の呼称。
七 「飛び立つ」（痛さで飛び上がる）の地口。
八 祝儀の丁寧語。芸人や職人に心付けとして贈る金銭や物品。

（二）

三分の外、転び賃[九]が一分で御座ります」

（二）芸者を転ばせたも、存じ[一〇]のほか面白くないもの、「さらば気を変へて、深川[一一]の呼出し[一二]に赴かん」と、茄子漬[一三]の香の物[一四]をしたゝか食らいて痰を起こし、ごほ〳〵[一五]と咳込んで通ふ。

（船頭）「旦那、きつい咳込みだね」

（与四郎）「ア、喉が痛い。どふぞ、痰切り[一六]か乾生薑[一七]といふところだが、それを飲んぢやア、これほど咳込んだ甲斐がねへ。女郎に承知されやふと思ふも、生易しい苦しみでは

九 床を共にする代金。
一〇 思っていたよりも。
一一 江戸の東南（辰巳）の盛り場一帯の称。富岡八幡宮の門前町で、安永・天明期（一七七二－八九）には岡場所（非公認の遊里）の随一として栄えた。
一二 深川の岡場所で、客の求めに応じて、茶屋などに出向く女郎。
一三 茄子を糠味噌や塩などに漬けたもの。茄子を食べると痰が絡むとされていた。
一四 もと味噌漬をいったが、後には糠、塩、粕などに漬けた野菜類をいう。
一五 咳の擬声語。
一六 痰切飴の略。
一七 生薑を薄切りにして寒中に晒し、乾燥させたもの。

(三)

ないわへ。

これを思へば、やつぱり野暮で買うほうが楽だ。通になるもたいていではない。ごほ〳〵ごほ」

(三) さて、仲丁、尾花屋において、したゝか女郎をかきのめす。その式すべて席書き、千枚書きに倣ゑり。

(与四郎)「此絵はあとで籤取りにいたして、お立ち会い様がたのお手に触れます」

(女一)「お今さん、見ねへ。とんだいゝの」

(女二)「お琴さんが合わせるやつさ。別はねへ、大津絵の

一 粋でない、通人でない身で。

二 深川の町の一。富岡八幡宮前の一帯(江東区富岡一丁目)で、江戸第一の岡場所があった。尾花屋はそこの茶屋。

三 まんまとだます、たらしこむ意で、これに書く意を掛ける。

四 集会などの席上で、即興的に書画を書くことをいい、書家、画家、文人などでこの会を開くのが流行した。

五 席書きなどで、即興的に千枚の書画を書くこと。

六 その場に立ち合っている人の意で、香具師や居合抜きの芸人などが見物人に呼び掛ける語。

七 相手の言動に調子を合わせてうまくあしらうこと。

八 「別はない」の訛言。「べちやあねへ」といい、何のことはない、まるで、の意。

九 近江国大津(滋賀県大津市)の追分辺で売出した戯画。浮世又兵衛に始まると伝えられ、土産物や呪物に供せられた。

やうだものを」

（男衆）「旦那は陰金田虫[一〇]ときて、がうてきに[一一]書つしやるぜへ」

（三）見物の子供[一二]のうち、気に入つたお琴といふ子に、かねて用意したる足を付けて遊ぶ。席書き[一三]の上下にて、出遣い[一四]の思入は大でけ〳〵[一五]。

（与四郎）「その時[一六]、高綱大音上、さあ〳〵ぐつと睨んだり〳〵」

（お琴）「ついぞねへのふ[一七]」

尾花屋の娘、「おや〳〵けしからねへ」とは思へども、貰つた帯の御蔭があるゆへ、しやう事なしに、「やんや〳〵」。

（三）

一〇 陰部やその周辺にできる皮膚病の俗称。底本「だむし」と誤刻する。

一一 「強勢」の転訛か。すばらしく。はなはだ。「書く」に「掻く」を掛ける。

一二 深川で、遊女をいう。

一三 即興で描いた。

一四 人形芝居で、人形遣いが見物人に姿を見せて人形を操ること。

一五 「大でき大でき」の訛言。物事を立派になしとげたりした時の誉め言葉。

一六 天明元年（一七八一）、江戸肥前座上演の浄瑠璃「鎌倉三代記」中の文句取りか。

一七 明和（一七六四―七二）頃、深川の岡場所から出た通言で、まったく珍しい、あきれたなどの意。

(一四)

(下)

(一四) 深川の遊びもあまりどつとせねば、吉原へ首だけ嵌つて通いける。風呂掻きの駕籠の者仲間の合言葉にて、「旦那もいゝ御器量だ」といひければ、重たいといわれる事とは夢にも知らず、大きに喜び、一分づゝはづむ。

(与四郎)「咳込んで通つたより、首だけ嵌つた方が、温かくつていゝわへ」

(駕籠舁)「やつさ、風呂はさ」

(一五) 生物知りの与四郎、「なんでも吉原で、一番張り当てん」と、頭から女郎に死んでみせる。

太鼓持ち藤兵衛、めりやすにて呼び生ける。同じく五丁、三味線の手付け、妙〳〵。

メリヤス、「旦那呼生け」。

一 出来栄えなどがあまり感心しない。ぞっとしない。
二 江戸唯一の公許の遊里。初め葺屋町(中央区日本橋堀留町一丁目)にあったが、明暦三年(一六五七)浅草山谷(台東区千束一・二丁目)に移転した。新吉原。
三 すっかり惚れ込んで夢中になる。
四 風呂に入った者の垢を掻く人。
五 あらかじめ打合せてある合図の言葉。局外者には分らない隠語。
六 容貌や風采の立派なのをほめる語で、駕籠舁はこれを口実に酒代をせしめ、これを「御器量増」といった。
七 駕籠舁の掛け声の捩り。
八 いい加減の知識で物知り顔をすること。
九 色恋の相手として選び取ること。
一〇 物事の初めから。最初から。
一一 魂を奪われる。惚れ込む。
一二 遊客に随い、遊芸などで酒興を盛り上げることを職業とする芸人。
一三 吉原の男芸者荻江藤兵衛。長唄の名手。
一四 長唄の曲種で、歌舞伎下座音楽の一。歌舞伎の舞台で、物思いや愁嘆にふける台詞のない場面の効果を盛り上げる抒情的な曲。
一五 大声に名などを呼び立てて生き返らせる。
一六 吉原の男芸者大坂屋五丁。三味線の名手。
一七 歌詞に曲節を付けること。作曲。

(一五)

(藤兵衛)「旦那さま、旦那さま、やれ旦那さま、現ないぞや、これ、のふ旦那合[一八]」

敵娼[一九]の花魁[二〇]、たゞ見てもいられず、禿[二一]に言ひ付、呼び生けさせける。

禿も呼びように困り、耳の端へ口を寄せ、大き声で、「向かふ[二二]の人オ〳〵」

(花魁)「ほんに、いゝ心意気だね」

[二三]布袋や内

〽ほて姫　ほてや　ほてし

(遣手)「主[二四]は花魁に、あの通り、死んでおいでなさりま

一八 浄瑠璃で、太夫の語りの間を三味線だけで演奏すること。
一九 相手となる遊女。
二〇 吉原で、もと妹分の女郎や禿が姉女郎を呼ぶ称であったが、転じて高位の女郎(部屋持以上)をいうようになった。
二一 天明末年(一七八九)ごろからは「かむろ」ともいい、高級な遊女に仕える見習いの少女。
二二 吉原で、商人を呼ぶ時に用いる称。
二三 実在しない遊女屋。
二四 吉原で、遊女が遊客を呼ぶ時の称。

(一六)

す」

(五丁)「こゝは、忍び三重[一]がいゝわへ。チヽ〳〵ッヽ〳〵〳〵がわ〳〵〳〵」

(与四郎)「ダア引[二]」

(一六) 吉原の遊びはなはだ面白く、これからしては、女郎を引[三]いて遊ぶが面白みの最上と、地車[四]を拵へ、敵娼の傾城、そのほか廻り新造[五]を乗せ、芸者を手古舞[六]にして、五丁町[七]中引いて遊ぶ。

(与四郎)「夕べ[八]、夜這人が二階から落ちて、鍋や茶釜、鍋や茶釜がちんからりと鳴れば、猫の真似して、ふんにやうにや」

一 歌舞伎芝居などの下座音楽の一で、三重の一。暗闇での静かな探り合いに用い、「忠臣蔵」「鈴ヶ森」などのものが知られる。

二 硬直した肢体の与四郎が「ダア引」といっているのは、芝居の舞台で斬られて死ぬ役者のせりふを真似たもので、「死んだア」の略という。

三 身近なものとして贔屓にする、後だてとなって引き立てる。

四 重い物を引く四輪の車。

五 一定の姉女郎に付属せず、大部屋に雑居して、客席を回る新造。

六 祭礼の時、余興として行われた舞をいい、またこの姿で、鉄棒(かなぼう)を引き、木遣などを歌って神輿や山車を先導した男装の女性をいう。

七 吉原の異称。浅草田甫に移転する前の元吉原が、江戸町一・二丁目、京町一・二丁目、角町の五町からなっていたことによる。

八 俚謡の振りと思われるが未詳。

(一七)

新造、地車で引かれながら、[九]高尾の長唄を歌う。

歌「[一〇]人の眺めとなる身はほんに、千苦万苦の苦の世界、四季の[一一]紋日は地車や」

今の世は、心なき新造さへ、かゝる名地口を言うやうになりぬ。まことに、[一二]後生恐るべし。

(一七)どふやらからやらほてのに決まりて、通ふほどに、「此上はすつぱりとぶち殺す事だ」と、長サ八尺の鉄の棒を拵へさせ、床の下へ隠し置き、「お休みなんしたかへ」と[一三]夜着の中へ入るところを、ひらりとかはして、取つて投げ伏せ、鉄の棒に

九 高尾懺悔(杵屋新右衛門作。延享元年春、市村座)をいう。高尾は吉原、江戸町一丁目の名妓楼三浦屋代々の遊女で、十一代を数えるが、ここは仙台高尾で知られる二代目。
一〇 高尾懺悔の詞章取りで、辛苦万苦を千苦万苦に、小車を地車に振る。
一一 吉原や島原など官許の遊里で、五節句や月見の日など特別の日と定められた日をいい、遊女は客を必ず取らなければならず、日頃より高い揚代や祝儀などで、遊客もまた出費が多かった。物日。
一二 論語・子罕の「後生畏ル可シ。焉ンゾ来者ノ今ニ如カザルヲ知ラン也」を引く。これから生れて来る者は、どれほどの力量を示すか分からないので、畏れなければならないとの意。
一三 夜、寝る時に掛ける衾(ふすま)。夜具。

（一八）

てぶち殺さんとする。此物音に驚き、若い者[一]、遣手[二]駆け付け、やう／＼に宥める。さて／＼、ひやい[三]千万なること也。

（遣手）「これはまあ、お口舌[四]でもないから、「ご了簡[五]なさい」とも言われぬ。なんにせい、花魁へ、頬べた[六]の用心をなさりやし」

（与四郎）「女郎をぶち[七]殺すからは、俺が命もな、投げ出している。放せ／＼」

（若い者）「お前さまも鉄棒[八]かいな。滅法界[九]と聞こへますか」

（一八）かゝるところへ、亭主布

一 遊廓で働く男。若衆。
二 妓楼で諸事の取持ちや遊女の監督に当たった女。
三 「ひやい」は非愛の訛言。極めて危なっかしい。大いにひやひやする。
四 男女間の口論。痴話喧嘩。「くぜち」ともいう。
五 考え検討すること。思慮分別。我慢すること。
六 旨い物を食べて頬が落ちないようにとの意であるが、ここは頬を叩かれないよう用心せよとの意。
七 遊里で、遊女を迷わせること、遊女の心を奪って思うままに操ること。「ぶち」は打つの意。
八 鉄棒を振上げた姿を、めちゃくちゃだの意の「滅法界」に掛けていう。
九 滅法を仏語めかした語で、理に外れること、とんでもない。

袋屋市右衛門罷り出で、まことに遊びの魂胆[一〇]をこと〲く教へければ、与四郎初めて色事の諸分[一一]を悟り、それよりして、ほてのが真の決まり[一二]となりにける。

市右衛門が台詞長ければ、こゝに略す。

(ほての)「実の事でおすが、主はとんだ頼もしいところがおす」

(与四郎)「とかく、草双紙の仕舞際は、異見[一三]か夢だが、貴様の異見は真のことだ」

(市右衛門)「今迄のお遊びは、あんまり茶過ぎ[一四]ましたが、全体持ち前のお心意気がよふ御座りますから、だん〲ご稽古が上がりますのさ」

(一九)その後、万屋与四郎はほてのを請け出し、今日ぞ廓[一五]の名残とて、見送りの傾城[一六]雲霞[一七]のごとく、「ほてのさん、あやかり者[一八]でおす。羨ましいぞよ引」

清長画

万象亭作 印

一〇 肝玉。心中密かに計略を回らすこと。

一一 色々な事情や訳、特に情事でのそれをいう。

一二 正真正銘の恋仲になる。「きまり」は女郎と客が恋仲になることや、客が女郎に大いに持てることをいう。

一三 思うところを述べて諌めること。今日では一般に「意見」と表記する。

一四 馬鹿馬鹿しいこと。いい加減なこと。冗談。

一五 遊里を周囲と区別するために設けた囲い。また、その区域。

一六 もと美人の称で、近世では太夫などの高級な遊女の称として用いる。

一七 雲と霞。転じて、人の多く群がり集まるさまをいう。

一八 同じようになりたいと思うほど、幸せな境涯の人。果報者。

草双紙年代記

宇田敏彦 校注

二巻一冊、十一丁。絵題簽、袋とも未見であるが、題名は諸書目類によって決定し、序文一丁を付綴するその丁数より袋入りと見ておきたい。岸田杜芳作、北尾政演画。天明三年(一七八三)和泉屋市兵衛刊。底本、東京都立中央図書館加賀文庫蔵本。

「年代記」は珍しい事件や天変地異などを編年体で記した通俗歴史年表で、本書はそれに倣って、草双紙の草創期から天明初年までの変遷を、雨乞いで名高い小野小町と少将兼連の恋と小町に横恋慕する大伴黒主の物語をストーリー展開の軸に据え、赤本、黒本、黄表紙とそれぞれの年代の文と絵の特徴を巧みに模して描く。序文の末尾に、一枚摺りの年代記になぞらえた目録を付して話の粗筋を描くとともに、草双紙の発展ぶりを紹介しているので、それを以下に要約すると、まず最初は鱗形屋孫兵衛を版元に鳥居派の絵師の活躍を、次いで富川吟雪、版元丸屋小兵衛のもとでの丈阿を紹介し、黄表紙時代に入っては、自画作でさっそうと登場した恋川春町、次に伊庭可笑、芝全交、南陀伽紫蘭、市場通笑、朋誠堂喜三二の名を揚げている、ということになろう。本文の展開は若干これと異なるところがあるが、平安初期の恋物語を巧みに当代の事象と絡ませて描く黄表紙以後の各場面は、実に本書の妙味の存するところであり、後年に至って式亭三馬が自画作の黄表紙『稗史億説年代記』(享和二年刊)を残しているが、ストーリーこそ鉢冠姫の伝説によっていて異なるものの、これは紛れもなく本書の直接的な後継作と見るべきだろう。

岸田杜芳 ?―一七八八 俗称岸田豊次郎。近くを流れる川の名桜川に因み、別に桜川杜芳、狂歌師としては言葉綾知とも号した。その閲歴を伝える資料ははなはだ乏しいが、芝神明前三島町に住む表具師で、黄表紙の他、俳諧、狂歌にも親しんだという。文芸活動は天明期に終始し、他に『通増安宅関』(天明元年刊)、『狂言好野暮大名』(天明四年刊)など歌舞伎趣味の勝った三十余の黄表紙の作がある。

北尾政演 一七六一―一八一六 黄表紙、洒落本、読本の作者として著名な山東京伝の浮世絵師としての画号。十五歳ころより北尾派の祖北尾重政に師事して美人画をよくし、自作の黄表紙一三〇余を数え、黄表紙作者として最多の作を残した他、自画作を含めて一三〇余の黄表紙に絵を描いている。

（序）

（上）

（序）いざ立寄て見て行ん、年経ぬる趣向と新しき大通と、合鏡のうら明ゝ書写、岸田杜芳がしたり顔に、「是見よ」と出格子の間から、机の上に投込ぬ。「幸のねむた覚し」と押し開けば、当世役者身振声色、次は市川三升と、いわねど言の一巻、それにましら智慧、彼のむだ言の一巻、退ぞひて能〱是を考れば、何の御茶にもならぬ事、「別らねへ」とかいつて、ぐひ流しと洒落掛ければ、通人方に「不通〱」と笑われて、

一 謡曲の詞章の振り。
二 古臭い構想。
三 当世風の大通意識。大通は通人の中の通人をいう。
四 後姿を見るために用いる柄の長い鏡で、背後からかざし、前の鏡に写し合わせて見ること。共鏡。
五 戯作者（?―一七八八）。本作の作者で、桜川杜芳ともいった。
六 得意気な顔。自慢顔。
七 外部へ張り出して作った窓の格子をいい、こうした作りの家には多く囲い者が住んだので、その人をもいう。
八 「ねむけざまし」と同じ。眠気を覚ますこと。また、そのための手段。
九 今の世の中。近頃。
一〇 歌舞伎役者の真似をする芸人。
一一 四世市川団十郎（一七一一―七八）のこと。三升はその俳名。
一二 いろいろと企むがどこか間の抜けた知恵。猿知恵。
一三 何にもならぬ。全く無益な。
一四 「分からない」と同意。
一五 すぐにさっぱりと捨て流すこと。「ぐひ」は直に、一挙に、の意の接頭語。
一六 冗談や洒落をいい始める。

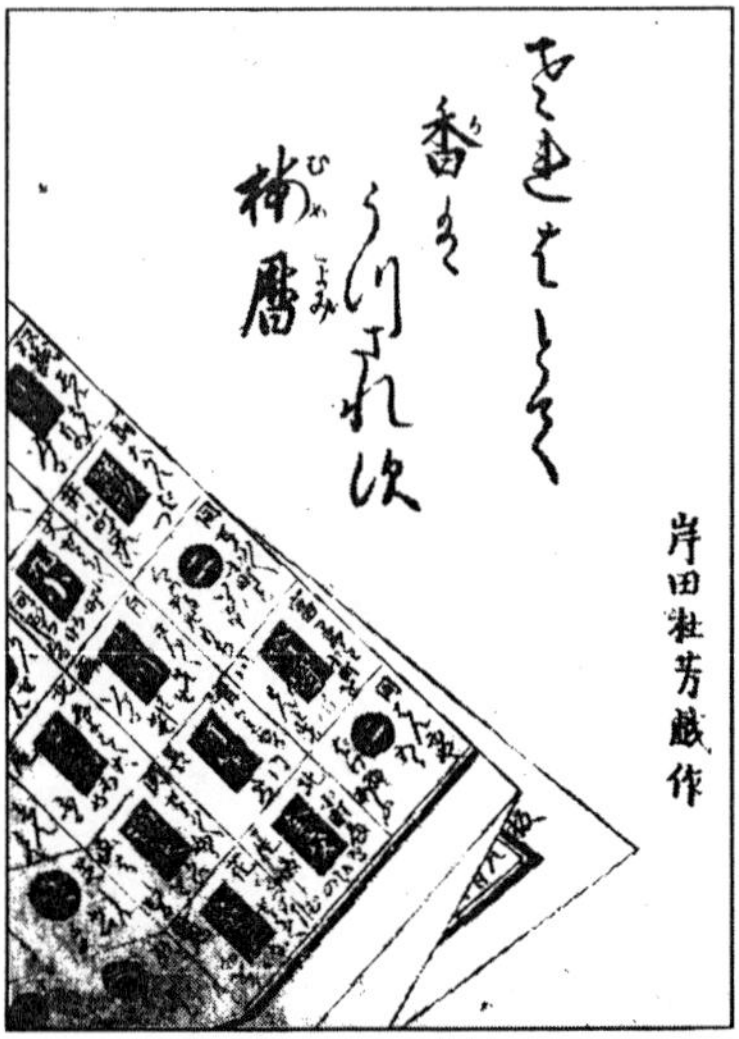

岸田杜芳戯作

指(ゆび)さゝれても大事(だいじ)ないが、「ソリヤ洒落(しやれ)るのじやない、不精(ぶしやう)なじや」と、よつて「通人(つうじん)の外(ほか)賢覧(けんらん)を許(ゆる)し給へ」と、しよう事なしに序(じよ)す。

天明三卯初春

南杣笑楚満人 印

岸田杜芳戯作

さればとて
香(か)はうつされず梅暦(むめごよみ)

一 嘲られたり、陰で悪口をいわれたりすること。
二 差し支えない。構わない。
三 冗談事ではなく、面倒がってなまける。
四 通人以外は御覧にならないで欲しい。賢覧は他人の見ることを敬っていう。
五 天明三年(一七八三)の干支癸卯をいう。
六 戯作者(一七四九—一八〇七)。杜芳と同じく芝に住んでいた。
七 梅の花の異称。
八 第五十七代陽成天皇(八六八—九四九)が天下を治めていた期間。人皇は人代となってからの天皇の意で、神武天皇以下の天皇をいう。
九 醍醐天皇の治世(八九七—九三〇)のことという。
一〇 平安京の大内裏の南に接して作られた苑地で、雨乞いや止雨の霊場

（二）

（一）人皇五十七代陽成院の御宇、天下日照りして万民大きに苦しむにより、神泉苑にて小野の小町雨乞ひあるべき由にて、小野の小町を召す。

小野の小町、参内。

黒主

（帝）「いかに小町。此度の雨乞ひ、首尾よく参れば、褒美は四方のあかゝ、ひきの屋のあんころじや。合点か〳〵」

そも〳〵此小町と申は、出羽の郡司良実が娘也。一代の詠歌多き中に、

蒔かなくに何を種とて浮草の波のうね〳〵生ひ茂るら

として知られた。

一一 日照り続きの時、神仏に雨降りを祈願する行事。

一二 平安初期の女流歌人（生没年未詳）。六歌仙の一人。美人として名高く、伝説化されて謡曲、浄瑠璃などに取材される。

一三 宮中や朝廷へ出仕すること。

一四 平安初期の歌人大友黒主（生没年未詳）のこと。六歌仙の一人で、古今集・仮名序にその歌風を「そのさまいやし」と評されるが、閲歴不明の伝説的人物。

一五 和泉町（中央区日本橋人形町三丁目）の豊島屋で販売した赤味噌をいうが、銘酒の名とする説もある。

一六 明和（一七六四―七二）頃からの旨いものの例え。ひきの屋は菓子屋で、どら焼で知られた名店であるが、所在地など未詳。「あんころ」はあんころ餅（外側に餡を付けた餅）の略で、煤払いの後に食べたり、贈物とする風があった。

一七 東山道八か国の一つ出羽（現秋田県、山形県）の郡司小野良実（生没年未詳）。郡司は律令制度下の地方官で、国司の下にあって一郡を治めた。

一八 小野小町の作と伝えられる歌で、謡曲「草子洗小町」などによる。

絵（一）（二） 鳥居派の絵師、清信や清倍らの手になる鱗形屋版の黒本、青本を模し、構図もそれらの作に多く見られる場面を写している。

ん

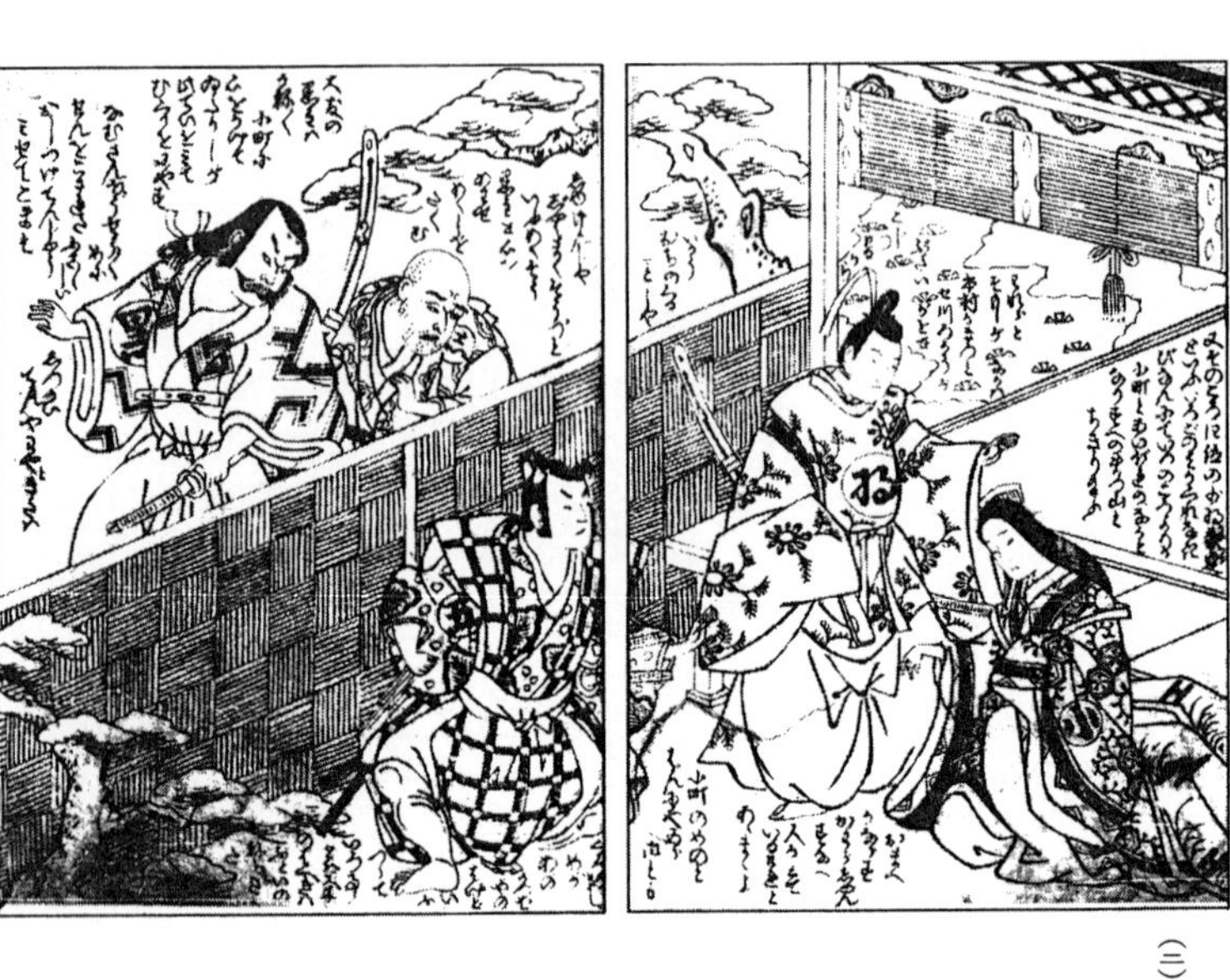

（三）

此歌を、何とも知れぬ腫物出来しとき、三遍づゝ、毎日唱ゆれば、後もなく平癒する事也。

（作者）「草双紙とな思ひ給ひそ」

（三）又その頃、四位の少将兼連といふ、色好み隠れなき美男にて、いつの頃よりか、小町と相惚れの仲となり、末の松山と契り給ふ。

（少将）「我らとそもじが仲は、市村家橘と瀬川路考が舞台顔でこじつけるから、いから、落ちの来る事じゃ」

（小町）「お前、必ず、変わら

一 江戸時代の絵入りの読物の総称。赤本、黒本、黄表紙などをいう。
二 伝説的人物で、小野小町を恋した公家。
三 恋愛、情事の情趣をよく解すること。またその人。
四 男女が双方で恋い、慕うこと。相思相愛。
五 陸奥国の歌枕の地（宮城県多賀城市八幡）。「契りきなかたみに袖をしぼりつつ末の松山浪こさじとは」（後拾遺集・恋四・清原元輔）の歌があり、この歌意を受ける。
六 「そなた」の後半を省略して「もじ」を加えた女房詞で、主として女性が、対等または目下の者に対して用いた。
七 立役の歌舞伎役者九世市村羽左衛門（一七二五―八五）のこと。家橘は俳名。
八 女形の歌舞伎役者二世瀬川菊之丞（一七四一―七三）のこと。路考は俳名。
九 舞台で演技するために作る顔。
一〇 似せて押し通すこと。
一一 「いかく」の音便形で、大いに、大層。
一二 観客が拍手喝采する。
一三 心変りをなさいますな。「しゃんす」は、上方の遊女が尊敬語として用いた。
一四 守役。律令制では、皇太子の補導を司る者をいう。

(三)

しゃんすなへ。人が見ている
けれど、あゝまゝよ」

小町の[14]傅、[15]般若五郎、御供。

(五郎)「黒主めが、あの[16]合羽屋の化といふ面で[17]色事とは、[18]大木の生へ際太いの根、とき
た」

[19]修験者[20]寂莫僧都といふ悪僧、黒主と心を合わせ、悪事を企む。

大友の黒主は、かねぐ\、小町に心を掛けてゐたりしが、此ていを見て、[21]むくりをにやす。

(黒主)「[22]南無三宝、少将めに先を越された。[23]ふさ／＼しい。[24]押し付け、[25]天上見せてこまそ。[26]しつかい、[27]てんやわやと

一五 近松門左衛門の浄瑠璃「惟喬惟仁位諍」「井筒業平河内通」などに登場する人物。業平とともに常に惟仁親王側に立って活躍し、琴の名人として知られる。

一六 雨合羽屋が火の見櫓の形に似た看板を出していたのに、黒主を見立てたもの。

一七 情事、恋愛関係におちいること。

一八 一時代前の流行語で、太いことの譬えとして、黒本や青本に頻出する。ここは、ずうずうしいの意。

一九 役行者開創の仏教宗派たる修験道の行者。山中に野宿して難行苦行して霊験を修得することを目指す。

二〇 典拠未詳。「じゃくまく」は寂莫の呉音で、もの淋しくひっそりとしたさま、静かなさま。僧都は僧官の一で、僧正に次ぎ、僧侶を統轄した。

二一 むかっ腹を立てる。業をにやす。

二二 仏、法、僧の三宝に呼びかけて仏の救いをもとめる語。

二三 ふてぶてしい。厚かましい。

二四 酷い目に合わせる。困らせる。

二五 「天上を見せる」は痛めつける、へこませることをいい、「こます」は補助動詞で、してやる、やってやるの意。

二六 全部。すべて。

二七 めちゃくちゃ。大混乱。草双紙に用例が多い。

絵(三) 富川吟雪(房信)の黒本『二面凱草刈鎌』(明和七年刊)を模す。

きたは」

（三）大友の黒主、恋の叶わぬ意趣ばらし[一]に、少将を讒言[二]して追ひ退け、小町を奪い取らんと、ひしめく[三]。

（黒主）「やれ者ども、討つて取れやい」

小町の傅、般若五郎、二方を落とし申、片端より首引き抜く。

（四）

（五郎）「ヤア、うんとな[四]」

（家来一）「あ痛〳〵」

（首）「すつぽん〳〵」

（家来二）「やんらぬ[五]は、ありや〳〵〳〵」

家来共、倦む[六]。

（家来三）「強ひわつぱしめ[七]だ」

寂莫僧都、踏み殺さるゝ。

一 仕返しして恨みを晴らすこと。
二 事実を枉(ま)げて人を悪くいうこと。
三 寄り集まって騒ぎ立てる。
四 力を入れて事を行う時の掛け声。
五 逃がさないの意の「やらぬ」を強めた語。
六 扱いかねて嫌になる。もて余す。
七 子供を罵っていう「わっぱ」に強めの接尾辞「し」を付けた語に、人を卑しめていう「奴」の付いたもの。

(四) 寂莫僧都が一念、般若五郎に恨みをいふ。

(首)「ヒウ、どろ〳〵〳〵。うぬ、今に食らい殺すぞ。アヽ、ウヽヽヽ」

(五郎)「坊主[八]の首が出たのんし[九]〳〵。首が火炎を吹くも、古し〳〵」

般若五郎、気勢。

(下)

(五) 武州、浅草[一〇]ほとりに、丸屋小左衛門[一一]といふ者あり。もとは小野の家に勤めし者なるが、此浅草(に)かすか[一二]の暮しにてゐたるに、少将、小町に逢い、大きに驚ろく。

少将、小町欠落[一三]ちして、此所へ来り、思はず小左衛門に巡り会ひ、喜び給ふ。

(小町)「ヤレ〳〵小左衛門、久しや」

(小左衛門)「まあ〳〵、こちら

八 首が宙を飛び、火炎を吹く図柄は、昔から草双紙に多く見られ、大友真鳥を主人公とする作には必ずといってよい程に登場する。

九 終助詞で、軽く念を押す。

一〇 浅草寺(台東区浅草二丁目)の門前町で、江戸の繁華街の一つとして知られた。

一一 江戸通油町(中央区日本橋大伝馬町)にあった前代の草双紙版元。浅草とあるのは、話の展開のための趣向。

一二 みすぼらしい、貧しい。

一三 居住地を逃げて行方をくらますこと。相思相愛の男女が密かに示し合わせて他所へ逃げること。

絵(四) 富川吟雪の青本『虚言八百根元記』(刊年未詳)を模す。

絵(五) 丸小版の丈阿作の青本を模す。絵は鳥居風であるが、やや繊細な筆致となっている。道行の場面が描かれるのは、芝居の約束事を援用し、これまでが時代物で過去の世のこと、以後は世話物で当代江戸の出来事となることを示している。

(六)

へお上りなされませ」

(六) 小左衛門が所へ二人をかくまひ置きしが、とかくなりふり[一]が目立つゆへ、隣の金々先生[二]を頼み、大通[三]に仕立てる。

(床屋)「よくお似合いなすった。これから北国[四]へ御供する計だ。なんと塩屋[五]ではないが、新米[六]とは見へまい」

金々先生が女房も同じく、小町を大通に仕立てる。

(女房)「是から、『大和物語』[七]のようなもの御よしなされて、『女風俗通』[八]でもごろうじませ。緋[九]の袴もお召しなされたいと思し召すなら、鶸茶袴[一〇]に

一 身なりとそぶり。衣裳と振舞い。
二 黄表紙の祖、金々先生栄花夢の主人公で、当世風に気取った格好をしている人を揶揄していう。先生は通人仲間で互いに付ける尊称。
三 通人の中の通人。当時十八人を数え、十八大通といわれた。
四 吉原の異称。江戸城の北に当たるための名。 五 自惚れ。
六 事に従事してから日が浅く、慣れていない者。
七 平安中期の歌物語。作者未詳。伊勢物語の系統に属し、百七十余編の説話の集成で、一貫した筋を持たない。 八 洒落本。恋川春町作画と考えてよい。安永二年(一七七三)刊。
九 紅花染めの生絹(すずし)などで作った袴で、壮年の御所女房が着用した。
一〇 染色の名で、鶸の羽色を連想させる萌葱の黄ばんだ色。当時の流行色の一。
一一 男の髪型の一で、月代(さかやき)を剃らずに全体の髪を伸ばし、頂上で結ったもの。公家の髪型で、当世では医者、儒者、神官などが用いた。
一二 野郎頭の略。月代を大きく剃りあげた頭。
一三 中剃(頭の中央部を剃ること)の中程に横に毛を残さずに。障子はこの横に剃り残したものをいう。
一四 金銭や品物を出すべき時に惜しんで出さない人。けちな人。
一五 遊里で、一軒の遊女全員を買切りにすること。総揚げ。「しわい奴

でもなされませ」

(作者)「総髪[11]から野郎[12]になつて、障子[13]まで落とすとは、しわひ[14]奴が総仕舞[15]をするやうなものじや」

(小左衛門)「旦那、鬢厚[16]からず薄からず。おそろ〳〵[17]」

(金々先生)「これから大通に仕立る事、我らが方寸[18]のうちにあり。モウ鬢を四五分、落としたへの」

(女房)「簪[19]はちつと(た)かいが、四つ紅葉[20]の事さ」

(小町)「檜扇[21]も、壱分金[22]とやらでは出来まいかの」

般若五郎も金〳〵[23]となる。
(七) 少将もいつまでいても詰まらぬゆへ、近所なれば、雷門[24]の雷を招き、色〳〵相談をする。
(少将)「こうしてゐても、詰まらねへもんだ。なんぞ、商売の思ひ付きはあるまひか。粋[25]に煎餅屋でも出そふか」

(雷)「何も案じもござへせんが、聞きやアおめへ、雨乞ひの事を無茶[26]にしてしまつたから、毛氈[27]を被りなすつたそうだ。雨さへ降らせたら、元の公家商売[28]になられそうなもんだ。やつぱりしつけた[29]商売がいゝのさ。雨を降らせたかア、雷の方はわつちが、

が総仕舞をする」はあり得ないことの譬え。一六 頭の左右側面、耳際の髪。一七 通言の一。「恐ろしい」の略で、恐れ入った、閉口する。一八 一寸(三ｾﾝﾁ)四方の意で、極めて狭い所をいい、転じて心、胸中をいう。一九 女性用の髪飾りの一。二〇 紋所の一。紅葉の葉四枚を図案化したもので、当代の人気歌舞伎役者二世市川門之助(一七四三―九四)の家紋として知られた。二一 細長い檜の薄板を綴じ連ねて作った扇で、笏に代えて用いる。二二 一両の四分の一の価値で通用した金貨。二三 当世風に気取ったお洒落を揶揄していう。二四 浅草寺(台東区浅草二丁目)の大門。風神、雷神を安置するのでこの名がある。二五 この当時、歌舞伎役者で煎餅屋を副業とする者多く、初代松本幸四郎の高麗屋煎餅、四世市川団十郎の団十郎煎餅などが知られた。二六 無駄にする。台なしにする。二七 失敗して主家をお払い箱になる、勘当される。二八 朝廷に仕える人々。二九 やり慣れている。

絵(六) 目録に「金々先生初めて出る」とあるように、黄表紙の祖恋川春町の画風を模して、当代流行の風俗を髪形を中心にして描く。

(七)

チヨ[一]、どうかこうかしやしようから、雨を降らせる算段[二]をしてみなせい」

(小町)「又、誘ひ出す[三]のじやアねヱかへ」

(八) さても雷の才覚ゆへ、少将も雨を降らせる気になりて、先づ、竜吐水[四]をたんと誂へ、小町が歌を吟ずる(を)合図にして、雷が太鼓をどんと打ち切る[五]と、少将が鏡を両手に持つて、見栄あり。

大勢人足を頼んで、かの竜吐水を押さするゆへ、大雨車軸[六]を流す。

又、大勢火吹竹[七]をもつて、虚[八]

一 「ちよいと」の略。何とか。
二 工夫する、手段を考えること。
三 遊里へ。
四 消火用の手押しポンプ。
五 打ち鳴らし終わる。
六 雨足の太い雨が降ること。激しく雨が降ること。
七 火を吹きおこすために用いる竹筒。一節残してこれに小さな穴をあけ、ここから息を吹き出す。
八 天と地の間。空間。

（八）

空を目当てに吹くゆへ、大雨、大風、大雷、近年の雨乞ひなり。大出来〳〵なり。しかし雷ばかり真の人ゆへ、丁度、素人芝居へ、伝左衛門を頼みしごとくなり。

雷の客札を貰い、少将は乗り付けぬ雲に上りて、稲妻の役目をせしけり。

色男の見栄をするを、光る〳〵といふ事は、此時より始まりける。

又、公家衆を指して、雲の上人といふも、此時よ(り)始めし也。

ぐわら〳〵〳〵ごろ〳〵

九　この数年。
一〇　役者が本業ではない素人が演じる芝居。
一一　長唄囃子方の三世田中伝左衛門（?―一八〇一）のこと。
一二　芝居などの招待券。
一三　振りをする。顔付きをする。
一四　色男然とすること。通人ぶること。
一五　宮廷に出仕する人々のうちで昇殿を許された者。狭義には清涼殿の殿上の間に昇ることを許された人をいう。殿上人。

絵（七）　鬼や化物といった異類を当代江戸の事象の中に嵌め込むことの得意な伊庭可笑の作を模し、絵を名コンビの鳥居清長の手に倣って描く。目録に「雷門建つ」とあるのは寛永十二年（一六三五）の出来事で古きに失し、明和四年（一七六七）焼失したことの裏返しか。

絵（八）　書入れが多く読み難いことで知られた芝全交の初期の作を模す。絵は北尾重政風で、特に鬼の描き方に注目して、清長との相違を見て欲しい。目録に「小町雨乞ひの歌詠む」とあるのは、元禄六年（一六九三）其角が三囲神社で雨乞いの句「夕立や田を見めぐりの神ならば」と詠じたことを受ける。

〳〵どろ〳〵〳〵びしや〳〵〳〵ばし〳〵〳〵すつてんどん

(雷)「なんと、色〳〵に太鼓を打ち分けるであろふが」

(少将)「此雲は高低のある雲だ。しかし黒雲でないから、足が汚れぬ」

(人足一)「ごろ〳〵〳〵〳〵。太鼓に続いて〳〵〳〵」

(人足二)「[一]竜骨車まがりよつて、あんまり[二]しやれるな」

(人足三)「着物に水を掛けるな。[三]七つ屋で値が下がるぞ。夕立も[四]宵立も、[五]楽屋を見てはせわしない」

(人足四)「[六]呉服屋で米を搗かせるよふだ」

(人足五)「[七]日い吹竹にすればよかつた。火吹だけ短い」

(人足六)「[八]火吹竹を見つけたら、長者になろな」

(人足七)「わしは足が遅ひから、水に追われる。[九]足が遅ひは仙台河岸の、井戸の矢来の数よりも、さつさとおせ〳〵」

(九)小町は人〳〵に雨乞ひの[一〇]仕組をして、「神泉苑もモウ古し」と、[一一]深川淵にて雨乞ひの歌。

[一二]忠五郎が[一三]鼓唄と声で、

[一四]ことわりや日の本なれば照りもせめ洒落たとて又雨が降らねば

一 「りゅうこつしゃ」の訛言で、竜吐水の異称。

二 洒落た振舞いをすること。

三 質屋の異称。質と七が音通することによる。

四 遊里で、客が朝までの揚代を払いながら、宵の内に帰ること。

五 劇場などで、出演者が化粧したり、休息したりする場所。転じて、物事の内幕、内情をいう。

六 通人姿で指揮する少将を呉服屋の番頭に、竜吐水を押す人足を米搗きの職人に見立てる。

七 火と日の音通による洒落言葉で、太陽は遠くにあるので、手近な火をおこすために使う火吹竹では、短くて役に立たない、との意。

八 一番星を見付けようとして子供が唱える「一つ星見付けたら長者になろな」の振り。

九 宴席などで三味線、太鼓などの伴奏で賑やかに唄われた騒ぎ唄の一つ「わしが思ひは」の振り。「足が遅ひは仙台河岸」は、歩き方が遅いことをいう地口で、深川仙台堀の河岸(江東区佐賀二丁目)近くで、往来の船が速度を落としたことからという。「井戸の矢来」は井戸の周りに危険防止のため結い廻した竹垣で、この辺りには井戸が数多くあったと思われる。

一〇 計画。企て。趣向。

一一 神泉苑に当てる。

聞きゐる大勢、「古し〳〵」。

(九)

天にはかに掻き曇らねど、大雨、嘘[15]をつくごとく降りかゝる。

(男一)「うたかた[16]が書いてくれた扇が、台無し[17]になる」

(男二)「葛西太郎[18]から白玉屋[19]へ、濡れて行くよふだ」

(男三)「里夕[20]がところで、傘を借りて行かふか。しかし、あんまり無沙汰をしておひた」

(一〇)小町が雨乞ひしをふせけるゆへ、少将も昔にかはらず、帝の御覚へ目出たく、近〳〵に召し返さるゝとの事ゆへ、末を

一二 安永(一七七二―八一)頃の長唄の名手松永忠五郎のこと。
一三 鼓、特に小鼓に合わせて歌う歌。
一四 俗に小野小町の作と言われた雨乞いの歌「ことはりや日の本なれば照りもせめさりとてはまた天が下とは」を踏まえる。
一五 嘘をいうように。信じられないほど。
一六 吉原江戸町一丁目の妓楼扇屋の遊女かた歌の振りか。
一七 いたみが激しく役に立たなくなること。すっかり駄目になること。
一八 向島、牛の御前の前(墨田区向島)にあった料亭。通人好みの店で、鯉料理で著名。
一九 吉原大門口外、五十間道の衣紋坂寄りの端の茶屋、白玉屋喜八。
二〇 俳諧師だが、伝未詳。

絵(九) 南陀伽紫蘭の作を模し、絵は実在の人物を登場させることの多かった北尾派の画風である。目録に「諸国大雨降る」とあるのは、其角の句で翌日大雨が降ったとあるを受け、寛延二年(一七四九)の関東一円の大風水害をいったものか。

（一〇）

見込みに金の貸し手もあれば、少将も又、徒付き心出来て、毎晩、吉原へ通ふゆへ、小町が乳母、此事いつゝける。

女は口のさがなきものなり。小町は姿ほど心も美しく、此由を聞いても、少しも腹立てず、「もしや、道でお怪我でもなければよひ」との事。女はいづれ、かうありたきものなり。

（小町）「此文を茶屋まで届けてくとや。夜深にお帰り遊ばすと、道が危ないほどに、夜明けてお帰りなさるよふに、認めておいた」

（乳母）「アイ、かしこまりま

一 相手を恋慕って落着きを失った心。
二 母親の代りに乳を与え、育てる女。養育係の女。
三 言いつける、告げ口をする。
四 憎まれ口をきく。物のいい方が悪い。
五 吉原で客を遊女屋へ案内するのを業とした家。引手茶屋。「届けてくとや」の「と」は「り」の誤刻。
六 夜が更けたこと。夜の更けた気配の色濃いこと。
七 あのお方の意で、少将を指す。
八 人情の機微をわきまえず、性行や

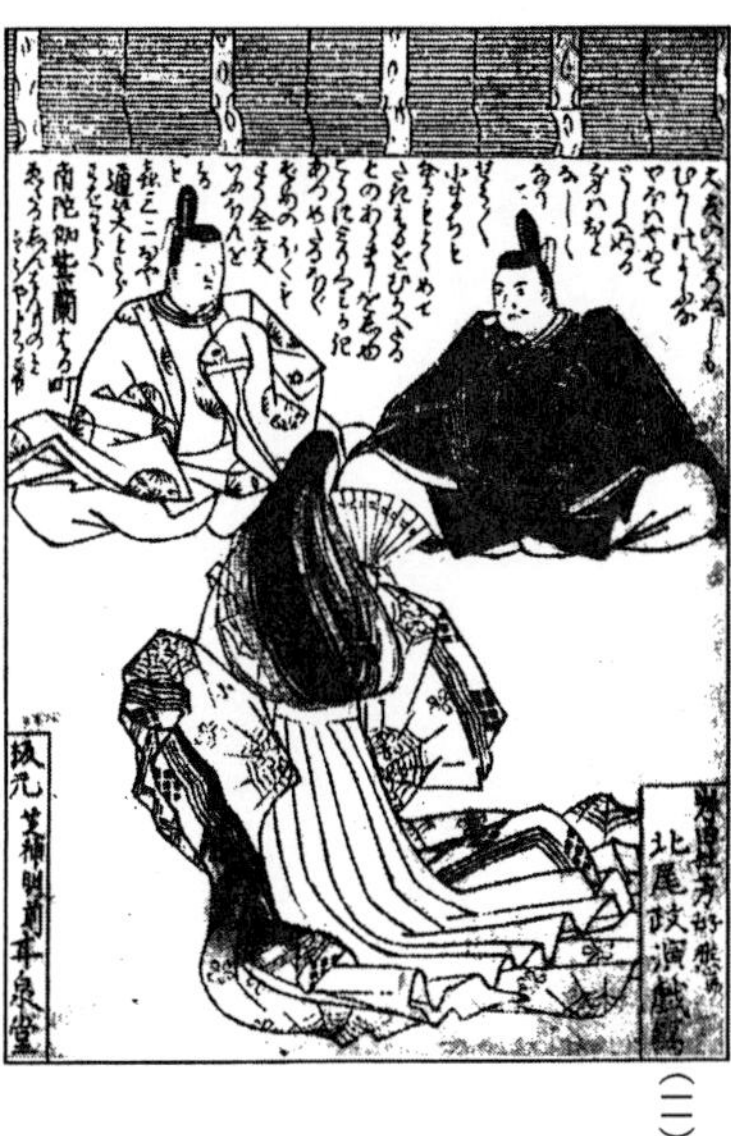

(一一)

した」

少将、此由を立聞(き)して、女郎買いをふっつり止める。

(小町)「それほどの事は、[七]あなたにはありがちの事じゃ」

(一一) 大友の黒主も、昔のよふな[八]野暮は止めて、[九]年経ぬる身はおとなしくなりて、少将、小町と仲も良く、目出たき春を迎へたる、そのあらましを趣向に取り組み、書き集めたる[一〇]反故染めの、反故も[一一]同全交いふ本を、見るも[一二]喜三二おや[一三]通笑と、笑わば笑へ[一四]南陀伽紫蘭、[一五]春町ゑたる[一六]新版物と、[一七]ホヽ敬つて申(まうす)。

岸田杜芳好応而
[一八]北尾政演戯写

板元 [一九]芝神明前 [二〇]甘泉堂

言動が垢抜けしないこと。不粋。
九 年老いた身。
一〇 手紙などの反故に似せて文字を染め出した模様。
一一 戯作者芝全交(一七五〇―九三)。「同然」と「こう言う」の意を掛ける。
一二 戯作者朋誠堂喜三二(一七三五―一八一三)。「気散じ」の意を掛ける。
一三 戯作者市場通笑(一七三七―一八一二)。「どうしよう」の意を掛ける。
一四 浮世絵師窪俊満として知られる戯作者(一七五七―一八二〇)。「何だか知らん」の意を掛ける。
一五 戯作者恋川春町(一七四四―八九)。「春待ち」の意を掛ける。
一六 新しくこの春に出版された書物、特に草双紙を指す。
一七 江戸歌舞伎の顔見世狂言で、「暫」のつらねの最後にいう決まり文句。
一八 戯作者山東京伝(一七六一―一八一六)の北尾派の浮世絵師としての名。
一九 芝大神宮(港区大門一丁目)の門前一帯の町の称。
二〇 芝神明前にあった江戸の地本問屋の一、和泉屋市兵衛の異称。

絵(一〇) 教訓癖の強い市場通笑の作を、清長の艶冶な筆致を模して描く。
絵(一一) 目録に、春町と並ぶ黄表紙確立の立役者朋誠堂喜三二を、重政(花覧とあるが、正しくは花藍)の絵で模したとあるが、その特徴は希薄である。

ヘマムシ入道昔話（へまむしにゅうどうむかしばなし）

小池正胤　校注

底本　東京都立中央図書館加賀文庫蔵本。　**形態**　合巻上・中・下三編六巻、三十丁。　**作者**　山東京伝。　**画工**　歌川国直。　**刊年**　文化十年(一八一三)。　**版元**　和泉屋市兵衛。

応安の頃、丹波国ヘマムシ入道の庵を訪れた、相模次郎時行が一子、大日丸別名天竺徳兵衛は、父の敵足利義教を滅ぼさんと蝦蟇の術を所望する。ヘマムシは豊前の大苫さが次郎の名剣と名鏡が必要と言う。大苫さが次郎家臣天満由利右衛門の娘お初は、同家臣粂野平内兵衛との縁談がまとまるが、お初は恋仲の平尾屋徳兵衛への義理立たずと文を送る。お初に横恋慕の油井駄平次は泥九郎に命じ、藻の花を殺し文を奪い取らせる。藻の花の魂魄、池の鼈に取りついて泥九郎を追う。豊前国大苫さが次郎と豊後国菊池判官は義教の命にて和睦、判官の息女粧姫をさが次郎と娶せ、大苫家の家宝波切丸を菊池家に贈ることとなるが、姫は離魂病で輿入れは延期。大苫家でも波切丸が紛失し、大苫家は事態を不審がる。雪岡宗観左衛門に扮した天竺徳兵衛は、大苫家から満月の鏡を奪い消える。さが次郎は義教の上使滝川佐門之進に子細を語り、百日間の猶予を賜る。文紛失で動揺し平尾村に出奔したお初と、家宝正宗の刀を盗まれ自害せんとする平尾屋徳兵衛は、男伊達野晒悟助に助けられ、野晒は刀の詮議のためお初を連れて難波へ向う。粂野平内兵衛は家宝詮議のため難波で浪人に身をやつし徳兵衛を探す。油井駄平次はお初の文を平内兵衛に示し、不義と密告。野晒は平内兵衛に、明晩祝言のためお初を連れて来ることを約束する。翌日平内兵衛屋敷に、油井駄平次、野晒、判字兵衛と輿が入る。野晒は輿より位牌を取り出し、お初急死と告げ、油井駄平次を斬り殺し、自らも平内兵衛に斬られる覚悟。平内兵衛は正宗で位牌を割り、正宗を徳兵衛に返す。泥九郎は藻の花の死霊離れず狂い死にする。徳兵衛は豊後の菊池判官を味方に付けようとするが、徳兵衛の鏡に袖垣の姿が蛇と現れ、蝦蟇の術を破るしるしとなる。片方の粧姫自害、実は離魂病を装うための身代りで、徳兵衛に父を殺された柴作の娘であった。平内兵衛と菊池の家臣尾形十郎は徳兵衛を討ち取る。両家は波切丸献上とさが次郎・粧姫の祝言により和睦する。判官と大苫さが次郎はヘマムシ入道を討つ。

なお巻末解説「読切合巻」中の「作品解説」を参照。

一 歌川豊国 筆 印

二 両部(りやうぶ)斉鳴(ひとしくなく)三 郵舎暁(そんしやのあかつき)

四 五音(ごおん)難レ和(わしがたし)管絃清(かんげんのせいに)

一筆かき

ふく(福)がいる(入)の図

印 印

一 初代歌川豊国。絵師。美人画・役者絵・絵本・合巻・読本など、あらゆる分野を手がけ、緻密で動きのある独特の画風を創始し、歌川派として多くの門弟をも育成した。明和九年(一七六九)—文政八年(一八二五)。

二 「両部」は、元来、音楽の立部と坐部を言うが、多くの蛙の鳴く声をも言う。両部鼓吹(こすい)とも。暁方に多くの蛙の声が、田舎の家々に聞こえて来る。それぞれの音は不揃いであって、とうてい管弦を奏しているのに比べられない。

三 村の家。

四 五つの音階。「宮(キウ)土 商(シヤ)金 角(カク)木 徴(チ)火 羽(ウ)水」(易林本節用集)。

(以下三六四頁)

一 ヘを頭、マを目、ムを鼻、シを口と顎に見立て、「入道」を体に見立てて人の姿を描く文字遊戯。「〔鷹筑波〕入道のもつ小刀や細からん(といふ句に)仏師をしてやいく世へまむし。友人山崎美成云、遠碧軒記云、

口絵(表紙裏) この時期の合巻は、特に口絵に趣向を凝らした。七言二句賛の出典は未詳であるが、一筆書きの蛙は、当時の絵手本にはよく見られた。「福が返る」とのもじりも、蛙の画賛として嫌みのない洒落か。ただし本編の蝦蟇はそのような生易しいものではない。

表紙については四二四頁に記す。

天竺徳兵衛
お初徳兵衛
ヘマムシ入道昔話[一]　全部六冊

江戸芝神明前　甘泉堂
和泉屋市兵衛[二]

第一回

慶安元年板本山の井[三]に、雛屋立圃句[四]に「絵に似たる顔やヘマムシ夜半の月」[五]と云句あり。これ正保[六]の頃の吟なり。寛文二年板本誹諧小式[七]に、前句[八]「まむしのさたはおかしませとよ」、附句[九]「見るもにくへの字戴くヨ入道」とあり。貞享元年板西鶴[一〇]二代男に、ヘマムシ夜入道を屏風のむだがきにすること見えたり。かゝれば此筆すさみ[一一]ふるきことなり。これを此稗史[一二]の趣向の一端としてわらはべの目をなぐさむるのみ。

醒〻斎[一三]　山東京伝誌 印

文化九年壬申夏稿成
十年癸酉春新絵草紙

青蓮院殿にヘマムシ入道の四百年已前の物あり、その筆者不知惜哉(寺田無禅話と見えたり)。又ある古き写本に葉室大納言自画賛の由にて、よの中をらくにへまむしよ入道あればあたまゝなけりやそのぶん」(俚言集覧)。　二「本　芝神明前三島町　絵本絵半切千代紙　地本問屋　綿絵　雁皮紙　甘泉堂　和泉屋市兵衛」(江戸買物独案内)。　三 俳諧書。北村季吟著。正保五年刊。全四巻。　四 寛永―寛文年間(一六二四―七三)に活躍した貞門俳諧の代表的俳人。野々口氏。寛文九年(一六六九)没。　五 秋の夜半の上弦の月は、あたかもヘマムシ入道に似ているようだ。　六 一六四四―四八年。　七 俳諧書。山岡元隣著。一冊。俳諧の作法・形式・語句・用例など、さまざまな知識を書き留めたもの。　八 連句で、付句する前の句のこと。　九 連句で、前の句に付ける句のこと。　一〇 井原西鶴の浮世草子「諸艶大鑑」(好色二代男)をいう。全八巻。　一一 筆にまかせて戯れに書くこと。　一二「稗史(はいし)小説とは何ぞや、当世いふ処の読本、草双紙の類也」(国字小説通)。　一三 山東京伝の別号。　一四 相模次郎時行の変名。次頁口絵解説参照。　一五「邯鄲の枕」とも。盧生という青年が趙の都邯鄲で呂翁という仙人からもらった枕でうたたねをしたわずかな間に栄華を極める五十余年の夢を見た、という故事。　一六 孟浩然「春暁詩」の一句。

雷冠者[14]（いかづちくわんじゃ）邯鄲[15]（かんたん）の夢（ゆめ）をみる体（てい）

いかづち冠者（くわんじゃ）

（のれん）
春眠[16]　不覚暁　処々　聞啼　鳥

（看板）
嚢中日月長

（額）
邯鄲楼（かんたんろう）

序文　京伝の書き方の工夫の見られるところ。彼の随筆の文体で独特の考証癖を見せ、読者の知識欲も満足させる。このまま現在の語彙考証にも使えるであろう。

口絵　(四)の、相模次郎時行が雷冠者と変名して戸隠山に邯鄲楼を作り、父家の再興を企てた折に見た夢中の光景を描いたもの。謡曲「邯鄲」に書かれた宮殿の雰囲気を利用して中国風に描いてみたものであろう。唐枕を置く寝台に腰掛ける雷冠者は、髪型と小袖の文様は表紙の尾上松助(三代目尾上菊五郎)そのままに、小袖は卍繋ぎ、袴のようなものには卍崩しらしい模様が見え、上の帳には雲竜に唐草模様が入り、左の侍女は日月に雲を描いた長柄の団扇で風を送る。侍女の髪型・衣装はほとんど日本に近く、ただ首の回りに南蛮風の襟飾りを巻いている。右の侍女たちの奏する管弦はすべて和楽器か。卓袱(しっぽく=中国風の食卓)には卓袱料理風の食器が置かれる。左下の男は、頭は中国風めかしているが、小袖は石畳模様で、後ろの男は珊瑚珠の鉢を持つ。雷冠者の右から煙が吹き出し、雲珠模様の雷雲から稲妻が走る。何とも奇妙な絵だが、精一杯中国めかしてやや怪奇的に邯鄲の夢の世界を描いたのであろう。これもまた読者を作品世界に引き入れる工夫の一つと見たい。

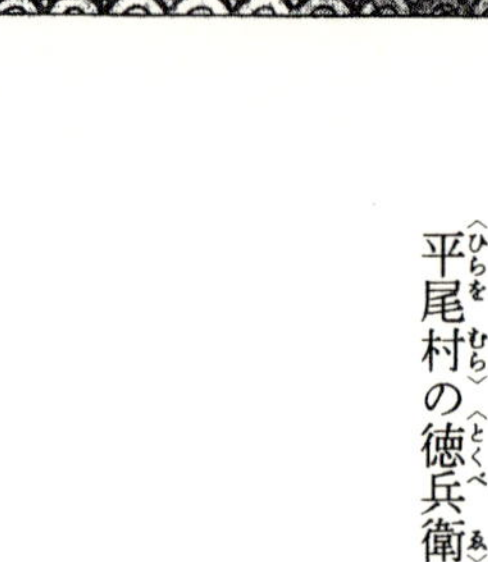

平尾村の徳兵衛

天満由利右衛門娘お初

悪者泥九郎鼈になやまさる。

粂野平内兵衛[一]

浪花の男伊達野晒 悟助[二]

弱気なる人に〽○ぬ

判字もの

強きをくじく骨の野晒

友人山月古柳[三]

一 江戸初期の伝説的武芸者粂平内。平内兵衛は通称。浪人の身で江戸街頭で千人斬りをし、のち青山主膳に仕え、お家断絶後は禅僧として仁王禅を修め、浅草寺金剛院で座禅を広める。死期を知ってから、自分の悪業懺悔のため石像を作り、諸人に踏ませよと言い遺したが、「踏つけ」が「文つけ」と語呂合せになり、のち縁結びの神として庶民の信仰を集めた。

二 室町期にいたという伝説上の侠客。一箇月の半分は出家としての修行をし、半分は巷で悪を挫く仁侠の人となった。京伝の読本「本朝酔菩提悟道野晒」にも登場する。 三 未詳。

四 ヘマムシ入道をさす。

口絵(右の右) 下は、お初の侍女の藻の花を文遣いの途中で惨殺した泥九郎が、たちまち彼女の魂魄が乗り移った鼈に噛みつかれる図。背景には白く大渦巻を描いて怪奇な感じを強調している。上は恋人同士の徳兵衛とお初。読者はすぐに「曾根崎心中」を連想するが、この世話種の綯い交ぜにまた興味をそそられたであろう。

口絵(右の左) 大俎板の上にどっかと腰をおろす野晒悟助の似顔は五代目松本幸四郎。いわゆる鼻高幸四郎で、団十郎・菊五郎・三津五郎とともに当時評判の名優。実悪に優れ、仁木弾正などを得意としたが、また幡随院長兵衛など男伊達物でも評判を

四〈藻屑閑道人一名変魔虫夜入道〉
蝦蟇の仙術
菊池軍領の娘 粧姫

取った。「一睨み千両」とも言われ、彼が見得をきると周囲の役者の影が薄くなる、とさえ言われた。娘が七代目団十郎の最初の妻であった。長脇差に野晒の髑髏模様の小袖の両袖脱ぎ、キッと差し付けた位牌を手に一睨み。対する粂野平内兵衛は三代目坂東三津五郎。平内兵衛は近世初期の乱暴者の武芸者として伝説的人物であるが、それを端正な風貌の実事師で女役もこなせる(「京鹿子娘道成寺」の白拍子桜木など)三津五郎にはめたのが、作者・画工の趣向であろう。平内兵衛の裃は雲文亀甲繋ぎか。介錯の時の作法で裃の右肩を脱いでいる。周囲の画線の模様は青海波。

口絵(左) 菊池軍領の娘粧姫に、藻屑閑道人が蝦蟇の仙術、と言うより妖術をかける図。顔は一応人間だが、手足は半ば蝦蟇になり、着物の襞も、池中の藻か蓮のようになっている。周囲の岩は蝦蟇のようになっているのもあり、奇怪な動物に見えるものもある。印を結んだ道人の指先から吹き出す煙は粧姫にかかる。左右の雲形模様の上には蓮花や葉、沢瀉の葉、姫の髪の上には牡丹が描かれる。その間から蛙が顔を覗かせ、蝸牛のようなものも見える。左下の鼎からは水が噴き出している。粧姫は舞姫の装束姿。何とも不思議な絵であり、本文とは直接にはつながらない。作中人物にかけて口絵のみを見る楽しさを提供したのであろう。

竜女（りうによ）の精霊（せいれい）

滝川佐門進一基（たきがはさもんのしんかづもと）

一 戦国時代の武将。織田信長の臣下で、一度秀吉に抗し、のち秀吉の幕下となったが、やがて剃髪入道、越前に客死した。逸話が多く、これが変化して浄瑠璃などに脚色された。近松半二・竹本三郎兵衛作の浄瑠璃「天竺徳兵衛郷鏡」(宝暦十三年〔一七六三〕四月竹本座初演)にも、徳兵衛の蝦蟇の妖術を破った「滝川左近」という人物として描かれている。

二 近世初期の航海者。台湾・広東・ベトナム・シャム(タイ)などに渡ったことが「天竺徳兵衛記」(寛保三年〔一七四三〕写)などに見える。また歌舞伎、浄瑠璃にも取り入れられ、大蝦蟇を操って国家転覆を謀る妖術師として造形されていった。

三 未詳。

口絵(右) 滝川佐門之進は(一〇)で将軍の上使として出るが、このような場面はない。竜女の精霊は表紙に出た五代目岩井半四郎。花菱繋ぎ文の左肩を脱ぎ、雲文亀甲繋ぎの下着の

〈二〉天竺徳兵衛宗門〈てんぢくとくべゑむねかど〉

〈三〉尾形〈をがた〉十郎真清〈さねきよ〉

袖を見せながら、短筒で滝川佐門之進に狙いを定める。前頁の粧姫と併せて見れば、半四郎の滝夜叉姫を彷彿とさせるだろう。周囲は京伝の読本「善知鳥安方忠義伝」(文化三年刊)にもある相馬館の廃墟を塡め込んだとも考えられる。半四郎に向うのは四代目沢村宗十郎。立役として七代目市川団十郎よりも早く認められ、評判も高かったが、文化九年十二月八日、三十一歳の若さで没した。本作の稿成ったその年の暮である。あるいは、京伝がその死を予感して、名優同士の一葉を入れたか、勝手な想像ではあるが。佐門之進の裃は雲立涌文、小袖は観世水、手に持つ鏡には竜顔が映っている。また足元には何やら面体不遜の人物を取り拉いでいる。周囲の画線内の模様は千鳥。

口絵(左)　天竺徳兵衛を十手をもって取り押えようとする袖無し陣羽織に牡丹模様のたっつけ袴姿の菊池判官の家臣尾形十郎は七代目市川団十郎で、妖術で巨大な蝦蟇を出してその中に消えて行こうとする鎖帷子姿の天竺徳兵衛は表紙と同じ二代目尾上松助。ここも国直の豊国譲りの趣向構図の工夫が見られる。徳兵衛の髪は「ざんばら」か。周囲の泡立つように見えるのは、大蝦蟇が口から吐いた泡か。尾形十郎真清はまさに七代目団十郎らしい見得をきる。その足元には蝦蟇の爪が見える。上には巨大な目が爛々と光っている。

(上)

(一) 第二回

今は昔、応安[一]の頃とかや、丹波[二]の国村雲山の谷かげに藻屑閑といふ道人[三]あり。蔦に埋る破れ屋根、時雨も月も漏りしだい、窓に釣りたる髑髏に、灯点じ夜もすがら、白骨[四]観[五]の寂莫たる座禅の椅子に身をよせて凡慮[六]を離れし栖なり。夜もやゝ更けて丑三[七]つころ、裏の竹藪切り破りて、ぬつと出でたる大男、庵室[八]に歩み入り、道人の鼻の先に足ふみのばし、「コレ目をふさいで寝た顔をすることはない。こわいものじやない、おれじやはい」と、ずるい[九]言葉に道人は見向きもせず、「ホヽウ座禅観法[一〇]の床に音するはそもさん[一一]いかん。汝元来盗人ならん。速やかに去れ〱」と、払子[一二]をもつて払ひ給へば、「ヱヽいま〱しい。その引導[一三]聞きには来ぬ。年〱の布施のたまり、さらけ出して渡さぬと仕様[一四]がある」と、段平物[一五]ずらりと抜いて目先へ出せど、目たゝきもせぬ悟道[一六]の体に、さすがの賊もあきれはて、「テモすさまじいの太い[一七]づくにう[一八]、よも人間ではあるまい」と思へばぞつと怖げ[一九]立ち、刀もびり〱震ひだす。

道人は莞爾[二〇]と笑ひ、「独り住みの此庵室、淋しい折に幸なれば、うちくつろいで夜とともに話し明かす気はないか」「いやさ話したけれど、五体[二一]がすくんで動かれぬ。こり

一　一三六八—七五年。南北朝時代、北朝の元号。
二　今の京都府中央部と兵庫県の一部。
三　世を捨て修行を志す人。
四　死後屍体が変化して白骨に至り、ついには灰土に帰するさまを観想する九相の一。白骨を観じて人生の無常を想い、煩悩を払う。精神を一点に集中して心を散らさず、三昧の境地に至る行法。
五　「呉音にてじやくまくとよむ。寂莫のこけのとぼそなどよめり。淋しく静かなることなり」(俚言集覧)。
六　凡人の考え。世俗の欲心や行為。「凡慮不自量、石門文字禅」(俗語録)。
七　今の午前二時から二時半ごろ。
八　木造・草葺きの小さな家。
九　しまりのない。だらしのない。
一〇　座禅を組んで心中で黙想すること。仏教の基本的観想の法。呼吸をととのえて精神を統一する。
一一　禅問答の際使われる語。どうして、さあどうだ、の意。
一二　「払　ホッス　ハイバライ　禅氏目ス」(合類節用集)、「払子　ほっす…猫牛尾払幷ニ金銀装柄ノ若キ者ヲ制ス」(節用集大全)。
一三　人を仏の道に教え導くこと。
一四　方法がある。
一五　身幅の広い刀。
一六　根源の真理を悟ること。
一七　ずうずうしい。
一八　「法体の者を罵る言辞也。又蛸とも云」(俚言集覧)。

や[二二]不動の金縛りといふものか」「ハテわけもない。そりや其方の心の迷ひ。解いてやらふ」と払子を振り上げ、はつたと打てば、飛びしさつてほつと歎息体は自由、俄かに言葉を改めて、「モウシ道人様、お言葉に甘へて申すではござらぬが、今夜盗みに入つた印にあの灯籠の髑髏を私に下さりませぬか」「ムウ変つたものを欲しがる男。望みならやりもしやうが、なんとマア此庵室に同居しておれが[二三]托鉢に出る時は留守をしてくれまいか」「なるほど[二四]野山を宿の白波なれば、望ふに幸なことなれど、盗人を留守居に頼むとは危いものではごんせぬか」「ハテそれにはおれが仕様がある。内から外へ出ぬやうに、そちには盗み[二五]禁制の縛めを(一)つけておく」と、押入れの小隅から[二六]白絹取り出し、ひつしごき、盗人の身にぐる〳〵まき、「こりや何となされます」「ヲヽこれが[二七]正身の金縛り、わが許すと言ふまでは解くことならぬぞ。経を[二八]読誦のその間そこに居て番をせい」と言ひ捨て一間に入り

一九 恐ろしくてたまらなくなること。

二〇 「莞爾 ニツコト 笑顔也 クワンジ」(黒本本節用集)。

二一 身体全体。全身。

二二 不動明王の持つ羂索で悪鬼が縛られて動けなくなるところから、人を全く動けなくすることを言う。

二三 「[真俗仏事篇]に托鉢の文字は金湯十三无蓋居士の伝に出づといふ。行乞の異名にて托は処理を他人に嘱するをいふ。施与の有無を他人任せにするをいふ」(俚言集覧)。

二四 「白波」は後漢の白波賊に由来する語で、盗賊のこと。「山賊 異名白波」(運歩色葉集)。野宿を常とする山賊だから、の意。

二五 禁止。

二六 染めていない絹。

二七 本物。実物。

二八 声を出して経典を読むこと。「読誦 ドクジユ」(黒本本節用集)。

(一) この時期の読切合巻は、一冊目の五丁は趣向を凝らした口絵で読者の好奇心を満足させ、二冊目から本筋に入るという構成であった。あるいは五丁裏で大意を述べることもした。ここには挿絵はないが、口絵のそれぞれで読者のおおよその予想はついているので、文字だけとしたのであろう。

給ふ。

あとには一人盗人がつくねんとして居たりしが、やゝあってうちうなづき、窓に釣りたる灯籠の髑髏を取りて後手ながらのさ〳〵表へ出て行（ゆく）。

時に一間に声高く、「盗人待て」と道人に呼び止められて立ち止り、「イヤ盗みはせぬ、この髑髏は貰つて行くのだ」「ムヽ、相模次郎時行が髑髏を欲しがる其方は、どうでも一物ある男」「ヲヽ、此白絹の三つ鱗は相模次郎が所持の旗、これを渡した道人殿、我を時行が余類なりと御存知あつてのことじやよな」「ムヽ、いかにもこゝろあつてのこと、委細を語らん、これへ〳〵」。

「あつ」と答えて曲者は又庵室に立帰る。道人は傍の巌の上に座をかへて、「近ふ」と招き語つて曰く、次へつづく

（三） 前のつづき 「そも〳〵わが道号を藻屑閑道人といふは変名、まことはヘマムシ入道と言ひしもの。先年夢想国師と法を争ひ、一宇の大伽藍を建立せばやと企てしが、足利義教に妨げられて望みを遂げず、その恨み骨髄に徹り、義教に仇をなさんと天竺蝦蟇仙人の術を学びて此山中に隠れ住み、よき方人を待つ折節、そちが骨柄たゞものならず、此庵へ忍び入りしは、鱗の旗と時行の髑髏を奪ひ取らんためならんと察せしゆゑ、旗を与へて試みしに我が推量に違はず、相模次郎が余類なり。包まず本名を語つて聞かせよ、

一「徒空然 ツクネン 俗語」（書言字考節用集）。 二 北条高時の子。生年未詳。元弘三年（一三三三）高時が新田義貞に敗死した時、諏訪盛高に守られて信濃に逃れ、長じて鎌倉方の残党を集めて足利直義を破り鎌倉に入ったが、二十日で足利尊氏に敗れた。後吉野にあった後醍醐天皇に罪を謝して南朝方となり、北畠顕家に従って足利義詮を討つ。延元三年（一三三八）宗良親王に従って陸奥へ下る途中海難に遭い、遠江に上ったが、興国元年（一三四〇）高師泰と戦い敗れ、東国に身を隠した。正平七年（一三五二）新田義興に従って足利基氏を鎌倉から追い、三度鎌倉に入ったが、義興が基氏に矢口渡で敗れ、時行は相模に隠れて再挙をはかるも捕えられ、正平八年（一三五三）鎌倉竜ノ口で斬られた。数奇の運命をたどった悲劇の武将であり、その髑髏を望む者を、その血統をくむ天竺徳兵衛としたところに、伝奇作品としての面白さがある。 三 紋所の一。三個の三角形を「品」の字形に並べたもの。 四 残党。 五 僧侶の号。 六 鎌倉・南北朝時代の臨済宗の僧。諱（いみな）は疎石。天竜寺の開祖。漢詩・和歌・連歌に秀でた。後醍醐天皇・足利尊氏らが帰依。建治元年（一二七五）—正平六年（一三五一）。 七 寺院、また寺院の建築物。「伽藍 ガラン」（易林本節用集）。 八 室町幕府第三代将軍足利義満の第四子。僧籍にあったが、還俗して義宣と称し、

（三）

はやく〳〵」

「ハヽア、さすがは仙術に達せし道人、仰せの如く某は、先年足利義教がために滅びたる相模次郎時行が一子大日丸、播[一三]州高砂の浦の漁師となり今の名は天竺徳兵衛と申すもの。此庵室に来りしも、此の二品を申しうけ、蝦蟇の術を授かり、其の術をもつて味方を集め、義教を討ち滅ぼし、四海を此手に握らんため」

「ヲヽいさまし〳〵。我かねて種〳〵の苦行をなして蝦蟇の術を得たれども、これを凡夫に授くるには、国に名を得し名剣

将軍となって義教と改めた。赤松満祐の所領を削ったため恨みをうけ謀殺された。応永元年（一三九四）―嘉吉元年（一四四一）。**九** 呉の葛玄のことか。

絵（三） 藻屑閑道人ヘマムシ入道の山荘に忍び込んで、道人に段平物の刃を突きつける天竺徳兵衛。大百日鬘に黒ずくめの衣装、小袖は唐草文。草履ばきのまま竹の簀の子縁に上がっている。対するヘマムシ入道は、曲彔に座り、払子を手に持ち、中国風の冠を被っている。左上、屋根から蔦が這いかかり、そこから髑髏の釣り灯籠が下がる。この髑髏は徳兵衛の父相模次郎時行であった。右には、障子の前に芭蕉の葉が室内に伸びている。一種の写実を見せる手法である。網代垣の手前には岩があるが、その所々の穴から網代垣が覗いているのも細かいところ。右下、沓脱ぎ石に見立てたものは、おそらく墓の台座であろう。蓮花が刻まれているが、角には苔のようなものがついていて古い墓石の台座であることが知れ、何となく不気味。上の粗壁も所々落ちて木舞が覗いているのは貧家の象徴だが、囲炉裏の火、火箸、灰播きは整って置かれている。本作はおよそ非現実的伝奇的な話だが、このように、独特な写実と、歌舞伎舞台をそのまま目の前にする構図で、読者をさまざまに喜ばせるのが合巻の骨頂であった。

(三)

に千匹の蛙の血潮を浸し、これに蝦蟇の術をこめ、[次へ]

(三) [まへのつづき] 与ふる時は仙術不思議、心の儘。さるによつて豊前[一]の国大苫さが次郎が家の宝波切丸[二]といふ名剣を我先だつて奪ひ取り仙術をこめおきたれば、此剣を其方に与ふれば、蝦蟇の術を忽ち受けつぎ、体を隠し姿を変えるは自由自在。さりながら、雲[三]を起し雨を降らす其の極意は今一品、世に稀なる名鏡を取りえて此剣と合体せねば、その術行はれず、[次へ]

(四) [前のつゞき] その鏡も又大苫さが次郎が家に満月といふ名

蛙や虫を自在に使いこなしたという。捜神記・一二五にその話があるが、徳兵衛や児雷也のように相手を陥れる奇怪な術としては記されていない。

一〇 味方。「方人 カタフド」(易林本節用集)、「一味する人をもかたうどといふ」(俚言集覧)。 一一 人がら。人品。「骨柄 コツガラ」(易林本節用集)、「こつから 骨柄と書り。人の体を称する詞なれば骨子となる人がらの意成べし」(俚言集覧)。

一二 隠さず。 一三 「天笠徳兵衛記」などの実録類によると、徳兵衛は播州高砂船頭町の住人という。

(以上三七三頁)

一 今の福岡県東部と大分県の一部。

二 伝説的名刀に髭切丸・鬼切丸・膝切丸などがあるので、これらにちなんだ名であろう。

三 さまざまな変化にとんだ現象を見せる変幻自在の術を持つ。

四 北条高時。鎌倉幕府の北条氏最後の執権。暗愚で、闘犬・田楽を好み、後醍醐天皇を隠岐に流しなどして元弘の乱を生じ、新田義貞に討たれた。嘉元元年(一三〇三)―元弘三年(一三三三)。

絵(三) 庵室は消えて岩上に印を結ぶヘマムシ入道。周囲は洞窟のようでもあり、また宙に浮いているようでもある。父時行の髑髏を持つ天竺徳兵衛。呪文とともに谷川をまたいで現れる巨大な蝦蟇。その口から白

(四)

鏡あれば、汝これを奪ひ取り、此剣と合体すべし」

と言ひて波切丸を与えければ、天竺徳兵衛押し頂き、

「ハヽア、有難し〳〵。この術を授かるうへは義教を滅ぼすこといとやすし。あら〳〵有難や」

と踊り上つて喜びしが、手に持ちたる髑髏を見て、

「それにつけても此髑髏、父の遺骨のなつかしや。鎌倉の武将と人に尊敬され、四海に威勢を振ひたる相模入道高時の次男相模次郎時行と生れし果報はありながら、此有様は何事ぞ。我

気が立ち昇ると、浮び出たのが時行。せりだしから舞台に、三升繋ぎの長裃で登場したという姿。今は亡き五代目市川団十郎、白猿か。文政期中期の合巻が役者を大きく描いてそれだけを見せたのに対して、本作が伝奇的なスペクタクルに富んだ話でもあることによるが、人物の周囲の仕掛けに工夫を見せている。

絵(四) 三場面が収まる異時同図法。右は一陣の風とともに雲を呼び宙に舞い上がったヘマムシ入道。顔は不思議や一筆書きの姿。手には妖術の一巻と金鈴。下の髑髏を銜えて宝剣波切丸(これも歌舞伎の小道具として決まりがある)を手にした徳兵衛は束(そく)に立っての見得。入道の雲気が画線を越えて描かれるのも、木の葉を散らして舞い上がった様子を動的立体的に見せようとした工夫で、この時期しばしば見られる描き方である。左下、もんどり打って両足を開くのは「ギバ」と言い、歌舞伎の型。柴の入った籠を背負った娘の行く末がどうなるかは、これからのお楽しみ。左上は大苫さが次郎の家臣天満由利右衛門の娘お初の居室。後ろには屏風の絵を見せ、壁には切り窓障子がはめ込まれ、縁先の前栽の竹に雪の下を覗かせている。お初の着物は梅模様に帯は網代格子か。腰元藻の花は子持ち縞。お初は恋人の平尾村の徳兵衛への手紙を藻の花に託している。

幼くて別れし故、父の顔だにうろ覚え、思へば〳〵はかなき御最期、口惜しや残念や」と牙を嚙み拳を握り、無念の泪ぱら〳〵と髑髏の上に落しければ、道人はこれを見て、

「しか言ふはもつともなり。汝が父相模次郎、雷冠者と変名して信濃の国[一]戸隠山に邯鄲楼といふ館を作り、味方を集めて[二]一度素懐の旗をひるがへすといへども運命つたなく、義教が一戦に打ち負けて栄華の程も邯鄲のはかなき夢と覚めはてて、無念の最期を遂げしなり。さばかりなつかしく思ふならば、次へつゞく

娘お初

腰元藻の花

(五) まへのつゞき 今我が術を施して、父が姿を今目前にあらはし見せん。これ見よ」と言ひつゝ印を結び呪文を唱ふと等しく、さつと激しき風吹いて、山河草木鳴動し、天竺が手に持ちたる髑髏より青き[三]陰火ひら〳〵と燃えあがり、一つの大蝦蟇現れ出でて、白気を吹くにそのうちに相模次郎が姿[四]彷彿と現れたり。天竺はこれを見るより、「あらなつかしや親人」と言ひつゝ取りすがらんとしたりけるが、たちまち又激しき風さつと吹きて相模次郎が姿消へ失せ、今までありし庵室もヘマムシ入道の姿も見へず。「こは〳〵不思議」と見上ぐる空にから〳〵と金鈴の音響き、雲中にヘマムシ入道真の姿をあ

一 長野県北部にある山。中世以来修験道の霊山となる。

二 かねてからの願い。

三 幽霊や妖怪などが出る時に燃える火。

四 よく似ていること。ありありと姿が思い浮ぶこと。「彷彿 ハウホツ」(黒本本節用集)。

(五)

らはして、

「いかに〳〵大日丸、我なほ汝が影身にそひて力をつけ本望を遂げさすべし。此のち我に会はまく思はば、此山中の岩窟を尋ぬべし。さらば〳〵」

と言ひおはりて村雲山に飛び去りぬ。

徳兵衛はます〳〵奇異の思ひをなし、髑髏と旗を懐中し、波切丸を脇ばさんで立ち上り、「あら喜ばしや。此うへは味方を集めて旗をあげ、足利義教を討ち滅ぼし、四海を握るはまたゝくうち」と言ひつゝ立帰らんとしたる後の方に、来かゝる

五 影が身体から離れないように、常につきまとうこと。

絵(五) 藻の花を惨殺する泥九郎の着物の模様は、悪役が身につける太縞の格子文。膝で押え脇差を逆手にし、藻の花の持つ文箱(これも歌舞伎のお決まりの小道具)を奪い取って口に銜える。藻の花の胸元から陰火が輪を描いて走り鼈に。この火先が一様に右に流れるのも、陰火の激しさを見せる細かい工夫で、藻の花の片袖が脱げて下着の観世水の文様が覗いている。藻の花は表紙の二代目沢村田之助の似顔か。右下の水際には蛇籠、葦の間には棒杭、そこから泥九郎に向う大小三匹の鼈。緻密な写実的手法で非現実的な空間を描く合巻の絵のおもしろさがここにも見られる。

一人の柴刈り男、十四五なる娘を連れて様子を聞き、「ハテおそろしき巧みや」と覚へず声を発しければ、徳兵衛はこれを聞き、段平物を抜くより早く、柴刈り男の首を宙より打ち落し、返す刀に娘も共と振り上げしが、娘は「わつ」と驚くひやうし、谷川へ真つ逆様に落ちたりけり。徳兵衛はこれを見て、「此谷川へ落ち入ては死ぬるは必定[一]、よし〳〵」とうちうなづき、刀の血潮を滝水に洗ひ流して鞘に納め、行方も知れずなりにけり。

○つら〳〵思ふに、古より禍のおこるはし[二]は貪欲と色欲の二つを離るゝことなし。慎むべきは此二つの惑ひなり。こゝに大苫さが次郎の家臣、天満[三]由利右衛門が娘お初といふは、見目形美しく、天満のお初といひて評判の娘なり。しかるに同国平尾村といふ所に平尾屋[四]徳兵衛といふ町人、大苫の館へ出入りをなし由利右衛門が方へも心安く来り、かねてお初とわけある仲となりて、「末は夫婦」と言ひ交しけるが、此度同家中粂野平内兵衛方へお初をやるべき縁談極まり、結納の取交しまで済みければ、次へつゞく

(六) まへのつゞき お初はあるにもあられず、「一旦言ひ交したる徳兵衛方へ義理立たず」と心[五]一つにすみかねて、委細のことを文に認め、腰元の藻の花といふに言ひふくめ、秘かに徳兵衛方へ遣はしぬ。

さて又同家中に油井[六]駄平次といふもの、かねてお初を恋ひしたひ、「妻に欲しき」と

一 必ずそうなるときまっていること。「必定 ヒツヂヤウ」(易林本節用集)。

二 きっかけ。原因。

三 近松門左衛門の浄瑠璃「曾根崎心中」(元禄十六年〔一七〇三〕五月、竹本座初演)に登場する、大坂北の新地の天満屋の遊女お初を踏まえる。醬油屋平野屋の徳兵衛と曾根崎天神の森で心中した。

四 「曾根崎心中」に登場する平野屋徳兵衛を踏まえる。

五 黙っていることができなくなって。

六 「曾根崎心中」に登場する油屋九平次のもじりであろう。

(六)

望みけれども、元来志の悪しきものゆゑ、父由利右衛門肯[七]はず、程なく平内兵衛方へ縁談を極めしゆへ、駄平次は心の内に大に怒り、「いかにもして此縁談を妨げ、鬱憤を晴らさん」と企み、人をまはして内証[八]をよく／＼聞けば、「お初はかねて平尾屋徳兵衛とわけあり」と聞き、「これ幸、なにぞその証拠を取りて縁談を妨ぐる種にすべし」と思ふ折ふし、お初が徳兵衛方へ遣はす文を腰元が持ちゆくといふことを聞き出し、泥九郎といふ貪欲深きものを頼み、「途中にて奪ひくれよ、しおふせたらば、褒美はずつしり合点[九]か」と言へば、泥九郎はやす／＼と請け合ひ、途中に待伏せして、藻の花が持ちたる文箱[一〇]を奪ひ取らんとしたるが、藻の花は男勝りの女にてなか／＼手にあまりければ、一刀さし通してあたりの古池へ蹴込み、文箱を奪つて行かんとせしが、たちまち草木揺動し池水逆立ちすさまじく、大雨さつと降り来り、ひらめく稲妻霹靂神[一一] 次へつゞく

七 承知せず。

八 事情。

九 承知すること。理解すること。

一〇 書状などを保管したり持ち運んだりするための箱。

一一 激しい雷。「雷ノ急激ナル音」(書言字考節用集)。

絵(六) 十丁の裏で二冊目が終わるので、詞書も絵もここで一区切りとなる草双紙の形式はこの後の作品にも見られるが、ここでは絵も詞書も(六)と(七)と続いている。しかも詞書としては、活字にして三行をこの左右の絵で見せるかに、作者と画工の娯楽提供者としてのセンス、腕の見せどころがある。怨霊となった藻の花は姿も前と異なり、鼈の背に乗り陰火・雷雲とともに泥九郎を襲う。

(七)　第三回

前のつゞき　黒雲起るそのなかに、藻の花が魂魄池のなかなる鼈[一]に現着[二]して現れ出で、小さき鼈泥九郎にとりつき〳〵、行くをやらじと後髪、引き戻されてだぢ〳〵〳〵、五体すくんで悩みしが、刀をもつて斬り払ひ〳〵、やう〳〵此場を逃れゆきて、かの文箱を駄平次に渡しければ、駄平次は泥九郎に褒美の金を遣はし、一人うなづき喜びぬ。

この時藻の花が魂魄は陰火[三]となり泥九郎が後を追ひ行きぬ。

○それはさておき、かねて豊前[四]の国大苫軍領と豊後[五]の国菊池判官[六]と確執にて度〳〵合戦に及び、とかく雌雄[七]決せざりしが、大苫軍領病死して今はさが次郎が代となりければ、「和睦をとり結ぶべし」と足利義教公の厳命により、双方和睦調ひ、その印として、菊池判官の息女粧姫をさが次郎が妻に贈り、さが次郎が方よりは大苫の家に伝はる波切丸の名剣を判

(七)

一 亀の一種。食い付いたらなかなか離れない。「一名ハ神守。又云河伯従事」(書言字考節用集)。
二 取り憑くこと。

三 →三七六頁注三。
四 →三七四頁注一。
五 今の大分県の大部分。
六 平安時代以来の肥後の豪族。南北朝時代、菊池武時・武光は南朝について名を挙げる。戦国時代に豊前・豊後の国守大友氏と争い、天文元年(一五三二)武包が陣没して勢いは衰えたが、子孫は改姓して続いた。本作ではこの大友氏との争いを一つの主題にしている。山東京伝の合巻「敵討天竺徳兵衛」にも、備後の大名木久地善直として登場する。
七 勝敗が決まらなかった。

官方へ贈るべきに極まりけるが、粧姫の輿入れ今もってなきゆゑに、さが次郎方より家臣粂野平内兵衛を使者として判官の館へ遣はしぬ。判官の館にては家臣尾形十郎真清・女房袖垣もろともに平内兵衛に対面しければ、平内兵衛言ひけるは、

「此度拙者罷りこしたるは別儀にあらず。「粧姫の御輿入れ、いかなる故にてかく延引に及ばれ候や。もしや和睦の儀を御違背[八]故か、さある時は義教公の厳命を背く道理、此儀をとくと承り帰れ」と主人さが次郎申つけてさしこし[九]候」

と言へば、尾形十郎近く寄り、

「仰せ御尤も、全く和睦違背の故に候はず。左様に御不審あるうへは、姫の輿入延引のわけ、今は打ち明け申さねばならず。此四五十日以前より姫難病を患ひいだして、形二つになり、いづれをいづれと分ち難し。これいはゆる離魂病[一〇]、俗に申す影の患ひといふものにや。それゆへ是非なく輿入延引、かく申すばかりでは

次へつゞき

(八) つゞき お疑ひもあるべければ、じき／＼に見届け帰らるべし」

と言ひて女房袖垣一間の御簾を巻き上ぐれば、言ふに違はず窈窕[一一]とたをやかなる姫の姿二つに見へ、いづれをいづれと分けがたければ、平内兵衛は肝をつぶし、「これにては輿入れなきも御尤も、疑ひは晴れました」と言ひつゝ心の内に思ひけるは、「近頃天竺徳兵衛といふもの、諸国を徘徊[一二]して蝦蟇の仙術を行ふと聞く、これもまさしく天竺が

八 そむくこと。「違背 ヰハイ」(易林本節用集)。

九 よこす。

一〇 魂が肉体から分離して、一人が全く同一の二人に別れると信じられる病気。

一一 しとやかで美しいさま。

一二 うろうろする。歩きまわる。

絵(七) (六)の絵に続いて、藻の花の怨霊から発した稲妻に、泥九郎は引き戻され、髪を逆立て、足が宙を踏む。その悪役の表情が見事に描かれる。足元から這い上がる小さな髑が恐ろしさ不気味さをそそる。ここは歌舞伎の場面では描けない挿絵独自の構成である。

（八）

仙術の所為ならん、乱す時節もあるべし」と心を残して帰りけり。

●かくて平内兵衛は、館へ帰り、「姫の輿入延引のわけはかやう〳〵」と語りければ、さが次郎聞きて大きに驚き、

「左様ありてはとても、輿入急にはなるまじ。此方とても判官方へ遣はすべき波切丸の刀、先だつて紛失なしたれば、輿入の延引も幸なり。姫の奇病といひ、波切丸の紛失といひ、何さま合点のゆかぬこと、もしや両家の和睦を妨げんと計る曲者の仕業にや」

一 さきごろ。以前。
二 どうも。
三 「ジヤウシ　公方家ノ使者」（書言字考節用集）。
四 雪岡宗観は実は朝鮮高麗朝の遺臣木曾官、ひそかに日本に入って改名。天竺徳兵衛の親でもあり、木下久吉（秀吉）の世を転覆させようとする人物として、「天竺徳兵衛韓噺」に描かれる。
五 足利尊氏。暦応元年（一三三八）、征夷大将軍に任ぜられ室町幕府を開設し

と主従物語してゐたる折しも、取次の者罷り出で、「たゞいま俄かに京都の武将足利義教公よりの[三]上使として[四]雪岡宗観左衛門様、御入りに候」と知らすれば、さが次郎・平内左衛門眉をひそめ、「義教公より俄かの上使は心得ず、何にもあれ上使饗応の用意せよ」と下知をなし、さが次郎礼服を改め、平内兵衛・天満由利右衛門・油井駄平次もろともに出で迎へば、雪岡宗観左衛門入来りて、上座に通れば、さが次郎は頭を下げ、「遠路の所　次へ

(九) つゞき　御上使御苦労千万」と相述ぶる。宗観左衛門威儀をつくろひ、「此度某上使に立ちしは別儀にあらず。「和睦の印に菊池判官が方へ贈るべき波切丸ならびに[五]先君尊氏公より当家へ賜ったる満月の鏡、此二品を改め来れ」との義教公の厳命、その旨心得候へ」

と言へば、さが次郎当惑し、「波切丸の紛失を知ろしめしての改めか、こはいかにすべき」と胸とゞろきけるが、平内兵衛はそれと見てとり、主人に代りて進み出で、「委細承知仕る。御上使にはまづ御休息あそばされ下さるべし」とて奥の一間に入(いり)、饗応の用意を言ひつけければ、あまたの腰元美酒珍味を捧げ出でて上使の前に並べ置き、なかにも美人を選びて琴三味線に[六]木琴を合せ、[七]今様を歌はせて饗応なしければ、宗観左衛門は、その妙なる音曲に聞きとれゐたりけり。

た。嘉元三年(一三〇五)―延文三年(一三五八)。
六「木琴　木の数十四枚、板の裏さまざまに彫てあり。板狭きほど其音甲なり」(嬉遊笑覧)。
七 平安中期に起こった新様式の流行歌謡。

絵(八)　菊池判官「館」の場。菊池判官の息女粧姫と大苫さが次郎との婚姻が決まるが、姫が離魂病のため、粂野平内兵衛が見届けに来て、尾形真清夫妻と対面する図。歌舞伎の「館」の内を俯瞰図法で見せる。姫の部屋の中の屏風が見え、仕切りの上には羅紋透垣めかした欄間を置き、そこから帳を下げ、それを掲げて中を見せている。帳は唐草模様に花。平内兵衛の髪は生締、四つ菱繋ぎの裃。尾形真清は髪型をやや変えて「かきあげ」と言われるものか。裃の文様は団十郎の福牡丹。妻袖垣の髪は世話丸髷か。小袖に蝶の模様、打掛には雪輪に鹿の子絞りが入る。衝立屏風の前に控える侍女の左の着物には琴柱が見え、右は菊模様、茶を運んでくる侍女の裾は千鳥模様のようである。帳と衝立屏風の間から坊主頭と侍二人の顔が覗いている。左下の几帳の模様は牡丹に三升繋ぎ。隅々まで緻密で手を抜かない画工の筆法は、読者に舞台の隅々まで目を配らせると同時に、舞台以上に臨場感を持たせることであろう。

(九)

「時分はよし」と平内兵衛一間のうちより出来り、刀をずらりと抜き放して、木琴を真つ二つに斬ると等しく、かねて木琴のうちに入れ置きたるあまたの小蛇、鎌首を立ててうごめきつゝ、左衛門に飛びつきければ、左衛門はすつくと立つ。さが次郎等主従四人は左右より詰め寄せて、

「さてこそ〳〵最前よりにせ上使と察せしに違はず、汝はまさしく此頃諸国を徘徊して蝦蟇の仙術を行ふ天竺徳兵衛に疑ひなし。つぎへ

(一〇) つゞき 腕まはせ」

一 後ろ手に縛るために、両手を背後にまわす。
二 利口ぶって生意気だ。「小賢 コザカシ」(書言字考節用集)。
三 密教僧が呪文を唱える際、指でいろいろな形をつくること。
四 「榑風(ハフ)…屋脊の両端、山形をなす所をさして、榑風といふ」(家屋雑考・三)。
五 組頭の配下にある組の構成員。
六 雑兵・足軽などを言う。「夫役をアラシコと云。ブアラシコとも云。荒子と書」(俚言集覧)。

絵(九) 以下(一〇)(一一)と連続する場面作りの変化は見事である。歌舞伎舞台の典型的な館の場面。黒く曲線を描いて左右に画面一杯に広がりを見せるのは、「瓦灯口(かとうぐち)」と言い、歌舞伎の武家屋敷の舞台の造り。中央の二枚重ねの敷物は錦のような豪華な織物。上使雪岡宗観左衛門が黒装束で座る。しかし装束と髪型から悪人を思わせ、実は天竺徳兵衛であ

（一〇）

と呼はれば、上使は肩衣取つてはねのけ、
「あら小賢しや。いかにも天竺徳兵衛とは我が事なり。かく浅はかなる手だてにて、我が仙術をくぢかんとは愚かなり」
と嘲りつゝ小蛇を取つて残らず引き裂き、一間のうちに駆け入りて、床の間に据ゑありし満月の鏡を奪ひ取り、印を結び口に呪文を唱へければ、みな〳〵五体すくんで働くことあたはず。その隙に天竺は破風口を蹴破つて屋の棟に現れ出でたり。これによつて館の内は上を下へと騒動し、組子の面〳〵荒子ども槍

ることが読者にはわかる。右の三宝の上には州浜に松梅をあしらった島台(祝儀の時そなえる飾り物)、左の三宝の上の引出物の菓子には同じく松を立てる。右の侍女は花丸文の着物に市松模様の帯を締め、木琴を演奏する。この木琴は歌舞伎の天竺徳兵衛物には必ず出てくる。演奏者は時に座頭(実は天竺徳兵衛)であったりするが、天竺徳兵衛の異国趣味を見せる小道具の楽器として付き物である。三味線を弾く侍女は蝶散らしの文様。左の侍女の着物は右と同じである。これにも何か意味があるかも知れない。琴の上には銚子、これに熨斗飾りをつけるのも祝儀の印。奥の障子が開き、勾欄のついた廊下と前栽の植込みを見せる。障子の腰壁の模様は瓦灯口の左右と下にも連続している。舞台の中にさらに一幅の絵を見せる趣向である。

絵(一〇)　急展開して画面はクローズアップされる。雪岡宗観を見破っていた粂野平内兵衛はやおら木琴を真っ二つ、仕込んだ蛇が天竺徳兵衛に這い寄る。驚く大苫さが次郎。油井駄平次と天満由利右衛門の個性を髪型と衣装と表情で描き分けている。平内兵衛以外の他の三人が刀の鞘の下げ緒の所に手をかけているのも、この場を細かく捉えた描き方で、同時に歌舞伎の見得を見せているのである。この絵は天竺徳兵衛の台詞とともに見るべきであろう。

おつ取つて屋根に登り、薄のごとくに突きかくれど、天竺徳兵衛事ともせず、なほ印を結び仙術を行へば、深山おろしの荒子ども、木の葉のごとくに飛び散つて、あるひは首の抜けるもあり、あるひは手足の抜けるもあり、微塵になつて死してんげり。「遠矢にかけよ」と下知するうちに、天竺は丈抜群の蝦蟇と化し、口に鏡をくはへつゝ、黒雲に飛び乗つて、いづくともなく逃げ失せけり。

　さが次郎は、どつかと座し、「波切丸紛失の上に、なほ又大切の鏡を奪はれては、大苫の家は断絶、申し訳はほかになし」と、刀を抜いて腹に突き立てんとしたりければ、平内兵衛・由利右衛門駆け寄つて、「こは御短慮」ととゞむる折しも、「又もや上使の御入り」と呼はるにぞ、是非なく切腹をとゞまりて、威儀をつくろひ出で迎ふ。程なく入くる足利義教公の上使滝川佐門之進一基、長袴の裾ふみしだき、ゆう〳〵とうち通りてさが次郎に向ひ、

「此度義教公の厳命にて、「菊池・大苫和睦の儀をとり結び、印に遣はす波切丸、先だつて紛失との取沙汰、実にさあるや正し来れ」と仰せにより罷りこしたる途中にて、様子を承け給はれば、我より先へ上使と偽り来りし曲者、満月の鏡を奪ひ取つて逃げ去つたる由。察する所その曲者は此頃諸国を徘徊なす天竺徳兵衛に疑ひなし。波切丸の紛失もきやつらが仕業と思はるゝ。大切の二つの宝を奪はれしはさが次郎殿の落度なれど、

一 屋根にのぼった雑兵たちが、仙術によって嵐に吹かれた木の葉のように飛び散る様子を言う。
二 「死してけり」の語勢を強めた形。平家物語など軍記語り物でよく使われる表現法を踏まえている。
三 遠くの目標を射ること。「遠矢 トヲヤ」(節用集大全)。
四 思慮が足りないこと。
五 足先を覆って長く裾を引くように仕立てた袴。礼服として着用。
六 「衣服の油を洗ふに無患子皮と白小豆を粉にして澡豆(あらひこ)に用ふる」(嬉遊笑覧)。
七 文化八年(一八一一)ごろから商う。合巻「大礒俄練物」(文化十四年刊)にそ

（三）某罷り帰りて義教公の面前を取繕ひ、百日の日延を願ひつかはすべき間、次へつゞく

山東京山製　十三味薬洗粉[六]　水晶粉[七]（すいしやうふん）　一包壱匁二分。いかほど荒れ性にても、これを使へば、きめをこまかにし艶を出し、自然と色を白くす。常の洗粉の類にあらず、皹・霜焼・汗疹の類なほる御化粧必用の薬洗粉なり。売所　京伝店[八]

（二）　天竺徳兵衛満月の鏡を奪ひ大蝦蟇と化し飛び去る。

大苫さが次郎

粂野平内左衛門

の名が見える。

八　→四二三頁注三。

絵（二）　ご存じ歌舞伎の最大の見せ場の一つ、屋台崩し。詞書がわずかなのも、書かずもがなのことであったからである。絵をとっくりとご覧あれ、というところであろう。館の破風を破って飛び出した天竺徳兵衛。しかしこの発想は古く、渡辺綱に斬り落とされた腕を取り返しに来た老婆こと鬼が、手を銜えて破風を破って飛び去る伝説以来のことで、近世初期から紅摺りの芝居絵などに描かれていた。しかしこれを眼前に大カラクリで見せたのは中期以降のことで、ことに南北劇にはそれがさらにスペクタクル化した。目を爛々と光らせた大蝦蟇が破風をはみ出さんばかりに描かれ、その白気に乗った徳兵衛は満月の鏡を手にしている。周囲の黒雲がそれを一層おどろおどろしく見せる。捕り手の四天と殺陣も細かく、左屋根の際の宙返り（とんぼを切る）、下中央のギバ（飛び上がり、足を開いて落ち、足を広げたまま尻をつく）、その他の捕り手は槍を構えて声を掛ける。左上、館の二階では平内兵衛と尾形真清が刀を構えたまま見上げている。これを遠近法で描いて添えたところが舞台よりもむしろ読者の想像力をかきたてたであろう。これまた合巻の絵を読む楽しさであった。

（三）

（三）［つゞき］草を分けて二品の宝を尋ね天竺徳兵衛討ち取らば、それを功に一旦の落度は申しなだむべし。さりながら義教公の思召しもおそれあれば、さが次郎殿は、二品の宝出づるまでは、一閉居して慎みあれ」と情の言葉にさが次郎は、よみがへりたる心地にて、「重〲厚き御情」と主従三人見送れば、佐門之進はしづ〲と立ちあがり、別れを告げてぞ帰りける。

京伝作
豊国画
二ゑ入よみ本　○三双蝶記　全六冊　一名きりのまがき物語
うり出しおき申候。

［京伝著］四雑劇考古録　全五冊

芝居にかぎりたる古画古図をあつめ、それ〲に考をしるし、むかしの芝居を今見るごとき書なり。

一 家にとじこもっていること。「屏居 ヘイキヨ …猶隠居也」（書言字考節用集）。
二 →三六三頁注一。
三 山東京伝作、歌川豊国画の読本。六巻。文化十年（一八一三）刊。別名「霧籬（きりのまがき）物語」。浄瑠璃「双蝶々曲輪日記（ふたつちょうちょうくるわにっき）」によった作品。北条時行が南朝方についたのを主筋とし、日月の御旗、朝鳥の名刀、濡髪の名笛などの秘宝の流転と探索、忠臣と悪臣と盗賊を配し、俳諧連歌も入れて、歌舞伎的な見せ場と、読本の伝奇的変化をも織り交ぜた、わかりやすい娯楽的作品である。馬琴がきびしくこれを論難したため、京伝はこれを機に読本創作を断念するが、合巻的色彩感をもつ力作である。
四 「双蝶記」の末尾広告にもこの書の名はあり、「二ヶ津初期歌舞伎についての考証随筆の腹案があったことを示している」（水野稔『山東京伝年譜考』）が、草稿も発見されず、刊本もない。

近刻
○京伝ずいひつ　△骨董集（こっとうしゅう）[五]　散ぺん四冊
来ル酉秋出板仕候

[六]国直画　山東京伝作㊞
筆耕　晋米[七]

五 山東京伝著の風俗随筆集。文化十一、二年（一八一四、一五）刊。主として衣装・服飾・雛・児女の遊戯に関する考証で、典拠引用も詳細克明であり、資料的に最も信頼でき、京伝の人柄の緻密さをしのばせる。

六 初代歌川国直。初代豊国門人。葛飾北斎にも影響を受ける。美人画・役者絵にも秀れていた。寛政五年（一七九三）—安政元年（一八五四）。

七 晋米斎玉粒（しんべいさいぎょくりゅう）。浄書家、合巻・狂歌作者。はじめ浄書（筆耕、版木に彫るための清書、版下）を専らとして、文政年間に入って、浄瑠璃種や化物見立てや寄せ物の合巻を二十種近く作った。安永四年（一七七五）—文政十年（一八二七）。

絵（二三）　上は蝦蟇とともに白気に乗って飛び去る天竺徳兵衛。蝦蟇の足だけが見えるのも細かい時間経過を考えてのこと、横に走る点線の工夫も見事である。異時同図法ではあるが、むしろ読者の残像を利用したとも言えよう。下は本来の上使滝川佐門之進を迎える大苦さが次郎と粂野平内兵衛。佐門之進は口絵のとおりの四代目沢村宗十郎。小袖は観世水だが、長裃は青海波。この整然とした文様が人柄と役柄を見せている。

（下）

（三）第四回

よみはじめ

さる程に天満由利右衛門が娘お初は、「平尾屋徳兵衛方へ遣はせし文を途中にて人に奪はれし」と聞きてあるにもあられず、「もしかの文条野平内兵衛方へ露見しては父上の御難儀となりいかなる難儀の出で来んも計られず、とても任せぬ[一]縁なれば、我が身一つをさへ失へば、父上の御難儀もあるべからず」と、女心の愚かにて後先の勘弁[二]もなく、「徳兵衛に一目会ふて自害せばや」と覚悟を極め、或る夜我が家を出奔し、平尾村へ急ぎゆきぬ。

○こゝに又平尾屋徳兵衛が家に代〳〵伝はる正宗[三]の刀あり。いはれあつて此刀なくては家相続なり難き大切の刀なれば、随分大事に秘め置きしが、少し錆出でたるゆゑ自ら研ぎ屋の方へ持ちゆきて、錆を落させ、たづさへ帰る途中にて、夜に入りけるが、悪者

（三）

一 自由にならない。思うままにならない。

二 よく考えること。思慮をめぐらすこと。

三 岡崎五郎正宗。鎌倉後期の刀工。「正宗は九十五代後醍醐天皇御代、元弘年中比、相模国鎌倉の住人也、上の上作也」（条々聞書貞丈抄）。

四 互いに張り合う。

五 自分の腰に差すための刀。

絵（三） 話は平尾屋徳兵衛と天満屋お初に替わる。お初は徳兵衛への文が途中で奪われたと知り、父に迷惑をかけてはと自害の覚悟を決めたが、徳兵衛に一目会いたいと平尾村へ急ぐ。夜中裸足で急ぐお初に野犬が襲

(一四)

どもに後をつけられ、土橋の上にて喧嘩をしかけられ、挑[四]み争ふその隙に、かの刀を奪ひ取られければ、徳兵衛は仰天し、気違ひのやうになつて後を追つかけしが、暗さは暗し、遂にその行方を知らざれば、詮方なく、もとの所へ立帰り、「かの刀を奪はれては家相続なり難し、何面目に長らへん」と、覚悟を極め土橋の下につなぎありし舟に飛び乗り、我が差料[五]の脇差にてすでに自殺と見へたる折しも、天満のお初はたゞ一人、平尾村へと急ぐとて此土橋の上を通りしが、次へつゞく

う。雲間隠れの上弦の月、月の七、八日ごろであろう。市松模様に花の裾どりの着物は帯とともに大きく乱れている。肩と二の腕と足先が見えて、本作の中でただ一つ艶めいた感じを持たせるところである。

絵(一四)　異時同図法だが、絵(五)と同じ手法で、より大胆で優れた構図である。この絵と詞書とを対照して見ると、お初は土橋の上から舟の中で自害しようとしている徳兵衛を発見し、夢中で止める。そこを天満由利右衛門の旧家臣で難波在住の野晒悟助が発見するというのが筋である。この絵では、土橋の上で家宝の正宗を奪おうとする悪徒と争う徳兵衛に走り寄るお初。下の舟は艫を左にしており、左の石段を降りて、二人は舟に乗り込んだのであろう。お初は手拭で刀の刃先近くをつかんでおり、その持ち方から、自らへも相手へも刃を向けているのではなく、押えていることがわかる。そこへ悟助がぶら提灯をさしかけたということになる。異時同図と言うより、右から左へ時間が進行している絵と読みたい。土橋が曲線を描き、左、川端の柳が三本上から下に描かれるのも、視線を移動させるのに自然である。野晒悟助すなわち五代目松本幸四郎、被布に足拵えもきりりと隙の無い身振りは一層幸四郎らしい。右上の見はるかす海に白帆は、半月の夜には視覚的には無理。画工の勇み足か。

(一四) 前のつゞき 月影に見れば舟のうちに居るはたしかに徳兵衛にて、切腹せんとする様子なれば、肝をつぶして舟に飛び乗り、

「こりやマアどふして何故の切腹ぞ」

と腕に取りつきとゞむれば、徳兵衛は振り放し、

「ヤアお初様か、拙者が自殺のその仔細、[一]つまんで言へばかやう〳〵。正宗の刀を奪はれては家相続なり難き故、此切腹は先祖へ言ひ訳、そこを放してくだされ」

と、又ふりきるをお初はなほもしがみつき、次へつゞく

(一五) 前のつゞき 「いや〳〵殺さぬ」

「イヤ放した」

と争ふ折しも、難波の伊達衆[二]野晒五助旅装束の小提灯、此所へ来かゝりて、それと見るより忙はしく、舟に飛び乗り徳兵衛が自殺をとゞめ、「様子[三]はいかに」と尋ねけり。

○そも〳〵此野晒の悟助といふは、もとお初が父天満由利右衛門が若党にて、今は摂州難波に住居をなし、その名も高き伊達衆なるが、久しく古主のおとづれ[四]を聞かざるゆゑ、難波を旅立ちて此豊前の国に来り、由利右衛門が住宅を心ざして今日此所を通りしなり。又野晒が親は、徳兵衛が親の代に平尾屋に奉公せしものなれば、野晒ためには、徳兵衛もお初も二人とも主筋なり。さるゆゑに野晒は、「危い所へよく来かゝりし」と

一 かいつまんで。

二 「だてし」とも。男伊達。侠気があり、弱きを助け強きを挫き、義のためには死をも厭わない者たちを言う。江戸時代中期までは旗本の下級武士などが徒党を組んで無法を働く者を言ったが、後に小普請方の寄子(より)人足など民間の者を統轄する人望の厚い男たちがそう呼ばれるようになったらしく、やがて遊里などに出入りして悪事を働く者も出たらしい。小普請方の鳶の者(火消し人足)なども、気おい、侠客などとも呼ばれていた。歌舞伎や合巻などに描かれる伊達衆・侠客は、もっぱらこのような人間を美化した虚構の人物であり、それが実際にいたように混同錯覚されて、町人の観念の世界での理想的人物として歓迎されるようになった。初期の夢の市郎兵衛、腕の喜三郎、梅の由兵衛、後期の野晒悟助、御所五郎蔵など、すべてこの類である。

三 わけ。

四 以前の主人からの便り。

（一五）

喜び、まづ徳兵衛が切腹の様子を聞けば、「正宗の刀を奪はれしゆゑなり」と語るにぞ、「さて又お初様は夜中に一人何故こゝまで一人御出でありし」と尋ぬれば、お初言はく、「その不審はもつとも、そのわけはかやう〳〵」と、文を奪はれしわけを詳しく語り、「それ故にわらはも自害して死ぬ心」と言へば、野晒は双方のいりわけ[五]をとつくと聞き、

「それなれば、お初様お宿へは 次へつゞく

（一六） 前のつゞき 帰られまじ。さりながら死なふとは悪い料簡。

五 こみ入った事情。

絵（一五） お初を引き受けた悟助の水車場での大乱闘。この仕掛けも見事である。水車と小屋の中との間には壁があるはずだが、それを透視図的に構成している。当時の大規模な水車小屋の様子を知る格好の資料ともなる。水車の動力で製粉と精米を一度に行うカラクリで、水車の向きと歯車の噛合いにやや不自然さは見えるものの、読者にとってはまさに、娯楽と知識欲を満足させる両用の合巻の趣旨にかなう好場面である。悪徒がすべて麻の葉模様に花菱紋の浴衣に揃えたのは、歌舞伎の立回りに見立てたところ。

（一六）

大恩うけたお主様のお娘子のお前様なれば、拙者が命にかけましても双方無事に納まるやうにとつくりと思案してあげましやう。拙者がお供して帰りましやうほどに、一旦難波へお立ちのきなされませ。又徳兵衛様も御自殺をなされてはかへつて御先祖へ御不孝になりますぞや。命長らへ正宗の刀を詮議して、恙なく御家を相続なさるゝが御孝行と申すもの。お前様をもお初様と御一緒に難波へお供申したけれど、それでは御二人言ひ合せの駆落ちと思はれ、久米野平内兵衛様へ聞へるとかへつて憎

一 「駆落ち」は、主家の許可なく逃げ出すこと。この場合は、男女が相談して抜け出すこと。
二 身を庇うために使い。
三 自然とめぐってくる因果の報い、の意。水車がまわるのに、因果が廻

しみを増す道理なれば、ひとまづお宿へお帰りあつて慎んで御座りませ。拙者はお初様の御供をして難波へ帰り、様子によつてお迎ひをあげましやう。刀の詮議は私が命にかけてもしてあげましやう。必ず気遣ひなさるゝな」

と言ひければ徳兵衛は大きに力をえて、その言葉に従ひければ、お初は別れを惜しみながら野晒にいざなはれて　つぎへ

（一七）前のつゞき　難波へ赴く心になれば、徳兵衛は別れを告げ、「なにごとも野晒、そなたを頼むぞ」と心残して立上り、我が家をさして帰りけり。

野晒はお初を連れて此所を立いでけるに、かねて油井駄平次に頼まれ、お初を奪ひ取らんとよき折をうかゞひゐたる悪者ども、野晒をおつ取り巻き、「お初を渡せ」と呼ばつたり。野晒は事ともせず、まづお初を物陰に隠し置き、此辺にありける水車[二]を小だてにとり、大勢を相手にして、当るを幸ひ人礫、はらり／＼と投げちらせば、あるひは車にはねとばされて水に落ち入り、又は杵にて頭をひしがれ、野晒一人の働きに車の勢ひ加はりて[三]、おのれと廻る因果の報ひ、いま目前に水車、悪者どもはかなはずして、ちり／″＼ばつと逃げ行きければ、野晒はお初を伴ひ難波をさして急ぎゆきぬ。

○それはさておき、粂野平内兵衛は波切丸の剣と満月の鏡と二品の宝を詮議のため難波に赴き、わざと浪人なりと言ひたてて、天王寺村[四]に旅宿をかまへ、折／＼人立[五]多き

るをかけた。

四　大阪市天王寺区四天王寺一帯。阿倍野の北、荒陵（あらはか）の東北に接する丘上にあった村。四天王寺を囲むように民家・僧院が立ち並んでいた。

五　人が大勢集まる所。

絵（一六）　大坂住吉の連歌茶屋での粂野平内兵衛と野晒悟助の対面。かまわぬの判字兵衛が、竹を網代に組み、斜め半分を竹を挟んだ板で組み合わせたしゃれた木戸から覗いている。腰高にこれも竹を挟んだ黒板塀の内側は萩であろうか。簾をおろした内には、木具膳の上の蝶模様の大鉢。この膳は春慶塗で、高位の人が用いたという。平内兵衛の羽織の紋は熨斗菱。対する悟助は髑髏の文様だが、腰に花川戸の助六と同じく男伊達のシンボルの尺八を差している。腰高障子は外して、竹を挟んだ縁と前栽を見せている。木賊らしいものの前には四つ足の灯籠、庭石のところでは犬と遊女らしい女がたわむれているのを添え、向い座敷の遊興の最中を見せるなど、俯瞰遠近法を使って、茶屋内の様子を克明に描いている。同じく腰に尺八を差したかまわぬの判字兵衛の文様は、近世初期から流行した男伊達や気おいの心意気を「鎌・輪・ぬ―構わぬ」と文様化したもの。裾から麻の葉模様の下着が覗く。判字兵衛の下駄は堂島下駄というものか。

(一七)

所を徘徊して、二品の宝の行方と天竺徳兵衛がありかを心を尽して尋ねけり。

さて又油井駄平次は、「お初駆落ちして難波へ赴きし」といふ噂を聞き、ほかの事によせて主君にしばしの暇を乞ひ、難波に上り、住吉の連歌茶屋[一]にて平内兵衛に対面し、一別以来の挨拶すみて言ひけるは、

「貴殿の縁組しめさつた天満由利右衛門が娘お初は、お出入りの町人平尾屋徳兵衛と不義をいたしてござるぞや」

と言へば、平内眉をひそめ、

「フウそれにはなんぞ証拠で

一 大坂天王寺から住吉神社に至る手前の住吉新家(すみよししんけ)には、土地の名物を商う店や料理茶屋が多く、三文字屋・伊丹屋・昆布屋・丸屋などがあって賑わった(住吉名所図会)。この店の一つに見立てたのであろう。

もござるか」

「ヲヽサ証拠のないこと言ひましやうか。証拠といふこれお初が自筆で徳兵衛方へ送つた艶書、様子あつて手に入りました。これ見られよ」

と平内へ渡し、

「なんと違ひはござるまい。そのうへお初出奔して此難波に隠れをるとのこと、かれといひこれといひ、世の人の口の端は防がれず、貴殿の武士[二]が立ちますまい」

とかねて企みし意趣[三]晴らし、厄病神[四]で敵の譬、言葉をたくみにたきつければ、平内兵衛はかの文を巻き納め、

「シテ又お初此難波に逃げ来り、何者にかくまはれてゐますな」

「ヲヽこの難波の堂島[五]に、その名も高き男伊達野晒五助といふものが、お初をかくまつて置くとのこと。町人でも野晒めは、手ごはい奴じやそうにござる」

「ムヽその野晒といふは聞き及んだ男伊達、常の衣服に野晒の白骨を染めて着る由、紛れのなき奴、まだ近づきになり申さねば、近づきになり、とくと正したうへのこと」

と話なかばの隣座敷へ幸ひ来る野晒五助。それと見るより平内兵衛、給仕女を使ひにて近づきになりたき由を言ひやりければ、野晒は「かしこまり候」とて一間の襖押し開けて、こなたに来り、手をついて 次へつゞく

二 武士としての立場がない。
三 仕返しをして恨みを晴らすこと。
四 厄病神が取り憑いて、以前から敵とねらっていた者の命をとってくれる、すなわち自分から手を下さないでも意外な機会に目的をとげることができるのを、「厄病神で敵をとる」と言う。
五 大阪市北区堂島。堂島川の北岸で、元禄以来米穀の市場があり、全国米市場の中心として繁盛した。

絵(一七)(一八)の詞書どおりの場面。刀の刺した高坏の饅頭を突き付けられて少しも動ぜぬ野晒悟助松本幸四郎。名優の思い入れたっぷりの見得は、それだけで大向うから声のかかるところである。詞書からは、粂野平内兵衛とお初の明日の婚礼の約束を悟助がしかと承知した、この成行きは、というところである。天竺徳兵衛のケレンの大きい大カラクリとこの世話劇とが、それぞれどう進んで行くか、これも合巻の綯い交ぜのおもしろさである。

油井駄平次

粂の平内兵衛

のざらし悟助

（一八）前のつゞき　礼儀を述ぶれば平内兵衛、

「聞き及んだ野晒五助、はじめて会ふた、見知つておくりやれ」

「シテあなた様は」

「ヲヽ豊前の国大苫さが次郎が家来粂野平内兵衛といふ者」

「ヱヽすりやあなた様がお初様と許嫁のある平内兵衛様じやよな」

「いかにも〳〵。これを見い、これはお初が徳兵衛方へ送つた艶書。いまだ輿入れせざれども許嫁、すれば武士の女房。聞けば此難波へ逃げ来りて其方がかくまひ置くとの噂。かやうの不義ある花嫁を一時も容赦はならぬ、明晩天王寺村の身が旅宿にて内祝言を取り結ばん。その時そちも相伴にお初を連れて必ず旅宿へ」

「いやもふそりや、かねての覚悟、こつちから望む御料理、御馳走にあひましやうはへ」

「しかと言葉をつがへたぞ。今日近づきの印には、何をがな、ヲヽそれ〳〵」

と刀をずらりと抜き放し、そばにありあふ高坏の饅頭を切つ先に貫いて目先へぐつと

一 →三九五頁注四。
二 私の。
三 近親者だけの小人数でうちわの婚礼をすること。
四 堅く約束する。
五 食物を盛る高い足付きの台。

差し出せば、野晒はびくともせず、口差し出して味はふ体。平内兵衛は刀を納め、

「さすがは野晒い丶魂だ。町人ながらも相手にとつて不足はない。いよ〳〵明晩待つてゐる」

と敗けず劣らぬ言葉詰め[六]。駄平次も進み出で、

「野晒が相伴に来るならば、身ども取持ち[七]に参らふはへ」

平内「いよ〳〵明晩お初が嫁入り」

「宰領[八]は此野晒」

「取持ち役は此駄平次」

平内「かならず言葉をつがへた」

と男と男、侍の意趣は重なる三つ重ね[九]三〳〵九度や出入り[一〇]の献立、平内・駄平次連れだちて五助に別れ帰りけり。中の巻へ

つゞく

○京橋立売京山[一一]宅にて虫歯

（一八）

六 問い詰めること。

七 接待。

八 行事を監督したり取り締まったりすること。取りしきること。

九 盃、衣服、重箱などで、三つ重ねて一組としたもの。ここでは「意趣は重なる」と三三九度の盃をかける。

一〇 もめごと。いざこざ。

一一 山東京山。合巻作者。京伝の弟。明和六年(一七六九)—安政五年(一八五八)。

絵(一八) 油井駄平次の下部が野晒悟助の帰りざまに斬りつけるのを、紺足袋に替わった判字兵衛がすかさず尺八で打ち据え、床几に腰掛けた白足袋の悟助が煙管で叩く。煙草入れには松本幸四郎の紋の花菱がついている。下部の着物の襟は手綱染めで、軽輩や奴・中間の衣装の文様。

の大妙薬売り広め申候、虫歯に御難儀の御方は御尋ね可被下候。

（一九） 第五回

まへのつゞき 野晒が友達に、構わぬ[一]の判字兵衛といふ男伊達垣の外にたゝずみて、様子を聞きしが、野晒に向ひ、

「これ親分、貴様の頼みでおれが内にかくまつて置くお初様、今の詰め開き[二]では明日の晩は危いもの、貴様は此納まりをどうしやうと思はつしやる」

「ハテ案じるな、みんなおれが胸にある。われが家で話をしやう、サアこい」

と二人うち連れ行かんと出でたる後より、駄平次が下部一腰[三]抜いて野晒に斬りつけたり。野晒は身をかはし、傍の床几[四]に尻かくれば、構はぬの判字兵衛、尺八[五]抜いて打ち据ゆる。野晒は煙管[六]で下部が頭をぐわつちり。

「コレ判字兵衛、こんな奴にかまふな」とそしらぬ顔に、かの

（一九）

一 「かまわぬの判字」は、鎌に丸い輪と「ぬ」の文字（三六六頁参照）を配した衣服の文様のこと。文化年間（一八〇四―一八）、歌舞伎で七代目市川団十郎が用いたことから流行。
二 対応。かけあい。
三 刀。
四 脚を打ち違いに組み、座る部分に革を貼った携帯用の椅子。
五 当時の侠客の舞台姿に尺八を腰に差し喧嘩のおりこれを武器として使うことが見られる。これは二代目市川団十郎が正徳六年（一七一六）二月江戸中村座で「式例和曾我」の助六実は曾我五郎を演じたおり尺八を帯びたことに始まり、享保十五年（一七三〇）秋中村座での「名月五人男」には、団十郎演ずる雷庄九郎はじめ五人の侠客がすべて尺八を差して登場した。これが、悪人をこらしめる胸のすくような活躍ぶりと、伊達な衣装の着流しに尺八を後腰に挿した姿として男伊達（侠客）のイメージの中心になった（小池三枝『近世の異装研究』）と言われる。かまわぬの判字兵衛の姿も、歌舞伎に登場する侠客の姿とここでの役割として、きわめて演劇的な効果をねらっていると言えよう。
六 尺八同様武器がわりに侠客に用いられ、これで手首などを打ち据えてしびれさせた。

下部はぶる〳〵震へて逃げて行く。野晒は立あがり、「判字兵衛サア行こ」と二人連れだち帰りけり。

○さる程に野晒は判字兵衛が方にお初を預け置きしが、明晩平内兵衛方へ輿入れの約束をしたれば、とても生きては帰らぬ所存にて、「かやう〳〵にしてくれよ」と委しく判字兵衛に頼み置きて我が家に帰り、女房お露にわざと無理を言ひ掛け言ひつのりて、[七]去状を認め、十ヲになる女の子と四つになる男の子も、「[八]勘当なり」とて追ひ出し、「あゝこれで後で難儀はかゝらぬ」と独り言して仏壇に灯明あげ、父母の位牌に向ひ、暇乞ひして念仏に夜を明かし、翌日は約束の日なれば、衣服を改め時刻の至るを待ち居たり。

○さても久米野平内兵衛は、浪人と言ひたてて[九]天王寺村に住居を構へ、座敷の様子庭の様、[一〇]武辺を好むそのうちに、風雅を込めし物好きなり。庭の掃除の下部ども、一つ所に寄りこぞり、

「ナントでく内、今夜は旦那の許嫁の娘御が堂島から 次へつゞく

(三〇) 前のつゞき 此旅宿へお輿入れがあつて、[一一]内祝言があるとのこと、こつちにも[一二]待女郎のなんのと[一三]たぼがびらつくべいと思ひの外、何だか凄いこつたぞよ」

「さればさ、何でも旦那が今夜は男振り作つて待つて居らるゝはづじやに、今朝から

七 妻を離別する時、その証明として出す書状。
八 本来は親子・親類縁者の縁を切って追放すること。久里切っての勘当。
九 →三九五頁注四。
一〇 武芸。
一一 →三九八頁注三。
一二 祝言の時、新婦を待ち受け、家に案内し世話をする付添いの女。
一三 「たぼ」は若い女性、「びらつく」はちょこちょこ動く、の意。

絵(一九) 上下の絵は異時同図と言うよりも、同時異図と言うべきであろうか。粂野平内兵衛に斬られることを覚悟した野晒悟助は、後の禍の女房子供にかかるのを恐れて離縁勘当し、その後、仏壇の父母に暇乞いをする。袖を顔に当てるのは嘆き愁嘆の型。女房の縞の小袖の裾から雁金模様の下着が覗き、娘は蜘蛛絞りに市松模様の帯、息子は麻の葉模様、その裾に梅の花が見える。「仮名手本忠臣蔵」十段目の天川屋義兵衛の心情もこれと同じである。

（三〇）

差し替への大小にねた刃[一]を合して、おらどもに土壇[二]の用意を言ひ付けらるゝ。何だか合点のゆかぬことだ」

と噂して奥庭の方へ行く。

かゝる所へ案内させて油井駄平次入来れば、奥より主平内兵衛、略衣[三]の羽織、刀ひつ下げ、

「これは／＼」と互の式礼[四]、駄平次、塗り樽差し出し、

「今晩の御祝儀の寸志ばかり。拙者も御勝手[五]お取持ちに推参いたした。次へつゞく

（三一）前のつゞき 此祝言の儀式はいかゞなさるぞ、はやく拝見がいたしたい。よもやたゞで

一 斬れ味の鈍くなった刀の刃を研ぐ。
二 斬首を行うために築く土の壇。前に首を落す穴を設ける。
三 略式の衣服。ふだん着。
四 挨拶。
五 台所。
六 結婚式の後、新婦が白い衣服から色物に着替えること。
七 そそのかす。
八 新しく作った刀。「新刄 アラミ 剣戟ニ所レ言」（書言字考節用集）。
九 軽々しい振舞い。失礼な行動。
一〇 ここは歌舞伎の舞台を連想させる浄瑠璃の詞に仕立ててある。剣の中の命も危いところを、胆の太い男がその鉄のような障害も飛び越えて

は済みますまい。色直し[六]の血潮の装束、婿君のお手際が見たい〳〵」

とそばから腰[七]おしけしかける恋の敵の底意、その挨拶に平内は苦りきつたる真ん中へ、

「堂島の野晒五助、これへ」と知らせにうちうなづき、

「嫁入の輿に先立ちて一人来る不敵奴、待ちかねた、これへ通せ」

「アイヤこゝは拙者にお任せなされ、持参の新身[八]で真つ二つ」

「いや〳〵それは相手違ひ、平内兵衛が祝言の相済むまでは必ず聊爾[九]めさるゝな。嫁迎への用意いたさふ、お控へなされ」

と大勇にせかぬはさすが、唐紙をひき立て奥に入にけり。

剣[一〇]のなかをのつしりと、肝の鉄壁とび石も、死出の街道みちつけ石、性根据へては日頃の百倍、人を木つ葉と蹴ちらす勇は面にみせず、慇懃に、

「野晒めでござります。御免[一一]にまかせ、憚りながらお庭へ廻りましてござります」

と下から出れば見降す駄平次、

「ホヽさすが来にくい所をよく来たな。連歌茶屋[一二]での約束ゆへ、某疾くより相待ちをる。よく観念して待つてをれ」

と嘲る顔をじろりと見て、

「イヤ中(まうし)、野晒がおかけやい[一三]申したは此家の御亭主様、今晩嫁入の儀について、御面

行く、という意。
一一 お許し。
一二 →三九六頁注一。
一三 お掛合い。交渉。談判。

絵(三〇) 粂野平内兵衛宅へ入り、庭先から慇懃に挨拶する野晒悟助は霰小紋の裃。小袖の文様はやはり髑髏だが、今までの下駄ではなく草履を履き、衣装も礼にかなっている。平内兵衛の羽織に小袖の姿は言わば着流しで、しかも立ったままの出迎えで、祝言の使者と嫁を迎える服装ではない。これは平内兵衛の心底あってのこと。また、悟助が門からではなく、竹と黒塗りの板で美しくしつらえてはあるが、枝折戸つまり脇口から入って来て、庭先から挨拶したのも、相手との位置を考えての心得と悟助の心底を見せるためであった。縁と座敷を仕切る襖の前には、駄平次が持参した角樽が置かれている。ここは平内兵衛の居室で、室内は武家らしく整い、壁障子の下には稗蒔きの水鉢、兵法書「六韜三略」の横には香炉と茶道具、猫足の机が見える。左上に二人の中間。その一人が縁に腰をおろして気楽に話しているのは詞書の中間の会話が対応する。傍に水の入った手桶を置き、一人が柄杓を持つのは、庭へ水を打つためであろうか。ここも俯瞰図法で緻密に描きながら、文中の作意を見せている所である。

談に参つた拙者、マア〳〵おせきなされますな」

「イヤサ身共はその嫁入の取持ちに来たのだ。此嫁入はなぜ遅い」

と意地を持ち込む廻りには、「嫁御の御輿たゞいまこれへ」と、声も揃ひのかたならで、構わぬの判字兵衛が宰領役[一]の輿添ひ[二]に荷ふ送りの貸乗物[三]、小門口にかき入たり。

駄平次ははるかに見て、

「ヲヽあの乗物が嫁御寮か」

「いかにも野晒が供して参つた花嫁御、すなはち此処に」

と乗物より「俗名お初」と記したる位牌を取り出し、

「サア此嫁御と婿殿と祝言の盃取持ちなされ、駄平次殿」

「ヤアなんと」

「イヤサお初殿は死なれました。しかも今日たつた今、頓死頓病[四]何時しれず。侍同士の約束でも俄かに死んだら是非がない。こつちから変ぜぬ証拠は、位牌になつても嫁入さす。ぜひ夫婦連れ添ひたくば、婿殿も冥途へござれ。お寝間の床は地獄なりと極楽なりと、此野晒が御案内、それ合点ならこれへ出て、俗名お初と祝言なされ。たゞしそれへ参らふか」

と、野晒に声かけられ、裃改め平内兵衛出で来り、

一 物事の取り締りや処理をする役。
二 輿に付き添って行く人。こしぞえ。
三 古くは料金を取って貸した馬だが、ここでは料金を払って雇った馬であろう。
四 急に起こった病気で急死してしまい、何時死んだかわからない。

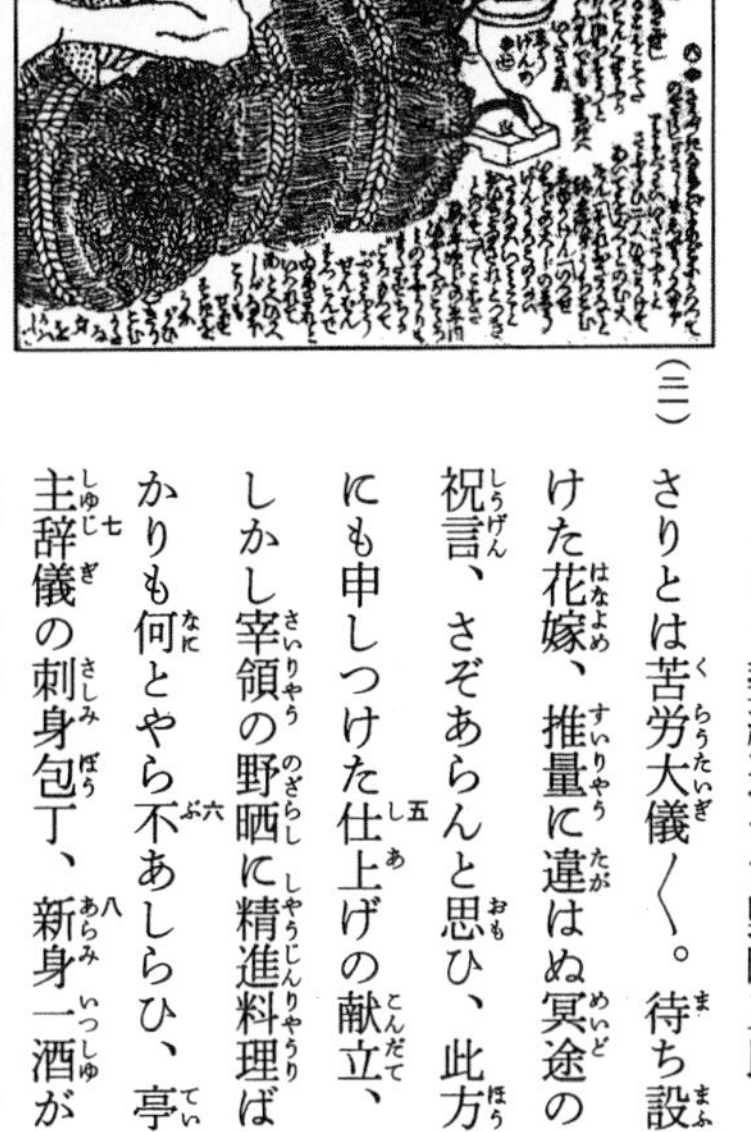

（三）

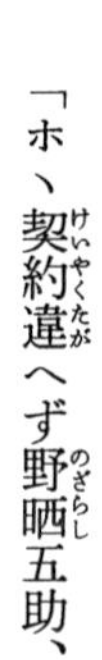

「ホヽ契約違へず野晒五助、さりとは苦労大儀〳〵。待ち設けた花嫁、推量に違はぬ冥途の祝言、さぞあらんと思ひ、此方にも申しつけた仕上げ[五]の献立、しかし宰領の野晒に精進料理ばかりも何とやら不あしらひ[六]、亭主辞儀[七]の刺身包丁、新身[八]一酒が今夜の馳走、うちくつろいで食べてくりやれ」

と身動きさせぬあしらひかた。そばに野晒目ばなしせず、折から下部が土壇の俵、庭に並べてしりぞきぬ。裾ひきまくつて野晒五助、土壇にどつさり腰うちかけ、

五 最後の。
六 失礼なもてなし。
七 あいさつ。
八 新刀。→四〇三頁注八。

絵(三) 場面の描き方は一転する。象野平内兵衛坂東三津五郎は梅花繋ぎの裃姿に替わっているが、肩衣の両肩を外し、袴の股立ちを取り、大小はそのままに、白鞘の刀の柄に手を掛けている。これは斬首の作法である。俵が組まれているが、これは斬首のための土壇場。その上にどっかりと腰をおろして見得をきる野晒悟助松本幸四郎はこれまた肩衣を外しているが、髑髏の小袖も脱ぎ、その下には黒襟のかかった白装束で「南無阿弥陀仏」の名号が書かれている。すなわちこの上で平内兵衛に斬られる覚悟。駄平次は悟助目がけて手裏剣を打ち込んだが、平内兵衛に突きとばされ、さらに斬りかかるが、これをかわして、駄平次をばっさり斬ったのは悟助であった。首を押えてもんどり打つ駄平次。ここは詞書の一部分や挿絵と言うよりも、場面を凝縮して歌舞伎風に仕立てて見せたと言った方がいい。読者は詞書から、ここの絵解きをさらに詳しくするであろう。

「なによりのおもてなし、その御馳走を受けに参つた。御自慢の御料理かた、御手際が見たさに進上いたす生肴。小分[一]ながら堂島[二]の生魚ちと骨があつてこなしにくい、筒切[三]りか、背切[四]りか、いつそすつぱりと二枚に下してもらひましよ。サア〱〱」

と、体をつきつけて、びくともせざる眼ざし。

「はてさて丈夫な土性骨[五]、鳴門[六]を越へた見事な骨組、これを肴に一献酌まふか」

「イヤもふ御馳走とあれば、何でもお辞儀[七]はいたさぬ。祝言の盃なれば嫁御に替つて野晒が差しましやうかへ、サア慮外[八]いたさふか」

と侍二人引き受けて、相手をぐつと飲む大胆。

「それお肴」

と駄平次が、打ち込む手裏剣[九]、

「一世一度の大事の祝言、鱗[一〇]のない肴は忌み事、お引きなされ」

と突き飛ばす。

「アヽこれさ駄平次殿、平内兵衛が試みの料理も待たず、近頃もつて無作法千万、す[一一]つこんでゐめされ」

と言はれて後へ控へしが、なほ懲りもせず隙をうかがひ斬り込む刀、身をかはして野晒が抜く手も見せずばつさりに、「ウン」と駄平次倒れ伏す。平内思はず、

一　小さいこと。
二　堂島であがった生魚のように、ひとくせあって扱いにくい、の意。
三　丸く長いものを横に切ること。輪切り。
四　魚を背から切り開くこと。背開き。また輪切りを言うこともある。
五　ど根性。悪態をつくときに言う。
六　諺に「鳴門の梶で油断ならず」という。潮流の激しいことで有名な鳴門を船で行くには梶取りに細心の注意がいるところから、少しも油断できない、の意。ここでは、その激しい海流を越えた梶取りにも似た気骨のある、油断のならぬ男、という意か。
七　遠慮。
八　ぶしつけ。無礼。
九　手で握って投げつける小形の剣。
一〇　「鱗のない魚の夢を見ると人が死んだことを聞く」という諺があり、ことに祝言のような場合には忌まれたか。
一一　ひっこんで。

「ハテ見事な斬れ味」
と言ふ声外にもれ聞へ、 次へつゞく

（三） 前のつゞき 先程より野晒が女房お露、二人の子供を伴ひて判字兵衛ともろともに、此世の名残と垣の外にうかゞひしが、「ヤアもふ斬られてか」と声をあげ、「わつ」と[12]正体泣き沈む。

野晒は血を見ていよ〳〵据はる腰、刃物投げ捨て諸肌脱げば、下は六字の[13]経帷子、刃の中に伏すとても、なほ魂の[14]直焼刃、水かけ流し平内兵衛、ゆう〳〵と後にまはり、振り上ぐる刀の下、ぐつとも言はぬ覚悟の態。

「ハテ心得ぬ、駄平次を一打ちにしとめたるほどの手を持つて、何故此期に刃物を捨てた。サア立ち合ふて相手になれさ」

「イヤ此野晒、[15]非道と見たら侍であらうが小指の先とも思はぬ男、理には敵たふ刃はない、お手打ちになりましやう。サヽあそばせ〳〵」

「ムヽ手におぼへあるに任せ、[16]刺刀一本持たいでも、たゞ一つかみと思ふは不覚、斬手は粂野平内兵衛、刀は名作正宗じやぞよ」

「ナヽなんと、その刀が正宗とな」

「ヲヽしかも豊前の国、平尾村徳兵衛が家に伝はる重宝」

一二 正体もなく。
一三 葬式で死者に着せる、「南無阿弥陀仏」の六字を染め込んだ衣。
一四 刃文がまっすぐに現れている刀。ここでは、その刃文のように心がまっすぐなこと。気性のはげしく正しいこと。
一五 道にはずれたことは相手が侍であろうが少しも怖れないが、理に叶ったことには刃向かわない。理非曲直をまげない侠客としての心意気を示す。
一六 短刀。小刀。

（三）

「ヌヽハテ変つたものがお手に入つたな。首さしのべて打たれふと思つたが、その刀が正宗ならば、こりや一番斬れ味を受けてみにやならぬはい」

と脇差取つてさしつける。

「ホヽウさふなくては野晒とは言はれまい。今が最期じや、観念せい」

と二つにてうど斬り割る位牌、

一勢いよく。はつしと。

「成敗済んだ。野晒五助勝手に帰りやれ」

「ムヽ人殺しの此野晒所詮助からぬ命、眼前に傍輩の駄平次を殺され、拙者を助けて帰しては武士道が立ちますまいがな」

「ヲヽその不審尤も」

と懐中より一通取り出し、

「「油井駄平次事軍用金をかすめしうへ、悪者を頼み平尾屋徳兵衛が重宝の正宗の刀を奪ひ取りし事露見に及ぶ。その地にて斬り捨てにいたすべく候」。此末は読むに及ばず、我が主人より仰せの文通。どふで[二]殺すこいつが命、解死人[三]に及ばぬ、斬り得〱」

「ハア軽い身分の町人を相手になされぬ奥床しい平内兵衛様、あつぱれお侍じやといふことはかねてより承け給はり及んでゐるゆへ、此方から望んでお手にかゝりにまいつた私、「お慈悲をもつて野晒が命一つを私が主人筋のお初様と徳兵衛様と二人の代りにお取りなされてくだされ」と、金輪奈落[四]平頼みにやりつける気でひつきやう[五]命のつきつけ売り、拙者心底御存じなされ、すりや御了見[六]くださるゝよな」

「いや了見するでない。生けておかれぬ不義の女、今日嫁入した此位牌の俗名お初真つ二つにぶち放したれば、不義者[七]の成敗済んだ。元来徳兵衛とお初とは幼少の時許嫁の由後にて聞く。お初はもと養子なれば、養父天満由利右衛門も知らずして我に縁を結びしならん。我も又それと知らず貰ひかけたは此方の誤り。それのみならず金のかたに駄平次より預つた此刀は徳兵衛が奪はれた正宗の刀、その盗賊も駄平次め。もとの起りはお初に恋慕の遺恨にて艶書を奪ひ、人の名を出す不義の証拠、聞き捨てならぬは武道の

二 どうせ。どうなるにしても。
三 殺した者の詮議はしない、問題にしない、の意。
四 どこまでもただ頼むこと。
五 つまりは命を無理やりに投げ出したもの。
六 分別すること。がまんして許すこと。
七 密通者、道ならぬ恋をした者の処罰は済んだ。

絵(三) ここも絵(二)と同じ筆法である。改めて野晒悟助の後ろにまわり、刀に水をかけ直して傘野平内兵衛が真っ二つに斬ったのは悟助が持参したお初の位牌。その白鞘の刀は先刻のものではあるが、実は平尾屋徳兵衛家宝の正宗であった。ここで、平内兵衛宅の水桶と柄杓がこのためであったことがわかる。思い入れたっぷりに見得をきる平内兵衛と悟助、その身を案じて両手を広げる判字兵衛の姿は、やはりこの場を歌舞伎絵風に描いたものである。その趣向と、上に泣き伏す妻のお露と娘、無邪気に風車で遊ぶ幼児は、悟助が斬られたと思い込む嘆きと頑是ない児を写実的に描いており、異時同図法とも異なり、画工の作画の発想の違いを見せているとも言えようか。

表、おぬしを男とみた故に謎をかけたる嫁入の宰領、お身が性根を試しもの、平内兵衛を武士と見込んで命をくれた経帷子、過分[一]さは言葉に尽きず。折に幸ひ駄平次が、おのれが科で身を果たせば、此事世上に知る者なし。誰憚らず徳兵衛とお初が仲人はお身しやれ。祝言のはなむけは此正宗、徳兵衛が手へ返してくりやれ」

と表は武士を立て通し、内に情を込めたる裁き、野晒感涙流しけり。

垣の外には女房お露手を合せ、

「ヱヽ有難いと申さふか、何とお礼を」

喜び涙。〔つぎへつゞく〕

(三)〔まへのつゞき〕 判字兵衛も嬉しがり、かの古乗物を持ち上ぐれば、平内兵衛、

「こりや〳〵見苦しい、お初が死骸その乗物へ乗せて行け」

と証拠の艶書を取り出し、割つた位牌にくる〳〵巻いて投げこめば、

「何から何まで有難いお情」

と、皆〳〵うち連れ駕籠をかゝげて出で行きぬ。

藻の花が死霊、鼈に現着[二]して泥九郎が身内に食ひ付く。

〔よみはじめ〕 それはさておき、こゝに又かの泥九郎は、先だつて駄平次に頼まれ、お初が腰元藻の花を害して艶書を奪ひ取り、駄平次に骨折り代を貰ひてのち、藻の花が死

一 野晒の心くばり、心意気が十分過ぎるほどであることは、言葉に表せないほどに感謝する。

二 →三八〇頁注二。

(三三)

霊つきまとひて悩ますこと度〳〵なれば、泥九郎これに耐へず、加持祈禱[三]などさま〴〵にすれどもとかく死霊離れず、ある夜酒に酔ひて臥しゐたるに、大きなる鼈、小さき鼈をあまた連れ来りて、つぎへつゞく

(三四) 前のつゞき 泥九郎が身内に食ひ付きければ、これに苦しみ一腰を抜き放して斬り払ひけるに、やう〳〵鼈は消へ失せたり。かくて又とろ〳〵と眠りけるが魘はれて目を覚し、うと〳〵としてゐたるに、曇りがちなる月影引窓[四]よりさし入れ、かまどに近き蟋蟀の声さへもの

三 災厄から身を守るため神仏に祈ること。

四 屋根の一部分を開けて作った窓。綱を引いて戸を開閉する。

絵(三三) 泥九郎に襲いかかる藻の花の怨念の化身大鼈。左の藻の花の怨霊の陰火からは「うらめしい」の文字が泥九郎にかかる。足元には、寝酒の徳利と肴の鉢、灯明台などが雑然と置かれて、亡霊に悩む泥九郎の小道具となっている。上は金神・十二神将に追われる天笠徳兵衛。蝦蟇の妖術も力を失って消えかかり、その中に神将たちの放った矢が入って行く。

（二四）

淋しきに、窓にはつたる紙にさつと光りものの影映ると見へしが、引窓より一つの陰火[一]飛び入り、「うらめしや」といふ声屋の棟のあたりに聞へしが、藻の花が姿すつくりと立ち現れければ、さしも豪気の泥九郎も、「わつ」と叫びてうちわなゝき、「たすけよ〳〵」と言ひしが、遂にその夜のうちに狂ひ死にをぞしたりける。悪の報ひの恐しき事かくのごとし。

お初が腰元藻の花が死霊、泥九郎を悩ます。

「ヱヽ恨めしや、腹立ちや、ともに冥途へ連れ行かん。物の報ひのある事を思ひ知らせん、来れや来れ」

○さて又天竺徳兵衛は、味方を集めんため、武者修行と言ひなして、諸国を巡りけるが、播磨の国にて或る夜行きくれて古社に一宿したりしが、此社に安置したる金神[二]・十二将神[三]の類、鉾を振り矢を放ちて、天竺を追ひ出し給ひけるが、神〴〵に対しては、

一 →三七六頁注三。

二 陰陽道の祭神。金気の精で、殺戮を好む神として恐れられる。

三 十二神将。薬師如来の眷属で、薬師の名号を保持し衆生を守護する十二の神。昼夜十二時の護法神として十二支をこれらに配することも行われた。

蝦蟇の仙術行はれず、命から〴〵逃げ去りけるとかや。

(三五) 第六回

よみはじめ　こゝに又豊後の国菊池判官の館の物好き風雅にて、奥庭の遣水[四]に井手[五]を移せし山吹の今を盛りに咲きみだれ、眺めにあかぬ景色なり。

時に天竺徳兵衛は蝦蟇の仙術をもつて味方の者を蛙の姿になして後に従へ、此庭伝ひに忍び入り声をひそめて言ひけるは、

「我此館へ忍び入りしは、此館の主菊池判官を味方につけんそのためなり。もし又得心なき時は、即座に打つて捨てる料簡[六]、さりながら、心にくきは此館の家臣尾形十郎真清なり。もし異変もあらばかねての合図、合点か。まづそれまではしのべ〳〵」

と言ひければ、従ふ蛙は遣水へ皆飛び入りて影もなし。後に残るは天竺一人、すつくと立つ

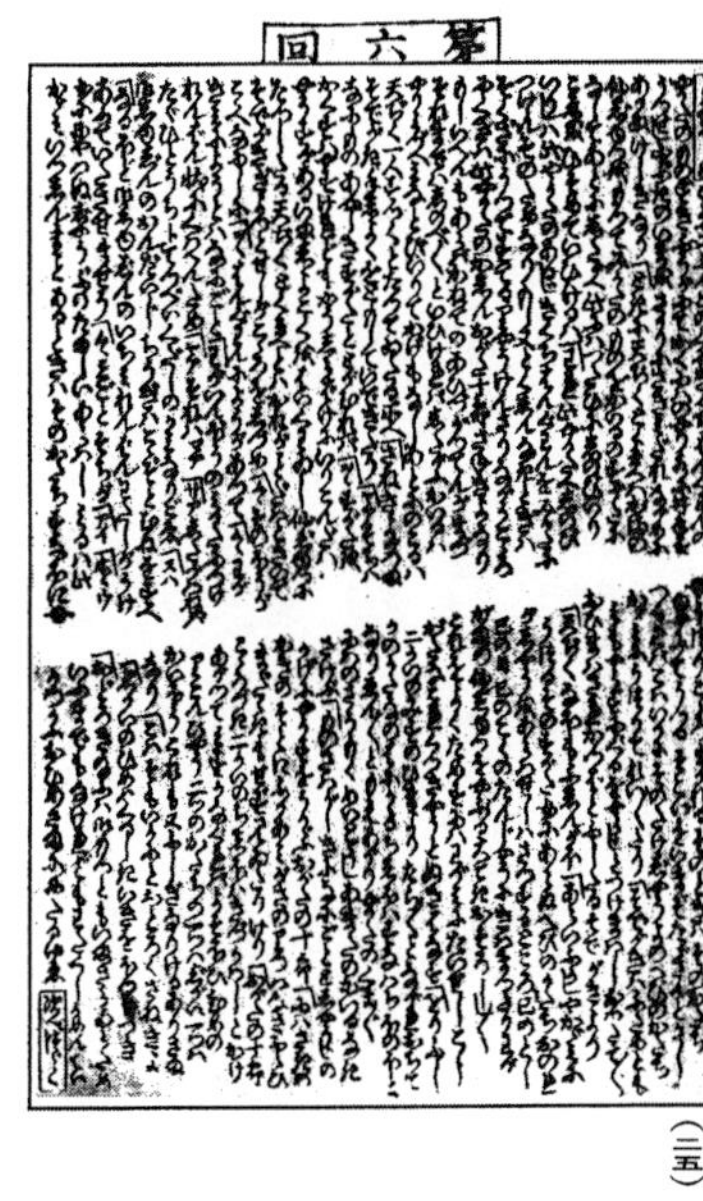

(三五)

四 寝殿造の庭園などにしつらえた小川。
五 川をせき止めてあるところ。
六 思案。

絵(三四)　藻の花の怨霊は泥九郎の家に取り憑き、「うらめしや」の声とともに藻の花の姿がすくりと浮ぶ。この詞書は、上田秋成作「雨月物語」の「吉備津の釜」の磯良の亡霊が正太郎を殺すところの描写を利用している。画面一杯に描かれた、浮び上がった藻の花の半身は、歌舞伎の怨霊事の幽霊を一層迫力あるものにしており、これまた歌舞伎を越えた合巻の絵の特色である。

(三五)　ここは(一)と同様に詞書だけであるが、最終回であり、絵と合わせる都合から詞書だけで埋めたのではないと思う。詞書では、袖垣が手燭の明かりで徳兵衛を見とがめたところ、これに答えて徳兵衛が名乗ることになっている。ここを読んで次の絵(三六)を見ると、詞書の一部分を絵にしただけではないことがわかる。絵（三六）の注も参照。

てゐたる所へ、真清が妻袖垣手燭をともして出で来り、

「ヤアそちは何物、怪しき姿」

ととがむれば、

「ヲヽ姿を隠すは易けれども、かう[一]しらばけに入りこんだは様子がある。今諸国を徘徊し、仙術に達したる天竺徳兵衛とはおれが事だは」

と聞いて袖垣ぎよつとせしが、心を静め、

「ムヽ其方がこゝへ何しに」

「ヲヽ判官に用があつて」

「ムヽわが君に用とは何事」

「わが陰謀の味方につけ、[二]連判状に加へんため」

「ヤアそれはマア」

「サア従はねばたゞひと討ち」

ト[三]てつぺい下しの雷声、

「スハ御主人の御大事、忠義はこゝぞ」

と胸を据へ、

「なるほど御主人の[四]一味連判、私が請け合ふていたさせませう」

一 あからさま。「しらばけ　戯言也」(俚言集覧)。
二 同志の人々が署名を連ね、印を押して行動をともにする誓いの証状。
三 がみがみ言う。頭ごなしに言う。
四 同志の人々に加わるため署名をすること。

「ムヽ見事、そちが」

「アイ」

「ホヽウ女に似やはぬ丈夫の魂表し見るは此鏡、一心真事ある時はその形素直に映り、心曲れるその時はその形ゆがみて映る、[五]底意を今ぞ正さん」

とさしつくれば、こは如何に、そのたけ丈余の蛇の形鏡に映りて麗〳〵たり。袖垣は二目とも見もやらず逃ぐるをやらじとつけ廻し、おつたて〳〵追ひまはされ、かつぱと伏したる袖垣より天竺なほも不審顔、

「あらいぶかしや、鏡に映るその姿、女にあらぬ蛇の形、おのれが性をあらはせしは、察するところ巳の年巳の日巳の刻の誕生に極まつたり。我が[六]蝦蟇の仙術を破る大敵恐しし〳〵。これをよく試すには我が身に帯せし腰刀、これ屈強」

と抜き放す。折ふし二階の御簾の隙より、たら〳〵と流れ落ちてかの刀の刃にかゝる血潮[七]はすなはち焔となり、炎〳〵と燃え上り、館の隈〴〵庭の草木鳴動し、あまたの蛙鳴き叫ぶ。物さはがしきに「何事」と、障子の影に様子を窺ふ尾形の十郎。庭先の垣の外に[八]深編笠の立派な侍、まだゝきもせず見ゐたりけり。尾形の十郎心づき、「二階の血潮は気づかはし」と駆け上つて、御簾かなぐれば、[九]粧姫の離魂病、二つの形の一つは自害、一つは介抱、これも又不思議なりける有様なり。「こはそもいかに」と驚く真清、

五 内心。本心。

六 関尹子・三極に、蛇はなめくじを恐れ、なめくじは蛙を恐れ、蛙は蛇を恐れるとあり、ここからこの三者が集まると互いに恐れて身動きがとれないと言われた。これを三竦みと言う。ここでは、天竺徳兵衛の蝦蟇の術が、巳年巳日巳刻に生れた、蛇に縁のある女性によって破られてしまうことを示している。

七 そのまま。

八 顔を隠すように作った編笠。虚無僧などが人目を避けるために用いた。

九 →三八一頁注一〇。

自害の姫は苦しき息をほつとつき、
「驚き給ふは御もつとも、今さら改め言ふまでもなけれども、私が面体格好お姫様に似たるゆゑ、［次へつゞく］

（二六）［前のつゞき］　姫と同じ姿に作り離魂病と言ひなせしは御主人密〳〵[一]の御頼み、お前方御夫婦もかねて御存知、私はもと丹波の国の山がつ[二]柴作といふものの娘なりしが、十四のとき父とともに村雲山へ柴刈りに行き、天竺徳兵衛に父を討たれ、私は谷川に落ち入りて、不思議に命助かり、御縁あつて此御館へ水仕奉公[三]、段〳〵とお取り上げあそばして夕浪と名を下され、玉垂れ[四]深き宮仕え、恐れ多くもお姫様と髪の飾り衣裳まで同じ姿に作りなし、起き伏しまでも同じやうにいたせしは、一家中の人〴〵にまでまことの離魂病と思はせんため。今聞けば、それなるは天竺徳兵衛、袖垣様を巳の年の生れとさとつて恐るゝ様子、又袖垣様は自害して血を落し、天竺が仙術を破らんと思し召す様子なり。幸ひ私巳の年巳の日巳の刻の生れ故、袖垣様になり替り、かく自害して血潮を彼が刀に注ぎ、彼が仙術をくじきたるは、一つには御主人判官様の御身にさし当つたる御難を救ひ、二つには父柴作が敵なる彼を滅ぼし、仇を報はんためなり」
と息もたゆげに物語れば、粧姫は泣き悲しみ、袖垣もろとも抱きかゝへ、尾形十郎真清も、その忠孝を感歎し涙に袖をしぼりけり。

一　内緒。
二　木こり。
三　台所仕事のための奉公。
四　玉簾。美しい簾。また、簾の美称。

絵（二六）　この絵は徳兵衛の強盗提灯の光に浮び上がったのが手燭を持った袖垣という構図で、まさに演劇的な絵画効果を狙ったと言えるだろう。しかしそれは歌舞伎の舞台を彷彿とさせるという意味ではない。歌舞伎舞台を写すのは次の絵（二七）がそれに近い。ここでは三代目尾上菊五郎の天竺徳兵衛が前からお定まりの大百日鬘に籠手・臑当の付いた鎖帷子に黒装束、袖口・裾からは唐草文の小袖が覗き、波切丸一本をぶち込んでキッと束に立った見得で睨む。その姿は歌舞伎の実悪そのままであり、

（二六）

さきほどより垣の外にたゝずみたる侍、笠を取つて内に入り、

「ヤア〳〵尾形十郎、われ先だつて使者に来り、様子を見たる離魂病、天竺が仙術の業ならんと思ひの外、腰元を作り立て、姫を離魂病と偽り、嫁入りの輿入れを延ばせしは、和睦の誓を破り、足利義教公の厳命を背く所存に極まつたり。かく言ふ粂野平内兵衛、天竺徳兵衛がありかを尋ねんため、難波を立つて当国に下り、かく編笠に顔を隠し、此奥庭にたゝずみしは、判官主従底意を採らんそのためなり」

徳兵衛の周囲を他の場面よりやや大きく白く抜いているのも、菊五郎の迫力を見せようとしたもの。しかし光線に浮び出た袖垣とその周囲の描写は写実的である。錦絵ならば色調の濃淡で光の方向を鮮明にできるが、墨刷りではそれができないので、詞書の配置によって光線を見せている。この方法はここが初めてではないが、見事な工夫である。袖垣の周囲の山吹は、右下の山吹と対応し、これに添えた遣水もうまい配置である。その下に控える蝦蟇は、歌舞伎に登場する蝦蟇でもなく、もちろん現実の大きさの蝦蟇でもない。とするとこは、歌舞伎的なものと、写実的なものと、写実でも非写実でもないものと組み合わせた、まさに草双紙独特の筆法と構成と言うことができる。

草双紙（合巻）の絵は、いわゆる挿絵といった単純なものではなく、また歌舞伎舞台を紙上に写して歌舞伎役者に思い入れて描いているだけのものでもないと思う。もちろんそのような場面も多いが、歌舞伎では作り物になってしまうところを、絵独自の工夫によって、詞書と、時に対応し、時にずらせ、場合によってはやや齟齬させながらさまざまに変化させて、読みながら浮ぶイメージの世界と、画面の写実非写実の空間と、その役者と舞台のイメージとを重ね合わせて行く、独特の映像空間を構築しているのである。

と言へば、尾形十郎言ひけるは、

「珍しや平内兵衛、その疑ひはこつちも同然。和睦の印に渡すべき波切丸の刀紛失とは合点ゆかず。姫を迎へて人質とし和睦を変ずる底心と疑ひし故、離魂病と偽りて、姫の輿入れをひかへたれど、波切丸も満月の鏡も天竺が業といふこと、今明らかに知れたれば、互の疑ひも」

「ヲヽそう聞けば晴れ申した」

と両人まことを明かしやい、袖垣もろとも天竺を取り囲めば、仙術くじけ、しばらく悶絶してゐたる天竺徳兵衛、起き上りて歯がみをなし、

「さては小事[一]より大事を過ちしか、残念や。足利義教を滅ぼさんと深く企みし陰謀も、神変不思議の仙術も、こゝに至つて滅するか、ヱヽ口惜しや無念や」

と怒りの面色眉逆立ち、荒れに荒れたる折しもあれ、陣鐘太鼓[二]を打ち鳴らし、大苫さが次郎、天満由利右衛門を従へて入来れば、かなたの御簾を巻き上げて、次へつゞく

（二七）まへのつゞき 菊池判官威儀[三]厳重に控へたり。さが次郎は大音あげ、
「ヤア〳〵天竺徳兵衛、もはや逃るゝ所なし、疾く〳〵汝が本名名乗り、汝が帯せし波切丸、奪ひ取つたる満月の鏡二品をこつちへ渡せ」

と呼はつたり。天竺はあざ笑ひ、

一 ささいな事。
二 陣中で軍勢の進退などを合図するために打ち鳴らした銅鑼・半鐘や太鼓。
三 作法に叶った重々しい動作。威厳のある様子。
四 隠す。
五 令制の男子の朝服。大小の公事の際着る。
六 手全体を覆う甲冑に属する小道具。
七 臑を包み覆う武装のための小道具。

絵（二七） 菊池判官「館」の場。ここは詞書を読まずとも場面のすべてが絵でわかる歌舞伎舞台そのままの構図

（二七）

「小賢しやさが次郎、今は何をかつゝむべき。我まことは相模次郎時行、変名は雷冠者が一子大日丸宗門といふものなり。たとへ仙術はくじけても、剣術手練の生死の一戦、うぬらは残らずなで斬りだ。観念せよ」

と呼はつて諸肌をおし脱げば、下には束帯・籠手・臑当、しばらく挑み戦ひしが、庭前の遣水より、以前の蛙飛び出で味方の武者と姿を現し、次へつゞく

尾形十郎真清様子を窺ふ 袖垣が姿を満月の鏡に映すに、大蛇の影うつる。

で、画工も舞台であることを見せている。左下の粂野平内兵衛が内の様子を窺う枝折戸の柱の根元は、舞台の大道具の置物であることを示している。また、枝折戸の右の袖垣がない。平内兵衛は坂東三津五郎の花かつみ文の野袴に梅花繋ぎの羽織。その上の勾欄の中にいる二人の粧姫の一人は喉を懐剣で突き、その血は流れて天竺徳兵衛の波切丸にかかる。手に持つ満月の鏡には蛇が映っている。驚く袖垣。物音いぶかしと上の連子(狐)格子の腰高障子を開ける尾形真清の衣装は前出の大苫さが次郎と同じで、小袖は雲形文、袴は流れ卍に丸文。詞書では、真清はこの後二階へ駆け上がって、御簾を上げて姫の有り様を見る、ということになるが、舞台ではこうはできないので、絵のとおりとなるのであろう。右上の障子の腰張りの文様は絵(九)の瓦灯口の一部がわずかに見えるので、ここは絵(九)の舞台を大きく右に動かし、左からこの舞台が廻って来たことを見せている。異時同図法と言えなくもないが、むしろ再び菊池判官「館」の場ということになる。左下の蝦蟇は、詞書では、遣水から飛び出して武者と替わって徳兵衛と戦うところであるが、ここでは小道具の置物らしくなっている。これは、絵(三六)で大きく出しており、舞台ではこの程度のご愛嬌にしておくということか。

(三八)

波切丸の刀に血潮を汚せば、焰もえ、蛙鳴く。

(三八) まへのつゞき　大日丸を救はんと諸共に戦ひしが、さが次郎が家来ども、雀踊りにいでたちておつ取り巻き、手下を残らず討ち取つて、さしもに猛き大日丸も運命尽きて討たれにけり。

時に尾形十郎、腰元夕浪が忠孝を哀れみ、彼が自害せし短刀にて天竺が首を搔きければ、粂野平内、彼が腰に帯びたる波切丸の刀と満月の鏡を取つてさが次郎に奉り、大日丸が首をたづさへつき添へば、判官とさが次郎は、舅と婿の礼を述べ、此日

一 編笠と雀模様の着物姿で踊る奴踊り。江戸期祭礼の練物として始まり、歌舞伎にもその趣向が取り入れられた。

二 施餓鬼会(え)の略。餓鬼道に落ちて苦しむ亡者のために食物を施して供養する法会。

絵(三八)　羅紋透垣の下の御簾は降ろされ、勾欄が墨摺りではあるが赤に彩色されているように塗りつぶされ、前境目には白線が入れられている。前図(三七)より一層歌舞伎舞台らしく描かれ、天竺徳兵衛一人が悪人の最期らしく戦うという構図である。徳兵

は別れを告げて帰りけり。

○かくて大日丸が首を滝川佐門之進に贈り、刀と鏡を取り返したることを詳しく語れば、佐門之進は大に喜び、さつそく此事を義教公へ訴へければ、「大日丸を討ち取りしは抜群の手柄なり」と御賞美あり、「いよ〳〵判官と縁を結ぶべし」との厳命ゆゑ、吉日を選び約束のごとく、波切丸を菊池判官へ贈りて和睦の印とし、判官の方よりは粧姫の輿入ありて婚姻の儀式相済み、両家むつましく、万ゝ歳とぞ栄えけり。

○粂野平内兵衛、尾形十郎夫婦が忠義を賞じて恩賞ありしことなど、詳しく記すに紙の余りなければこれを略せり。

大苫さが次郎

(三九) ○さてまた義教公、菊池判官と大苫さが次郎に命じ給へば、両人丹波の村雲山に分け登り、藻屑閑道人ヘマムシ入道を討ち滅ぼす。入道大蝦蟇と化して両人を食ひ殺さんとせしが、命数尽きて、蝦蟇の仙術破れ両人に討たれ、その怨恨石となる。丹波の蝦蟇石といふはこれなりとぞ。

○よく〳〵正せば、お初が腰元藻の花は、幼き時別れたる野晒悟介が妹なり。お初はこれを聞いてます〳〵悲しみ不便に思ひ、徳兵衛に告げてあまたの僧を供養して大施餓鬼をなしけるに、お初が夢に藻の花髄に乗り光明を発して西の方へ行くと見たり。こ

衛の髪型は「王子」か「ざんばら」で、刀と鏡を持つのは前場面と同様である。雀踊りの笠を被り、袖口に雁木模様のついた半纏を着た捕り手が、上に二人(足元に一人)、下に五人、徳兵衛を囲む。捕り手の動きはすべて歌舞伎の型になっている。捕り手たちが化粧声(一斉に「アーリャコーリャ」と言う)を掛けるところであろう。右の粂野平内兵衛の髪型ははっきりしないが、「ひっし」と言うのであろうか。四つ菱繋ぎの大柄などてらの両肩を脱いで、飾り太刀を差し、下から「まわし」の端がわずかに見える。後ろの粧姫は薙刀の柄のところを持つ。その左の菊池判官は素襖姿で、ここで初めて顔を出している。左の尾形真清は平内兵衛と同じ髪型で、これもやはり花模様のどてらの両肩を外し、平内兵衛より大きな飾り太刀を持つ。その左の妻袖垣は薙刀を持ち、襷掛けで、裾に観世水の文様が見える。下の四天は、背中に大きな釘抜き文を見せている。その下帯の前垂れの裾には鈴がつけてある。左下の大苫さが次郎は鎧姿に亀甲繋ぎの陣羽織で、右手に采配を持つ。槍を立てて控える天満由利右衛門は鎖帷子に籠手・臑当、毘沙門亀甲が見える。争うのは徳兵衛と捕り手だけで、他は刀も抜かずに見得の構えだけである。これも舞台をできるだけそのまま写そうとしたからであろう。蝦蟇はもはやいない。

(二九)

れ成仏の印なるべし。

○粧姫は腰元夕浪が菩提のために、石にて女の立姿を二つ作りて離魂病の形を表し、その下に経文を埋めて供養す。この二つの石を、「京の女郎、田舎の女郎と名づけて今にあり」と言へり。

されば悪人は天罰によってこと〴〵く亡び、善人一度難に会ふといへども遂に天の憐れみによって鏡の曇りを晴らし、再び出世をす。露ばかりも悪しき道に赴くことなかれ。子どもしゅ合点か〳〵。

大苫さが次郎

一 京伝没後一年の文化十四年(一八一七)の広告に「奇応丸」(一粒十二文)がある。

二 約束。

三 寛政五年(一七九三)三十三歳の秋に店を持つ。父伝左衛門が店を支配し、京伝は煙草入の意匠や型の工夫をした(伊波伝毛乃記)。作品中しばしば自店の宣伝をしている。一時はその広告文により京伝の煙草入は人気を博した。のち、享和二年(一八〇二)春に読書丸、同三年に小児無病丸を出す。

絵(二九) 大詰の場。詞書には天竺徳兵衛の最期やそれぞれの人物の成行きや落着くところを記すが、ここには善人すべてを登場させる。雲立涌文の長裃の滝川佐門之進に鏡を捧げる粧姫(詞書にはない)を見せ、その左に実直忠義一途の天満由利右衛門、上には妖気を放つ大蝦蟇を取り囲む四人を描く。右の平尾屋徳兵衛は羽織袴の町人らしい身づくろい。晴れて一緒になるお初はまだ娘の衣装で、絣に菊模様の振袖、帯も後ろに結んでいる(絵(一九)の野晒悟助の女房お露を参照)。後ろには息子を間に、松本幸四郎の似顔の野晒悟助夫婦がいる。その後ろに、夫婦の娘とかまわぬの判字兵衛が控える。上右の菊

京伝店

大極上品 奇応丸 一りう十二文　大人小児万病に良し。大極上の薬種を使ひ、家伝の加味ありて、常のきおう丸とは別なり。故に価も常に倍せり。糊なし熊の胃ばかりにて丸す。御試みの御方多く、追ひ〳〵遠国まで広まり候間、別して薬種を選び申候。

全六冊大尾

(三〇)　さて又天満由利右衛門は、野晒悟助が忠義によつて娘お初が身の上恙なく済みたるを喜びけれども、粂野平内兵衛が手前を遠慮し、お初をば野晒が方へ遣はし、別に美人を選びて養女となし、平内兵衛方へ送りて縁者のちなみを結びぬ。[二]

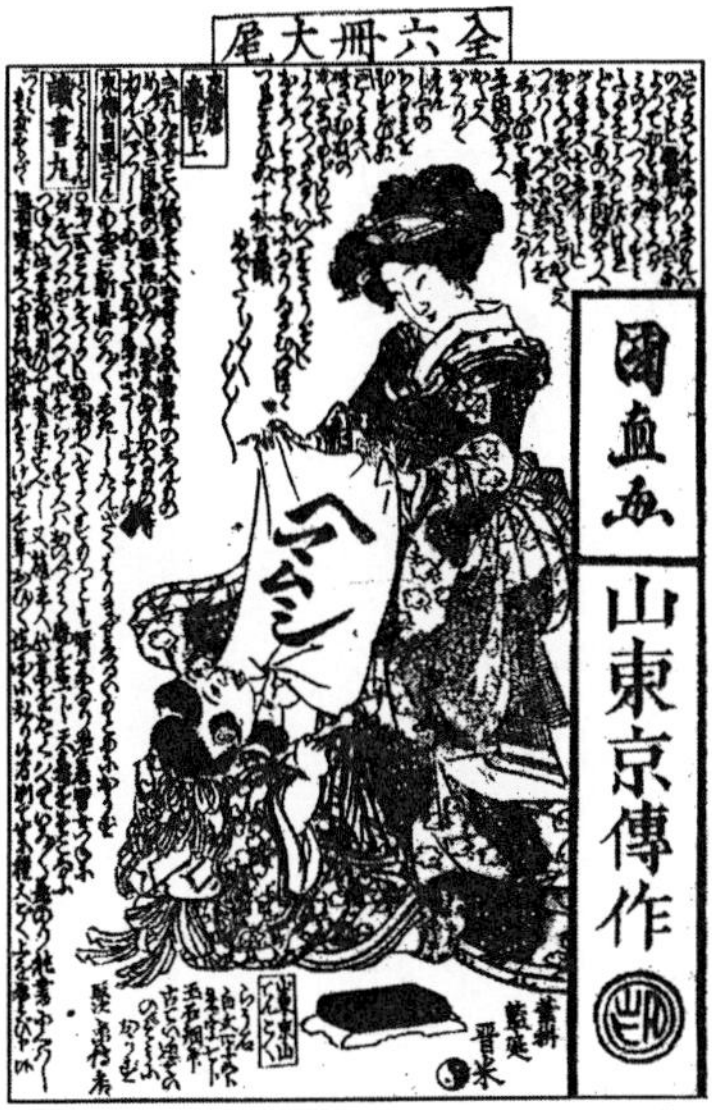

徳兵衛は正宗の刀戻りしによつて、恙なく家を相続し、お初と夫婦になり、仲むつまじく連れ添ひぬ。千秋万歳　めでたし〳〵〳〵〳〵〳〵。

[三] 京伝店商物口上　布

(三〇)

池判官は、ここでは鎧の銅を着込み松明を差し出しているが、髷は左の大苫さが次郎のものとともに画線の上に出ている。これは、蝦蟇の目とともに、場面を広く立体的に見せようとしてのことである。

絵(三〇)　最後の一葉は、主題でありまた表紙に描かれたヘマムシ入道を唐子髷の子供に書かせ、これまた表紙の娘姿の二代目沢村田之助に持たせている。これは「子どもしゆ合点か〳〵」に応じた絵であろう。なおこの娘姿を沢村田之助と見るにはやや無理もあろうが、衣装に千鳥の文様が入っており、これが表紙の雪輪に千鳥とも合い、また沢村家の替文が「波の千鳥」ゆえに、こう見たい。衣装が全く同じでは芸がないので、最後は一層華やかに、千鳥に麻の葉の鹿の子絞りをあしらい、帯は千鳥に縁のある網代格子を入れて飾ったのだと思う。子供の肩上げをした着物は桜の花の文様で、袖のところに亀甲文も見える。下に硯を置いたのも、当然ながら細かいところである。

「ヘマムシ入道昔話」は文化末年の作品で、本巻所載の他の合巻二作が文政年間の作品であるため、絵組の様式がかなり異なっている。加えて曲亭馬琴とはまた異なった凝り性の山東京伝ゆえ、個性的な趣向で多彩な変化のある場面を重ねて読者を楽しませている。合巻の挿絵の一典型が示されていると考えたい。

煙草入・紙煙草入・煙管類、当年の新物珍しき風流の雅品いろ〳〵出来。縫ひ、金物等念入、別して改め下直にさし上げ申候。

京伝自画さん　「扇新図いろ〳〵、色紙短冊張りまぜ絵類、求めに応ず。

読書丸　一つゝみ壱両五分づゝ　○第一気根を強くし、物覚へをよくす。もつとも腎薬なり。老若男女常に身を使はず、かへつて心を労す人は、自づから病を生じ天寿を損ふ。常に此薬を用ひて養生すべし。又旅立人此薬を貯へていろ〳〵益あり。能書に詳し。暑寒前に用れば外邪を受けず。近年追ひ〳〵諸国に弘り候間、別て薬種大極上をゑらび申候。

山東京山てんこく　らう石　白文一字五分　朱字七分

玉石銅印、古体近体望みに応ず。取次　京伝店

国直画　山東京伝作 印

筆耕　藍庭晋米 印

一 安価で。二 文化三年(一八〇六)頃に「京伝自画賛の煙草入」の広告がある。また自画賛の扇子を「雪香扇」と称して売っていた。三 根気。四 精力増進の薬。合巻「安積沼後日仇討」(文化四年刊)に読書丸の効能として腎薬である旨記す。五 篆刻。木・石などの材料に多くは篆書で印を彫ること。印刻。六 蠟石。印材、石筆などに用いる。七 白色顔料で書いた字。八「古体」は本来古詩のことを言うが、ここでは古い書(字)体、「近体」は新しい書(字)体のことであろう。九 →三八九頁注六。一〇 →三八九頁注七。

表紙(扉写真)　ヘマムシ入道とは一筆書きの遊びで近世初期からあった。それの昔話と言うからには、読者は何を連想しただろうか。この言葉だけからなら、子供向きの話に多少手を加えたものとしか考えられない。ところが表紙は大人好みでもあり、右(上編)には、二代目尾上松助、後の三代目尾上菊五郎(七代目市川団十郎と満都の人気を二分し、時に団十郎を上回ったと言われる)が「えんで」俗に「えんでん」という髪型で、印を結んで立つ。足元には大蝦蟇が蹲り、姫姿の女性の打掛の裾に足を掛けている。長裃の文様は特異な形の花丸文、小袖は卍繋ぎ、見据える眼下の姫役の似顔は二代目沢村田之助。京都生れ、三代目沢村宗十郎の

三男。大坂の舞台にも立ち、六歳から江戸との間を往復し、二十二歳で三度江戸へ出た。本書刊行の文化十年の七月十五日中村座狂言「短夜仇散書」では尾上松助と組んだおその六三が大当りで、他の狂言を降ろしてこれのみを上演するという当り方であった。言わば人気絶頂の女形。衣装は鹿の子絞りの入った雪輪に千鳥。まさに東男に京女の見立てでもある。左はご存じ眼千両の五代目岩井半四郎。江戸歌舞伎を代表する名優の一人。当時の錦絵に描かれたのも彼が一番多いかもしれない。田之助とは対照的に粋に手拭を肩に掛けて角樽を持ち、大柄の釘抜き文の繋ぎか、小袖をやや襟元を抜いて着たのも、伝法らしい町女房の仕立て。これに向き合う三代目坂東三津五郎の端正な風貌は捌き役の実事師として髪型も生締。ただおかしいのは蔦模様の裃姿に幸菱文の小袖で、七輪に平鍋を乗せ、向う鉢巻で渋団扇を持っていることである。横に酒を暖めるちろりを置く。半四郎や田之助と好対照で、三津五郎さん伝法な女房の寝酒の仕度か。上編・下編のそれぞれ左上は、近世初期の芝居絵で、上編は朝比奈、下編は金平で、歌舞伎絵の変遷を見る思いである。金平の豆まきに対して、三津五郎が「鬼」の字の入った団扇を持つ。豊国・国直師弟の合作の工夫と、合巻の表紙を見る楽しさを味わせる趣向である。

童蒙話赤本事始（わらべばなしあかほんじし）

小池正胤　校注

底本　向井信夫氏蔵本。ほかに国立国会図書館蔵本、東洋文庫岩崎文庫蔵本などを参照した。　**形態**　合巻上・中・下三編六巻、三十丁。　**作者**　曲亭馬琴。　**画工**　歌川国貞。　**刊年**　文政七年(一八二四)。　**版元**　錦森堂森屋治兵衛。

武蔵国渋谷の郷士福富長者の家から、財宝の柿実形の硯が盗まれる。下総葛飾郡船橋の正直正六・すなほ夫婦は、洪水で拾った幼子を、阿狗と名付けて一子卯佐吉と共に育てる。洪水で木の上に避難した芦辺蟹次郎は、持っていた握り飯を木伝猿九郎の柿実形の硯と取り替える。正六家族は佐倉の花咲村へ移る。慳貪慳兵衛とまが田夫婦の子たぬ吉は、阿狗に恋を仕掛けるが逃げられ、阿狗の落とした煙草の吸い殻が薪木に燃え移り大火傷を負う。怒るまが田に正六は金三両を渡しその場を治める。卯佐吉は福富長者のもとへ徒弟奉公に出る。たぬ吉は正六の酒を買いに出た阿狗に言い寄り、誤って刺殺する。卯佐吉は、阿狗の墓に生えた回春草で福富長者の娘雀姫の病を治す。たぬ吉は阿狗の墓に行ったが、欲の目には回春草は見えず、正六宅に盗み入るが誤って井戸に落ち、縛られて梁に釣り上げられる。正六の留守の隙にすなほはたぬ吉の縄を解くが、たぬ吉はすなほを杵で打ち殺し逃亡する。正六は阿狗の墓下から念仏の声を聞き、帰宅してすなほの亡骸に憤り嘆く。卯佐吉は、正六とともに敵討ちに出立する。慳貪夫婦は正六親子の闇討ちに失敗、逃亡する。雀姫の婿探しのための宝合で蟹次郎の出した硯は長者宅からの盗品で、帰路蟹次郎は猿九郎に硯を奪われる。長者は談判のため猿九郎宅を訪れるが囚われる。長者の家来玉五郎と臼五郎は、雀姫を駕籠ごと猿九郎・まが田に盗まれる。まが田は雀姫を脅し、誤って姫の口を刺す。まが田もまた駆けつけた卯佐吉に斬られる。まが田は、刺したのはわが娘阿狗、観音菩薩の身代りにより存命であったことを語る。阿狗は間もなく息を吹き返す。まが田の傷は正六がくれた回春草によって癒え、慳兵衛は改心する。たぬ吉と卯佐吉が土船の上で争う所に正六らが駆けつけ、すなほもまた回春草によって蘇生したことを語る。これら観音の利生にたぬ吉・猿九郎は改心し、卯佐吉と雀姫、阿狗と蟹次郎は結ばれ、長者は百歳の齢を保った。

なお巻末解説「読切合巻」中の「作品解説」を参照。

曲亭馬琴戯編　上編

童蒙話赤本事始（わらべはなしあかほんじし）
ぜんほんろくさつがふくわん

五渡亭国貞画[一]　森治版[二]

一 三代目歌川豊国。天明六年（一七八六）―元治元年（一八六四）。角田氏、俗称庄蔵（後に肖蔵）。「五渡亭」の称は、住まいが本所の五の橋のほとりにあったためとも、父が五の橋の株を持っていたためとも言われる。浮世絵師の中でも最多の作品を手掛けた。

二 寛政（一七八九―一八〇一）から明治にかけて江戸馬喰町二丁目にあった地本草紙問屋。「森屋治（次）兵衛。錦森堂。土屋氏。江戸馬喰町二丁目南側中程七兵衛店。合巻のほか豊国・国貞・広重・国安・二代広重らの版画が多い」（近世出版版元総覧）。

表紙裏　作者・絵師・外題・版元を記し、外題は篆刻風に白抜きで記す。

　表紙の絵については五一九頁、中編・下編の表紙裏については五二〇頁に記す。

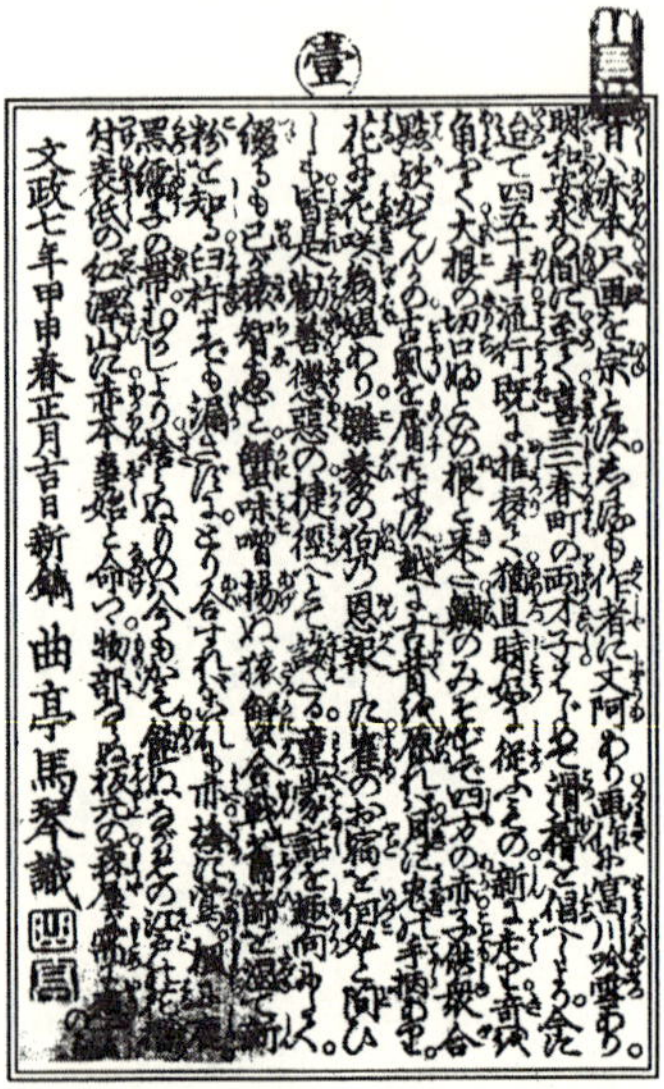

壹

昔は赤本、只画を宗とす。しかるも作者に丈阿[一]あり。画作に富川吟雪[二]あり。明和・安永の間に至て、喜三二[三]・春町[四]の両才子、はじめて滑稽[五]を倡へしより、今に迨て四五十年、流行既に推移て、猶且時好に従ふもの、新に走り、奇を角ふて、大根の切口[六]ふといの根と来た、鯛のみそず[七]で四方の赤[八]、子供衆合点[九]敷がてんかの、古風を屑共せず、越に古昔を原れば、月に兎[一〇]の手柄あり、花に花咲翁媼[一一]あり。雛養[一二]の狗の恩報しに、雀[一三]のお宿を何処と問ひしも、皆是勧善懲悪[一四]の捷径へとて誨たる、童蒙話を趣向にして、綴るも己が猿智恵[一五]と、蟹[一六]味噌揚ぬ猿蟹合戦、旧篩[一七]を温て新粉を知る、臼杵[一八]までも漏さずに、とり合すればこれも亦、梅[一九]に鶯、楓[二〇]に鹿、黒繻子[二一]の帯、むかしより、捨らぬものは今もかも、飽ぬながめの江戸の花、摺付表紙[二二]の紅沢山[二三]に、赤本事始と命つゝ、物部[二四]ならぬ

一「今より百年ばかり已前の赤本に、この作者の名号あるものあり。大抵享保の季より宝暦までの人とおぼし。何人なるや詳ならず」(近世物之本江戸作者部類)。　二 生没年未詳。「この吟雪も画工にて作者を兼たり。当時自画作の赤本あり。但し清春より少し後れて出たる歟。宝暦の比、この人の画のくさざうし多かりき」(近世物之本江戸作者部類)。　三 朋誠堂喜三二。享保二十年(一七三五)―文化十年(一八一三)。恋川春町とともに安永・天明期(一七七二―八九)を代表する黄表紙作者。「安永の初の比より初てくさざうしに滑稽を尽して大に行はる」(近世物之本江戸作者部類)。　四 恋川春町。延享元年(一七四四)―寛政元年(一七八九)。「金々先生栄花夢」(安永二年〔一七七三〕刊)は黄表紙の先鞭をつける。後の山東京伝・芝全交らにも影響を与える。「安永中喜三二と倶にくさざうしの作に滑稽をはじめて赤本の面目を改めたり」(近世物之本江戸作者部類)。　五 ばかばかしくおかしいことばや言い方。諧謔。おどけ。　六 恋川春町作の黄表紙「辞闘戦新根」(安永七年刊、二冊)の「大木の切口ふといの根」を踏まえたもの。安永年間に江戸市中で流行し、また草双紙にも地口や洒落言葉として盛んに使われた。ふとい、ずうずうしい、の意。　七「辞闘戦新根」に見える、当時の江戸の流行語。鯛の味噌汁のことで、一杯飲むの意。

板元(はんもと)の、森屋(もりや)[二五]が需(もとめ)に応(おう)ずるのみ。

文政七年甲申春正月吉日新鐫　　曲亭馬琴識[二六]印印

八 当時江戸の流行語。「四方の赤ら」の略。酒店の四方で売った「四方の滝水」の略で、飲むの意。 九 子供さんたち、おわかりになったか。

一〇 取合せのよいもの。「月海上に浮かんでは、兎も波を走るか」(謡曲「竹生島」)。 一一 取合せのよいもの。 一二 本書の趣向となる「花咲爺」を匂わせる。 一三 子犬の時から飼い育てた犬の恩返し。 一四 本書の趣向となる「舌切雀」を匂わせる。 一五 善行を賞し勧め、悪行を戒め懲らすこと。

一六 浅はかで愚かな知恵。 一七「蟹味噌」に、手前味噌を並べるの意の諺「味噌を揚げる」をかけたもの。前項の猿とここでの蟹で、「猿蟹合戦」の話をほのめかす。 一八 諺「故きを温ねて新しきを知る」のもじり。「新粉」は米の粉。「篩(ふるい)」と「古い」をかけた。 一九 いろいろなことを取り合わせて。新粉の縁にかけた。

二〇 取合せのよいもの。伝統的美の調和の譬え。 二一 同じく取合せのよい伝統的美。 二二 黒色の繻子で仕立てた帯。 二三 表紙をそのまま彩色摺する。文化末年頃から、題簽でなくこういう表紙が現れる。

二四「紅」とは赤本表紙に使われた丹と、また白粉・口紅などのことから、表紙の絵の華やかな女性たちのことを指すか。 二五「物部」に「物述べ」をかける。物部は古代の有力氏族。

二五 →四二九頁注二一。

二六「曲亭」の落款。

家集

一 世(よ)の中(なか)にことなる事は

あらずとも

富(とみ)はたしてん命(いのち)ながくて

二 清原元輔

福富長者(ふくとみちやうじや)　雀部物足(さゝべのものたり)

芦辺蟹二郎(あしべのかにじらう)

長者(ちやうじや)の妻(つま)　村竹(むらたけ)

望月卯左吉(もちづきうさきち)

鼓原田奴吉(つゞみはらたぬきち)

夫木

三 ともすれば泊(とまり)にしづむ

土(つち)ふねの

うきてしかたぞさすが恋(こひ)しき

四 為家郷

一 拾遺集・雑賀。五句「いのちながくは」。この世に特別な事はなくても、「とみはた」という名のごとく、命が長ければ富を果たしてしまうだろう。二 平安期の歌人。延喜八年(九〇八)―永祚二年(九九〇)。三 夫木抄に見えず。四 藤原為家。鎌倉期の歌人。建久九年(一一九八)―建治元年(一二七五)。五 古今集・冬。雪が降ったので木々にすべて花が咲いたようで、どの木が梅だとして折ることができようか。六 平安期の歌人。三十六歌仙の一人。生没年未詳。七 夫木抄・雑。世の中のことを心中会得してみると、山の井に映る月を取ろうとしている猿のようなものだ。八 藤原実定。平安期の歌人。通称後徳大寺左大臣。保延五年(一一三九)―建久二年(一一九一)。

口絵(右の右)　福富長者は和実の役柄で実直な人物を得意とした二代目関三十郎の似顔。手には打出の小槌、着物には分銅の小紋、いずれも富を表す。長者の妻村竹は似顔不明。衣服の文様は上が蜀江錦に亀甲繋ぎ、結び柏など、下は雷文繋ぎ。村竹は珊瑚の島台(婚礼や正月など祝儀事の際に飾る)を持つ。芦辺蟹次郎は当時若立役として活躍していた四代目坂東彦三郎の似顔。手の扇で福富長者が振り出した小判や分銅や七宝を受け、下には小判や七宝が落ちている。着物の紋は鶴の丸、袴は藤の文様か。いずれも歌舞伎の見得の構え。

正直正六(せうぢきせうろく)

古今集

五 雪(ゆき)ふれば木(き)ごとに花(はな)ぞ

さきにける

いづれを梅(うめ)とわきてをらまし

六 紀　友則

拾子(ひらひと)　阿狗(おいぬ)

慳貪老夫(けんどんぢぢ)　慳兵衛(けんべゑ)

夫木鈔

七 世(よ)の中(なか)を思ひしとけば

山(やま)の井(ゐ)の

月(つき)のかげとるましら也けり

八 後徳大寺大臣

木伝猿九郎(こつたひさるくらう)

口絵(右の右)　望月卯左吉は三代目尾上菊五郎の似顔。着物の文様は波。これは月兎(「月海上に浮かんでは兎も波を走るか」〔謡曲・竹生島〕)にちなんだもので、江戸時代この文様は多く使われた。腰蓑と櫂は「かちかち山」の兎が舟を漕ぐのに見立てた。鼓原田奴吉は七代目市川団十郎の似顔。着物は三升格子の文様。手甲・脚絆は蜘蛛絞り。これも歌舞伎のキッと見合って見得を切る見立て。

口絵(左の右)　正直正六は和事を得意とした三代目坂東三津五郎の似顔。梅の小紋の着物に、手には藁の籠を持ち、花咲爺の見立て。着物は梅鉢の小紋、袖の丸い白抜きは白餅(石持(こくもち))紋で、地位は低いが質朴な人柄を表すとされる。阿狗は二代目岩井粂三郎の似顔。着物は海松に貝尽しの文様、帯は麻の葉の絞りか。手には梅の枝を持ち、花が裾にこぼれる。左下の丸い物は塗桶か。着物や布団に入れるために真綿を薄く引き伸ばす道具。当時は各家庭の必需品。

口絵(左の左)　慳貪慳兵衛は三代目中村歌右衛門の似顔(ただし初代市川蝦十郎とみる向きもある)。五徳文の大柄な衣装。豆絞りの手拭を首に巻く。木伝猿九郎は実悪の役柄の五代目松本幸四郎の似顔。猿九郎は悪人大盗などがつける大百日鬘に網帷子を着込み、強盗提灯を左手に持つ。いずれも悪人の相。手に柿と握り飯を持つのは「猿蟹合戦」の見立て。

慳貪老婆（けんどんばば）　枉田（まがた）

夫木
一おもへ只雀（たゞすゞめ）のひなを
かひおきて
そだつる程（ほど）はかなしきものを
二土御門大臣

長者（ちやうじや）の女児（むすめ）　雀媛（すゞひめ）

一夫木抄・雑。思いなさい、雀のひなを飼って育てるうちは愛しいものだということを。二源通親。平安・鎌倉期の歌人。通称土御門内大臣。久安五年（一一四九）—建仁二年（一二〇二）。三源氏物語・桐壺の冒頭を踏まえる。四江戸の西南郊、四谷と目黒の間に挟まれた農山村地帯。本書の「福富長者」は、渋谷にいたという渋谷長者にかけたものか。「渋谷長者の墳墓　同所（笄橋）松前家の第宅の地にあり。…相伝ふ、応安の頃迄此地に富農ありて是を渋谷長者と称せしとなり。今同所百人町の南を長者が丸と唱ふるも其宅地の旧跡なればさはいふとぞ。其長者が子孫近き頃まで幽なる百姓にてありしとなり」（江戸名所図会）。五福富長者の姓「笹部」を「舌切雀」にちなんで変えたか。六領主の頻繁な交代時に父祖の地を固守し、新領主に旧格の特権を認めさせた家。「郷司と書り。庄司の如し。…郷士は大庄屋の類也。今郷士の称あり。郷サムラヒとも云」（俚言集覧）。七御伽草子「福富草紙」の福富長者を踏まえる。本書の趣向「舌切雀」「花咲爺」などの「隣の爺譚」にちなんで出したか。八現在の港区南青山五丁目あたり。「長者が丸むかし此所に渋谷長者と云者住けり。…渋谷の末孫なりといへり」（江戸砂子温故名跡誌）。九柿の種の形。一〇縞状を呈する玉髄。「馬脳（メナウ）…馬瑙（メナウ）」（改正増補多識編）。

（上）

（一）物語ほつたん　昔〳〵、いづれの御時にやありけん、武蔵の国渋谷の里に雀部物足といふ郷士ありけり。その家もとより富み栄へて物一つとして乏しからねば、里人ら敬ひて福富の長者と呼びなし、その居るところ数町の敷地を長者が丸ととなへたり。されば世に得難きの宝物をあまた納め蓄へたる。そが中に柿実形と名付けたる瑪瑙の硯一面あり。人この硯を持つ時は、手跡おのづから上達して、貧しき者も家を興し、色を好めば美人を妻とす。まことに長者が第一の宝物とぞ聞えける。しかるにある夜風雨にまぎれて盗人宝蔵に忍び入り、かの柿実の硯を盗みて跡をくらまし逃げ失せけり。

（二）
（犬）「ウ、わん〳〵〳〵」
（盗人実は猿九郎）「聞及んだるこの硯、うれしや、まんまと

口絵（右）　慳貪婆まが田はあらゆる役柄をこなした三代目中村歌右衛門の似顔。葛籠を背負い、手には鋏を持ち、舌切り雀の悪婆の見立て。長者の女児雀姫は五代目瀬川菊之丞の似顔。鹿の子絞りと雀文様の着物に菊亀甲繋ぎらしい帯、襟元から麻の葉文らしい襦袢が覗いている。雀姫が持つ桶は洗濯に使う糊桶だろうか。長者の娘らしい可憐豪華な衣装。周囲の画線は竹模様で囲み、これも舌切り雀にちなむ。

絵（一）　木伝猿九郎は黒板塀を破って柿実形の硯の箱の紐を口にくわえ、盗み出して来たところ。刀を拭うは人を斬って来た暗示。頬かぶりしてキッと見返る、歌舞伎の束（そく）に立つ（両踵をつけ爪先を開いて立つ）見得。このような場面は当時の歌舞伎ではしばしば見られた。文政六年六月十四日江戸森田座「法懸松成田利剣」では「一面の海鼠壁見越しの松、この前箱ざしの天水桶、…鬼藤太着流し尻からげ大小頬かむりにて立ちかかりいる」とあり、同年九月十一日江戸中村座「御注文高麗屋縞」にも同じような場面がある。ただしこの絵は（三）の猿九郎が握り飯と硯を交換するところに書かれる詞書のごとく一部。この時期の合巻には、まず読者お馴染みの歌舞伎場面を見せてサスペンスをさそい、後ほど説明を、という仕立てが多く見られた。

手に入つた。大願成就かたじけない」

（三）こゝに又、下総の国葛飾郡船橋の里のかたほとりに正直正六といふ者あり。その家貧しかりけれども、心ばへ正直にて露ばかりも偽りかざらず、慈悲善根を旨として人の為にも力を尽し、鳥獣のうへまでも哀れむ心ふかければ、人皆殊勝のことゝして正直の名を負はしたり。げに似たものは夫婦といふ世話には漏れぬ習ひにて、目の寄るところへ玉も寄る、その妻の名をすなほと言へり。二人が中に一人子ありて卯佐吉と名付けつゝ、今年九才になりにけり。かゝればすなほも夫に劣らず、正直にして言葉少く、世帯を守りて悋気せず、人と争ふことなければ、すなほと呼ぶも理なる。只此夫婦のみならで、卯佐吉も亦孝心ふかく世の童と交はりて悪遊びなどすることなければ、知るも知らぬも船橋の三幅対とて褒めぬはなし。しかるにある年秋の頃、近き浦〳〵出水によりて家を流されし者少からずと風聞大かたならざりければ、慾深き里人らは皆流れ木を上げんとてひたすら罵り騒ぎしを、正六は爪はぢきして、「あな浅ましの輩かな。人の憂ひを幸にして後暗き業をするとも、いかばかりの物をや得ん。諭して彼等をとゞめん」とて近き浜辺に立ち出でしに、里人らは、はやそこらに居らず。さすがに本意なき心地して、しばらくそこにたゞずむほどに、妻のすなほは卯佐吉もろ共、「もしや夫の里人と言葉争ひし、もつるゝこともやあらん」と危みて、同じ浜辺に立ち出でて、親子

一 現在の千葉県船橋市。「駅舎なり。…古の神領の地なり」(江戸名所図会)。 二 「慈悲」は仏の心、「善根」はよい結果をまねく行為。情け深い考え方と行為。 三 夫婦は互いに性格や好みが似てくるということ。「似タモノハ鳥 ニタモノハ夫婦共」(諺苑)。 四 世間の言いぐさ。諺。「世話…諺を云」(俚言集覧)。 五 目が動くに従って瞳も動くように、同類は相集まるということ。「目ノヨル所ヘ玉ガヨル」(諺苑)。「目ノ寄所ヘ玉ガ寄」(たとへづくし)。 六 三つそろって一組をなすこと。 七 洪水。中国の民話、槃瓠伝説には、世界の洪水で瓠(ひさご)の中で難を逃れた人の話、海から流れついた犬が王に寵愛される話などがある(松本信広「槃瓠伝説の一資料」)。また一方、船橋大明神旧記には、日本武尊が下総国葛飾郡湊郷に着いた際、海より漂着した船に光り輝く神鏡があったという話、また洪水があり、この地を船橋と改めたという話がある(江戸名所図会にも同話あり)。房総志料には、玉崎明神の縁起として類話を載せる。さらに本書には「花咲村」の地名があることから、ここは花咲爺の昔話も踏まえていると思われる。川上から流れてきた犬を爺が拾いかわいがる。犬は隣の爺に殺されるが、墓から木が生え、臼となり、また灰となって枯れ木に花を咲かせるという花咲爺の話がある(柳田国男『昔話と文学』)。

(三)

三人何心なく沖の方を見渡せば、大きなる盥のうちへ幼な子の乗せられたるが、こなたへ流れ近づきけり。正六・すなほはこれを見て、「不憫や、あれは此頃の出水に家を流せし者の、せめてその子を助けんとて乗せし盥の行方も知れず、流れて沖にたゞよふならん、ともかくもして助けばや」と思へどあたりに舟はなし、「いかにせまし」と見返る傍に、こゝらの者の忘れおきけん[一二]魚扠一本ありければ、「こは[一三]究竟ぞ」と正六は掻い取り早く汀に降り立ち、股まで潮に浸しつゝ、[一四]辛くして件の盥の

赤本「枯木花さかせ親父」(刊年不明)、黄表紙「古昔花咲勢親父」(寛政九年刊)に、婆が川から流れてきた狆を拾ったという、花咲爺譚の一話型を伝える。蟹次郎が木の上の猿九郎と硯と飯を交換するという話の類話として、山東京伝作「優曇華物語」(文化元年刊)に、洪水時に船の中から猿の親子を助け、飯を与えたという話がある。八 なみたいていでない。九 軽蔑・非難の気持を表す。「弾指(ツマハジキ)」枕草子春曙抄云。人をこばみはつかしむるさまなり」(本朝俚諺)。一〇 うしろめたいこと。やましいこと。「後(ウシ)ろくらし」(毛吹草)。一一 残念な。一二 漁具の一。先端が数本に分れて尖った鉄製の具を長い

絵(三) 洪水が起こり、多くの家が流され、海辺近くの川岸に盥に乗った幼女(阿狗)が流されて来た。正直正六とすなほ夫婦は卯佐吉と水辺に出て、正六はやすで盥を引っかけて助けようとする。すなほの着物は菱繋ぎ文のようにも見えるが、何の菱か不明。帯は卍繋ぎ。卯佐吉の着物は銀杏文。幼女の着物は麻の葉らしい。髪は芥子髷。右上は流れ着いた藁屋根らしい。文政五・六・七年には江戸深川やその近辺で毎年洪水が起こったので、このような悲劇も事実だったろう。昔話の世界を取り込んで読者を納得させる合巻らしい趣向である。

縁へ魚扠を引掛けて引寄せて、幼な子を助けあげてぞ、さま〴〵に夫婦等しく労るに、その幼な子は歳のほど四つばかりなる女子也。「いづくの者ぞ、誰が子ぞ」と、かはる〴〵に尋ぬれども、答へは得せでうち泣くのみ。舌もまはらぬ幼な子の、いかにして、しか〴〵と定かに名乗るべくもあらねば、正六夫婦は詮方なさに腰守りを解きて見るに、上総国玉崎明神の御札あるのみ、その親を知る手掛りとなるべきものは絶えてなし。我が子といふは卯佐吉のみにて年頃女子の欲しかりしに、「これは天より我〳〵に授け給ひし子宝にや」と思へば、不憫いやまして、なほ身のうちを改め見るに、左の肘と臀に大きなる痣あり。しかもこの日は戌の月の戌の日に得し子なればとて、やがて阿狗と名付けつゝ、つひに宿所へ抱き入れて、我が生みの子の卯佐吉と同じやうにぞ育てける。さればその頃、武蔵の国品川に程近きあなのやといふ里に芦辺蟹次郎(と)呼ばれし郷士あり。次へ

う(卯佐吉)「かゝさま、アレ泣いてゐるよ、かはいさうだのふ」

す(すなほ)「ヤレ〳〵いとしや、どうぞして沈まぬやうに助けたい。アレ又沖へゆられて行くぞへ」

正(正六)「風もよし、波もよし、なにも案じることはねへ。引掛けさへすればこつちのものだて」

柄の先につけ、水中の魚介を刺して捕えるのに用いる。「䤨(サス)ハ杈ヲ以泥中ヲ刺シテ魚取者也」(和漢三才図会・漁猟具)。「今やすといふものも、もとは二股の器なり、やすは東国の名なるべし。〈蝦夷にてやすと云もの、即ちヒシなり。〉…魚突ためにやすの股を多くし、三股に作り、形も大にして、終に六股七股に及べり」(嬉遊笑覧・漁獲)。三 大変都合のよいこと。「究竟(クッキャウ)」(合類節用集)。「くきやう スベテノ事ヲ至極ノ義モハヤコレヨリ上ハナイト云義ニ用ルト見ヘタリ」(志不可起)。四 辛うじて。やっとのことで。

(以上四三七頁)

一 千葉県長生郡一宮町にある神社。上総国一の宮。「長柄郡一宮の人かたりしは、昔、塩翁あり。早に出で潮水を汲。忽ち光彩波間に出没せるを見る。就て之を索。明珠十二顆、潮際にあり。翁採て家に帰り、籠に盛、壁間に掛。其宵明珠光明を吐き、塩室を照す。翁恐て玉崎の神庫に秘す。今、玉崎十二村の祭る処則是なりと」(房総志料)。同話は、東鑑、古今著聞集にもあり。二 すわる時に、座席と接触する身体の部分。しり。いしき。「イサライイシキ 臀」(身体和名集)。三 未詳。

(三) つゞき 両親ながら世を去りて、歳は二十に足らねども、手を書く[四]ことの拙からで、文の道にも暗からず、一族も亦少からねば、ともかくもしてありけるに、その年の出水を避けんとて我が屋の棟に登りしに、その家をしも押し流されて、行くこと幾町なるを知らず。されどもその身は恙なくもとのまゝにてありけるに、流れし家は幸に大きなる木に塞きかゝりて、海中までは押しも流れず。真夜中頃のことなれば、そこをいづこと思ひもわかで、茫然として夜を明かすほどに、殊更に飢へ疲れて物欲しくなりしかば、ふと我が袂を探りてみるに、竹の皮に包みたる握り飯四つ五つあり。「こはまだ水の出ざりし時、明日は茸狩に行かんとて昼食の為握らせおきしを、水に慌てて思はずも袂入れしはもつけの幸、命の蔓[五]ぞ」と独り言して残り少くうち食ふほどに、向ひの木の上に人ありて、「なう〳〵屋の棟の人、その握り飯を一つ給べ、某はこの木に登りて宵の出水を避けたれ共、

(三)

四 文字。

五 命をつなぐもの。

絵(三) 猿九郎は木につかまり柿実形の硯の箱を出し、藁屋根に乗った髷のほどけた蟹次郎の握り飯と取り替える。「猿蟹合戦」の見立てであるが、木の枝の先に洪水で流れて来た草鞋が引っ掛かっているのも、細かいところ。

はや飢へ疲れて[一]耐え難く、少しなり共給はれかし」と又他事[二]もなく所望せり。しかれども蟹次郎は、「この水早く退かずは、再び飢へに臨むべし。これを御身に分け与へなば、その折に我は何をもて又渇命[三]を繋ぐべき。此事ばかりは承け引き[四]がたし」と固く否みてしばらくは与ゆる気色なかりけり。

両人「家の重宝柿実形」「命を繋ぐ握り飯」

「取るも渡すも時の用[五]」「思ひきつて取り替へませうか」

芦辺蟹次郎と木伝猿九郎ら握り飯と柿実形の硯と取り替ゆる。詳しき訳は次に見えたり。

(四) 二

つゞき　蟹次郎は、「食べ残したる僅かに一つの焼飯も、かゝる時には命の蔓ぞ」と思へばたやすく与へざりしを、かの若者は、「いかにもして貰はばや」と思ふにぞ、いよ〳〵飢へて耐え難ければ、腰につけたる包のうちより一つの硯を取り出して、蟹次郎に示して言ふやう、「これは是わが重代[六]の宝にて、世には稀なるものなれ共、今身につけたるものとてはこれよりほかに何もなし。よりてこれを参らせん。その焼飯と替えて給べ。よしや千両万両の宝といふとも、いかにして、命に勝るものやはあらん。某実に飢へ疲れてもの言ふだにも力なし。もしこのまゝにて夜を明かさば、飢へ死ににこそ

一 底本「つかつかれて」。
二 他の事をかえりみない。余念がない。
三 飢えや渇きのために命が危なくなること。また、その命。「渇命(カツメイ)」(合類節用集)。
四 承知できない。
五 さしせまった時に役にたつこと。
六 先祖代々の宝物。

（四）

死ぬならめ。人を救ふはこれ慈悲也。只一つなる焼飯と、かゝる宝と取り替え給はば、鼻糞で[七]釣る鯉よりも、なほ損のなき交易ならずや。まげて承け引き給へかし」と心細げにかき口説きて、件の硯を渡せしかば、蟹次郎これを見るに、硯の形は柿の種に似て瑪瑙をもつてこれを作れり。その細工の良きは更也[八]、硯に自然と潤ひ生じて水の滴る奇特[九]あり。蟹次郎は幼きより手を書くことを好みしに、今此硯をつら〱見て、つぎへ

正（正六）「相応な御用もあらば御遠慮なしに仰られませ。まづお茶ひとつあげませう。それではあまりおさう〱[一〇]でござります」

け（慳兵衛）「ハイ〱、此うへながら万事よろしく頼みあげます。ハイ〱、さやうならおいとま申ませう」

慳兵衛・まが田ら花咲村へ引移りて、正六と知る人になりに来つる所。事の訳は次

七「海老で鯛を釣る」と同意。少しの餌で大きな獲物を釣ること。わずかの元手で大きな利益を得ることの譬え。

八 言うまでもない。

九 珍しいこと。不思議な力。

一〇 御草々。客を送り出す時の挨拶語。失礼いたしました。

絵（四） 慳兵衛夫婦が正六に挨拶する。慳兵衛の羽織は松葉丸文か。まが田の紋は不明。正六の羽織は三つ星小紋。小袖は卍小紋。貧家で床はむしろ、縁の下には蜘蛛の巣が張り、鼻緒の切れた藁草履が片方は裏返しに薪の下から見える。

の絵組のうちに見えたり。

（五）つゞき　深く愛する心あり。利を貪るにあらねども元より好むものなれば、撫でつ擦りつ手も離さで、後の禍を思ふに暇あらず。かの若者が乞ふまゝに、この柿実の硯を受けて握り飯と替えてけり。[一]

とかくするほどにその夜は明けて遥かに地上を見おろせば、思ふには似ず水は落ちて、行き来も自由になりければ、かの若者は忙はしく木ずゑより降り立て、いづちともなく馳せ去りぬ。蟹次郎はかの人の名をだに問はで別れしを、残り惜しく思へども、今更詮方なきまゝに、一人つら〳〵思案をするに、「彼はかゝるよき硯と握り飯と替えたるは一時の飢へをしのがん為のみ、我も亦その代になるよしもなき物とこの珍物と替えたるは貪るに似て心よからず。かゝれば後日にかの人が尋ねて来ることなからずやは。しばらく彼が尋ね来ぬるを待ちて価を取らせんものを」と心の中に思ひつゝ、その身も遂に屋の棟よりやうやくに降り立ちて、こたびの出水を逃れたる親類に身を寄せんとて、八山[二]の方へ赴きけり。

これより十二年後の物語なり　これはさておき、正直正六は先に水難に遭ひし幼な子を助けあげて、是を阿狗と名付けつゝ我が子卯佐吉とともに養育する程に、下総の国佐倉[三]の里花咲村なる兄仏善助といふ者、身罷りて、妻もなく子もなければ、本家相続の為に

一　家宝の硯を盗んで詮議となるという筋立は、浄瑠璃「花上野誉石碑」（天明八年［一七八八］八月、江戸肥前座初演）などに見られる趣向。

二　現在の港区高輪台。「谷山」とも。「八ッ山　又大日山と云。高輪よりの入口」（江戸砂子温故名跡誌）。「谷山（やつやま）　今云所は品川の入口にありて海に臨む丘をさしてしかよべり」（江戸名所図会）。

三　現在の千葉県佐倉市。千葉県北部。船橋市の東。「花咲村」の「桜」にちなんで「佐倉」を出したか。

(五)

とて正六は妻子を伴ひ、船橋の里よりして花咲村へ移り住みぬ。しかれども兄善助も水呑百姓なりければ、させる[四]田畑のなきにより、耕作の暇ある時は、かち〳〵山の柴刈り暮して世渡りとするほどに、実子卯佐吉、拾ひ娘の阿狗さへ、やうやく大きうなりしかば、親に代りて薪木取る世の営みをぞ助けける。

　その頃又、上総なる九十九里[五]浜に、慳貪慳兵衛といふ者あり。妻の名をまが田といひ、その子をたぬ吉と呼べり。しかるに件の慳兵衛は身の行ひ様良からぬ者にて、酒と賭とに身上をうち

四　これと特別に言うほどの。

五　千葉県北東部、太平洋に面する砂浜海岸。六町を一里として、九十九里あるとして名づけられた。悪者慳貪慳兵衛・まが田・たぬ吉の住まいを辺境に設定した。「平沙杳漠として、復一塊岳なし、地形彎環、凡十数里、下総国海上郡飯岡岬に至る、之を九十九里湾と称す」(上総国志)。

絵(五)　柴刈りに出たたぬ吉(七代目市川団十郎の似顔)は娘に成長した阿狗(二代目岩井粂三郎の似顔)を口説こうと袖を引く。左の山の稜線の向うから柴を背負った卯佐吉がこれを目撃する。一種の垣間見だが、この図法はすでに、赤本「桃太郎昔話」(西村重長画)で川で洗濯をする婆と柴刈りの爺をこのように描き分けていた。これに倣ったものだろう。また前髪をつけた卯佐吉の着物は波頭文、同じく前髪のたぬ吉は鼓(狸の腹鼓の見立て)の文様の着物に蜘蛛絞りの脚絆をつける。阿狗は梅花に松の葉散らしの着物。

倒し、あまつさへ人の生け簀の魚を盗むこと度重なりて事顕れ、遂に所を追はれしかば、これも妻子を伴ふて、ちとの縁を心あてに花咲村に足を留めて、柴を取り秣を刈るを身の生業にしたりけり。かゝれば正直正六と慳貪慳兵衛が居る辺りは両三町の程なれ共、その間[一]に家もなければ、自づからこれ隣也。されば慳兵衛・まが田らは、花咲村に移りし頃より、正六夫婦になれ〳〵しく他事なき様のもてなしで、銭を借り、麦を借り、着る物さへに借り取りに一つも返すことのなけれど、正六夫婦はこの年頃正直と云すなほといふ名立たる人の良き者なれば、損をしつゝもはたり[二]はせで、いつも変らず交はるものから、慳貪・まが田は傷もつ足にて、次へ

犬(阿狗)「又いやらしい。こちや知らぬぞ。刃物を持つてゐるものを、怪我して後悔さしやんすな」

た(たぬ吉)「お身様さへ承知すれば、連れて逃げてもらひかける[三]は。おれもふぐりはあるものを、八畳敷のやせ店一つ、持ちかねてつまるものか」

う(卯佐吉)「たぬ吉めが又じやら〳〵と、面にも恥ぢず、気の毒[四]らしい。まことに困りものではあるぞ」

(六) つゞき　我が僻みにて正直夫婦をいぶせき者に思ふにぞ、只いつとなく遠ざかりて始めには似ずなりしかど、正六・すなほは折〳〵に彼等が安否を問ひ訪れて、恨む気

一 物と物との間。距離。「隘(アハヒ) 交(同) 陝(同)」(書言字考節用集)。
二 催促すること。
三 もらえるように、頼みこむ。
四 迷惑。自分の気持がふさぐ。

（六）

色はなかりけり。かゝりし程に慳兵衛は、今この所に移り住みても、酒と賭とは更にえ止まず、野山の稼ぎは一人子なるたぬ吉に打任せて、その身は日毎にあちこちの悪しき者どもを友として良からぬ業を事とする。親を見習ふたぬ吉も野山のことには身を入れず、人の畑の麦を盗み、人の刈りたる柴を盗みて追はるゝことも度〳〵也。

　それには遥か引換えて、正六が子の卯佐吉・阿狗は野山の稼[五]ぎに油断なく、親の助けとなるのみならで、心賢しく愛嬌ありて顔ばせも亦並〳〵ならねど、

五　畑や山での仕事。耕作や柴刈り。

絵（六）　背中の柴に火がついてあわてるたぬ吉。驚く卯佐吉と阿狗。かちかち山のお馴染みの場面。ただしこの場面の詞書は前の場面である。たぬ吉の柴に火がついたのも、阿狗が煙草を飲んでいたところを迫ったたぬ吉から逃れようとして、吸殻が柴にこぼれてのこととする。善悪を区別する馬琴らしい趣向と言えるだろう。阿狗の帯は麻の葉鹿の子と見える。

いさゝか高ぶる気色なく、さもなき人にも腰をかゞめていとまめやか[一]なる立振舞ひを、「さすがに親の子也」とて、およそ疎き[二]も親しきも、是を褒めぬはなかりけり。

とかくする程にはや卯佐吉は十八才、阿狗は十五になりし頃、慳兵衛が子のたぬ吉も卯佐吉と同年にて、歳には勝り劣りもせねど、悪少年の癖なれば世の営みには劣かにて、木に登り、草に眠り、野山に遊び暮すのみ。刈り取る柴の多からねば、母のまが田は腹立てて、打ち懲らすこと度〳〵なれ共、たぬ吉はなほ精を出さず、只その怒りに会はじとて、卯佐吉・阿狗が刈りたる柴を盗みて、おのれは骨を折らずにあまたの薪木を背負ひ帰るを、母も後には知りながら、良からぬ業とて叱りもせず、心のうちでは「智恵才覚の大方ならず」と思ふにぞ、ひたすら褒めつ喜びつ、助けて柴を取り入れたる。親にも老成したぬ吉は、心しぶとく悪賢しきに、はや生心[三]付く頃なれば、いつしか阿狗に思ひを懸けて、折に触れては舌たるき[四]物言ひ誇りて戯るゝを、阿狗はうるさきことに覚えて、彼が柴刈る辺りへ寄らず。ある時何の心もなく真柴に尻をうち掛けて煙草を飲みて居る程に、たぬ吉遥かにこれを見て、卯佐吉がそのほとりに居らねば、こはよき折ぞと後より、抜き足しつゝ近づきて、阿狗にしかと抱きつくを、驚きながら身を起して、振り放さんとする程に、阿狗が煙管の吹殻の思はず抜けて束ねたる柴の上に落ちたるを、互に見返る暇もなく、阿狗はやうやく振り放ちて、端山[五]のすそへ逃げて行くを、たぬ吉

一 まじめ。誠実なさま。
二 あいだがらの遠い者も近い者も。
三 色気、色情。女性に関心をもつ気持。
四 甘えたものの言い方。しつこく好意を示すこと。
五 山のふもとのあたり。

はなほやらじとて、逸足[六]出して追つかけつゝ、向ひを遥かに見渡せば、卯佐吉ははや刈り取りたる柴三四束背に負ふて、こなたを指して来にければ、たぬ吉はつい[七]で悪しと、又忙はしく取つて返して、一人ぐど〳〵つぶやき〳〵、「せつかく捕へし阿狗めが、逃げ足の速くして思ひを晴らさぬ口惜しさよ。次へ

犬(阿狗)「それ見さんせ、罰じやぞへ。大きな灸を据ゆると思ふて辛抱したがよいはいなア」

た(たぬ吉)「熱や、苦しや、たぬ吉や、そこらに人はおいぬか、卯佐吉ア、これ早く助けてくれ〳〵」

う(卯佐吉)「ヤア〳〵、これは大へんだ。早く清水のある方へころげて行かぬか、たぬ吉やい」

(七) つゞき この柴也とも引(ひつ)たくつて、立つたる腹[八]を横にせん。そうだ〳〵」と小うなづき、かの吸殻の落ち散りて内に燻るを知らずして、そのまゝ手早く引下げて、己が刈りたるちとばかりの柴のほとりに投げやりて、煙草うち飲み居る程に、空は俄かにかき曇りて、一ト村雨[九]のかゝるべき風さへ俄かに吹き起れば、卯佐吉・阿狗はあはたゝしく残れる柴を荷作りて、「いざたぬ吉も帰り給はずや、とてもかくてもあの雲は雨になるべき気色也。降り出さぬ間に疾く〳〵」と、言はれてたぬ吉うちうなづき、我が刈り

六 速足で駆けること。「駿足(アシ)」(合類節用集)。
七 都合が悪い。具合が悪い。
八 「腹を立てる」の反対。怒りをやわらげる。不満をいやす。
九 急に降る激しい雨。

（七）

取りたるちとの柴と盗みし柴も引寄せて、そのまゝ取つてしつかと背負ひ、先に立ちつゝ行く程に、追手の風に吹き付けられて、下地燻るかの吹殻の一度に柴に移りけん、ばつと燃え立つ炎と共に、「あなや」と叫ぶたぬ吉は、背を焼かれて七転八倒、こけつまろびつ泣き叫べば、卯佐吉・阿狗は驚き騒ぎて、鋭鎌をもつてやうやくに縄を切り断ち柴を落して、共にたぬ吉を労るに、たぬ吉は既にはや背中をいたく焼かれたる、その傷俄かに腫れあがりて、「痛し／＼」と叫ぶのみ。こゝは途中のこと

一 なかで火がつき、煙っている。

二 鋭利な鎌。

なれば、いとゞ詮方無きまゝに、卯佐吉らは只労り助けて送りて、彼が宿所へ行くに、果して村雨降り注ぎて、身はひた濡れに濡れしかば、送りつけたるのみにして、そのまゝ背戸[三]より立別れ、濡れつゝ我が家へ走り帰りて、ありし事どもしか〳〵と両親に告げにければ、正六・すなほは驚きて、「そはいかにして生柴[四]の自づから燃え出でけん、もしは煙草の吹殻の落ちたるを知らずして、背負ひて風に吹き起されしか。何はともあれ雨も止まば、行きて安否を尋ねん」とて、うち語らふて居る程に、見る〳〵空は晴れわたりて、夕日まばゆく出でしかば、既にして正六は立出でんとする折から、慳貪慳兵衛・まが田らは、たぬ吉が手を助け引きて、大声あげて門口より、怒鳴り込みつゝもろ共に、どつかと坐る母屋の真ん中、大の眼を怒らして正六にうち向ひ、「うぬらはまアよくも〳〵おらが息子のたぬ吉を焼き殺さふとしやがつたな。今日柴刈りの帰るさに、[五]命勝負の大火傷、事の子細を尋ぬれば、日頃からたぬ吉が只一人で刈る柴を、うぬらが餓鬼の二人前より十そう倍に多ければ、それをそねんで言ひ合せ、次へ

ま(まが田)「[六]へちまの水でもとゞかぬ火傷、あれが背中を見たがいゝ。[七]べちやアねへ、[八]鴨の骨を叩いたやうだはな。死んだら敵をとつてやる、気を確かにもて〳〵」

け(慳兵衛)「恨みがあらば男らしく、すつぱりと言つてしまやれ。所に馴染が薄いとて、おいらが餓鬼でも人間だ、焼き殺されてつまるものか」

三 裏門、裏口のこと。「背戸 せど 今の俗にも家の裏の余地をせどといふ」(類聚名物考)。

四 刈ったばかりの柴。生木。

五 命にかかわる。

六 へちまの茎から採取した水。化粧水などに用いる。「糸瓜 へちま…ヘチマ水ハ蔓ノ本地ヨリ一二尺ニ切リ、瓶中ニ挿ミ入置バ、多ク水出、甚清白ナリ、俗ニ美人水ト云」(重修本草綱目啓蒙・蔵菜)。

七 「別はない」の変化した語。なんのことはない。

八 鴨叩きは料理の一。鰶(このしろ)の骨と身を細かく叩いて揚豆腐をまぜて団子にし、野菜を入れて鍋で煮る。背中の赤くはれた様子から、これを言ったか。

絵(七) 慳兵衛・まが田・たぬ吉の三人は正六方へ火傷を理由に「息子を焼き殺そうとした」と強談判をする。すなほの着物は輪違いを三つ重ねた文様。右下の木片二つは火をつけた証拠の燃えさしの木切れだが、卯佐吉はしばしば自分の柴をたぬ吉が盗むので印をつけておいたので、かえってたぬ吉の悪事が露見する。慳兵衛は歌舞伎の「白みすっぽり」の髪型に「せわひげ」の髭をつけ、強請の型。またまが田は即答を迫る「くりあげ」の型だろう。悪人と善人を対照的に描いてわかりやすい。

た(たぬ吉)「おれにこんなに火傷をさせて、又その上で唐辛子味噌をつけてやらう。こいつだぞへ」

正(正六)「いかやうに仰られても、卯佐吉らが業といふ証拠もなければ水掛論、とかく申スも気の毒なれば、身上をふるひ集めて三両で扱[一]ひませう。サア手を打つてくださらぬか」

犬(阿狗)「あれ又あんな言[二]ひ掛けばかり」

う(卯佐吉)「何ごともだまつてゐや、後では事がわからふぞへ」

直(すなほ)「こちに覚えのないことでも、同じ丁[三]場でひよんな怪我、子供もいつそ気の毒がつて、今まで噂をしてをりました」

(八) つゞき かち〳〵山のほとりにて、可愛やこれが後[四]から火をきりかけた、とある託[五]宣だ。しからば相手は卯佐吉・阿狗。なれども親が言ひ付けて、させた仕事とにらんで来た。このまゝ死ねば即坐に解[六]死人、目[七]代殿へ引て行く。マアこの火傷を見やがれ」と言ひつゝやがてたぬ吉に両肌脱がせて布引き解く。父がわめけば母まが田も、言ひ訳聞かぬ両[八]強請、燃え残りたるかの柴を証拠に四五本携へ来て、畳叩きつ舌[九]長な歯〈は〉に衣着せず、素肌なる我が子の敵呼はりに、事果つべくも見えざれば、正六はもてあまして心の内に思ふやう、「とてもかくても理屈をもつてこの輩は諭し難し、言ひ掛けられしは

一 処理する。仲裁する。
二 言いがかり。
三 仕事場。持ち場。「丁場(チヤウバウ)」(書言字考節用集)。
四 「かちかち山」で兎が狸の背負う柴に火をたきつけた話をからませ、卯佐吉と阿狗が火をつけたというもの。「打(キル)」(邇言便蒙抄)。
五 言い分。嘲りの意を込めた言い方。
六 「下手人(げしゅにん)」の訛。
七 代官。
八 たぬ吉の父と母の両側から強請ること。
九 口が過ぎること。「言多者(コトバヲホキモノ)ヲ、舌長(シタナガ)ト云」(漢語大和故事)。

(八)

子供の不運、只この上は金をもて扱ふより他術なし」と、既に思案を極めつゝ、親子が稼ぎ貯めたりし、金三両ありけるを、残りなく取り出して、膏薬代に贈らんとて、言葉を尽して詫びしかば、利[一〇]を見て柔らぐ曲者根性、慳兵衛夫婦は怒りを治めて、件の金を受け納め、「互に言ひ[二]分なし」といふ一札を取り交して立ち帰らんとする程に、卯佐吉は堪へかねて慳兵衛にうち向ひ、「既に和談[三]の上からは申スべきことならねども、月頃日頃某らが刈りたる柴の失すること、いとも怪しく思ひしかば、

一〇 利益(金)を見せるとすぐに気持を変える悪者の性格。
二 不満に思う事柄。言いがかり。
三 和解。

絵(八) 渋谷の福富長者の前に出る搗き米屋杵塚臼五郎(初代市川男女蔵)と卯佐吉。福富長者は被布を着ている。これは茶人・俳人・金持などが着た。半合羽に似て、襟は広く丸くビロードなどを用いた。卯佐吉は松葉丸文の羽織に菊五郎格子のように思われる着物。これに荒布戸熊八(嵐冠十郎か)の息子玉五郎(似顔不明)が引き合わされる。熊八は羽織に「蜂」とあるが同人物だろう。臼五郎の羽織は万筋か。熊八は矢筈縞とも見える。長者の妻村竹は、帯は雷文に花丸文か。着物は不明。左端長者の後ろには手焙りが、煙草道具も豪華である。長者の下に出入りする三人はいずれも「猿蟹合戦」の臼・荒布・蜂・玉子の見立て。

この両三日以前より腰に矢立[一]を用意して、刈り取る柴の木口ごとに墨を引て候ひしに、只今証拠に持て来給ひしたぬ吉殿の柴の木口に、某が引たりし印のあるはいかにぞや」と、問ふを慳兵衛聞かぬふりして、「いざ」とてやがてたぬ吉を助け起してまが田とともに、おのが宿所へ帰りけり。

正六あとを見送りて卯佐吉に囁くやう、「慳兵衛夫婦が金に転びてたちまちに和睦したりしを、よしなや[二]和殿[三]が証拠を取りて彼等になじり問ひしかば、横紙破る[四]慳兵衛も、返答に行き詰まりて顔の色さへ変りし也。かゝれば再度かの事を遺恨に思ふて、いかばかりの仇をなさんも計り難し。しからば、和殿を両三年もこの所に置かずして、彼等が毒気を避けんのみ、これより他に術もなし」と大息[五]つきて誡むれば、すなほも共に驚き憂ひて、等しく教訓してければ、卯佐吉深く後悔して、「誠に不慮の事により、御損をかけしのみならず、歳なほ若き身をもつて、人をなじりて後〳〵の禍を思はざりしは、

つぎへ

臼(臼五郎)「これは拙者が逃れぬ者[六]、お使ひなされてだに下さらば、決して望みはござりませぬ」

福富長者の大人[七]荒布[八]戸熊八。

熊八が子玉五郎。この親子のことは後〳〵の段に詳しく見えたり。

一 墨壺と筆を入れる筒のついた携帯用筆記器具。
二 無益なことだ。
三 二人称。対等以下の相手に対して用いる。
四 無理を押し通す。横車を押す。「破㆓横紙㆒(ヨコガミヲヤブル)法ニ非ル之謂」(書言字考節用集)。
五 ためいき。
六 切っても切れぬ縁の者。血縁の者。
七 召使いの長。奴婢の長。作男や下男のかしら。「傅御(ヲトナ)臣下也」(邇言便蒙抄)。
八 「荒布」は海藻の一種で、ふのり(洗濯用)に使う。江戸時代にはどの家庭でも使われていた。ぬるぬるしているので、江戸時代の猿蟹合戦物には猿をこらしめる役としてしばしば登場する。

福(福富長者)「身綺麗で小利口[九]らしい良い若い者ではある。十八ならば元服させて男にして使ふてやれば、人にも圧されず勤めよからふ。但し望みでも御座るかの」

竹(村竹)「臼五郎殿、良い奉公人を世話してじやの。知れぬことは玉五郎に幾度も聞き合せて勤めたがよいはいのふ」

長者の妻村竹。

(九) つゞき この上もなき不孝に似たり、許させ給へ」とひれ伏して、しばし涙にかきくれたり。さてあるべきにあらざれば[一〇]、正六・すなほは次の日より忍び忍びに「卯佐吉をいづちへやらん」とうち語らふに、折もよし武蔵なる渋谷の里の搗き米屋[一一]杵塚臼五郎と呼ばるゝ者、「商売のことにつきて佐倉の里まで来たりし」とて、正六が宿所に立ち寄り、絶えて久しき対面に、互の安否を問ひ問はれて、一ト夜さこゝに泊りけり。故あるかな、この臼

(九)

九 ちょっと気の利いている者。
一〇 そのままではいられないから。
一一 つきごめ(精白米)を商売する店。

絵(九) この合巻は十丁一冊三十丁三冊の仕立てであるが、中は赤本以来の五丁一単位となっているので、十一丁表から「三」と欄外に記した。それゆえここでは左右二場面に分かれる。絵は上段に描かれる。詞書は前の場面であるが、絵の中に次の場面で説明するとある。上弦の月がかかる田中の細道を父の寝酒を買いに行く阿狗。田には鳴子がかかっている。

五郎は、もと船橋の者にして、正六が従弟也。これにより正六はかの慳兵衛が事を告げて、「卯佐吉を遣はすべき奉公の口もやある」と尋ぬるに、臼五郎はつら〳〵聞きて、「そは幸のことこそあれ、渋谷の里なる福富長者は、我が年頃の得意にて、寝酒の相手[一]となるまでに、かの御夫婦と疎からねば、かしこへ卯佐吉を伴ひ行きて、使はせ給へと願はんに、いかでか否とのたまふべき、我らにまかせ給へ」とて急ぎて所用を果しつゝ、さて卯佐吉を伴ふて、渋谷の里へ立帰り、福富長者にしか〳〵と、事の由を告げて頼みしかば、長者は異義なく承け引て、卯佐吉を見て大きに喜び、「我此頃かゝる若者を召し抱へんと思ひしに、選まずして我が心に叶へり。今日よりこゝに留めん」とて、望月卯佐吉と呼びなしつ、大人荒布戸熊八が子なりける玉五郎ともろ共に小者[二]にしてぞ使ひける。

○かくて正直正六は従弟臼五郎を仲立ちにて卯佐吉を武蔵なる福富長者の方へとて奉公に遣はせしに、程経て彼処の様子聞えて、「卯佐吉は幾程なく長者夫婦の心に叶ひて、望月といふ名字を名乗らせ、その年の師走半ばに額髪[三]を剃り除かして若党[四]にして使はるゝ」と、書状をもつて告げこしたれば、母のすなほも安堵して心安しと思ひけり。

（一〇）三

阿狗、親の為に夜酒を買ひに行くところ。事の訳は、次の巻に見えたり。

一 きわめて親しい間柄。

二 身分の低い奉公人。「僮僕(コモノ)…小奴(同)」(書言字考節用集)。

三 額にかかる髪。前髪。「額髪(ヒタヒガミ)…額髪は男女ともに、額にある髪の総名也」(松屋筆記)。

四 年若い従者。「若党(ワカトウ)」(書言字考節用集)。

されば卯佐吉が居らずなりては、阿狗を一人柴刈りに出すべくもあらざれば、野山の稼ぎは、正六のみ朝に出でては夕に帰るを、阿狗は心苦しく思ひて、昼はひねもす薪木をこなし、夜は糸を取り機を織りて、[五]烟の料を助けたる孝行大方ならざりけり。かくてその年もはや暮れて、次の年の秋の頃、すなほは持病[六]のつかえ発りて両三日うち臥したれども、阿狗が看病[七]なほざりならねば、正六はいつもの如く柴刈り暮して、帰るごとに、阿狗は寝酒を調へおきて親の疲れを慰めしに、ある日何くれの事に紛れて例の寝酒を買ひもおかず、その夕暮に心つきて徳利引下げ出でんとするを、すなほは臥しつゝ呼び止めて、「若き女子の夕こえ[八]てそゞろ歩きは益なき業也。一ト夜さ酒のあらずとて父御の腹立て給ふことかは。今宵は捨てておき給へ」と言ふに阿狗は見返りて、「酒屋までは七八町十町に足らぬ程なるに、常に慣れたる道にして、夕月影の隈もなく、昼のごとくに侍るものを、

五 生活するための金。生計費。
六 胸のさしこみ。胸が重く苦しいこと。「痞(ツカヘ)…気結テ而不レ通也」(書言字考節用集)。
七 おろそかにしないので。まめまめしく行うので。
八 夕暮となって。

三

(一〇)

絵(一〇) 阿狗に刃を突き付け迫ったが、手元狂って脇腹を刺す場面。阿狗の髷のねじめが解けて下がる。たぬ吉は三升格子の着物に豆絞りの頬かむり、尻をはしょって東に立っての見得。阿狗の衣装は梅花に松葉か。帯は麻の葉。前の上弦の月がここでは下弦の月(月の後半)になっているのが不思議である。

つひ一ト走りに帰りてん、必ず案じ給ふな」と言ひ慰めて忙はしく酒屋を指して出で行きぬ。［次へ］

た(たぬ吉)「出来損つてぶち壊すは、素人の[一]癇癪仕事、息の音通はば後日の妨げ、おつ片付けてしまふべいか」

犬(阿狗)「重ね〳〵し非道のたぬ吉、遂には報はん、待つてゐや」

(二)［つゞき］かくて阿狗は宵の間に、隣村へ赴きて、酒一二合買ひ調ふるに、今宵はしかも[二]六斎の市とて商人多かりければ、その夜のものさへ買ひ取りて、急ぎて帰る夜の道、我が家へははや四五町なる耕地を一人よぎる程に、後より付けて来る者あり。何心なく月影に振り返りつゝこれを見るに、[三]頬被りにてその顔は定かには見え分かねども、[四]曲者作りの形振は、紛ふべくあらざりける慳貪が子のたぬ吉也。阿狗は見れ共見ぬ振りし、なほ足早に行く所を、たぬ吉は後より走りかゝりて引捕へ、「阿狗見ぬ振りすることかは。かち〳〵山で焼かれたる火傷はやうやく直りしかど、爛れた痕はまだ失せず、情知らずも程がある、恨み言はふと思ふても、卯佐吉が居らずなりては[五]親指小指が錠をおろして野へも山へも出さねば、詮方なくて過ぐせしに、こゝで会ふたは尽きせぬ縁、否でも応でも日頃の思ひ晴らさにやおかぬ」と抱きつくを、阿狗はやうやく振り放ち、「性懲りもせぬたぬ吉づら、そなたに構ふ暇はない」と言ひ捨てて又行かんとするを、

一 かっとして深く考えないやり方。

二 月に六回開かれる定期市。

三 頭から頬、顎へかけて衣服や手拭などで覆い隠すこと。「頬冠リ 多クハ手巾ノ両端ヲ、左ニテ捻テ挟ム也、…或ハ鼻上ニ掛テ左頬ニ捻リ挟ム、卑賤中ノ卑賤風也」(守貞漫稿・男服)。

四 怪しい様子。悪者の様子。

五 父や母がきびしく言って行動を制約する。

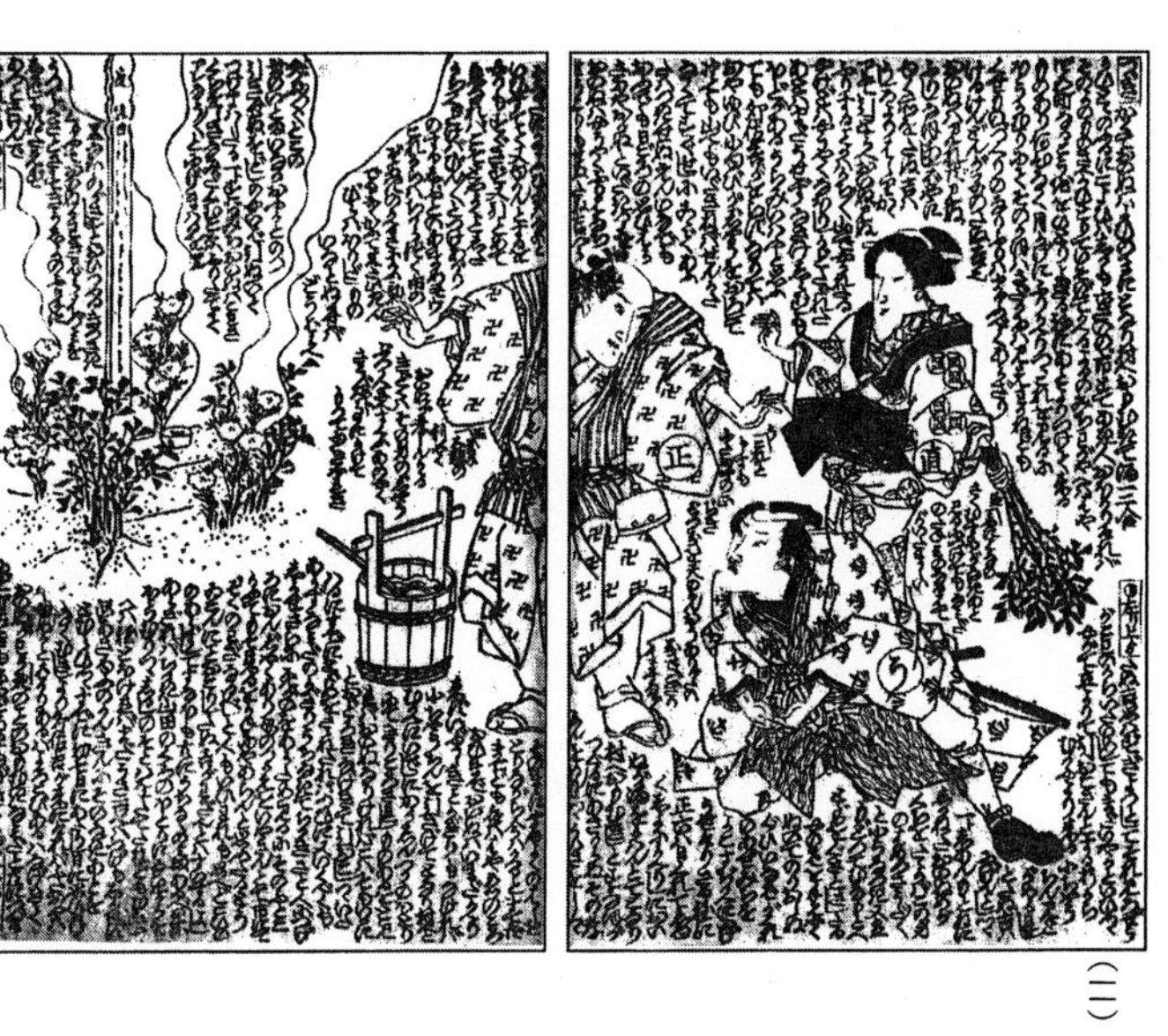

（二）

やりも過ぐさず又引止めて、「恋なればこそとやかくと下から口説けばぴん〳〵とつけあがりのするしぶといあまめ、モウこれからは力づく、市のぞめき[六]の帰るさに、買ふ気でもなく買ふて来た、此段平[七]は掘出し物、否とぬかせば胴腹へ、づぶ〳〵〳〵とこの世の暇、否か応か」とのつ引[八]させぬ、脅しの刃引抜いて、つけ廻したる一ト筋道、阿狗は怖さ口惜しさ、涙ぐむ声ふりたてて、「アレなう〳〵」と逃げ廻るを、なほ逃さじと追ひ詰める。切つ先狂ふて阿狗が脇腹弾みをうつてぐさと刺す、

六 わいわい騒ぐこと。浮かれ騒ぐこと。「騒の字を万葉にぞめきとかけり。さはがしき心なり」（歌林良材集）。

七 身の幅の広い刀。「俗ニダンビラモノト云、太平ノアル打刀ノ太物ノ事ナリ、太平（タヒ）ヲ誤テダンビラト云ナラン」（刀剣略説）。

八 避けてのがれることができないようにする。

絵（二） 詞書は阿狗がたぬ吉に殺され、帰りの遅いのを案じた正六が阿狗の死骸を発見して葬り、偶然帰ってきた卯佐吉と共に悲しむところであるが、絵では、正六一家が墓参し墓前の回春草に驚く場面である。ただし三人の会話は詞書とずれて、むしろ次場面につながる。正六・すなほの衣装は前と変わらないが、卯佐吉は前髪を落とした若者。大小を帯び、菖蒲革文の羽織に木賊文の着物、紺足袋を履いている。これは富家で重用されていることを示しているか。すなほの持っているのは仏前にそなえる樒であろう。

急所の深手にしばしも得耐えず、「あつ」と叫んで倒れたり。たぬ吉思はずぎよつとして、「それ見ろ情[一]がこわいから、痛い目してもまだ嫌か」と言ひつゝやがて立寄りて、引起さんとする折から、向ふより来る小提灯、見咎められじとたぬ吉は、逃げんとしつゝ一ト思案、「元直[二]にしかねた阿狗めが口を叩かばこの身の破滅、さうだ〳〵」と小うなづき、又立戻つて胸元へ、止めをぐさと刺したる刃を、手早く抜いて糊[三]おし拭ひ、[四]稲葉隠れの畔道を、横筋[五]かへに逃げ失せけり。

さる程に正六は、日暮れて宿所に帰りしに、「阿狗が酒を買はんとて、隣村へ赴きし」と、すなほが告ぐるに浅からぬその孝心を感じつゝ、噂をしつゝそのまゝに、夜食の箸を取りながら、今は帰ると待て共待てども、夜ははや五つ[六]の頃おひまで、阿狗は未だ帰り来ず、いぶかしき事限りもなければ、小提灯を引下げて、隣村へと迎へに出でしに、[七]庚申塚のほとりにて、「斬り殺されし者あるを」と見れば阿狗なりければ、「こはそもいかに」と驚き歎きて、引起しつゝ労るに、既に止めを刺されたれば、遂に又生くべくもあらず。涙の限りうち泣きて、近き里人に告げ知らせ、さらに死骸を改め見るに、その懐に温石[八]あり。「母のつかえ[九]を癒さんとて市にて買ふて持て来るを、金にやあらんと思ふたる盗賊の業なるべし」と、人も言ひ我も思へど、恋の遺恨に事起りし、たぬ吉が業也とは、推する由のあらずして、すなほも共にうち泣くのみ。

一 意地が強い。強情。
二 元のとおりにはならない。
三 血糊。「殷血（ノリ）」（書言字考節用集）。
四 茂った稲におおわれたあぜみち。
五 横から交差すること。
六 ここは、今の午後八時。
七 道ばたなどに庚申（青面金剛。庚申待に祀る）を祀った塚。三猿（見ざる〔猿〕、聞かざる〔猿〕、言わざる〔猿〕）を刻んだ石などを建てる。
八 からだを暖める用具の一。蛇紋石、軽石などを火で焼いたり、またその石の代りに蒟蒻を煮て暖めたりして、布に包んで懐中するもの。焼石。「是温石ノ性熱ナル事可知、他石ノ末ヲ用レバ不然、温石焼テ塩水ヲソヽギ、布ニ包ミ痛処ヲ熨スニ尤モヨシ」（大和本草）。
九 →四五五頁注六。
一〇 田畑のあぜ、仕切り。
一一 供養のため墓の後ろに立てる塔形の細長い板。
一二 経を黙読すること。また経を読むこと。
一三 殺されたり、災害で死ぬこと。
一四 死後に誉れを残す。
一五 涙の「種」から「実」をかけ、「身」と続けた。このような身の状態。
一六 衆生の苦しみを救う仏の広大な

扨あるべきにあらざれば、近き山田の畔[一〇]のほとりに、亡骸を葬りつゝ、印の卒塔婆[一一]を建てたれども、武蔵へは程遠ければ、未だ卯佐吉へは告げも知らせず、只朝夕の看経[一二]に、その亡き跡を弔ひつゝ、既に初七日に当りし日に、思ひがけなく武蔵より卯佐吉が来にければ、両親は夢かとばかり、あるは喜びあるは歎きて、阿狗が横死[一三]の事の趣、涙と共に告ぐるにぞ、卯佐吉も亦驚き歎きて、［次へつゞく］

直（すなほ）「死[一四]に花の咲く娘が亡き跡、見るにつけても涙の種、身[一五]のなる果が痛ましい」

う（卯佐吉）「これと申すも両親の、正直実義を天の感応、有難い義でござりますなア」

正（正六）「大悲[一六]の利益阿狗が孝心、かゝる奇特はその身の成仏、人さへ救ふあの薬草、大事にかけて持つて行きやれさ」

（三）［つゞき］ 共に涙にかきくれたり。しばらくして卯佐吉は両親に申スやう、「某俄かに参りしことは、もとこれ主君福富殿の仰により回春草[一七]といふ草を求めん為の使ひ也。そも〱福富の家に数代伝へし一ト本の名木あり。その木の幹は鉄刀木[一八]に似て鉄刀木にあらず。その葉は牡丹に似て牡丹に異なり。これは是経文に見えし所の優鉢羅[一九]樹といふ名木にて、その花は三千年に一ト度開くといふ、優曇華[二〇]は是也と、昔より言ひ伝へしとぞ。げに福富殿数代の間、木は年〱に栄ゆれども、花咲きたることを見し者

慈悲の恩恵。

一七 未詳。ただし、類話が述異記にある。また港区高輪にある高山稲荷神社末社の縁起「釈地大明神縁起」に、病気を全快させるという姥桜の話がある（続御府内備考）。また中国の花咲爺譚では、殺された犬がやがて植物に変わる話、犬の尾が秀（はぐ）と化し人に福や富をもたらす話があるという（伊藤清司「犬と穀物」）。

一八 マメ科の常緑または落葉高木。高さ一五メートルほどで、材は黒色で堅く美しく、家具や船材とする。「鉄樹（たがやさん） 鉄刀木 俗云太加也左牟…鉄樹広中ニ産、色黶（サナガラ）鉄ニ類フ、其枝了穿結、甚ダ画意有」（和漢三才図会・喬木類）。

一九 優鉢羅華（うはつらけ）。蓮華の一種。睡蓮、青蓮華。優曇華のこととも言う。無量寿経、四分律、二菩薩経にその名が見える。「蓮華ニ多種有テ有ラシム。一ニハ鉢頭摩華（ハツマケ）。…二ニハ優鉢羅華（ウハツラケ）。白蓮華也」（私聚百因縁集）。

二〇 「優曇波羅華（うどんはらげ）」の略。クワ科のイチジク属の一種。仏教では、花が人の目に触れないため、咲いた時を瑞兆とみ、経典には三千年に一度咲くと伝え、咲く時は転輪聖王（てんりんじょうおう）が出現するという。「此の花の芽出て、一千年。莟んで一千年。開けて一千年。合三千年に一度開く也。…此花に七種の徳あり。…四には諸人無病也」（塵添壒嚢鈔・優曇華の事）。

（三）

なし。しかるにかの優鉢羅樹はいかなる故にや、此頃俄かに枯れたるに、折節福富の息女、雀姫と呼ばれ給ふは、今年二八[一]の春過ぎて、夏の頃より、その心地例ならずとてうち臥し給ひしに、かの名木の枯れし頃より、病いよ〳〵重らせ給へば、両親深く歎き憂ひて、薬は更也、名僧智識[二]の加持祈禱を尽し給へど、その験あることなし。もとより件の御夫婦は、浅草[三]の観音を年頃深く信じ給へば、夫婦は御堂に通夜しつゝ丹精を凝らして祈りし給ひしに、既に七日といふ結願[四]の暁に示現あり。しばし

一 十六歳のこと。二 高徳の僧侶。三「金竜山浅草寺、伝法院と号す。坂東巡礼札所第十三番目なり。天台宗にて東叡山に属せり。…その霊験の著るき事は、普く世に知る所なり」(江戸名所図会)。現在は聖観音宗の総本山。四 日数を定めて行う修法などの予定の日数が終わること。「結願(ケチグハン)」(書言字考節用集)。五 明日葉(あしたば)の異名。セリ科の多年草。「鹹草 アシタト云草、八丈ガ島ノ民多クウヘテ、朝夕ノ粮ニ充ツ、…各三葉分ル、茎微紅小者不紅、微有香気、微辛」(大和本草)。六 黄金草。菊の異名。七 キンポウゲ科の多年草。「福寿草 …春初ヨリ黄花ヲ開ク、盆ニウヘテ賞ス、花ハ朝開キ夕ハネフル、又朝ヒラク」(大和本草)。八 中国の小説。梁の任昉撰、明の商濬校、和刻本に享和元年、宝暦三年、安永四年刊などがある。二巻。類話に、墓から草木が生ずる話、また人を蘇生させる樹木の話として次の三話がある。「昔シ戦国ノ時ニ、魏国秦之難ヲ苦シム。民有リ、従テ征戍ス。秦久シテ返ラズ。妻マ思フ卒スト。既ニ葬ル。塚上ニ木ヲ生ズ。枝葉皆ナ夫ノ在ル所ニ向フテ傾ク。因テ相思木ト名ク。状チ石竹ノ如ニシテ、節々相続ク。一ニ断腸草ト名ク。又タ愁婦草ト名ク。又霜草ト名ク。人呼テ寡婦莎ニ為ス。蓋シ相思之流ナリ」(上)。「聚窟洲ニ返魂樹有リ。其根心伐ニ、玉釜中ニ於テ、汁

まどろみたる夢のうちに、観世音告げ給はく、「汝が娘の命危し。しかれども回春草といふ草を、煎じてこれを飲ませなば、その病本復すべし。又その草を灰にして優曇華の肥しにせば、木は又生きて花咲くべし。そも〳〵回春草といふ草は世の中に稀にして、その茎と葉は八丈嶋なるあした草[五]に少し似て、花はこがね菊[六]のごとく、すべては福寿草[七]に似たるもの。是即ち述異記[八]といふ唐文[九]に見えし所の不死草[一〇]の類にして、その効人参[一一]・さふらん[一二]などの及ぶべき所にあらず。もしこの草を求めんと願はば、汝が家の若党なる卯佐吉が父に求めよ」と正しく告げさせ給ふにより、「汝早く故郷に赴き、父正六にかの草を求めよ」と宣へば、夜を日に継ぎて参りし」とて、一部始終を物語るを、正六聞て、眉をひそめ、「我は此歳に及べども、さる霊草は夢にも見ず。しかれども観世音の正しく示現ありと言へば、後には思ひ合することの無きにしもあらざるべきか、凡夫の智恵には及び難し。それはともあれ、今日ははや、阿狗が七日の忌日に当れり、卯佐吉ももろ共に、墓参りせよかし」とて親子三人うち連れ立ちて、阿狗が墓に詣でしに、不思議なるかな、昨日まで絶えて見ざりし怪しき草の、墓のほとりに生ひ出でて、葉は茂り花さへ開きて、［つぎへ］

福（福富長者）「げに正直の頭をば、照らさせ給ふ仏の白毫[一三]、かゝる利益は優曇華の花咲爺、お手柄〳〵」

ヲ取ル。又之ヲ煎テ、丸スベカラシメ、名テ驚精香ト曰フ。或ハ震霊丸ト名ク。或ハ返生香ト名ク。或ハ却死香ト名ク。死尸地ニ在テ、気ヲ聞バ、即チ活ク」（上）。「楚中ニ官人草有リ。状金簦ノ如シ。甚ダ気氳タリ。花色紅翠ナリ。俗説楚ノ霊王ノ時、宮人数千、皆多ク怨曠シテ宮中者ノ囚死スル有リ。之ヲ葬ル。後墓上ニ悉ク此ノ花ヲ生ズ」（下）。九 中国の書物。一〇「兼名苑には、甘木、一名は不老、人食へば死せず。又云、不死草、一名招魂、一名返活。…十州記云、…人死するに此の草を之を覆へば活（よみが）へる」（塵添壒嚢鈔・不死樹の事）。一一 朝鮮人参。「人参ハ薬ノ切要為リ」（和漢三才図会・山草類）。一二 アヤメ科の多年草。花柱を陰乾しにして、健胃剤・鎮痛剤に用いる。「泊夫藍 ラテイン語サフラン」（物類品隲・草）。「サフラムは近歳刊行せし六物新志に載せてより、始めて西

絵（三） 絵は次場面を描く。阿狗の墓前の回春草を煎じて飲ませて雀姫の病気は本復し、回春草を焼いた灰を優曇華にかけたところ、枝茂り花咲き弥陀三尊の姿が現れる。お互いにその霊験に感ずるところ。正六は藁籠を持ち、花咲爺をないまぜた見立て。卯佐吉の袴は子持ち縞か。福富長者は庭下駄。これは大家の庭先などにだけ使われた。履物でも位置を示している。

正(正六)「さても不思議な花が咲いたか」

う(卯佐吉)「諺に言ふ、[一]煎豆に花のお姿、人も木も再び栄ゆる希代の利益、不思議と言ふも余りあり」

竹(村竹)「所は佐倉の花咲村、こゝに奇特は優曇華の、花もろともに娘が本復、利益は現前、仏の来迎、さても尊や有難や〳〵」

す(雀姫)「[二]慈眼視衆生、福聚海無量の方便、有難や〳〵」

(一三) つゞき　[三]馥郁たる匂ひの内に、煙の如き一道の白気、[四]殷〳〵と立昇りて、「尋常ならぬ霊草の奇特は疑ふべくもあらぬ。回春草はこれなるべし」と思へば親子かつ感じかつ喜びは大方ならず。その中に正六は妻と我が子を見返りて、「すなほも卯佐吉もよく見よかし。阿狗は生みの娘にあらねど、四つの歳より育てられたる恩を忘れぬ孝心の、死しての後まで空しからで、仏縁深きものなればにや、その墓よりして世に得難きこの草は今生ひ出でたり。卯佐吉は此草を早く渋谷へ持て帰りて、福富殿へ参らせよ。疾く〳〵」と急がせば、卯佐吉は目に余る感涙を押し拭ひて、「父の仰はさることなれども、かゝる奇特は人によりて、かへつて験なきものならずや。願はくは親人も某ともろ共に、渋谷の里に赴きて、父の手づからこの草を我が主人に参らせ給へ」と言ふにすなほもうなづきて、「阿狗が死せし次の日より、わらはが[五]つかえの[六]怠りしも徒事ならず

洋欧邏巴、亜弗利加、亜細亜洲の諸国に生ずる、草花の芯なることを人皆知れり」(茅窓漫録・中)。

三 仏の眉間にある白い巻毛。右旋していて光を放ち、無量の国を照らすという。仏の三十二相の一。「白毫(ビャクガウ)…如来眉ノ間白毫ノ相有。猶珂雪ノ如シ。長サ一丈五尺。毫八ノ楞有。周囲五寸。其毫ノ中空ニシテ右ニ旋テ婉転ス。琉璃ノ筒ノ如。従レ是光ヲ発シ無量ノ国ヲ照ス」(書言字考節用集)。

(以上四六一頁)

一 あり得ないことが現実となったとの譬え。「煎大豆(イリマメ)大豆に花の咲たるがごとし」(和漢古諺)。

二 法華経・観世音菩薩普門品の偈の一部。「慈眼(しげん)をして衆生(しゆじやう)をみな福聚(ふくじゆ)の海(かい)無量(むりやう)なりこのゆへに頂礼(ちやうらい)すべし」(仮名書法華経・観世音菩薩普門品)。

三 香気の盛んに香るさま。「香(カウバシ)…馥郁(フクイク)」(合類節用集)。

四 盛んなさま。

五 →四五五頁注六。

六 回復する。胸の苦しさが治る。

(一三)

覚ゆれば、げに卯佐吉が言ふごとく、父御も共にかの地まで参り給へ」と勧めしかば、正六これに従ひて、等しく墓に回向[七]をしつゝ、さてかの草を数ふるに、僅かに五本あるにより、その四本を抜き取りて、一ト本は種に残し、自らこれを携へて、次の日の暁に卯佐吉ともろ共に武蔵を指して急ぎけり。かくてはや正直親子は両三日の程にして渋谷の長者が丸へ到着しつゝ、卯佐吉まづ内に入て主人にかくと告げしかば、福富夫婦は喜びて、自ら出でて正六を客坐敷に勧め誘ひ、夫婦等しく対面して、そ

七 死者の霊をとむらうこと。

絵(一三) 卯佐吉は正六夫婦と、阿狗の死による回春草で雀姫の病を直した功で福富長者から多くの贈り物を受け、家に帰る。この詞書は(一四)にある。正六夫婦の衣装は変わらない。枝折戸の両側は竹で雀の宿を示すか、それとも草深い田舎屋を示すか。贈り物を乗せて来た釣台に掛けてある布の熨斗文様が染められている。これは祝い物進物の意を示す。枝折戸の蔭にはたぬ吉が様子を窺っていて、歌舞伎の忍びの型。枕屏風の画者は不明。会話はこの絵に即してのそれぞれの言葉になっている。

のもてなし大方ならず。すべて仏意によればとて、およそ今度の薬のことは正六に任せしかば、正六は辞するに由なく、やがて回春草の根を刻みて茎も葉も共に煎じ、これを雀姫に飲まするに、只一朝にして雀姫は、たちまち夢の覚めたるごとく、病はつひに癒えにけり。かゝる奇特に福富夫婦は、いよ／＼喜びます／＼感じて、又優曇華の肥しのことを正六に任せしかば、正六は残れる草をこと／″＼く灰にして、半ばはその木の根に培ひ、半ばは灰を水に浸して間なく時なく注ぎしに、不思議なるかな、枯れたる名木一夜のうちに生き返りて、次へ

た（たぬ吉）「ハテいゝ仕事を掘り出したは。今宵夜更けて、うまい／＼」

供人「とかくに人は正直なを神も仏も守り給へど、その正直といふことが、しやすいやうでできぬてな」

う（卯佐吉）「此度の贈物を、又候御辞退なされては、たとへ親子の中にても、使ひに立ちし某が為にならぬと思し召して、異義なくお受けなされしは、喜ばしう存じます。しからば随分御機嫌よう、すぐさま発足いたしませう」

直（すなほ）「そんなら、卯佐吉、モウ行きやるか、随分まめでつとめてたも」

正（正六）「事を分けたる恵みの品／″＼、金は即ち阿狗が菩提に祠堂金とて下されしを、再び辞退もなるまいかへ」

一 仏のこころ。仏の思し召し。

二 死後の冥福。

三 先祖の供養のために寺に施入する金銭。「父母亡霊ノ為ニ、寺ニ納ル財ナレバ、祠堂銀ト云」（真俗仏事編・雑記余）。

（一四）

（一四）［つゞき］枝を交へ葉は茂り、しかも花さへ四つ五つ忽然として開きけり。主を始めその家にありとあるもの集りて、皆〳〵等しくこれを見るに、その[四]花蓮華に似たれども、よく〳〵見れば蓮華に異也。色は五色を相交へて美しきことえも言はれず、匂ひはしかも高く香りて、一里の外まで隠れなく、殊更不思議なりけるは、花の内より雲の如く気の如きもの立昇りて、現れ給ふ[五]三尊の弥陀の御形あり〳〵と、人〴〵の目拝まれ給へば、皆〳〵[六]一唱三歎の声もろ共に合掌して、[七]随喜渇仰の感涙に

四 蓮の花のこと。
五 寺院などで祀る中心となる仏で、本尊とその左右に控える二脇侍の菩薩との三体のこと。阿弥陀如来と観音・勢至、釈迦如来と文殊・普賢、薬師如来と日光・月光など。
六 宗廟の祭などで楽を奏する時、一人の発声に三人が和して歌うこと。「一倡ノ三歎ストハ、一人倡(ナ)ヘテ三人和スルヲ謂フ」（本朝俚諺）。
七 渇仰随喜。「渇仰」は仏を深く信じ仰ぐこと。「渇仰(カツガウ) 口乾(カハイ)て水を思ふが如く、高山をば仰ぐが如く慕ふ事を、俗に渇仰と云」（諺草）。「随喜(ズイキ)」（合類節用集）。

絵（一四） たぬ吉は正六方へ盗みに入るが、井戸側を板敷きと誤り、井戸へ落ち、物音に起きた正六に捕えられる。正六は福富長者からの金は菩提寺に納め、家から縄付きを出すのも憚られるとたぬ吉には教訓して許そうとするが、正六の留守の間に、たぬ吉はすなほをたばかって殺して逃げる。たぬ吉が捕えられるところと左上のすなほをたばかるところは、時間が大きくずれるが、これを一つに収めるのは異時同図法。すでに大和絵にも使われる独特の構図。両手を大きく広げるのも歌舞伎の型。

ぞむせびける。況んや又福富夫婦・雀姫らは、信心殊に肝に銘じて、「これ全く正直の名を負ひたりし正六夫婦と、孝行にして横死せし阿狗とやらんが徳によれり。喜び何ごとかこれに増すべき」とて、正六を敬ふこと名僧智識に異ならず。金銀・巻物[一]数を尽して、贈物にとて贈りしかども、正六は一つも受けず、「この身はもとより卑しうして、俄かに宝を多く持てるは、災のもとなるべし、只卯佐吉が事をのみ頼み奉る」と答へして、いかに勧むれども承け引かず、げに田舎人の朴訥[二]なる、我が言ふことをのみ言ひ果てて、[三]袖うち払ふて只一人、佐倉の里へ帰りけり。さればこのこと世に聞えて、花咲村の花咲爺とて、いと珍しきことにのみ言はぬ者なんなかりける。

作者曰　唐にも優曇華を鉢植ゑにせしものあり。その事は、[四]七種類攷といふ書に見えたれば、世になき事とは言ひ難かるべし。

○さる程に福富長者はまづ[五]浅草の観世音へ参詣して仏恩の著かりし喜びの法楽[六]をあげ奉り、その道すがら乞食らに物あまた施して、宿所に帰りて卯佐吉を招き近づけ、「汝が親の正直なる、欲には疎き人なれば、我が贈物を受けずして、下総へ帰りにき。さればとてそのまゝにうち捨ておくべきことにあらず。よりて今改めて一ト包なるこの金は、阿狗が香典に贈るなり。又此小袖[七]二重は[八]紗綾縮緬をもつてせず、[九]太織紬の類なるを、このまゝ汝に取らする也。急ぎ故里へ持て行きて、両親にまゐらせよ。およそ此

一　軸に巻いた布、織物。
二　飾り気がなく、素直なこと。
三　袖を払う。自分の意志を通す。
四　七修類稿。明の郎瑛著。ここは巻四十六「事物類 優鉢羅花」をさすか。しかし、優曇華を鉢植えにしたという記事はない。
五　→四六〇頁注三。
六　読経・奏楽によって神仏を楽しませること。
七　袖を小さく筒袖型に作った裾長の衣服。「小袖ト云ハ、装束ノ時ハ、下ニ袙ト云大袖ヲカサヌ。対レ之テ小袖ト云也。今俗ハ、綿服ニ非ル絹入ノ服ヲ、小袖ト云」(守貞漫稿・雑服)。
八　紗綾形の模様を織り出した縮緬。「紗綾(サヤ)〈糸紬、俗云左夜〉按、紗綾ハ綾ニ似テ而文稲妻(イナヅマ)ノ如シ」(和漢三才図会・絹布類)。「縐紗(チリメン)　縮綿(同)　又縮緬ニ作。並ニ和俗ノ用レ所」(書言字考節用集)。
九　縞模様のつむぎの太織。縦に玉糸(太くて節の多い絹糸)、横にのし糸(繭の糸口の糸)を織りあわせた布。「紬ハ綿ノ端緒(イトクチ)ヲ抽引テ糸ト為ス。故細緻ナラズ。然久ク敗(ヤブ)レ紕(ヨ)ズ。民間褻(ケ)ノ衣ト為シテ可也」(和漢三才図会・絹布類)。

度の事につきては汝が功も莫大なれども、我又思ふ旨あれば、そは重ねて急かすべし。贈物の少き[一〇]は、親の心に従ふのみ。必ず辞することなかれ」とて、供人両三人をかしづけて、花咲村へぞ遣はしける。

かくて卯佐吉は故里へ赴きて、主に言はれしことの趣両親に告げ知らせて、もたらし来つる金と小袖を取り出して渡せしかば、正六は今更に事を分きたる福富の贈物を辞するに由なく[一一]、喜びの心を述べて左右なく受けも納めにければ、卯佐吉はやゝ心落ち居[一二]て、「長者の待ちわび給はんに、一チ日も早く立帰りて返り言を申さん」とて、その日すぐさま引返して、武蔵を指して急ぎけり。

こゝに又たぬ吉は、先に阿狗を殺せしことを知るもの絶えてなかりしかば、いよ〳〵悪事に身が入りて、悪き業をのみ事とするに、正六がしか〴〵の奇特の由を伝へ聞て、「我もその草を取りて売らばや」と思ひつゝ、阿狗が墓に行きて見るに、大欲無残の眼には、かの草あれどもいかでか見ゆべき、それかと思ふものもなければ、心ひそかに訝りて、なほも様子を知らん為に、正六が背戸口[一三]なる鍵手の蔭に立寄りて、思はずも福富より金一ト包を得たりし由を立聞して深く喜び、「怪しき草を尋ねんより、あの一ト包を　つぎへ

た(たぬ吉)「身[一四]は濡れ鼠の夜稼ぎも、升[一五]にはまつた運の尽き、生け捕られたがいめへま

一〇「すくなき」の訛。
一一 ためらうことなく。
一二 心がおちつく。
一三 →四四九頁注三。
一四 ずぶ濡れになって夜盗を働くこと。
一五 升を棒で支え餌を置いた仕掛けに捕まること。

しい」

正(正六)「すなほか、これ〳〵盗人を捕へたぞ。サヽともし火を早く〳〵」

直(すなほ)「逃ぐるなら捕へずに、追ひ逃したが良いはいのふ」

た(たぬ吉)「ノウおばあさん、お情だ、宿六の帰らぬ間に此縄解いて下さりませ。そのお礼にはその麦をよく搗きぬいてあげませう。コレ後ろ手[一]で拝みます〳〵」

直(すなほ)「そんなら心を改めて此後を慎むといふに違ひはないかいのふ」

(一五) つゞき 奪ひ取らば、はるかにましたる業也」と心のうちに目論みて、その夜丑[二]満の頃おひに、正六が屋の棟の煙出しより忍び入りて、下屋[三]へ降りんとするほどに、下には深き井戸側[四]を板敷也と思ひ違へて、踏みはづしつゝ忽ちに、身は井の中へ落ちてけり。正六夫婦はたゞならぬ水音に、驚き覚めて厨の方へ行きて見るに、井に落ちたる者ありとおぼしく、うめ

(一五)

一 後ろ手に縛られたままで、手を合わせて拝むこと。

二 今の午前二時から二時半ごろ。一説には午前三時から三時半ごろ。転じて、真夜中。

三 床下に作った部屋。川岸や崖状の地などに崖造りにした家の床下の部屋。

四 井戸の側壁を囲んで、土砂が崩れ落ちないようにしたもの。また、中に落ちるのを防ぐため、井戸の地上の部分を囲んだもの。多く円形で、木、石などで作る。井筒。井桁。

く声のしてければ、いよ〳〵驚き訝りながら、試みに綱を引くに、その人は引かるゝまゝに釣瓶にすがりて出でしかば、「おのれ盗人ござんなれ」[五]と言ふより早く突き倒して、押へて縄をかけたりける。その隙に女房すなほがふり照らし来るひで[六]火燭に始めてその面を見るに、豈計らんや、盗人はたぬ吉にてありければ、さすがにうちも驚かれて、「あな浅ましや」とつぶやくのみ。只こらしめの為ばかりに梁[七]に釣り上げて、「夜も明けば庄屋殿へ告げ知らせて、形の如く所の法に行ふべし」とひたすらに罵るのみ。正六が心のうちには「放ちやらん」と思ひしかば、夜明けてすなほに囁くやう、「福富殿より給はりし一包の金は阿狗が為也。我は菩提寺へ赴きて祠堂[八]のことを相談せん。御身は折を見合せて、たぬ吉に教訓して、ひそかに放ちやり給へ。件の親子は心ざまいと恐しきもの也とも、我が方より罪人を訴へ出でんは益なき業也。よく〳〵心得給へ」と言ふにすなほは喜びうなづきて、「我が身もさこそ思ひ侍れ。ともかくも計ふべし」としめし合せし情[九]の報謝を、たぬ吉いかでか悟るべき。さしもに手強き曲者なれ共、身は濡れ凍へて、「おめ〳〵と正六に生け捕られしをいと口惜し」と思ふのみ。かくてすなほは留守の宿、なほもさあらぬ面持して、小歌歌ふて余念なく、しばらく麦を搗く程に、たぬ吉これを呼びかけて、空涙を流しつゝ、身の過ちを懺悔して、哀れみを乞ひしかば、すなほはこゝぞと教訓の言葉を尽し、以後を誡め、「疾く〳〵逃れ去りてよ」と、言ひ

五 「にこそあるなれ」の転。であるようだな。また、さあ来い。

六 松の根の油脂分の多い部分を割って灯火にしたもの。

七 家屋や橋などの骨組みの一。柱と柱の上に渡し、棟の重みを受けて屋根を支えるもの。横木。「梁(ウツバリ)内張(ウチバリ)也、家の内をはれる木也」(日本釈名)。

八 祠堂金。→四六四頁注三。

九 情けのある思いつき、行動。

絵(一五) たぬ吉は杵を振り上げすなほの頭を打って殺し、金を探すが、金は正六が寺へ持参したので見当らず、福富長者から贈られた衣と金目の物を奪って逃げる。上の画線外の詞書は十五丁に収まらないために書き足したもの。前述したように、五丁一冊の単位を守るため、ここで文はいったん終わる。

つゝ縄を解きたりし、情は仇となりにけり。

たぬ吉杵をもてすなほを殺す此絵の訳は、次の巻に見えたり。

た(たぬ吉)「毒を食はば皿までだ。ころりといつたか、かわいや〳〵」

国貞画　馬琴作

一 悪事をやったらそれをやりとおそう。
二 →四二九頁注一。

（下）

（一六）四

かくてたぬ吉は縛めを解き許されて、しきりにすなほを伏し拝み、「某俄かの出来心にて、かく恥しき捕はれとなりしを、かへつて憐れみ深く人にも告げず許されしは、菩薩にも増す慈悲[三]善根、いつの時にか忘るべき、返す〴〵も大方ならぬ情にこそ」とひれ伏して、そのまゝ立ちも上らねば、すなほはいとゞ不憫に思ひて、「若き時は誰〴〵もちとの過ちなきにあらねど、その過ちを改めて、この後をだに慎み給はば、こたびの事は知る人なし、疾く〳〵出でて行き給へ」と言はれてたぬ吉頭をもたげ、「先にはいたく縛められて、梁に釣られし苦しき目にもよそながら見て候ひしに、卯佐吉殿はいづこへか奉公に出で給

（一六）

三 →四三六頁注二。

絵（一六） 詞書はたぬ吉がすなほを撲殺して逃亡するところだが、絵では正六が寺から帰ってすなほの惨状を目撃し、渋谷に帰る途中引き返して来た卯佐吉に事の次第を物語る場面。歌舞伎の「物語り」と言われる型に見せる。話を聞いた卯佐吉は「敵はたぬ吉」と刀を握り締める。正六が正面を向き、事の成行きに視線がやや定まらぬように描くのと、卯佐吉が拳を握るのとは対照的である。枕屏風の蔭からすなほの着物の裾と血と杵を覗かせた絵は（一五）からの続き具合として冊が変わるのを配慮したもの。枕屏風は裏の花菱七宝文を見せる。正六の腕組みをして思案げな表情は、次丁になってわかる。正六と卯佐吉の着物の柄は変わらない。

ひしとて、過ぎつる頃より宿所にあらず、阿狗殿は不慮の事にて既に世を去り給ひしかば、お年寄られしおふくろの片時休む暇もなく、立ち働きをし給ふは、さこそ苦患あるべけれ。せめてその麦一ト臼也とも搗きあげてこそ行くべけれ」と言ひつゝやがて立んとするを、すなほは急に押し止め、「そは益も無きことぞかし、今にもあれ正六殿が立ち帰り来ば善き事あらじ、疾く〳〵出でて行き給へ」と言ふをば聞かで身を起し、「かく大恩を受けたるに、ちとの報ひをせざらんや。その杵こちへ渡し給へ」と言ひつゝ間近く立寄りて、すなほが持てる杵に手を掛くれば、すなほは頭を振りてなほ諭さんとしたりける。

油断を見すますたぬ吉は、杵柄むづと引たくつて、眉間をのぞんではたと打てば、すなほは額を打破られて、一ト声「あつ」と叫びもあへずのけざまに倒るゝところをたゝみかけて打つほどに、そのまゝ息は絶えにけり。「サアしてやつた」とたぬ吉は杵投げ捨てて、簞笥の引出しあちこちと、尋ぬれども心あてなる金はなし。「これは大方正六めが　つぎへ

う（卯佐吉）「母の敵は正しくたぬ吉、慳貪夫婦は詮義の手掛り、一刻も早く親父様、いざ〳〵お供いたしませう」

正（正六）「急いては事を仕損ずる。まづ何事も静かに〳〵」

一　地獄におちて受ける苦しみ。苦悩。

二　杵の柄（え）、にぎる部分。

（一七）

（一七）［つゞき］　馬鹿正直の癖なれば、阿狗が菩提の為にとて、そのまゝ寺へ持て行きつらん。せめてこれでも働き代」と、福富長者の贈りたる二重の衣は更也、銭目のあるものこれかれと、大風呂敷に引包み、しつかと背負ふて背戸口より足にまかせて逃げ失せたり。

　さる程に正六は福富より贈られしかの金を残りなく檀那寺[三]へ持て行きて、阿狗が祠堂の料にとて、そのまゝ住持に預け置きて、さらに宿所に立帰るに、もとより田舎のことなれば、阿狗が墓は寺にあらず、我が田の畔[四]

三　その家の墓や位牌のある寺。江戸時代は各家は必ずどこかの寺に属さねばならなかった。

四　田畑のあぜ、仕切り。

絵（一七）　中央左正六、右卯佐吉。卯佐吉は「け」の字の入った三筋格子の袖をくわえ、正六は「ま」の字の松文様らしい布を手にしている。慳兵衛・まが田の袖がちぎれていることと合わせて、絵で説明している。それぞれの視線は別々だが、後ろには慳兵衛とまが田が出刃包丁を逆手に、しかし手つきは違えて持っている。不思議なのは間に娘役の女性がいることである。娘たちの名の字は入っていない。この娘たちは、これも歌舞伎の型だが、それぞれの間を遮り防ぐように手を広げる。右上には火のようなものが尾を引いて流れる。この絵解きは、次丁に馬琴自身がする。読者はこの不思議な娘二人をなんと解くだろうか。これも草双紙（合巻）の面白さである。娘の衣装の文様は同じで髪型をやや変えている。歌舞伎の「だんまり」の場。娘は阿狗の亡霊。読者も次丁の馬琴の言葉をお読みください。

に葬りたる、そのほとりをよぎる程に、さきに一ト株残したる回春草は始めのごとく五株ばかりになりしかば、「かゝる目出度き霊草をうち捨て置かんはさすがにて、人の為身の為に又なるよしのなからずやは」と思へばやがて立寄りて、三株ばかり引抜く折、怪しむべし、墓の下に念仏の声聞へしかば、正六驚き訝りて、「あれは阿狗が幽魂か、さらずは黄泉路帰り[一]しか、いづれにしても不思議のこと也。掘りて見ばや」と思へども、鋤鍬もまだ用意せず、「いな／＼これは日頃よりいと懐しくてえ忘れぬ、只我が心の迷ひにこそ」と思ひ捨ててぞ立帰る。我が家を見ればこはいかに、物残りなく引散らされし、こゝもかしこも血潮の紅、すなはち額を打砕かれて臼のほとりにのけぞり死したるその事の体たらく、目も当てられぬ有様なれば、かつ驚きかつ悲しみて、さま／＼に労れども、既にはや事切れたれば、今更に詮方なし。正六涙を押し拭ひ、「察するところ、たぬ吉めが業ならんこと疑ひなし。我は年頃かりそめにも、人の為には身を入れて、僻める心は持たざりしに、これはいかなる報ひぞや、堪忍をのみ旨とせし、我が身ながらに耐え難し。村長に告げ守に訴へ、此憤りを晴らさでやは。かくあるべしと夢にだに、思ひはからでたぬ吉を、許させしことの口惜しさよ。こは何とせん」とばかりに、老いの繰り言果てしなき、涙を袖に塞きかねたり。

されば又卯佐吉は、昨日両親に辞し別れて、下総を指して帰り行くに、僅かに四五里

一 あの世へ行く路から戻って来ること。いったん死んだ者が蘇生すること。

ばかりにして、その日は既に暮れしかば、[二]旅籠屋に宿取りて、供人もろとも一ト夜を明かせし、その夜の夢見たゞならぬに、覚めての後も何となく胸騒ぎて止まらず。花咲村の親のこと心に掛かる由もあれば、夜明けて宿を立出でつゝ供人を見返りて、「我らは昨日花咲村に忘れたることあれば、このところより引返して後よりこそ参るべけれ。かゝれば行き来に[三]おの〳〵と一チ日路の違ひあらん。先へ帰りてこれらの由を申給へ」と説き示せば、供人らは心得て別れて渋谷へ急ぎけり。

さる程に卯佐吉は、その日[四]未の頃ほひに、又故里へ立帰りて、母のすなほが横死の有様、たぬ吉が事は更なり、阿狗が墓の下にして念仏の声聞えしことまで、父正六が物語りにて、聞くにつけ見るにつけ、[五]遺恨腸を断つばかりにやる方もなく歎きつゝ、「親人何とか思ひ給ふ、母の敵はたぬ吉に極まりしを、なほ村長に告げ知らせ守へ訴へなどせんには、次へ

[六]此所[七]無言の立廻りなれば詞書なし。トド[八]うすどろ〳〵にて阿狗が姿左右へ現れおし隔つるに驚くこなし、四人一度にだち〳〵〳〵とあとしさりして引別れ、互に[九]きつと決まる時、よろしく[一〇]拍子幕と見るべし。

(一八) つゞき すべて[一一]しやつらは逃げ去るべし。たとへたぬ吉は逃げ失せたりとも、彼が両親を捕へ置きて、その後に訴へ出でずは詮義の手掛りあるべからず。先に「阿狗を

二 武士や一般庶民の宿泊する食事付きの宿屋。
三 諸君。みなさんがた。
四 今の午後二時ごろ。
五 残念に思うこと。忘れられない恨み。
六 ここは読者に歌舞伎舞台を連想させるように解説をしている。
七 歌舞伎にいう「だんまり」のこと。数人が暗やみの中で無言のまま探り合い動きまわる。
八 歌舞伎下座音楽の一。幽霊妖怪などの出入りに用いる鳴り物で、怪奇的夢幻的な雰囲気を出す。
九 歌舞伎などで、役者が見得を切ることになぞらえて言う。
一〇 歌舞伎で、拍子木を打ちながら幕を引いて終わること。
一一 そいつ。三人称。罵って言う語。

(一八)

殺せし者はたぬ吉にあらずや」とその時疑ひ候ひしを、正しき証拠もなきことなれば、思ひしのみにて今日までは、言葉に出さずうち過ぎしが、きやつが阿狗に遺恨ありし、その故なきに候はず。これかれ思ひ合すれば、妹の敵もたぬ吉ならんに、しやつは盗みをせん為に、この家へ忍び入りたるを、捕へてひそかに許させ給ひし、慈悲はかへつて仇となりし、類稀なる悪人也。まづ何となく慳兵衛が宿所に赴き、時宜[一]によらばかやつら[二]を引きずり行きて、事の由を訴へ申さん、いざ」とてやがて立上れ

一 ちょうどよい時期。「時宜(ジギ)、俗に礼を時宜と云」(諺草)。
二 あいつ。三人称。卑しめて言う語。

ば、正六、「げにも」とうなづきて、さはとて妻の亡骸には、衣をかけ屏風に囲ひて、親子等しく立出でつゝ、門の戸しかと鎖しを固め、既にして慳兵衛が宿所を指して行く程に、その日も早く暮れにけり。

さる程にたぬ吉は、盗めるものを背負ひつゝ、正六が背戸口より、ひそかに走り出でし時、計らずも途中にて母のまが田に行き会ふたり。さすがに親子の仲なれば、後難[三]を思ひけん、為せし悪事を包まずして、しか〳〵と告げ知らすれば、まが田は聞てちつとも騒がず、「しからば汝は近き辺りに隠れ居らんはいと危し。我が若かりし時、武蔵なる柿の木村の木伝殿に、しばし仕へし縁あれば、それに頼りて身を寄せよ、疾くなくなれ」と急がして、しばし囁く親子の密談、人もや来るとたぬ吉は、そのまゝ母に立別れ、武蔵の方へ馳せ去りけり。まが田は後を見送りて、急ぎて宿所に立ち帰り、夫にかくと知らすれば、慳兵衛聞て頭を傾け、「しからばそちは此夕暮に、かやう〳〵にせよかし」と言へばまが田は心得て、日の入りなんとする頃より、正六が背戸口に忍び近づき、耳をすまして正直親子が談合を聞果てて走り帰り、かしこの様子を告げ知らすれば、慳兵衛聞てうちうなづき、「卯佐吉めが小戻り[四]してこゝへ来らば面倒也。折こそ良けれこの宵闇に待伏せして、ばらしてしまはば我が子の為に後腹病[五]めず。汝もとせよかくせよ」としめし合せて出刃庖丁を夫婦等しく手拭に包む人目の黄昏時、我が家を出て二三町、

三 後で悪いことが起ること。

四 ちょっと戻ってくる。

五 「後腹」は分娩後の腹痛。転じて、物事が終わったあとでも問題が残り悩まされることを言う。「後腹ガヤメル」(諺苑)。

絵(一八) 福富長者の家での雀姫の婿選びのための宝比べで、木伝猿九郎の持って来た猿丸太夫の短冊と芦辺蟹次郎の持参した柿実形の硯をめぐっての争論の場。柿実形の硯は読者ご存じの握り飯と交換したもの。猿丸太夫の短冊は? これがいかがわしい物であることは、髪形(立て髪か)と表情によってもわかる。鼻高幸四郎のキッとした実悪的な面と、柔和であるが強さもある菊五郎の顔とが好対照で描かれる。蟹次郎の羽織は芦の文様、袴は籠目文か。後ろに控える豆平の着物は三升の紋に蝙蝠。市川茂々太郎、後の六代目市川団蔵と見るがいかがか。猿九郎の後ろのキャッ八は柿の実に柿の葉だが、似顔は不明。襟に太い縞らしい文様(手綱染め)が見えるのは中間など下役の印である。この場面もまた次丁のものであるが、読者にはおおよその見当はつくはずで、かえってこの場面の説明が次になるのが面白かったとも思う。

稲叢蔭に身を寄せて、正六親子がこなたを指して来るを遅しと待つ程に、間近く聞ゆる人音を、すかし眺めて囁きうなづき、不意を打つたる慳兵衛が刃の光に卯佐吉は、心得たりと身をかはして、すかさず利腕[一]しつかと取る。その隙に女房まが田は正六目がけて突つかくる、狙ひはそれて二足三足、よろめく両手を取りつめて[二]、挑み争ふ宵闇に、夫[三]婦親子が善悪邪正、庖丁一度に打ち落されて、組んではほぐれ、ほぐれては又つかみあふ虚[四]〳〵実〳〵、勝負も果てじ。なまじいに慳貪夫婦は打ち損じて、かなはじとや思ひけん、これかれ等しく逃げんとするを、正直親子は逃さじとて、引捕へたる夫婦が袖を双方共に引ちぎつて、なほ追ひすがるを隔つる如く、ばつと燃えたつ 次へ

豆(豆平)「おらが旦那を盗人呼はり、小さい豆な豆蟹でも、こりや聞き捨てにはならぬはへ」

かに(蟹次郎)「正しく指して言ふにもあらぬに、心に覚えあればこそ、人聞き悪き尾籠[五]の振舞ひ、そりやお言葉が過ぎませう」

福(福富長者)「双方共に静まり給へ。我らしばらく預りました。ハテさて急かずにお控へなされい」

さる(猿九郎)「盗人[六]たけ〴〵しいとやら、言はせておけば、様〴〵なる間に合せ。おのが盗んだその硯を持て来て見せしは自業自得[七]、逃れぬところと諦めて、まつすぐに白

一 よくきく方の腕。ふつうは右腕。
二 きびしく責めつけて。
三 慳兵衛・まが田夫婦と正六・卯佐吉親子の善悪は、その結果は明らかで。
四 計略や秘術を尽して戦うこと。ここではさまざまに争い戦い合うこと。
五 礼儀を弁えないこと。「尾籠(ビロウ)是は俗にをこなものをこがましなど今の世で云詞の意なり」(諺草)。「尾籠(ヒロウコ)…人ニホコリガマシキ事ヲヲコノ者ト云」(俗語字訓)。
六 悪いことをしながら、ずうずうしい態度をとるのを罵って言う言葉。
七 自分の行為の結果を自分で受けること。

状おしやれ、こゝな大泥棒めが」

　蟹次郎、猿九郎、互に硯の出所争ふ。この絵の訳は次に見えたり。

（一九）つゞき　鬼[八]火と共に女子の姿、ちか〳〵とあなたこなたへ現れて、楯となりたることの不思議に、正直親子は思はずも、たぢろく足を踏み止めて、「そは阿狗にはあらずや」と呼びかくる声消ゆる火の、闇にまぎれて慳兵衛・まが田は、いづこともなく逃げ失せけり。

はなし二つにわかる　それはさておき、福富長者は、卯佐吉を下総なる彼が親里へ遣はせし頃、妻の村竹、大人熊八らを呼び近づけて、「我近頃雀姫が為に、ひそかに婿を選めども、心に叶ふ者もなし。およそ我が望むところ、宝に不足ある身ならねば、持参の金も好ましからず、只氏素性世に秀れて男振りよく才ある者を、婿[九]がねと思へども、一人〳〵に呼び寄せて、これを見んこといと難し。よりて宝合せ[一〇]になぞらへて、遠近の雅男[一一]を招き集めんと思ふ也。この事の趣を高札[一二]に記して見せずは、なべての人は知るべからず、用意をせよ」とぞ言ひ付けける。これにより熊八は、宝合せの事の由を、札に記して掛けしかば、遠近の人早く知りて、好事なる者少からねば、「世に珍しきもの也」とて携へ来るもの多けれ共、いかでか長者の宝に及ばん。況んや又その人柄の婿がねにせんと思ふ者、一人としてあることなし。

八 沼や墓に出る青白い火。幽霊の火。

九 婿と考えた男。やがて婿になる人。

一〇 それぞれ宝と思う貴重な物を持ちより、比べて、その優劣を決めること。

一一 上品で風流の男。

一二 人通りの多い所に掲げる板札。御触書や代官・町奉行所の布告を書き出した。「標牓(タカフダ) 高札(同)」(書言字考節用集)。

（一九）

かくて第三日に及ぶ日に、宝合せの為にとて来つる者二人あり。その一人は武蔵の国杉田[一]のほとり、柿の木村の郷士[二]にて、木伝猿九郎と名乗れる者也。又一人は品川に程近きあなのや[三]の郷士にて、芦辺蟹二郎と呼ばるゝ者也。福富長者対面して、「おの〳〵いかなる珍物[四]を持参し給ひし」と尋ぬるに、猿九郎進み寄りて、「某が先祖と言つぱ百人一首にのせられたるかの猿丸大夫[五]也。自筆の短尺こゝにあり。これ御覧ぜよ」と誇り顔に携へ来りし短冊入れより恭しく取り出すを、福富長者受け取

一 現在の横浜市磯子区杉田町辺。「江戸日本橋より行程十二里、東は海岸に添ひ、西は保土谷宿より金沢・鎌倉に達する往来を隔て中里村に隣り」（新編武蔵風土記稿）。
二 江戸時代、主として農村に居住する武士の総称。→四三五頁注六。
三 未詳。
四 底本「珍物を（ちんぶつを）」。
五 平安時代の歌人。生没年未詳。三十六歌仙の一人。「猿丸大夫集」がある。古今集真名序にその名が見える。
六 江戸時代以前、ことに平安時代の人の書いた筆跡。
七 真偽を見極めること。鑑定。「極（キハマル）」「極（キハム）」（合類節用集）。
八 浄瑠璃「加々見山旧錦絵」の登場人物である局岩藤と中老尾上のこと。「草履打ち」の場面が著名。
九 歌舞伎十八番の一つ「不破」の登場人物である不破伴左衛門と名古屋山

りて、しばらくうち見て眉をひそめ、「猿丸大夫の肉筆はもつとも世に稀なるもの也。たとへ貴殿の先祖たり共、正しき古筆[六]の極[七]なければ、定かにそれとは言ひ難かるべし。況んや又猿丸大夫の時代には、未だ短冊といふものなし。しかるにこの詠み歌は今の短冊に記したり。これかれもつて疑ふべく、いと受け難きものならずや」となじり問はれて猿九郎は、猿面赤めて閉口す。

かくて又福富長者は蟹次郎にうち向ひ、「貴殿はいかなる珍物を携へ給ひしぞ」と尋ぬれば、蟹二郎も又進み寄りて、「某一つの硯を所持せり。形は半輪の月の如く、硯に自然と潤ひ生じて水の滴る奇特あり。これ見そなはせ」と言ひかけて件の硯をさし寄すれば、福富長者はこれを見て、［つぎへ］

さる（猿九郎）「尾上[八]・岩藤、不破[九]・名古屋、それより実のある猿九郎が草履をいたゞけ、瘧[一〇]が落ちるは」

かに（蟹二郎）「あまりと言へば法外[一一]千万、モウ堪忍がならぬはへ」

豆（豆平）「こりや理不尽[一二]な、どうするのじや」

キヤ（猿九郎の手下）「どうもかうもいらねへはゑ。たゝんで[一三]しまふ、覚悟をしろ」

た（たぬ吉）「こんな奴は食[一四]はし得だ。もひとつかうか、どやせ〳〵」

（三〇）［つゞき］「いぶかしや[一五]、此硯は柿実形と名付けたる某が秘蔵の物也。十年あまり

三郎のこと。
一〇 厄災が落ちる。
一一 とんでもない。なみはずれている。
一二 筋道がたたない。無理無体である。
一三 こらしめてしまう。打ち叩いてしまう。
一四 やっつけた方がいい。なぐった方がいい。
一五 怪しい、不明なことを明らかにしたい。

絵（二九） 柿実形の硯は福富長者の機転で蟹次郎が預かることになったが、帰る道を待ち伏せしていた猿九郎と手下キャッ八に散々に責められ硯を奪われる。豆平・キャッ八の腰下に見えるのはまわし。ここへたぬ吉が出て来るのは次丁の詞書からはやや不自然であり、また臼五郎が向うに見えるのもおかしいが、これは（三一）に記されている倒れ伏した二人を通りあわせた臼五郎が助けるところを、絵に書き加えたのである。さすがに馬琴もこのずれにはやや当惑したと見えて、（三〇）の末尾で、詞書を先に読んで後で絵を見てくれ、と言う。しかしこれは無理な注文で、読者は詞書よりもまず絵を見てしまうだろう。それはそれでいいのではないだろうか。たぬ吉や臼五郎が出るのも、かえって読者には後の展開を期待させたのかも知れない。

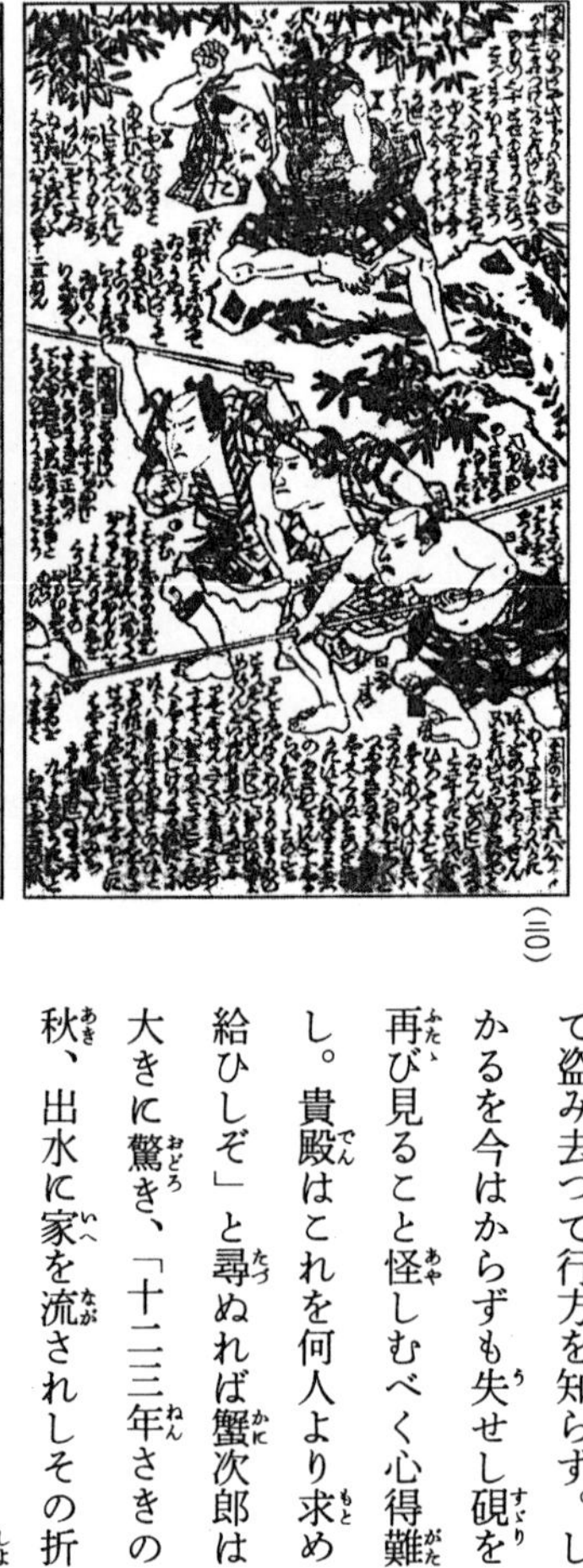

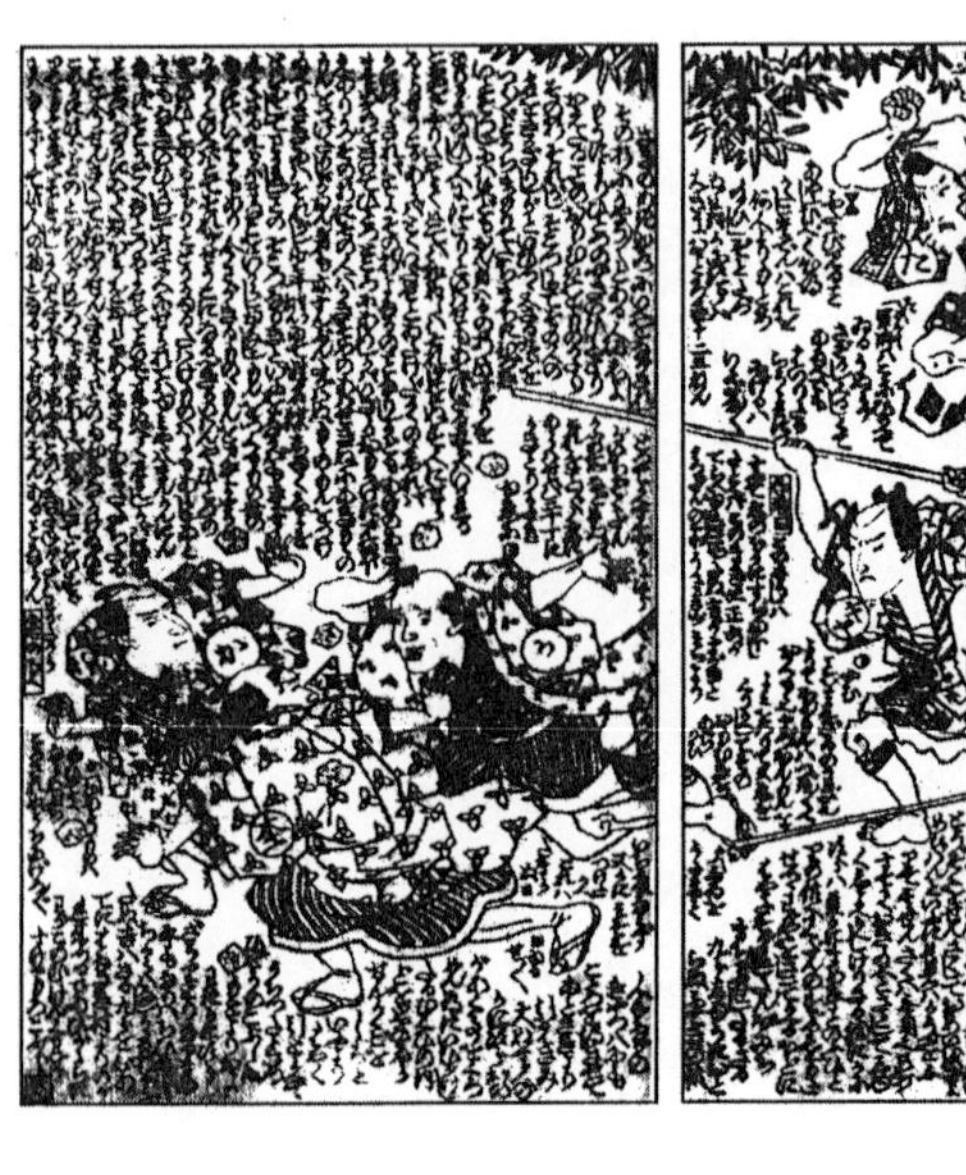

（三〇）

さきつ頃、我が宝蔵に盗賊入りて盗み去つて行方を知らず。しかるを今はからずも失せし硯を再び見ること怪しむべく心得難し。貴殿はこれを何人より求め給ひしぞ」と尋ぬれば蟹次郎は大きに驚き、「十二三年さきの秋、出水に家を流されしその折に、かやう〳〵」とある人の所望により一つの焼飯と取り替えたる事の趣を物語り、「その折某粗忽[一]にしてその人の名を聞かざりしが」と言ひつゝ、又猿九郎をつく〴〵とうちまもりて[二]、忽ちに心付き、「いと卒爾[三]には候へども、御身はかの折此硯

一 軽はずみ。不注意からおこったこと。

二 じっと見詰める。「うち」は接頭語。

三 軽率なこと。失礼なこと。失礼ではあるが。「卒爾(ソツジ)」(書言字考節用集)。「率爾 …軽遽之貌」(諺草)。

を取り替え給ひし人に似たり」と言はせもあへず猿九郎は、怒れる声を振り立てて、「さては和ぬし[四]は某を盗人にせらるゝか。証拠があらば疾く出せ」と、居丈高く罵れば、蟹次郎、「さればとよ、その折夜半のことなりしかども、明の朝まで出水を避けて、一つ所にありしかば、いさゝか面影に見覚えあり。かつその折にその人は柿染めの袷衣[五]に[六]秋桃の紋を付けたりしが、御身も亦寸分違はぬ桃の紋を付け給へり。さきには某 少年にて、姓名・宿所を問はずして別れしことの粗忽なりき」と言ふを半ばも聞かずして、猿九郎は眼を怒らし、「同じ紋を付くる者、世の中にはいくらもあり。今我が着るものの紋を見て、かやうかやうと言へばとて、それが証拠になるべきか。況んや一つの焼飯と、かゝる硯と取り替ゆる、戯け者はよもあらじ。跡形もなき言ひ掛けして、盗人にせられては、弓矢八幡堪忍ならず、そこ動くな」と詰め寄せて、事出で来ぬべく見えしかば、福富長者はなかに入て、双方を押し留め、「はや年あまた経ちたることを、今穿鑿して何にかせん。猿九郎殿も心にな掛け給ひそ。この蟹次郎殿とやらんが後暗きことあらば、おめ〳〵としてこの硯を持て来て某には見すべからず。思ふにこの柿実形は我が宝にはならずして此人の物となる宿世の因縁あることならん。されば今改めて硯は蟹次郎殿に参らせん。只某が面に愛でて、遺恨を残し給ふな」と、さすがに富めば心も広くて、言葉を尽して扱ひければ、猿九郎はなほぐど〳〵とつぶやきながら宿所へ帰りぬ。

四 そなた。二人称。同輩またはそれ以下に用いる。

五 「四月朔日 更衣ト称シ、今日ヨリ五月四日ニ至リ、袷衣ヲ着ス」（守貞漫稿・夏冬）。

六 秋に熟す桃の実。

絵（三〇） 蟹の一族は猿方を告訴しようとしたが、長者に迷惑がかかることを考え、猿方と談合しようと出かけて、待ち伏せしていたたぬ吉と猿一党にさんざんに打たれてしまう。蟹一族はみな羽織に草履で話合いの身ごしらえ。横雪木工蔵は結び柏。「か」の字入りの人物の文様は銀杏なので歌舞伎役者を示唆しているかも知れない。これに対する猿方は両肌抜き、片肌抜きに向う鉢巻、手綱染めの襟がここではっきり見える半纏姿。それぞれ喧嘩の格好。まさに好対照に描かれる。

その時蟹次郎は福富長者の情を感じて、「しからば某この硯をしばらく預り奉り、かの盗賊を詮索して汚名を清め候はん」と言ふに長者は頭を振りて、「其詮索は無用也、只打捨てて置き給へ」と諭して宿所へ帰しけり。

さる程に蟹次郎は豆蟹豆平といふ一人の供に件の硯を持たせつゝ我が家を指して帰るほどに、はや黄昏し田圃道、待伏せしたる猿九郎、主に劣らぬ不敵の供人手長のきやつ八にも心を得させて後先より引挟み、「大盗人の蟹次郎、おのが悪事をくろめん[一]為に言ひ掛けしたる報ひの程を思ひ知らせん、覚悟をしろ」と言ふより早く引捕へて、打ちつ叩きつ非道の拳に、もとよりか弱き蟹次郎、草履取りなる豆平も、なりは小さし力はなし。かゝる折からたぬ吉は、猿九郎を心あてに花咲村より逃れ来つる出合ひがしらに我が好む喧嘩を助ける両拳。次へ

猿方みな〳〵「八本足の蛸魚ならば手柄に挟んで見ろ。ふてへやつらだ、逃すな〳〵」

た（たぬ吉）「軍師はこゝに控へてゐる。うぬらがさぞかし苦しくて、穴へでも入りたからう。横に逃げるは、いゝざま〳〵」

か（蟹次郎）「不意を打たれて一度ならず、又蟹味噌[二]を付けたかへ。これはたまらぬ、許せ〳〵」

か（蟹次郎）「無法者は相手にならぬ、ぶち殺されぬうち逃げろ〳〵」

一 ごまかす。まぎらす。

二 「蟹味噌」に、しくじるの意「味噌を付ける」をかけたもの。

作者曰　この草子はすべて絵の方に筋多し。例へばこの巻に正六が寺へ行きし所、たぬ吉がまが田と密談の所、卯佐吉が道よりとつて返す所、蟹次郎が一族談合の所など是也。これをことぐく絵に表せば、三十丁に書きとり難きゆゑに、止むことを得ざるの業也。よりて本文は次〳〵へ遅るゝ也。まづ本文を読み終りて又絵を繰り返してその趣を味ひ給へかし。

（三二）

（三二）つゞき　叩き倒して柿実形の硯を早く引たくつて猿九郎に渡す折、遥かに来かゝる人有るを、三人等しく見返りて、そのまゝそこを立ち去りけり。されば蟹次郎主従は、いたく打たれしことなれば、同じ枕に倒れ伏して、生死を知らずありけるに、かの杵塚臼五郎はからずも通りあはせて、情ある者なりければ、様ぐに労りつゝ辻駕籠に助け乗せ、宿所へ送り届けけり。

さる程に蟹次郎が一族なる横雪三木工蔵・平家野蟹七・武文

三「木工蔵」に「木像」をかける。木像は、でくのぼう、無能者、口べたな者のことを言う。

絵（三二）　福富長者は事の成行きを憂慮して、まず蟹方を見舞い、ついでに猿方を訪ねて利害を説いて和睦するように扱おうとして、熊八（蜂）を連れて、妻竹村に見送られて家を出る。福富長者は模様のついた襟の羽織、裾取りの縁（おそらくビロード）のついた牡丹唐草の野袴をはいている。羽織の紐も熊八（蜂）とは異なる。裕福な郷士の外出姿で、関三十郎の役柄にも合う。熊八（蜂）の衣装の文様は蜂の巣か。ここで四冊目が終わる。

蟹太郎なンどいふ者、事の由を聞て遺恨に耐えず、「公に訴へ申て恨みを晴らさん」とぞ息巻きける。その時、木工蔵進み出て、「さては長者を巻き添へして、情を思はぬ者に似たり。所詮我〳〵うち連れ立ちて、猿九郎が宿所に赴き、理をもつて彼を責めんに、彼若し先非を悔ひて過ちを詫び、柿実形の硯を返すか事の様子を試みて、又せん術もあらん」と言ふ。皆〳〵この義に従ふて、一族すべて廿余人、柿の木村へ赴きけり。

　されば又猿九郎に件の事の趣を告ぐる者ありければ、今更に打驚きて、「そはいかにせん」と言ふ。その時たぬ吉進み出でて、「某既に謀事あり、かやう〳〵」と囁けば、猿九郎喜びて、用意をしててぞ待ちたりける。蟹次郎方の者共は、かゝるべしとは夢にも知らで、既にして猿九郎が宿所近く来つる時、たぬ吉は道のほとりの大木の上に打登りて、用意の小石をつぶてに捕んではらり〳〵と投げかくれば、先に進みし三四人、目[一]面を打たれて驚き騒ぐを、「得たりやおふ」[二]と敵の大勢、尻焼猿松、四国の佐次平、手長のきやつ八らを始めとして伏勢一度にどつと起つて、六尺棒をうち振り〳〵、従横無礙に薙ぎ立つれば、蟹次郎方辟易して、傷を被り血にまみれて、皆散り〴〵に逃げたりける。

　福富長者はこれらの由を伝へ聞て大きに驚き、「猿蟹両家の確執も我が柿実の硯より事起りしを知りつゝ、他所に見てやは居らん、双方をこしらへ[三]宥めて、和睦さするにま

一 目と顔。
二 「得たりおう」に同じ。相手をうまく仕止めた時や、自分に好都合な時などに勇んで発する言葉。「得たりや応(ヲウ)同書(保元物語)。宇野親治得たりやおふとてとあり」(本朝俚諺)。
三 いろいろとなだめる。

す事なし」とて、大人熊八[四][五]と小者一人を従へて、まづ蟹次郎が方へとてあなのやの里へ赴きける。

福（福富長者）「暇取ることがあらふとも、何も案じることはないぞや」

竹（村竹）「早うお帰りあそばしませ」

（三） 五

かくて福富長者は荒布戸熊八らの供人を引連れて、まづあなのやの里に赴き、蟹次郎に対面して、その打傷の安否を尋ね、「此度木伝猿九郎が法外なる振舞ひを、さこそ遺恨に思ひ給はめ、さればとて公へ訴へ奉らんとし給ふとも、此わたりは辺土[六]にて官府[七]へはいと遠ければ、速やかには事ゆくべからず。況んや又下世話にも喧嘩両成敗とか言ふなれば、たとへこなたに理ありといふとも、必ず勝たんとは定め難し。それのみならで始めを言へば、某が

（三）

四 →四五二頁注七。
五 荒布戸熊八。→四五二頁注八。
六 田舎。「辺土(ヘンド)」(書言字考節用集)。
七 都。「官府 クワンフ」(節用集大全)。

絵(三) 福富長者はまず蟹次郎を見舞う。衣装が変わっている。馬琴と国貞のことゆえ、これには趣向があるのだろう。前図(二)が野袴だとすれば、室内ゆえ衣服を改めたか。長者は扇を逆さ持ちにしている。目下の者にものを尋ねる時の持ち方。対する蟹次郎も歌舞伎の病人の型の「病鉢巻(やまいはちまき)」(左側で結ぶのが普通の型)をしながらも羽織を着ているのは、長者に対する礼を失せぬ作法か。扇にさまざまな意味を持たせるのは「扇と芸能」(服部幸雄『江戸歌舞伎の美意識』)に詳しい。

失ひし硯よりして起りしかば、我が身も事の掛りあひを逃るゝ道のなきに似たり。某渋谷の郷士として、一ト里を領すること既に数代に及べども、争ひの事によりて公沙汰に預ることは一ト度もなかりしに、今この件の義につきて訴への庭にしも連なることは、歎くにたえたり。もし堪忍を旨として我が扱ひに任せ給はゞ、猿九郎に利害を説きて和睦させんと思ふ也。彼先非を悔ひ、過ちを詫び、柿実形の硯を返さば、各〳〵も亦怒りを治め、恨みを解きて和睦し給へ。これ両全の謀事双方無為の術なるべし」と詞を尽して宥めしかば、蟹次郎は一族の者共を呼び集めて、「この事如何あるべき」と語らふに、「猿九郎が無法の仕方はもつとも憎むにたえたれども、先に硯のことにつきて蟹次郎を疑ふことなく、かへつて硯を恵まれし福富殿の情を仇に、今その諫めを聞かずして事を好まば、我〳〵も恩を知らぬ者に似たり。猿九郎だに先非を悔ひて、自らこゝへ来て詫びなば、和睦せんこと勿論也。この義をもつてともかくも計らせ給へ」と答へしかば、福富長者喜びて、「しからばかの人〴〵を説き伏せて納得させ、又こそ推参すべけれ」とて柿の木村へ赴きけり。

かゝりしほどに猿九郎は、たぬ吉が謀事によつて、芦辺方の者どもを つぎへ

福(福富長者)「ハテをとなしい御挨拶、早速の御承知で大慶至極に存じます」

かに(蟹次郎)「事を分けたる恩人の扱ひを押して否とも申されず。堪忍ならぬ所なれど

も、お言葉には漏れますまい」

(三) つゞき 門までも入れずして思ひのまゝに打散し追ひ返したりければ、喜びにたえずして、たぬ吉に酒を飲ませ、敵を打つといふ義を取りて鼓原といふ名字を名乗らせ、なほも匿ひ置く程に、たぬ吉が親慳貪夫婦も、ひそかに我が子の跡を追ふて、花咲村より来にければ、猿九郎は重ね〲の方人を得たりとて、慳兵衛・まが田をもてなしつゝ、この夫婦の者どもには、「敵の様子を探れ」とて、牛町のほとりなる別荘へ遣はして、屋敷守にぞしたりける。

かゝる所に僕きやつ八忙はしく走り来て、「渋谷の郷士福富長者、郎党荒布戸熊八とかいふ者と一人の草履取りを従へ来て、「主に対面せまほし」と言はるゝ也。何とか答へ候はん」と問ふに、猿九郎頭を傾け、「福富長者がはる〲と自ら来つるは何事やらん」と言ひつゝ左右を見返れば、四国の佐次平、手長の猿松、等しく席を進み出でて、「かの福富は始めより蟹次郎を引くもの也。彼招かずして自ら来つるは、蟹次郎が為に利害を説きて、和睦を進めん為なるべし」と言はれて、「げにも」と猿九郎は、うちうなづきて声をひそませ、「我かの福富長者にもかやう〲の恨みあり。彼今僅かに一両人の供人を従へて来つるこそ幸なれ。手立てをもつて取り籠め置かば、かねて美人の聞えある雀姫を妻にせんとも、彼が十千万両の家蔵をこと〲く受納せんとも、みな我が

一 狸の「腹鼓」から、これを逆にした「鼓原」を姓にした洒落。
二 味方。仲間。
三 現在の港区高輪二丁目あたり。「牛町 江戸入口 江府車借の牛宿有」(江戸砂子温故名跡誌)。
四 当時田舎者の四国の人をあなどって言った言葉「四国猿」が一般化した。
五 ひいきにする。

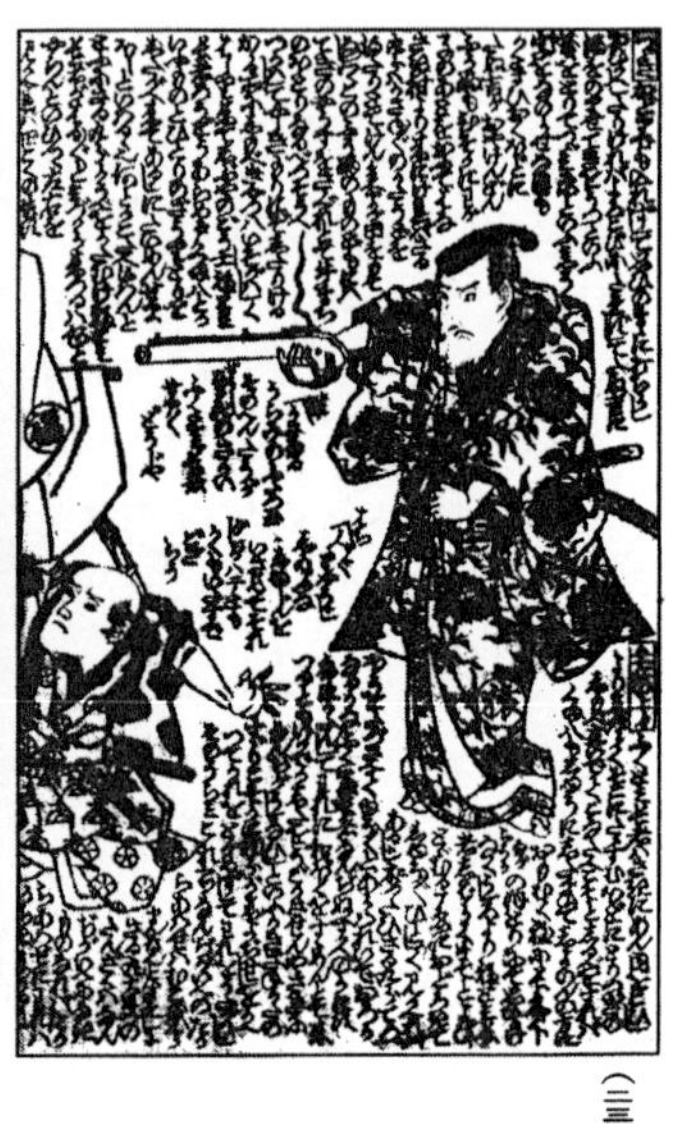

（三）

心のまゝなるべし。猿松と佐次平は、彼が草履取りを生け捕りて前後の門を守るべし。たぬ吉ときやつ八らはかやうかやうにせよかし」とて、謀事を説き示しつゝ、俄かに用意をしたりける。

　さる程に福富長者は、先に案内を乞ひしより、しばらくそこにたゝずむ程に、取次の僕立出でて、「こなたへこそ」と導をすれば、熊八も主に従ひて書院の方に赴く程に、長廊下のほとりにて、思ひがけなく後より、「福富長者しばらく待て」と呼び留むる声に驚きて主従等しく

一「人にそくろをかふといふ事見えたり。嘱賂の音にて、嘱託賄賂を合せていへるにや」(倭訓栞)。
二ぶしつけで失礼なこと。「聊爾とは、かりそめになすを云。爾は助字

見返れば、主木伝猿九郎鉄砲を携へて悠〳〵と現れ出で、「愚かなるかな福富長者、汝盗人の蟹次郎に加担して、我に和睦を勧めんとて来つるとも、いかでか舌を動かさせんや。先に汝が失ひしといふ柿実形の硯こそ、蟹次郎が所持せしを、かへつて彼を咎めずして我を疑ひし、その恨みこれ一つ。汝が家の宝合せは、婿を選まん為也と聞えしに、猿丸大夫の短冊は汝が家に無きものなれば、宝合せに我は勝ちぬ、しかるに我を婿にはせで、偽筆也とて嘲りし、その恨みこれ二つ。汝蟹次郎らに嘱賂を飼ふて、我を討たせんと計りしこと、その恨みこれ三つ也。かゝる恨みを今返さずは、いつの時をか期すべきぞ、先非を悔ひて降参し、雀姫をもて我に娶せ、汝が宝をこと〴〵く

つぎへ

猿（猿九郎）「重なる恨みの二つ玉、その返答が生死の境、福富長者、サア〳〵どうじや」

はち（熊八）「人〴〵聊爾[二]し給ふな。主人を諫めて某が、ハテともかくも致すでござらう」

福（福富長者）「たとへ恨みのあればとて、飛道具を持つて取り巻きしは卑怯であらう、猿九郎。浅き手立てもこの身の不運」

キヤ（きやつ八）「雪の日の小田原河岸[三]、相場の高い鉄砲[四]をたくさん馳走の旦那の手料理、一杯食つてよいざま〳〵」

なり」（諺草）。

三 現在の中央区日本橋室町一丁目・本町一丁目。大正期までこの地に魚市場があったので、魚河岸とも呼ばれていた。「魚市 船町小田原町安針町等の間、悉く鮮魚の肆（イチ）なり。遠近の浦々より海陸のけぢめもなく鱗魚をこゝに運送して日夜に市を立て甚賑へり」（江戸名所図会）。

四 当たれば死ぬというところから、河豚のことを言う。「河豚 ふぐ 京江戸ともにふぐとよぶ、西国及び四国にてふぐとうと云、又江戸にて異名をてつぽうと云、其故はあたると急死すと云意也」（物類称呼）。

絵（三） 猿九郎・たぬ吉・キャッ八の種子島に囲まれ、進退きわまった福富長者。熊八（蜂）は両手を広げて、福富長者をかばいながら、押し鎮める体。いずれも歌舞伎の型。猿九郎はスケールの大きい松本幸四郎の実悪らしく、羽織も下の小袖も大柄な牡丹文で、髪型・面体・扮装・役回りにピッタリである。対する福富長者は実事師関三十郎の思案の体。熊八の衣装の文様の「吉」と読めるのは、役者を示唆していると思われるが不明。たぬ吉の足元に見えるのは、短筒の弾入れと煙硝筒か。いずれも種子島の短筒から火縄の煙があがっているのも細かいところと言うべきか。ここは絵のみで場面が十分に理解できるところであろう。

た（たぬ吉）「嫌とぬかせばたつた今、火ぶたをちよいと切り火縄、思案を極めてお受け申せ、びく／＼するな怖いか／＼」

（二四）［つゞき］我に譲らば命を助(け)ん。いかに／＼」と呼はれば、福富主従ます／＼驚き、左右を等しくと見から見れば、右手の方にはたぬ吉・きやつ八、手に／＼持てる[一]種が島の筒先を押し向けて、「福富長者、命惜しくは、おらが旦那を婿にして、宝を残らず譲るといふ、譲り状を早く書け。異義に及ばば胴腹へ風穴開けるがこの世の暇、返答いかに」と詰め寄せたり。その時熊八声はりあげて、「人／＼聊爾給ふな。某長者に説き勧めて、譲り状を渡すべし。まづ筒先を退け給へ」とやうやくに押し止めて、主のほとりに小膝を進め、「かゝるべしとは思ひ量らで、悪者らが手に陥り給へば、理をもて説き難し。しばらく彼等が望みに任せて、譲り状を渡し給へ。今この[二]虎口を逃れおほせば、又詮方もあるべき也。命に替ゆるものはなし、曲げてこの義に任せ給へ」と忍びやかに諫めしかば、福富長者はひたすらに憤りにたえざりし胸を鎮めて、おめ／＼と料紙・硯を求めつゝ、言はるゝまゝに一通の譲り状を書きて渡せしかども、猿九郎は放ちもやらで、福富主従三人を、厳しく一ト間に押し込め置きて、一食の他湯水も与へず、「まづ雀姫を迎へ取りて、その後渋谷の長者が丸へ移り住まん」と目論みつゝ、手長の猿松、四国の佐次平両人に、一味の悪者あまたつけて、雀姫の迎ひに遣はし、人

一 鉄砲のこと。「たねがしま…鉄炮の小きをいふは、南蛮の牟羅叔舎といふもの、此島に来りて、始て鉄炮の術を伝へたるより此名ある也」（倭訓栞）。

二 非常に危険な事柄や場所をたとえていう。「今俗に、危場に臨を、虎口に望と云。又軍塁を虎口と云」（諺草）。

(三四)

を別荘へ走らせて、慳貪夫婦に下知を伝へ、「汝らは忍びやかに渋谷のほとりに赴きて、もし雀姫がいちはやく落ち失せんとすることもあらば、引捕へて連れ来たれ」と先の先まで手当てを巡らし、なほ又一味の悪者を追ひ〳〵に遣はしけり。

　されば又福富長者は羑里の囚[三]れとなりしより、年頃信ずる浅草寺の観世音を念じつゝ、明くる日より暮るゝまで、普門品[四]を読誦して、只一ト筋に「厄難を救はせ給へ」と祈りけり。さる程に福富の宿所には、妻の村竹、娘雀姫、かゝるべしとは知ら

三 獄舎。牢獄。「羑里(ユウリ)…獄犴也」(書言字考節用集)。
四 法華経第八巻第二十五の「観世音菩薩普門品」の略称。

絵(三四)　ここの詞書はかなり長く、熊八の思案で雀姫を猿九郎に渡すこと、長者は雀姫の譲り状を書き一間に押し込められること、臼五郎の知らせに家内が驚き騒ぎ、熊八の子の玉五郎(似顔不明)が怒ること、臼五郎の思案で雀姫を隠し落とすこと、などがあるが、泣き悲しむ母娘とこれを見つめる臼五郎、彼に向う玉五郎のみを絵にした。馬琴の素案あってのことではあろうが、国貞の場面選びのうまさと言えよう。熊八の分別とはまた違った、臼の鈍ではあるが大きく重いイメージが、この臼五郎(初代市川男女蔵)の実直だがやや飄逸な独特の個性ある面体とよく合っている。国貞の役者選びのうまさである。臼五郎の着物は杵、雀姫の衣装は大柄な竹に雀の文様、後方に毘沙門亀甲の文様が見えるのは帯か。髪飾りなどから歌舞伎の姫役と見る。袖で顔を隠すのも歌舞伎の愁嘆場の型。

ずして、主の帰りのいと遅きを、いかに〳〵と待つ程に、その日も既に黄昏時、臼五郎走り来て、「某今計らずも伝へ聞たることの候。そのゆゑはかやう〳〵」と、福富長者主従が猿九郎に捕はれたる、その事の始めより、「譲り状を書かせしこと、雀姫を娶らんとて、一味の悪者大勢を、今宵迎ひに差し遣はす、彼等が手配りしか〴〵」と、忍びやかに告げ知らすれば、村竹も雀姫も聞も終らず、「こはそもいかに」と声を合してよゝと泣く、涙の外は今更に、何せん術もなかりけり。

家には年頃使はるゝ下男下女の多けれども、かゝる時には驚き騒ぎて、逃げ道を尋ぬるのみ、主の先途[一]に立たんと思ふ志ある者とては、熊八が子なりける玉五郎のみなりければ、聞くとそのまゝ身拵へして、「柿の木村へ走り行き、もし主親を救ひ得ずは、斬り死にせん」と逸りしを、臼五郎押し止めて、「すべて今の郷士たちは、その一ト里を所領としてその里人の長たるに、およそ辺土[二]の習ひにて、国府[三]へ遠きことなれば、私の恨みを結びて、かゝる僻事の起るなるべし。さればとて御身一人逸りて、かしこへ赴かば、主親をば救はずして、その死を促す過ちあらん。既にはや大方ならぬ人質を取られし上は、何事も柳[四]に受けて、後の謀事こそ肝要ならめ。誠に愚案に候へども、今宵猿九郎が一味の輩、雀姫を迎へにとて此所へ来ることあらば、腰元の女中のうちに似つかはしき者を選みて嬢様の衣裳を装はせ、雀姫也とて渡すとも、誰かは見知りし者の

一 大事の場合。せとぎわ。
二 →四八七頁注六。
三 「国府(コク フコ)国司ノ居ル所則国衙也」(書言字考節用集)。
四 なすがまま言うままにして、少しも逆らわないでうまくあしらうこと。

あるべき。我が身不肖に候へども、年頃御恩を受けたるもの也。嬢様を預り参らせて宿所に伴ひ、命にかけて深く忍ばせ奉らん。また従弟なる卯佐吉は、先に故里へ遣はされしより、既に日数はたちながら　[つぎへ]

臼(臼五郎)「そのお歎きは理ながら時刻移らば後悔あらん、まづ嬢様を落し参らせ、敵の毒気を避けるが肝要。年若なれども御家の生へぬき玉五郎様、諸事万事、後をよろしく頼みますぞへ」

玉(玉五郎)「某とても主親の先途に合はぬ口惜しさ、有為転変の浮世じやなア」

す(雀姫)「心尽しも人の為、慈悲はかへつて仇となる、御運の末が痛ましい。しやうもやうもないかいのふ」

竹(村竹)「妻子を思ふておめ〳〵と、虜になりしと此やうに、書かせ給ひし筆の跡、さぞ御無念であろぞいのふ」

(三五) [つゞき] 今日までも帰らぬは、これも故有ることとなるべし。明日にもあれ卯佐吉が帰らば、彼と談合して国府へ訴へ奉り、公ざまの御勢を願ひまつらば、主親を救ひ取ることなからずやは。又それまでに及ばずして、手立てを巡らし恨みを返す謀事はいくらもあるべし。[五]一寸延ぶれば尋とやら、[六]物は膝とも談合なり。まげてこの義に従ひ給へ」と言葉を尽して諫むるにぞ、玉五郎は、事に馴れたる臼五郎が火急の手段にな〻め

[五] 今、一寸延びれば、あとで一尋(約六尺)延びるのと同じ結果になる意から、当座の困難を切り抜けて行けば、先に行って楽になるという譬え。「一寸延ぶれば尋延ぶる」(たとへづくし)。

[六] 「ものは相談」のこと。物事は何でも他人とよく相談してみるものである。

（三五）

ならず感服して、僅かに怒りを鎮めしかば、村竹も亦力を得て、「さらば雀姫を落しやるべし。今宵の事は臼五郎にうち任せよ」とて用意をするに、臼五郎思案して、「もし悪者に知られなば、事の難義になるべし」とて、雀姫を一衣葛籠の内に隠してしつかと背負ひ、その宵の間に裏門より我が家を指して急ぐ程に、行くこと既に十町あまり、後先広き田圃道、一ト叢薄のほとりより、猿九郎が一味の悪者、二もみの四天に身軽の出立ち、ばら〳〵と現れ出でて、左右等しくおつ取り巻き、「かういふこ

一 衣類を入れる葛籠。曲亭馬琴の合巻「赫奕姫竹節説話」（文化十二年〔一八一五〕刊）に、悪人によってかぐや姫が葛籠に押し込められ、それを婆に奪われるという話がある。
二 「もみ」は紅で無地に染めた絹布。「四天」は「よてん」が正しい。歌舞伎で、海賊・山賊・捕手などが着る、長襦袢の形をして裾の割れている着物の称。
三 大きな荷物を高々と背負うこと。
四 雪の日に雀を取るため、たらいに支柱を立てて下に餌を置き、雀がたらいの下に入ったところを、支柱を糸で引いて捕える仕掛け。
五 「餌刺(エサシ)」（書言字考節用集）。小鳥を黐竿(もちざお)（＝先端にとりもちを塗りつけた竿）で取ることを業とする者。
六 猷。「よつあし…海人藻芥に、四足は惣て供御に備へずといふは、猷ともあらふかと、親方の言ひつけで、網を張つたる手筈は違はず。見知りごしなる臼五郎、何か様子のありそうな、重い葛籠を背高負ひ、道を急ぐは心得ずと、先からこゝで夕月夜近づくまゝによく見れば、葛籠の蓋の合せ目から下る袂の振袖は、どこへか紛ふと連れて行く雀姫に極まつた。冬なら雪の盥伏せ、餌差の竿の鼻の先、狙ひをつけてこつちへとりもち、逃れぬところと覚悟して、葛籠を渡せ」と罵つたり。

　されども豪気の臼五郎、ちつとも騒がず左右を見返り、「ぬかしたり四つ足めら、芸なし猿の癖として、人真似したがるほてでんごう、三本足らぬ毛を吹いて傷を求める止めだてか、さるとは笑止な鬼とのじやれ、地獄の道を作らふより、命惜しくは日なたの氷、疾く〱消えてなくなれ」と言はせもあへず、「ほざいたり顎たゝかせずに畳んでしまへ」と競ひかゝるを引つけて、両方一度にいのころ投げ、まろびながらに向臑を取らんとするを蹴返せば、すかさず一人が又組みつくを払ひのくれどその身は重荷、「シヤ面倒な」と臼五郎は手早く葛籠を傍に降して、きらりと引ぬく刃の稲妻、さすが不敵の曲者ども、皆かなはじとや思ひけん、ばつと崩れて逃げて行くを、いづくまでもと追つかけたり。後へ廻りし慳貪・まが田、「うまい〱」と小うなづき、葛籠の紐へ肩入れて、首背を力に背負ひ上げ、「仕合せよし」と足早に後をくらまし立ち去りけり。

　さる程に臼五郎はかの悪者等を追ひ捨てて、又忙はしく取つて返せば、置きたる辺り

類をいふ也」(倭訓栞)。

七「腕(でほ)転合」のこと。悪ふざけをすること。「ほてでんがう イタヅラをする事京にていふ」(俚言集覧)。

八「猿は人間に毛三筋不足分なり」(たとへづくし)。「猿は人に毛が三本たらず 或曰、此は猴の識見なきを云」(俚言集覧)。

九 諺「鬼と戯れ」「鬼と戯れ言」。親しくされるほど気持が悪いことの譬え。「鬼とざれ言」(世話焼草)。

一〇「言う」「話す」を罵って言う。

一一 小犬を転がすように、人を取って投げること。

絵(三五) 雀姫の入った葛籠を背負った臼五郎の話と、船橋から渋谷を指して急ぐ正六の話を、異時同図法的に描いた国貞工夫の場面。猿九郎方が葛籠を背負う臼五郎を怪しいと睨んで取り囲むが、臼五郎少しも騒がず、葛籠を降ろして蹴散らす。臼五郎の帯は三升紋、相手をキッと睨んでの見得。後方に雀姫の雀文様の衣装がわずかに見える。囲む二人は裾脇に切れ込みを入れた歌舞伎四天(よてん)の型。悪党二人の衣装が同じなのも歌舞伎の端役らしい拵えである。詞書の畳み込んだ歌舞伎口調に絵がよく応ずる。左上は、降ろした葛籠を奪ったまが田が月夜に正六と行き合う。この場面の詞書は(三六)(三七)にある。二人は揉み合って同時に気絶する。

に葛籠は無し。「南無三宝[一]しなしたり。しやつらを遠く追ひ走らせて、道の妨げあらせじと思ひ、思はず長追ひしてはや雀姫を奪はれたり。たとへ仲間の悪者らが後へ廻つて奪ひ取る共、遠くは行かじ。追ひ詰めて、取り返さでや置くべきか」と、つぎへ

(悪者)「何とするとは知れたこと、竹に雀[二]姫品よくとめて褒美にするのだ、こつちへ渡せ」

臼(臼五郎)「こりやアうぬらは何とする。風ふき烏[三]の癖として、月夜ぞめき[四]のゑせ腕立て、ならば手柄にとめて見ろ」

(悪者)「ヤだアとぬかしやア容赦はねへ。臍の朽ちたる立臼野郎、叩き挫いて焚木にするぞよ」

ま(まが田)「重い葛籠と軽さうな葛籠を背負ふて争ひは、朋輩別れに貸しのある出替り時ではあるめいし、野暮な親爺め何じやいの」

正(正六)「口も八丁手も八丁、二八[五]は昔の慳貪婆ア、蕎麦より黒い朧夜でも、おれに会ふてはモウ逃さぬ。サア詮議がある、一緒にうせう[六]」

(三六)つゞき 頻りに苛立つ心の仰天、右か左か今更に、思ひ定めぬ畦道を、足に任せて追ふて行く。

これはさておき正直正六は、去ぬる頃卯佐吉ともろ共に慳兵衛・まが田を追つかけし

一 突然の出来事に驚いたり失敗したりした時に発する言葉。しまった。「南無三宝 南無三とばかりも云。南無悉皆と云ふも過てるときにいふ諺也」(俚言集覧)。

二 取合せのよいものとされた。「竹に雀は品よくとまる、とめてとまらぬ色の道」(大田南畝『一話一言』)。

三 「かざふきがらす」とも。どこというあてもなくうろつき歩く者。ひやかし客や浮浪人、あてにならない人などを罵って言う語。「風(カザ)フキ烏ノヤウ 足ノヒヨロツクナドヲ云」(諺苑)。

四 →四五七頁注六。

五 十六歳のこと。歳を言うとともに、「二八蕎麦」をかけ、さらに蕎麦の黒さから「朧夜」の黒にかける。

六 来い。

（三六）

に、彼等は早くも影を隠して、絶えて行方の知れざるを、卯佐吉はなほ長追ひやしたりけん、親子そこより引別れて、待てども〳〵立ちも戻らず、さてあるべきにあらざれば、一人宿所へ帰りつゝ、とやかくとするほどに、思ひがけなき喜びあり。しかれども卯佐吉は、夜明けて後も帰り来ねば、心に深く訝りて、「もしくは昨夕慳兵衛らに、討たれはせずや」と思ふにぞ、いよ〳〵胸の安からねば、次の日更に立出でて、又あちこちと尋ねしかども、死骸も見えず影もせず。「さては別れを告げずし

絵（三六）　ここも異時同図法であるが、いままでの描き方とやや違う。正六・まが田の二人は葛籠を降ろして争うが、互いの当て身に気絶するのが詞書である。ここの絵は、正六が葛籠の上に「やらじ」とどっしりと腰をおろし、まが田がこれにかかる様子である。正六の左足のところには「す」の字が入る着物の端が少し見える。読者に中に雀姫が入っていることを思わせながら、この先いかにとのサスペンスを感じさせるのである。詞書にはほとんど記さずに絵で見せようとする、草双紙の赤本以来の特色とも言える。左上の打合いは、（三七）で慳兵衛・まが田を追いかけた卯佐吉が途中で発病、十日ほど過ごして渋谷に帰り、主家の変事を知り、またとって返して長者を追う途中で慳兵衛に会う、というかなり長い時間の経過があっての後である。この中から一場面を取って、親子夫婦それぞれの闘争を描いたのである。

て、はや武蔵へや帰りけん。此度彼がこゝへ来しは、私ならぬ主命なれば、急ぎて帰るもさることながら、母の最期を知りつゝも、その夜のうちに彼処より、すぐさま行きしは心得ず」と思ひながらに物に紛れて、武蔵まで訪ふ由もなく、その訪れを待つ程に、十日余りを過ぐせども、絶えて訪れあることなければ、余りの事に思ひかねて、「さらば渋谷へ赴きて卯佐吉が安否を尋ね、福富長者に賜物の喜びをも申さん」とて、ちとの土産を用意して、又卯佐吉が残し置きたる着替への衣のありけるを、これかれ一つに取り集めて、空葛籠に入れ、これを背負ふて渋谷を指して急ぎける。

さる程に正六は、その次の日の夕暮にはや浅草まで来にければ、大悲の誓誤たで、回春草の霊験利生を、眼前に見し忝さに、なほ喜びを申さんとて、観世音に詣でしに、籠り堂のほとりにて、計らずも亦喜びあり。不思議と言ふも余りあれば、感涙そゞろに袖を濡らして、しばらくもうちおかず、花咲村より持て来しものをば、大方に打ちあけて、さて感得[一]の物をのみ葛籠に入れ、再び背負ふて渋谷指して急ぐ程に、折も折とて臼五郎が雀姫を預りて道にて奪ひ取られしも、その日の宵の事なりければ、まが田は既にかの葛籠を奪ひ取りつゝ小道を廻りて、行くこといまだ幾許ならず、只一筋なる畔道にて、思はずも正六と、端なく[二]ひたと行き会ふたり。折から隈なき月影に、驚きながらさすがは曲者、突き当るやうにして、押し倒さんとするところを、正六も亦油断せず、小

一 信心が神仏に通じて願がかなうこと。

二 思いがけなく。

腕取つて押し戻す。互に重荷を負ひの身も、結ぶ遺恨にちつとも弛まず、等しく葛籠を打ち降して、月を灯に競みあふ、風の薄の乱れ足、よろめきては又踏み止め、打ちつ打たれつ早蕨のこぶし隙なき、弾みを打つたる互の当て身に、「あつ」と叫んで、双方一度に倒れけり。しばらくして慳貪まが田は忽ち息を吹き返して、辺りを見れば、いつの間にか空は曇りてうば玉の闇の夜となりければ、心慌ててかゝぐり〱[三] 次へ

正（正六）「もとより好まぬ争ひも、堪忍袋の緒が切れては、汝が悪事の破れ口、詮議を仕抜く、腕まはせ」

ま（まが田）「年は寄つても何として、渋紙親爺[四]の手込めになつて、へこむやうなお婆さんじやァねへ。食ひついても勝つて見せうぞ」

う（卯佐吉）「花咲村を夜逃げにして、こゝらをまごつく慳貪慳兵衛、汝も敵の片割れ、月影に照り添ふ卯佐吉が刃は逃れぬ、観念しろ」

け（慳兵衛）「卯佐吉〱[五]、なによ見てはねる、十五夜お月か十八か、二十に足らぬ小僧の癖に、ぎす〱するな、その手じやゆかぬは」

（二七）つゞき　探り当てたる一つの葛籠を、「確かにこれぞ」と小うなづき、漸くに又背負ひ上げて、早くもそこを立退く程に、正六も亦息吹き返してあちこち透し眺むるに、まが田は既に逃げ去りけん、葛籠のみ只一つあり。人の物我が物の文目[六]を分くるよしも

三 手さぐりで探し求める。

四 守貞漫稿に「渋紙売」とあって、「柿渋ヲ以テ、反故ヲ重テ張テ、日除敷紙、又ハ荷造料ニモ用也」（生業）とあることから、「渋紙親爺」とは、赤黒色の顔をした親爺のことか。

五 「児謡に兎兎何視てはねる十五夜のお月さまを観てはねると云ふ。是兎の月を好むを云ふにや」（甲子夜話）。

六 物事を判断区別すること。

（三七）

なく、いと暗ければ撫でて見つ、一貫目を引て「是也けり」と思ふばかりを心当てに、そのまゝ背負ふて夜とともに、渋谷を指してぞ急ぎける。

○されば又卯佐吉は、過ぎつる頃花咲村にて、慳兵衛・まが田を追つかけつゝ、行くとも知らずその夜もすがら、六七里の道を走りて、次の日の明け方に、昨日供人に別れたる二駅路まで来つる時、初めて「長追ひしにけり」と、漸くに心付きて、「後へや帰らん先へや行かん」と、思ひ兼ねつゝたゝずむ程に、俄かに心痛の病起りて、心地死ぬべく覚えしかば、やむことを得ずその所の旅籠屋に宿取りて、うち臥せしより枕上らず、あまつさへ発熱強くて、人をも身をも知らざること、およそ十日余りにして、忽ち夢の覚めたるごとく、心地健かになりしかば、我が身を怪しむばかりにて、悔め共その甲斐なし。「早く渋谷へ立帰りて、由を告げ暇を乞ふて母の敵を尋ねん」とて渋谷の里へ来て見れば、思ひがけなき主家の禍ひ、

一　値踏みをする。

二　「駅路　えきろ　旅地也」（節用集大全）。

「雀姫をば臼五郎に預けて、只今落しやりし」と村竹の告ぐるにより、卯佐吉大きに驚きて、「道にて不慮の事もやあらん。いざさらば御後を慕ふて仇を防がん」とて、そのまゝ頻りに追ふ程に、臼五郎には会はずして、計らずも又慳兵衛に出つ交せたりければ、忍ぶにたえぬ恨みの刃、抜き合せてぞ闘ひける。

ま(まが田)「ハテ忙しない、何もかも呑み込んで[三]ゐるはいの」

さ(猿松)「口説き落さば手間どらふ。そのまゝ連れて行かふかへ」

尻焼猿松、猿九郎が使ひとして牛町の別荘に赴き、まが田に対面する所。その訳は次に見えたり。

(三八) 六

されば又慳貪まが田は、奪ひ取りたる雀姫を、葛籠ながらに牛町なる別荘へ背負ひ帰りしを、臼五郎を支えたるかの悪者等はや知りて、猿九郎に告げしかば、その次の日に猿九郎は、尻焼猿松を使ひとして、まが田婆に言はするやう、「婆には昨夕しか〴〵の所にて雀姫を奪ひ取りしと、既にはや伝へ聞たり。さるをこなたへ伴ひはせで、留め置くこと心得難し。これにより迎へとして、猿松を遣はすもの也。速やかに雀姫を渡すべし」とぞ催促す。まが田は聞て、「さればとよ、連れて行かふと思ひしかば、先に素引[四]いて見たりしに、顔に似合はぬ情強者、「木伝殿は父の仇、たとへこの身は殺さるゝと

三 理解している。承知している。「呑込 領解を云り、会得也」(俚言集覧)。

四 試みる。さそう。

絵(三七) まが田は葛籠を別宅に運び、そこへ手下の猿松(坂東三津右衛門の似顔か)が迎えに来る。まが田は、雀姫が泣いて反抗するので、しばらくここに置いて、因果を含めてから連れて行く、と言う。猿松の羽織の文様は括り猿か。小袖の文様はおそらく栗のいがと葉だろう。髪は「土佐はけ」か。雀姫を早くよこせ、と言う猿松に、煙管を横ぐわえにしたまが田は豆絞りの手拭を肩に、胸に一物あるか、利かぬ気の表情。ここで五冊が終わる。

（三八）

も、嫌じや〳〵」と泣声あげて、柱にしかとしがみつき、打てど叩けど動かばこそ、まづ当分の役には立たず。今しばらく気を抜いて、とつくと因果を含めたなら、ハテ靡くまいものでもなし。せつかく連れて行きたりとも、得心せぬをどうなるものぞ。なほ又手を替え品を替え、口説き落して伴はん。こな様は疾く立帰りて、これらの由を申て賜べ。力づくでも行き兼ぬるは恋の習ひじやないかいの」と言ふに猿松頭を掻きて、「げに言はるればその理あり。今から口説き落すまで、べん〳〵[一]として待たれもせまい。立帰りて親方へその由告げて又も来ん。コレ油断して代物を取り逃しては済まぬぞや」と言ひつゝ障子の破れより つぎへ

け（慳兵衛）「六冊目になつたから、こんなことであらふと思つた。あたいま〳〵[二]しい意気地やアねへ」

一 安閑と。いたずらに時間をすごすさま。

二 形容詞・副詞などの悪い意味をもった語に冠して、嫌悪の気持をこめて、その甚だしいことを表す語。

う(卯佐吉)「ハテ心得ぬ。あの物音」、奥へ踏ん込み、「オウそうだ」

卯佐吉、慳兵衛を生け捕りて、猿九郎が別荘を窺ふ訳は、具に次に見えたり。

(二九) つゞき 奥を覗いて、「奇妙〱、雨を帯びたる海棠[三]の花も物言ふその風情、泣き沈んでましませば、顔は定かに見えねども、後姿のほつそりと、言ふに言はれぬ上代物、親方が見ぬ恋に心を尽すも無理ならず。そんなら早く頼むぞや」と言ひかけてはや[四]とつかはと、己が名に負ふ尻焼けの心忙しく出でて行く。あと見送りてまが田婆は、間の障子押し開き、「コリヤまだ泣いてゐるかいのふ。先にも口の酸くなる程、かき口説いても無得心。さつぱりと気を変えて猿九郎殿に従へば、囚れとなつてござる親御も恙なき道理、「靡きませう」と只一ト言、言ふて我が身と一緒に行かしやれ。コレどうぞいの」と袖引て、問へどすかせど泣くばかり。

「頭振るのはどうでも否か。下から出れば付け上り、甘い酸[五]でゆくあまではない。否とぬかせばこつちも意地付く、これでも嫌か」と脅しの短刀、ひらりと抜いて眼先へ、突き出したる氷の刃に、「あつ」と叫んで飛びのけば、「それ見たことか、怖いか〱、これが怖くは「木伝殿に靡きませう」と言ふたがよい。サア〱どうだ」と付け回す。地獄の責をこの世から、剣の山の大叫喚[六]、あなたこなたへ逃げ迷ふを、なほ逃さじと突つかくる、拳の冴えが思はずも、唇ぐさと突ん裂きて、あまる切つ先五六分ばかり、舌

三 バラ科の落葉低木。中国原産で、日本では古くから観賞用に栽植されている。「海棠ノ花、桜ニ亜テ艶美也(リ)」(和漢三才図会・山果類)。「唐ノ賈耽ガ百花譜ニ、花中ノ神仙ト称シ、又華夏ノ人、花中ノ名友ト云」(大和本草)。「海棠の雨にぬれた風情」は、美人のうちしおれた姿の譬え。

四 あわて急ぐさま。せかせかとするさま。

五 考えや態度が甘いことに言う。いいかげんな考えや態度。甘口。「甘口(アマクチ)デユカズ 甘イ酢(ス)デユカズ共云 寛ニシテハマイラヌト云コトヲカク云ナリ」(諺苑)。

六 阿鼻地獄・叫喚地獄のこと。

絵(三八) 卯佐吉は慳兵衛を手捕りにして後ろ手に縛り、彼らの別宅に連れて行き、中を窺う。慳兵衛の着物は毘沙門の散らしで、絵(三六)の闘争と同じであるが、ここの絵解きは、翻字の終りにあるように、次丁で記すとある。また慳兵衛の言葉は、悪人が捕えられることによって、この作品の話が次第に終りに近づいたことを示している。

（二九）

のとがりを丁と切る。深傷ならねど大事の急所に、いかでかしばしも堪ふべき、迸る血にまみれつゝ、「うん」とばかりに倒れたり。

かゝる所に卯佐吉は、昨夕雀姫の後を慕ふて、頻りに走る途中にて慳兵衛に出つ交せ、しばらく挑み闘ひしが、既にして慳兵衛が刃を丁と打落し、ひるむ所をつけ入りて、取つて押へて高手に縛め、たぬ吉が行方は更也、悪事の次第を責め問ひしに、慳兵衛苦痛に耐えずして、すべて白状したりしかば、なほ又虚実を探らん為に、彼等が此頃住居する牛町の別荘へ、導をさせて引連れ来つゝ、諸折[一]のこなたより内の様子を垣間見しに、痛ましいかな雀姫は、捕はれてこゝにあり。まが田が邪険の切つ先に、口の辺りをつん割かれて、倒れ伏したる折なれば、なじかはちつとも擬議[二]すべき、忙はしく慳兵衛を門の柱へ繋ぎ止めて、「やをれ[三]まが田め、主の仇、そこ動くな」と呼びかけて、刀を抜いて躍り入れば、まが田はきつと見返りて、「あな仰山なる卯佐吉が、敵呼はりもの〳〵しや」と持つたる短刀閃かして、打たんと進むを卯佐吉は、うけ流し進み入りて、ちやう〳〵はつしと烈しき太刀風、遂に刃を打ち落して、返す刀にまが田が肩先ばらりずんど斬り付くれば、そのまゝ尻居[四]にだうと伏すを、「得たりやおふ[五]」と勢ひ込んで、再び打たんと振り上ぐる刃の下に、「ヤレ待てしばし」と止めてまが田は息をつき、「ノウ卯佐吉殿、年頃仕込みし強悪心を、今翻す懺悔の趣、一ト通り聞いて賜べ。誤つて手に掛けし、アレあの女子は雀姫ならず、幼い時に別れたるわしが娘のおちぬにて、後は御身が妹にせられし阿狗が仮に姿を見せたる、ありや幽霊でござるはいのふ」と言ふに卯佐吉心を得ず、「阿狗をそなたの娘とは正しき証拠ありてのことか」と問へばうなづき、「さればとよ、我〳〵夫婦が上総にありし十三四年のその昔、ある夜の出水に家を流され、詮方のなきまゝに、二人の子供を二つの盥へ乗せて岡辺へ渡せし折、兄たぬ吉は恙なく、阿狗が盥は行方を知らず、底の水屑となりにきとうち歎きつゝ過ぐすこの

一 両折戸。両開きの戸。

二 ためらうこと。躊躇すること。「擬議(ギギ) 擬議ハ揣(アテ)度(ハカリ)以テ待也」(書言字考節用集)。

三 やい。こら、おまえ。

四 しりもちをつくこと。

五 →四八六頁注二。

絵(二九) まが田は意に従わぬ雀姫を脅そうと短刀を引き抜くが、手元狂って姫の唇を切りさらに舌先を貫く。外では葛籠を背負った正六が東に立って様子を窺っている。元結のほどけた髪のみで顔を見せない雀姫のはずの娘の衣装には人物を示す字がない。この娘は誰か。これがまさしく合巻の絵と詞書の見方である。この絵解きはむしろ読者が詞書を読むことによって絵を埋めることができる。この話ははなはだ込み入ってくる。馬琴好みの因果話とも言えるだろう。

年月、忘るゝ隙はなかりしに、昨夕思はず途中にてかやう〳〵の事により、正六殿の背負ひし葛籠と、奪ひ取つたる我が葛籠と、取り違へしを知らずして、雀姫也と思ふにぞ、すぐさまこゝへ　つぎへ

ま(まが田)「嫌だと言へば引括つて、梁へぶら〳〵[一]小刀針、それよりもなほ手短な此短刀でづぶ〳〵、膾になる気か、サア〳〵どうだ」

(雀姫実は阿狗)「テモ恐しい鬼か蛇か、助ける人はないかいのふ」

正(正六)「確かにこゝがかの別荘、うかと内へは入られぬはへ」

(三〇)　つゞき　背負ひ来て、開きて見れば阿狗也。かれは正しく過ぎつる頃、たぬ吉に殺されしを我も知りたる事なれば、怪しくもうち驚きて、ものもえ言はで[二]まもり居たるに、ふとせし事にて袖口の隙よりかれが肘を見れば、いと大きなる痣あれば、もしやと思ふ心やりに、「[三]臀にも亦痣やある。そなたはもとより正六夫婦の生みの子か」と尋ねしに、「かやう〳〵の事により、[四]いはけなき時拾はれしと、養ひ親の物語に、聞つることの侍るなる。名だにえ知らぬ生みの親の、いと懐しく思ふのみ。只その形見と思ふものは、守り袋に入れ置かれし、上総の国にありと聞く、[五]玉崎明神の御札のみ、今も肌身を離さず」と告ぐるに、さてはと心の悲しみ、「そんならそなたは我が娘」と言はんとせしが、「待てしばし、親子の名乗りをするならば、そのまゝ消えて失せもやせん。知

一 鍼医が用いる大きめの針。
二 目を放さずに見る。見詰める。
三 →四三八頁注二。
四 幼い。
五 →四三八頁注一。

（三〇）

らぬこととは言ひながら、幼い時より我が娘を養ひ立てて生みの子にも同じ恩ある正直夫婦を、幾度となく虐げて、あまつさへたぬ吉が恋の遺恨の事により、阿狗を密かに殺せしことまで、知りつゝそれを押し隠して、悪事の腰を押したりし（六）、因果の道理を始めて悟れば、我が身ながらに恨めしく、只このうへは恩ある人の、その子の主と頼むなる、福富殿の為にしも、今其息女の難儀を救はん。猿松ははや帰りしかども、疑ひ深き猿九郎、こゝらに人を付け置きて、様子を探る事もや」と思ふによりて、

六　そそのかす。

絵（三〇）　前丁（二九）で卯佐吉はまが田の肩先を斬りつけた。卯佐吉はその刀をまだ持ったままである。まが田は肩から血を流し、その血が畳に流れている。しかし片手を差し出して前とは打って変わった様子である。つまり懺悔して、法体になる印である。慳兵衛は短刀を髻にあてて髻を切る。後ろに立つのは雀姫。正六は観音の絵像を掲げ、ここから光が射す。たぬ吉は窓から覗いている。これも歌舞伎にしばしば見られる型。たぬ吉の表情は、彼のみこの場をせせら笑う思い入れ。詞書の終りには人物すべての言葉が並ぶ。たぬ吉を除いては、慳兵衛の言葉を次々と受けるように書かれており、歌舞伎の渡り台詞と言えるだろう。慳兵衛・まが田のように、いったんは悪人となるが、最後に悔悟懺悔して善人となる役柄が歌舞伎には多く、これを「もどり」と言う。

阿狗をば、なほ雀姫の面持して、責め苛みしは見せかけばかり、拳狂ふて又更に我が過ちを重ねしより、計らず御身の手にかゝるは、罪滅ぼしにあらんかし」と言ふに卯佐吉驚きて、「さては阿狗が生みの親はそなた夫婦でありけるよな。さるにても心得難きは阿狗が幽霊、何故に葛籠に入りて我が父に負はれたることやらん。それのみならで亡き魂の、仮に姿を現したらば、刃に恐れて忽ちに消えも失せべきはづなるに、倒れしまゝにこゝにあり。もしや変化の業なるか」と訝る言葉も終らぬ折から、「その訳告げん」と正直正六、葛籠を背負ふて進み入り、「我かの夜さり別れたる卯佐吉がこと心許なく、渋谷を指して行くついでに、浅草寺へ参詣せしに、籠り堂のほとりにて死したる阿狗が居るに逢ふたり。我も始めは幽霊ぞと思ひながらに近づきて、その名を呼べばかれも亦驚きつ又喜びて、ともに涙にかきくれたり。その時阿狗は涙を止めて、「懐しや父様。我が身死したることなければ、幽霊とな思ひ給ひそ。扨も過ぎつる宵の程、隣村へ赴きて酒を買ふたる帰るさに、その様気高き尼法師の後よりわらはを呼び止めて、『今宵そなたは厄難あり、つぎへ

け(慳兵衛)「今ぞ発心、鬼の目に[一]涙でもんで自剃りの剃髪、南無阿弥陀仏〳〵」

う(卯佐吉)「五逆[二]十悪[三]罪障消滅、悪魔を払ふも懺悔の奇特」

ま(まが田)「作りし罪も消ゆるかと、聞けどつれなき雪の白髪、松なほ枯れやらぬはこ

一 無慈悲な者も、時には情け深い心を起こし、涙を流すことがあることの譬え。「鬼ノ目ニモ涙ト云ハ如何ナル不敵莫義道ナル者ニモ自然ト事ニ触折ニ逢テハ哀ヲ知リ、仁ノ心ヲ生ゼズト云事ナシト云心也。人ノ形恰合ノ冷(スサマジ)キヲ鬼ニ取テ云也」(和漢故事要言)。

二 父・母・阿羅漢を殺すこと、僧の和合を破ること、仏身を傷つけること。五逆罪。

三 殺生・偸盗・邪淫・妄語・綺語・悪口・両舌・貪欲・瞋恚・邪見を言う。十悪業。

の身の業報、救はせ給へ観世音」

す(雀姫)「げにや邪険の太刀折れて、四身の錆失する観音力、念〳〵感応平等利益」

正(正六)「枯木に花の誓とて、大悲の霊験まつこの通り」

た(たぬ吉)「とう〳〵親父もお袋も、五念仏講へ引ずり込まれた、ヱ、ふげへねへ〳〵。

腹の立つ穿鑿だはへ」

(三一) つゞき こなたへ来よ』と手を取りて、伴はるゝと思ひしのみ、夢現の境を知らず。これより日毎に尼君の菓子果物を賜りて、『今しばらくこゝに居れ。汝が親に孝行なる、又此年頃生みの親を慕ふ心の殊勝さに、我厄難を救ふたり。遠からずして養ひ親にも又その生みの両親にも名乗り会ふことあらんず』と示させ給ひし言葉に違はず、不思義にも今父親に巡り会ひぬる嬉しさよ」と涙ながらに告ぐるにぞ、我も亦感涙を押し拭ひつゝ、つら〳〵思ふに、「先に阿狗は人手にかゝりて死せしと見えし亡骸は、大悲大慈の方便にて、正しく円通観音菩薩の身替りに立ち給ひしならん」とそこに始めて悟りしかば、阿狗がその夜残し置きたる肌かけの守りなる大悲の御影を開きて見れば、勿体なくもその御影はずた〳〵に切レてあり。いと尊くも忝さに御堂の方を伏し拝みて、そのまゝ阿狗を伴ふて、まづはや渋谷の福富殿まで赴かんとしたれども、阿狗はあまたの日を経るまで、うち籠り居たる故にや、なよ〳〵として腰の立たねば、背負ひ来りし

四 身に負った罪悪。「身から出したるさび」(和漢古諺)。
五 念仏を信じる人達が当番の家に集まって念仏を行い、掛け金を、講員中の身内の死亡者への弔慰料や、会食の費用に当てる頼母子講のこと。

（三一）

葛籠の物を打開けて阿狗を入れ、更に背負ふて急ぐ程に、道にてまが田に出つ交せ、挑み争ひ気を失ふて、これかれ二つのその葛籠を、取り替へられしも知らずして、その明け方に開きて見れば、阿狗は内にあらずして、思ひがけなき雀姫也。これにより渋谷の騒動、猿九郎が企みは更也、慳貪夫婦のこの所にある由まで、雀姫の告げ給ふによりて、うち驚き、渋谷へは行かずして、阿狗が事の心許なく、こゝに尋ねて来つる折、まが田が懺悔の物語を、計らずも立聞きせり。たぬ吉に討たれし時だも、観世音の利益にて恙なかりし阿狗なるに、さばかりの浅傷にて死することはよもあらじ。大慈大悲の観世音救はせ給へ」と念じつゝ、件の御影を押し開けば、阿狗は夢の覚めたる如く、息吹き返して身を起す、顔には傷の跡もなし。人〴〵奇異の思ひをなして、ありつるまゝに説き示せば、阿狗は始めて慳貪夫婦をまことの親と知るからに、手傷を労り慳兵衛が縄目をいたみ悲しみて、声を惜しまず泣き沈めば、まが田も涙にかきくれて、身の悪業を悔みけり。

その時正六進み寄りて、「よしやまが田は深傷なりとも懺悔によってその罪滅び、大悲の利益ましまさば、死することはよもあらじ、故里より持て来つる回春草はこゝにあり、この葉を揉みて傷口へ付けよかし」とて差し出せば、阿狗は受け取り揉みやわらげて、その太刀傷に付けしかば、不思議なるかな、まが田が太刀傷忽ち癒えて跡もなく、拭ふが如くになりにけり。かゝる利生に人〴〵は、渇仰随喜[一]の涙を流して、あつとばかり感じたる。なかに慳貪慳兵衛は、今ぞ邪険の角折れて、大声あげて泣き出し、「さても〳〵悪人ばかり世に浅ましきものはなし。しかるに仏の大慈悲にて救はせ給ふ御徳を、何時の程にか報ずべき。かゝる奇特を見るうへは、僻める心を改めて、誠の人とならざらんや。許させ給へ観世音、南無阿弥陀仏」と念ずれば、縛めの縄自づから、ふつと切れてぞ落ちにける。「これや阿狗が孝心と正直夫婦が積善の余慶[二]によつて、慳貪夫婦が

一 →四六五頁注七。
二 善行を積み重ねると必ず思いがけないよろこびごとで報われる。

絵(三二) 作者が最後に記すように、(三二)では卯佐吉とたぬ吉が舟の中で争う詞書はなく、(三三)の冒頭で説明される。「画工が儲る所」というのは、二人が舟の上でキッと見得をきる、典型的な歌舞伎御定まりの型を見せることで、詞書の中から絵となる場面を工夫することがない、ということか。これは馬琴の指示によるのかも知れない。お馴染みの狸の泥舟の場面だが、泥舟を泥を積んだ舟として、文字通り泥仕合としたところが新しいと馬琴は言う。お伽噺の泥で作った舟は始めから浮くはずがなく、川渫いの土を積んだ舟の中での足を踏み滑らせての闘争という方が、読者も納得がいくだろう。たぬ吉・卯佐吉共に口絵の衣装に戻っている。舟に足跡が点々とつくのと、たぬ吉の足の泥がリアルなのもご愛敬とも見える。

善心に帰ること、しかしながら大菩薩の妙智力[一]によるもの也」と人みな喜ぶ折からに、何時の程にか忍び来て、様子とつくと窺ふたぬ吉、障子開いて現れ出で、「阿狗が黄泉[二]帰らふとも、我が両親が裏返つて、今更降参しよふとも、此たぬ吉が見かぢつて[三]は、どいつもこいつも覚悟をしろ。イデ此由を木伝殿へ注進せん」と言ひ捨てて、表の方へ馳せ出づるを、[つぎへ]

此所烈しき立廻りなれば詞書なし。画工の儲る所にして、舟の内の泥仕合はいさゝか新しみならんのみ。

(三三)[つゞき]「ソレやつては」と卯佐吉は、逸足[四]出して追ふて行く。さる程に卯佐吉は、せきほり堤のほとりにて、たぬ吉を追ひ止めつゝ、互に挑み闘ひしに、たぬ吉遂に叶はずして、堤のもとなる土舟へ、ひらりと乗つて櫂おつ取り、漕ぎ出さんとするところを、卯佐吉すかさず飛び乗つて、組んづほぐれつ、打ちつ打たれつ、再度挑み争ふにぞ、踏み込む泥にまみれては、滑り躓く互の働き、勝負も果てず見えたりしに、忠孝無二の卯佐吉が、力やこゝに勝りけん、遂にたぬ吉を組み伏せて、「今こそ返す母の仇、天罰受けよ」と罵つて、首を掻かんとするところへ、「待つた〱」と呼び止めて、後追ひ来たる正六に、従ふ阿狗・雀姫と、思ひがけなきすなほさへ、堤のもとへ集ひけり。

その時正六進み寄りて、「ノウ卯佐吉、先にはこれかれの事に紛れて告ぐるに暇なか

一 不思議な仏智の力。
二 →四七四頁注一。
三 一部分を見る。ちょっと見る。
四 急ぎ足。→四四七頁注六。

（三三）

りしが、我かの夜さり宿所に帰りて、いさゝか思ふ由あれば、回春草を煎じつゝ、すなほが口に注ぎ入れしに、不思義やすなほは息吹き返して、打傷さへにはや癒えたり。しかるにその夜阿狗が姿の幻に現れて、慳貪夫婦を逃しやりしも、年頃生みの親を慕ひし心の通ぜしものにして、これも亦観世音の無量の方便なるべけれ。かくてすなほも和殿の事を心許なく思ふとて、一人はるぐ\今来たり。かゝればそのたぬ吉は、すなほを殺せし科あれども、観世音の利生によつて、すなほに恙なき

絵（三三） 大団円、典型的な歌舞伎の「大詰」である。卯佐吉がたぬ吉の首を掻こうとするその堤に、村竹・雀姫を除く登場人物がすべて勢揃いする。観音の霊験によって阿狗が蘇生し、回春草の効能でまが田も助かる。猿九郎の松本幸四郎は大柄の亀甲花文で見場もよく、臼五郎は向う鉢巻で捕り縄を手にしている。猿九郎・たぬ吉は前非を悔いて甲州の猿橋からこなたへは来ない、と誓うのは、「もどり」でありまたお笑いでもある。

　読者はここで、昔話の取合せを、歌舞伎の舞台に重ね合わせながら、おもしろがって納得したことであろう。

うへは、阿狗が心を思ひ汲みて、命ばかりは許せかし」と言ふに卯佐吉、「何、母人は蘇生り給ひしか。喜ばしや」と小躍りしつゝ、たぬ吉をば、[一]もやひ綱もて縛めて、陸へ引据ゑ、我が身思はず道中にて病み臥せし由を告げ、皆もろ共にうち連れ立て、渋谷を指して急ぐ程に、蟹次郎が輩は、謀事をもつて猿九郎らをおびき寄せ、残らず搦め取る程に、臼五郎は又その虚を窺ひ、柿の木村に忍び行きて、福富主従を救ひ出し、熊八・玉五郎もろ共に猿九郎に一味の悪者をこと〴〵く搦め取りて、柿実形の硯さへ取り返しつゝ帰り来つるに、[つぎへ]

みな〴〵「怨敵退治、急いで凱陣」

みな〴〵「あんまりこみあふて物も言はれぬ、黙つて居ませう〴〵」

福（福富長者）「人を一人も死なさぬを趣向にせられし作者に免じて」

う（卯佐吉）「[二]まづ今板はこれぎり〴〵」

（三三）[つゞき] はしなくも行き会ふたり。互にありし事共を物語しつ喜びて、渋谷の宿所へ立帰るに、猿九郎・たぬ吉は漸くに先非を悔ひて、「命を助け給はらば、甲斐の山里へ引移りて、[三]猿橋よりこなたへは生涯足を入れまじけれ」とて誓を立てて詫びしかば、福富長者は不憫に覚えて、蟹次郎らを宥めつゝ、皆縛めを解き許して、甲斐の国へぞ遣はしける。かくて又福富長者は、蟹次郎・卯佐吉らを招き集めてさて言ふやう、「雀姫

一 船を繋ぐ時に用いる綱。「もやひ舟とふねとつなぎ合するをいふ也、むやひともいへり」（類聚名物考）。

二 歌舞伎の一日の興行が終わった時、座元が「まづ今晩はこれきり」と口上を述べるのを、本のはなしがほぼ終わったことにかけて、版本なので「今板」と洒落たもの。

三 現在の山梨県大月市猿橋町。ここには猿が架けたという猿橋がある。

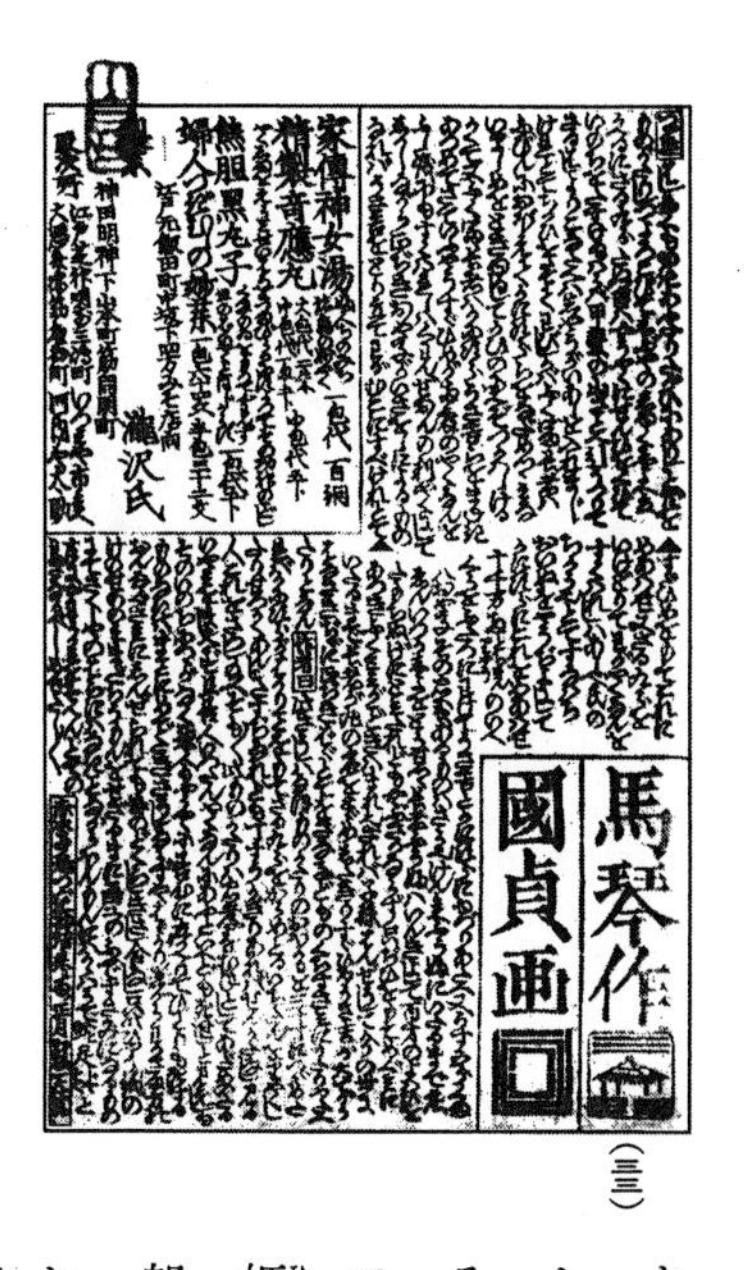

（三）

が両度の厄難を不思議にも救はれしは、観世音の利益にして、しかしながら正直親子が功によるものなれば、卯佐吉を取り立て我が婿にすべけれ」とて、雀姫をもてこれに娶せ、「又猿九郎を生け捕りて我が厄難を救はれしは、芦辺氏の力也」とて、即ち阿狗を養女にして、蟹次郎にこれを娶せ、十千万両の家蔵を二つに分けて卯佐吉と蟹次郎に譲り与へ、又臼五郎、熊八親子、その忠義あるものは更也、慳兵衛夫婦に至るまで、庄園一箇所を取らせつゝ、長者夫婦は隠居して、百才の齢を保ちぬ。

げに富みたれどもやぶさか[四]ならず、只慈悲をもて恵みに厚き福富が如きは稀也。されば子孫繁昌して今の世に至るまで、長者が丸の名を留め、舌切り雀姫、卯佐吉が大手柄、花咲爺に正直婆とて、幼な子どもの口遊に語り伝へたりとなん。

作者曰　此草紙はなほ物語の多かるを三十丁に縮めたれば、蟹次郎が謀事をもて猿

四　けち。

九郎を搦め取る一段を略したり。せつかく案じた筋なれども、丁数限りあれば詮方なし。見る人これを察し給へ。そも〳〵此物語は忠孝を旨として、婀娜めいたる嫌味を交へず。且善人一旦厄難に会ふといへども、死せしと見えしもその命恙なく、悪人も漸くに善心に立返りて一人も死する者なきは、まことに目出度き草紙ならずや。はゞかりながら若様方の御慰みに進ぜられても、気の毒らしき差し合なし。只此表紙の傾城のみ、まだ注文をせざる間に、画工の筆遊になるものにて、作者の腹にはなきことながら、本文にはかゝはらで、蛇足と共に柔らか味を添へんとての業なるべし。めでたし〳〵。赤本事始つゞき物語来ル酉ノ正月出板可仕候

家伝神女湯　婦人ちのみち　諸病の妙やく　一包代　百銅

精製奇応丸　大包代二朱　中包代一匁五分　小包代　五分

やくしゆをえらみせいはうをつまびらかにす。よつてその功神のごとし。

熊胆黒丸子　くまのゐをもつてぐわんず　世のばいやくと同じからず　一包代五分

婦人つぎむしの妙薬　一包六十四文　半包三十二文

江戸元飯田町中坂下四方みそ店向

製　薬　　　　　　　　　　滝　沢　氏

神田明神下山本町筋同朋町

一 女性特有の病気。産褥・月経・更年期などに血行不順から起こる頭痛・逆上（のぼせ）・めまい・精神不安定などの諸症状。「血脈（チノ）（ミチ）」（増補下学集・文体）。

二 月経の始まる直前に始まる腹痛・腰痛。

三 「元飯田町　田安御門の外飯田坂」（続江戸砂子温故名跡誌）。

四 「同朋町明神下」（続江戸砂子温故名跡誌）。

取次所

江戸芝神明前三嶋町　いづみや市兵衛[五]

大坂心斎橋筋唐物町　河内や太助[六]

馬琴作印
国貞画印

五「本　芝神明前三島町　絵本絵半切千代紙　地本問屋　錦絵　雁皮紙　甘泉堂　和泉屋市兵衛」(江戸買物独案内)。

六「河内屋太(多)助。文金堂。大坂心斎橋筋唐物町南入　滑稽本、馬琴の著作を多く扱った」(近世出版書林版元総覧)。

表紙(扉写真)　上編・中編・下編三冊の表紙が連続して一つの画面を構成している。文化末年からの合巻の体裁。吉原のおそらく大店の部屋持ちの遊女が若い振袖新造と雪の夜の徒然に草双紙を読んでいる。遊女の衣服の文様はおそらく鍜の丸の中に葉敷の花であろう。打掛の下からは流行した市川団十郎好みの三升格子の文様が覗いている。右の円形は、初代豊国以来、歌川派の紋章のように用いられた「年玉印」を文様化したもの。角を取った四角に庵様の図柄は馬琴の号「蓑笠翁」から案じた印をこれまた文様化したもの。中編で白抜きの格子障子は揚屋の二階の灯。遊女の読みさしている草双紙の表紙の文字は明らかに「赤本」と読める。この意味については解説で記した。振袖新造の顔は五代目瀬川菊之丞の似顔絵とも読める。髪飾りは若松に見える。初春の祝の印か。上着の紋は桜。彩りも鮮やかで初春の子供向けの景物にふさわしい。

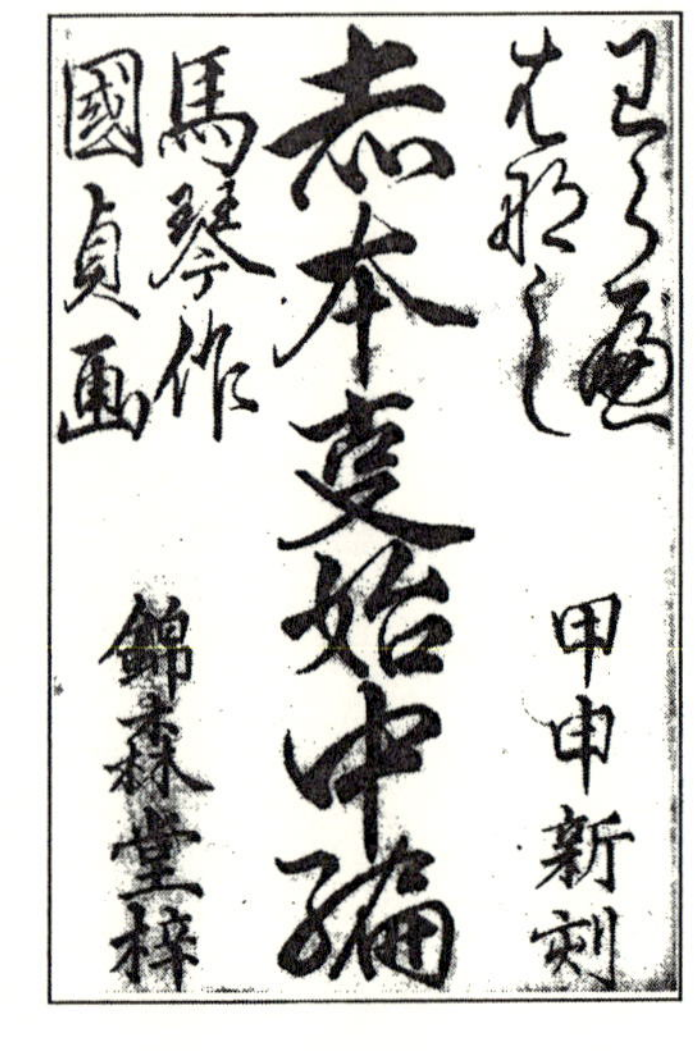

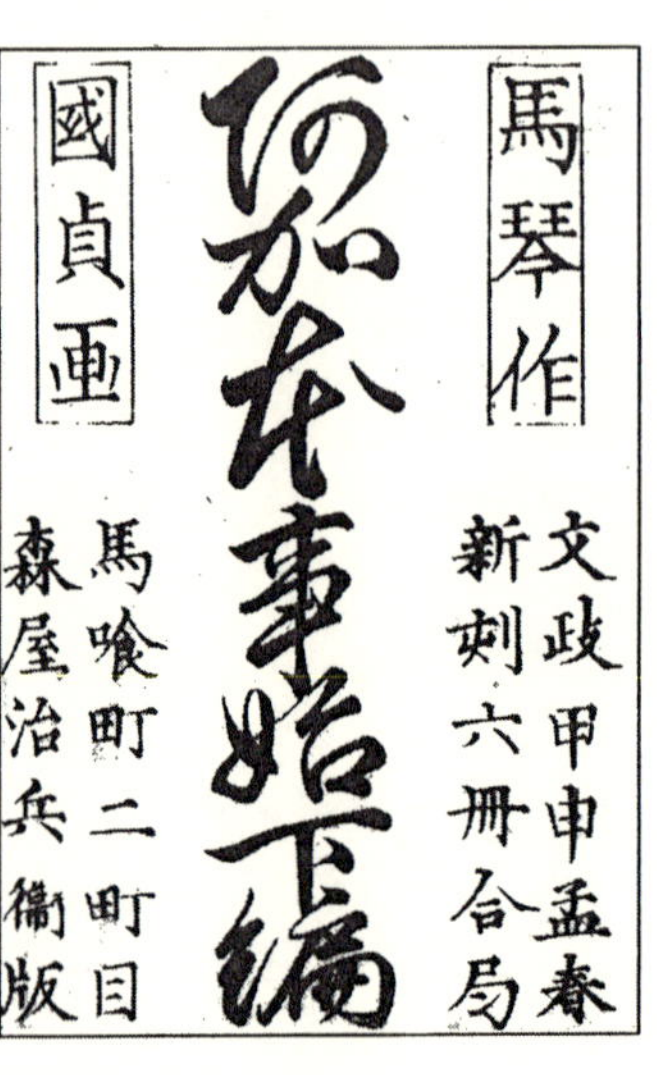

わらべはなし　甲申新刻

赤本事始　中編

馬琴作　国貞画　錦森堂梓

文政甲申孟春　新刻六冊合巻

馬琴作

阿加本事始　下編

国貞画

馬喰町二丁目　森屋治兵衛版

表紙裏　中編は、上編と趣を変えて、平仮名を交え、出版の干支を記し、版元は別号を記す。
　下編はまた趣向を変えて、年号干支を入れ、版元は所在を記している。

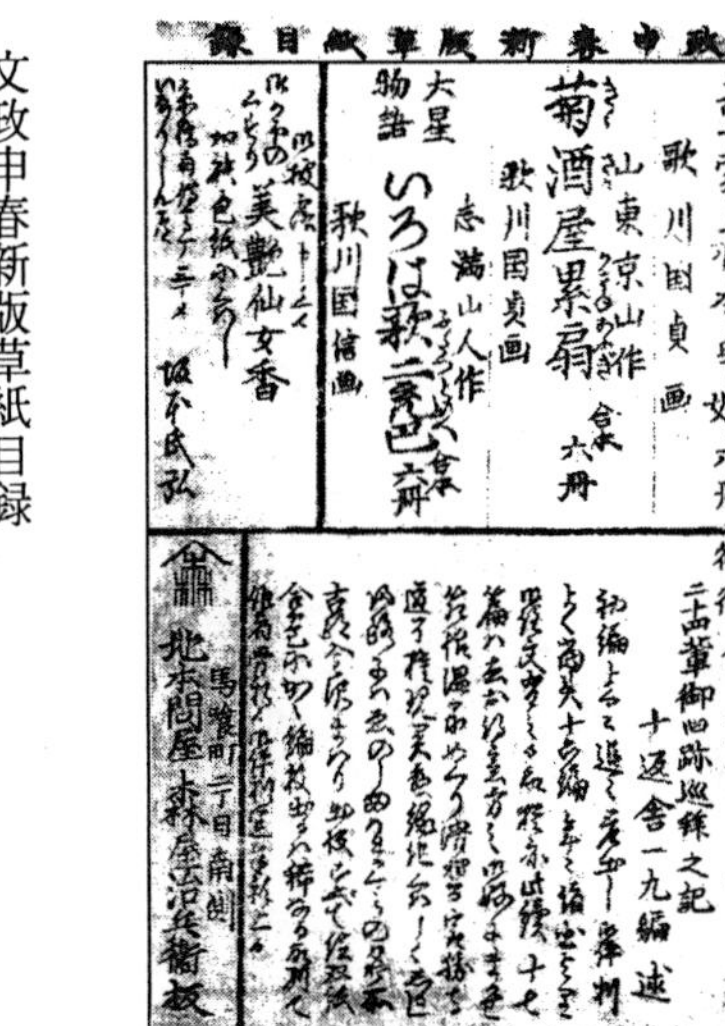
文政中春新版草紙目録
童蒙赤本事始 全六冊
歌川国貞画
山東京山作
菊酒屋累扇 合本六冊
歌川国貞画
志満山人作
大星物語 いろは歌 合本六冊
歌川国信画
美艶仙女香
坂本氏
方言修行金草鞋十六編 全六冊
二世華御四跡巡拝之記
十返舎一九編述
馬喰町二丁目南側
地本問屋 森屋治兵衛板

文政中春新版草紙目録

曲亭馬琴著
童蒙赤本事始（おさなはなしあかほんじし） 合本六冊
歌川国貞画

山東京山作
菊酒屋累扇（きくさかや かさねあふぎ） 合本六冊
歌川国貞画

志満山人作
大星物語 いろは歌二充巴(ふたつともへ) 合本六冊
歌川国信画

御披露申上候

御かほのくすり 美艶仙女香

功能包紙にくはし

京橋南伝馬丁三丁メいなりしん道 坂本氏弘

方言(むだ)修行[一] 金草鞋(かねのわらじ) 十六編 全六冊

[二]二十四輩御旧跡巡拝之記

十返舎一九編述

初編より追〻差出し御評判よく当笑十六編、年〻諸国より御注文有之候、猶亦此続[三]十七篇は去御得意方之御好にまかせ、箱根温泉めぐり滑稽、最勝寺[四]道了権現霊応縁紀くはしくしるし、帰路にはゑのしまかまくらの名所古跡金沢まはり出板、すべて絵双紙合巻にかく編数(あみかず)出るは稀なる故、別て作者骨折候。御評判宜奉願上候。

一 合巻。文化十一年(一八一四)から一九没後の天保五年(一八三四)の間刊行。板元錦森堂森屋治兵衛。奥州の僧侶筑羅坊と狂歌師鼻毛延高が江戸・北陸・京阪と全国を巡り、最後に宮島・長崎に到る道中記。道々の名所旧跡を記し、また二人の滑稽な行動や道中の様子を、狂歌を折り込みながら小咄風に語る。全二十五編。

二 十六編、六冊。文政六年(一八二三)正月刊。北尾美丸画。親鸞上人の旧跡二十四箇所を巡る記。

三 広告には箱根温泉から江の島巡りとあるが、実際に十六編として刊行されたのは「小みなとさんけい房総往来道順略記」(文政十一年刊、歌川美丸画)で、房総巡りの記である。広告の内容のものは一九の没後天保四年の刊行で、「箱根山七温泉江之島鎌倉廻金草鞋」(前編四巻天保四年正月刊、歌川国安画、後編四巻天保年間刊、同画)。

四 最乗寺の誤りか。最乗寺は箱根明神ヶ岳の中腹(現在の神奈川県南足柄市大雄町)に所在。山号は大雄山。道了権現とも呼ばれた。

馬喰町二丁目南側
印 地本問屋　森屋治兵衛板

会席料理世界も吉原

小池正胤 校注

底本　名古屋市蓬左文庫蔵本。　**形態**　合巻六巻、三十丁。　**作者**　市川三升。　**画工**　歌川国安。　**刊年**　文政八年(一八二五)。　**版元**　岩戸屋喜三郎。

吉原遊廓花菱屋の遊女唐歌は、ぬかるみに難儀する老婆おしよを介抱する。細川家の家来月本条介は家宝の茶入紛失の咎により浪人生活を送る。条介は、反故から、探していた宝が執権山名宗全のもとにあることを知る。帰宅した母おしよが着ていた小袖の紋と、宝紛失の折にいた不審者のそれとが同じであることから、条介は唐歌を訪ねるが、小袖の持ち主横島伴蔵に間夫と間違われる。言い争いで伴蔵が投げた煙管が隣の客に当たり、伴蔵は金百両を強請り取られ退去する。強請った客は山名家家来鬼小島小平太と名乗り、唐歌の身請けを条件に、茶入を取り戻す仲介役を買って出る。侘び住居の七郎介宅に狼とん兵衛らが押し入り金の返済を迫り、孫の小雪を連れて行く。比企が谷の山名邸前で首を吊ろうとする七郎介を助けた男に、七郎介は昔細川家藩中月本民部の中間奉公であった身の上を語る。男は実は七郎介の息子であったが、身元を隠し金を渡す。条介は唐歌と共に吾妻橋で鬼小島から茶入を貰う。鬼小島は西王母の絵の扇を条介に渡して去る。鬼小島実は盗賊鬼小僧長五郎。宝検分のうえ条介は本地を賜り、民部と改名して家禄を継ぐ。記録所の門前に鬼小僧が出頭し、山名家宝蔵の茶入を盗んだ罪を告白する。しかし先に同名を名乗り投獄された男があるという。対面するとそれは父の七郎介であった。お互い本人を名乗って譲らず、両人ともに投獄される。民部は書院の庭先で二人の囚人と対面する。七郎介は、息子の悪行ゆえ一家零落れたこと、しかし息子に命を助けられた恩に身代りを決心した経緯を語る。これを聞いた長五郎は、今までの悪行を悔いる。翌朝詮議の日、荒浪大膳の荒々しい詮議の中、民部が現れ、鬼小僧長五郎は既に死罪となっており、茶入の盗人は既に別に捕えてあると言う。連行されて現れたのは横島伴蔵実は荷倉獅子右衛門。証拠の小袖により罪明白となる。八内殺しも白状し、大膳の密書も示されるが、これは火にくべられる。横島伴蔵は獄舎の戸が明き逃亡するが、実はこれは民部の計略であった。八蔵・源次郎兄弟は天下の罪人を詮議する名目を賜り、めでたく父八内の敵を討った。

なお巻末解説「読切合巻」中の「作品解説」を参照。

うりひろめのせりふ　　市川団十郎[一]自述

拙者戯作と申は口校[二]にして、先達て御存の御方も御坐り升。五柳亭徳升[三]校合致綴り合せ、画師は歌川豊国[四]門弟国安[五]が画きし、絵双紙合巻六冊物口絵[六]を去て二十五丁、紙数合て三拾枚筆耕[七]沢山読たつぷりに仕立、版元は本町[八]通りをお過なされば、横山町[九]二丁目岩戸屋[一〇]ト申地本問屋[一一]。元日より大晦日まで年中御手[一二]に入升。大江都名物絵双紙錦絵といつぱ[一三]、むかし〳〵唐にては十八代僖宗皇帝[一四]より初り、我朝にては巨勢金岡[一五]、それより代ゝ伝りて浮世画師吃又平[一六]、是[一七]大津絵の初り也。只今にては世上に弘り、ヤレはやるは売るはとあつて、三都は申におよばず所ゝに出板仕、なかんづく鳥居勝川[一八]北尾歌川の筆づさみ、女風俗役者似顔画に至るまで、売ひろめ升御当地[一九]は申におよばず、諸国御

一 七代目。寛政三年(一七九一)―安政六年(一八五九)。解説参照。 二 口述筆記に類するもの。筋を語り、それを脚色して、五柳亭徳升が小説化したことを言う。 三 戯作者。寛政五年(一七九三)―嘉永六年(一八五三)。江戸鎌倉河岸の紙商。のち本材木町で貸本屋を営み、本徳と称した。 四 初代。明和六年(一七六九)―文政八年(一八二五)。美人画・役者絵・絵本・合巻など多方面に作品を残し、特に役者絵は独特の個性的筆法で歌川派の中心として一時代を画した。門弟も非常に多い。 五 初代歌川国安。寛政六年(一七九四)―天保三年(一八三二)。初代豊国門人。美人画・役者絵・合巻など、遠近法を取り入れた風景画もある。 六 本文の前に掲載される絵。本書では一丁裏から五丁表まで。 七 本文の原稿を版木に載せるため清書する専門の職人。 八 中央区日本橋本町。 九 中央区日本橋横山町。 一〇 地本問屋の中で有名な老舗。 一一 上方の江戸店として始まった本屋ではなく、江戸で開業して、主として中本・小本の類を出版することから始めた本屋。 一二 元来草双紙は正月の出版であったが、文化末年(一八一八)頃からこの習慣が崩れ、年中出版販売するようになったと言われる。 一三 「いふは」が促音化したもの。「…といつぱ」の形で使われた。 一四 唐十八代の皇帝(在位八七三―八八八)。 一五 平安時代初期(元慶―寛平年間〔八七七―八九八〕)に在世

土産と御坐つて、御求めならば浅草両国えの御通行の節、お出掛ならば左り側、御戻りならば右の方多少に限らず、御立寄御求め被下ませうイヤ最前より、手前勝手斗り申て、此双紙の仕好を申上ゲませなんだ。左あらば巨細に申上ゲ升ト存ずれど張数のなき儘、本文にいつて只〻御ひゐき厚き御恵み。大江都の花〻敷老若男女のへだてなく、御子様方に至るまで、せう覧あれとホヽ敬白ス。うり弘めのうへかわつしやりませう〳〵

文政八乙酉年正月発兌

した伝説的絵師。巨勢派の祖。清涼殿の朝餉の間の馬形障子に金岡の描いた馬が夜になると萩の戸の萩を食うので手綱を描き添えて繋ぎとめた、という類の話が多く残る。 一六 大津絵の絵師。浮世又平。近松門左衛門の浄瑠璃「傾城反魂香」(宝永五年〔一七〇八〕)で土佐派の絵師岩佐又兵衛と結び付き、吃りの又平の名が定着したが、大津絵師の又平と岩佐又兵衛は別人物である。 一七 近世初期より近江大津で売り出された稚拙な絵で、鬼が僧形で鉢を叩きながら念仏を唱えている図、藤娘の図などが旅行者の安価な土産として喜ばれた。

一八 浮世絵の代表的な流派。

一九 江戸。ここから後の文体は歌舞伎十八番の一「外郎売」のせりふに似て、岩戸屋の所在と錦絵・絵草紙の老舗である当店の宣伝に努めている。

(以上五二七頁)

一 本書刊行の年、一八二五年。

二 五代目岩井半四郎。安永五年(一七七六)—弘化四年(一八四七)。杜若は俳名だが、のち芸名とした。文化元年半四郎を襲名。文政八年(本書刊行年)に半極上上吉、翌九年極上上吉になり、全盛を極めた。美貌で眼千両と言われた。長男粂三郎、次男紫若ともに立女形となり、江戸の人気をさらった。 三 後の八代目市川団十郎。文政六年(一八二三)十月五日生。同八年十月には弟が生まれて新之助を名乗り、彼は海老蔵と名乗らされた。天保三

(二)岩井杜若(いはゐとじやく)

(三)市川新之助(いちかはしんのすけ)

(四)市川三升(いちかはさんしよう)

(五)坂東秀佳(ばんどうしうか)

(六)雪とけて白粉(おしろい)とけて
おたがひに
素顔(すがほ)や見せんふじの夏山
七代目　市川三升

年(一八三二)三月、十歳で団十郎を襲名、

口絵　おそらく七代目市川団十郎の深川木場の本宅での小酌を描いたのであろう。団十郎は長男の新之助(八代目団十郎)を抱き上げている。新之助はこの時数え三歳。親譲りの三升格子の産着、脇から麻の葉文らしい物が少し見えている。団十郎は牡丹を散らした文様。床の間の牡丹の軸物と照応させている。右の五代目岩井半四郎の帯は大徳寺牡丹で着物は鮫小紋か。左は三代目坂東三津五郎。羽織の紋は熨斗菱。下の煙草入れの紋も同じ。着物は網代格子(後に六弥太格子と呼んだもの)。縁の外の庭先から源氏雲をおいて遥かに富士山を見せる。当代の人気俳優を自宅に招いての図は代作者・画工いずれの考案かわからぬが、他の団十郎作の例では、文政七年「江都絵双蝶曾我(ごくさいしきちようちようそが)」の口絵「市川団十郎深川木場の本宅」で役者・作者仲間の集りを、文政九年「聞勇八幡祭(きいておいはちまんまつり)」では、一丁表で「深川木場三升宅」の表の門松に芸者二人を、次に「木場三升於別荘白猿集開之図」で集まる人々を描いている。有名な木場の本宅を覗かせて、団十郎の威勢を示しながら、舞台とは違った私生活の場を見せるのも読者の好奇心をそそったのであろう。ただし本作に団十郎と半四郎は出ない。

表紙については五八七頁に記す。

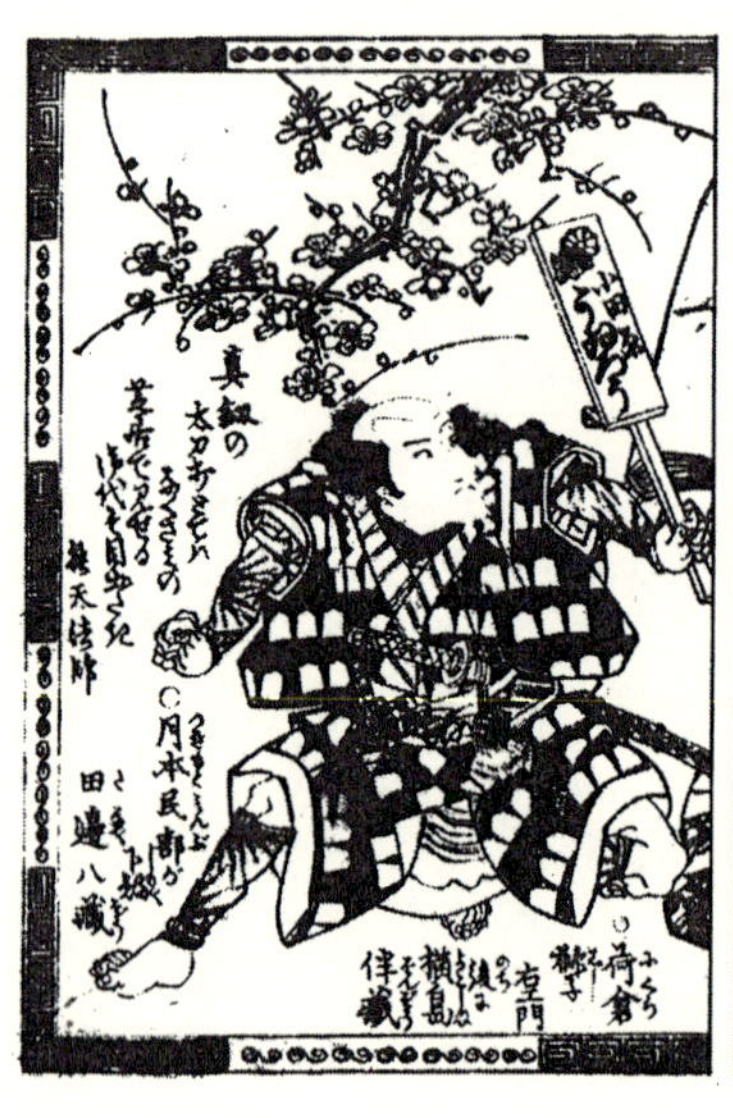

災(わざわ)[一]ひも三年ばかり
ふる壁の
ねづみ穴より匂ふ梅が香
[二]六樹園飯盛(ろくじゅゑんめしもり)

鬼小僧長五郎(おにこぞうちやうごろう) 娘(むすめ) 小雪(こゆき)
荷倉獅子(にくらしし)右エ門
後(のち)に横島伴蔵(よこしまばんぞう)
月本民部(つきもとみんぶ)が下部(しもべ)
田辺八蔵(たなべのはちぞう)

[三]真剣の太刀打とては
なぐさみの
芝居で見せる御代ぞ目出たき
[四]能天法師(のうてんほふし)

嘉永七年（一八五四）八月六日、大坂で自殺。四 七代目市川団十郎の俳名。五 三代目坂東三津五郎の俳名。安永二年（一七七三）―天保二年（一八三一）。文化・文政期（一八〇四―一八三〇）を代表する名優。温和な風貌で和事・実事・舞踊にすぐれた。六 夏の富士山は雪が消えて、素顔の山容が顔を見せるが、役者も白粉をとれば夏の富士のように素顔を見せるのだ。

（以上五二九頁）

一 災難にあっても（地震などで壁が崩れて穴があいたとても）、その古壁の鼠が通う穴から、外の梅の花が覗いて、ひそやかな匂いがまた通ってくるものだ。二 石川雅望、狂歌名宿屋飯盛。六樹園は号。国学者・狂歌師・読本作者。宝暦三年（一七五三）―文政十三年（一八三〇）。江戸小伝馬町の旅籠屋・浮世絵師石川豊信の子。大田南畝門。天明期（一七八一―八九）を代表する狂歌師で、北尾政演（山東京伝）や喜多川歌麿と多くの絵入狂歌集を刊行し、狂歌才蔵集などを編纂した。晩年は国学の研究に没頭した。三 本当の刀での切り合いは娯楽で見る芝居の中だけでの切り合いで、実際には見ることがない平和な有難い当世なのだ。四 未詳。五 吉原も花の盛りの頃となった。その美しさは吉野山以上であり、もっとも評判の吉野大夫は素足の美しさを見せ、また花見をする傾城は一様に下駄を履いている。六 戯作者・黄表紙作者朋

五 よし原も花の盛りと
なりにけり
吉野ははだし傾城は下駄
六 手柄岡持

花菱屋（はなびし）の遊女（ゆうぢょ）
から歌（うた）

浪人月本条助（ろうにんつきもとでうすけ）
再勤（さいきん）なして
月本民部（つきもとみんぶ）

七 人は武士花はよし野の
山さへも
腰には見事さいてこそゐれ
六樹園飯盛

誠堂喜三二の狂歌名。→四三〇頁注三。七 人となるなら武士で刀を差し、また花は吉野山の桜これは花が咲く、ともに華やかにさいて（「差いて」「咲いて」をかける）いるのだ。

口絵（右） 草双紙の口絵は人物の紹介だけではなく、どのような役柄かも示唆する。中央の横島伴蔵は嵐冠十郎の似顔とみたい。悪役で片袖を抜いて刀の柄に手をかけている。腰替りの小袖の紋は九曜。これが話の中のどこに出るか、一種の伏線、謎掛けでもある。右は薄幸の娘小雪、似顔は二代目岩井粂三郎。着物は渦水に杜若、襟元から麻の葉の襦袢が覗く。帯は紋尽し。田辺八蔵は二代目関三十郎の似顔。主人に忠実な人物。手綱染めの衿をかけた将棋駒文様の半纏を着て藍染め蜘蛛絞りの手甲・脚絆をつけ、中間・小者を示す衣装。手に持つ木札「小田原うゐろう」は絵(三)および五八三頁注七参照。

口絵（左） 右の唐歌の似顔は五代目瀬川菊之丞。この姿は、昔は太夫、この時は花魁（おいらん）と言った。髷の後ろに長笄を一本、鼈甲の櫛を二枚さし、簪は左右三本ずつ、仕掛（打掛）は二枚重ねで、上は菊尽しの大菊花文、下は子持ち亀甲桔梗文か。帯は変り鉄線の丸に唐草文が入る。主人公の月本民部（条助）は三代目坂東三津五郎の似顔。五つ柏紋が見える。この二人はやがて結ばれる。

一くじらとる罪にならくへ
しづむとも出つ世でうかみ
あがるなゝさと
　　　　二松風

田辺（たなべ）八蔵（ぞう）弟（おとゝ）源次郎（げんじろう）

鬼小島小平太（おにこじまこいだ）
　実は（じつは）鬼小僧長五郎（おにこぞうちやうごろう）
岩倉主計（いはくらかずゑ）

三八百里水は逃ても
にがさじと
蛍狩りゆくむさし野の原
　　四千秋庵三陀羅法師（せんしうあんさんだらほふし）

一 鯨とりは時にあまり名誉な職業と見なされない場合もあった。ただし一度鯨がとれれば七里が栄えるとも言われた。鯨とりは殺生の罪で奈落（地獄）へ落ちることがあっても、また一族が出世すればこの世の名誉となり、浮かび上がる（世に認められる）こともあるのだ、の意か。二 遊女の名か。三 武蔵野で蛍狩りをすると、逃げ水（春夏に蜃気楼で水たまりや流水がどこまでも見える現象）のように流れは遠く続くが、その蛍をどこまでも追って行くのだ。武蔵野の逃げ水は古くから歌や文に見える。四 狂歌師。享保十六年（一七三一）―文化十一年（一八一四）。天明期から有名であったようだが、寛政期に多くその名が見える。千秋側の主宰者として一派の中心となった。弟子に十返舎一九がいる。五 相模（神奈川県）南部の町。鎌倉時代ここに遊里があった。江戸時代、

口絵（右）　中央は本作の実悪とも言うべき鬼小僧長五郎で五代目松本幸四郎の似顔。この悪が最後にどうなるかがお楽しみというところ。髪はせわ熊百日であろう。着物は高麗屋格子という縞模様、帯の文様と煙草入れの紋は四つ花菱。豆絞りの手拭を肩にした悪党らしい風情。右の源次郎は前髪立ちの少年で三代目尾上菊五郎の似顔。着物の文様は柏紋であろう。左の七代目市川団十郎の似

(一)

(上)

(一) ほったん 大磯小磯粧ひ坂

廓の花の全盛を、移し植へたる顔佳花、咲くやゆかりの色里は、夢の浮世に仮宅は花菱屋の清兵衛とて、小見世ながらも大見世にまけぬ二階の繁昌は行来の人の立ちどまり、「なんと賑やかなこつてはござらぬか、歌ふやら舞ふやらしての楽しみ、それに引かへわしらは朝から晩まで草鞋はいての世渡り、それに此ごろの五月雨降りつゞいての道の悪さ、田の中を歩くやうでたまつたものではござらぬ」

顔と思われる岩倉主計なる人物は本作には出ない。ご愛嬌にここだけに登場させたものか。羽織には松皮菱の中に蔦の葉の紋。鬼小僧長五郎の人相書を突き付けてキッと睨む見得。

絵(一) 吉原のおそらく大籬の見世の前。しかしここは仮宅という設定なので、その前を遊里に用のない人も通ったのであろう。そこで老婆がつまずき倒れたのを花魁が見つけたということになる。防火用の天水桶の右、格子の中には見世に出た遊女の顔が覗く。左の唐歌は菊に麻の葉と雲の丸文に唐草の衣装、裾からわずかに足の指先と下駄が覗く。遊女の当時の下駄は半四郎下駄とも言い、岩井杜若(口絵参照)が流行らせた。黒漆に緋の鼻緒、花魁の履く下駄の高さは八寸もあったという。左の男の玉山は遊客の表徳(雅号、吉原に遊ぶ際の通り名)。棒縞の着物に羽織が鮫小紋とすれば渋好みの身なり。後ろの男は善孝と名乗る幇間(太鼓持)、面体から役者を当て込んでいるかも知れないが不明。右の女は花魁より一つ格の下がる番頭新造か。帯は裏が格子と蝶か。やたら縞(天保に入って流行する)の裾に撫子を散らした衣装見立てである。転んだ老婆は梅鉢の小紋を散らした着物に稲妻文の帯。浪人した息子を持つとは言え、そのまま貧相な衣装にしないのが歌舞伎見立ての合巻の絵。

と無駄口交りに行き過ぐる。折から来かゝる老母のおしよは、杖を力にとぼ〱と歩めどついにはかどらず、気ばかり急ぐたそがれまへ。[一]滑つて転ぶ泥まぶれ、起きんとすれど老の身の自由にならぬ乱れ足、それと見るより、次へ

善孝「それも大方[二]むしのせへだらう」

とな「善孝さん、お見な、花魁は奇特[三]でいさつしやるねへ」

玉正「おとなさん、おまへの母さんじやアねへか、よく似てゐるぜ。[四]もふ三十年も若くて転べばいゝ、ちよつと出る気もある」

(三) つゞき　花菱屋の遊女唐歌は器量も優れ、そのうへに此家のうちのお職株[五]、格子[六]にたゝずみゐたりしが、笑止[七]に思ひ裸足で駆け降り、引起し、「ヤレ〱此道の悪いのにお年寄つての一人歩き、さぞ御難儀でござんせう、こちらでゆるりとお仕度を」と言ひつゝ手を取り見世先へ連れ来る。それと見るより若い者、「花魁、うす汚いその年寄り、どうさつしやろうと思つて」「ハテお前がたの知つたる事じやござんせん、早うその間に[八]盥に湯など汲んであげなさんせ」と言ひつけられ、不精〱に若い者盥に水もそこ〱に、「さア洗わんせ」と差し出せば、老母は厚く礼を述べ、「これは〱いかい[九]お世話になり升、おかげで怪我もいたしませぬ」と言ひつゝ手拭ひ取り出し、手足を洗ひて、「御親切なるお介抱かさねて御礼にまいります」と言ひつゝ行を唐歌は引とゞめ、

歌舞伎や小説の中で遊里の場所として、吉原を仮にここに設定する場合が多かった。六 鎌倉扇が谷の西の坂の名。鎌倉時代ここに遊里があったという。ここでは大磯と一緒にして、歌舞伎的雰囲気を出すための吉原の遊里を暗示したもので、具体的な場所を言うのではない。七 美しい花。美女のこと。八 吉原が火災に会った場合に、別の場所で暫くの間営業する見世。九 遊里での総半籬の小さな娼家。総籬の大店、半籬の中店に対して言う。籬は店と入口の落間(おちま)の間に立てる格子のことで、総籬はこの高さが天井まであったという。半籬はこの半分で店の格を示した。

(以上五三三頁)

一 夕方近く。
二 腹の中に虫がいて痛くなることか。
三 珍しいこと。感心なこと。
四 年がもう三十も若い女が転べば、私も助けに出るのだが。
五 お職女郎のこと。その店で一番上位の遊女。一つの店で一人しかいなかった。「株」は身分地位を指す。
六 唐歌が店の籬の前に立っていた。
七 他人に対して気の毒に思うこと。困ってしまうこと。また、恥ずかしく思うこと。
八 足を洗うための湯を盥に汲めと言う。九 大変。たいそう。
一〇 着物。
一一 吉原での遊女の位置の一つ。十

(三)

「もし、いかふ召物[一〇]がよごれました。幸い私が寝間着など貸してお上ゲ申ませう」ト新造[一一]通路に言ひつけて、「私が着物は目について悪いほどに、幸い下の箪笥にある通し[一二]小紋[一三]の男小袖、あれなど貸して上ゲなさんせ」と聞いて通路甲斐〴〵しく、「アイ」と答へて持ち来る。「さアこれを着替へて行なさんせ」と言へど老女はいろ〳〵と辞退をなせど聞ゝ入ず、寄つてたかつて着替へさせ、「よう

ツギへ

[一四]此所の絵の訳、次に記しまうし候。

四、五歳で禿(かむろ)から遊女になるが、これを新造女郎と言う。

一二 着物の文様の一つ。鮫小紋と行儀鮫(霰に似た鮫小紋を規則正しく散らした文様)、乱鮫(霰を不揃いに散らした文様)とを連続させた小紋。

一三 男用の袖の短い絹の着物。

一四 (二)の挿絵は次の(三)の場面を描いている。中期以後の合巻には、しばしばこのように次の場面の絵が入る。文章の叙述が細かくなり、絵と文がずれるためでもあるが、話の展開に読者の興味をひくため、故意にこのような方法をとったことも考えられる。

絵(三) 月本条助の浪宅。張抜きの達磨を手内職にして生活を立てている。身の回りの世話をする八蔵は昼は紙屑買いをして材料を集め、条助は達磨に彩色をしている。腰障子の両脇は壁に下張りだが霰を散らした文様に統一され、房付きの引手のついた襖には薄が描かれている。万筋縞の着物、座布団も丸松葉に渦巻の文様で、前掛もこざっぱりしており、美男の立役らしい風情。対する八蔵は二代目関三十郎の似顔。三崩し文で腕捲りをして、手紙らしい反故紙を見せている。これは(五)で説明される。この室内の様子はとても「僅かな世渡り」とは思えぬ描きかただが、あくまでも読者に歌舞伎舞台と重ねて見せるためである。

（三）

（三）つゞき　似あいました」
と口々に言ひつゝ奥へ走り行。
老母は喜び唐歌が前に手をつい
て、「他生[一]の縁とは言ひながら、
ついに[二]お目にかゝつた事もなき
お前の御親切、忘れはいたしま
せぬ。悴が聞いたらさぞ喜びま
せう」と礼を述べれば唐歌は、
「なんの御礼がいりませう、私
も去年まで年とつた母が一人リ
ござりました。此春身罷り[三]まし
た。誰しも同じ事、他人にする
とは思ひませぬ」と言ひつゝふ
さぐ孝の道、老女は聞いて、
「ほんに優しいお心ざし」とな
をいやまさる胸の内、おくそく[四]

一　多くの生命人生の間で結ばれた縁。ここでは、他人ながら何かのご縁があるのだろう、の意。
二　いまだかつて。一度も。ついぞ。
三　死にました。
四　「おくそく」が憶測ならば、当て推量の意だが、ここでは「おくそこ（奥底）」で、隔てなく、率直に、の意であろう。
五　良い家柄。良い人。
六　遊廓で、遊女が夜間、見世に並んで客を招くこと。
七　化粧し、着飾ること。身仕度。
八　栄枯浮沈のあるのが世の中だの意に地名の「中の郷」をかける。現在の墨田区吾妻橋・東駒形の辺、当時葛飾郡中の郷村。隅田川の東、武家地と寺院とわずかな商店があり、田畑も多く、景色は良いが寂しい所で、大商店の別荘や世を忍ぶ人の侘び住まいの地であった。しばしば人情本や河竹黙阿弥の歌舞伎の舞台になる。
九　みすぼらしくかなしく人目を避けて住む家。
一〇　「重きなれの果」から対句的に、紙細工の軽い達磨と続けた。
一一　貧乏な生活。

なくぞ語りやい、「はや日暮れぬうちに帰りませう」と暇を告げて立帰る。
唐歌はあと見送り、「お年寄つてもよい人柄、もとは随分い〻[五]しの果でもあらうか」と思ひすごして目にもつ涙、「ほんに私とした事が、なにやかにとり紛れ、もはや夜見[六]世前[七]、どれ身じまひにか〻らうか」と言ひつ〻奥に入りにける。

此所の絵の訳、順におくれて次に記す。

よみはじめ　浮き沈みあるも憂き世の中の郷[八]、月本条介が侘[九]び住居、昔のさまに引かへて、身分は重きなれの果、軽[一〇]き達磨の紙細工、生計も今はよう〳〵と、細[一一]き煙の営みも、中間[一二]・小者・みそ用人　次へ

(四)　つゞき　一人で兼ねる八蔵が、昼は町〳〵紙屑を足[一三]をはかりに買い歩き、主人を貢ぐ忠義なり。

「旦那様今日も大分仕事のはかがゆきましたな。昨日去ルお屋敷の窓下で反故を買いましたが、これはお遣[一四]い料になりませう」
と差し出して八蔵は泪ぐみ、
「世の盛衰とは言ひながら、誰あらう細川家の藩中にて人も知つたる月本条介様が殿より御預りの宝紛失ゆへの御浪人、此中の郷で僅かな世渡り、さぞ御不自由でござりませう」

一二 武家に仕える使用人。「中間」は、中世・近世に大名・公家・寺院などに下働きとして勤めた男。侍と小者の間の位置であった。「小者」は、武家の雑役に従事した男。「みそ用人」は、貧乏な旗本の用人(家老・年寄の次で家の庶務を支配する役)で、仕事が台所勝手向きのことしかないのを軽蔑して言った。

一三 足の続くかぎり。

一四 仕事の材料、すなわち達磨作りの原料。

絵(三)　母が吉原の唐歌の見世の前で転び、小袖を借りたために、条助が返しに来た場。この小袖にいわくがあるのだが、それは(六)で説明される。唐歌の衣装は口絵とは違い、雲丸文に唐草、麻の葉繋ぎ、麻の葉鹿の子、煙草道具も螺鈿の豪華なもの。対する条助が遊女を前に正座して手をつかえているのは、世慣れぬ生真面目な武士の姿を示している。着物は熨斗菱繋ぎ文。後ろの新造は菊に麻の葉の着物に丁子文の帯であろうか、左手の下から見えている。唐歌の後ろに見えるのは打掛であろうか、流水に桜の裾は卍繋ぎ文か。襖の腰の模様は薄氷か、上の雁が降りる図柄と照応させている。花魁の豪奢な部屋の様子が描かれている。唐歌は実直な条助に一目でひかれるが、ここの詞書は大きくずれて(六)に記される。

(四)

とさしうつむけば、条介は八蔵に向ひ、

「そのやうにくよ〳〵思やるな、いまにも宝詮議し出し差し上候その時は元の侍、それ楽しみに。次へつゞく

(五) つゞき 過ぐる年月紛失のその砌、横死[一]遂げたるそちが実父八内、敵は何者と知れず、手掛りとても定かならず、さぞ無念であらう。その身ばかりか我〳〵親子を貢ぐ[二]心根、忠孝全きそちが兄弟、世が世なら用人にも申付べきを、思ひ廻せば、不憫[三]じやわい」

と主従二人が身の程を、思

一 災難に遭ったり殺されたりして死ぬこと。不慮の死。

二 生活をささえる気持。

三 気の毒。

絵(四) 見世の二階。話の筋では、唐歌に通う悪役横島伴蔵が上がって来たところで、煙草をやに下がりに持っている。これは嫌みな持ち方だが、これが後の伏線とも言えるもの。これを文字でなく絵で見せているのが合巻の絵の見所とも言える。伴蔵がこれから何をしでかすか、口絵で

(五)

ひ過ぐして目に泪、八蔵は心つき、「何時にないおふくろ様のお帰りの遅さ、かういふ間も気づかひ、どれ一走り迎ひに行てかふか」と聞いて条介、「イヤ〳〵そちは宿に用事もあらう、ちよつとおれが迎ひに行かふ」と言ふを八蔵が、「いや宿には弟の源次郎が居りますゆへ、私が参ります」と言ひつゝ尻を引からげ、門の戸明けて走り行。あと見送りて条介が、「もはや母者人のお帰りに間もあるまい、どれ片付やう」と紙屑を取り揃ゑんとなしたるところ、最前持ちくる八蔵が反故の

その面体を見せているので、読者はおおよそ察しがつくだろう。絵(一)に見える玉山と幇間も二階に上がり、前を箱提灯(花魁の紋が入っているはずだが、ここでは見えない)を持った新造が案内する。伴蔵の前には大柄の熨斗文様をつけた禿が銚子を持っている。伴蔵の左後ろには台の物(料理など)を肩にした喜助(吉原の見世で雑役をする若い男)がいる。左上には八間(中に蠟燭が立ててある明り道具)がさがる。喜助の右には壺庭に植えた松の枝先が見え、仮宅の場所が花川戸(浅草寺と大川〔隅田川〕の間にある)であるから、その先に大川と船と、対岸の水神の森であろうか、が眺められる。やや俯瞰的に二階とそこからの眺望を覗かせた巧みな構図と言える。

絵(五) 画面は一転、人物だけを描く。条助が持っている小袖を見とがめた伴蔵が唐歌との中を疑い、扇で打つ。条助を唐歌の間夫かと罵った伴蔵に、間夫だと言い切ってしまう唐歌。条助は腕捲りでキッと伴蔵を睨む見得。これは罵られたからだけではない。羽織を脱いでしまっているところなども、条助の心中を示している。歌舞伎の型である。説明は(七)でされるのでずれが広がるが、この時期の読み切り合巻の例として板坂則子氏も説明するところである。伴蔵は黒ずくめの衣装で、面体とともに悪役を示している。

中より怪しき文章の手紙一通、条介手早く取り上ゲて、

「なに〳〵、飛札[一]をもつて申入候、兼〻頼み置候漢[二]の形付の茶入、山名家[三]にて御懇望につき、宗全[四]公に上覧に入候処、相違なく正物ゆへ、金五百両に御買上ゲ相成、すなはち代金さし遣し申候。たしかに御落手下されべく」

と、読み終つて条介驚き仰天なし、

「書面[五]にそれと名宛はなし、さてはかね〴〵噂の如く山名家にては当家の重器[六]を羨むと聞きしに違はぬ此文面、廻し者あつて盗み取らせ、御買上ゲになりしと覚へたり。さはさりながら、手掛りは得るといへども先は大名、ことに執権職[七]たる山名家、当家とは不和なれば、なか〳〵たやすくは渡すまじ。此書面を証拠となし、持ち出さば、かへつて毛を吹いて疵を求むる道理、うち棄て置かば此身は一生埋れ木[八]同様。弓矢神[九]も見放し給ふか、はて是非もなき世の有様」

と思案の折から門ド口へ七十近き老母の声、「悴今戻りました」と聞く[一〇]と等しく条介は、「母者人あまりお帰りが遅いゆへ気づかひに思ひ、八蔵がお迎いに参りました。さぞ道が悪くて御難義でござり升、御み足をお洗ひなされませ」と言ひつゝ盥を差し出し、ふと目につく老母の着物。条介見るより、「母者人、ついに見馴れぬその召物、いかゞいたしたのでござり升」と問はれて老母は、「さればいのふ、今日も今日とて観音様へ

一 飛脚に運ばせる手紙。急ぎの書状。
二 未詳。
三 室町時代、主として但馬・石見・伯耆・播磨などを領有した大名。山名豊国(天文十七年〔一五四八〕—寛永三年〔一六二六〕)の時、徳川家康に就き、但馬村岡に六千五百石を与えられて明治まで存続した。
四 山名持豊。応永十一年(一四〇四)—文明五年(一四七三)。室町時代の武将。但馬・因幡・伯耆・備後の守護であったが、将軍足利義教・義政を立て、義政夫人日野富子に近づくなど、権謀術策を専らにし、やがて細川勝元と敵対して応仁の乱が起こった。歌舞伎の「東山」の世界には佞臣として登場、「伊達競阿国戯場(だてくらべおくにかぶき)」(安永七年七月上演)にも、最初に将軍の弟を罵る悪臣として出る。
五 底本「と」。
六 大事な宝物。
七 鎌倉時代は将軍を補佐し政務を総括した政所(まんどころ)の長官。幕府の実質的最高権力者。室町時代には管領の別称だが、大名を補佐する家臣の長を一般的に言った。山名宗全は管領細川持之を補佐したが、守護であって、執権ではなかった。誤記というよりも、その勢力の大きさをこう言ったのだろう。
八 土に埋まった木のように、世に出ない小さな存在。
九 弓矢のことを司る神。武士を守る神。軍神。

日参、アノ仮宅の前の道悪さ、杖に滑つて転びました所が、花菱屋の遊女に唐歌といふ傾城、裸足で降りてのわしを介抱、それは〳〵親切な女、又そのうへに着物までも貸してくれました。若い男は迷ふ筈、器量とい丶人愛想、年寄つた私さへ惚れました」と語るを聞いて条介が大きに驚き、「どこも痛みはいたしませぬか、まづはお怪我もなくて幸せ。まことや其の傾城こそ泥中の蓮[一二]、憂き川竹[一三]の流れの身にも、か丶る情の女もあり、又[一四]家国を失ふ傾城もあり、思ひ〳〵の人心」と言ひつ丶着物着替へさせ、借着の 次へ

（六） つゞき 小袖手に取り上ゲ見ると等しく、「こりやこれ京染めの通し小紋[一五]、ことに紋所は九曜[一六]の星、女衆袖にあらぬ男の着物。いつぞや宝紛失の砌、門外にて怪しき曲者に出会ひ、引捕へんとなせしところ、姿隠して逃げ去りしが、我が手に残る片袖の模様もすなはち通し小紋、紋所まで寸分違はぬ此小袖」と懐中より取り出し、割符[一七]を合すごとくなり。条介喜び、「何ニはともあれ此小袖を持参なし、事のよしを遊女唐歌に問ふべし」と仕度をなして老母に向ひ、「少しも早く此小袖を返すべし」とて風呂敷に包み引[一八]かたげ、「もはや八蔵も戻るべし、お淋しくとも少しの間、留守を頼み奉る」と言ひ捨ててこそ行にける。

○

入相[一九]の鐘も盛りの花川戸[二〇]、軒を並べし仮宅のひときは目立つ花菱屋。それと見るより

会席料理世界も吉原

一〇 聞くとすぐに。聞いてただちに。
一一 それはこうです。そのことですよ。主として女性が使う言葉。
一二 維摩経にある言葉。泥の中に咲く蓮の花の意から、汚濁の中でもそれに染まらずに美しい心を持っている人。
一三 川のほとりの竹が流れに浮き沈みするように、定めはかない遊女の身。
一四 遊女が男をだまして金を使わせ家財産をなくさせてしまうこと。
一五 →五三五頁注一二。
一六 紋所の一。一つの円の周りに八つの小円を置いた紋。九曜星。
一七 「割符」は、木片に証印を押して二つに割り、それぞれが所持して、後に合わせて見て証拠とするもの。ここは、割符を合わせたように、二つのものがもとは同一だった、ということ。
一八 ひっかつぐ。
一九 日没の時、寺でつく鐘。
二〇 台東区花川戸。隅田川の西岸、浅草寺の東。ここに吉原の仮宅があったという設定になっている。歌舞伎の「助六」や「幡随院長兵衛」がここに住んでいたという。また吉原へ通う道筋でもあり、派手で粋な町を連想させた。

（六）

月本条介、軒にたゝずみ腰をこゞめ、「卒爾[一]ながら承け給はりたい。花菱屋の遊女唐歌と申はそなたにて候か」と聞いて見世の若ひ者、客と見てとり、「左様でござります。幸い今晩は客人もなし、よい折からお初会[二]でござり升か」と問はれて条介、「イヤ拙者遊び客ではござらぬ、その唐歌殿に対面いたしたい」と言ふを聞きつけ唐歌は、「どなたか存ぜねど、その唐歌と申のは私でござり升」と立ち出れば、条介は威儀[三]を正し、「拙者事な先刻そこもとの情に預りし老母の悴、中の郷に

一 突然で失礼ですが。「率爾」は、にわかなこと、軽率なこと。
二 遊里で遊女が、初めて客の相手をすること。また、その遊女にとって初めての客。
三 姿勢や言葉つきを正しくして振る舞うこと。
四 現在ただ今。
五 家や部屋で外に近いところ。部屋の隅。
六 →五三五頁注一一。
七 「かぶろ」とも。遊女のうち位の高い太夫が身の回りの世話をさせた七、八歳から十二、三歳までの少女。
八 いろいろすべて有難い。
九 →五三四頁注七。
一〇 なさけ容赦もないこと。薄情な

侘び住居いたす、[四]当時浪人月本条介と申者」と聞いて唐歌、「そこは[五]端近まづ〳〵こなたへ」と[六]新造・[七]禿にいざなはれ、「しからば御免下され」と言ひつゝ部屋へ通りける。条介は手をつかい、「思ひよらざる母どもの難義御介抱下さる段、[八]千万ン忝く、そこもとこそは命の親とも存ずるなり。その節借用申せし小袖すなはち御返済申、お受け取り下され」と差し出せば、唐歌は、「これは〳〵固苦しいそのお言葉、なんと申てよからうやらほんに[九]笑止」とさしうつむき、「私も去年まで母が一人りござりましたが、誰しも親をもつ身は同じ事、さぞ御苦労でござりませう」と聞いて条介、「イヤもふいかい苦労をいたします」と言ひつゝ傍へさし寄つて、「承け給はりたいは此小袖、見れば男の着物也。そこもとの御所持のでござるか」と問はれて唐歌、「そりや客人のでござり升。横島伴蔵と申てそれは〳〵意地の悪い皃付、ついに一度も枕を交さず、ふつて〳〵ふりぬいても、[一〇]しやうつれない伴蔵づら、日毎夜毎に通ひつめ、[一一]数ならぬ私を口説き、承知さへすりや[一二]身請けするとの[一三]あだしつこい客人、床着にするとてこしらへしその小袖、ついに一度も寝た事なく、そのまゝ簞笥へ入れ置きしを、私が着物は目に立ゆへ、丁度よい折からゆへ、貸して進ぜたのでござり升」と話なかば、[一四]二階の梯子大勢引つれ、伴蔵がほろ酔い機嫌の[一五]ねぢ上戸、あら〳〵しくも上り来る。新造通路走りきて、「伴蔵さんが来さしつた」と知らせに驚き唐歌は、「まづこなたへ」と条介を伴はんとするゆ

こと。

一一 取るに足りない。

一二 遊女や芸者が期限を定めて身を売ったのを、客が借金を払って勤めから身を引かせること。

一三 「あだ」は「あた」とも。嫌いな感情の強い場合の接頭語。本当にしつこい。まったくくどく嫌らしく野暮である。

一四 遊里の揚屋では、入口正面に二階に上がる大きな階段がある。帰る時その階段を下りてくる。

一五 酒に酔うとくどくどと理屈を言い、人にからむ酔い癖。

絵(六) 間の襖を明けてぬっと登場したのが五代目松本幸四郎の似顔の人物。口絵では鬼小僧長五郎だが、口絵とは全く違う。黒頭布に鮫鞘の大小を帯び、小袖も羽織も高麗屋格子に決まった姿の不思議な人物。手に持つ煙管を伴蔵に突きつける。見巧者な読者なら、煙管は伴蔵がくわえていた、と思い出すだろう。伴蔵は条助を扇で打った拍子に隣座敷へ煙管を飛ばしてしまい、それがこの武士の額に当たった、武士は、この始末をどうつける、と詰め寄るところ。条助は成行きの意外な運びに、前の場面と表情も手つきもやや変わる。これも歌舞伎の見得の一つ。「サアサアサア」と言うところであろう。これがどう治まるかは(七)(八)の詞書にある。

へ、取り乱したる小袖をかゝえ、廊下へ立いで行んとするを伴蔵目はやく目つけ、「コレ／＼若ひ男、その小袖をいづれへ持」と咎められ、条介はうろたへて、「お座敷に取り乱しあるゆへにむさくるしく存じ、取り片付やうと思ひ斯くの次第」と聞いて伴蔵、「その小袖は身どものじやが、なにがむさくるしいそれ聞かふ、若い者には見馴れぬ男、なま白いしやつ面、次へ

○御顔の薬おしろい仙女香[一]　京橋本伝馬町坂本氏製

(七) つゞき　その見すぼらしいなりをして、さては唐歌が間夫[二]か。人の上ゲ[三]づめにしおく女郎を盗み、またその上に小袖までも持行は大方質草[四]にでもしやうと思ひ、盗人[五]たけ／＼しいとは此事じや」と無法無体の伴蔵が持つたる扇で条介が眉間をはしと打ちければ、「もふ了見[六]が」と立上ルを、唐歌は駆け来り取りすがつて抱きとめ、「お腹も立ふがこゝは遊所、大事の御身分、まづ／＼下に」と取りおさへ、「もふかうなれば是非がない、いかにも私が間夫でござんす、その間夫のある女郎あげづめにするお前のたわけ、野暮もたいがい程がある」と愛想[七]づかしの折も折、隣座敷の侍客、唐紙をずつと明け、「頭瘡[八]なればかぶりもの御免下され」と言ひつゝ座に付、「此煙管は誰人のでござる」と問はれて伴蔵、「そりや拙者の」「いよ／＼[九]お手前のに相違御座らぬか、なぜ隣座敷へ投げ打ちをめさる、武士の面体[一〇]へ傷をつけ、済まふと思はつしやるか」と聞いて伴蔵

一 京橋南伝馬町(稲荷新道)三丁目にあった坂本屋から文化四年以後に売り出した白粉の名。仙女は三代目瀬川菊之丞(文化七年〈一八一〇〉没)の俳号から採った。有名な商品で明治年間まで売られ、合巻・人情本などにしばしば出てくる。当時坂本屋は絵草紙の検役(あらためやく)だったので、版元や作者の配慮があったと言われている。
二 遊女の情人。
三 特定の遊女や芸者を何日も呼んで連日遊ぶこと。気に入った遊女を他の客に出さないため自分のところに引き付けておく方法。
四 質入れして金に替えるための物品。
五 悪いことをしながら、ずうずうしい態度をとるのを罵って言う言葉。
六 考え、はかりごと。ここでは、我慢して許すこと。
七 冷たくあしらって相手にしないこと。
八 頭に出来るおでき。頭の皮膚病。
九 たしかに。まちがいなく。
一〇 顔。

(七)

二仰天なし、「いつ投げ打をいたした」「知るまへと思つて、先刻あれなる者を打擲の砌、打ち込んだるこの煙管でかくのごとく傷が付ては、明日より三主用があい勤まらぬ。証拠といふは貴殿の煙管、此扱いはいかゞめさる」と問いつめられ、伴蔵はのつぴきならず、「これは拙者が悪かつた、先刻何やらにとり紛れ、心に思はぬ不調法、真平御免下され」と詫びれどきかぬ侍客、「口先で詫びて済まふと思はつしやるか。思ふには貴殿の面体へも傷を付、それ腹いせに了見してつかはそう」とあ

二 びっくりすること。驚くこと。

三 主人から言い付けられた用事。主命。

絵(七) 場面変わって、見るからに貧しい所帯。左下小柴垣と篠竹の内、枕屏風は竹を結い筵を張った粗末なもの、後ろに糸繰り車が見える。いずれも歌舞伎の貧所帯の小道具。薄い碁盤縞のような布団に片手をついた男はひじき文の襟元が乱れて肩を覗かせ、左の鬢の髪がそそけ、病身の体。四代目市川宗三郎の似顔か。娘の名も入らないが、杜若に麻の葉の文様が見えるので、小雪と知れる。小雪の手をつかまえる男二人は、尻はしょりで、右の男は絞りの向う鉢巻。それぞれの手先と顔の向きを見れば、この場の様子は言わずと知れる。永の病気の貧の末、娘を借金のかたに連れて行こうとしているところとは、絵だけで想像できる。

(八)

りあふ煙管を持ちそへて、立ち上ルを、茶屋[一]・舟宿の若ひ者、立はだかつて押しとゞめ、「こゝは遊所、まづ〳〵お控へ下されませ、外に仕様も御座りませう」と [つぎへ]

売り弘所 版元岩戸屋

富貴自在 運利香 此薬は勝利・開運の守り薬にして古今不思議の功能あり。

(八) [つゞき] とめれば侍、「なるほど童子[二]に聞いて浅瀬とやら、遊里の事なればとかく穏便、身も武士道を捨て町人[三]となつて膏薬代で済まして遣はそふ、値金百両じや」と聞いて驚く伴蔵主

一「茶屋」はここでは、吉原で客を女郎屋・揚屋へ案内する引手茶屋のこと。「船宿」は、船遊山、魚釣りなどの船を仕立てる家を言うが、ここでは隅田川をさかのぼり吉原近くの山谷堀まで行く船を出す家。客の用をする若い者が大勢いた。

二 負うた子に浅瀬を教えられる。時には自分より劣った者、年下の者に教えられることもある、の意。

三 底本「丁人」。

従、それと見てとる侍客、「不承知ならば我が十分[四]にそこもとの面体へ傷を付る」と又立あがるを押しとゞめ、「ハテ気の短い、それには及ばぬ」と懐より金一包取り出し渡せば、「これさへ取れば申ぶんはない」と取りおさめ、空嘯いて居たりける。伴蔵は力なく、「此よな所に長居して又どのやうな目に会おふも知れぬ、飲みなをそふ」と言ひつゝ大勢引つれてすご／＼として立帰る。後には条介・唐歌はさしうつむいて居たるところへ、以前の侍さし寄つて条介に向ひ、威儀を正し、「先刻よりの御辛抱察し入奉る。無法無体[五]の悪者ゆへ、見るに忍びず煙管奪ひ取り、わざとしかけし今のしだら[六]。それにつけてもそこもとは大身のなれの果、いかなる事にてかくお浪[七]／＼なされしや、ことによつたらそこもとのお力ともあい成らん。かく申某は山名家の藩中鬼小島小平太と申もの」と聞いて条介、よき手掛りと心に喜び、あたり見廻し小声になり、「段／＼の御親切、その御言葉を聞くうへは何をか包まん、某は細川家の藩中月本条介と申もの、殿より御預りの漢の形付の茶入を何者とも知れず盗み取り、あまつさへ[八]家の郎等八内と申者を殺害なして立ち去り、その夜我用向あつて 次へ

(九) つゞき 他行[九]なし帰りの節、御門外にて怪しき曲者、引捕へて一詮議[一〇]とさゝへしかど面体隠して逃げ去りし。その折残りし此片袖は、小袖の模様と寸分違はぬ通し小紋、五つ所紋に九曜[一一]の星。これ手掛りと持参なし、事の様子を聞く折から、無法の輩、世が

四 「十分」は、満ち足りること、足らぬことのないこと。「十分に」は、ひどく、はなはだしく、の意となるが、ここでは、思う存分の意か。

五 乱暴で道理をわきまえない。

六 ていたらく。始末。

七 浪人をなさっているのか。

八 その上。

九 外出。

一〇 尋問しようと行く手を阻んだが。

一一 →五四一頁注一六。

絵(八) 忍び返しのついた黒板塀、見越しの松が枝を伸ばしている。天水桶の蓋の上に木箱を持ち頬被りをした松本幸四郎、刀の鞘が絵(六)と同じ、言わずと知れた鬼小僧長五郎。木箱には紐がかかっている。歌舞伎小道具「名物の茶器」と言い、これを持っていれば、中は宝物の茶器というきまり。この姿で当然「名物の茶器」を盗み出してきたことがわかる。この場面、この時期の歌舞伎ではお馴染みの設定。左の松の枝から縄が下がっている。左の男は縄を首に回して両肩から下げているが、ひじき文らしい小袖を着ているところから、絵(七)に見える親爺ということが知れる。なぜ縄が下がっているのか。この絵解きは(一一)から(一三)に書かれている。

世なら引つ捕へて一詮義とは思へども、なにを申も浪人の身の上、又一つには宝のありかそれとは知れどたやすくは手に入難く、その子細といふは、かねて山名宗全公漢の形付の茶入の御懇望とあつて、此度金五百両に御買い上ゲに成りしとの事なれど、先は大名ことに執権職の事、一生取り戻す事もならず、此身は埋れ木同様、お察し下され」とさしうつむひて条介はしほ〳〵として居たりける。様子つぶさに聞くと等しく鬼小島、「すりやその宝ゆへ貴殿の浪〳〵。いよ〳〵当家に秘めあるならば、宗全公を諫め奉り、一命にかけ御手渡し申さん、必ず気遣ひし給ふな」と聞いて喜ぶ条介が、「すりやそこもとが御とりなしで御手渡し下さるとな」「武士の一言金石よりも堅し、必ず気遣ひし給ふな。廿三夜の月の出潮、滑川の片ほとり、大川橋にて御手渡し申さん」と言ひければ、条介は立たり居たり再拝して、「弓矢神にも見放されしと思ひしに、未だ武運に尽きざる証拠、不思議にも貴殿のお情。これといふのも日頃信ずる観世音の御利益、あら有難や」と喜ぶ条介。鬼小島はさし寄つて、「拙者も貴殿に頼みがござる、これなる遊女唐歌をそこもとの妻に申うけては下さるまいか」と聞いて驚き、「随分宝さへ手に入ば身請けいたして妻にもいたすべし。さはさりながら当人が不承知も計りがたく」と聞いて喜ぶ唐歌は、「勿体ないそのお言葉、先程より見うけし所物数言はず公道で、人柄とい丶きつとして、心で誉めておりました」と顔に紅葉の色見へて、移ひやすき川竹の

一 →五四〇頁注七。
二 →五四〇頁注八。
三 気落ちして勢いなく力のぬけたさま。悄然。
四 武士の言った言葉は金や石よりも重く堅いゆえ、嘘間違いはない。
五 陰暦の二十三日の夜なので、下弦の左半分の月が深夜に出る。
六 鎌倉由比ヶ浜に注ぐ川だが、歌舞伎や合巻の場合、仮に隅田川などを指す場合が多い。
七 隅田川を大川と呼ぶので、ここでは特定の橋を言うのではなかろう。
八 →五四〇頁注九。
九 きちんとしていること。はでないこと。
一〇 変わりやすい遊女のはかない身の上でも。→五四一頁注一三。

（九）

流れの身にも浮む瀬の深き操の真実と、見るより鬼小島は笑をふくみ、「我もさは推量なせしにより条介殿へ頼みし也、後とも言はず主人に掛け合ひ、身請一一状先刻受け取りし金子百両へ足し金なし、合テ丁度二百両、これを主人に渡すべし」と懐中より取り出し二人リへ遣はし、「今宵は夜とも積る話をいたすべし、仲人一二は宵のうち、もはや拙者は開く一三べし。必ず廿三夜の月の出潮を違ふまじ」と言ひつゝ立を条介は、「なにからなにまで厚き親切」、唐歌は手を合せ、伏し拝みてぞゐたりける。

一一 身請けするための証文。
一二 仲人の仕事は三三九度の杯を交わせばそれで済み、あとはなるべく早く引き上げるのがよい、いつまでもいるのは野暮である。
一三 「終わる」を忌んで言う。終りにしましょう。

絵(九) 典型的な歌舞伎の心中道行の型。条助は網代格子の手拭で頬被り、着物は熨斗菱の文様。唐歌は瀬川の家紋結綿の文様の手拭を被るが、羽織は条助のものに袖を通して、両褄を取っている。後ろは大川端。このところ筋が二つに分れているので詞書がくわしく、この事情は(二三)の後半で説明される。条助の浪人の事情、唐歌との出会い、伴蔵との事などにより二人が心中に追い込まれることは、読者はおおよそ見当がつくはずである。ただし二人は心中するわけではない。それはここの詞書を読めばわかる。条助はその武士(鬼小島小平太)と日時刻限の約束があって二人で出かけたのであったことがわかる。

「礼は重ねて、まづ開きませう」と鬼小島しづ〳〵と立ち帰る。後で二人は喜び泪、「夢か現か有難や」と手と手を取りて一間の内、妹背の縁の私ごと[一]、いかなる夢をや結びけん。

よみはじめ　月漏る[二]軒の板庇、棟割長屋[三]あい〳〵の傘[四]の古骨古金屋、紙屑買いに賃仕[五]事、浪人者や陰陽師[六]、按摩痃癖[七]独り者、女手業のほまち[八]には、濯ぎ洗濯日雇いに、皆それ〴〵の営みのあるが中にも七郎介、孫の小雪と侘び住居[九]、一つ竈[一〇]火打箱なにかに事の欠け茶碗、蚊帳もなく〳〵蚊やり火の細き煙も立てかねる、框[一一]のひづみ破れ障子あら〳〵しくも明けて入る、悪者仲間の山女衒[一二]狼とん兵衛・狸の八郎のさばり声[一三]、「七郎介殿は内か」と聞いて小雪が駆け出で、「ぢい様は日ごろの眼病、またそのうへに腰が痛いとて寝ております」と言へばとん兵衛、「そりや気の毒な事じや、おほ方年病みで

つぎへ

(一〇)　つゞき　あらう」とにくて口[一四]、「今日は是非〳〵会はねばならぬゆへ起してたも」と言ふ間も待たず、七郎介は目を覚し、そこらを探り撫でまはし、「これは〳〵どなたかと存じたら何時もの二人リ、ようお出で下さりましたなア」と挨拶すれば、「いやようも参るまへ、何時も〳〵金の催促、今日は是非〳〵返して貰はにやならぬ手づめの日限、さア勘定立てもらおふ」とのさばり声。七郎介は手をついて、「段〳〵の御立腹、

一　ひそひそ話。男女がひそかに語り合うこと。
二　屋根の破れから月の光がさし込むような貧しい家。
三　棟の長い一つの家を壁で仕切り、何軒にもしてある家。
四　傘の骨や金属製品の壊れたり使い古したものを安く買う商売。
五　手間賃を得るための、家庭などでの手仕事。内職。
六　中国古代に起こった陰陽五行説によって、吉凶禍福を定め、天文・暦数・卜筮・相地などをきわめる陰陽道の術者であるが、ここでは大道で占う易者を言う。
七　体の各部を揉むのが「按摩」。「痃癖」は首から肩にかけての凝りを揉みほぐすこと。けんぺき。
八　一定の仕事のほかに、臨時でひそかに得る金。内職。ほまち金。
九　→五三七頁注九。
一〇　へっついは二つ並んであるものだが、一つしかないのは貧しい家で、そこから貧しい家のことを言う。ここは、一つ竈のそばには火打ち箱や欠け茶碗などがあり、「欠け」から、蚊帳、蚊やり火、煙(「細い煙」はやっと貧しい生活をするの意)と音や縁語を重ねて、長屋の貧しい暮らしをリズミカルに描いている。
一一　床板に渡す横木。あがりかまち。また戸や障子の周囲の枠。ここでは破れ障子の枠をがたがた言わせながら入って来たのであろう。

（一〇）

ごもつともに御座り升」と、「此ごろの俄か目くら難義のうへの難儀、その金の事も国に居ります悴が所へ申遣しましたれば、近〴〵には沙汰もある筈と今日か明日かと待つております。もう長ふとは申ませぬ、少しの内の御宥免[一五]」と言へど、仕組みし二人の悪者、「いやもうその言ひ訳も聞きあきた。今日の明日のと言ひ延したもはや二月、あまり日延べも程がある。もはや了見[一六]はならぬ、さア証文通りじや、孫の小雪を渡してたも」と手を取れば、小雪は泣く〳〵、「私はどこへ行のか知ら

一二 地方へ女郎を売買する男。婦女を誘拐したりさらったりして売り飛ばす悪者が多かった。
一三 横柄な声。
一四 憎々しい口のきき方。にくてい口。

一五 罪を許すこと。ここでは、許してくれ、見逃してくれ、の意。

一六 →五四四頁注六。

絵（一〇） 現れ出でたるは口絵そのまま、髪型はせわ熊百日をよりくっきりと見せた鬼小島長五郎。首の手拭は蜘蛛絞り、しかし小袖は天水桶に乗ったところ（絵（八））の鮫小紋に花菱の散らし。帯も変えているが、刀はそのまま。対する条助は「名物の茶器」を持っている。ここで前からの絵のつじつまが合うが、衣装を細かく変えているところに、歌舞伎が衣装を見せる演劇であることがわかる。唐歌は両袖を合わせて、事の成行きいかん、と見守る風情。

ねども、後に残つてぢゞ様が、さぞや難義でござりませう。いやじや〳〵」とがんぜなく[一]、言ふにぞ七郎介も目に涙、「もつともじや、たとへどのやうな事があつても娘は渡さぬ」と、かばふ親爺を突きのけて、狸の八郎、「ハテ悪ひ合点[二]、証文にもある通り、「金の返済できぬ時は、孫の小雪を渡そふ」と書入、牡丹餅[三]ほどな判をおしてある、約束通りじや連れて行。たとへこちに置いたとて、金才覚さへすりや何時でも返してやる、まづそれまでは孫の小雪は人質じや」と承知もせず、とん兵衛が小雪を無理に引捕へ連れ行んとするゆへに、親爺は裾にしがみ付、「どふも小雪を渡しては、悴や死んだ娘に義理に立ぬゆへ、やる事はなりませぬ」と言へども聞かぬ荒子[四]ども、「ハテ悪い合点、小雪が居ればそれ〳〵に小遣ひも違ふ道理、そこをわきまへて連れて行。飯を食ふ代もの、金さへ出来れば返してやる、情深い此八郎、有難く思やいの」と言ひ捨てて、二人は手早く小雪を無理に引つれて立ち出るを、七郎介は狂気の如く、「なんと言はしやつても孫めはやらぬ」とつき纏ふを突きのけ振り切り二人の悪者、小雪を連れて立帰る。哀れといふも無残なり。七郎介は気も狂乱、孫の小雪を「返せ戻せ」と泣き叫び、こけつまどひつ追つて行。

○こゝは所も比企が谷[五]、山名の館しん〳〵と更け行まゝに後夜[六]の鐘無常を告げる老の浪、七郎介はとぼ〳〵と、見すぼらしげに立止り、「世に因果な此身の上、御主人は御

一 頑是無い。幼少無邪気で聞き分けが無い。
二 間違った考え、理解の仕方。
三 印は丸く、江戸時代一般の印肉は黒色だったので、ここにはっきりと大きな印が黒々と押してある、の意。
四 戦国時代の下級の雑兵の意から、もっとも地位の低い者たちを言った。ここでは、悪人たち、の意。
五 現在の鎌倉市小町一丁目の地名だが、ここでは歌舞伎的な架空の地名。
六 九つ(今の夜の十二時)に鳴らす鐘を「後夜の鐘」と言った。

浪〳〵、杖柱とも思ふ悴は家出なし、孫の小雪は金のかたに人質となり、あるに甲斐なき此身の病、世の譬にも言ふ通り、長生きすれば恥多しと、これを思へば婆めが恋しい、早う死んで仏のそばへ行きたい」と、言ひつゝ来る足元に、つまづく縁の荒縄を、七郎介は取り上げ、「さてはこの縄にて首くゝれとの仏の教か、生きて甲斐なき此身の上、死ぬより外に思案はない」と、探り廻して用水の箱の上によぢ登り、杖につらまり立上り、[七]見越しの松の一ト枝に縄をつるし首をかけ、[八]弥陀の名号唱へつゝ、南無阿弥陀仏と諸共に飛びおりんとする折も折、突き出す白刃に、荒縄を切て落され、七郎介は肝を消し、「あいた〳〵、さては縄が切たとみへる、死ぬに死なれぬ[九]因果のつくばい、よし〳〵此上は大川へ身を投げて死ぬよりほかに仕様はない」と、言ひつゝ立を、塀越しの松の上より大の男、「親爺待て」と声かけられ、七郎介はうろたへ廻り、「どふぞ見のがして下さりませ」と言へば上より飛んでおり、「最前からの様子塀越しに見うけたり。年に不足はあるまいが、あんまり不思議な死に望み、よく〳〵な事であらう、その子細を語つたら命助ける思案もあらう、ことによつたら頼りともなりかなへてやらう」と聞て七郎介は膝まづき、「どなたか存じませぬが、お情深いそのお言葉一ト通りお聞きなされ下さりませ。次へ

（二） つゞき 私は元八幡の百姓、若ひ時細川家の藩中月本民部様といふ人の[一〇]中間奉

七 塀ぎわに植えて外から見えるようにした松。
八 阿弥陀仏の名前。南無阿弥陀仏と唱えること。
九 「業の蹲い」(→五五七頁注四)と同意か。悪業の報いがうずくまって動かない。死なれずにうずくまってしまったのも、前世からの因縁、悪業の報いか。
一〇 →五三七頁注一一。

公、それが首尾よく勤め、国へ帰つてふう[一]の主人、悴が一人出来ましたが、生れついての手癖[二]の悪さ、人の物を我が物となし、十五の時に家出なし行方しれず、婆めは悴が事を苦に病んで死にました。それからの不仕合、御主人月本様は宝紛失ゆへの御浪〳〵、かてゝ加へて身の難義、まだしも悴めは身の上が直り、「此東に住みます」と聞いて頼つて来れば、今に身上も直らずに、妻と娘を残し行方知れずとの事。よん所なく逗留するうちに嫁のおさよは隔[三]の病ひにて身罷り、孫の小雪を引取つてのわしが世話、過ぐる月日もたへ〴〵に朝夕の暮し方さしつまつての他借[四]金僅か五両借り受けしに、悪者の企みにて五十両と入筆[五]なし、またその上に得心[六]もさせず孫の小雪を書入[七]証文、無筆のあさましさには書替の時、只の借用証文と心得、印形おせしは一生の誤り。五十両の金に利に利をくわせ日〳〵の悪催促[八]、ことに此頃の眼病、それとつけこみ無体を言ひかけ、とふ〳〵と孫の小雪は金の方に人質。孫をやつては義理ある娘や悴に立ずと、取りすがつても老の身の足手はかなはず、ことに明日から一人身で食うや食はずに居やうより死んで言ひ訳しやうと存じての今のしだら、お察しなされて下さりませ」と泣く〳〵語る七郎介。始終を聞て貫く[九]思ひ、白刃をおさめて以前の男、「さては実の親父か」とびつくり仰天なし、うち明け語らんと思へども、「今の世渡り親に難義がかゝつては」と胸におさめてわざと声あらく、「さて〳〵不憫な事でござる、その孫子ゆへいかい[一〇]苦労を

一 文意不明。
二 盗みをする癖。
三 漢方の病名。隔症。食物が胸につかえる病気。現在の胃癌・食道癌の類。
四 人から借りた金。
五 後から書き入れること。
六 納得もさせないで。承諾もなしに。
七 証文に後から付け加えること。
八 むりやりの厳しい催促。
九 体を突き通すような痛い思い。
一〇 大変。たいそう。

さつしやる」と言ひつゝ懐中より金一包取り出し、「それ」と親爺に投げやれば、七郎介は探り見て、「こりやこれ[一一]大枚のお金、これをどふしてお前様が」と聞て以前の男、「その金貸して進ぜやう、[一二]心おきなふ使はつしやれ」と言はれて驚く七郎介、「どふも合点がゆきませぬ、見づ知らずのこの親爺にことに大金、イヤ／＼こりやあなたへお返し申升」と差し出せば、「はて悪い合点、[一三]人の泪は我が泪、[一四]思へばつらき世の盛衰、人の命は金では買はれぬ、それを思ふて貸す金は、丁度百両、孫の小雪を請け戻さねば死んだ嫁女や息子に立まい、それ弁へて、その上残り金にて暮し方、又仕合が直つたら返す手立ても御座ろう程に、ひとまづ借り受け使わつしやれ」と言われて喜ぶ七郎介、

國安画　三升作

（二）

「ハイ／＼お情深いそのお言葉、甘へるではござりませぬが、どうやら物の言ひやう、幼い時、別れた悴に似ております」ト聞て心で手を合、「その悴に似てゐるなら、どふせ此身は白波[一五]の寄るきさに世を送る、はては木[一六]の空[一七]野晒の覚悟は極めし身のな

一一　大金。

一二　遠慮せずに。気兼ねせずに。

一三　他人の悲しさは同時に自分の悲しさでもある。人が困っていることはまた自分の困ったことでもある。

一四　考えてみると、人生で栄えたり衰えたりするのは悲しいことだ。

一五　「白波」は盗賊のこと。「きさ」は「きわ」か。白波が浜辺に打ち寄せる際のような、はかなく危うい世渡りをしている。

一六　磔や獄門の木の台に置かれること。死刑にあうこと。

一七　死刑にあって、その死体が雨風に打たれるまま置かれること。

（二）　（二）および（三）は詞書ばかりで絵はないが、この時期の合巻は時々このような方法をとる。十六丁表（三）から後編に入り、話は後半部に入って展開する。それゆえここでまとめてしまわなければならないための手段。文中の黒三角・黒白円・丸十は合印（あいじるし）で、読み順を示す記号。

りゆく、逆さまながらたゞ一遍の回向をたのむ」と言ふ折から、

此所より後篇へ続き候

国安画　三升作

一 経を読み弔うこと。

二 丸竹の先を割り、じゃらじゃらと音がするようにしたもの。夜回りの際や罪人を敲くのに使った。

三 大変。たいそう。

四 「因果のつくばい」と同義か。→五五三頁注九。

五 この世で、地獄の獄卒から受けるような苦しみを受ける。

六 この男(実は鬼小僧)が涙を浮かべる、それは武蔵野に生える鬼(「鬼小僧」とかける)薊に置く露にも似ている。

（下）

（三）前へんより文句つゞき

火の番の割竹拍子木聞と等しく、「見咎められて身の難義、少しも早く立ち退け」と、せり立られて七郎介、杖を力に喜びつゝ、こけつまろびつ急ぎ行。あと見送りて、「親父様、お年寄ってのいかい御苦労、現在悴の長五郎でござります」。実の親に会っても名乗り合のできぬといふ業の蹲踞、此世からなる獄卒のその苦しみもかくあらんと、目にもつ涙武蔵野の草に露置く鬼薊、哀れなりける次第なり。

はや約束の刻限と身づくろひなし一散に、後くらまして急ぎ行。

（三）

〇浮き沈みある世の中に、隅田川、名も懐しき都鳥、番離れぬ夫婦づれ、うれしの森も夏木立、若葉に茂る八重葎、遥かに照らす月本は、夜中の鐘ともろともに、「宝の詮義今宵ぞ」と身にしむ風も小夜更けて、吾妻の橋をたどり来て、「これ唐歌、

七 浄瑠璃や歌舞伎の地の文の段落の終りにしばしば使われる修辞。
八 隅田川は古来、伊勢物語九段の「名にし負はばいざ事とはむ都鳥わが思ふ人はありやなしやと」によって有名で、これを引き、都鳥のつがいから男女の道行をかけた。
九 本所大川端（墨田区横網二丁目）にあった木立。吉原通いの人が船で帰るとき左手に見えるので「嬉しの森」と言った（墨水消夏録・二）。
一〇 アカネ科の一、二年草。茎や葉には刺があり、夏、黄緑の小花をつけ、実は衣服や動物に付着する。また一般的には、生い茂った雑草を言う。

（以下五五八頁）

一 いろいろな草に集まる。「すだく」は後に、虫などが多く集まって鳴く、と誤用された。 二 →五四一頁注一三。 三 かりそめの男女の交わり。
四 鳴く蟬よりも鳴かぬ蛍が身を焦がす。激しく鳴きたてる蟬よりも、鳴くことのない蛍のほうがかえって思いは強く、身を焦がすほどに、強く光っている。外に表すよりも、内に秘めている者のほうがずっと心中の思いはせつないのだ、という諺。
五 「紋日」は吉原の祝いの日で、はじめは五節句であったが、後に八朔（八月一日）、名月、三社祭（浅草三社の祭礼）、歳の市などいろいろな日が加わった。この日遊女の馴染客は三つ重ねの布団や祝儀の金品を遊女や店の者に贈るのが例であり、こ今宵に詰まる宝の手掛り、鬼小島小平太と約束なせど、何を言ふても先は大身、手に入らぬその時は一生埋れ木、土民となつて朽ち果てんより腹切て死なふと覚悟極めても、後に残りし母親、誰が養育せんと思へば、死ぬにも死なれぬ此身の上、推量してたも」うちしほれ、千草にすだく虫の音もいとゞ哀れに聞へけり。「アレ又やつぱりそんな事言ふて泣かせて下さんす。世渡る中の品〴〵に、我は親同胞のため、身を沈めたる恋の淵、憂き川竹の勤めの習い、風に柳の吹まゝに、夜毎に替る仇枕、ほんに辛気な苦の世界、泣いて明かさぬ夜半とても、泣かぬ蛍の身を焦がす、四季の紋日や光陰の矢よりも早き小車や。まづ初春は着そはじめ、松に仕着せの総模様、弥生は花の仲の町、盛りの枝を楽しみに、酒を過して夜桜の薫ゆかしき花吹雪、ちらり〳〵と夕景色。夏は衣〴〵有明のつれなく見へし別れ鳥、無常を告ぐる時鳥、「ほぞんかけた」と鳴き明かす、その五月雨の物思ひ、引ぞ煩ふ菖蒲草、縁の色も君ならで、解かぬ思ひは陸奥の下紐の関越へて行く。秋は最中の月冴へて、冴へぬは胸の内外へ、気兼ねをしたりさぞや〳〵、露を枕に浮き草の星も会ふ夜の妹背事、年に一度と聞くものを、臥す猪の床の比翼茣蓙。冬は紅葉の三つ蒲団、錦織るてふ木枯しの、雪の降る日も素足にて送る月日をよう〳〵と、年が明ての楽しみは、旦那といふて針仕事、いつか此身もおの字名をついて暮して姑女に、孝行尽す真実が、届かばほんに賤が家の、手鍋提げても玉の輿、遥かにまさ

れをしないと野暮とされ、遊女はまた客からいかにこれらの物を贈られるかに心を砕いた。　六 正月三が日のうち、よい日を選んで新しく仕立てた衣服を着ること、またその儀式。　七 寛保元年(一七四一)より、吉原中之町の通りに桜を植え込み、青竹で垣根を作り、ぼんぼりを灯したので、盆(夏)の玉菊灯籠、秋の吉原俄とともに吉原名物となり、見物客で賑わった。　八 男女が共寝をした翌朝着るそれぞれの着物。またその衣を着て別れること。その暁、まだ空に月が懸かっている頃に男を送り出す辛さを言う。　九 ほととぎすは無常鳥とも言う。夏の明け方に鳴くので、男女の別れのはかなさなどにも言う。「ほぞんかけた」は、ほととぎすの鳴き声を「仏壇に本尊をかけたか」と取ったもの。　一〇 源頼政「五月雨に沢辺の真薦水越えて何(いづ)れ菖蒲と引きぞ煩ふ」(太平記・二十一)を原拠としているようである。ただ従三位頼政集には載らない。江戸時代、鵺退治とともに流布した頼政説話。　一一 思い続けるその心はやがて二人の間の関を越えて身を任せるようになって行く。「解かぬ」は、気の晴れない、思い切れないの意と、「紐解く」女が身を任せるの意をかける。　一二 陰暦十五日の月。　一三 (七月七日に牽牛と織女が出会うのは)夜中に落ちる露を枕にして、その露のようにはか

る侘び住居、必ず見捨てて下さんすな」と、言ふ折からに遠寺の鐘、九つ[二一]この世[二二]の身の出世月も出潮の時来ぬと、合図を待つの夫婦づれ、常磐[二三]の色や勝りけん。遥か向ふに人影の息勢[二四]切つて駆け来り、それと見るより条介夫婦は飛び立思ひ、次へつゞく

（三）つゞき「そこへ見へしは鬼小島ならずや」と聞て喜び、「いしくも[二五]約束違へず来り給ふ。よん所なき道よりにて、思はぬ暇[二六]入り、まづ約束の細川家の重器漢の形付の茶入お手渡し申」と差し出せば、条介受け取りおしいたゞき、「まがふ[二七]かたなき漢の形付、かたじけなや有難し」と天を拝し地にひれ伏し、再拝なして夫婦の喜び、「これといふのもそこもとの御働き、礼は重ねて罷り出ん」と言ふを鬼小島押しとゞめ、「必ずその義に及ばず、かへつて表だたん。内ゝの義なれば、決して御無用。御礼とある事ならば、此扇子へ一遍[二八]の回向を頼み奉る」と言ひつゝ腰より扇取り出し、条介へ手渡しなし、「命全ふする時は廻り〳〵て再会せん、まづそれまでは互に無事で」と言ひ捨てて、後をも見ずして一散に鬼小島は走り行。

条介は不審に思ひ、「先達て再会なせし折は、立派の侍、今又会ひし砌は町人体にて、ことに長髪、ハテいぶかし」と小首をかたげ、なにはともあれこの扇と、月あかりに開き見れば、西王母[二九]を画きし扇面。「西王母は仙宮の桃を盗み食して三千歳の齢を保つ、我を祝して与へしものならん。又一つにはその身の素性、さては盗人にてありしよな、

なく辛い（浮き草）一年一度の出会いなのだ。一四 猪は茅や枯草を敷いて寝るというが、二人が寝る床は猪の床のように粗末な茣蓙なのだ。「臥す猪の床」は歌語として、優しく美しい連想を持っている。それと男女の貧しいが嬉しい共寝をかけた。一五 紅葉を染めた三枚重ねの布団。特に上位の遊女が敷いた。一六 「紅葉」から「錦」を引き、錦を織るという木枯し（冬の寒い風）が当たる、その冬でも遊女は素足でいなければならない辛い生活、と続けた。一七 遊女の年季（借金のため廓に拘束される期間）が終わること。吉原では満十年二十七歳までが年季であった。一八 男と所帯を持ち、旦那と呼んで、裁縫をするような町中の女房としての生活をし、姑に仕えて孝行をしたいという真心。一九 貧しい家でも。二〇 好きな男と一緒になれるなら、自分で炊事をする苦労も、富貴な人と結婚するのと同じことなのだ。二一 ここでは夜の十二時。二二 前文に「廿三夜」（五四九頁）とあるので、ちょうどこの時刻ごろに月が出る。それと条介夫婦が世に出るをかけた。二三 常に変わらぬ色。夫婦の愛情がいっそう濃やかになるのを言うか。二四 息せききって。激しく息を弾ませて。二五 よくも。見事に。二六 手間どること。二七 間違いない。本当の。二八 →五五六頁注一。二九 中国古代

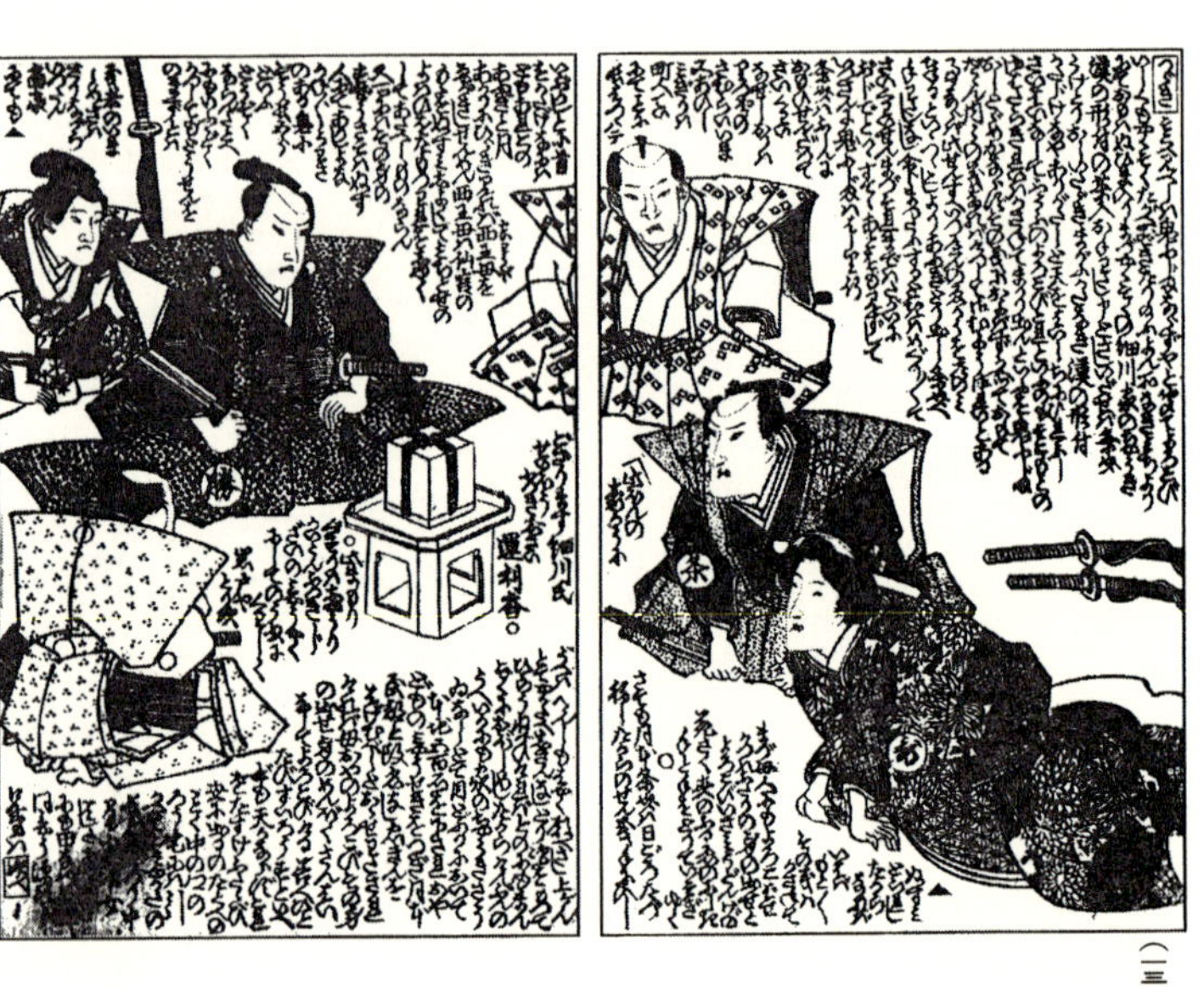

（一三）

かね〴〵噂のある鬼小僧長五郎といふ盗賊ならん。譬にも言ふごとく、渇しても盗泉を飲まずとは義者の戒め、さはさりながら、一旦当家にても盗み取られし宝なれば、言はばもと〳〵。その義は重ねて、まづ母人にも喜ばせ、かつは二人の身の出世」と喜び勇み、優曇華の花咲く春のふるゑの錦、手と手を取りて急ぎゆく。

○

さても月本条介は日頃尋ねし宝の詮義、手に入しうへは片時も早く殿へ差し上ゲんとて、館へ持参なし、取次をもつて披露

の伝説上の仙女。西方の崑崙山に住み、その庭には三千年に一度咲き実をつける桃があり、これを食べると不老不死となるという。漢の武帝がこれを与えられた。

（以上五五九頁）

一 どんなに苦しく困っても、道理の通らぬもの、不正なものは受け取らない。
二 「優曇」は梵語ウドゥンバラ。古来インドで神聖視された樹木。三千年に一度、また転輪王が出現した時に開花するという。めったにないこと、稀なこと、たいへんな幸運を言う。
三 「ふるゑ」は古絵か。扇面に西王母が描かれていることを指すか。
四 かたとき。ちょっとの間。
五 殿がじきじきに対面して。
六 もともとの領地。
七 跡目を相続し。
八 善人は一度逆境に落とされても、天が必ず助けて、再び世に出て盛んになる。
九 浪人が住んでいる家。
一〇 召し使いの女。はしたもの。
一一 時の経つのは早く。
一二 「しづはた」は「倭文機」と書くが、ここでは「賤」を賤女ととり、身分の低い女が時を得て世に出ることを言うか。「山賤（やまがつ）のしづはたおびのいくかへりつらきうきみにむすぼほるらむ」（新後撰集・恋六）、あるいは歌舞伎所作事「尾上の雲賤機帯」（宝暦元年［一七五一］上演）などから採った

願ひければ、殿にも満足に思し召し、宝検分のうへ、「いかにも家の重器相違なし」とて、[五]目通りにおいて[六]本地五百石を下され、「親どもの[七]名跡をつぎ、月本民部と改名なし、忠勤をはげむべし」と仰せ渡されければ、母親の喜びその身の出世身の面目、三拝なして喜びける。[八]善人一度衰老すといへども、天必ずこれを助け、再び世に出るの譬の如く、中の郷の[九]浪宅には引(ひき)かへて、上ミ館の長屋へ移り、中間ン・小者・下女・[一〇]はした、あるが中にも田辺八蔵・同名源次郎兄弟は、次へ

此本の趣向にございます、細川氏製法富貴自在運利香、此守り薬は勝利・開運・富貴自在の妙薬にして能書に委しく。岩戸屋取次

(一四) つゞき 先年宝紛失の砌、実父八内横死を遂げ、未だ敵は知れざれども、主人の出世を喜びつゝ、民部が家の取締り、なをも忠勤はげみつゝ忍び〳〵に親の敵を尋ねける。はや[一一]光陰矢のごとく廻り〳〵て[一二]賤機の山の紅葉も錦着て家にかへりし身の出世、故郷へ晴の月本は再勤なしてはや三歳、段〳〵と出世なし、[一三]代官役とぞなりにける。

その頃民の[一四]記録所は、山名・細川の両執権家の[一五]主役一人づゝ詰め合(あひ)ける。貸借、[一六]出入、[一七]公事訴訟、皆それ〳〵に片付て、村役人が口〴〵に「なんと皆の衆、月本様は御慈悲深いじやござらぬかへ。そのうへ男ぶりもよし。それに引かへ荒浪様の意地の悪い顔付」と言へば庄屋が物知り顔、「はてあれでもつたもの、片つ方が白イと言へば黒いと言ひ、

か。

[一三] 江戸時代には幕府の直轄地を管理する行政官であるが、ここでは中世の守護代官のような役を指しているらしい。

[一四] 中世には神事・仏事・雑訴などを扱ったが、雑訴は主に雑訴決断所で裁いたと言われる。ここで月本民部が行っているのは町奉行のような仕事であろう。

[一五] 重要な役を勤める役人。重(おも)役人。

[一六] もめごと。訴訟沙汰。

[一七] 「公事」は訴訟と審理。「公事訴訟」は一語で訴訟吟味の意。

絵(一三) 紛失の「名物の茶器」を三宝に載せ、主君細川勝元に差し出す条助。裃に威儀を正す。唐歌は髪型を「じびたい・はぶたい」と呼ばれる素人の落ち着いた女房の型に変えている。打掛も、菊は入るが鹿の子絞りにし、下はやや小柄の麻の葉に変えている。夫婦になったことを示す。唐歌の両手のつき方に注意。勝元の両脇に控える武士のうち左の武士の、肩衣・小袖の袖、袴腰の白い円は石持紋あるいは白餅紋で、実直木訥な人柄を表している。勝元の霰小紋の袴は横に広がっているので、長袴であろうか。後ろの小姓は四つ花菱らしい文様をつけている。この絵の様子だけで、晴れて条助の帰参のかなったことがわかる。

（一四）

それでこそ代官職じや」と、てんでにつぶやき帰りける。

折から記録所の門前より、我と我が身の罪を訴へ出で、大の男白洲[1]の小砂利蹴たつて、代官所へ膝まづき、「私事は先達てより、厳しき御詮議の鬼小僧長五郎と申者。盗賊の世渡り、されど非義非道[2]は働かずと、富みたるを盗み貧なるへ施し、世界の融通[3]。三ケ年以前、しかも五月廿三日夜、山名家の宝蔵へ入り小箱を一つ盗み取り、なにか金目のものと思ひの外、茶入とやら、八幡[4]の市で僅かに売代なして、後にて聞けば太切の品、

一 江戸時代、奉行所で訴訟の審理や罪人を取り調べ判決を申し渡した場所。白い砂や小砂利が敷き詰めてあった。

二 道理にはずれたことと人情にはずれた残酷なこと。

三 世の中の金をやり繰りし廻すこと。

四 下総八幡村（千葉県市川市八幡町）か。

それゆへ草を分けても厳しい御詮義、多くの人の難義と聞いて、我と我が身で名乗つて出しも、もとより此身は[五]身柄一身、[六]八幡無宿の長五郎、かく明白に白状いたすうへは、罪の掟に行はれよ」と、どつかと坐せし[七]大丈夫、次へ

（一五）つゞき　空嘯いてゐたりける。

月本民部始終を聞いて、ふつと見かはす長五郎、民部もそれと見てとつて、「さては先年宝取りえし盗賊か」と心のうちに驚くを、こなたはそれと見て見ぬふり、「かくまで出世し給ひしか」と喜び涙ぱら〳〵、互に[八]胸に一物はありとも知らぬ荒浪大膳、「先達て鬼小僧長五郎とて、訴へ出でし老ぼれすなはち獄屋へ入置しところ、又もや同名同罪の訴へ」と、言葉なかばに長五郎不審に思ひ、「我が名を騙るまぎれ者、はていぶかしし」と心付、「なにとぞ此上の御慈悲には、先だつて名乗りて出でし長五郎に対面いたしとうござる」と願いければ、大膳、「言ふまでもない、此方より対決いたさす。ヤア〳〵者ども、鬼小僧長五郎を獄屋よりこれへ引」と言葉の下より、「はつ」と答へて引出す六十あまりの老人は、[九]頭に霜のたへ〴〵に、消へ行身とは白髪の親爺、疲れ果てたる有様にて、小砂利の前に膝まづき、みすぼらしげに見へにける。長五郎は一ト目見て、「さては実の親の七郎介か」と心のうちに驚けど、わざとそしらぬ仏頂面、「何者なれば、我が名を騙り訴へ出でしぞ」と言ふをこなたの七郎介、見ると等しく我を忘れ

五 我が身一つ。近世、浄瑠璃・歌舞伎などの会話に見られる。

六 江戸時代、駆落ち、勘当、所払いになって、人別帳からはずされたもの。上に国所をつけて呼んだ。

七 立派な男。

八 心中になにか考えがあること。

九 髪が白髪まじりで、命も霜の消えるようにはかないとは知る由もない。霜が消えるから命とかけた。

絵（一四） 条助は民部と改め名乗り、代官役に出世する。民部と並ぶ「大」と印のつくのは、山名家から代官に出ている荒浪大膳（初代市川男女蔵の似顔）。この髪型は確定できないが、民部と好対照である。衣装も派手で、裃は子持ち亀甲に桔梗、小袖は卍繋ぎ（紗綾形）文。手の握り方も民部とは違う。人物の善悪を見せている。下の白洲に裸足で手をつく初老の男には「七」の印が入る。その面体の市川宗三郎の似顔から、小雪の祖父七郎介であることがわかる。彼は何を訴えようとしているのか。詞書は（一五）にあるが、荒浪大膳の言葉の中の一部分「先達て鬼小僧長五郎とて、訴へ出でし老ぼれ」を絵にしたものである。絵が必ずしも直接的な場面だけを描くものでないことの例である。

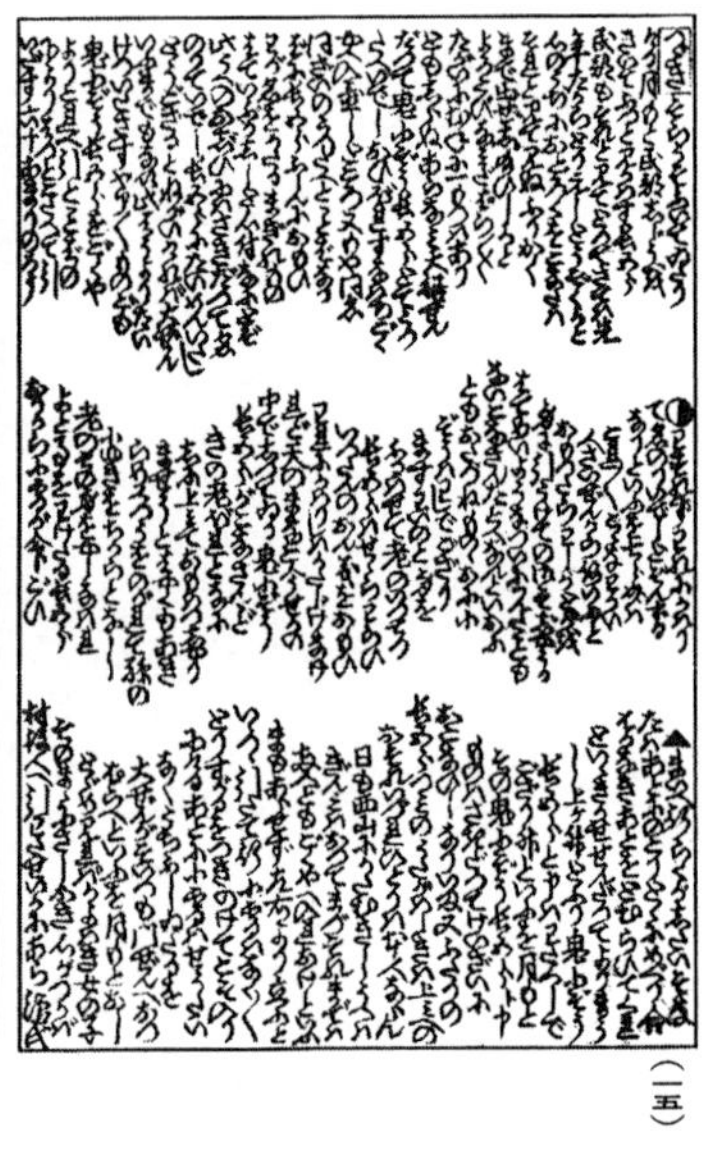

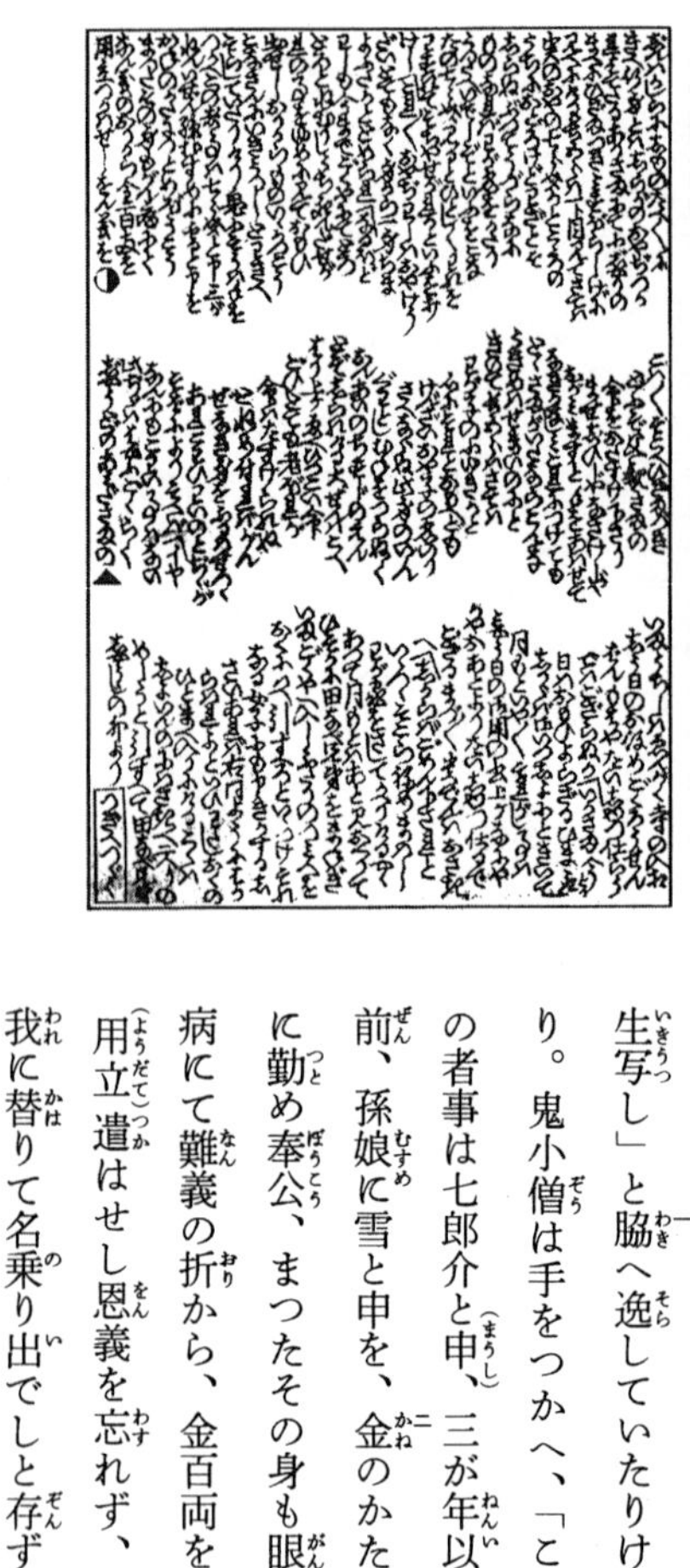

（一五）

て「そちや悴か」と言ふを打消し、「これ〱、親爺、わしは親兄弟とてもなく、身柄一身、血迷ふたか」ととめられ、「なるほどわしも今まで獄屋にて、とろとろと眠りしうち、死んだ悴の事を夢に見て、思ひ出せし折から、物言ひ格好こなさんに生写し」と脇[一]へ逸していたりけり。鬼小僧は手をつかへ、「この者事は七郎介と申し、三が年以前、孫娘に雪と中を、金[二]のかたに勤め奉公、まつたその身も眼病にて難義の折から、金百両を用立遣はせし恩義を忘れず、我に替りて名乗り出でしと存ず

一 言葉の内容をずらす。

二 借金の抵当として孫娘を遊女に売ること。

るなり」と言ふを七郎介は、「これ〳〵こゝな若い人、最前から何言ふと思つたら、わしが科を身に引うけての[三]御訴状か、はて面妖な。ついに見たこともないこなさん、たとへ何と言おふとも、お尋ね者の鬼小僧はわしでござりますわいの」と身を震はせて[四]老の一徹、長五郎はせゝら笑ひ、「一旦の恩義を思ひ、我に替りしは忝けれど、天の[五]眼今世界中で知つてゐる鬼小僧長五郎がこなさんごときの老ぼれとなにしに[六]上ミで思はつしやりませうと早くもあきらめ、苦痛を逃れて孫の小雪を力となし、老のその身を養はれよ」と事をわけたる長五郎、折から小雪が命乞ひ、こは〴〵そこへ膝まづき、「どふぞ父親様の命をお助け下さりませ、慈悲じや情じや拝みます」と手を合せて泣き悲しみ、「これにつけても父様がいたならこんな憂目はせまいのに」と聞いて長五郎は、「さてはわが子の小雪か」と心にそれと思へども、現在親子の名乗りさへならぬ[七]此身の因果とし、[八]胸を貫く恩愛の血筋の縁とぞ知られける。

大膳は声はり上ゲ、「ゑへひつこい命乞ひ、とても老ぼれが命は助けられぬ」と睨め付れば、[九]がんぜなき身を震はせつゝ、「あれこわひわいの」と爺がそばに寄りそへば、「イヤなんにもこわい事はない、此爺は早ふ極楽浄土の阿弥陀様の前へ行、楽がしたい、そなたは後に残り、父にめぐり合、[一〇]はかなき跡を弔ひてくれ」と言ひ聞かせ、「先達てより申し上ゲ升通り、鬼小僧長五郎と申は私でござり升」と言ふを月本、「その鬼小僧

三 この場合は、訴え。
四 老人がいったん言い出したことを変えない頑固さ。
五 真偽邪正善悪は天がよく見てわかっている。
六 どうして上の方が(代官様が)。
七 この身の巡り合わせ、ふしあわせ。
八 悲しさ苦しさが心を刺し通す、血のつながった親子の縁。
九 →五五二頁注一。
一〇 死後の供養をしてくれ。

長五郎ト中ものは、先だつて刑罪に行ひしなり。今又二人の長五郎、罪[一]の疑はしきは上ミへのおそれ、いづれ一人は本人ならん。日も西山に傾きしうへは、吟味[二]は追つて、まづそれまでは両人とも獄屋へ入れ置け」と言ふ間もあらせず左右より、「立(たた)ふ」と言ひつゝ引たて行(ゆく)。小雪は泣く／＼取りすがるを突きのけてこそ入りにける。

後に小雪は正体なくうち伏しゐたるを大膳が、「そいつも門前へ追つ払へ」と言ふを月本押しとゞめ、「見ればか弱き女の子、そのまゝにさし置き、心がつかば村役人[三]へ引渡せ。いかに荒浪氏、今打ちしは円覚寺[四]の入相(いりあひ)[五]、終日の御役目御苦労千万、もはや退出仕(つかまつ)らうではござらぬか」「いかさま[六]今日は思ひよらざる暇取(ひまとり)、しからば御一緒に」と聞いて月本、「いや／＼某事は明日の御用の書上ゲ[七]、なにやかや、お後より退出仕るでござる。まづ／＼貴殿はお先へ」「しからば御免下され」と言ひつゝ、そこら睨めまはし、我が家をさして帰りける。

やゝあつて月本は、あと見送りてひそかに田辺兄弟をまねぎ、「今獄屋へ入し二人の罪人を奥庭へ引すへろ」と言ひつけ、「それなる女子にも申聞かする仔細[八]あれば右同様に計はれよ」と言ひわたし、奥の一間へ入りにける。

こゝは書院の庭先へ二人リの囚人引据へて、田辺兄弟障子の外より、［つぎへつゞく］

（一六）［つゞき］「仰付られし二人リの者これへ召し連れましてござり升」と、聞いて月本

一 罪人であるかどうか疑わしいのは(嘘をついて罪人であると言うのは)、お上に対して恐れ多いことだ。
二 取り調べ。
三 江戸時代、村の庄屋の下で年寄(組頭)・百姓代など郡代・代官の下部組織として村の行政を行った者。
四 鎌倉にある臨済宗の名刹。弘安五年(一二八二)北条時宗により創建、鎌倉幕府の祈願所として栄えた。鎌倉五山の一。江戸幕府の保護も受けた。
五 入相の鐘。日没時に撞く。
六 そのとおり。ごもっとも。
七 報告書、上申書を言うが、ここでは「明日の」とあるので、書類作成の意であろう。
八 詳しい事情。

(一六)

しづ〳〵と出で、「イヤ八蔵・源次郎はあたりへ心を配り人払[九]ひいたせ」と言ひ付れば、「はつ」と答へて入りにける。月本民部跡見送り、自身に立おり、両人の縄目をほどき、「今打ちしは円覚寺の入相、さすれば役目も相済み、これからはたゞの侍」と言ひつゝそばにさし寄つて、

「いかに長五郎、其方が働きにて御家の宝取りえしにより、かくまで出世いたしたり。其方なくば一生埋れ木[一〇]、礼は言葉に尽されず。せめて命を助けんと、其方が手下の者に鬼薊喜三郎

九 部屋や周囲から人を遠ざけること。

一〇 →五四〇頁注八。

絵(一六) 愁嘆の場。ここに至る詞書は(一六)(一七)(一八)。鬼小僧長五郎は実は七郎介の子で、小雪は長五郎の娘であった。七郎介は彼が実子であることを知って自らが鬼小僧であると名乗って出たのである。後から鬼小僧が自首し、両人が両代官の前で対決するが、民部は、長五郎が紛失の茶器が戻るための直接の働きをしたことを知り、また事情を覚って、親子娘を対面させる。小雪は立梅紋の振袖に麻の葉絞りの帯。祖父と娘は宿世の縁に泣き、鬼小僧はこれまた思い入れの腕組み。

とてもいふやつ、人をあやめしにより召し捕り、わざと「鬼小僧長五郎なり」と言ひふらし、とても助けがたき命なれば死罪と申付、梟木[一]にさらせしなり。されど逃れがたきは山名家の宝蔵へ忍び入し茶入の盗賊、いづれ一人は罪人と思ひはつらき胸のうち、長五郎推量いたしてくりやれ」

と聞いて、

「コハ有難きその御一言。御身の出世、此身にとりて千部万部[二]の供養より遥かにまさる御情、少しも早く刑罪に行はれ、親の命を助けて下され」

とさしうつむいてゐたりける。月本しばし涙にくれ、やゝあつて、七郎介に向い、

「さて珍しや七郎介、以前実父民部殿に仕へし時、その方に抱きかゝへられし豊次郎じやわいやい」

と聞いて驚く七郎介、

「こは恐しき御眼力[三]、御身に別れし時は、いまだお四つの時、それより八幡へ引こみ、百姓の世渡り、夫婦暮しの貧しき中にもうけしは、それなる悴長五郎、杖柱とも思ひしに、生れついたる手癖[四]の因果、折檻[五]しても聞入れず、奉公先や親類までも見放され、十三の時村の子供に傷をつけ、是非なふ内へ置きがたく、勘当いたせしところ、日夜につのる悪根性、母はそれを苦に病んで病死なし、まだしも「此鎌倉へ来て身上が直り、女

一 斬首した首を晒す棟の板で作った台。獄門台。

二 「千部」は千部会(ゑ)とも言い、死者を弔うため同じ経を五百人または千人の僧侶が読むこと。「万部」は万部経また万部会のことで、万部の経を読むこと。ここはたくさんの供養ほどの意であろう。

三 物事の真相を見抜く力。

四 手癖が悪い、盗み癖を持つ不運。

五 強く諫めたり、体罰を加えること。漢の朱雲が成帝を諫めて帝が怒り、殿上から降ろされた時、檻(てすり)につかまってそれが折れたという故事による。

房を持た」と聞いて嬉しく、わざ〳〵尋ねて来て見れば、未だに身上が直らず、盗人根性、女房と小雪を捨ておいて駆け落ち。是非なふ当所に足を留め、二人リを育むそのうちに、嫁女は血の道[六]にて病死なし、孫の小雪と二人リして憂き艱難、僅かな金のかたに小雪を取られ、言ひ訳なさに首くゝって死なふと覚悟極めしは山名様の黒塀下、見越しの松の一ト枝に、取りすがつたる命の瀬戸[七]、突き出す白刃に思はぬ縄、血筋の縁の切れ目とて、ばつたり落ちる下水のきは、見上ぐる上に怪しき人影、立ち去らんとする此親爺を呼び咎め、始終を聞いて大枚の金を我に貸せしゆへ、いかに盗賊なればとて大金、ことに道ならぬ事とは思へども、さし当つたる身の難儀と、いぶかしながら借り受けて、孫の小雪を取り戻し、そのうちに我が眼病も平癒なし、取り続ひたる今の身の上、此ごろ厳しい御詮義の山名家へ入りし盗賊、三が年以前年月日時も我が命助けし盗賊お尋ね者長五郎、さては我が子の長五郎とはじめて 次へ

此所の零地[八]を借りて板元岩戸屋口上　年久しく私方にて売り弘めまする疝気[九]・寸白[一〇]の根切り薬[一一]、直段安で功能うけ合に御坐り升。

(一七) つゞき　知りし親子の恩愛、よし他人にもせよ一旦我が身を助けられしうへは、盗賊なりと名乗りて出で、せめて一つの恩報じ、又は我が子の身替りと、世の譬にも言ふ通り、片端[一二]な子ほど可愛いと、年寄つてもそなたの事を思はぬ日とてはないわいや

六 女性特有の身体の異常。生理時・出産時の頭痛・めまい・のぼせ・寒気など。
七 命を失うその直前。瀬戸際。
八 余った場所。わずかな所。
九 漢方の病名。腰や大小腸の痛む病気。
一〇 サナダムシや寄生虫によって起こる病気。女性の腰が痛む病気。すばく。
一一 根治薬。
一二 体や心に障害のある子ほど可愛い。

（一七）

い」

と泣き沈むも道理なり。

始終を聞いて長五郎、しばし涙にくれけるが、やゝあつて顔をあげ、

「誤りました親父様、そのお心根をば無にしたる不孝の罪は現在の此世からなる地獄の責、針の山より恐しい胸に釘打我が思ひ、幼き時より手癖の因果、主親のもの掠め取り、それがこうじて盗人の鬼と異名の長五郎、三途の川の血の涙、浮世の義理と親子の恩愛、鏡に映る浄玻璃の苦しい切ない獄卒の阿毘羅地獄の責よりも、切ないものは血

一 生きているこの世ですでに来世で受ける地獄の罰を受ける。

二 地獄にあって、針を植え込み、罪人を追い込んで苦痛を与えるという山。

三 盗み癖が原因で。

四 死後、冥途へ行く時に渡るという川。生前の行い(業)により、善人は橋を、罪の軽い者は浅瀬を、重罪人は流れが強く深い瀬を渡らなければならないとされる。また、ここには地獄へ行く亡者の着物を剝ぎ取る奪衣婆がいる。

五 地獄の閻魔の庁にあり、亡者を映すと生前の罪がすべて映し出されるという鏡。

六 地獄にいて罪人を責め苦しめる鬼。

七 阿鼻地獄か。八大地獄のうちの最下の地獄で、無限の業火に身を焼かれるという。無間地獄。

八 死児が三途の川の手前の河原で小石を積んで地蔵菩薩に供え、罪を払い無事に川を越えようとするところ。仏教の地蔵信仰が民間信仰の塞(さえ)の神と結びついて生まれた信仰。

九 死児が賽の河原で石を積みながら歌う歌。

一〇 体は後悔の念で激しい熱に苦しむ思いをし、また哀れな子を思い悩む心が犬のまとわりつくように身から離れない。

一一 「あだし野」は、京都嵯峨野の墓地、また死者を置いた地。鳥が死体

（一八）

筋の縁、かわいや小雪は子心に賽の河原の数へ歌、一重ゥ積んでは父のため、二重積んでは亡き母の　次へつゞく

（一八）つゞき　ためにもと泣き明かしたる幼な気の身に引かへて爺様の、今日も今日とて命乞ひ、見るにつけてもいぢらしく、身は焦熱の苦しみ煩悩の犬、徒し野の烏の食も木の空と覚悟極めし我が罪を名乗つて出る親父様、この期に及んでさほどまで思し召すかと身につまされ、訴へ出る長五郎。たとへ如何程言はしやつても、此身にかゝる天の網、又一つには盗人の商売は

をついばむために集まった。自分が死んだら首は獄門台にかけられ鳥のつつくところとなるが、の意。

三　天が悪事を働く人間をとらえるためにかぶせる網。天道は厳しく悪事を働くことを許さないのを網に譬えた。

絵（一七）　民部は白洲ではなく私室の下に二人を呼ぶ。右端に石灯籠、松の間は雪の下か。屏風には梅か月か、縁には雷文の菱繋ぎ。下壁の模様は薄氷に梶の葉か。民部が持つのは西王母を描いた扇。袴の文様は雷文と独鈷か。歌舞伎舞台の仕立てだが、心利いた武士の私室を見せる。

絵（一八）　荒浪大膳はいささか困惑の体で月本民部の手にする書状を見やる。大膳の裃は毘沙門亀甲繋ぎ。この書状は民部すなわち条助が浪々の時、八蔵が仕入れた紙屑の中にあったもので、筆跡は大膳のものであった。続いて、八蔵に曳かれて横島伴蔵こと荷倉獅子右衛門が白洲に出る。茶器は大膳が獅子右衛門に盗ませたもので、その折、八蔵の父八内を殺したのであった。茶器は大膳が山名家に売り込んだのである。長五郎がそれを盗み返して民部に渡したことになる。八蔵の羽織は井堰文、袴は菖蒲文か。左の源次郎は八蔵の弟、裃は三つ扇の亀甲形か、小袖は丁子車の文様。初代岩井紫若の似顔絵。ここの詞書は（三一）。

（一九）

人の物を我が物とするとはいへど、仲間の奴等へ義理を立るは素人より遥かにまさる親切づく。長五郎は命惜しく親を代りに出したと聞く時は、これまで尽せし義[一]も廃る。こゝの所を弁へて少しも早く親父様獄屋の苦痛を逃れてから、娘小雪をもりたててよき婿を取り、我が亡きあとで一遍[二]の回向を頼み升わいの」

　と男泣き、始終を 次へ

（一九） つゞき 聞いて小雪はすり寄り、「そんならお前は父様か」と、「会いたかつた」と、すがりつき、長五郎も抱きかゝえ、涙にくれてゐたりける。

一 信義も無駄になる。面目が潰れる。

二 →五五六頁注一。

三 →五五二頁注六。

四 人間のさまざまな状況を隔てるそ

折から更け行後夜の鐘、いとゞ哀れは知られける。喜怒哀楽の塀一重、行き来の人の口づさみ、地廻り節の一調子

なげぶし〽幼少の時から見放され、七つの時には友達喧嘩、九つ廓へはまりこみ、十ぅの年には勘当受け、はや十三のその春はふつと思ひつく昼稼ぎ、つのり〳〵て白波の寄する渚に世を送る、阿漕が浦の天の網、盗み取つたる品とはみんなそなたにいりあげて、末は木の空泣き別れ。

身につまされて三人が手と手を取つて顔見合、「親子三人此やうに、無事で会おふと神仏へ祈りし甲斐もあら筵、一枚敷の砂利の上、場所もあらうに大それたる罪の掟に泣き別れ、明日は町中引廻し、盗みする子は憎からで、縄かける人が恨めしと、逆さまごとと知りながら、年も不足もなきこの身、後に残つて何とせん、そなたは後にながらへて、向後悪事をとゞまつて善人と 次へ

(三〇) つゞき なつてくれいやい」と身を震はせて泣き沈む。月本民部も胸ふさがり、しばし涙にくれけるが、なに思ひけん手箱より扇一本取り出し、さつと開いて二人リに見せ、「此扇こそ、先年宝取りえし折、我に与へしはそれなる長五郎、それ故にこそかくまで出世。扇の画面は西王母、仙宮の桃を食して三千歳の齢を保つ目出度譬、二人リが命もかくの如く助けえさせん我が寸志、まづそれまでは秘すべし〳〵」と聞て喜ぶ七

の間の境は僅かである、ということを、塀の外側から彼らの悲しみを一層高めるかのように、彼らに投節が聞こえてくることで示している。

五 投節。梛(なぎ)節とも言う。江戸時代前期明暦・万治(一六五五—六一)ごろ、京都島原で流行し、宝永・正徳(一七〇四—一六)ごろには衰えた。「松の葉」(元禄十六年(一七〇三))第五巻に、なげぶし百種を挙げる。文政期(一八一八—三〇)に再び江戸で流行したと言われる。

六 「白波」は盗賊。盗賊仲間に入って世を渡る。

七 「阿漕が浦」は伊勢の津あたりの海岸。「あこぎ」すなわち非情な盗賊稼業を続けたが、しかし天は許さず、その網にかかった。白波の縁で浦を出し、浦から網を出す。

八 荒筵。祈った甲斐があったと、白洲のあらむしろに座っているのをかける。

九 江戸時代、罪人を処刑する際、裸馬に乗せ、前に罪状を書いた札を掲げ、江戸市中五箇所を引き回し、最後に仕置場に至った。

一〇 順序道理の逆なこと。

一一 →五五九頁注二九。

絵(一九) 歌舞伎の牢破りの型。右の伴蔵の髪は謀反人や敵役のつける王子か。下に牢の鍵が落ちている。物陰から見守る民部。これは型だけで、いわゆる「牢破り」ではなく、民部の思惑があってのことであった。

（三〇）

郎介、「すりや我〳〵親子をお助け下さりますか」と立たり居たり喜ぶこなたに、長五郎は眉をひそめ、「かく明白なる囚人をお助けあつては天下の掟が[一]立ますまい」と咎めける。

月本はにつこと笑ひ、「それにこそ手立てあり。私の恩義を思ひ、助けえさせん民部ならず。[二]非は理をもつて正し、法は権をもつてうつ。権は天をもつて罰す。天下の記録所、かりそめにも[三]依怙ならざる取りさばきは、明日白洲において事明白、まづそれまでは控へておれ」と言ひ聞かせ、奥の一間に入りにける。

一　この世の法律が正しく行われないだろう。

二　「非理法権天」。非は理に勝たず、法は時の権に勝つことができず、権も天道に勝つことができない。天道に従って行動するのが最高最善の道である。南北朝時代、楠正成の旗印に記してあったことで有名。

三　一方に偏ってひいきすることがない。公明正大な。

親子二人リは獄屋のうち分れてこそは入りにける。

はや明ケぬれば公事訴訟、皆それ〴〵に訴へける。折から荒浪大膳しづ〳〵出で、「ヤア〳〵者ども、獄屋へ入置きし囚人の二人の長五郎これへ引」と言ふ間もあらぬ[四]荒子ども、二人リの者引据へる。大膳はつたと睨めまはし、「いかにそれなる老ぼれ、一旦の恩義を思ひ長五郎なりと名乗り出でしに相違なく、疾くより知れど、本人の長五郎をおびき出さんためこれまで獄屋へ入置きしなり。さだめてわれも身寄りであらう、その儘にはさし置かぬ。天下を偽る[五]不敵の曲者、罪は同罪。いかにそれなる長五郎、三が年以前五月廿三日の夜、山名家の宝蔵へ押入、茶入を盗み取り、八幡の市にて売りしとは偽り、余儀なき者に頼まれ、盗み取つたるに相違あるまい、さア尋常に白状いたせ。さなきにおいては、二人リとも水責め火責めは愚かな事、[六]ぶり〳〵にかけても言はさにやおかぬ」とのさばる声。長五郎はしとやかに、「この期に及んで陳じ申さん、僅かな値に売代なしてござり升」と言ふ間も待たず大膳、「[七]高位[八]我執権職の館へ忍び入り、金銀に目をかけず、茶入一つを盗み取るいわれやあらん、頼み手があるに相違なし。かく陳ずるうへは、二人リとも拷問いたせ」と言葉の下、長五郎は [次へ]

(三一) [つゞき] すり寄つて、「某に拷問はもつともなる事ながら、それなる親爺を拷問は[九]御無体でござらう」と、言へども聞かぬ荒浪[一〇]邪知佞奸、「それなる親爺の拷問を歎か

四 →五五二頁注四。
五 一癖あって油断のできぬ者。大胆で怪しい者。乱暴な悪者。
六 江戸時代の拷問の一種。両手を後ろで縛って吊り上げ、割竹などで厳しく叩く。
七 身分の高い自分。
八 →五四〇頁注七。
九 無理。無法。
一〇 悪知恵があり、心がねじけていること。

絵(三〇) 民部は敵討ちの上意書を八蔵と源次郎に差し出す。二人は謹んで受ける様子。上意書の内容は二人の衣装で想像がつく。二人とも合羽を着ている。源次郎のは市松模様、八蔵のは三崩し文で、両者とも渦巻型が見えるのは、「装束」と呼ばれるボタン掛けの部分。襟はともに黒天鵞絨。八蔵は手甲をつける。三宝には酒盃、右には銚子があり、敵討ちの旅姿でその成就を祈念する一献であろう。長五郎の髪は実体な町人のものに変わっている。唐歌の髪は丸髷あるいは世話丸髷か、女房の姿である。

はしく思はば、尋常に白状いたせ」と、横しまの問状かけし大膳が、又も声をはりあげて、「時刻が移る、はや拷問」と言ふより早く引立る。

折から奥の一ト間より、「やれはやまるな者ども、拷問いたすに及ばぬ」と声かけ出る月本民部座に付て、「これは〳〵いつもながら荒浪氏にはお早い御出仕御苦労千万」と挨拶なせば、仏頂面、「いやなに月本氏、たゞ今申付たる二人リの囚人、お止めなされたはなんぞ仔細のあつての事でござるか」と咎むれば、

「さればでござる、鬼小僧長五郎と申曲者、先達て召し捕り死罪申付、梟木にさらせしなり。今又二人リの長五郎あるにおいては天下の目鏡のちがい、且つは無成敗。貴丈と拙者の役義ばかりか御上ミの粗忽世上の批判、よもや二人リの長五郎は偽者ならん。まつた茶入を盗みし盗賊は今朝未明に召し捕つたり。ヤア〳〵田辺八蔵・源次郎、囚人をこれへ引」

と言葉の下より「ハツ」ト答へて引据へる。大膳一ト目見るよりも顔色変る胸のうち。それと見てとる月本民部、声はり上ゲ、

「いかにそれなる横島伴蔵とは仮りの名、まことは荷倉獅子右衛門。浪人の身をもつて遊所に入りこみ大金を使い捨てしゆへ合点ゆかずと、横目をつけひそかに詮義なせしところ、十か年以前細川の館へ忍び入、漢の形付の茶入を盗み取り、あまつさへ家の子

一 すなおに。
二 正しくない無理やりの問いただし、詰問。
三 勤めに出ること。勤務につくこと。
四 仏頂尊の形相にも似た恐ろしい無愛想な顔つき。
五 天下の政治や裁判を行う者の判断の誤り。
六 無理な処置。不公平な判断。
七 貴君。あなた。
八 主家主君の失敗。
九 きっと。恐らく。
一〇 顔色が変わるとともに心も不安にかられる。
一一 横目付。横目役。室町時代から江戸時代初期にかけての武家の職制の一つ。家中の武士を監視し、不正を摘発する役。
一二 その上。

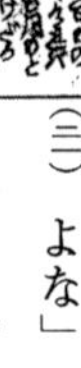

八内と申者を殺害なせしは汝よな」

　と問いつめられても不敵の曲者、「存ぜぬ知らぬ」と言ひければ、なをも月本居丈高、

「汝いかほど陳ずるとも、証拠といふは此片袖。某門外にて怪しき曲者に出で会ひ、ひつ捕へんとせし折から、我が手に残るこの一品、先年某浪々の折から、廓にてその方が小袖と、[一三]割符合せし如くなり。ひつ捕へて一ト詮議と思ひのほか、我に無体をよくも言ひ掛け、[一四]扇の皺と打たれしかども、じつとこらへる宝の詮議、手に入りし

一三　→五四一頁注一七。

一四　扇で打たれて、その扇に皺が寄ったが。

絵（三二）　長五郎は横目（二人の敵討ちの見届け役）として、共に姿をやつして敵を尋ねることになる。その扮装を歌舞伎的に描いている。長五郎は外郎（ういろう）売りで、歌舞伎十八番の「ういろう」はこの姿。宝尽し文の着物に袖無し羽織。その裾に「うらじろ」「しめ飾り」が見えるのは正月を祝ってのこと。また「仏」とあるのは、（三五）の冒頭の長五郎の言葉「これより本心に立ち帰り、善人となり、鬼の異名を改めて、仏長五郎と改名なさん」にあたる。冒頭口絵注（五三二頁）で、この悪役がどうなるか、と記したが、善人に戻ったのであり、これを歌舞伎では「もどり」と言うが、はやくもそれをここで見せている。八蔵は飴売り。これにはさまざまな流行があったが、多くは頭巾を被り屋台を担っていた。源次郎は扇の地紙売り。ここでも初代岩井紫若の似顔か。若い男が道楽の果てにする粋な商売とされていたので、源次郎の年齢にふさわしいかも知れない。もちろんこの絵は話の上の写実ではなく、それぞれ舞台姿に見立てたものである。

うへは再勤なしてかく[一]の仕合、さあ尋常に白状いたせ」

と、問いつめられ横島伴蔵、身を震はせ、

「斯くなるうへは是非がなへ。いかにもその盗賊、まつた八内を手にかけしは某なり」

と名乗ると等しく、田辺兄弟小躍りなすを月本はつたと睨めつけ、「彼は天下の囚人なり。[二]粗忽あつては上ミへのおそれ、控へておれ」と主人の言葉、次へ

(三) つゞき 無念ながらも控へける。民部はなをも伴蔵に向ひ、「その茶入は、盗みくれろと頼まれたであらう」と釘をさゝれて伴蔵も、「まう、斯くなるうへは、なにもかも言つてしまふ」と言ふと等しく、我が身に火のつく荒浪大膳、たゞうろ〳〵と立たり居たり。

月本懐中より手紙一通取り出し、伴蔵へ見せ、「此書面は覚へがあらう」とさしつければ、紛うかたなき大膳が手跡、「さては密書も取られしか」と驚く荒浪。月本は笑をふくみ、「なんと荒浪氏、斯く盗賊の明白なるうへは、二人リの者に疑ひはござるまい。たつて二人リに罪あらば、此書面の文面、この所にて読み上げうか」と問いつめられ、大膳もたまりかね、「なるほど当家の宝とはいへども一旦細川家の重器、盗み物とは知らず、御買上ゲになりしと覚へたり。さすればもと此義、拙者よしなにはからひ申さん。

一 このとおりの立場。

二 軽はずみなことがあっては主家主君に申し訳ない。

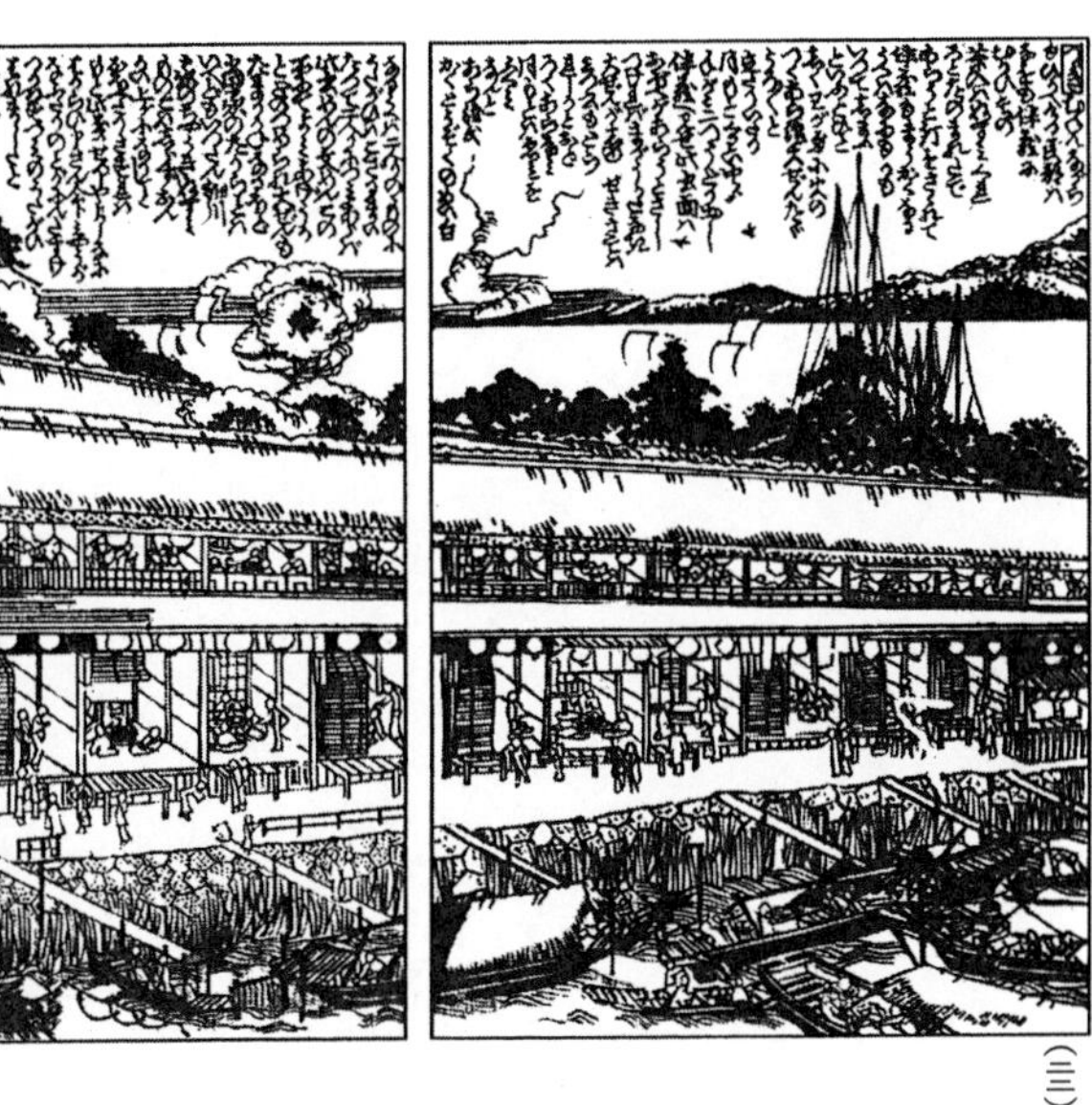

(三)

三命冥加な二人の科人、助けつかはす、罪の疑ひ晴れました」と聞いて、次へ

(三) つゞき 月本、「そりやそうなくちやかなはぬ。ヤア〳〵者ども、それなる囚人横島伴蔵は獄屋へ引、二人の者は門前より追つ払へ」と、情の言葉。喜ぶ親子見かへり見かへりたつて行。

民部は密書取り出し、「斯く明白なるうへは此書面は火中いたすも四仁のはからひ」と、言ひつゝ火鉢にうちくべる。これにて大膳少しは落着き、「段〳〵との取りさばき、驚き入た」と、

三 不思議に命が助かること。

四 思いやりのある処置。

絵(三) 常陸国潮来の茶屋町の風景か。明和年間(一七六四―七二)以後、鹿島・香取詣でが盛んになり、この地方がにわかに繁栄して、潮来節が江戸でも流行した。水郷地帯でもあるので、船で茶屋に乗りつけたのであろう。霞ヶ浦を遠景にしての遠近法を使った風景図。ただしこれは実景ではない。今まで人物のみを描いてきて、話も終りに近く、趣向を変えてみたのであろう。

（三三）

にが〳〵しくあたり見廻し、「もはやたそがれ、退出せん」と、一礼述べ、虎口を逃れて入りにける。あと見送りてしとやかに民部もともに立ち出ける。

さる程に横島伴蔵は、獄屋の内に起き臥しも、一己れが罪己れと責める天命の、二月漏る軒の小夜更けて、夜もしん〳〵と更けわたる、寒さ身にしむ獄屋の戸口、風にさそはれ自然と明けば、伴蔵見るより不審に思ひ、「斯く堅固なる獄屋のうち、戸口の明しは合点ゆかず。さては最前食物を運びし折、うろたへ締めざると覚へたり。なにはとも

一 自分が犯した罪で自分が苦しむのも自分に備わった宿命。
二 月の光が軒先から入り込んで来る。
三 後ろに否定の語を伴って、いっこうに、まったく。
四 ひそかに。非公式に。
五 「気相」とも。顔つきを変えて。
六 底本になし。
七 →五七一頁注一二。
八 江戸時代、敵討ち(仇討ち)は武士道の実践倫理として奨励され、美化して伝えられているが、法律的には必ずしも奨励されたわけではなく、特に私闘は厳しく取り締まっている。「天和三年亥(一六八三)武家諸法度」では、やむを得ない場合には奉行所へ届け出ること、またこれに加担した者は

あれ天の助け」と、次へ
スツてん〳〵ツクてん〳〵
お江戸京橋、それ〳〵南伝馬丁、薬おしろい仙女香、稲荷新道かくれなし。坂本
氏のヱイ製法じや、それの〳〵。

(二四)つゞき 少しも早く立ち去らんと、身構へなして伴蔵は、ひそかに獄屋を忍び出で、いづくともなく立ち去りける。はや明けぬればそれ〴〵に、番人見付大きに驚き訴へて探せども、搔暮[三]に知れざりける。まづ内聞[四]にて月本へ斯くの次第と訴へれば、わざと驚き、「獄屋を破り逃げ去る曲者、不敵の奴、草を分けても詮義せん。又其方ども不調法、きつと究明いたすべし。まづそれまではさし控へおれ」と言ひ渡されて、しほ〳〵として立つて行。奥より駆け出す田辺兄弟、月本見るより呼びとめ、「二人リの者ども、血相変[五]へていづれへ行く」と聞くより八蔵手をつかへ、「我〳〵兄弟多年尋ぬる親の(敵)[六]横島伴蔵、「獄屋を破り逃げ去りし」と承け給はり、尋ね出して打とらんと存じて斯くの次第」と聞き月本につこと笑ひ、「天の網[七]を破り逃げ去る不敵、近きに足を止むる者ならず、血気にはやるは粗忽〳〵、心静めてよつく聞け」とあたり見廻し小声になり、「横島伴蔵事、先年其方どもの実父田辺八内を打て立ち退きしと白状に及び、事明白なれど、彼は天下の囚人なり、国の政事に行はねばならず、まつた仇打[八]は天下の

本人より罪は重い、としている。仇討ちももちろん私闘であるので、これを表向きは禁止したのであった。「徳川禁令考」にも、「死罪以上の科のあるものを届け出ずに、ひそかに殺した者はお仕置きにする」とあり、仇討ちを行う場合には、届け出て許可されるのが最初の条件であった。ただし一般的には仇討ちの行為は賛美され、多くの演劇や小説また随筆に描かれた。この建前と実態との隔たりがまた江戸時代の特色を示すとになる。井原西鶴「武道伝来記」(貞享四年〔一六八七〕)はこれを小説的によく描いている。

絵(二三) この絵は話の内容とは関係がない。おそらく潮来芸者の潮来節の手踊りを描いたのであろう。前の絵(二二)で潮来の茶屋町を遠望したので、ここではその中を見せるといった趣向か。十二人の芸者それぞれ、すべて衣装が違い手つきもさまざまであるのも、画工の工夫であろう。右上は竹の小袖、その右は若松文か。左から子持ち縞に雲に波の帯、その右は縞の着物に市松の帯、右端上は梅花に紗綾形の帯、その下は蔦の小袖に三升格子の帯、右下は地白万筋縞、その左は麻の葉繋ぎの着物に矢羽根縞の帯、その左は観世水に桜の帯、その左は子持ち亀甲菊の帯に裾は楓文か。左端下は桜に帯は大柄の太縞だろうが名称不明。

(二四)

法度、さすれば多年の[一]心願水の泡、なにとぞ本望遂げさせんと存じ、わざと獄屋を逃せしなり。彼は天下のお尋ね者、其方兄弟へ尋ねを申付た、「草を分けても詮義し出し、召し取り帰れ、もし又手向ひいたすにおいては、その所にて打果せ」とある討手の[二]御教書、はや受け取れ」と聞て喜ぶ兄弟へ、「餞別せん」と月本が合図の[三]呼子に、長五郎立ち出でければ、「委細はあれにて聞きつらん、其方は横目となり、兄弟二人に本望を遂げさせよ」と、聞いて長五郎手をつかへ、「仰せに及ぶま

一 長年実現を願ってきたことが空しく消えてしまう。 二 鎌倉・室町時代、将軍の名のもとに出される文書。ここでは敵討ちの許可状のこと。 三 人を呼ぶ合図に吹く竹製の小笛。 四 「潮来」は、茨城県南西部、霞が浦と北浦の間にあり、水運の便がよく、古来交通の要衝であった。「三社」は香取神宮・鹿島神宮・息栖神社で、東国三社とも言われた。創建は古く、日本書紀編纂の時期には確実に存在していた。鹿島・香取二社は武神を祭り、武道の地として尊敬された。潮来近辺には遊女町があり、ここで歌われた潮来節が近世中期から後期に江戸でも流行した。「潮来出島の真こものなかに菖蒲咲くとはしほらしや」が、替え歌で「よつや新宿馬糞のなかによ、女郎あるとはつゆしらず」などと歌われた。 五 飴売りは江戸市中にさまざまあったが、この二代目関三十郎が扮する田辺八蔵は「土平飴売り」であろう。「木綿の袖なし羽織り、黄にそめて虎斑を黒く染め、紅絹裏を付け、羽織りの紐はいかにも太く、くけ紐を付け、浅黄の木綿頭巾をかぶり、飴を両懸に致、日傘をさし、江戸中を売歩行、世人かたき討也と称せり」(続飛鳥川)。 六 扇地紙売り。文化初年まで初夏に江戸市中を行商した、扇の紙を売る者。前髪をつけた若い男が多かった。「扇地紙売の事、予若年の頃は夏に至れば地紙形の箱を五ツも六ツも重

じ、我も今まで悪者づきやい、諸国に知るべ、草を分けても詮義し出し、やがて本望、我も 次へ

勝利開運富貴自在の守り薬、日数を定め売り施されます。○運利香。

小児の薬　肝涼円　板元岩戸屋取次仕候。

(三五) つゞき　これより本心に立ち帰り、善人となり、鬼の異名を改めて、仏長五郎と改名なさん」「その本心を見抜きしゆへ、助太刀いたしてつかはすべし。はなむけせん」と手箱より、金一ト包取り出し、二人へ渡し、「これより直ぐさま出立いたせ」。喜ぶ兄弟、「なにからなにまで篤き御仁心、やがて目出度本望遂げ、その時こそは故郷へ錦、もとの主従、武名を末世に残すべし」と、喜び勇んで別れ行。

さても二人の兄弟、長五郎は、さま〴〵と姿をやつし、敵横島伴蔵を尋ねける。折からこゝに常陸の国[四]潮来浦とて繁昌の勝地あり。三社めぐり東海の旅人足を留め、諸国より入りつたふ遊客をもてなす遊女屋軒を並べ賑はひける。

田辺八蔵は[五]飴売りとなり、弟源次郎は[六]地紙売りとなし、廓さま〴〵と徘徊なしけるを、女郎をはじめ、いと興あるとてもてはやしける。長五郎は小田原の[七]外郎売となり、佐原・小見川辺をめぐり帰り来り、いつものごとく宿屋をとらんとて、三人連れ立ち商人宿の万屋といふへ泊らんとて立ち休らひける。折から下女盥に水を汲み差し出し、茶を

ね肩へかづき売歩行ける。買人あって直段極ればすぐにその坐にて折り立て売しなり」(鷹塚談)。これらの男たちは、晒しの浴衣、流行の帯、紅麻の襦袢など粋な衣装に印籠を下げ、白晒しの手拭を首にかけ、役者の声色、浮世物真似などをしたので、若い女性に好まれた。またその姿から、金持ちの息子が放蕩のあげく地紙売りとなる(山東京伝「江戸生艶気樺焼」の艶次郎)などのことがあった。

七 外郎は、相模小田原に現存する虎屋の万能丸薬透頂香のこと。中国元の遺臣礼部員外郎陳宗敬が元の滅亡とともに渡来、その子孫が京都で透頂香を作り、やがて小田原の北条氏綱に招かれ当地に来て製薬を続け、江戸期には街道一の名薬として店構えの八棟作りとともに名物となった。二代目市川団十郎が喉を害して全く声が出なくなった時、この薬によって本復し、お礼に享保三年正月「若緑勢曾我」の中で外郎売りに扮し、

絵(三四)　三人は潮来の商人宿に泊ろうとして、足濯ぎの盥に横島伴蔵の顔が映るのを見て、敵がここに潜んでいるのを知る。すかさず二階へ駆け上がるという詞書(三六)だが、これも話の写実ではなく、歌舞伎舞台の見得をいっそう歌舞伎似顔絵的に描いたものである。土地柄を見せるために、当時の水戸の特産の煙草の招牌(看板)がかかる。

（三五）

汲まんとて奥の方へ入りける。後にて三人はいろ〳〵と噂話、脚絆を脱ぎ洗はんとする盥のうち、ふつと目につく怪しき人影、兄弟二人もさし覗き、面体格好日頃尋ぬる敵伴蔵と、見上ぐる二階、はつたと 次へ

（八蔵）「親の敵観念ひろげ[一]、手向ふへは討ち果す、かねての上意是非におよばぬ[二]」

（伴蔵）「こしやくな[三]刃向ひ、かたつぱしから返り打だぞ。わいらも観念ひろげ」

（源次郎）「とゝさまの敵、覚悟いたせ」

板元岩戸屋方にて取次、

ことに自作の外郎の効能を早口のせりふで流れるように弁じ立てて大評判であった。後に七代目市川団十郎はこれを歌舞伎十八番の中に入れた。本書で外郎売りに扮するのは五代目松本幸四郎。外郎売りは全国を廻っていたようで、十返舎一九は「続膝栗毛」八編本山宿に登場させている。

（以上五八三頁）

一 「ひろげ」は他人の行為を罵って言う命令形。観念しろ。諦めろ。

二 あれこれ言うまでもない。

三 生意気な。

(二六)

四虚空蔵菩薩御夢五想六底豆の大妙薬、その外七疝気の八根きり薬、小児九五疳の虫薬、肝涼円。

(二六) つゞき たてきる障子のうち、それと見るより長五郎は、すかさず二階へ駆け上り、「上意なり」と声かければ、伴蔵はたまりかね、障子蹴放し飛んで下り逃げ去らんとする卑怯者、兄弟二人はすかさずつめ寄り、

「やア珍しや横島伴蔵、汝細川家の重器漢の形付の茶入を盗み取り、一〇あまつさへ我らが実父八内を討つて立退きし科により、獄屋に入置きしところ、打ち破

四 虚空のごとく広大無辺の智恵と功徳を持つ菩薩。
五 夢の中で神仏が現れてさとし示すこと。
六 足の裏に出来る豆。
七 →五六九頁注九。
八 →五六九頁注一一。
九 五つの疳の病。肝風疳・脾食疳・腎急疳・肺気疳・心驚疳。疳の虫は、夜中にひきつけや腹痛を起こす小児の疳の病を起こすと言われる虫。
一〇 その上。

絵(二五) お定まりの敵討ちの場面。「牢破り」と同じ髪型と衣装に戻る。商人宿から飛び出して逃げるところを詰め寄ったのであるが、前の場面(絵(二四))とは衣装が違う。不自然とも言えるが、歌舞伎的な「早替り」を見る思いで、読者はここはここで楽しんだのであろう。キッと見守る松本幸四郎の表情が前とまた違うのもおもしろい。

絵(二六) 月本民部を中に大団円の勢揃い。扇を大きく開いて祝儀を示して「束(そく)に立つ」歌舞伎の見得。それぞれの顔の向きや視線が違うのも役どころを示していると言えよう。長五郎はここで剃髪して仏庵と名乗っているはずだが、高麗屋格子の羽織に小袖、霰小紋の袴で幸四郎らしく見せるのも、あくまで役者を見せる歌舞伎合巻らしい。

り逃げ去りし不敵の曲者、かく言ふ我〳〵は田辺八内が悴八蔵・弟源次郎、年来尋ぬる親の仇、さア尋常に勝負〳〵」

と詰め寄れば、横島伴蔵逃れがたく、

「かく明白なるうへは、今は何おか包まん、いかにも汝等が日頃尋ねる親の敵、不憫ながらも返り討」

と、刀ずらりと抜き放し切りつければ、心得たりと抜きつれてしばらく挑み闘ひしが、八蔵はつけ入り〳〵伴蔵が眉間をしたゝかに切りつければ、血は目口へ入て自由ならず、よろめくところを源次郎肩先かけて斬りこめば、何かはもつてたまるべき、倒るゝところを兄弟二人上に跨り、実父の仇たる伴蔵へ止めの刀を刺したりける。それと見るより長五郎は、「できた〳〵」と喜びつゝ、兄弟二人は本望遂げ、ゆゝしかりける次第なり。

かくて事の様子領主へ訴へ、

(七郎介)「めでたし〳〵」

(八蔵)「めでたし〳〵〳〵」

(小雪)「めでたし〳〵〳〵」

(源次郎)「めでたし〳〵〳〵」

(長五郎)「めでたし〳〵〳〵」

一 →五七五頁注五。

二 特別に優れている。すばらしくあっぱれな。

三 敵討ち(仇討ち)はまず主家主君に届け出て許可を受けることは、五八一頁注八に記した。各地を尋ねるのに、物売り、虚無僧などに身を変えるのは、巡歴するのに便利であることと、相手に悟られないためである。首尾よく捜し出した時、まずその地の役人に届けることが必要だが、とっさの場合には不可能のこともあるので、事後届け出をする。文政七年十月十日、四ッ谷塩町(新宿区本塩町)の高崎在の百姓の仇討ちは、まず所の名主に当事者が届け出て、状況を検分してもらっている。次に名主から奉行所に届け出があり、奉行所の同心が出張して検視を済ませ口上書を提出、奉行所の決断で「お構い無し」となっている(甲子夜話・五十九)。これが武士になると、文政七年五月、小田原藩の足軽が水戸藩内(鹿島郡)で敵討ちをした時には、士分であるため、所の役人から水戸藩へ届け出、そこでの検視、さらに小田原藩への照会、回答を待っての水戸藩の決済、彼らが帰藩しての取調べ、決済と、かなり煩瑣な手続きが行われている(甲子夜話・六十三)。合巻の敵討ちの結末は簡単に「めでたしめでたし」で終わるが、実際には以上のような行政としての処理が行われていた。

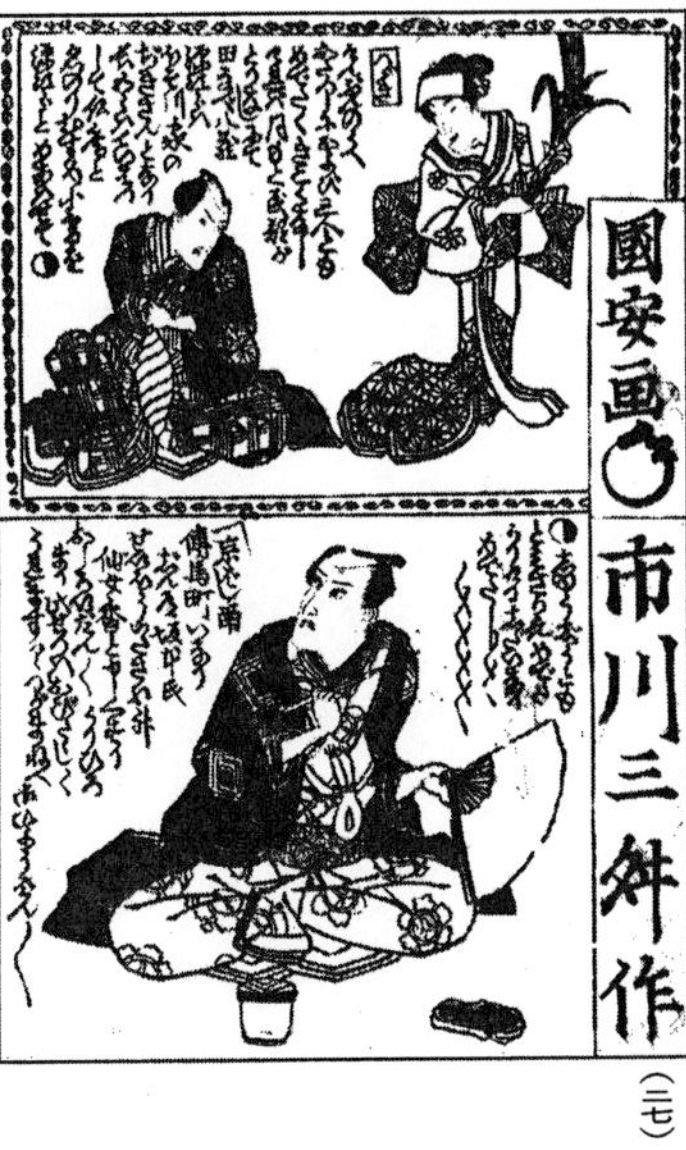

（二七）

（二七）つゞき　検分のうへお達しに及び、三人とも目出度く帰国なしければ、月本民部がとりなしにて、田辺八蔵・源次郎は細川家の直参となり、長五郎は剃髪して仏庵と名乗り、娘小雪を源次郎と娶せて主従とも富み栄え目出度かりける次第なり。目出度し〳〵〳〵〳〵〳〵。

京橋南伝馬町稲荷新道坂本氏製法いたされ升、仙女香と申薬おしろい、段〳〵売り弘まり、此節はおびたゝしく売れます。アヽつがまねへ御評判〳〵。

国安画　市川三升作

四「つがもない」の訛。とんでもない。この上なくすばらしい。

絵（二七）　最後に、作中人物と口絵の役者を兼ねて見せる。上段は月本民部三代目坂東三津五郎で、紋は熨斗菱、小袖は口絵と同じ網代格子。唐歌五代目瀬川菊之丞は民部の奥方風だが、額に女形の印である野郎帽子を当てている。下段には七代目市川団十郎がまた顔を見せる。扇面に揮毫する図で、このような依頼も多かったのであろう。「国安画」の下の円は「年玉印」で、初代歌川豊国が使って以来、歌川派はこれを紋章のように印した。

表紙（扉写真）　前編、本作の女主人公とも言うべき、吉原の花魁、後に月本民部の妻となる唐歌五代目瀬川菊之丞が見世の前の縁台に腰をおろし、煙管を持っている。右端の箱火袋（提灯）の合印は揚羽蝶が描かれる。桜の木の下には、本書の角書「水都の鮟鱇」「小田原の勝男」の短冊が下がる。

後編、作品中では鬼小僧長五郎五代目松本幸四郎が「ういろう売り」に扮するが、ここは七代目市川団十郎である。手に扇を持ち、大柄の銭紋に宝尽しの文様の衣装。

底本とした蓬左文庫蔵本には表紙を欠くので、国立国会図書館蔵本のものを掲げた。

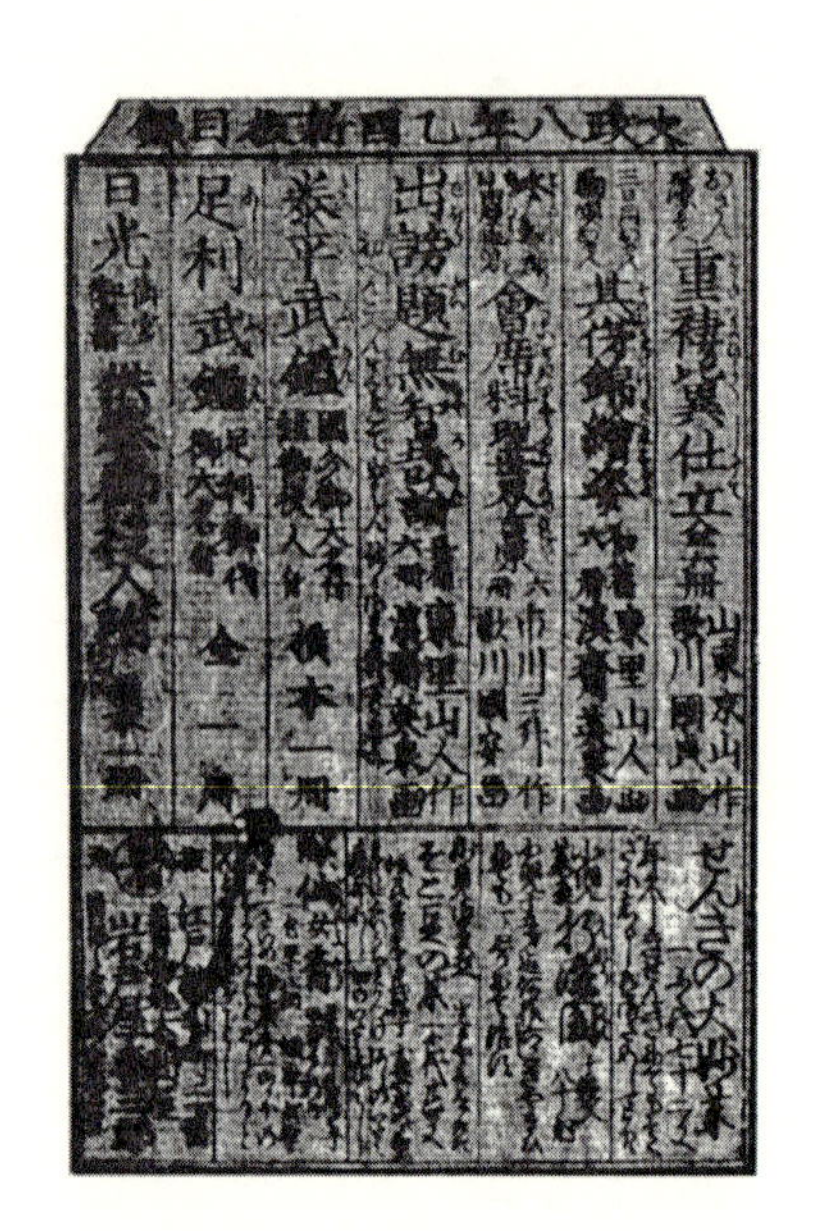

文政八年乙酉新板目録

おさん藤兵へ　重褄比翼仕立〈かさねづまひよくしたて〉　全六冊　山東京山作　歌川国貞画

三日月おせん鞠唄おせん　其俤錦絵姿〈そのおもかげにしきゑすがた〉　初篇六冊　東里山人画　渓斎英泉画

水戸鮟鱇〈みとのあんかう〉小田原勝男〈をだはらのかつを〉　会席料理世界吉原〈くわいせきりやうりせかいのよしはら〉　六冊　市川三升作　歌川国安画

出謗題無智哉論〈でほうだいむちやろん〉　三篇六冊　東里山人作　渓斎英泉画

初へん二へん先達て出はん仕候。御高読可被下候。

泰平武鑑（たいへいぶかん）　国分御大名付　諸御役人付　横本一冊

足利武鑑（あしかゞぶかん）　足利御代　御大名付　全一冊

日光　御宮　御参詣　供奉御役人附　横本一冊

せんきの大妙薬

一ふく代七十二文

年久しきせんきにてもそくざにしるし有、御ためし可被下候。

小児薬玉　肝涼円（かんれうえん）　十粒入八十銅

小児十五才迄何程六かしきやまひにても一ト廻りにて治す。

妙見御夢想　岩戸や喜三郎取次

そこ豆の薬　一包代廿四銅

信州善光寺西横丁　小神や半次郎無心

わらじくい・うちみ・かつけ・あしのいたみ、其の外あし一切のいたみによろし。

艶美仙女香〈せんにょかう〉　京はし南伝馬丁いなり新道
　一包四十銅　坂本氏無心

御かほ一さいの妙薬第一、御かほのつやをよくすること、としよりといへども□□がごとし。

江戸横山町二丁目
書物地本問屋
岩戸屋喜三郎
目録之通不残取扱仕候

元㊔板

解説

草双紙の誕生と変遷

宇田敏彦

元禄年間(一六八八―一七〇四)から明治の十年代に至るまで、江戸で地本問屋によって出版された、児童や一般庶民を主たる読者とする絵入りの読み物を草双紙の名で総称するが、江戸独自の出版物である洒落本や滑稽本と同じく、その先蹤は上方にあり、早く寛文年間(一六六一―七三)に小本の形態(縦四寸、横三寸)ではあるが、同様の絵本が刊行されていたことが確認されている。また明治以降の日々読切りで挿絵の一葉入った近代の新聞小説は、形態的にその延長線上にあるものと見てよい。「くさ」の語には似て非なるもの、本格的ではないものの意があり、「双紙」は絵入りの軽い読み物をいうので、「草双紙」の語にはあまりちゃんとしてない、通俗的な本のイメージがある。もっとも曲亭馬琴のように、これらの書物が漉き返し(再生紙)を使用しているため、臭いので「臭双紙」の名があるという人もいる。

体裁は美濃紙の四半分、縦六寸(約一八センチ)、横四寸(約一二センチ)の、いわゆる中本の大きさで、袋綴じにした本文五丁(十頁)を一巻一冊とし、通常二冊から三冊で完結するが、黄表紙には例外的ではあるが一巻一冊物もあり、最後期の合巻は三巻、五巻などを合綴して一編一冊とし、一〇〇編を越える大部なものもある。また豪華本ともいうべきものに袋入りというのがあって、本と同じ大きさの帯(これを袋といった)でくるみ、全巻を合綴して一冊としたものがあった。表紙は時代によって異同があり、題名は作中の絵の一葉を簡略化した絵とともに簽に摺ったもの、これを題簽といって表紙に貼付するのが一般的であったが、鱗形屋孫兵衛のように、題名と絵を別々に摺り、この二つを貼付する例もあって、これを二枚題簽といい、また合巻のように作中の絵を錦絵にし、その中に題名を塡め込んで表紙自体に摺り付けたものもあり、これを摺付表紙といっている。一冊の値段は未詳だが、安永・天明ころは新板が八文くらい、古板はやや安価で、特装版の袋入り(三冊合一冊)は五十文、六十四文と高価であったと伝えられる。

草双紙は整版(木版)印刷の機能を最もよく生かした出版物で、最初期は子供向けの絵本として誕生し、丹色の表紙が付けられていたため、これらは赤本の名で呼ばれている。江戸時代の出版物の多くが正月に刊行されたのと同様に、赤本もまた正月に出版され、その性格から子供のお年玉として与えられたと考えてよいだろう。題材は前代の御伽草子などで聞き慣れたお伽話や童話、地方に伝わる昔話で、話の筋は文字ではなく絵を主として描かれて展開するため、文字は漢字のほとんどない丸仮名であり、しかも登場人物の名前や「おや、まあ」などの感嘆詞、ちょっと複雑なものでも会話の類の日常語だけといった添え物的存在で、その字数もきわめて少なく、親が読んで聞かせるというよりも、親が絵を見ながら子供に話を作りながら聞かせるといった性格の強いもので、絵も芝居の看板絵で知られた鳥居派の描線たる「瓢簞足、みみず書き」が定型化していった。しかしそれも時代の要請に伴って、希薄ではあったものの作者の存在感のある創作的な話が喜ばれるようになり、それとともに話の筋の展開も絵ではなく文字によって記されるようになり、また文字の数も飛躍的に増加して、読書習慣の乏しかった庶民の大人を主たる読者とする作も生まれ、草双紙は次第に江戸という大都市の生活を反映した新しい都会文学の形式を産み出すこととなった。この背景として、江戸生まれ、江戸育ちのいわゆる江戸っ子の誕生と江戸言葉の成立が、大きな力となっていたことが無視出来ない。地口や洒落言葉といった言語遊戯的な表現が盛んに行われたのも、こうした江戸っ子の誕生と、方向性こそ一定でなかったものの、江戸っ子の連帯意識の高まりと無縁ではなかったと考えるべきであろう。またこのころ、つまり寛延から宝暦のころ(十八世紀中葉)には、染料の丹が値上がりするなどのこともあって、草双紙の表紙が黒色や萌黄色に変わったので、これらの作を黒本とか青本と総称するが、これら一群の作には浄瑠璃や歌舞伎の筋書のダイジェスト版ともいうべきものが多かった。とはいえ、黒本と青本の差異は必ずしも明確でないところがあり、「その年の新板を黄色の表紙にし、その年を過ぎれば黒い表紙を付けた」との説もある。またこれとともに赤本的な子供向けの内容の作が、これで消滅したわけのものでもなく、表紙などの体裁が変わっても依然として出版され続けていたことは注目すべきことである。鱗形屋孫兵衛の絵双紙作者はあだ名を「おぢい」といった津軽藩の足軽だったと伝えられるように、草双紙の作者は酒代稼ぎ程度の無名な人がほとんどで、画工、筆耕者などが文も書いたものと思われ、画工の署名はあっても作者名はほとんど記載されていない。宝暦末年から明和年間は、滑稽本や洒落本などの江戸の町に江戸独自の文学が生まれた時期として注目されるが、またこの時代は浮世絵が飛躍的発展を遂げた時代でもあり、錦絵を大成した鈴木春信、写実的な役者絵や美人画で知られる勝川春章らの活躍があったが、草双紙においては鳥居清経、富川吟雪らが出て若干当世風の繊細な描線になったものの依然として鳥居派風で、浮世絵の影響が大きかったのは、墨一色であった絵題簽が、安永元年(一七七二)には三色、同四年には四色の色摺りとなったことであった。

以上のように赤本から黒本へ、また青本の誕生といった見掛け上の草双紙の変化について、はっきりした年代を決定するのは難しい。しかしながら、次代の草双紙たる黄表紙の誕生とその終焉は対照的に明確で、安永四年(一七七五)の『金々先生栄花夢』(二巻二冊、「日本古典文学大系」所収)の誕生をもって始まり、文化三年(一八〇六)の『雷太郎強悪物語』

（十巻二冊）の誕生をもって終わり、以後の草双紙は合巻といい、明治に至るまでの草双紙は総てこの名で呼ばれている。外観的には表紙が黄色（藁色）に一変したから黄表紙というのだというのが文学史的な定義の仕方であるが、当代においては黄表紙という呼び名は一般的でなく、青本の名が通用していた。これは萌黄色と黄色が実用上、感覚的に区別し難いということがあった。というのは、萌黄色は日に焼けやすく、青本が店頭に並べられるうちに早くも黄色に変化してしまうということがあり、いっそそれならば製作単価の安い黄色の表紙に変えようという版元の意向があったのである。それと時期を同じくして、勝川春章に私淑して画文ともによくした恋川春町という歴とした武家作者、これは当代の知識人であったが、彼を迎えて草双紙はその内容、表現ともに大きく変貌し、さらに同じ武家作者の朋誠堂喜三二を作者に得て、ここに名実ともに大人（知識人と同意）の読むに堪える読み物としての草双紙、黄表紙が誕生することとなった。最初期の黄表紙には洒落本の絵本化という性格が強かったが、次第に旺盛な批判精神を卓抜な趣向と珍奇な表現で包み隠し、当代江戸の風俗現象を主たる素材に、画工にも北尾重政や鳥居清長ら当代きっての浮世絵師を迎えて、画文ともに補完し合う自在な仮想空間を創出し得たところにその特色があった。文章は依然として丸仮名を使用して書かれた。丸仮名は漢語の使用を前提としない日常語による表現に適した文字遣いであるが、黄表紙作者はこれを逆手に取って、漢語をふんだんに用いている点は注目に値する。いったい作者たちはどのような効果を期待して、こうした奇妙な表現法を多用したのだろうか。天明初年には当代文壇の盟主たる大田南畝が黄表紙評判記を著し、これが大きな刺激となって山東京伝（浮世絵師北尾政演）、芝全交らのすぐれた町人作者も加わり、黄表紙は最盛期を迎えるが、江戸時代には珍しい自由主義的な為政者田沼意次の失脚と松平定信による復古的な寛政の改革政治のあおりを受けて、鋭い批判精神を内に秘めた武家作者が総退陣し、京伝らの町人作者がその中核とならざるを得ず、また時流もあって、黄表紙は洒落本的な作風すら影を潜めて、当代流行の心学によって改革政治に迎合した教訓性を強調した作や、敵討ち、お家騒動などを主題とした物語性の強い、現実感のきわめて希薄な作風に変質するとともに、長編化の一途を辿り、次代の大部な合巻を生み出すこととなった。

黄表紙が知的なエスプリに根差した都会文学であったのに対して、合巻はストーリーに依存した読み物で、血生臭くグロテスクな伝奇性が喜ばれて長編化したが、初期には六冊を限度とする読切り合巻で、文化初年(十九世紀初頭)に大流行をみた。中で注目されるのが京伝作、歌川豊国画の『於六櫛木曾仇討(おろくぐしきそのあだうち)』で、読本に倣って巻頭に登場人物の絵像を掲げるとともに、豊国の発案で人物の顔を当代人気役者の似顔絵で描き、表紙も錦絵の摺付表紙へと大変貌した。この作を契機として、以後、役者絵を得意とする歌川派の絵師が進出して、合巻自体が歌舞伎趣味の横溢したものとなるとともに長大化し、文化十二年(一八一五)には最初の長編合巻たる柳亭種彦作の『正本製(しょうほんじたて)』初編が出版され、天保二年(一八三一)に全十二編で完結している。読本界の雄たる曲亭馬琴も読本の諸特性をそのまま合巻に持込み、ここに長編合巻は最盛期を迎えたが、水野忠邦の天保改革で種彦の『偐紫田舎源氏(にせむらさきいなかげんじ)』が徳川の大奥生活を写したものとの嫌疑を受け、天保十三年(一八四二)に三十八編一七二冊目を出版したところで絶版に処せられた。しかしこれによって合巻自体が壊滅的な状況に陥ったわけのものではなく、以後も数十編に及ぶ大部な作が、多年にわたり、複数の作者によって書き継がれるなどして、首尾の一貫しない支離滅裂で奇妙な作品世界を現出している。しかしながら、徳川幕府の瓦解と明治新政府の急激な東京の町の非江戸化政策の実行やそれに伴う江戸人の無力化、さらに欧米文化の怒濤のごとき流入によって新しい文学観や活字文化という新しいメディアが導入されて、ここに草双紙の歴史は消滅し、その書型だけが小説本の判型として今日に伝わっている。

共通事項（大きさ＝中本　綴じ方＝袋綴　本文の印刷＝整版墨摺）

（木村八重子 作成）

	合　巻						
黄にしたとの説あり）	摺付表紙						
					15丁　20丁　9丁もあり		
	3～5冊				2冊	2冊(1～90編)	
南杣笑楚満人 曲亭馬琴 式亭三馬	山東京伝 式亭三馬 十返舎一九 曲亭馬琴	山東京山 東西庵南北 柳亭種彦	墨川亭雪麿	柳亭種彦 曲亭馬琴	柳下亭種員 笠亭仙果 美図垣笑顔	仮名垣魯文 岡本勘造	
歌川豊広	歌川豊国 歌川国貞	勝川春亭	勝川春扇	歌川国貞	歌川国貞 歌川国芳	落合芳幾 孟斎芳虎	
敵討物		お家騒動 陰謀物	情話物	翻案物 (長編化)	鈔録物 妖奇長編物	正本写	開化物 毒婦物
文化1 (1804)					天保改革	明治維新	

草双紙概念図

	赤本	黒本 青本	黄表紙	
表紙	丹	墨 植物性の青	→退色した藁色（後に初めから	
題簽	貼題簽			
用紙	漉き返し			
1冊の丁数			5丁	
1作の冊数	1～2冊	2～10冊	1～3冊	
作者		観水堂丈阿	恋川春町 朋誠堂喜三二 芝全交	山東京伝 唐来三和 十返舎一九
画工 （いずれも例示）	近藤清春 羽川珍重	鳥居清倍 鳥居清満　鳥居清経 富川房信	恋川春町 鳥居清長 北尾重政	北尾政演（山東京伝） 北尾重政　十返舎一九 歌川豊国
内容	お伽話物 祝儀物	演劇物 英雄一代記物 当世物 滑稽物	洒落とナンセンス 笑い 荒唐無稽とリアリズム 隠れた事実の暴露 当世風俗の戯画化 世相諷刺　幕政諷刺　教訓を標榜	
時期	（赤小本）…寛文？（1661？）＝寛延…（1748） …延享（1744）	安永4（1775）		寛政改革

赤小本から青本まで——出版物の側面

木村八重子

赤小本から青本時代に到る作品十種を本書に紹介したが、選ぶに当たっては、なるべくこの分野の多様性を感得できるように配慮し、筆者が面白いと思ったもの、また、時代を上下して影響関係や受容という点などで問題性に富むものを取り上げてみた。個々の作品の持つそうした問題性や意義については、各解題および注を参照して頂きたい。成立年が明らかでない作品も多いので年代順とは言い難いが、『名人ぞろへ』から『狸の土産』まで、どうやら時代相の変化が感じ取れることと思う。

文学史上、赤本から始まる草双紙の流れは、室町時代から江戸時代初期にかけて作られた御伽草子の系脈を引くように説明されることが多いが、決定的な違いは、草双紙はすべて出版物であるという点であろう。本稿では、そのことを重視してみたい。

この分野の作品で、現在までに所見の種類は、最も信頼性の高い柱題(後述)によって記録した結果、約九百七十種ある。今後も、ロンドン大学蔵本『亀甲の由来』の例のように、海外に流出したまままこれまで書目類に収録されていなかった作品や、偶然販売目録にあらわれるものが、何点かは出現するであろうことを考えると、大ざっぱに約千種と見てよいであろう。その約千種の多くは一点しか存在していない。このことから、既に湮滅した多数の作品が想像され、出版量は驚くべきものであったと思われる。

最近の二十数年間に、小池正胤氏の率いる「叢の会」の活動および『江戸の絵本』I―IV（一九八七―一九八九年、国書刊行会刊）等の仕事や、筆者が参加した『近世こどもの絵本集』（一九八五年、岩波書店刊）などによって、この分野の紹介はかなり進んではきたが、数百種が未紹介と言った状況である。その中からの十種であるから、ここに紹介したものはほんの一端にすぎない。今後の研究によって、さらに豊かな世界が展開されるであろう。

○

赤小本という名称は、江戸時代の文献に見当てていない。小形の赤本という意味で明治以降に呼び初めたのであろう。現存は、原本の段階で有欠であったらしい稀書複製会本の『初春のいわひ』を含めて三種のみで、『むぢなの敵討』も後半を欠く上、初刻と言い切れない問題が残る。今回紹介した『名人ぞろへ』は、巻頭書名を削除した後摺本ではあるが、他に類のない非常に貴重な一冊である。

この体裁の小本については、行成表紙本と呼ばれる一類や、松阪市射和町の地蔵胎内から発見された上方版の小本十種との近似が感じられ、比較研究が課題であろう。

赤本は、呼称に関して言えば、享保元年（一七一六）刊行の俳書『江戸筏』に載る一句「赤本ンの内を彩色（いろどる）恋なれや」があって、一冊の赤本に幼い男女が色を塗って遊ぶ情景などが想像されるが、あるいは「大方は恋路をかける草双紙」と同じ句意かもしれず赤本の実態も確かなことは判らない。当時その呼称があったというだけである。もう一つは、享保十六年春、江戸中村座上演の歌舞伎「傾城福引名護屋（けいせいふくびきなごや）」の第二番目、万屋由兵衛に扮した二代目市川団十郎が言い立てた「年玉扇子売のせりふ」に、お年玉の品々の一つとして「よみ初赤本」が出てくる。そのせりふ尽しの表紙絵にお年玉を入れた葛籠があって、袋綴じで題簽を貼った小冊子三冊が見えている。言い立ての中に、他に冊子名はないのでこれが赤本と見てよいであろう。

二例とも既に報告したものであるが、享保末期には名実ともに赤本が存在し、お年玉として用いられていたと言えるであろう。曲亭馬琴が『近世物之本江戸作者部類』の冒頭で「享保よりして後ハ丹標紙をかけたるものとし〳〵(年々)に出しかバ世俗これを赤本と喚做(よびな)したり」(引用は、昭和四十六年、木村三四吾編校刊、天理図書館本による)と述べていることとほぼ一致する。

現存作品によって形態を見ると、丹表紙(たんびょうし)に墨摺題簽を貼付した中本で、本文には漉き返しの薄黒い料紙を用い、整版墨摺で絵を中心とした本文五丁を一冊に袋綴じにし、一ないし二冊で一編を成している。玩具的な片々たる書物、ということが出来る。

黒本青本は、赤本の規格を保ちながら表紙に黒または萌黄色(退色して藁色)を用い、題簽の意匠化が進み、冊数が増加するなど、進化したと言ってよい状を呈する。

右の説明には、一般に馴染みのない語があるので、少し解説を加えておこう。

丹表紙とは、鋳朱色一色の表紙である。丹は酸化鉛を主成分とする顔料で、おそらくそれを厚めの和紙に塗布したものであろう。一般に表紙には、強度と厚みを出すために、屑紙や時には毛髪を漉き込んだ反故紙を裏に貼るなどしている。そうして出来た本体より大きめの表紙用の紙を、四周を内側に折って見返しを貼ったもの二枚が一冊の本の表紙である。

黒本では丹ではなく墨を、青本ではおそらく植物性の顔料を用いたと考えられている。近年、文化財を損なうことなしに、用いられた顔料を検査する方法が開発されつつあると聞いている。草双紙の表紙についても、判明する時期は遠くないと思う。

それはともかく、書物の表紙には題名が記されるのが普通である。表紙にじかに記す場合と、別の紙片に記して表紙に貼付する場合とがあるが、後の場合に用いる紙片が題簽、その題簽に題名を記すのに、筆でじかに書いたものと、複数同一物を生産するために印刷したものとがあるが、墨摺題簽は後者の場合を指し、印刷が墨一色でなされているという意味である。

中本は、江戸時代に用いられた標準的な判形をいう大本（美濃半紙二つ折りの大きさ）、半紙本（半紙二つ折りの大きさ）、中本（大本の半分）、小本（半紙本の半分）の三番目に相当し、ほぼ現在のB６判に近い。

漉き返しは再生紙のことである。使用済みの反故を晒さずに漉き直すので、新漉紙と違って地の色が薄黒く、これがまた独特の味を出している。この料紙は草双紙には長く用いられ、合巻時代の初期にまで及んでいる。

整版は、活版に対する語である。活版では一字一字を四角い印鑑のように彫った活字を文章にあわせて拾い、組み合わせて一枚の版を作るが、整版の場合には、一枚の版にはそれに対応した一枚の版木を用意し、その全面に表現したい文字なり絵なりを逆版で彫って用意する。ここに墨を塗って、料紙の表を版木にあて、裏側から馬連で摺刷すれば木版墨摺の一枚が得られるわけである。

その墨摺の紙一枚を一丁という。五丁物なら五枚あるわけで、それが一冊分である。現代風に言えば十頁に相当することになる。

袋綴じとは、印刷した料紙一枚ごとに外表に二つ折りにし、通常は縦書き右開きであるから、輪の方を左にして丁付(頁付に相当する)の順序通りに重ね、前後に表紙を付して右端を糸で綴じたものである。

その丁付は、二つ折りにした輪の、下端近くに記してあるが、同じ輪の上端寄りに、おそらく製本時に他と紛れないための目印と思われる略書名が記されている。これを版心書名または柱題と呼んでいる。題簽は糊が風化して剝がれても、この部分は本文と同一紙に摺ってあるために、最も安定しているわけである。

形態についての説明が長くなったが、どのようなものかおおよその理解が得られたことと思う。縷々述べた理由は、元来が手仕事で作られたこうした書物は、持主が綴じ直したり、表紙を掛け直すなどということが極めて簡単であることを知って頂きたいためである。

つまり、赤本の表紙は丹表紙であると言っても、生産された後にどのようにも変化し得るわけで、例えば赤本『五百八十七曲』は、『日本小説書目年表』では黒本と青本の部に収録されている。これは著録者が黒本仕立青本仕立の作品によったためであろう。赤本、黒本、青本の区別をするには、現状の表紙の色ではなく、やはり本文について、文字や絵の様式、刻線の調子、料紙の感じなどで判断することとなるが、境界の作品については簡単ではない。

右の例では生産された後の、享受者による改装の問題を含むが、販売された時点で二様の体裁が存在したことも考えられる。その一例は寛延二年(一七四九)の赤本『塩売文太物語』にある。この赤本の巻末には「新板本目録」があって、作品名が十二点掲げてある。その作品の一つに『熊若物語』があって、これは、本書に紹介した黒本と版元・冊数とも条件が一致するので同一作品と受取れる。同時期のものが、赤本・黒本の両体裁で出版されたか、またはある時点までは赤本体裁で、後には黒本体裁で販売されたかであろう。

黒本青本の発生についても、不明な点が多い。よく引用される文献ではあるが、大田南畝は『半日閑話』巻十三で「……享保の頃より鱗形屋にて萌黄色の表紙にて、今の鳥居流の絵をか(加カ)へて、一種の風を変ず。是を青本といふ。……其中萌黄変じて黄色の表紙となる。今黄表紙を今(ママ)青本と呼は是のゆへなり。其年の新板を黄色の表紙にして、その年過れば黒き表紙をつけて是をわかつ。これを黒本といふ。……」(引用は、昭和五十年、吉川弘文館刊、日本随筆大成第一期8による)と書き、曲亭馬琴は先に引用の『近世物之本江戸作者部類』に「寛延宝暦より漸々に丹の価貴くなりしかバ代るに黄標紙をもてして……そが中に古板の冊子にハ黒標紙をもてして……」と記す。

享保の頃から、或いは寛延・宝暦から青本が作り出され、それが古板になると黒本仕立になる、というのである。同一作品が黒本・青本の両体裁で存在することは『日本小説書目年表』の青本の部を見ても判ることで、例えば駒引銭の意匠を用いた山本版の午年の題簽には草色の版彩色があり、初摺では青本に貼付されたが、おそらく後摺では版彩色を省略して墨摺一版とし、黒表紙に貼付して販売したものであろう。また鱗形屋版の場合でも、字題簽と絵題簽を分けた二枚題簽の様式に変わってから、字題簽に藍地紙、絵題簽に紅地紙を用いて青本に貼付したものを、後摺本では字題簽を白地、絵題簽を紅地にして黒本に貼付したもののようである。

青本仕立として刊行したものを後になって黒本仕立で販売する例は、南畝や馬琴の言とも一致するが、黒本が発生頭初から青本の仕立直しであったかどうかは判らない。むしろ黒本青本の版元の大手である山本も鱗形屋も、古浄瑠璃本や歌舞伎狂言本を盛んに刊行した書肆なので、黒本の発生はそれらの演劇本黒表紙に倣ったと考えられている。

体裁の流動性は、出版側のコストの問題から発生したと考えると矛盾がない。また、合巻時代の黄表紙体裁は、廉価版だったのであろう。青本黒本の版木を用いた寛政頃の黄表紙など、版元としては、使用に耐え需要がある限りは同一版木を用いて摺出すのは当然の経済活動であろう。こうして、現象としてはさまざまな等級の製品を包含し、その総体が我々に残されてきている。

このように見てくると、安永四年(一七七五)以降を黄表紙、文化四年(一八〇七)以降を合巻と呼ぶのも、文学史における仮の目安であって、ある草双紙について考察する時、現状を確実に捉えて、出版上どのような位置にあるかを見定めることが必要である。

○

式亭三馬作の黄表紙『稗史億説年代記』(享和二年刊)の「赤本時代の詞くせを早く覚ゆるうた」に「△大木のはへぎはときてふとじるし……ナント子どもしゆがてんか〳〵」とあることはよく知られている。この「詞くせ」は我々が今言う赤本時代ではなく、黒本青本時代のことであるが、そのように理解すれば、当たらずとも遠からず、といったところであろう。むしろ赤本には「子ども衆」という言葉は見た記憶がない。

赤本の内容には、昔話ものは勿論あるが、近藤清春在名の作品には『どうけ百人一首』とか、当時の歌謡を題材とした『ゑんまきぶつなりやきがうかぬ』とか、謡曲の詞章を捩ったものなど、なかなか子供向けとも言いかねるものが多い。この現象を見ると、赤本は子供用として作り始められたのではなく、お年玉に用いられる混沌とした小冊子であったのが、後になって子供向けに規定されたのではないだろうか。

先述のように、「赤本」という呼称が見出せるのは享保期であるが、この時期は、八代将軍吉宗が出て、江戸時代の三大改革の最初でもあり後世に強く影響した、いわゆる享保の改革が行われ、出版に関しても規制が布かれることとなった。享保六年(一七二一)閏七月に、江戸の南北町奉行である中山出雲守と大岡越前守の連名で、御側衆有馬氏倫に文がある。

宛てた上申書があり、『享保撰要類集』第四巻（昭和六十一年、野上出版刊）に収められている。その中に次のような条

一　狂言本幷浄瑠璃本

右芝居ニ而狂言ニいたし候事　浄瑠璃座ニ而あやつりにいたし候事を　其儘致板行候儀者不苦候事

一　慰本

右狂言ニも不致儀を　狂言之様ニ作リ成シ　無筋事を草紙に綴り　二三冊あるひハ四五冊物ニいたし　近来

京都より差下シ江戸にても綴申候　此等之類向後無用にいたし　若京都より差出シ候歟　新規ニ致板行候ハ

奉行所江可訴出事

一　子共翫び草双紙幷一枚絵

右子共翫一通リニいたし候草紙　又ハ人形草花之類一枚紙（ママ）半切等ニ致板行候儀者不苦候事

つまり、歌舞伎や人形操で上演した事をそのまま板行することは構わない。上演もしないのに上演作品めかしたのは

よろしくない。子供の翫に通り一遍に作った草双紙等は構わない。という趣旨で、これは、幕藩体制が崩解するまで

生き続けたようである。すべて草双紙を指すと見るには問題があり、前の二条はやはり狂言本や浄瑠璃本、浮世草子

あたりと受取るのが正しいと思われるが、「書物屋幷絵双紙屋被可申聞哉」とあるので、結果的に絵双紙屋、すなわ

ち草双紙等を出版する地本問屋にも通達が出されたと解され、彼らは上演作と子供向けならよろしいと受取ったこと

と思われる。

先述のように、演劇と関係の深い山本や鱗形屋といった版元は、豊富に持つ演劇題材を主に「草双紙」を刊行する

には好都合であったと思われ、折にふれ「子共翫び草双紙」を標榜することになったのではないだろうか。
山本版の『千本左衛門』(「風俗太平記」取材)や『軍法富士見西行絵尽』(同題取材)といった赤本、鱗形屋版の『天智天王』(「天智天皇」取材)、『弘徽殿』(「弘徽殿鵜羽産家」取材)、やはり大手の版元鶴屋の『菊水軍法錦』(「吉野都女楠」取材)といった黒本など、浄瑠璃取材の草双紙は、二、三十種は数えることができるであろう。かつて筆者は、このように浄瑠璃取材の作品が多い理由は、人形芝居上演の筋書本かとの想像説を述べたことがある。この考えは捨て切れないが、通達によって現在ある草双紙の方向へいわば行政指導された結果「江戸の名物」(『近世物之本江戸作者部類』)となったという視点を加える必要もありそうである。

享保六年から二十数年後の延享元年(一七四四)には、黒本で刊行年の判明する上限作『丹波爺打栗』が出版され、巻末の「きのへ子年正月新板目録」の末に「あら玉の御しうぎ御目出度申上候　扨れい年ゑぞうし小本にいたるまで御子様方御意に入沢山御もとめ被遊大慶に奉存まする　今年はきのへ子の年上げんの始りにござりますゆへ　別而御子さま方御寿命ながく千代かけて新板御めにかけ申上度　あやつりかぶきの狂言をゑそら事にとりくみ色品目録の通仕候　御かいぞめの御祝義御わらいぞめに被遊可被下候　鱗形屋孫兵衛」(圏点は筆者)という挨拶がある。この文を見ると、疑いもなく新年の祝儀物である点、先述の「年玉扇子売のせりふ」に出てくる「よみ初赤本」に符合する。そればかりでなく、題材は前年寛保三年(一七四三)五月に竹本座で上演された「丹州爺打栗」であり、「御子さま方」をくりかえしてもいる。享保の改革の趣旨に添った出版物と言ってよいであろう。このように見てくると鳳凰と桐で額縁風にし、その枠内に本文の一部を描く鱗形屋の題簽の意匠(三三一頁参照)は、操芝居における帽額と手摺を象徴するものであると解したく、単年ではなく相当期間用いられた理由でもあったように思われる。このことはまた、携わった画工の殆どが、浮世絵派の中でもとりわけ歌舞伎や浄瑠璃と関係の深い鳥居派であることとも関係するのであろう。

また、二枚題簽時代の鱗形屋版作品の一つに『和田合戦根元草摺曳(こんげんくさずりびき)』がある。二十五丁からなる五冊物で、黒本の中では長いものである。題名の上部に太鼓が描かれ、序文にも酉年とあって明和二乙酉年(一七六五)と解される。

「浄瑠璃狂言等に曾我の五郎と朝夷名の三郎が鎧の草摺を曳合しと作せり是太異説也　これによつて其元をたゞし幷ニ和田合戦義盛が一期の始末をして酉の年の新板に見安からしむ　草双紙といへば虚言のみを取集小童ずかしと皆人おもほえり　此一帖は実事にして八文字が作せし鎌倉記をそのまゝに絵尽にのぶる事しかり」(圏点筆者)

つまり従来草双紙は浄瑠璃狂言によって虚言を綴った子供だましであったが、この作品は実事である、と宣言しているわけで、享保の通達の趣旨も緩んだ時代の反映ではないだろうか。明和二年といえば、趣味人たちの間で洗練された意匠の多色摺の絵暦が多種多様に制作され、一枚絵の方では錦絵時代を迎える状況であった。天明調の狂歌や洒落本、黄表紙もこの辺から準備されることになる。

黄表紙時代には草双紙は子供から脱却したかというと決してそうではない。「御子様方御ひいきに預」(安永六年刊『桃太郎後日噺』)、「お子様乳母様ごぞんじある草双紙に」(同七年刊『辞闘戦新根』)などと戯作の具に用いられもしたが、寛政二年(一七九〇)刊『照子浄頗梨(かがみのじょうはり)』では、首尾を芝居の趣向とし、まず裃姿の作者京伝が口上を述べ、「世上の御子様がたへ……まことに御子さまがたの御目ざましの……偏に御子様だましの……」とお子様を連発し、最終丁では漢文調の跋文に「虚を以て実に伝え幼童を誣する罪大なりと雖云々」とする。同年刊の『心学早染草』にも「幼童に授く」とあり、寛政期の作品には多く見かけるようである。

合巻作品にも、「児戯の冊子云々」などの文言を見ることがあり、下っては明治小説にも「童蒙稚女子(おこさまがた)」などとあって、作者の謙辞とも受取れ、慣例となった挨拶であろう。享保の通達に従う姿勢が伝統化したものであるかもしれない。通達が生きている時代では、時の政局やその任に当たる役人の個性などによって施行に緩急があり、それが草双紙の上にも投影するのではないかと考えている。草双紙全期について「子供向け」に類する文言や内容がどのように現れているかを調査してみるのも無駄ではないように思われる。文化九年(一八一二)に集中している「赤本再興」ものもこの文脈からも再考すべきかもしれない。

○

話題が変わるが、宝暦から明和にかけて、三田村彦五郎という人物が実在した。この人は大そう黒本青本が好きで、また几帳面な性格であったらしく、所持する黒本青本の表紙裏などに「此主三田村彦五郎」という記名や、時には年月を墨記していた。

筆者が初めてこの名前に接したのは、関西大学の黒本青本を拝見した時であったと記憶するが、その後、たまたま古書販売目録で見かけたこともあり、南山大学本も大部分がそうであった。これからもまだこの人の旧蔵本に出会えるかもしれない。

この三田村本は、目録類に収録のない作品が多いので、おそらく明治初期以前に海外へ流出したものと思われる。それだけでも意義があるが、所蔵当時のままで改装された形跡がなく、本によっては綴糸も元のままと見られるものもあった。そのおかげで、記名が残っているわけである。

関西大学の三田村本のうち、たまたま年記のあるものがあって、年代順に並べてみると、宝暦十一年(一七六一)の記名は書き慣れた弱い筆致であるのに、翌十二年のは強く稚拙味ある字であるから、いぶかしく思っていると、『鳴神上(なるかみじょう)

人巌注連(にんいわおのしめなわ)』という青本には「宝暦十一年正月吉日　三田村世年(よね)」の記名に「彦五郎」が加筆されていた。つまり、おそらく彦五郎の姉であろう「よね」から宝暦十一年頃に草双紙を譲られ、はじめは記名してもらったが、以後は彦五郎が収集して楽しむようになったとみられ、少年期から青年期にかけての年代ではないかと思われる。

時代は違うが、式亭三馬の『浮世風呂』二編に出てくる、合巻を葛籠に溜めて誰のがいい彼のがいいと画工の名まで言って大人を驚かせる少年の、宝暦明和版のようでほほえましい。

三田村本のことに筆を費やすのは、黒本青本享受の一例ということもあるが、この人の旧蔵本はほぼ宝暦末から明和初期と確定できるので、その期の標準品として他を類推するのに有用なためである。書物の考古学とでも言うべき書誌学においては、書物そのものが情報源であるわけで、手を加えないで残すことの大切さを教えられる例でもある。

赤小本から青本までの初期の草双紙には、まだまだ課題が山積している。作品個々の刊行年が不明なものも多い。三田村本などによって、少しずつでも、このような基本的なことを解明しなければ、通史を辿ることもできない。個々の作品の内容を読むことで、判ってくることも多いので、一作でも多く紹介され、一人でも多くこの分野に関心を持つ方々が増えることを願っている。

筆者が草双紙の研究に携わるようになったのは、数十年前に、今は亡き師長澤規矩也先生のおすすめにより、鈴木重三先生に師事したことに始まる。長い年月の間、諸機関の関係者の皆様をはじめ、研究者の諸先生方、職場の皆様から温かい御支援を頂いた。また、注に関しては、相島宏氏、中村恵美氏、渡辺守邦氏に御教示を頂いた箇所がある。ここに記して感謝の意を表する。

黄表紙——短命に終わった機知の文学

宇田敏彦

黄表紙は恋川春町が二巻二冊の『金々先生栄花夢』を鱗形屋孫兵衛から出版した安永四年(一七七五)正月に始まり、式亭三馬が二編(各五巻)二冊の『雷太郎強悪物語』を西宮新六から刊行した文化三年(一八〇六)を最後の年とするのが文学史的な見解の通例であるが、その始まりを安永四年と規定する見方には二つの要因がある。その一は草双紙の体裁上の変化によるもので、安永四年にそれまで黒色もしくは萌黄色であった草双紙の表紙が、より安価な黄色の染料で着色した表紙に変わったことを受け、今一つは内容上の変化によるもので、それまで婦女童幼の語によって象徴的に示されるような草双紙の読者が、『金々先生栄花夢』の出現によって大きく様変りして知識人層ともいうべき成人男子となり、ここに草双紙は知的な成人向きの絵入りの読み物に変化したことを受けている。

『金々先生栄花夢』は黒本や青本と比べると、確かに異質な特徴を持つものであった。それが最も顕著に現れているのは、洒落本の序文のごとき「序」が付いていること、丁を繰るごとに現れる精緻な筆致でリアルに描かれた、それと誰もが理解する座敷での芸者遊びや吉原、深川、品川での女遊びの数々を描く絵は、紛れもない洒落本の絵本化であった。草双紙には似つかわしくないもったいぶった序で、「文に曰く」といって杜甫の『春夜宴桃李園序』を引用しつつ、巧みに「浮生」の語を狭義の「浮世」にすり替え、人生を遊里におけるそれと定義付けて、田舎出の若者が念願の江戸の遊里における色事修行に精出す様を写すかと思えば、魯褒の『銭神論』を捩って『神銭論』(神と銭の論)とし、遊里で湯水のごとく金を遣うお大尽(大神)と、それにまとわり付く取巻き連中(神・末社)のたかり根性を見事に抉り出すとともに、奢りの過ぎた金々先生の哀れな末路を暗示するなど、一見複雑な手順を弄して難解に見えるこの序文も、実はそれまでの草双紙に散見された「前書」同様に、ただ単に一作の内容をダイジェストしただけのものであるなど、戯作的な韜晦に満ち満ちている。こうした序の付け方は以後もしばしば踏襲され、その片鱗は、大分にレヴェルに違いはあるものの、本書に収載する曲亭馬琴の『買飴帋凧野弄話』(享和元年刊)にも窺うことが出来よう。

文字遣いは従来の草双紙と同様に、文のほとんどを仮名で書く、いわゆる丸仮名表記であったが、赤本や黒本、青本と異なるのは、話柄が複雑になっていることにともなって、文章による記述が長大化するとともに、丸仮名には適さない漢語の使用がはなはだ多くなっている点にある。これは黄表紙も草双紙に他ならないといった観点からの成行きによる恣意的なものではなく、暗々裡に作者が読者に仮名文字の上に漢語を重ねることを要求し、意のあるところを汲み取ってもらうことを意図する手段に他ならないものであった、と考えたい。

趣向立ては黄表紙の最も特徴的な根源をなす技法で、場面(絵組)場面の緊張関係が文字と絵によってもたらされている。言葉を換えれば、文字によって描写しきれない事柄や事象(これは政治的圧力など、何らかの制約によって明示出来ない場合にも当てはめることが出来る)は絵によってこれを補完し、絵によって登場人物の置かれた状況や背景を描くだけでは表現し得ない心的状態などは、逆に文字によって写し出すのが、黄表紙の表現上の大きな特徴になっているといってよい。また戯作で多用する見立てやパロディーの技法も欠かせない表現技法で、黄表紙に著しい穿ちや批判的、風刺的発想の根幹をなすものであった。穿ちは「穴を探す」という言葉が示すように、まだ誰も知らない事実を暴露することであり、また誰もが知っていることながら、それを新しい視座から見直し、改めて新鮮な解釈を付与することをいう点に注目して置きたい。言葉の持つ多義性を駆使するのも黄表紙の表現の有力な武器で、流行語の転用は無論のこと、洒落言葉、無駄口、語呂合せなどといった言語遊戯的な表現は欠くことの出来ないものであった。天明四年正月に大田南畝が四方山人の名で刊行した『此奴和日本』(本巻所収)は、題名そのものが当代の流行語を使用したものであり、登場人物の一人で塩を商う者に塩商の名を与え、その息子には塩秀才、同じく番頭には塩文戴と名付けるのは、「塩」の字を「漢」の字に置換することで、この作が持つ漢学偏重の時流に対する批判精神が露骨に浮かび上がって来る。漢商は即ち漢学の教授を商売とする人物、漢秀才(この名を『天神記』の菅秀才に擬えるのははなはだ容易であるが、今はこれを取らない)はその弟子の俊秀の一人、漢文戴は漢学を無批判に尊重する者の称に他ならない。

連想ゲーム的な発想も黄表紙の大きな特徴で、これを今日では一般に吹寄せの語で呼んでいる。『金々先生』が岡場所の代表として深川を描く場面に、明和七年(一七七〇)刊の洒落本『辰巳之園』を持込むのは、『辰巳之園』の序文に「邯鄲と同じ枕や花の夢」の一句が記されているのを受けた吹寄せの技法によるものであって、この作の援用によって深川情緒に現実感を与え、洒落本的雰囲気を醸すためだけではなかった点に注目したい。

黄表紙の史的変遷を見るには、その特徴から、大略「揺籃期」「最盛期」「寛政の改革期」「変貌期」の四期に分けて考えるのが便利であろうと思われるので、以下にこれに沿った黄表紙の歴史的展開を概観することにしたい。

揺籃期　岸田杜芳(桜川杜芳とも)が天明三年(一七八三)に刊行した『草双紙年代記』(本巻所収)に倣って、式亭三馬は草双紙の史的展開を黄表紙として描いた『稗史億説年代記(くさぞうしこじつけねんだいき)』(享和二年刊)で、『金々先生栄花夢』の条に注して、「恋川春町一流の画を書出して、是より当世に移る」といい、「草双紙は大人の見るものと極まる」といっているが、これには若干の問題がないではない。思えば、『金々先生』は、安永四年時の草双紙界にあって余りにも異質に過ぎた。春町は本作によって、草双紙に洒落本の雰囲気を導入したというよりは、明らかに洒落本を草双紙化し、視覚的に当代江戸人の美意識である「通」を具現化して見せたのである。しかしながら本作は、版元の危惧した通り、余りにも草双紙の体裁を逸脱するものであったがために、従来の読者にはまったくそっぽを向かれて売行きは芳しくなかったようで、写本で伝わる大田南畝の随筆集『街談録』(国会図書館蔵)の書入れに、「夏秋の頃より行はる」とある。「行はる」とあるのは、正月に刊行をみたものの売れないままに月日を重ね、漸く夏も終わろうとする時期に至って、本来は草双紙の読者ではなかった知識人たちの注目するところとなり、口コミなどによって評判が高まり、思いがけない売行きをみたということだろう。このことは推察の域を出るものではないが、安永四、五年の春町の黄表紙の作を一覧すれば納得が行くというものである。安永四年の作は『金々先生』一作のみであるが、諸目録はこの他に『春遊(はるあそび)機嫌話(きげんばなし)(噺)』を上げる。しかしながらこれは咄本(全話に絵本もどきの挿絵が付いていて、体裁、内容ともに黄表紙に類似する異色作)で、春町の絵入りの洒落本『当世風俗通』(安永二年刊。挿絵はともかく、作者については朋誠堂喜三二とする異説もある)を見た版元の依頼によって成ったものと思われるが、『金々先生』は春町がこれと抱合せで持込んだ作と考えられなくもない。翌五年を見ると、『高漫斉行脚日記(こうまんさいあんぎゃにっき)』(「日本古典文学大系」所収)、『其返報怪談』(本巻所収)、『化物大(ばけものおお)江山(えやま)』の三作(諸目録は他に『唐倭画伝鑑(からやまとがでんかがみ)』を上げるが、これは絵本)で、『金々先生』の評判が出版と同時に高かったとすれば、時間的余裕もあってより多くの作を著した筈であろうし、『金々先生』と類似する洒落本的に当世を描いたものが『高漫斉』一作に過ぎず、他の二作は黒本に本卦帰りしたような趣向で書かれている点もこうした疑問を生ずるところである。傍証的ではあるが、今一つ、『金々先生』の追随作とされる富川吟雪の『金々仙人通言一巻(きんきんせんにんつうげんのいっかん)』(安永五年刊)が全く関連のない話柄を内容としながら、題名に「金々」の名を冠してお茶を濁しているのは、この間の消息によるものと考えたい。また『金々先生』一作の誕生によって、以後の草双紙がすべて、当代の洒落本を愛読する知識人の読み物と化した訳のものではなく、なお、少々の時間の経過が必要であった。

それはともあれ、『金々先生』が草双紙史上、画期的な作であることに変りはなく、この新形式の文学たる黄表紙は、安永六年に朋誠堂喜三二を新しく作者に迎えて、趣向、技法ともに急速に戯作的な広がりを増して、知識人の鑑賞に堪えるものへと成長する。喜三二は春町と同じく歴とした武士作者で、その作の絵を春町が描くという名コンビで、『親敵討腹鞁(おやのかたきうてやはらつづみ)』他数編の作を引っ提げて黄表紙界に初登場し、春町とともに草双紙に新風を吹込み、ために鳥居清経、富川吟雪といった黒本以来の旧勢力ともいうべき作者たちは退陣せざるを得ないこととなり、それに代わって戯作に親しんだ洒落本作者や山東京伝、市場通笑、伊庭可笑、芝全交らの新進を作者に迎える。またこの時代は浮世絵の興隆期とも重なっていたため、画工にも繊細巧緻な技法に習熟した気鋭の絵師、鳥居清長を初めとして北川豊章(のちの喜多川歌麿)や北尾重政とその門下の政美、政演(山東京伝)、勝川春朗(のちの葛飾北斎)らの俊秀を迎え、ここに黄表紙は大きな可能性を秘めて新局面を展開することとなった。

最盛期　かくして大人の読み物としての地位を確立した黄表紙は、天明文壇の寵児というより盟主ともいうべき南畝が、天明元年(一七八一)正月出版の黄表紙全作の評判記『菊寿草』を、次いで翌二年に『岡目八目』を撰するに及んで、黄表紙界は大いに活性化した。評判記とは今日でいう新刊紹介を兼ねた評論集といえ、歌舞伎の役柄に合わせて作を論評して格付けするもので、ここには南畝の黄表紙観が明白に示されていた。南畝の見解によれば、黄表紙は何よりも当世を描かなければならず、滑稽味も洒落っ気も豊かで知的な快感を喚起する要があり、洒落本的な通意識や微細な写実性よりも、草双紙本来の素朴な味わいや教訓性を重要視していて、『菊寿草』では作者未詳の『桃太郎一代記』(北尾政美画)を総巻軸に、喜三二の『見徳一炊夢』(「日本古典文学大系」所収)を巻頭に置く他、全交の『大違宝舟』(本巻所収)、岸田杜芳の『通増安宅関』などを上位にランク付け、『岡目八目』では京伝が北尾政演の名で書いた『御存商売物』(「日本古典文学大系」所収)を青本総巻軸とし、喜三二の『景清百人一首』を巻頭に据えている。春町は『菊寿草』の序文中で「金々先生といへる通人出て、鎌倉(実は江戸のこと)中の草双紙これがために一変して、どうやらこうやら草双紙といかのぼりは、大人の物となつたるもおかし」と紹介されただけで、『岡目八目』に『我頼人正直』が「敵役之部」の最上位で言及されるに過ぎないが、これは多分に鱗形屋の衰退と関係深く、春町の作が何らかの事情で出版されなかったことと関連付けられよう。天明三年には、南畝が天明狂歌最大のアンソロジー『万載狂歌集』を撰して、江戸の町に空前の狂歌ブームを招来し、黄表紙界もこれと一体化して新しい都会文学の様式を確立するに至った。

　こうした江戸文壇の繁栄の背景に、文学や美術に一家言を持って出版界に新風を巻起こした、新興の版元蔦屋重三郎の活躍があったことを見逃してはならないだろう。蔦屋はもと吉原大門口で『吉原細見』を商った書肆であるが、鱗形屋孫兵衛の『細見』の出版権を譲り受けてめきめきと頭角を表し、天明三年九月には丸屋小兵衛の跡を受けて出版業者憧れの日本橋通油町に進出、以後本格的な出版事業に従事して狂歌本、浮世絵などの版行に目覚ましい業績をあげている。もちろん黄表紙出版にも意欲的で、斬新な企画力と優れた営業努力によって有力作者の心を摑み、次々と佳作を世に出している。本巻に収めた四方山人の『此奴和日本』(天明四年刊)は南畝が蔦屋の通油町進出を祝して書き与えた袋入りの『寿 塩商婚礼』の改題再版本で、他には竹杖為軽(万象亭)の『従夫以来記』などの注目作があり、翌五年になると黄表紙史上に名作として名高い芝全交の『大悲千禄本』、山東京伝の『江戸生艶気樺焼』、唐来参和の『莫切自根金生木』(いずれも「日本古典文学大系」所収)を出版して斯界に不動の地歩を確立することとなった。

寛政の改革期　天明六年(一七八六)に経済官僚のチャンピオン田沼意次が失脚し、翌年にはこれに代わって、若年ながら保守派勢力を結集した形で松平定信が政権の座に付き、儒教的倫理を規範として文武を奨励する改革政治を実行したため、黄表紙も大きく様変りをする。田沼意次が政権を掌握していた時代は、武家政権下の江戸時代には珍しい貨幣経済重視の重商主義的な時代であり、また田沼がきわめて自由主義的な文教政策を取ったため、この時代は、文学史的には戯作がもっとも戯作的であり得た時代、宝暦末年(一七六四)から天明(一七八一)に至る時代とその大半が重なっているが、天明最後の年(一七八九)と寛政最初の年(天明九年は一月二十五日に改元されて寛政となる)はその掉尾を徒花で飾る結果となったといってよい。前述のように、最盛期時代の黄表紙は当世を茶化して描くことをもっぱら心掛けたので、笑いとともに穿ちがその有力な表現手段であり、遊里の評判、仲間内の消息などを虚実入れ交ぜて戯画的に描くことは、戯作全般の通例であった。こうした慣れもあって、いよいよ寛政の改革政治が始まると、権力者の劇的な交替、世情の急変に伴う人心の一変と動揺などのことが起こり、黄表紙作者たちはこぞってこれを題材として取りあげた。天明八年になると、天明五年以来休筆していた春町が『悦贔屓蝦夷押領』(本巻所収)を著して、田沼の施政と失脚、それに伴う幕府や大奥、また武士社会の困惑といった事態を、蝦夷地(北海道)での抜荷の噂やロシアの南進政策といった不穏な風聞に絡めて、武士として得ることの出来た豊富な情報を駆使し、これを源義経のオキクルミ伝説によりつつ面白おかしく描いた。喜三二もまた『文武二道万石通』(「日本古典文学大系」所収)を著して、定信による改革政治のモットーたる文武奨励策に右往左往する武士たちの消息を、田沼の没落に寄せてビビッドに描いた。京伝も『時代世話二挺鼓』を出して、田沼を平将門に、定信を俵藤太秀郷に擬え、町人でも得ることの出来る常識的な風評によって、田沼政治の終焉を描いている。これらの作はいずれも好調な売行きをみせ、就中、『万石通』は黄表紙始まって以来のベストセラーであったと伝えられる。翌年になると、こうした成功を反映して、京伝が『孔子縞于時藍染』(「日本古典文学大系」所収)『照子浄頗梨』『奇事中洲話』などを、唐来参和が『天下一面鏡梅鉢』を、石部琴好が『黒白水鏡』を著し、春町もまた喜三二の『万石通』を受けた形で『鸚鵡返文武二道』を刊行して、期待通りの好評を博した。

しかしながら、寛政の改革政治は八代将軍吉宗による享保の改革を範としたものであり、当然のことのように、吉宗の制定した「出版条令」を適用した言論統制がただちに施行された。この帰結というべく、喜三二は前年に早く筆を折り、春町は定信に召喚されたものの応じることなく、程なくこの世を去っており(病死と伝えるが、自殺とみるべきだろう)、町人作者の琴好は手鎖の刑に処せられた。かくして武士作者が黄表紙界から総退場する結果を生み、以後の文壇は町人作者の京伝や全交を中軸とするようになり、戯作の精神もその拠り所を失って、黄表紙自体のあり方も変質せざるを得ず、読者層もまた激変してレベル・ダウンせざるを得なかった。その原因は、作者、読者ともどもにいえることであるが、武家と町人とでは教養基盤に大きな格差があったことにより、その関心事や表現法に付いても互いに越え難い、大きな落差があったことによるといっておきたい。

変貌期　時代の変化は急で、身に危険の及ぶ当世を穿って描くことで読者の興味を繋ぎ留めるよりも、体制に順応した形の流行を題材とするようになった。かつて江戸に流行した石門心学が寛政の改革によって復活すると、ただちに京伝は黄表紙には不似合いな教訓性を持込んで『心学早染草』(寛政二年刊、「日本古典文学大系」所収)を著し、式亭三馬の処女作『天道浮世出星操』(寛政六年刊)や十返舎一九のこれも処女作の『心学時計草』などの追随作を生み、のちに読本界に君臨することとなる曲亭馬琴の黄表紙の処女作『尽用而二分狂言』(寛政三年刊)もまた教訓性の強いものであった。しかしながら教訓性だけで読者の興味を繋ぎ留めることは難しく、同じ体制順応の姿勢に変りはなかったが、忠孝の二字を前面に立て、文武二道の奨励、勧善懲悪といった無難な道徳観を旗印とした敵討ち物、豪傑譚、お家騒動物などといった、グロテスクで話の展開が華やかな物語の世界を喜ぶようになり、ここに黄表紙は同じ都会文学の範疇にありながら、大きくその性格を変えて、存在感の希薄な空想の世界に逃避することとなった。寛政七年、南杣笑楚満人が血みどろな争いを背景に義理と人情のしがらみを描いた『敵討義女英』(「日本古典文学大系」所収)で大当りを取り、これが決定的要因となって、以後黄表紙はその特質であった軽妙さ、洒脱さをまったく喪失し、「敵討ち物」一色の時代に突入したといっても決して過言ではない。次々と生み出される作は、時代の好尚もあって、よりグロテスクな血生臭い世界を描き出し、その伝奇性のゆえにストーリーはますます複雑化するとともに長大な物語と化して、黄表紙の定型である三巻三冊、十五丁の枠には嵌り切らない長編化の一途を辿り、前編三冊、後編三冊などといった変則的な形式を取らざるを得なくなり、式亭三馬が『雷太郎強悪物語』を刊行した文化三年(一八〇六)作の黄表紙を最後とし、翌四年からの草双紙は一律に「合巻」の名で呼ぶことになるが、これで黄表紙の形式がすべて消滅する訳のものでないのは、黒本や青本が黄表紙と名を換えた事情と全く同様であった。

本巻の収載作は、曲亭馬琴の『買飴帋凧野弄話』を除いて、いずれもが黄表紙の最も黄表紙らしくあった天明年中の作であるが、馬琴の作も変貌期の作にも拘らず、黄表紙らしい特徴をよく備えたものである。因みにいえば、馬琴は常々口に黄表紙を軽んじながら、その実は山東京伝に次ぐ多作家であったことで知られ、面白さには欠けるものの、その趣向立てや表現形式には並々ならぬ努力を惜しまず、種々雑多な様式を発明、創出した人であったことを、蛇足ながら、ここに付記しておく。

読切合巻——歌舞伎舞台の紙上への展開

小池正胤

寛政の改革による山東京伝の洒落本三部作の筆禍事件をきっかけとして黄表紙の作風が大きく変わり、次第に「敵討ち」を主題にする伝奇的な趣向を専らとするようになり、黄表紙の特色でもある、穿ちや思いつきの意外性に作意の冴えを競う作品は姿を消して行った。と同時に、「敵討ち」という、時間的経過の上に複数以上の人物の行動を追い、またそれがさまざまな状況に出会うことで読者のサスペンスを誘う主題を構想するのであれば、話は当然長くならざるを得ない。そこで従来の五丁一冊、三冊単位では収まりきれなくなる。また製本販売上もまとめることが必要となり、合綴製本して販売されるようになる。

黄表紙と合巻は文化三年(一八〇六)をもって区別され、式亭三馬作・歌川豊国(初代)画『雷太郎強悪物語』前後二編十冊、同・歌川豊広画『敵討安達太郎山』五冊がこの始まりとされている。しかし、合綴の体裁はすでに文化元年の春水亭元好作・歌川豊国画『熊坂伝記 東海道松之白浪』も「全部十冊合巻」と記されており、三馬の作品が端緒になったとばかりは言えない。要はこの前後から草双紙は長編化して体裁・内容ともに変化したのであった。ただ三馬はしきりに自作の中でこの新機軸とその流行を自らの工夫にあったと言っている(文化九年刊、歌川国丸画『赤本再興 花咲ぢゝ』

序、など)。それはそれとして認めるべきであろう。

翌文化四年以後、文化年間は時に三冊物の作品が出ることはあっても、ほとんどが合巻体裁の草双紙となった。体裁の工夫は内容にも見られた。彩色刷りの袋をつけることは、すでに黄表紙期から見られたが、いっそう美麗な多色刷りになり、表紙も折からの錦絵技術の向上に伴い、多彩繊細な絵柄で読者の目を喜ばせるようになった。

文化十二年(一八一五)、柳亭種彦作・歌川国貞画『正本製』初編が出た。歌舞伎脚本風に仕立てた合巻であり、天保二年(一八三一)十二編まで続いた。長編合巻の最初であり、同時に読者の歌舞伎愛好熱に応えたものであった。

本格的な長編合巻は文政七年(一八二四)の曲亭馬琴作、歌川豊国・国貞画『殺生石後日怪談』、渓斎英泉画『金毘羅船利生纜』などから始まる。これが文政十二年(一八二九)の柳亭種彦作・歌川国貞画『偐紫田舎源氏』初編によって頂点に達した。これについては鈴木重三氏の詳細な研究と解説に譲る。

『偐紫田舎源氏』が三十八編刊行、三十九・四十編は草稿として残った。天保十三年(一八四二)、美図垣笑顔作・歌川国貞画『児雷也豪傑譚』四編(初編・二編、天保十年)が刊行されている。これは慶応四年(明治元年〔一八六八〕)四十三編に至ってなお完結せず、四十五編までは出されたと言われている。ちなみに江戸期最後の年の慶応三年の草双紙の出版は、長編合巻二十七種、読切合巻は一種であった。

江戸期から明治にかけての九十年の合巻を鈴木重三氏はその消長の後を追って以下のように分類しておられる。

勃興興隆期(文化四年—同十四年)

爛熟期(文政元年—天保十四年)

衰退期(弘化元年—明治二十年頃)

ことに爛熟期と衰退期については、本大系の『偐紫田舎源氏』の解説に譲る。本巻では、いわゆる「読切合巻」の三種を収めたので、今は鈴木氏の区分とはやや異にして、文政末年までを仮に「読切合巻期」と考え、この間の様相について略述してみる。

山東京伝（宝暦十一年〔一七六一〕―文化十三年〔一八一六〕）は、文化年間の合巻の特色の一つを示した作者であった。文化四年（一八〇七）刊『於六櫛木曾仇討』（歌川豊国画）は、近江・美濃・木曾と広く舞台を求め、悪人の奸計、主人の横死、下僕の忠節、返り討ちの惨劇、怨霊亡魂の出現、敵討ちの成就、とさまざまの要素を取り込み、地方の土俗口碑なども利用して、読者の関心を縦横に刺激している。口絵には読本の体裁を借りて登場人物の紹介を四葉入れ、読書の便と内容への関心を引いている。この豊国の筆法はすでに黄表紙期から見られたが、視点の変化をさまざまに試みた繊細で写実的な構図は、まだ後年のように明確には識別できないものの、歌舞伎の似顔絵を想像させるのに十分で、伝奇小説のスリルと歌舞伎舞台を彷彿とさせる臨場感を併せて読者に提供した画期的な作品であった。

この傾向が翌文化五年の『岩井櫛粂野仇討』（歌川豊国画）や、さらに『濡髪放駒敵討双蝶々』（歌川豊国画）になると、歌舞伎『双蝶々曲輪日記』（江戸上演、安永三年〔一七七四〕九月中村座）の合巻化となり、読者は歌舞伎舞台が紙上で、周知の歌舞伎役者を重ねながらさらにどのように脚色されるかに胸を躍らせて読み入ったのであった。同年にはまた『敵討天竺徳兵衛』（歌川豊国画）がある。天竺徳兵衛については、後に触れるが、宝暦七年（一七五七）、同十三年の歌舞伎・浄瑠璃の天竺徳兵衛物以来の、ことに文化元年（一八〇四）四世鶴屋南北作歌舞伎『天竺徳兵衛韓噺』によったものであった。これは本巻の作品の特色とも関連することであるが、典拠作の怪奇的な雰囲気に人情噺を綯い交ぜ、さらに豊国の似顔絵風（この時期までは）なしかし役者を十分想像させうる筆致が京伝独特の世界を構築して見せたのであった。

一方、山東京伝を追う曲亭馬琴（明和四年〔一七六七〕―嘉永元年〔一八四八〕）は、文化二年にほとんど京伝と同時に敵討ち物に転換する。ついでに言えば、馬琴の黄表紙は彼の性格を反映して、理屈っぽく、滑稽も詰屈であると言われるが、かならずしもそれに左袒しがたい。『敵討蚤取眼（かたきうちのみとりまなこ）』（寛政十三年＝享和元年〔一八〇一〕刊）などは後期黄表紙の傑作として極上上吉にも推されるべきであると思う。

曲亭馬琴もまた嘉永元年八十二歳の生涯を終わるまで草双紙を創作し続けた。文化四年（一八〇七）から四十一年間、合巻の数は七十種に達する。板坂則子氏はこれを、1文化七年以前、2文化八年頃―文政五年頃、3文政六・七年―文政十一年、4文政十二年以降、の四期に分ける（叢書江戸文庫33『馬琴草双紙集』解説。馬琴合巻について触れた他の先学もあるが、近来のもっともまとまったものとして参照させていただく）。それぞれの時期についての特色もかなり詳細に述べられているが、要点は以下のようになろう。

1　馬琴の模索期でもあるが、役者似顔絵を題簽・口絵ともに取り入れ、表紙も錦絵摺付けを工夫している。内容は敵討ちを主題にしながらも「地方色を出したり、民話や民間伝承を用いたり、中国種を用いたり、かつての実在人物の名を用いたりと素材に苦労し、多くの試みが行われた」とする。

2　作風安定期とする。歌舞伎種の周知の人物を利用して趣向の複雑化をはかり、緊密な構成で結末まで緊張度を持続させている。特にこの期のものは役者似顔絵を多用し、役者の役柄の特色を実際の歌舞伎興行とはまた違った総花的な利用法で、役者を中心とした一見不要な筋立てが挿入され、見せ場も考案される。このころの馬琴読者の興味は、その役者の見せ場を生かしつつも意外な展開に出るという、各場面の趣向立てに移る。入り組んだ重層的な筋立ての持つ味わいと、馬琴本来の構想を重んじた全体的枠組みとの双方のバランスによって出来具合が定まった。

3　長編・短編合巻の混在時期とする。長編合巻はすっきりした展開を持っており、短編合巻は、梗概の採りにくい、きわめて入り組んだ展開となり、最終丁に至って、あたふたと事件の結末を述べるようになっていった。と同時に、馬琴の役者離れが始まる。またすべて町人の話で、死ぬ者が一人も出ず、極端な善人も悪人も登場しない。部分の趣向よりも全体の構想の面白さに重点を置いており、役者似顔絵も、役者の役柄よりも合巻の展開の方を重視したものになっている。

4　長編合巻のみの時代。合巻の作品数は減るが売れ行きはよく、人気は高かった。

以上はほぼ板坂氏の説を部分的に取捨してまとめたものであるが、曲亭馬琴は合巻創作に主体的に積極的ではなかったとしても、他作者の誰よりも趣向と体裁に工夫し続けたことは確かだろう。

ちなみに、この馬琴合巻第二期にあたる文化十三年（一八一六）、馬琴は人生の常命五十歳を迎える。この年の秋九月七日、戯作の師であり、また後にはライバルでもあった山東京伝は五十六歳を一期として終わった。馬琴は京伝の柩を見送ったと『伊波伝毛乃記（いわでものき）』にはあるが、息子の宗伯が代理で出た、とも言われる。この年の合巻（読切り）は二種だが、翌十四年は五種、文政元年（一八一八）は合巻の作はないが、『犬夷評判記』三巻、『玄同放言』一集を出し、同二年には合巻三種、この年『伊波伝毛乃記』を草している。同三年には合巻四種、この年宗伯が松前公の出入医となり、馬琴は多年の宿願を達した。

文政四年（一八二一）、合巻は二種であったが、宗伯の主松前公が旧領に戻るという慶事があった。これは蝦夷地（北海道)唯一の藩である松前藩が、寛政十一年(一七九九)幕府の直轄地となり、松前藩は武州久喜にただの五千石をもって追いやられ、さらに文化四年には常陸・上野・陸奥(伊達郡)に散在した封土を与えられ、自らは陸奥梁川に住むという悲運に見舞われたが、藩をあげての復帰運動の結果、二十二年を経てようやくこの年に旧地に復したのであった。これは馬琴・宗伯にとっても喜ぶべきことであり、馬琴の北辺に関する知識源ともなったのである。文政五年、合巻は三種であるが、閏正月六日式亭三馬が四十七歳で没した。合巻流行のきっかけを作り、『浮世風呂』『酩酊気質（なまえいかたぎ）』などの滑稽本に独自の世界を開いた人物の死は、馬琴の江戸戯作者としての地位を不動のものにする。

なおこの文政五年に宗伯は出入医師筆頭として譜代の家臣並、しかも近習格となり、これまた不動のものになったかに見えたが、翌六年馬琴を苦しめた癇性を発することになる。

文政六年には合巻六種、六十歳に近くなった馬琴は生来の歯をすべて失い、総入れ歯を使うことになった。そして文政七年(一八二四)神田明神下に転居、ここに天保七年(一八三六)まで住むことになる。この年の合巻は、読切り二種、長編二種『金毘羅船利生纜』と『殺生石後日怪談』とが始まる。その中に本巻に採録した『童蒙話赤本事始』があった。

曲亭馬琴が合巻の中に役者似顔絵を取り入れて製作していたことは、板坂則子氏の説くところであるが、合巻以前の黄表紙にも役者似顔絵が積極的に取り入れられ、それが作品の主題ともなる傾向であったことは、すでに岩田秀行氏が山東京伝作画『明七変目景清（あくしちへんめかげきよ）』の市川団十郎の四代目と五代目の描き方の相違を微細に検討して、歌舞伎との関連を指摘した論考が出ている。この問題は黄表紙だけではなく、それ以前の黒本・青本にも遡りうるのであった。高橋則子氏は青本と歌舞伎絵本番付との関連を検証して、後年の似顔絵ほどの緻密さはないにしても、この問題がすでにこの時期に明確に存在することを指摘している。かつて鈴木重三氏が示唆された、草双紙と歌舞伎との関連はこの前後から板坂則子氏や佐藤悟氏などによってさらに博捜され、合巻の最も大きい意義として認められるようになった。

しかしそれはただ役者似顔絵をはめ込んだだけではなかった。ここにこの時期の合巻の挿絵の特色がある。その役者の紋や好みの衣装の柄、流行の文様・髪型、あるいは一人の役者でも役柄や時によって替わる衣装の文様や、小道具的な煙管筒・煙草入れ・煙草盆に至るまで、用意して描いた。男では羽織・袴・裃・扇、女性では遊女・芸者・町娘・未婚・既婚のそれぞれの衣装・髪型のすべてを描きわけた。その細かさが絵師の力量でもあり、また作者もあらかじめそれを配慮指示していた。歌舞伎は流行の発信地であったが、合巻の挿絵はその流行をさらに広める媒介ともなった。

絵師は人物の周囲の描写にも細心の筆意を注いだ。障子・襖の絵模様、縁側の木組み、縁の下、庭やその借景なども不用意に描いたのではなかった。それゆえ、合巻を歌舞伎舞台の紙上化とするのは確かにその特色の一部を言いえてはいるが、それだけではなかった。舞台を離れて、時には写実的に遠近法(浮絵)を用いて構図を取り、次にはクローズアップして人物だけを見せ、その後の場面では舞台であることを大道具・小道具で示したりする。絵はそれ自身が動き、読み手に訴え、また話を引き出しもする。また詞書にはほとんど書かれないところを、場面化したりもする。詞書の中のどの部分を構図化するかも、作者と絵師の腕の見せ所であった。読者はこの絵解きをしながら楽しんでいたのである。

歌舞伎と合巻との関連は作品中に役者と歌舞伎種を取り込むだけでなく、さらに役者似顔絵を使って新しい合巻の歌舞伎趣向とも言うべきものを創作するという展開を見せるようになった。また、作者に著名な歌舞伎役者の名を掲げ、実際にはやや二流の戯作者や戯作者志望の素人作者が代作執筆する、いわゆる「役者名義合巻」が文化末年から天保年間にかけておびただしく出版された。

「役者名義合巻」については、佐藤悟氏の解説(叢書江戸文庫24『役者合巻集』解説)に詳しいのでおおかたはそれに譲るが、その一端を引用したい。佐藤氏は曲亭馬琴の『近世物之本江戸作者部類』の役者合巻の記述を示し、次のように言う。

代作者については、序文その他によって、窺い知ることができるが、『戯作者考補遺』や『戯作者小伝』にも代作者の伝が立てられている。それによれば七世市川団十郎の代作者は五柳亭徳升であり、五世尾上菊五郎は花笠文京、五世瀬川菊之丞は浜村助か夷福亭宮守(楽亭西馬)、坂東三津五郎は松島半二、七世岩井半四郎は夷福亭宮守であるとされている。……文化後期に発生した役者名義合巻も、文政期を盛期として、天保期に入ると衰える。そして合巻に大きな変革をもたらした天保改革を待たずして途絶えてしまう。要するに、作品としては歌舞伎や浄瑠璃の焼き直し的なものが多く、あきられてしまったのである。

この後佐藤氏は「役者名義合巻作品目録」として七代目市川団十郎名義の作品ほか九十六種を役者別に掲げている。この中で団十郎は四十四種であるから、ほぼその半数となる(筆者の調べたところでは四十七種となるが、この中には年表にのみ見られるものもあり、さらに後考をまちたい)。

たしかに役者名義合巻は一時の流行であったかも知れない。しかし、七代目市川団十郎に限って言うならば、合巻のほかに、団十郎著作として、自身の執筆の当否は別にしても、俳名夜雨庵羈窓・白猿・三升などの名で狂文・狂句・狂歌・地誌などにも名を出しており、その数は十三種ほどにもなっている。とすれば、やはり戯作界に大きくかかわった人物として合巻と歌舞伎両面を見せる意義を持っていた、と言えるだろう。

七代目市川団十郎(寛政三年〔一七九一〕—安政六年〔一八五九〕)は四代目・五代目と並んで特に後期江戸歌舞伎の典型的人物であった。寛政十二年(一八〇〇)十歳で七代目を襲名し、文化八年(一八一一)には、松本幸四郎・坂東三津五郎・岩井半四郎を相手に「助六」を演じたが、役者・衣装・見物動員にいたるまで豪華で前例がなく、以後しばしば江戸町人の耳目を集めた。文化十年には「八景」の所作で八役の早替りを、同十二年には『慙紅葉汗顔見勢』で十役を演じた。独特な芸風にも創意工夫を凝らし、文政八年(一八二五)中村座の『東海道四谷怪談』の田宮伊右衛門の扮装にかつて実見した微禄な武士の笠張り姿を取り入れ、以後の伊右衛門の型はこれに倣うようになった。天保三年(一八三二)名跡を長男の八代目に譲って海老蔵となり、この年また「市川家歌舞伎十八番」を宣言した。そのほか「カマワヌ」紋様を流行させたり、『勧進帳』の斬新な演出を試みたり、折からの天保改革へも豪気に抵抗して、結局天保十三年(一八四二)江戸十里を追放されてしまう。成田に身を寄せた後、伊勢・大坂・京都・明石・岐阜を巡演し、七年後の嘉永二年(一八四九)の暮赦免状が出て、翌三年の正月二十九日七年ぶりで江戸に戻ることができた。

おそらく役者としても人間としても極めて振幅の大きい魅力的な人物であったと思われる。もっとも、彼の周囲には五代目松本幸四郎・三代目坂東三津五郎・三代目尾上菊五郎その他の名優がいて、絶えず競りあっていたためにいっそう人気をかき立てたということもあった。

彼の名を冠した合巻の多くは代作者によるものではあったろうが、団十郎名義合巻の初期作品のうち五種は、代作者の名は記されていない。それゆえ自作というわけではないが、序文の二つを比較してみたい。

◎文化十二年刊『むかし〳〵八さん見一 孖算女行列』

（表紙裏）一輪にあまるながめや白牡丹　市川団十郎作　勝川春亭画
（一丁表）序　去年の春絵双紙を戯作してより。交々のよしなし事かいつけ。用捨笘のそこはかとなき反古ばかりにして。著作といへるもおかし。元より序破急の算用なければ名義ぱち〳〵とは。未生以前の流行唄十二万三千四百五十六石七斗八升九合とは牛の講釈に似た事片言につくし二九は矢の根五郎二八十六ハ無限の鐘八八六十六とのミ。無算杜撰に物のはしに隈取筆のつひでもて。覚書せしを勘定高な板元の何某。せちに袖にして帰られつゝ。是を綴りてやつがれが戯作と号し。桜木にのせんと聞しより辞すれど聞かず。嗚呼儘の孖算女行列合巻六冊〆高合ふかあはぬハ画工の骨折跡の〆九ゝ利ハおかぶの鎌〇ぬ〳〵。
戌秋稿成亥春発市　応需　三升戯述

◎文政七年刊『三国白狐伝』

（一丁表）元来戯作の絵草紙といへども。聊悟道の近道ならん。先に雷名の諸先生。普く妙文なる敵討操ものがたり。総て史談滑稽小説時代と世話の筆あやつり。著述の趣意おそらく評判海内に振へ。勧善懲悪の譬喩。感ずるに猶あまりあり。愚知短才の小人等が。企て及ぶ所にあらず。ちんぷん漢書ハ元より知らねど。看様視真似の下手の横数寄。五渡亭主人のすすめに任せ。画工を力に板元の需に応じ。世の諸君子の謗りも顧図。茲に顕す前後の合巻。趣向ハいつも猿知恵の三本たらぬ禿筆採て。俳優の暇に誌す。既に予が親父白猿が口すさみに。毛の三筋たらぬ此身の寒さかな
文政七年甲申の春　木場の庵において　七代目　市川三升述
『三国白狐伝』は三十丁裏に校合者五柳亭徳升を記している。役者名義合巻の代作・校・校合・口述などの語のそ

れぞれの区別はあきらかにしえないが、すべて代作者に任せきりにしていたのであろうか。この二つの序文を比較すると、ことに『孖算女行列』にやや黄表紙的な洒落を交えた闊達さが感じられ、それはまた七代目市川団十郎の磊落洒脱な性格をも思わせるようである。彼の他の著作なども考えると、せめて序文程度の文章は十分にものしたのではないだろうか。

作品解説

天竺徳兵衛お初徳兵衛 ヘマムシ入道昔話

天竺徳兵衛は近世初期の実在の人物であったらしい。播州高砂船頭町の生れ。同地(兵庫県高砂市)の善立寺にはその墓が現存し、彼がシャム(タイ国)から持ち帰ったという芭蕉の葉に記した経典も寺宝として残っている。十五歳の寛永十年(一六三三)十月十六日、角倉与市船の船頭清兵衛の書役として乗船、肥前福田を出港、翌年南天竺まかた国竜沙川はんてひやに着船、乙亥(寛永十二年)四月三日竜沙川口を出船、同年八月二十一日帰国した。宝永四年(一七〇七)、八十四歳で剃髪、宗心と号し、大坂上塩町に住んで生涯を終わった(『天竺徳兵衛記』寛保二年写、京都大学図書館蔵)。

天竺徳兵衛に関しての実録類は管見でも八種あり、それぞれ多少の異同があり、最も古いのが寛保二年(一七四二)で、徳兵衛の死後三十六年(没年が宝永四年として)になるので、これらの記述は正確を期しがたい。しかしともかくも鎖国直前に二度(寛永十年は二度目の渡航とも考えられる)大航海を果たした人物の話は、近世中期ともなればそれだけで数奇な伝説として世人の多くがイマジネーションを刺激させられるのは当然だろう。

死後五十年を経て、宝暦七年(一七五七)正月大坂西芝居大松曲助座で並木正三作歌舞伎『天竺徳兵衛聞書往来』が、同十三年四月竹本座で近松半二・竹本三郎兵衛合作浄瑠璃『天竺徳兵衛郷鏡』が上演された。以後文化六年(一八〇九)六月江戸森田座における四世鶴屋南北作歌舞伎『阿国御前化粧鏡』まで、六種の天竺徳兵衛物が世に出た。

山東京伝は文化五年、合巻『敵討天竺徳兵衛』(歌川豊国画)を出している。この内容は以下のとおりである。

豊後の大名木久地義直の執権吉岡典膳は主君の妾と密通して出来た子を後嗣に立てようとし、天竺帰りの妖術使いの徳兵衛を味方に引き込むが、かえって父子ともに殺され、木久地家も奪われた。徳兵衛はやがて、義直の嫡男と側室との間の子の月若丸に討たれた。このあいだに、典膳の奸計と忠臣唐崎志賀之進の主君の遺子をまもる苦労、典膳に殺された月若丸の乳母が亡霊となって墓地で幼児を育てる怪異と人情など、さまざまな伝奇的見せ場を作り、歌舞伎浄瑠璃種も取り入れており(『近頃河原達引』の堀川猿廻しの段など)、歌川豊国の工夫した細かい筆致が、より京伝合巻の特色を鮮明にしていた。

『ヘマムシ入道昔話』は、徳兵衛を『曾根崎心中』以来の徳兵衛物に重ねて、天竺徳兵衛を天竺帰りとせずに、元弘の乱に滅亡した北条家の血脈を引く者の怨念の化身とした。これに粂野平内や野晒悟助のような男伊達を加えて、前作とはまた異なる歴史的な縦軸と、舞台を九州と大坂という広い横軸に設定し、歌舞伎的色彩をからくりや屋台崩しのようなケレンに見せながら仕組んだのであった。

近世初期の実在ながらも伝説化していった希有な人物がやがて本来の大航海者としての姿を少しずつ失って行き、妖術使いとしての虚像が次第に拡大してくる。そして最後には歴史上の滅亡者の怨念の復活となる、といった近世独自の伝承の変貌を見せてくれる作品である。

童蒙話赤本事始

本文中に示したように、摺付け表紙は上編・中編・下編で一連の絵となり、雪の夜におそらくこれは仮宅ででもあろうか、遊女が部屋で草双紙に見入っており、新造が向いにいる。広げている本は何かわからないが、もう一冊の表紙には「赤本」の文字が入る。題簽の体裁から黒本・青本か黄表紙初期のもののように思われる。遊女が開いている草双紙の絵柄も判読できないものの、初期の大まかな詞書と描線のようだ。雪の夜の徒然に遊女同士が草双紙をそれもやや昔風のものを読んでいる図とも見える。

かつて初期の赤本『是は御ぞんじのばけ物にて御座候』や『新板昔語桃太郎』の一丁表には、子供が集まって夜話を聞く様子が描かれていた。それは当時の子供が昔話を享受する場を表していたと思う。赤本の内容もこんな風にして夜話同様に楽しむようにと、これらの絵は読者に示唆しているように思う。赤本の時代から下って百年あまり、草双紙(合巻)の享受者は拡大して遊女の徒然を慰める物にもなった。

この表紙の絵をこんなように読めないだろうか。

『赤本事始』の内容は本巻に掲げるとおりだが、桃太郎・舌切雀・かちかち山・猿蟹合戦の綯い交ぜを江戸周辺を舞台にして脚色したものであり、役者似顔絵を入れてはいるが、素材の面ではこの期の合巻としてはやや異色である。

しかし、この時期に赤本・黒本・青本的なものが全く消えたわけではない。文化九年(一八一二)、式亭三馬作・歌川国丸画『赤本再興 花咲爺』が出される(これについては内ヶ崎有里子氏が「『赤本再興桃太郎』について」(「叢」18号)で、鈴木重三氏・本田康雄氏・棚橋正博氏の論考を引きながら説明している)。また文化十三年には十返舎一九が『花咲爺物語』をはじめ「かちかち山」

などを出しており、文化十四年には、『日本小説書目年表』の記載ではあるが『桃太郎宝撰取（たからのえらびどり）』が見られる。文政五年(一八二二)には十返舎一九作・歌川国貞画『昔噺舌截雀』が全十丁とかつての黒本・青本そのままに、表紙は葛籠の化け物に驚く姿を見せている。また、幕末の豆本類にこれらの昔話が採られていることを、加藤康子氏が数種の論考で示している。

このあと七十六年を経て明治三十四年、巌谷小波編『日本五大噺』(文禄堂書店)に「曲亭馬琴翁作　京の藁兵衛述　後藤芳景画」として活版刷りで出た。これは『童蒙話赤本事始』の梗概を部分的に改編し、文章を明治風に改め、しかし絵柄はほとんどそのままに写しとった作品であった。馬琴の合巻はこのようにして近代にまで移植されたのであった。珍しい例ではある。それも典型的な昔話を話根にしているからであろう。

会席料理世界も吉原

前述したように、七代目市川団十郎の合巻は四十四種(四十七種か)で、役者合巻では最多である。その中で、団十郎のみの名で代作者名を記さないのが十種ほどある。これらもたぶん代作者の手によるものと考えられている。七代目団十郎はことに、舞台演技の工夫にも凝り、交友も多く、これも名義だけかも知れないが俳諧・狂歌もあり、合巻戯作の筆をとる余裕はまったくなかったと考えるのが自然であろう。

ここで団十郎名義合巻のすべてについて言うことはできないが、本作は他の団十郎合巻と比較して、一つの特色があるように思う。それは、歌舞伎的な趣向や見せ場をたびたび使いながらも、話としてはこれに近い歌舞伎劇があまり見当たらないこと、話に大きな曲折や唐突さがなく、詞書は多いものの、それは緻密丁寧な叙述であって、比較的読みやすく話の筋が追いやすいことである。

例えば文政七年(一八二四)刊『江都錦双蝶曾我』(歌川国貞・国直画)は、最終丁に代作とつけずに五柳亭徳弁の名だけが見えるが、内容は、お家重宝の紛失と家老山崎与次兵衛の切腹、村相撲の遺恨で河津三郎兵衛の殺害、家立退き、とここまでは本作にやや似るが、その後、髪結いの朝比奈藤兵衛の禅司坊殺し、松本幸四郎の工藤左衛門と、曾我物を脚色してはめ込み、さらに放駒四郎兵衛・濡髪長五郎の男伊達の達引きと並び、作者が筋に趣向を凝らしていたことがわかる。挿絵の中には神社の石灯籠に願主市川団十郎と刻み、水屋の手拭には徳升の名を入れるなど、作者・画工がいささか気を入れ過ぎたところも見られる。また文政八年(一八二五)刊『児ケ淵紫両人若衆』(歌川国貞画)には、五柳亭徳升の名は口絵の都一中の口調を移した作「隅田川八景」に見られるだけだが、平野屋徳兵衛に女房お房、小姓白菊丸実は相模次郎時行、白菊丸に恋するお紬、そして怪僧に向う手下あまたの義賊の頭領、とくれば、おおよそその多彩な内容が想像できるであろう。しかし二流作者のこと、取り合せに工夫していることはわかるが、これが趣向倒れになった感もある。この前後の作品にも、このような傾向のものが多い。

『会席料理世界も吉原』はこれらに対して、それまでの歌舞伎劇を直接に取り込んだり、あるいは数種の話を綯い交ぜにしたりするところは、あまり見られない。むしろ、「お家の重宝紛失」「敵討ち」「貧家」「怪盗(盗賊ではあるが老人に金を恵むなど、後に「もどり」になることが容易に想像される)」「晴れて帰参の上の裁判」「道行(これも救われることを暗示している)」「引き窓(足洗いに映る敵の顔)」など、これまでにたびたび使われた歌舞伎の趣向の型と言うか、作劇上の型とでも言うものを取り入れている。

「お家の重宝紛失」から浪々の身となり、忠僕ともども苦労する話は、近くでは文政二年五月八日より玉川座上演の四世鶴屋南北作『梅柳若葉加賀染』がある。

「敵討ち」は、これはもう黒本・青本以来、草双紙そのものの特色であり、またこれらの草双紙が歌舞伎の影響を受けているのであるから、むしろ「敵討ち」によるのは当然とも言えよう。文化元年から文政七年まで、正月興行や「忠臣蔵」を除いて、市村座・中村座だけでも、敵討ちを趣向にしたものは二十種を越えているという。敵討ちにあらずば狂言でなく、まして草双紙ではないという時好を迎えたのでもあった。

帰参かなった月本民部が登用され、記録所で善悪二人の人物が主役として評定する場面も歌舞伎には多く、文化五年三月三日より市村座上演の『伊達競阿国劇場』には決断所で山名宗全と細川勝元が裁断に臨むところがある。絵(一三)の月本民部が重宝の茶器を差し出して帰参が許される場面(本巻五六二頁)で、殿に当たる人物の袴に「勝」の字が入るのは、おそらく勝元を示唆しているのであろう。

また記録所では民部と荒浪大膳が並ぶが、これは浄瑠璃に始まる『壇浦兜軍記』(享保十七年〔一七三二〕初演)の「阿古屋の琴責め」の畠山重忠と岩永左衛門が考えられるが、直接には文政五年正月二十三日よりの市村座『御摂曾我閏正月』の二番目「壇浦兜軍記」の琴責めで初代市川男女蔵が岩永左衛門を演じているのに倣ったことが考えられる。本作の荒浪大膳は市川男女蔵の似顔絵に見立ててもよいと思われるので、この型を取り入れたのではないだろうか。

最後に潮来の旅宿で足洗いの盥に映る顔から敵が割れるのは、「引き窓」の趣向である。これも浄瑠璃『双蝶々曲輪日記』(寛延二年〔一七四九〕初演)に、濡髪長五郎の顔が手水鉢に映り、これを南方十次兵衛が見る、という場面がある。『双蝶々曲輪日記』も文化年間以後もたびたび上演されていた。読者がよく知っている極めて演劇的な場面作りであった。

このように、『会席料理世界も吉原』は歌舞伎に多用された趣向を使って、ことさらに惨劇の場面も、変化・妖怪・怨念といったケレン味も入れず、一つの読みやすい世話物として構成されていた。それゆえ平凡な作品と言えるかも知れない。しかしまた、宝物紛失や、それに続く敵討ちの苦難にさまざま取り合わせた込み入った話を読み解いていく面白さと言うよりも、むしろそれぞれの登場人物と役者のキャラクターに合わせた世話物的な世界を気楽に楽しめる作品にしているとも言えないだろうか。

昔話の世界を数種巧みに組み合わせてその綯い交ぜの進み方と解き方を絵を見つつ読み込む『童蒙話赤本事始』や、ケレン味たっぷりの伝奇的世界と世話種の綯い交ぜを色彩豊かに楽しむ『ヘマムシ入道昔話』に対して、『会席料理世界も吉原』は作者の力量の違いを如実に感じさせる作品ではある。

しかし筋を追うよりも役者を楽しみ、また約束事や型のさまざまな取り合せを眺めるのが歌舞伎の一特徴であるとするならば、むしろ本作のように筋立てとしては平明な作品もまた役者合巻の一つの典型ではなかったかと思う。それゆえ、一流作者の手慣れた複雑な手法を追って趣向倒れに終わるのがオチの代作者の作品ではなく、むしろ多芸多才でそれなりの硬骨な見識もあった七代目市川団十郎のこと、手作りの平易な合巻もその中にはあったのではなかろうかと、はなはだ恣意的ながら思いたいのでもある。

『童蒙話赤本事始』の故向井信夫氏御所蔵本使用については同夫人の御厚意に感謝致します。
また本編の作成については、鈴木重三先生を始め多くの研究者の論考を参照し学恩を受けました。文中一々そのお名前を挙げることを省かせていただいたところもあります。赤本関係では木村八重子氏・加藤康子氏・内ヶ崎有里子氏、役者似顔絵関係では岩田秀行氏・佐藤悟氏・板坂則子氏・高橋則子氏の諸賢であります。

歌舞伎については黒石陽子氏に調査と示教を仰いだところが多く、原稿の整理、作品の梗概、校正など、全般にわたって終始湯浅佳子氏の協力と援助をえました。

三作品の役者・登場人物の衣装・文様・髪型関係は小池三枝の助力によりました。

各位に対し深く謝意を表するものであります。

新 日本古典文学大系 83
草双紙集

1997年 6月12日　第1刷発行
2024年12月10日　オンデマンド版発行

校注者　木村八重子（きむらやえこ）　宇田敏彦（うだとしひこ）　小池正胤（こいけまさたね）

発行者　坂本政謙

発行所　株式会社　岩波書店
〒101-8002 東京都千代田区一ツ橋 2-5-5
電話案内 03-5210-4000
https://www.iwanami.co.jp/

印刷／製本・法令印刷

ISBN 978-4-00-731507-7　　Printed in Japan